내 이름은 미시

내 이름은 미시
Légy jó mindhalálig

모리츠 지그몬드 소설

정방규 옮김

프시케의숲

일러두기

1. 이 책은 모리츠 지그몬드의 《Légy jó mindhalálig》(1920) 헝가리어 원서를 한국어로 번역한 것이다.
   독일어 번역본을 주요하게 참고했다.
2. 인명의 표기는 헝가리식을 그대로 따라 '성' 다음에 '이름'이 나오도록 했다.
3. 단행본과 잡지는 《 》로, 신문이나 영화, 영상은 〈 〉로 표기했다.

차례

학교는 거대하고 거무칙칙한 건물이었다. 그러나 단지 앞부분만이 그렇게 우중충하게 보일 뿐이었다. 앞 건물은 아주 오래된 건물로 대성당을 향해 자리하고 있었다. 그 뒤로 세 채의 건물이 위치해 있었다. 그것들은 장방형의 마당을 형성하며 빙 둘러서 있었는데, 아늑하다기보다는 차라리 황량하기 이를 데 없다고 표현하는 편이 더 정확한 말일 것이다. 그럼에도 어린 학생에게는 앞면에서나 뒷면에서나, 모든 면에서 대단히 감명 깊었다. 겉모습만이 아니라 내부의 기숙사, 동급생들조차도. 그는 빈 복도를 딱딱하고 작은 구두 굽으로 또각또각 걷는 소리를 들을 때면, 그리고 학교 마당에 셀 수 없이 많은 참새 떼가 몰려와 지독히도 키 큰 피라미드 같은 아카시아 나뭇잎에서 재잘거리는 소리를 들을 때면, 그가 대성당에 들어서면서 으레 느끼곤 하던 무서움 같은 것을 느꼈다.

방 한가운데에는 큰 책상이 놓여 있었다. 어린 학생은 큰 책상의 맨 마지막, 바깥쪽의 서랍을 빼내어 그 안에 여러 소지품들을 진열해놓았다. 이 서랍의 앞면은 책상과 같이 녹색으로 칠해져 있었다. 책상 윗면은 벌써 색칠이 심하게 벗겨졌으나 서랍은 반대로 아직 색칠이 싱싱하게 살아 빛나서 어린 학생의 마음에 쏙 들었다. 단지 전에 사용했던 사람들이 열쇠로 할퀴어 서랍 앞면에 상처가 깊이 난 것이 퍽 유감스럽게 생각되었다.

교과서와 공책들은 아무렇게나 무질서하게 서랍에 넣어놓았다. 어린 학생은 식물원에서 공부하기 위해 라틴어 문법책을 꺼내려고 했다. 신비함이 가득한 라틴어의 동명사와 미래분사를 공부할 생각이었다. 그러나 그전에 그는 재빨리 그보다 약간 키가 큰 동료 학생 뵈쇠르메니를 쳐다봤다. 뵈쇠르메니도 마침 기숙사방에 있었다. 그는 기숙사 최고참 선배가 엄격하게 금지했음에도 그것을 무시하고 침대에 버릇없이 드러누워 있었다. 그는 오른쪽 다리를 침대 밑으로 내려놓고 흔들어대며 천장을 이리저리 기어다니는 거미를 관찰하고 있는 모양이었다. 그래서 어린 소년은 잠시 동안 자신이 간직하고 있는 물품들을 살펴봤다.

서랍에는 헝가리 시인 초코너이 비테즈 미하이에 대한 책이 있었다. 그 책은 30크로이처나 주고 산 책으로 고서점에 진열되어 있던 것이었다. 지난해 내내 그곳 쇼윈도에 진열되어 있었다. 그때는 그가 아직 학교 기숙사에 살지 않았을 때였으므로 학교를 오가면서 항상 그 책에 눈길을 주곤 했다. 그때 그에게는 그 책이 아직도 진열대에 그냥 있는지가 주관심사였다. 지난 1년 내내, 아니, 다소 과장되었다. 정확히 그는 지난해 5월에 그 책을 발견했다. 별로 놀랄 일이 아니다. 그 당시는 학기가 처음 시작할 무렵이었다. 김나지움 학생이 된 초기에 그는 무엇을 어찌할 줄 모르는 어린 소년, 그야말로 진짜 어린아이에 불과했다. 그러나 김나지움 1학년 말경에는 더 이상 어리석기만 한 어린 소년이 아니었다. 그때 이미 그는 고서점의 쇼윈도를 살펴보았고 그 안에 진열되어 있던 초코너이를 발견했던 것이다. 여름방학을 집에서 보내면서 그는 처음으로 '그 책을 샀어야 하는 건데' 하는 생각을 하게 되었다.

이 생각이 여름방학 내내 그를 괴롭혔다. 날이면 날마다 '그 책이 아직도 진열대에 놓여 있을까' 아니면 '어느 누가 그새 사버렸을까' 하고 노심초사하며 지냈다. 기차를 타고 데브레첸으로 향하는 도중에 저지대의 평평한 초원을 바라보면서 그는 생각했다. '하느님, 초코너이가 아직 그대로 있게 해주세요.'

그는 아직 정식 기숙생 명단에 끼지 못했었다. 그래서 처음에는 학교 2층에 묵었는데 기숙사방 19호실이었다. 그 방의 문 옆에 놓인 맨 마지막 침대가 그의 잠자리였다. 방에는 일곱 개의 침대가 놓여 있었는데, 세 개씩 벽을 따라 서로 상대편을 보고 놓여 있었고, 나머지 일곱 번째 침대는 문이 난 벽을 가로질러 놓여 있었다. 그가 일곱 번째 침대를 배정받자 학생들은 모두 그를 깔봤다. 그러나 그는 매우 기뻤다. 왜냐하면 그 자리는 마치 자기 혼자만의 성 같아 보였기 때문이다. 그 자리는 다른 사람들 사이에 끼어 갇혀 있는 것이 아니라, 앞에 자기만의 보금자리를 가질 수 있다는 사실 때문에 마음에 들었다.

바로 그날 오후에 그는 하르마티의 가게로 달려갔다. 재빨리 쇼윈도를 살펴봤다. 하느님, 고맙게도 초코너이는 그대로 있었다! 오후에 내리쬐는 햇빛으로 예쁜 장밋빛 표지는 약간 색이 바래고 먼지가 두껍게 내려앉아 있었지만, 중요한 것은 아직도 그 책이 그곳에 있다는 사실이었다.

그는 어서 책을 사고 싶었지만 그럴 수가 없었다. 부모님에게 받는 돈으로는 그 책을 살 만한 여유가 없었던 것이다. 그럼에도 계속 그곳으로 달려가 그 책이 잘 있는지를 살펴보곤 했다.

어느 날 아침 대단히 놀라운 일이 일어났다. 그는 고서점 점원이 열쇠로 큰 쇼윈도의 진열장을 열고 있는 것을 봤다. 소년은 떨리는 가슴을 안고 초코너이를 어떻게 처리하는지 계속 지켜봤다.

점원은 책을 낱개로 꺼내는 것이 아니라 전부 큰 통에 포개어 담아서는 가게 안으로 옮겼다.

어린 학생은 무슨 일이 일어나는지 더 이상 계속 지켜볼 수가 없었다. 벌써 1교시가 시작되는 종이 울렸기 때문이다. 수업이 시작되었다. 그러나 수업 시간이 끝나자 숨을 돌릴 여유도 없이 그는 교문을 나와 고서점으로 달려갔다. 쇼윈도는 텅 비어 있었다. 그리고 점원은 여유 있게 솔로 책들의 먼지를 털고 있었다.

소년은 잠깐 쇼윈도를 살펴보고 나서는 다시 왔던 길을 달려 가능한 한 빨리 학교로 돌아왔다.

그날 오전 내내 소년은 수업 시간에 정신을 집중할 수가 없었다. 계속해서 그는 왜 점원이 쇼윈도에 진열되어 있던 책들을 모두 꺼내 먼지를 털고 있는지, 무슨 일이 있는지만 생각했다. 혹시 어떤 돈 많은 사람이 와서 쇼윈도를 보고는 이렇게 말한 것이나 아닌지. "내가 전부 사겠소."

어린 소년의 가슴속에서는 마치 자기 형제가 죽거나 혹은 몹시 사랑하던 누군가가 죽기라도 한 것처럼 경련이 일었다. 며칠 후 그는 다시 고서점으로 가봤다. 그때 그는 놀랍게도 다시 쇼윈도에 책들이 진열되어 있는 것을 보았다. 그러나 그 책들은 이제까지 한 번도 보지 못한 책들이었다. 나중에 밤이 되어 잠을 자는데 잠이 오지 않아 몸을 뒤척이다가 그는 문득 이런 생각을 하게 되었다. 식민지 물품을 파는 늙은 상인 하르마티, 그가 시내의 인쇄업자에게서 낡은 책들을 사들여 고서점을 시작했는데, 아마 이 책들은 도무지 팔리지 않아서 그대로 남아 있게 되었을 것이다. 그래서 그는 항상 고서점 문 앞에 그렇게 무뚝뚝하게 서 있었고, 단지 누가 무엇을 사려고 자기 가게에 들어올 때만 친절했다. 지금 그는 새 책들을 진열해놓았다. 지나가는 사람들 눈에 더 잘 띄라고 말이다. 하지만 고서점은 아주 외진 곳에 있으니 누가 얼마나 그곳을 지나다니겠는가. 단지 찻주전자를 든 다방 아가씨나 혹은 교사가 집에 돌아가는 길에 쳐다볼 뿐.

10월 중순이 되었다. 어린 김나지움 학생이 가졌던 그리운 소망이 드디어 결실을 보게 되기까지는 이다지 긴 시간이 필요했던 것이다. 그는 홍당무 같은 얼굴을 하고 어느 날 가게 문을 들어가서 자기를 쳐다보는 점원에게 말했다.

"죄송하지만, 전에 쇼윈도에서 책을 하나 봤었는데요. 초코너이의 책이요. 그 책이 아직도 있는지 좀 봐주실래요?"

점원은 찾아보더니 곧 그 책을 발견했다. 값은 30크로이처였다. 소년은 매우 놀랐다. 최악의 경우 책값으로 1포린트(1포린트는 100크로이처―옮긴이)를 전부 다 지불해야 할 것이라고 혼자 생각하고 있었던 것이다. 1포린트 이상은 가지고 있지도 않았다.

그는 책을 사서는, 맛있는 고깃덩이를 받아 문 강아지처럼 그곳을 빠져나왔다. 강아지야 받아든 고기 뼈를 책상 밑에서 곧 먹어치울 것이지만 그는 달랐다. 그가 손에 쥔 것은 특별히 좋은 것이었기 때문이다. 책값이 30크로이처밖에 안 할 리가 없었다. 틀림없이 책방 주인이 착각했을 거야. 그러니 생각이 나면 금방 다시 책을 돌려달라고 할 것 같아서 마음이 한없이 바빴던 것이다.

그런데 그 책은 어린 김나지움 학생이 상상하던 그런 책이 아니었다. 책에 있는 것은 초코너이의 시가 아니었다. 그것은 그의 인생에 관해 잡다하게 써놓은 책이었다.

소년이 그 책을 읽기 시작했을 때 그는 첫 장에서 도저히 이해할 수 없는 문장에 부딪쳤다. "초코너이 비테즈 미하이는 오늘날 심리학이 이미 하나의 테마로 부각시킨 가설, 즉 육체적인 면에서 부모의 인자가 아이들에게 유전되는 것처럼 정신적인 면도 성격과 능력이 아이들에게 유전된다는 가설이 옳음을 보여주는 한 예다."

그는 그 문장을 여러 번 읽어보았지만 도무지 내용을 이해할 수 없었다.

책 전체를 읽어 내려갔다. 그러나 그에게 내용은 다 그렇게 이해하기 어려운 것이었다. 그는 결국 책의 내용이 별로 매력적이지 못하다는 것을 알게 되었다. 그럼에도 자기가 그 책을 사서 간직하게 되었다는 사실이 매우 기뻤다. 자주 그는 그 책의 표지를 관찰하곤 했다. 표지에는 오른쪽 위에 힘찬 필체로 그의 이름이 쓰여 있었다. "닐러시 미하이, 1892." 표지 아래쪽에는 파랗고 현란한 도장이 찍혀 있었다. "쉬피츠 외된, 법과대학." 이것을 소년은 무자비하게 잉크로 지워버렸다.

스스로 산 진짜 두꺼운 책에 자기 이름을 써넣고 그것을 바라보는 것은 그에게 말할 수 없는 기쁨이었다.

그사이 그는 서랍에 다른 물건들을 모았다. 동급생에게 5크로이처를 주고 정기간행 잡지《역사적인 그림 갈레리》를 샀다. 이 잡지는 그 친구가 자기 집에서 훔쳐온 것이 분명했다. 쉬는 시간에 교실에서 그 친구는 이리저리 다니며 장사를 했고, 그런 잡지를 다음에 더 많이 가져오겠다고 약속했다. 그 녀석의 이름은 켈레멘 임레였는데 공부를 정말 못하는 친구였다. 그 친구는 5크로이처로 당장에 매점으로 달려가 사과 두 개와 빵을 사와서는 다른 학생들이 쳐다보고 있는 자리에서 마구 먹어댔다. 그러니 돈은 금방 없어졌다.

닐러시 미시는 자기 책상 서랍에 왕관을 쓴 왕들과 투구를 쓴 영웅들이 있다는 것이 매우 행복했다. 그리고 잡지의 한쪽 구석을 힐끗 볼 때마다 황홀한 사람들이 그를 매혹했다. 그는 그림 전체를 모두 다 본떠놓기로 결심하고 이런 결심을 실행에 옮기기 위해 이미 도화지 다섯 장을 사놓았다.

그러나 그가 이제 막 새로 산 중요한 보물에 비하면 다른 것들은 모두 대수롭지 않은 것이 되어버렸다.

그가 지난해 살던 너지메스터 거리에는 선생님이 살고 계셨다. 최근에 그는 그 댁에 가서 선생님 아이들과 공을 가지고 놀아주다가 서재 창고에서 양피지를 묶어 만든 책 한 권을 발견했다. 그 책을 보자마자 그는 곧 자기가 가져야겠다고 결심했다. 그 책으로 뭘 해야 하는 것은 아니었다. 책을 펴보니 라틴어로 쓰여 있다는 걸 알 수 있었고, 라틴어 공부로 말하자면 학교에서 배우는 것만으로도 벅찰 정도였으니까. 단지 그 책의 표지 때문에 그런 결심을 했던 것이다. 책 겉표지를 보자 그는 미치도록 그것을 가지고 싶었다. 그래서 그는 두 번째 일요일에도, 세 번째 일요일에도 선생님 댁을 방문했다. 그러고는 다른 사람이 눈치 채지 못하는 사이에 가련할 만큼 강렬한 욕망에 못이겨 책의 겉표지를 뜯어냈다. 쉬운 일이 아니었다. 책은 창고에 그냥 두고, 뜯어낸 겉표지는 저고리의 주머니 속에 숨겼다.

제대로 인사도 못하고 그는 학교로 도망치다시피 달려왔다. 그의 이 새 보물은 아무에게도 보여주지 않았다. 누구도 보면 안 되는 보물이었다. 그는 전지 50장을 사기 전에 잠을 잘 수도, 공부를 할 수도 없었다. 마침내 50장이 채워지자 초코너이 생가 옆의 제본소가 위치한 다라보스 거리로 달려갔다. 그곳에서 화려한 그 책표지 안에 흰 종이를 넣어 제본을 했다.

그는 아끼고 사랑하는 마음으로 매끄럽고 노르스름한 양피지 책을 쓰다듬었다. 그것을 깨끗하게 팔꿈치로 문질러 닦았다. 그때 공을 가지고 놀았기 때문에 아직 흙이 묻어서였다. 그리고 여기저기 약간의 상처가 나 있었다. 이 책에 그는 자신의 모든 것을 다 쓰겠다고 마음먹었다. 모든 것을…. 그러나 그 지면을 가득 채우려는 생각으로 불타오르는 이러한 흥분이 도대체 무엇인지는 그도 정확하게 알지 못했다. 그는 자주 그 책을 바라봤다. 그때마다 내장에 남모르는 야릇한 감정을 느꼈다. 이른바 '내면의 열기' 비슷한. 그는 이제까지 어느 누구도 쓰지 못했던 아름다운 글을 써넣으려고 했다. 첫 쪽을 그는 책의 표지처럼 나누었다. 그리고 자기 이름으로 시작을 장식했다. 제목으로는 간단한 단어를 선택했다. "비망록." 그것에 대해 어느 누구도 이의를 제기하지 못할 것이다. 중간에 그는 예쁘고 크고 힘찬 글씨로 다시 한 번 자기 이름을 써넣었다. "닐러시 미하이." 그리고 그 밑에 적었다. "데브레첸 그리고 1892년."

며칠이 지났지만, 그 책은 빈 채로 그냥 있었다. 그는 쓰기가 두려웠다. 누가 그 책을 보고 읽게 되면 그를 비판하고, 아마도 그를 고발

할지도 모른다. 혹은 누가 훔쳐갈지도 모르며, 그를 웃음거리로 만들어버릴지도 모르지 않는가. 그리고 이미 그 자신도 더 이상 그 책이 만족스럽지 않았다. 표지 글씨가 잘 써지지 않았다고 생각되어서였다. 김나지움 2학년 학생으로서 그 글씨는 잘 쓰인 편이었다. 그러나 그는 완벽하게 잘 쓴 글씨를 원했다. 사람들이 꿈꾸는 그런 수준의 명필을 원했던 것이다. 그는 이 글씨가 자신이 학교 공책에 쓰는 글씨보다 더 잘 써진 글씨가 아니라고 생각했다. 100배나 더 예쁘게 쓸 수 있었다고, 그래서 그 글씨를 보는 사람마다 "와, 이럴 수가" 하고 탄성을 지를 수밖에 없도록 해야만 한다고 생각했다.

글씨는 잘 쓰여 있지 못했다. 아니, 그의 공책에 쓴 것보다 훨씬 못썼다. 학교에서는 긴장해서 써야만 하지만, 여기에는 용감하고 감격적으로 쓰려고 했다. 그런데 그만 아주 어린 초등학생이 쓴 것 같은 졸필이 되어버렸다. 그 표지는 그에게 고통을 주었다. 또한 그를 매우 실망스럽게 했다. 자기 자신의 능력에 회의를 갖게 했기 때문이다. 하지만 한편으로 이러한 고통은 기쁨을 주기도 했다. 그 책을 통해 그가 해결해야 하고, 해결하게 될 하나의 커다란 과제를 발견했기 때문이다. 포위할 가치가 있는 성이라야 그것을 점령했을 때 최고의 명예가 수반될 테니.

뵈쇠르메니가 움직였다. 미시는 얼굴이 달아올라 그를 건너다봤다.

아니었다. 그는 미시를 바라본 것이 아니었다. 그 사실이 미시를 안심시켰다.

곧 그는 생각에 잠겼다. 왜 뵈쇠르메니는 여기에 머물러 있으려 하지? 다른 아이들은 학교 뒤 운동장에서 축구를 하거나 모래산에 있는 울창한 숲으로 놀러갔는데 말이다. 놀라서 그는 자문해봤다. 뵈쇠르메니가 혹시 자기 그림물감을 또 한 번 보지 않았는지. 어제 그는 폰 그라츠 상점에서 5크로이처를 주고 아주 좋은 진홍색 그림물감을 샀다. 그런데 혹시 뵈쇠르메니가 그걸 알고 빌려달라고 그러는 것은 아니겠지? 그래서 얼마 전처럼 마구 덕지덕지 칠해버리고 자기는 대책 없이 바라보고만 있게 되지나 않을지.

미시는 빨리 라틴어 책을 가지고 방에서 슬쩍 사라지려고 했다. 식물원에 가서 공부하려 한 것이다. 그런데 그가 서랍을 바삐 닫자 뵈쇠르메니가 말했다.

"야!"

미시는 놀라서 친구를 바라봤다. 그의 얼굴 표정이 뭔가 좋은 것을 예고하지는 않았다. 그림물감을 빌리려고 하는 게 틀림없었다.

"너 혹시 그림물감 있어?" 뵈쇠르메니가 물었다.

미시는 전혀 놀라지 않았다. 바로 그 질문을 예상하고 있었으니까.

"어떤 색?" 그는 걱정되어서 더듬더듬 말했다.

"흑갈색."

"아니, 없는데."

잠깐 침묵이 흘렀다. 그러자 그는 안도의 숨을 내쉬었다. 뵈쇠르메니가 흑갈색만 원할 뿐, 다른 색을 더 원하지는 않았으니까.

"진홍색은 있니?"

"진홍색?"

"그래."

"있어." 미시는 낮게 말하며 눈을 깜빡거렸다. 이제 진홍색 물감은 잃어버린 것이나 다름없다. 그것은 너무나 쉽게 용해되기 때문이었다.

"정말? 어떤 건데? 멋지다." 뵈쇠르메니가 큰 소리로 말했다.

그는 침대에서 뛰어내려와 책상으로 왔다.

꼬마 닐러시 미하이. 그는 키가 작아서 학교에서 운동할 때 큰 순서대로 서면 겨우 끝에서 세 번째에 서야 했다. 그는 몸을 깊숙이 앞으로 구부려 진홍색 물감을 더듬어 찾으면서 아무 말도 하지 않았다. 쓸데없는 소리가 더 이상 나오지 않도록 하려는 마음에서였다. 사실 그 물감은 서랍 안쪽에 기가 막히게 잘 숨겨놓았기 때문에 아무도 그걸 찾을 수 없을 것이었다. 다른 그림물감들과는 아주 동떨어지게 놓았다. 그는 팔을 서랍 안으로 길게 쭉 뻗어야만 했다. 안쪽을 향해서 왼쪽 구석으로.

아무 말 없이 그는 진홍색 물감을 책상 위에 올려놓았다.

"멋지네." 뵈쇠르메니가 말했다. 그는 한쪽 눈을 감고 물감을 면밀히 살펴봤다. 그러더니 손을 뻗어 물감을 손톱으로 살며시 잡은 다음 다시 손바닥 위에 올려놓았다. 그러고는 공중으로 높이 던졌다가 내려오면 다른 손으로 받았다. 다시 던지며 또 한 번 말했다. "멋져."

미시는 허공을 떠다니는 물감을 쳐다봤다. 물감을 공중으로 던지는 짓은 그로서는 애초에 상상조차 하지 못했다. 잘못해서 땅에 떨어져 부서지지는 않을까, 아니면 공중에서 내려오는 물감을 받다가 손가락 사이에 끼어 으깨져버리지 않을까, 혹은 어떤 다른 위험이 있을까 두려웠기 때문이다. 이런저런 가능성 때문에 두려웠던 그는 뵈쇠르메니가 그림물감을 공처럼 던져 올리는 것을 그저 불안한 마음으로 바라볼 뿐이었다.

"이거 어디서 샀어?" 뵈쇠르메니가 진지하게 물었다.

"폰그라츠 상점에서."

"3크로이처 주고 산 거야?"

이건 모욕적인 말이었다. 물론 누구나 진홍색 물감을 3크로이처 주고 살 수 있었다. 그러나 3크로이처짜리 물감은 너무 납작하고 바싹 마른 것이었다. 아무리 눈먼 사람이라도 3크로이처짜리 물감은 멀리서도 알아볼 수 있을 것이다. 그러나 지금 눈앞에 있는 물감은 아주 기름이 촉촉했다. 그래서 물을 한 방울도 떨어뜨리지 않더라도 잘 녹아서 손가락에 묻어났다. 기름기가 촉촉한, 정말 근사한 물감이었다.

뵈쇠르메니는 반에서 제일 멍청한 아이였다. 하지만 드잡고 싸움질은 아주 잘하는 친구였다. 그와 싸운다는 것은 아무런 가치 없는 일이다. 그는 물감을 잘 구분도 하지 못한다.

"5크로이처 줬어." 미시가 말했다.

뵈쇠르메니는 눈을 크게 뜨고 호기심 어린 눈으로 진홍색 그림물감을 자세히 살펴봤다.

"진짜 좋다. 정말 선명하네." 그가 말하며 살짝 얼굴을 붉혔다. "나도 이걸 살 거야. 집에서 돈이 오길 기다리고 있는 중이야."

그는 진홍색 그림물감을 다시 책상 위에 놓았다. 미시는 기뻤다. 그가 자기 집에서 돈이 올 때까지 물감을 가지고 싶은 마음을 제어할 수 있어서였다.

그런데 뵈쇠르메니는 아직도 안정을 되찾지 못하고 있었다.

"만약 지금 돈이 온다면," 그가 거만스럽게 말했다. "나는 그림물감을 여섯 개 살 거야. 무슨 소리, 여섯 개라니, 열 개! 맹세해."

미시는 부끄러워졌다. 자기는 단지 한 개만 가지고 있고, 그렇다고 집에서 돈을 받는다고 자랑할 수도 없는 일이었기 때문이다. 뵈쇠르메니의 부모님은 부자가 아니었다. 언젠가 들은 적이 있다. 그러나 한번 우체부가 뵈쇠르메니에게 돈을 전해주는 것을 본 적이 있다. 그때 뵈쇠르메니는 2포린트를 받았다. 미시는 이번에 그가 얼마를 받게 될지는 모른다. 물론 물어볼 수도 있을 것이다. 그러나 그렇게 하지 않았다. 뵈쇠르메니에게 미시가 호기심을 가지고 있다고 생각할 테니까.

그들은 서로 아무 말 없이 바라봤다. 그러다 뵈쇠르메니가 물감을 다시 책상에서 집어 들었다. 그것도 그냥 손으로 집어 든 게 아니라, 물감 위로 몸을 구부리고 왼쪽 눈으로 살펴봤다. 그러더니 왼쪽 눈을 감고 이번에는 오른쪽 눈으로 관찰했다. 그는 마치 그것에 불순물이나 먼지, 또는 흙이나 털이 들어 있는지 검사라도 하는 듯, 혹은 화학적인 혼합이 잘못되어 마음에 흡족하지 않은 듯 그것을 쳐다봤다. 그러고 나서 조심스럽게 물감을 손으로 집어 들고는 창으로 다가갔다. 아주 조심스럽게, 사람이 아주 조심해서 다뤄야 하는 한 마리 작은 새처럼. 그러지 않으면 새가 어디론가 날아가기라도 하는 듯.

미시는 눈으로 그를 따라가다 열린 창문을 보고 당황했다. 그가 두려워하던 상황이 그대로 눈앞에 펼쳐졌던 것이다. 그러나 뵈쇠르메니는 창에 다가가서 물감을 단지 샅샅이 관찰할 뿐이었다. 다행히 그림물감은 새처럼 밖으로 날아가지 않았다.

창문을 통해서 오후의 햇살이 비쳤다. 사범학교 학생들이 연습하는 바이올린의 째지는 듯한 소리가 들려왔다. 사범학교 학생들은 한 층 아래에서 살고 있었는데, 그들은 날이면 날마다 바이올린을 긁어대 어린 김나지움 학생들은 일생 동안 바이올린 소리에 대한 악몽에서 헤어나지 못했다. 지금 미시는 자기 진홍색 그림물감을 염려하고 있었기 때문에, 바이올린의 북북 긁어대는 소리는 평소보다 훨씬 더 귀를 괴롭혔다. 그는 무서웠다. 뵈쇠르메니가 물감을 빼앗으려는지 아닌지 알 수 없었다. 더구나 창문이 열려 있어서 창문 밖으로 던져버리지나 않을지 두려웠다.

뵈쇠르메니가 돌아섰다. "그리 나쁜 색은 아니야." 그가 말했다. 그리고 창문에서 멀어지면서 다시 물감을 오른손으로 천장까지 던져 올리고는 왼손으로 받았다.

미시는 물감을 던지지 말라고 말할까 망설였다. 그러나 그냥 아무 말도 하지 않았다. 싸우고 싶지 않아서였다. 더욱이 자기보다 덩치 큰 아이하고는 말이다.

결국 뵈쇠르메니는 그림물감을 상하게 하지 않고 다시 책상 위에 올려놓았다.

"그런데 이 사기꾼들은 다 어디에 있는 거지?" 그가 물었다.

"뒤쪽 운동장에서 공놀이를 하고 있어." 미시는 서둘러 대답했다. 혹시 뵈쇠르메니의 관심을 그림물감에서 다른 곳으로 돌릴 수 있을까 하고.

"공놀이를 한다고?"

"응."

"무슨 놀이?"

"롱가 메타트."

"롱가 메타트?" 뵈쇠르메니가 확실히 놀라는 얼굴로 반복했다. 그러나 속으로 그는 뭔가 생각하는 듯했다.

"그래."

"흠, 롱가 메타트라. 그거 좋네. 그 놀이엔 사람이 많이 필요한데."

"많이들 갔어. 산도르가 분명히 말하더라." 미시는 그가 관심을 그쪽으로 돌리기를 간절히 바라면서 말했다.

"그런데 넌 왜 같이 안 갔어?" 뵈쇠르메니가 물었다.

미시는 얼굴이 붉어졌다. 아이들은 그에게 같이 가자고 하지 않았다. 그가 잽싸게 공을 잡지 못하기 때문이었다. 공을 잡으려면 강한 인상을 주는 것이 필요했다.

"난 식물원에 가려고. 공부하러."

"그래?" 뵈쇠르메니는 아마도 그걸 알려고 하는 사람처럼 말했다. "나는 그림 그릴 거야."

미시는 이 말이 무엇을 의미하는지 알아챘으나, 아무런 반박도 하지 않았다. 그는 뵈쇠르메니의 그림 실력을 판별할 만한 눈을 가지고 있었다. 물론 누구나 뵈쇠르메니가 문카치(19세기 헝가리의 대표적인 화가―옮긴이) 같은 유명한 화가가 되지 못한다고 단정해 말할 수는 없을 것이다. 그러나 그의 그림은 도대체가 그림이라기보다 물감의 탕진이라고 표현하는 것이 맞을 정도였다. 그림물감을 짜놓는 채료 접시를 쭉 늘어놓고 서로 다른 색깔을 막 섞는 것이 그에게는 무지무지하게 재미있는 모양이었다. 딱딱하고 둥글고 작은 그림물감이 물에서 저절로 녹는 것을 보는 그의 기쁨은 형언할 수 없을 만큼 대단했다. 그림을 그리는 것은 그에 비하면 그렇게 중요한 것이 아니었다. 사실 그는 그림에 색을 칠한다기보다는 가느다란 붓으로 윤곽을 그리는 편이었다. 마치 4B연필로 하듯 말이다. 화분의 꽃을 초등학생이 그리듯이, 혹은 코를 그리는데 뭉뚝하게 크면서도 구부러지는 형태로. 그러나 이 모든 것은 금방 뒤섞여버리고, 하얀 종이는 온통 물감으로 가득 채워지곤 했다. 하얀 종이에 물감을 마구 바르는 일은 물감을 녹이는 것과 똑같이 그에게 대단한 즐거움이었다. 파괴의 악령이 그를 충동했고, 그의 내면에는 물감도 종이도 자기 것이 아닌 듯 느꼈다.

미시는 절망스러운 기분이 되어 조용히 자기 물감을 포기했다. 그는 라틴어 문법책을 팔에 끼고 모자를 쓰려 했다.

모자 때문에 그는 한순간을 더 기다렸다. 모자를 쓰기 전에 그는 모자를 바라봤다. 모자는 찌부러져 있었다. 그의 가슴속 깊은 상처는 이 모자가 원인이었다. 그는 이 모자를 좋아하지 않았다. 왜냐하면 모자 뒤편에 장식으로 돼지털을 붙여 놓았는데, 그것은 하얀색에 위쪽을 검게 물들인 것으로 작은 부채처럼 펼쳐져 있었기 때문이다. 그 모자는 그에게 도무지 어울리지 않았다. 그것은 싸움꾼에게나 어울리는 것이었다. 이마 위로 추켜올려 쓰고 누구든지 눈앞에 나타나는 사람에게 도전적인 눈짓으로 노려보면서 이렇게 말을 해야 할 그런 사람의 모자였다. "이봐, 친구! 내가 한 방에 눕혀줄까?"

그는 차라리 갈색 모자가 더 마음에 들었다. 차양이 넓고 빙 두른 둘레가 약간 위를 향한 모자. 그 모자라면 머리에 푹 눌러쓰고, 아무도 모르게 고개를 푹 숙인 채 사색을 하면서, 그러니까 깊은 생각에 몰두하면서 산책할 수 있어 좋을 것 같았다.

이 모자가 오늘은 특히나 마음을 괴롭혔다. 기분이 도무지 풀리지 않았다. 그를 낭패스럽게 했다. 초록빛을 띤 모자의 색깔마저 마음에 걸린다. 또 끈까지도 기분이 나쁘다. 다른 모자에는 띠를 두르는 것이 보통인데 그의 모자에는 끈이 있어 모자를 띠 대신 두 바퀴 감았다. 끈 끝에는 사기로 만든 짐승의 발톱이 달려 있었다. 발톱이야 그가 모자를 받자마자 긁어서 이미 다 닳아 거의 없어졌고, 돼지털도 가능하면 다 없애버리려 했다. 그것만 없다면 모자가 조금은 더 좋아지겠거니 하는 생각에서였다. 그런데 아니었다. 돼지털을 떼어내고 보니 그 자리에 접착제를 발랐던 흔적이 크게 나타나는 것이었다. 그 흔적 때문에 모자가 더욱 흉측하게 보여 그는 놀란 가슴을 조이면서 다시 돼지털을 붙였다.

모자를 쓸 때마다 늘 그러했듯이 지금도 그는 모자를 자세히 쳐다봤다. 돼지털이 너무 아래까지 늘어지지 않도록 하기 위해서였다. 늘 그것이 아래까지 내려와 성가시기 짝이 없었다.

그가 마침내 나가려고 하자 뵈쇠르메니가 그를 불렀다.

"닐러시."

미시가 돌아보았다.

"그런데 진홍색 그림물감, 여기에 놔둘래?"

미시는 당혹스러워하며 그를 빤히 응시했다.

"그거 잘된 일이다." 뵈쇠르메니는 소리치며 물감을 집어 들었다.

미시는 방에서 무거운 발걸음을 옮겼다. 이제 새로운 걱정거리가 고개를 쳐들었다. 그림물감을 거기에 놔두지 말았어야 했는데.

긴 복도는 빨간 벽돌 타일로 되어 있었다. 어찌나 심홍색이던지 이곳 데브레첸에서나 볼 수 있는 그런 색이었다. 미시의 고향집은 노란 벽돌집이었다. 병색이 완연하게 바래어 빠진 노란색. 그는 이곳의 빨간 벽돌을 황홀하고 의아한 눈으로 항상 살펴보곤 했다. 어떻게 이리도 빨간빛일까? 그는 언제나 발바닥이 타일에 들러붙을까봐 감히 바로 들어서지 못하고 머뭇거렸다. 만약 그가 복도를 뒤로하고 걸어간다면, 열 걸음도 채 다 못 가 구두 밑창이 빨갛게 변해버릴 것 같았다.

그는 학교 마당을 내려다보았다. 높은 곳에서 아찔할 정도로 깊은 아래쪽을 내려다보는 일은 그가 빠뜨리지 않고 항상 하는 일이었다.

마당 한가운데에는 가지가 많은 나무들 밑으로 우물이 하나 있었다. 오늘 오후에는 수업이 없었다. 그래서 단지 몇몇 학생들만이 이리저리 어슬렁거리며 돌아다녔다. 우물의 황동 도르레가 반짝이고, 우물에서 물을 다른 쪽으로 보내도록 만들어놓은 긴 황동관도 마찬가지로 반짝였다. 이 긴 관은 항상 소년에게 어떤 환상을 불러일으켰다. 마치 어미 양이 등을 땅에 대고 누워 있는 것처럼 보였던 것이다. 젖꼭지가 한 다스쯤 있는 것 같았다. 그래서 어떤 사람이 물을 길어 올리고 다른 사람이 관의 끝에서 입구를 손으로 막으면, 물이 이 구멍들을 통해서 높이 솟아오르는 것이다. 어린 학생은 몸을 구부려 입으로 그 물을 받아 모았다. 물에서 쇳내가 났다.

그는 진홍빛 그림물감을 가지고 있다고 말하지 말았어야 했다. 아무도 그가 그림물감을 새로 산지 몰랐다. 설사 누가 알았다고 해도 그렇게 잘 숨겨놓았는데 어떻게 찾아낼 수가 있었겠는가. 그러나 어쩌면 뵈쇠르메니가 그것을 찾아냈을지도 모른다. 물론 다른 사람의 서랍을 뒤지는 일은 금지되어 있다. 만약 뵈쇠르메니가 규율을 어기고 그의 서랍을 뒤져 물감을 사용했다면, 기숙사방 대표가 그에게 명령했을 것이다. 보상해놓으라고…. 그러나 허망하게도, 그는 자진해서 아끼는 진홍색 그림물감을 뵈쇠르메니에게 줘버렸던 것이다. 더 이상 어떤 노력도 하지 않은 채.

그는 왼쪽으로 접어들어 어두침침한 나무 계단을 밑으로 훌쩍 뛰어내렸다. 마치 참새가 나뭇가지 위에 앉아 있다가 다른 나뭇가지로 살짝 옮겨 앉듯이. 그의 마음은 온통 슬픔과 불안으로 가득 차 있었다. 2층으로 오자 신학생들의 음악실 앞에 멈추어 서서 열쇠 구멍으로 안을 들여다봤다. 그 안을 구경하고 싶었다. 마침 성악 시간이었다. 그는 잠깐 동안 특별히 귀를 자극하는 어떤 소리에 귀를 기울였다. 안에서는 음계를 연습하고 있었다. 그러나 그는 그게 뭔지 몰랐다. 다만 약간 목을 노루처럼 앞으로 길게 늘여 빼고 들어봤을 뿐이다. 낯선 소리가 들리자 그는 이내 가던 길을 계속 갔다. 1층에 다다라 그는 쏜살같이 휙 밖으로 달려나갔다. 새장에 갇혀 있던 새가 허공으로 날아가듯이.

그는 이제 학교 기숙사에서 한 달을 살았다. 지난해에는 선생님 댁에서 숙식을 했다. 그러나 올해 그는 신학교 기숙사에 방이 비었다는 연락을 받았다. 그는 이미 지난해에 수업료를 내지 않아도 됐다. 하여튼 방이 비어서 지금 이 크고 무시무시한 건물에 살고 있는 것이다. 마치 누가 그를 사로잡아 이곳에 유폐시킨 것처럼.

말할 것도 없이 그는 이 학교에 대단한 자부심을 가지고 있었다. 동생은 부모님께서 퍼터크로 보내셨다. 그리고 잘못하면 다음 달에 그도 그곳으로 가게 될지도 모르는 처지이기는 했다. 퍼터크는 집에서 그리 멀지 않은 곳에 있으니까. 그러나 그는 데브레첸에 거의 미쳐 있었고, 여기 이곳은 이 세상 어디에도 없는 유일한 곳이라는 확신을 하고 있었다.

그는 끝없이 높아 보이는 건물을 올려다봤다. 돌로 된 건물의 기둥 위에는 놀랄 만큼 두꺼운 머리들이 새겨져 있었다. 그 머리들은 하나같이 살찌고 펑퍼짐한 얼굴을 한 채, 곱슬곱슬한 그리스식 수염을 달고 있었다. 이런 모습은 그에게 강한 신뢰감을 주었다. 여러 머리 밑으로 희미한 둥근 아치형 문이 있었는데, 그 밑에는 노점상 여인을 덮어주는 천막이 있었다. 그는 등이 가늘고 길게 잘린 조그만 모닝빵에, 네 개의 도드라진 장식을 붙인 황제빵과 색이 바랜 사과들에 눈길을 주었다. 그러나 여기서 그것들을 살 생각은 추호도 없었다. 그에게는 용수철 자물쇠로 잠그는 조그만 돈지갑에 겨우 45크로이처만 있을 뿐이었다. 다음 주에 치거이 부인에게 빨래 값으로 60크로이처를 지불해야 하는데, 그 문제를 어떻게 해결해야 할지 난감했다. 그 일만 생각하면 두려워 거의 죽을 지경이었다.

그는 정원 울타리를 따라 슬슬 걸어갔다. 쇠울타리의 쇠를 하나씩 손가락으로 대가며 격자무늬 사이로 대성당의 거대한 복합 건물을 올려다봤다. 책을 제본하지 말았어야 했어. 그것 때문에 지금 돈이 없는 거야. 하지만 당시에는 제본을 하지 않으면 살 가치가 없는 것으로 생각했다. 더 이상 공부할 의미도 이 세상에 존재할 이유도 없었던 것이다. 제본된 책을 보고 싶은 간절한 소망을 그는 지워버릴 수가 없었다.

한 달 동안 날마다 행상 여인 두 명이 지나갔다. 그러나 그는 사과 하나, 자두 하나, 멜론 하나 사지 못했다. 그뿐인가. 롤빵 한 개, 뿔같이 생긴 맛있는 빵 한 개, 터키산 벌꿀 한 수저도 사지 못했다. 그에게 그런 것들은 모두 사소한 것이었다. 그러나 자기만의 고유한 비밀 장부를 포기하는 것은 그에게는 불가능한 일이었다. 그런데 지금, 치거이 부인이 빨래를 깨끗하게 다림질해 점점 가까이 다가오는 것을 느끼는 이 순간, 그는 무엇을 어떻게 해야 좋을지 눈앞이 캄캄해졌다.

그는 식물원으로 갔다. 정원은 바로 학교 옆에 있었다. 이 식물원은 그의 마음에 들지 않았다. 그는 이 식물원을 좋아하지 않았다. 거의 식물원을 찾아가지 않았는데, 왜냐하면 각 꽃나무마다 옆에 이름표를 땅에 박아놓은 것이 그를 어지럽혔기 때문이다. 물론 식물 이름은 알아두는 것이 좋을 것이다. 그러나 모든 이름이 라틴어로 되어 있어서, 1년을 봤지만 단 한 개도 알아볼 수 없었다.

그는 라틴어를 공부하려고 시도해봤다. 그러나 자꾸만 치거이 부인만 머릿속에 떠올랐다. 조그만 키에 조용하고 부드러운, 빨래하는 아주머니. 그녀는 소리도 없이 와서 잘 빤 옷들을 한 마디 말도 없이 내놓는다. 지금 이 순간 그는 불규칙 동사를 외우는 것이 너무 힘들었다.

키가 크고 바짝 마른 체구에 검은 옷을 입은 신학생들이 큰 걸음으로 산책을 하며 책을 읽고 있었다. 작은 학생, 이제 겨우 2학년생인 작은 학생도 꼭 같이 공부를 했으니, 말하자면 그는 정원에서 공부하는 유일한 사람은 아니었다. 친구들은 모두 뒤쪽 운동장에서 공놀이를 하고 있었다. 미시는 매우 불행하게 느껴졌다. 왜냐하면 여기 이렇게 혼자 있기 때문이었다. 모든 사람들로부터 버려져 있다는 생각이 들었다. 그의 가슴은 걱정으로 무거웠고 그러니 라틴어 공부가 머릿속에 들어올 리 만무했다. 뵈쇠르메니는 공부를 하지 않고 그의 그림물감을 막 섞고 있다…. 이 상처, 이 가시가 그를 아프게 했다.

유일하게 좋은 친구인 기메시도 위안이 되어주지 못했다. 기메시는 페테르피아 거리에 살고 있었는데 그곳은 숲을 지나 멀리 있는 유별난 곳이었다. 그런 곳은 이 근방에서 거기밖에 없었다. 그는 자기 할머니와 함께 그곳 대문 거리에 있는 초라한 방에서 살고 있었다. 어떻게 그 좁은 공간에서 살 수 있나 의아스럽게 생각될 정도로 좁은 방이었다. 다른 사람들에게 그 집은 너무나 낮은 집일 것이다. 기메시는 같은 나이 또래보다 한참 작고 미시보다도 약했다. 그러나 대단히 용감했다. 그는 누군가와 싸울 때면 옛날 성벽을 부수는 데 쓰는 무기처럼 덤벼들어 머리를 상대방 배에 부딪쳤다. 그러면 그보다 더 큰 아이들도 도망을 갔다. 그는 자기 이름을 "Ghimessy"라고 썼으나 사람들은 그냥 "Gimesi"라고 불렀다. 미시는 가슴속으로 깊이 그를 생각했다. 기메시가 만일 미시를 항상 생각하지 않는다 해도, 미시는 한시도 기메시 없이는 살 수 없었다.

때때로 미시는 책에 눈을 돌려 무의식적으로 문법을 외웠다.

다른 형태들은 각각 기본형에서 다음과 같이 나뉜다.

A) 현재형에서: 직설법 반과거형 ferèbam 등, 수동태 ferèbar 등, 미래형I feram, ferès 등, 수동태 ferar, fereris 등, 접속법 현재 feram, feras 등, 수동태 feraris 등, 동명사 ferendi 등, 미래분사 ferendus, -a, -um.

B) 현재완료형에서: 직설법 완료형 tuli, tulisti 등, 과거완료 tuleram 등, 미래형II tulero 등, 접속법 완료형 tulerim 등, 과거완료 tulissem 등, 부정사 완료 tulisse.

C) 현재분사형에서: 수동태 직설법 완료형 latus, -a, -um, sum 등, 과거완료형 latus, -a, -um, eram 등.

그는 외우려고 최대한 노력했다. 그러나 정신을 집중할 수가 없었다. 커다란 슬픔이 가슴을 메워왔다. 그는 부모님을 생각했다. 그러자 벌써 눈에 눈물이 고이기 시작했다. 부모님께 돈을 달라고 할 수는 없는 노릇이었다. 그들도 돈이 없기 때문이다. 그는 자주 이런 생각에 잠기곤 했다. '이곳 기숙사에서는 고기랑 맛있는 다른 음식을 먹을 수 있지만, 부모님께선 집에서 맛없는 감자수프나 드시고 계실 거야.'

그는 매우 부끄러웠다. 그래서 기계적으로 라틴어 문법을 외우는 동안에도 내내 수치심으로 얼굴이 벌겋게 달아올라 있었다. 왜냐하면 그는 속없이 책을 제본하려고 했으니까. 그의 어머니께서는 그가 매월 첫날에 가장 먼저 치거이 부인에게 60크로이처를 지불해야 한다는 사실을 분명히 알고 있었다. 하지만 그가 아직 적어도 1포린트 정도는 가지고 있을 거라고 확신하고 있을 테니 걱정도 안 하실 거다. 어머니는 그가 한 일을, 그가 돈을 다 써버렸음을 전혀 짐작도 못할 것이다. 30크로이처는 초코너이가 삼켰고, 5크로이처는 《역사적인 그림 갤러리》에 썼다. 책 만드는 종이 15크로이처, 제본 20크로이처, 그림물감과 도화지 13크로이처를 썼으니 전부 합쳐 83크로이처나 되었다. 만약 그가 아무것도 사지 않았다면 돈은 아직 그대로 남아 있을 것이고, 치거이 부인에게 돈을 주고도 아직 45크로이처나 남아 있을 것이다. 왜냐하면 간식으로 사먹을 사과나 그 밖에 다른 일들을 위해 아직 23크로이처는 상자 속에 숨겨 놓았으니까 그 돈을 합치면 말이다.

만약 그가 초코너이를 포기했다면… 혹은 책의 제본을 포기했다면… 그러나 초코너이는 정말 두꺼운 책이었다. 그는 이제껏 그런 진짜 책다운 책은 가져본 적이 없었다. 《천일야화》라는 책을 제외하고는. 《천일야화》는 작년 김나지움 1학년 때 시험에서 상으로 받은 책인데 지금 시골집에 가져다 놓았다. 이 책을 생각하면 그는 자주 불안해졌다. 어린 동생이 그 책을 찢어버리지나 않을까, 더럽히지나 않을까 걱정되기 때문이었다. 아무도 그 책을 주의 깊게 살피고 아끼지 않을 것이니까 말이다. 둘째 동생 벨러는 옷장 서랍을 아주 잘 열어서, 책 꺼내기는 누워 떡 먹기였다. 분명히 동생은 조심스럽게 책을 다루겠다고 약속했다. 그러나 미시가 방학 때 집에 갔을 때 책이 더럽혀지고 아름다운 그림들을 동생이 마구 찢어버렸다면 어떻게 할 것인가. 동생은 아직 어려서 책을 읽을 줄은 모르지만 찢을 줄은 안다. 그렇다. 책을 찢을 줄은 아는 것이다.

혹은 그 책이 더 이상 그곳에 있지 않을 수도 있다. 이웃에 사는 코치시 요시커 때문이었다. 그는 모든 면에서 철면피였다. 삼촌이 여름에 집에 와 있을 때, 요시커는 구두 수선 장비를 삼촌에게서 훔쳐갔다. 사람들이 요시커의 집에서 그 장비를 발견하자, 그의 아버지인 늙은 코치시 씨는 이렇게 말했다. "새는 날려 보낸 사람의 것이 아닙니다. 천만에요. 새는 그것을 붙잡은 사람의 것입니다."

미시는 잔디에 앉아 자갈이 깔린 낮은 길 위에 다리를 올려놓았다. 하도 많이 걸어 피곤했던 것이다.

그는 지금 거의 마음의 준비가 다 됐다. 멋지게 제본된 책은 그것이 비록 값비싼 소유물이라 할지라도 포기할 수 있다. 초코너이는 한 번 다 읽고 나면 더 이상은 꼭 지니고 있어야 할 필요가 없는 책이었다. 초코너이를 읽는 것은 그에게 매우 힘든 일이었다. 그러나 그 안에는 아주 멋진 구절들이 있었다. 예를 들어, 선생님은 항상 피곤한 초코너이에게 아침 2교시 때에 학교에 오도록 허락했다. 저자는 그런 허락을 한 선생님을 질책하고 있었다. 그러나 미시는 저자에게 동의할 수 없었다. 오히려 미시는 그런 선생님을 만나고 싶었다. 지금 학교는 1교시가 아침 6시가 아니라 8시에야 시작하니까, 사실상 그는 선생님에게 그런 허락을 받을 필요가 없었다. 하지만 멋있는 선생님께서 그에게 허락해줄 만한 일들은 수없이 많았다. 예를 들어 불규칙 동사들이나 적어도 목적분사 등을 외우는 일들.

즉시 그는 다시 라틴어 공부를 하려고 했다. 그러나 정신을 집중할 수 없었다. 수업 시간에 그는 라틴어를 완전히 이해하지 못했다. 수업 도중에도 계속 '어디서 60크로이처를 구해 치거이 부인에게 줄까?'를 생각해야 했기 때문에 자연히 선생님의 설명에 정신을 집중하는 것이 불가능했다. 몇 가지는 완전히 빠뜨리고 듣지 못하고 말았다. 그때 아마 정신없이 다른 생각에 빠져 있었을 것이다. 읽었던 것이 무엇이었는지를 생각하고 그 내용을 어떻게 정리해 기록해둬야 할 것인지에 그의 머리는 골몰해 있었던 모양이었다. 그는 자기가 읽는 책의 내용은 모두 다 빼놓지 않고 기록해두기로 마음먹었다.

그때 전에 읽었던 《마음》이라는 아름다운 책이 생각났다. 그 책의 내용, 특히 '북치는 소년'에 대한 이야기가 머리에 자주 떠올랐다. 그러나 그것이 제일 마음에 드는 이야기인 것은 아니었다. 유감스럽게도 주인공 이름은 잊었지만 거기서 읽었던 어린 소년의 이야기가 잊히지 않았다. 그 소년은 이탈리아 투린에 살았는데 가난한 집의 아들이었다. 밤에 아버지가 주무시면 소년은 일어나 아버지를 위해 주소를 쓰는 일을 했다. 아침이면 아버지가 말한다.

"애야, 봤니, 아버지도 네가 생각하는 것처럼 그렇게 쓸모없는 사람은 아니란다. 오늘밤에도 내가 예외 없이 주소 150개를 더 썼어."

이 말은 소년을 매우 기쁘게 했다. 그래서 그는 더 많은 일을 했다. 자기 아버지를 기쁘게 해드리기 위해서였다. 저녁마다 소년은 일어나 주소를 썼다. 아버지는 아무것도 알아차리지 못하고 어느 날은 이렇게 말했다.

"굉장하구나. 몇 시간 만에 이렇게 많이 석유가 닳다니."

소년은 자기가 한 일을 설명하려 했으나 아버지가 더 이상 아무 말이 없었기 때문에 입을 다물었다. 월말이 오자 아버지는 기뻐서 집으로 돌아왔다. 그는 선물을 들고 와서 아들에게 말했다.

"애야, 내 아들아. 내가 힘들여 일하고 싸우는 것은 다 너를 위하고 네 동생들을 키우기 위한 거란다. 열심히 공부해야 해. 너도 알다시피 우리는 너의 도움이 절실히 필요하단다."

소년은 울었고 더욱더 열심히 일을 했다. 꼬박 새운 밤들이 점점 수를 더해 갔다. 소년은 전혀 잠을 자지 않았기 때문에 피곤했고 하루 종일 하품만 했으며 기분이 좋지 않았다. 어느 날 밤에 그는 처음으로, 자기 일생에 처음으로 공부를 하다가 졸고 말았다. 아버지는 소년을 깨워야만 했다. 그런 일이 계속해서 일어났다. 결국 날마다 반복되었다. 아버지는 아들을 의심스런 눈으로 바라보게 되었다. 그는 소년에게 무엇이 부족한지 알 수가 없었다. 그는 아들을 엄하게 꾸짖고 아들에게 벌을 주겠다며 위협했다. 소년은 자주, 아주 자주, 다음에는 밤에 일어나지 말아야겠다고 다짐했다. 하지만 습관이 되어 밤의 그 시간만 되면 이런 생각이 드는 것이었다.

'내가 누워 있는 것은 죄를 짓는 일이야.'

이 이야기에 생각이 미치자 미시는 슬퍼졌다. 눈물이 눈에 가득 찼다. 그는 갑자기 소리 내어 울기 시작했다.

아, 그는 얼마나 나쁘고 쓸모없고 경박한 소년인가. 그는 자기 부모님을 돕지도 않는다. 그는 분명 알고 있다. 아버지가 날마다 자기와 가족의 생계를 위해 주소 쓰기보다 100배나 더 어려운 일을 하고 있다는 사실을 말이다. 아침 일찍부터 저녁 늦게까지 아버지는 무거운 도끼로 큰 나무를 베어 넘어뜨리는 일을 계속해야 하는 것이다. 아버지는 겨울이라고 해서 따뜻한 방에서 오리털 이불을 덮고 지내지 못하고, 여름이라고 해서 시원한 방에서 신문을 읽지도 못한다. 그런데 그, 미시 자신은 나쁜 허영심과 욕구를 이기지 못하고 아버지가 보내주신 돈을 허비했다. 어떻게 그는 그냥 하얀 종이로만 엮인 빈 책을 위해 35크로이처나 처들였단 말인가. 5크로이처만 줘도 글을 쓰기에 충분한 좋은 종이를 얼마든지 살 수 있는데 말이다. 아니, 종이에 5크로이처를 들일 필요도 없었다. 종이 세 장에 1크로이처를 투자하면 충분한 것을⋯. 그것이면 학창시절 내내 쓸 수도 있을 텐데⋯.

그는 가슴이 쓰렸다. 동시에 그가 왜 그곳에서 울고 있냐고 다른 사람이 물어올까봐 불안한 생각이 들었다. 아마 그러면 그는 거짓말을 하게 될 것이고, 그걸 들은 사람들은 그를 비웃거나 신고하게 될지도 몰랐다. 결국에는 처벌을 받게 될지 누가 알랴. 그래서 그는 일어나 식물원의 뒤편으로 걸어갔다. 거기서 그는 큰 관목 아래로 숨어서 울려고 했다. 그러나 돌아다니는 사이에 울고 싶은 욕구가 사라져버렸다. 슬픔이 아직 남아 있기는 했어도.

그는 적어도 열심히 공부를 해서 자기 잘못을 만회하려 했다. 문법책 뒤에 나와 있는 본문을 모두 번역하고, 그 번역을 자기 책에 적기로 했다. 또 자기 나름대로 개성 있는 작문들을 거기에 써넣으려고 했다. 그리고 주소 쓰는 가난한 소년의 이야기와 그가 읽었던 모든 책의 내용을 다시 간추려 자신의 문체로 적어놓을 셈이었다. 책의 3분의 1은 메모를 위한 공간으로 남겨놓기로 했다. 그리고 그곳에 시간 계획표를 써놓아야 했다. 왜냐하면 시간표는 고스란히 외울 수가 없기 때문이었다. 늘 그는 다음 날 어떤 수업이 있는지 알지 못했다. 또 돈을 얼마나 가지고 있으며 무엇을 사들였는지도 몰랐다.

여기서 그는 갑자기 멈칫했다. 집에서 올 때 돈을 얼마나 가지고 왔으며 그때부터 얼마나 써버렸는지를 적어보기로 하자. 역시 초코너이와《역사적인 그림 갈레리》가 떠올랐고, 또한 빈 책도 떠올랐다. 그것들도 다 적지 않으면 안 되었다. 하지만 그렇게 다 적으면 자연히 누구나 이것을 보고 그가 얼마나 경솔하고 쓸모없는 소년인가를 금방 알 수 있게 될 것이다. 그래서 그는 이 계획을 단념하고 계획으로만 만족했다. 미래에나 채택할 사항인 것이다. 그는 어디선가 돈을 받게 되면, 그때마다 수입과 지출을 정확히 적기로 했다. 혹시 아버지가 그에게 돈을 1포린트 정도 보낼 수도 있을 것이다. 그러면 그 돈을 그는 무서우리만치 절약해 꼭 필요한 곳에만 쓸 것이다. 그래야만 책에 적어놓은 것을 누가 읽더라도 부끄럽지 않을 것이다. 세탁비, 공책, 연필, 그림물감, 또 학교에서 꼭 필요한 물품들. 또 그는 이를테면 연필을 언제 얼마에 사서 얼마나 오래 썼는지와 같은 일도 써놓을 계획이었다.

이제 그에게 진홍빛 그림물감 생각이 병적으로 떠올랐다. 뵈쇠르메니가 아무렇게나 섞어 쓰고 있을 그 물감 말이다. 그는 흥분된 마음으로 더 이상 생각하지도 않고 바삐 학교로 돌아왔다. 라틴어 책은 이미 덮었지만, 그래도 손가락을 공부하던 쪽에 끼워 잠깐씩 단원의 암기 부분들을 외울 수 있도록 했다.

그는 올 때와 같은 길로 바삐 걸었다. 그는 다시 초코너이 동상이 있는 입구를 통해 기숙사에 가려고 했다. 그런데 깜빡 잊었다. 지금 같은 늦은 오후에 이미 문이 닫혀 있다는 사실을 말이다. 그는 빨리 달려가다가 꼭 닫힌 커다란 철문에 부딪칠 뻔했다. 다른 문을 통해 들어가려면 건물을 돌아가야 한다는 말을 들은 적이 있었다. 그러려면 전체 건물을 빙 돌아야 했다. 내키지 않았다. 길이 멀수록 아는 사람이나 동료를 만날 가능성이 많았기 때문이다. 하지만 달리 방법이 없었다.

사람들은 그를 쳐다보거나 틀림없이 말을 걸어올 것이다. 만약 선생님을 만났다고 하자. 선생님은 그가 지나가는 것을 보면 의아해하며 물을 것이다. "여기서 뭘 찾고 다니는 거냐?" 혹은 상급 학생이 소리칠 것이다. "후, 신출내기, 이리 와봐. 빨리 뛰어가서 엽궐련 좀 가져와. 돈은 여기 있어. 6크로이처야. 잊어버리면 안 돼." 끔찍한 일이었다. 상급생들은 어린 학생들에게 대부분 이런 심부름을 시켰다. 그 대가로 사탕을 사먹으라며 1크로이처를 주든가, 아니면 비슷한 정도의 선물을 주기도 한다. 그러나 어떨 때는 머리에 군밤도 먹였다. 그런 일을 당해도 그는 어찌할 수가 없었다. 만약 미시가 누군가를 위해 길을 가게 되는 경우에는 마치 걱정거리를 넘겨주는 것처럼 부랴부랴 거스름돈을 돌려주고 서둘러 달려가버렸다. 상급생들이 "잘했어"라고 말할 틈을 주지 않기 위해서였다.

그런데 이번에는 다행스럽게도 많은 상급생들이 아무 일 없이 지나갔다. 물론 그들이 그에게는 위험스러운 존재로 변할 수도 있었다. 그러나 자료실 앞에서 그는 빨리 몸을 벽에 붙여야 했다. 나이 든 교사인 자료실장이 막 작은 철문에서 나오더니 열쇠를 자물통에 넣고 두 번 돌렸다. 자물쇠는 철컥 하고 소리를 내며 잠겼다. 노교사는 멀어져 갔다. 그런데 복도 끝의 구부러진 곳에 왔을 때 갑자기 돌아서더니 다시 돌아와 서둘러 문을 흔들어봤다. 자기가 문을 잠그지 않아 문이 열려 있는지를 확인하는 것이었다. 문을 흔들어봐도 열리지 않고 잠긴 것이 확인되자 노교사는 안심하고 다시 계단 아래로 사라졌다.

이런 일들을 미시는 기숙사 학생들의 이야기 중에서 이미 여러 차례 들었다. 늙은 자료실장은 가끔 2층에서 다시 올라와 문이 정말 잠겼는지를 확인하려 하기도 하고, 또 아래로 내려가서 학교 마당을 건넌 후 교문 근처에서 놀라 다시 3층으로 돌아와 자료실 문이 정말로 잘 잠겼는지를 확인하기도 한다는 것이었다. 미시는 이런 이야기를 많이 듣기는 했어도 자기 눈으로 직접 본 적은 없었다. 지금 그는 자기의 걱정거리들, 진홍빛 그림물감이나 그 밖에 다른 여러 가지 것들을 다 잊어버렸다. 이제 그는 거대한 복도에서 말할 수 없는 흥분 속에 서 있었다. 아니 땐 굴뚝에 연기 나랴, 소문은 사실이었다.

제일 윗층 계단 층계에서 그는 노교사를 바라봤다. 그의 행동을 보고 있자니 순간 숨이 막혔다. 노교사는 거의 현관문 근처를 가고 있었다. 그런데 제일 마지막 층계를 막 내려서려다가 갑자기 신경질적으로 손을 흔들고는 돌아서서 다시 2층으로 올라가는 것이었다.

미시는 깜짝 놀라서 거의 온몸이 빳빳해질 지경이었다. 도무지 발을 움직일 수 없었다. 마치 유령을 본 것 같았다. 그는 몸을 움직일 수 있다고 느껴지자 토끼처럼 재빨리, 날쌔게 그 자리를 빠져나갔다. 노교사가 위로 올라왔을 때 미시는 이미 그 자리에 없었다. 하느님이 보우하사, 만약 교사가 미시를 보았으면 어쩔 뻔했는가. 노교사는 다른 김나지움 학생 아이들이 그러는 것처럼 미시가 자기를 조롱하기 위해 엿봤다고 생각했을 것이다. 혹시 교사가 미시를 알아보고 주임 선생님에게 넘겨버릴 수도 있고, 그러면 주임 선생님은 사자처럼 울부짖을 것이다. 천만다행으로 주임 선생님에게 불려 가지는 않게 되었다. 미시의 교실은 주임 선생님의 교실 건너편에 있었다. 주임 선생님의 별명은 '늙은 야전 상사'였는데 그가 수업을 할 때면 포효하는 소리가 어쩌나 크던지 문 두 개가 닫혀 있는데도 똑똑히 들을 수 있었다. 그러면 어린 김나지움 학생들은 큰 소리로 웃어댔고, 그러면 선생님도 웃으며 책상을 두드렸다. "정신 집중!"

그러나 미시는 교실에 가야 할지 결정을 내리기가 쉽지 않았다. 그는 어두운 복도에 서서 늙은 자료실장을 몰래 훔쳐봤다. 그는 정말로 현관에서 3층까지 두 번이나 돌아왔고, 이제 세 번째로 교문에서 돌아오고 있었다. 자료실 철문이 정말로 잘 잠겼는지 확인하려고 말이다.

노교사가 다시 돌아올 가능성이 거의 없게 된 다음에야 미시는 자기 방으로 돌아올 수 있었다.

다른 아이들은 다 이미 돌아와 있었고, 기숙사에서 주는 밤색 빵인 브루고트를 저녁식사용으로 벌써 배급 받아놓고 있었다.

방의 최고참은 담배를 피웠다. 그는 몸을 창밖으로 내놓고 연기를 허공으로 내뿜고 있었다. 난쟁이같이 왜소한 너지는 책상에 앉아 정성들여 담배를 돌려말고 있었다. 이 둘은 상급생이었고 다른 네 명은 미시처럼 김나지움 2학년생이었다.

미시가 들어서자 모두 소리 내 웃었다.

그는 놀라서 그들을 바라봤다.

뵈쉬르메니는 더 이상 그림을 그리고 있지 않았다. 그는 브루고트 빵을 씹고 있었는데, 다른 아이들보다 더 크게 웃음을 터뜨렸다.

"그런데 너, 식물원에서 뭐한 거야?" 그들이 미시에게 소리쳤다.

미시는 얼굴이 홍당무처럼 빨개져서는 애써 머리를 굴려봤다. 우선 생각나는 것은 그가 올리브 나뭇잎으로 치장하고 있었다는 사실이었다. 전혀 의식하지 못했었지만, 그가 파이드로스의 이야기를 번역하면서 끙끙대는 동안 그렇게 된 모양이었다. 그때 그는 길고 냄새나는 은백색의 올리브 나무를 무심결에 머리에 꽂았던 것이다. 중세 라틴어로 시를 쓴 시인이 초상화에서 머리에 쓰고 있는 것처럼 말이다.

그러나 그가 얼굴을 붉힌 것은 단지 그것 때문만은 아니었다. 이제야 생각났지만 식물원에 모자를 두고 그냥 온 것이었다.

그는 라틴어 문법책을 책상에 내려놓았다. 아무 말도 없이.

바로 서둘러 식물원으로 가봤다. 그러나 식물원의 커다란 철문은 이미 그가 도착하기 전에 닫혀 있었다. 그는 땅바닥까지 닿는 문의 쇠창살을 떨면서 움켜쥐고는, 두렵고 속절없는 마음으로 정원을 들여다봤다. 눈물이 얼굴을 타고 흘러내렸다. 그는 오랫동안 그곳에 서 있었다. 그의 머리 위로 쇠로 만든 검은 종이 걸려 있었다. 그는 그 종을 치고 싶었다. 그러면 누군가 와서 문을 열어주고, 그러면 안으로 들어가 모자를 찾을 수 있을 것만 같았다. 그러나 감히 종에 손도 대지 못했다. 그렇다. 그는 한 번도 종을 향해 손을 뻗치지 않았다. 그런데 정원사로 일하는 아이가 문으로 다가왔다. 미시는 놀라서 뒤로 물러나고 말았다. 그래서 정원사는 그를 쳐다보지 않았고, 그가 하고 싶은 일이 무엇인지 물어보지도 않았다.

한참 그는 학교 모퉁이에 서 있었다. 결국 그는 기념정원의 라일락 나무 뒤에 숨어 서서 오랫동안 울었다. 기숙사에서 종이 울릴 때까지.

그는 뒤편의 계단을 올라 학교로 갔다. 학생들은 이미 모두 저녁을 먹으러 내려가고 없었다. 급히 그는 문기둥에 걸려 있는 열쇠로 문을 열고, 서둘러 그의 옛날 모자인 밀짚모자를 꺼냈다. 그 모자는 그가 다시는 쓰지 않으리라 생각했던 것이었다. 최근 숲에 갔을 때 모자가 비에 완전히 젖어 뒤틀려져버렸기 때문이다. 그는 이마를 다 가리도록 그 모자를 깊이 눌러 쓰고, 최고 속도로 계단 아래로 달려갔다. 저녁식사 시간에 맞출 수 있도록.

그가 아래에 도착했을 때 다들 이미 서 있었다. 감독관은 법대생이었는데 기도를 시작하고 있었다. 더운 여름 날씨 덕분에 문이 닫혀 있지 않아, 아무에게도 눈치 채이지 않고 들어갈 수 있었다. 저녁식사를 하러 가지 않았다면 정말 유감일 뻔했다. 그가 가장 좋아하는 메뉴였으니까. 설탕을 듬뿍 넣어 우유에 절인 수수죽이었다.

02

　10월 중순, 음산하게 흐린 금요일. 미시는 날마다 하는 버릇처럼 학교 수위 사무실로 달려가 타르 냄새가 진동하는 격자 모양의 게시판을 쳐다봤다. 게시판에는 도착한 편지들의 명단이 적혀 있었다. 두근거리는 가슴을 진정하고 그는 그곳에 다른 사람의 이름과 함께 있는 자기 이름을 봤다. 자기 이름이 불리거나 어디에 적혀 있는 것을 볼 때마다 그는 가슴이 두근거렸다.

　누구나 편지를 받으면 수위에게 2크로이처를 내야 했다. 미시는 수위가 있는 넓은 방에 들어설 때 벌써 돈을 세어 손에 들고 있었다.

　수위는 편지들을 다 이름 순서대로 놓고 찾아봤으나 미시의 이름을 찾을 수가 없었다.

　"이름이 뭐지요?"

　"닐러시 미하이. 2학년이에요."

　키가 작은 수위는 양가죽으로 만든 장화를 신고 파이프를 입의 저쪽 구석으로 밀며 편지를 다시 한 번 찾아봤다.

"게시판에 이름이 적혀 있는 것을 확인했어요?"

"네."

"닐러시 언드라시?"

"아니요. 언드라시가 아니고요. 닐러시 미하이예요. 2학년이고요."

"닐러시 미하이 군에게 온 편지는 없어요."

그러나 갑자기 수위는 이마를 찡그리고는 모자를 뒤로 밀었다. 그 모자는 자그마하고 둥그런 모양이었는데 가장자리가 위로 젖혀 올라가 있는 것으로 데브레첸 시민들이 많이 쓰는 모자였다.

"이제 생각이 나네요. 학생한테는 편지가 온 게 아니고 소포가 왔어요."

소포라니! 미시는 놀라서 가슴이 서늘해졌다. 웬 소포일까. 어머니가 그에게 소포를 보냈다. 그는 넘치는 기쁨에 얼굴이 창백해졌다 발개졌다 했다. 집에서 떠나올 때 어머니는 그에게 말했다.

"소포 같은 것은 생각도 하지 마. 애야, 우리는 너에게 그렇게 좋은 물건을 보낼 형편이 못된단다. 다른 아이들이 부모한테서 받는 것처럼 말이야. 나는 아예 소포는 보내지 않을 거야. 모르는 사람들이 보면 우리가 얼마나 가난한지 알게 되지 않겠니? 내 사랑하는 아들, 미시."

그는 종이에 소포 통지서를 정확히 넘겨받았다는 서명을 하고 수위에게 2크로이처를 지불했다.

"5크로이처." 수위가 위에서 내려다보며 말했다.

그러나 미시는 흥분해서 건성으로 듣고 있었다.

"못 알아들었나요? 5크로이처를 내야 합니다."

그때에야 소년은 수위가 무슨 소리를 하고 있는지 깨달았다.

미시는 당황한 채로 호주머니를 속속들이 뒤져 돈을 찾기 시작했다. 그러다가 그만 돈을 다 땅바닥에 떨어뜨리고 말았다. 그는 책상 밑으로 기어들어가 돈을 찾아내야 했다. 부끄러움에 차라리 땅속으로 그대로 들어가버리고 싶은 심정이었다. 밖에서는 수업 시작을 알리는 종소리가 울렸다. 그 종소리에 더욱 바빠진 그는 애써 주운 자기의 전 재산인 36크로이처를 또다시 땅에 떨어뜨리고 말았다. 그것은 그의 전 재산이었다. 아직 세탁비를 치거이 부인에게 지불하지 않았는데도 불구하고 말이다.

라틴어 선생님인 제레시 선생님은 벌써 교실에 와 있었다. 그는 아직 강단에 앉아서 일지에 수업 계획을 쓰고 있었다.

미시는 급하게 자기 자리에 앉았다.

"너 어디 갔다 오냐?" 옆에 앉은 기메시가 귓속말로 속삭였다.

"나 소포 받았어."

"소포를?"

미시는 기메시가 자기를 부러워하는 눈으로 쳐다본다고 느꼈다. 그래서 그는 행복한 마음으로 미소 지었다.

선생님이 일어났다. 그러고는 교실을 한 번 죽 훑어보았다.

온 교실에 순간 긴장감이 고통스럽게 흘렀다. 왜냐하면 선생님은 지금 누구를 호명할까 생각하고 있을 테니까. 모두들 자기에게 선생님의 시선이 머물지 않도록 하기 위해 가능한 한 침착하고 눈에 띄지 않게 앞을 바라봤다. 학생들은 생존경쟁에서 살아남기 위한 보호색을 잘 이해하고 있었던 것이다. 미시는 모든 것을 다 알고 있어서 걱정할 것이 하나도 없는 학생처럼 앉아 있었다. 그가 소포를 받았다는 기쁨이 그에게서 전혀 느껴지지 않았다. 만약 그런 표시가 얼굴에 나타났다면 금방 눈에 띄지 않을 수 없어서 선생님이 그를 바로 호명했을 테니까 말이다. 호명을 받는다면, 아, 제발.

선생님은 마지막 줄에 앉은 학생을 지명했다. 미시는 가볍게 안도의 숨을 내쉬었다. 살았다 싶었다. 졔레시 선생님은 매번 교실의 어떤 한 곳을 특정해 그곳에 있는 학생들을 지명했다. 지명된 학생들은 대충 비슷한 성적을 유지하고 있었는데 그들을 차례로 시키는 것이 관례였다. 오늘은 공부를 잘하는 학생들은 안심할 수 있었고, 공부에 약한 학생들은 땀깨나 흘려야 할 것 같았다.

졔레시 선생님은 아직 젊은 사람이었다. 그가 강단을 내려서자 향수 냄새가 그를 뒤따랐다. 그는 교실을 이리저리 다니면서 걸음을 옮길 때마다 손으로 학생들의 의자를 짚고 다녔다. 그의 손은 깨끗했고 손톱은 반짝거렸다. 그가 미시의 곁으로 올 때마다 미시는 속으로 떨었다. 왜냐하면 그의 자리를 지나가면서 그를 지명할지 안 할지는 확실히 알 수 없는 노릇이었기 때문이다. 졔레시 선생님의 소맷부리는 항상 눈부시게 하얬고 금빛 단추가 반짝거렸다. 그는 알록달록한 무늬가 있는 실크 넥타이를 느슨하게 매고 있었다. 그러나 한 번도 나비 넥타이는 매지 않았다. 그는 멋쟁이였다. 바지통은 구두 길이와 꼭 같았고, 아무리 맑은 날일지라도 손 넓이만큼 걷어 올려져 있었다. 그가 무슨 말을 하면 학생들은 누구나 그 말에 다른 생각 없이 온전히 주의를 기울일 수가 없었다. 왜냐하면 그의 말 한 마디 한 마디가 중요하게 느껴지는 것이 아니라, 그의 바지가 구겨지지나 않았는지, 조끼가 잘 맞는지, 혹은 구두에 작은 먼지라도 내려앉지 않았는지에 더 신경이 쓰였기 때문이다. 데브레첸 김나지움의 가엾은 학생들은 그를 이해하지 못했다. 의복이나 외모에 신경을 쓰지 않는 데에 가난한 사람

의 호사스러움이 있기 때문이었다. 멋을 부리는 선생님은 그래서 다분
히 비웃음의 대상이었다. 화장실 벽에는 분필로 이렇게 쓰여 있었다.

　　졔례시, 바토리, 셔르커디,
　　세 명의 냄새나는 멋쟁이.

　졔례시는 라틴어를 가르쳤고, 바토리는 수학, 셔르커디는 미술을
가르쳤다. 졔례시 선생님한테 미시는 라틴어만 배운 게 아니었다. 나
중에 미시는 그에게 감사해야 했다. 10년 후에 갑자기 자기 외모에 신
경 쓰는 것이 기쁨으로 다가왔기 때문이다. 놀랄 만한 자의식과 자립
심은 그가 예전에 졔례시 선생님에게서 감동을 받은 부분이었다. 바
로 그 덕분에 미시는 그런 유사한 행동이 통용되는 사회단체에 들어
갔을 때 자연스럽게 나타나고 행동할 수 있게 되었다.
　"소포 말이야, 집에서 온 거야?" 기메시가 물었다.
　"응."
　미시는 그에게 소포 통지서를 내밀었다. 통지서 아랫부분에 몇 줄
밖에 안 되긴 하지만 어머니의 가늘고 조그만 글씨가 비뚤비뚤 적혀
있었다. 어머니의 글씨를 보는 순간 그는 가슴이 두근거렸다. 마치 창
백하고 하얀 얼굴에 유난히 크고 까만 눈을 한 어머니를 만나기라도
한 것처럼. 그는 얼른 주소표를 뜯어내 호주머니에 집어넣었다. 그리
고 단지 수신인 주소만을 보여주었다.
　기메시는 노란 소포 통지서에 적혀 있는 것을 다 읽었다. "3.5킬로
그램."
　"무슨 일이야?" 이제는 오르치가 소곤거렸다. 그는 미시와는 다른

의자에 앉는 친구다. 각 의자에는 학생이 셋씩 앉았다. 성적에 따라 자리를 앉게 되어 있었다. 오르치는 학급에서 1등이었고, 미시는 2등, 기메시는 3등이었다. 오르치는 라틴어 선생님이 가장 사랑하는 학생이었다. 오르치는 선생님을 쳐다보며 어떤 경우에든, 어느 학생이 대답을 하지 못하는 경우에도 선생님이 질문하면 즉시 대답할 준비를 하고 있었다. 그런데 옆에서 친구들이 뭐라고 속삭이는 것 같아 옆을 쳐다본 것이다.

"소포야." 미시가 말했다.

오르치는 그게 무슨 뜻인지 몰라 아무 말도 하지 않았다.

"닐러시가 집에서 반찬거리를 받았어." 기메시가 소곤거렸다.

"아하." 오르치가 말했다. 그러나 그가 사실은 이 말도 정확히 못 알아들었음을 모두 금방 눈치 챘다. 오르치의 아버지는 데브레첸에서 제일 높은 사람이며 귀족이었다. 그래서 오르치는 기숙사에 살지 않고 등하교를 했다. 그런 그가 어찌 기숙사의 관습을 알 수 있겠는가. 오르치는 짧은 바지로 된 벨벳 정장을 입은 것 때문에, 그리고 걸음 걸이 때문에 그가 지나가면 뒤에서 아이들이 웃어댔다. 그는 빼빼 마른 다리로 점잔을 빼며 유유히, 자신만만하게 걸어 다녔다. 자연히 걸음을 옮길 때마다 무릎이 굽혀졌다. 그 모양은 마치 걸을 때 엉덩이를 흔드는 것처럼 보였다. 간단히 말해 그는 너무나 높으신 젊은 귀족 나으리라서 애당초 촌뜨기들하고는 어울리지가 않았다.

기메시는 고개를 숙이고 오르치 때문에 한참 웃었다. 그가 반찬거리란 말이 무슨 뜻인지 이해하지 못한다는 것을 알아차렸기 때문이다. 그 자신은 너무나 잘 알고 있었다. 그의 할머니가 다른 친척에게 자주 소포를 보내기 때문이었다. 그래서 그는 자기도 한 번 소포를 받게 되기를 갈망하고 있었다. 그러면 정말 어른스러운 기분을 느낄 수 있을 텐데 하는 생각에.

쉬는 시간이 되자 그들은 모여서 소포에 대해 이야기를 나누었다. 그 속에 뭐가 들어 있을까? 모두들 미시가 소포에서 무엇을 받을 것인지 어림짐작으로 상상하고 있었다. 그들 뒤에 앉아 있는 두 줄의 아이들도 이미 소포가 온 것을 들어서 알고, 호기심과 부러움이 가득 찬 시선으로 조그마한 닐러시 미하이를 바라봤다.

다음 시간은 수학이었다. 바토리 선생님은 시끄러운 소리를 내며 교실로 들어왔다. 그는 신경질적이었고, 경박했으며, 머리카락이 황토색인 데다가 위로 뻗쳐 뻣뻣했다. 또 눈빛이 강렬하고 손이 억세 보여 접근하기 어려운 사람이었다. 들리는 소문에 의하면 그가 언젠가 한 학교 수위에게 따귀를 잘못 때려 후에 턱뼈를 다시 맞추는 일이 있었다고 한다. 그 소문은 어린 소년들에게 외경심을 불러 일으켰다. 그들은 수위들에게 불만이 많기 때문이었다. 그러나 이 이야기는 꾸며진 것이었다.

이 선생님도 아주 멋진 옷을 입고 있었다. 하지만 그는 적어도 향수 냄새를 풍기고 다니지는 않았다. 그는 약혼 중이었다. 자주 그는 분필을 칠판에 대고 세게 부딪혀서 끝부분을 부러뜨리곤 했다. 가끔씩 부러진 분필 조각들이 다섯 번째 자리에 앉아 있는 학생의 눈으로 날아오기도 했다.

수학 공부에 대해 그는 별로 신경을 쓰지 않았다. 그는 학생들에게 수학적인 법칙을 설명하는 것은 전혀 생각하지도 않았으며 수학 법칙에 논제를 접근시키는 것 또한 관심이 없었다. 학생들의 정신이 지식 습득을 위해 가치 있는 작은 문을 열어 이해를 환기하는 일에도 관심이 없었다. 대신에 그는 어린 학생이 분수를 몰라 망설이고 있으면 노여워하며 발작을 일으켰다.

"너는 매번 모르는구나. 이런 것도 모르다니, 바보 같은 녀석."

그는 이렇게 소리쳤으며 그 소리는 교실 벽에 부딪쳐 다시 메아리 쳤다. 미시는 이런 호통을 받는 학생이 항상 안됐다고 생각했다. 그래서 그는 미리 그런 아이들에게 말해주었으면 했으나 결국에는 그도 모른다는 것이 밝혀졌다.

종이 열두 번 울렸다. 그들은 살았다 싶어 교실에서 빠져 나왔다. 2분 후에 미시는 벌써 기숙사방에 있었다. 소포에 대해서는 아무에게도 얘기하지 않겠다고 그는 열 번도 넘게 결심했다. 왜냐하면 어머니가 소포 주소표에 이렇게 써놓았기 때문이었다. "아들! 소포 받았다고 너무 떠들지 말고. 그리 호화스런 물건이 아니거든."

그러나 그는 기숙사방에 들어서자마자 내뱉었다. "소포를 받았어."

"뭐?" 소년들이 소리를 질렀다. "소포라고?"

"닐러시가 소포를 받았다! 닐러시가 소포를 받았다!" 뵈쇠르메니가 소리쳤다. "나도 오늘 하나 받았어. 부모님이 편지를 보내셨어. 잘 익은 오리고기를 보내주시겠다고 말이야."

미시는 벌써 자기 소포 때문에 부끄러워지기 시작했다. 이제 그는 다른 아이들이 다 하듯이 소포를 책상 위에 놓고서 그것을 보여줘야만 했다. 사실 그는 누가 초대를 해도 받아들이지 않으려고 했다. 그러나 최근에 세워진 규칙을 따르지 않을 수 없었다. 최근 기숙사방 최고참이 자신의 소포를 풀었을 때처럼, 미시는 책상 위에 소포를 펼쳐 놓아야만 했다. 어머니는 이것이 무엇을 뜻하는지 아마 잘 모르실 거다. 반찬거리를 받다니!

기숙사에 벌써 점심시간을 알리는 종소리가 울렸다. 그러자 모두들 밖으로 달려 나갔다.

그들이 손에 브루고트 빵 4분의 1정도를 들고 배를 충분히 채운 다음 조용히 식당을 나올 때, 산도르 미하이는 미시에게 가 있었다.

"너 한 번이라도 우체국에 가본 적 있어?"

"아니."

"그럼 어떻게 소포를 찾아오는지 모르겠구나?"

"몰라."

"내가 같이 가줄게."

미시는 기뻤다. 그들은 같이 우체국으로 갔다.

2시에 그들은 다시 기숙사로 돌아왔다. 바로 오후 수업 종이 울렸기 때문에 서둘러 교실로 뛰어가야만 했다. 소포 꾸러미는 미시의 짐 위에 놓아두었다.

오후 수업은 오전 수업보다 더 지겨웠다. 첫 시간은 종교였고, 둘째 시간은 국어인 헝가리어였다.

종교 선생님은 키가 크고 살이 쪘으며 검은머리였다. 피부는 염소 가죽 같았고 가늘고 검은 코밑수염을 기르고 있었다. 그는 항상 최고로 품위 있게 교실로 들어섰으며 또한 팔에 두꺼운 논문을 항상 끼고 다녔다. 그는 그것을 교탁 위에 내려놓지도 않고 교탁 앞에 서서 교실을 사방으로 둘러봤다. 그러고는 손으로 표시를 했다. 다들 앉아라.

"자, 얘야, 말해보렴. 오늘 너희가 뭘 해야 하지?" 그는 한 학생을 가리켰다.

선생님에게 지적을 받은 학생은 놀라 일어나 말을 더듬거리기 시작했다. 종교 선생님인 벌커이 선생님이 사람을 잡아먹는 야수가 아님에도 불구하고, 학생은 당황해 할 말을 찾지 못하고 어쩔 줄 몰라했다. 선생님은 소년의 대답을 도와주었다. "사실이 아니야. 너희들이 해야 하는 일은…" 그러면서 자기 질문에 대한 답을 모두 말했다. 소년은 이제 단순히 '네/아니오'로만 답하면 됐다. "네"라고 대답해야 할 때 "아니오"라고 대답하는 일은 전혀 불가능했다. 왜냐하면 벌커이 선생님은 질문을 이렇게 했기 때문이다. "그렇지 않니? 야곱은 아들을 열두 명이나 두었지? 정말 대단해…."

미시는 이 시간이 얼마나 지루했는가를 훗날 나이를 먹고 나서도 생생하게 기억할 수 있었다. 왜냐하면 마음씨 좋은 벌커이 선생님은 별로 중요하지도 않은 문제를 강제 노역장에서 옥수수 알을 떼어내듯이 곱씹고 있었기 때문이다. 미시가 나중에 언제 어디서건 초자연적인 문제를 생각하는 경우에 머리에 떠오르는 사람은 벌커이 선생님이 아니었다. 사실 그 말고 어떤 종교 선생님들도 마찬가지로 떠오르지 않았다. 초자연적인 것을 생각할 때마다 늘 머리에 떠오르는 사람은 바로 어머니였다. 여름밤에 종종 밖에 나가 뽕나무 밑에 앉아 이야기를 하시던 기억이 생생하게 떠오르는 것이었다. 그들은 서로 착달라붙어서, 멀리 있는 농가에서 일한 다음 밤이면 꼭 집으로 돌아오는 아버지를 기다리곤 했다. 그들은 하늘을 곧장 올려다봤다. 그럴 때면 어머니는 말씀하셨다. 저 위에 있는 작은 별도 지구와 같이 큰 세계를 지닌 물체이고, 그 별 위에는 또 다른 별들이 있을 것이며, 또 그별들 뒤로도 많은 똑같은 별이 있을 거라고. 그러고는 어머니는 뭔가를 계속 말씀하셨다. 세상이 얼마나 큰지, 세상 안에는 무엇이 존재하는지에 대해서. 그때 어머니의 말대로 상상을 해볼라치면 그는 마침내 머리가 어지러워지기 일쑤였다.

한번은 어머니가 그녀의 발 앞에서 조그만 풍뎅이를 잡았다. 그들은 둘이서 그것을 관찰했다. 얼마나 예뻤던지! 지구 위의 어떤 예술가나 기술자도 그렇게 아름다운 것을 만들 수는 없었다. 그 조그맣고 예쁜 다리가 있는 작은 풍뎅이는 살아 있었고, 몸 안에 피가 돌고 있었다. 새끼풍뎅이는 움직였다. 누가 그것을 만들었으며, 누가 그것을 생각해냈을까? 그것은 거기 있었다. 그러나 왜 거기 있으며 또 얼마나 오래 있을까? 그리고 나서는 어떻게 될까? 또 전에는 어디에 있었을까? 미시는 늘 그 풍뎅이를 생각할 때면 잔뜩 몸을 웅크리고, 별이 있는 밤에 그랬던 것처럼 무릎을 팔로 감싸 안았다. 그것이 그의 종교였다.

그러나 종교 수업 시간만 생각하면 피곤함과 지루함이 그를 엄습했다. 나중에 김나지움 6학년 때 그는 눈이 너무 아파 검은색 안경을 써야만 했다. 그때도 종교 수업 시간만 되면 늘 졸음이 왔다. 종교 선생님들은 하나같이 그가 좋아할 수 없는 사람들이었다. 그들은 확실하고 관심이 가는 문제를 다루었지만, 어느 누구도 형이상학적인 논제에 대해 어린 영혼이 감동하게끔 설명하지 못했다.

"아이고, 다 지나가면 얼마나 좋을까." 마음씨 좋은 벌커이 선생님이 수업을 끝내고 교실을 나갔을 때, 기메시가 가볍게 탄식했다. 그러면서 나오는 하품을 달래자 눈물이 나왔다. 그래도 벌커이 선생님은 선생님들 중에서는 가장 인간적인 분이었다. 그는 소년들에게 가끔 이렇게 말했다. "너, 어디서 그렇게 바지가 찢어졌니?" "너는 왜 자라질 않지? 목만치는 더 자라야 하는데." 아주 특이한 일이었다. 왜냐하면 선생님이란 존재는 항상 학생들보다는 한 단계 더 높았기 때문이다. 그들은 학생들을 기르지도 않았다. 그들은 학생들에게 아무것도 가르치지도 않았다. 그들은 단지 선생 노릇만 수행하고 있을 뿐이었다.

"너 소포 찾아 왔어?" 기메시가 맥없이 손을 들며 물었다.

"응."

"그래? 뭐였어?"

"아직 뜯어보지 못했어."

"어떻게 생겼는데?"

"노끈으로 묶여 있어."

"노끈으로? 왜 풀지 않았어?"

"시간이 없었어. 수업에 들어와야 했거든."

그때 산도르가 그들에게 다가왔다. 그는 그들보다 뒤인 두 번째 줄 제일 첫째 자리에 앉았다.

"너희들 알고 있어? 닐러시가 소포를 받았다는 사실."

"내가 만약 소포를 받았다면 아마 수업에 들어오지 않았을 거야. 당연히 소포를 풀어봤겠지." 기메시가 말했다.

오르치는 이제야 나타났다. 그는 가톨릭 교도였기 때문에 종교 시간에는 들어오지 않았다. 그의 첫 질문도 소포에 관한 것이었다. 미시는 자기 인생에서 이제껏 오늘처럼 유명한 사람이 돼본 적이 없었다.

두 번째 시간은 헝가리어였다. 이 과목은 강사가 가르쳤다. 그는 이미 부다페스트 신문에 한두 편의 시를 발표한 적이 있었으며, 온 세상이 그를 유명한 시인으로 생각했다. 그러나 원래 그는 신학을 전공한 사람이었다. 그는 기숙사를 감독했고 그 외에 김나지움에서 몇 시간의 강의를 하고 있었다. 아직 젊었고 한 번도 턱수염을 길러본 적이 없는 사람이었다. 그는 질릴 정도로 산만한 사람이었다. 미시는 이렇게 산만한 사람은 이제껏 본 적이 없었다. 그는 자주 모든 것을 이것저것 산만하게 얘기해놓고는 얼굴이 붉어져서 스스로 깜짝 놀라 어쩔 줄 몰라했다. 그럴 때면 꼭 겁먹은 강아지 같았다. 그가 막 교실을 들어서자 학생들이 다 웃어댔다.

"너희들 왜 웃어?" 미시가 물었다.

"안 보여?"

"뭐가?"

"양털 깎기."

처음에는 무슨 말인지 잘 이해하지 못했다. 그러나 곧 선생님의 머리가 눈에 들어왔다. 선생님은 머리를 아주 우스꽝스럽게 깎아서 숨이 막힐 만큼 웃음을 자아냈던 것이다. 미시는 주먹을 입에 대 웃음이 멈추도록 했다. 학생들이 모두 자리에 앉았을 때도 그는 머리를 책상에 파묻고 눈물이 나도록 웃었다.

젊은 선생님도 처음에는 학생들의 태도를 눈치 채지 못했다. 그는 익숙한 몸짓으로 자기의 머리를 쓸어 올렸다. 그는 거의 2분마다 한 번씩 머리카락을 쓸어 올리는 습관이 있었다. 그러자 학생들의 웃음소리가 더 커졌다. 선생님은 그제야 감을 잡았다. 그도 얼굴이 불꽃처럼 붉어져 고개를 숙이고 역시 웃기 시작했다.

"나도 알아요. 머리 모양이 지금 얼마나 우스운지, 그래서 웃는다는 걸 안다고요." 선생님이 말했다. 그는 김나지움 6학년 이하는 해라체를 쓰라는 지시가 있음에도 학생들에게 높임말을 쓰는 유일한 선생님이었다. 김나지움 6학년생에게도 역시 반말을 사용하지 않았다.

"자, 놀라지 마세요. 내가 머리를 이렇게 잘라버렸다고 말이에요. 난 긴 머리를 하고 다니는 게 제일 좋답니다. 그것도 아주 긴 머리요.

데브레첸 사람들에게 내 모습이 야수같이 보일 때까지 이발을 미뤘으면 얼마나 좋았을까요? 그런데 오늘 바람에 모자가 머리에서 벗겨져버린 사건이 발생했어요." 웃음소리는 더 커졌다.

"내가 모자를 잡으려고 하자, 바람이 머리를 다 헝클어버렸어요. 바로 이발소에 가서 머리를 잘라달라고 했습니다. 놀랍게도 거기서 내 머리는 이렇게 변하게 되었답니다. 아주 대머리로 만들어버렸어요. 나는 이발사가 머리를 깎는 동안 계속 말을 할까 생각했어요. '하느님 맙소사! 제발 이발사시여….' 그러나 이발사가 일을 하는데 그 사이에 끼어들어 얘기할 수는 없는 법이지요. 이발사는 기계로 머리를 깎다가 모가지까지 잘라버릴 수 있으니까요. 그렇지 않아요?" 폭소가 여기저기서 터졌다.

"나는 머리가 다시 길 때까지 이렇게 다녀야 해요. 그래요. 모두들 자기가 쓰고 있는 모자로 인사를 하죠. 그러나 나는 그런 모자가 없어요. 나는 말할 수 있어요. 누구나 자신의 헤어스타일을 가지고 있는 거라고. 그 독특한 헤어스타일은 이발사가 만들어주는 거죠. 그렇지 않아요?"

학생들은 배꼽이 빠져라 웃어댔다. 그래서 수업 시간에 아무것도 더 배우지 못하고 있었다. 젊은 선생님은 이제 그만 웃고 조용히 할 것을 간청했다. 그러나 아무 효과도 없었다. 결국 선생님은 화가 나서 학생들에게 말했다. "제발, 그만 웃으세요. 그렇지 않으면 모두 성적표에 '가'를 주겠어요."

그러자 학생들은 더 웃고 말았다. 학교에서 제일 나쁜 점수는 '양'이었기 때문이다. 강사 선생님은 여학교에서도 강의를 하고 있었는데 그곳에서 어린 여학생들에게 '가'를 준다고 곧잘 위협하곤 했던 것이다.

그날 미시는 많이 배우지는 못했다. 그러나 많은 자신감을 얻었다. 소포 때문에 그는 가슴이 뿌듯했다. 그는 그 어느 때보다 더 빨리 교실을 빠져나와 기숙사로 달려갔다.

미시가 기숙사의 방문을 열자 눈앞에 놀라운 광경이 벌어지고 있었다. 방 동료들이 모두 그의 책상을 둘러싸고 서서 뭔가를 먹고 있는 것이었다. 그는 의심스러웠다. 그들이 무엇을 먹고 있는지 알 수 없었다. 그러나 왠지 분위기가 이상하다는 것은 느낄 수 있었다.

그의 소포가 열려 있었다. 그리고 그들은 소포에서 뭔가를 꺼내어 먹고 있었다.

물론 그들은 모두 웃으며 시식하고 있었다.

그 방 최고참은 제일 늦게 나타났다. 그는 딱딱하게 물었다. "이거 누가 열었어요?"

아무도 자기 잘못을 말하려 하지 않았다. 그들은 자신들이 왔을 때 이미 소포 상자가 열린 채 책상 위에 놓여 있었다고 말했다. 미시가 열어놓은 줄 알았다는 것이었다. 그러나 그 말은 거짓이었다. 미시는 소포 끈을 끄르지도 않았을 뿐더러, 자기 서랍 상자 안에 넣어두었기 때문이었다. 서랍을 잘 잠그고 감추어뒀어야 하는 건데.

미시는 무슨 말을 하기가 부끄러웠다. 다른 사람이 보면 안 되는 물건들이 서랍 안에 들어 있을 것이라는 생각이 그를 두렵게 했고 괴롭혔다.

우선 그는 편지를 찾았다.

"여기 편지가 있네." 언드라시가 말했다. 그는 반에서 1등을 하는 학생이었는데 이 장난에 끼고 있었다. 그날 A반은 2교시에 수업이 없었다. 그래서 김나지움 2학년 학생들이 기숙사로 먼저 왔던 것이었다. 그들 중 세 명이 소포를 열었을 것이다. 언드라시, 뵈쇠르메니, 그리고 21호실의 '호박 머르치'라는 별명을 가진 친구.

편지에는 포가처 과자가 함께 있었다. 원래 소포에는 편지를 동봉할 수 없게 되어 있기 때문이었다. 미시는 창가로 서둘러 가서 포가처를 하나 먹으며 편지를 읽었다. 그가 대충 빨리 훑어보고 나서 물었다. "연고는 어디에 있어?"

"무슨 연고?"

"어머니가 편지에 쓰셨어. 바람이 불어 손이 거칠어지면 손에 바르라고. 또 구두에 물이 새지 않도록 기름을 칠해야 한다고 연고를 넣었다는 거야. 여기 그렇게 적혀 있다고."

"연고?" 뵈쇠르메니가 창백해지며 소리쳤다. "그게 연고였어?"

"뭐가?"

"글쎄, 너희들 빵 위에 발랐던 것 말이야."

"누가 그걸 빵에다 발랐어? 너지?" 언드라시가 얼굴을 붉히며 말했다.

"이거 봐라? 자기가 연고를 먹어치우고는 이제 우리에게 죄를 덮어씌우고 있네." 머르치가 소리를 질렀다.

"너는 그럼 아무것도 안 먹었어? 네가 제일 두껍게 발라먹지 않았어?"

"아니야. 나한테 아무것도 주지 않았잖아. 이 비겁한 녀석, 더러운 녀석아! 건달, 깡패 같은 놈! 네가 말하지 않았어? 그것을 직접 발라먹겠다고?" 호박 머르치가 화가 나서 얼굴이 벌게 가지고 소리를 질렀다.

"싸우지들 마세요!" 방의 최고참이 그들을 야단쳤다.

"내가 만일 먹었다면… 쟤도 먹었다고요."

나머지 사람들은 그들의 어이없는 태도에 정신이 홀려 있다가 전후 사정을 알게 되자 소리 내 웃었다.

"난 그게 버터인 줄 알았어."

"좋아, 나는 그걸 전혀 먹지 않았어. 말했잖아? 그게 썩었다고! 내가 말했어. 그게 썩었다고. 악취가 난다고. 내가 말했어." 언드라시가 소리를 질렀다.

"그러니까 그걸 먹었구나? 잘했다!"

"그러니까 너희들이 그걸 먹어치웠구나."

"약간 냄새가 났다. 그래도 좋다."

"튼튼한 위장에 좋다."

"그래, 그런데 지금은 어때?"

"사람도 그걸 먹어 삼킬 수가 있구나."

모두들 배꼽을 잡고 웃었다. 그들은 모두 뵈쇠르메니를 놀렸다. 그가 혼자 있으면서 미시 몫을 남겨놓지 않기 위해서 연고를 두껍게 발라 거의 모두 먹어치웠기 때문이다.

미시는 소포를 자기 서랍에 넣었다.

그날 밤 내내 그들의 입에서는 뵈쇠르메니와 호박 머르치가 먹어치운 연고 이야기를 빼놓고는 다른 이야기가 화제에 오르지 않았다.

결국 그들에게 팔린카(헝가리의 과일 증류주 — 옮긴이)를 권하자는 의견이 모아졌다. 결정이 나자 곧 팔린카 한 병을 가지고 와서 연고를 먹어치운 세 사람에게 권했다. 연고를 씻어 내려가게 해야 한다면서.

뵈쇠르메니는 저녁 내내 화가 머리끝까지 치밀어 있었다. 그러더니 마침내 더 이상 참지 못하고 폭발해버렸다. "너희들은 내 칼을 훔쳐갔다고."

"누가?"

"저 책상 위에 놓여 있었어. 다 그 칼로 먹었단 말이야. 누가 숨겨
놓았는지 아니?"

"입 닥쳐!"

"돌려줘!"

"넌 연고나 돌려줘!"

그 한마디 말로 이야기는 끝이었다.

신학생들도 같은 날 밤에 소문을 들었다. 기숙사에서 한 어린 김나
지움 학생이 집에서 소포를 받았는데 같은 방 아이들이 수업 시간에
주인 몰래 소포에 들어 있던 구두약을 잼인 줄 알고 먹었다는 것이
었다.

기숙사방 최고참에게 이 사건은 특히 고통스러운 일이었다. 그는
방장 직책을 버리고 기숙사에서 나갈 거라고 말했다.

그들은 밤이 아주 늦어서야 잠들었다. 소년들이 반쯤 잠들었을 때
고참 두 명 중에 작은 상급생인 너지가 말했다. 그는 믿을 수 없을 정
도로 진중한 학생이었는데도 매우 재치가 있었다. "나는 들리는 듯
해. 구두약이⋯ 누군가의 배 속에서⋯"

뵈쇠르메니가 잠을 자면서 코를 쿵쿵거렸다. 다른 사람들은 그쪽으
로 관심을 집중시키면서 터져 나오는 웃음을 참지 못했다.

그들은 뵈쇠르메니를 깨웠다. 그는 침대에서 일어나 이불에서 끈
하나를 만들어 자기 주위로 빙빙 돌렸다.

"너희들이 내 칼을 훔쳐갔지? 비겁한 도둑놈들." 그는 짐승처럼 포
효했다. "그렇게 더러운 소포도 소포냐? 동냥아치 소포지! 너희들 한

번 봐. 내 소포에는 무엇이 들어 있는지. 잘 구운 오리고기가 들어 있을 거라고."

"그 속에도 좋은 연고가 들어 있을걸?"

자정이 훨씬 지났지만 아직도 연고 분쟁은 끝나지 않았다. 도리어 그것은 다시 새로운 분쟁으로 번져나갔다.

다음 날 소포에 대한 이야기는 계속되었다. 더욱더 부풀려져서. 연고를 먹어치운 성찬에 관한 소문이 자자했다. 그러자 뵈쇠르메니는 한 마리 사나운 들짐승처럼 미쳐 날뛰었다. 다른 두 사람에게는 아무 책임도 남아 있지 않았다. 세상은 항상 제일 눈에 띄는 단 한 마리의 속죄양을 필요로 하기 때문이다. 더 작은 양들은 망각의 숲으로 사라지고 모든 공격과 분노, 놀림 그리고 조소는 오직 한 마리의 속죄양 뵈쇠르메니에게 향했다.

소포 사건은 특이한 소문으로 퍼졌다. 미시의 아버지는 먼 곳에서 집으로 돌아올 때마다 가방에 빵 한 조각을 가지고 와서 항상 말한다. "빵 위로 새들이 날아갔어." 빵 한 조각, 그것은 새가 가져다 준 선물이라고. 그리고 어느 아버지도 자식들에게 이보다 더 큰 즐거움을 가져다주지는 못할 것이라고 말한다는 것이었다.

미시는 소문을 웃어넘기기는커녕 자꾸 부모님 생각이 났다. 어머니의 편지를 그는 또 한 번 조용히 식물원에서 읽었다. 그곳에는 비교적 사람들이 적었기 때문이다. 덤불숲 속에 숨어서 그는 아주 어린아이처럼 울었다. 정말 실컷 울고 나서 오후 수업 시간이 시작돼 막 학교로 달려가려고 했을 때였다. 그는 갑자기 그 자리에 못이 박힌 듯 멈추어 서버렸다.

화단에서 한 어린 소년이 일을 하고 있었다. 그런데 그 소년은 머리에 모자를 쓰고 있었다. 미시가 너무나도 정확하게 알고 있는 자신의 모자를 쓴 채 일하고 있었던 것이다. 그것은 틀림없는 미시의 것이었다.

털이 매달려 있는 모양과 색깔만 봐도, 자기 모자를 대번에 알아볼 수가 있었다. 모자는 초록빛을 띠었고, 거기에는 가느다란 끈이 하나 달려 있을 뿐 리본은 없었다.

오랫동안 미시는 소년을 관찰했다. 그는 소년에게 말을 걸고 싶었지만 차마 하지 못했다. 미시는 아직도 항상 찌부러진 밀짚모자를 쓰고 다녔다. 그런데 그의 잃어버린 좋은 모자가 바로 저기 있다. 단지 한 발짝만 가면 닿을 수 있는 거리에. 그것도 다른 사람의 머리 위에 말이다. 그런데 모자는 아무렇게나 찌부러지고 더러운 것 같았다. 마치 자기 것이 아닌 것처럼. 미시는 놀랐다. 어쩌면 그의 모자가 아닐지도 모르지 않은가? 그는 지금 감히 더 이상 이렇게 말할 용기가 나지 않았다. "미안하지만, 내 모자 돌려줘."

그는 멀리 학교 마당에서 수업 시작 종소리가 울리자 달리기 시작했다. 마치 누가 자기를 큰 소리로 부르기라도 하는 것처럼. 그날 오후에 그는 자기의 온 생애가 도대체 슬픔만으로 가득 차 있는 것 같아 매우 서러웠다. 하지만 그렇다고 자기의 슬픔을 다른 어떤 사람에게도 말하지 않았다. 얼마나 멍청하고 촌스러우면 모자를 다 잊어버리나 하고 생각할까봐 부끄러웠기 때문이다. 그는 웃음거리가 되고 싶지 않았다. 틀림없이 아이들은 그를 보고 놀릴 것이다. 그들이 뵈쇠르메니가 칼을 잊어버렸다고 하는 말을 건수 삼아 놀리는 것처럼 말이다.

도대체 뵈쇠르메니의 칼은 어찌 된 일일까?

미시가 밤에 수업이 끝난 후 기숙사방으로 돌아오자 화부가 곧 난로에 불을 피웠다. 난로는 밖에서, 이를테면 부엌에서 불을 피울 수도 있었다. 그러나 이 난로는 자체가 둥근 모양의 커다란 쇳덩어리로 방에 놓여 있었다.

저녁 무렵 그들은 식사를 하러 식당에 내려가기 전에 보통 난로에 습관처럼 빙 둘러앉곤 했다. 상급생들은 자주 방문객을 맞았다. 최고학년인 9학년생 판첼은 미시의 방 최고참인 리스녀이를 자주 방문했고, 또 다른 9학년생도 자주 방문했는데 그는 시인으로 허렁기라고 했다. 그는 진짜 시인으로 데브레첸 신문에 시를 발표하기도 했다.

그들은 잡담을 하면서 난로에 둘러앉아 있었다. 허렁기는 육군대장 시모니에 대해 이야기했다. 그는 용감무쌍한 경기병으로 중산층 가정에서 자랐는데, 어린 시절에 참새를 잡으러 붉은 탑에 올라간 적이 있었다. 거기서 그는 밖의 벽 틈에 있는 어린 참새 한 마리를 발견했다. 그의 놀이 친구들이 얇은 널빤지를 창문을 통해 밀어 넣었다. 그리고 어린 시모니는 널빤지의 가장 끝부분에 가서 섰다. 그는 발끝으로 서서 보금자리에 있던 어린 참새를 꺼내 짧은 저고리 안에 숨겼다. 그때 다른 아이들이 말했다.

"우리한테 잡은 것을 줄래?"

"싫어."

그러자 아이들은 화가 났다.

"널빤지를 놓아버릴 거다. 우리한테 붙잡은 것을 줄래?"

"싫어."

그러자 그들은 정말 널빤지를 놓아버렸다. 어린 사내아이 시모니는 붉은 탑 꼭대기에서 땅으로 떨어졌다. 하지만 그는 곧 두 다리로 뛰어

내려서더니 도망가며 말했다.

"이제 너희들한테는 진짜 아무것도 안 줄 거야."

이 이야기는 매우 미시의 마음에 들었다. 그래서 그는 긴장해서 귀를 기울였다. 시인이 이야기를 하는 사이에 미시는 짐을 정리하고 있었다. 깨끗한 빨래는 한쪽에다 따로 놓고 소포에서 떨어진 빵부스러기들을 깨끗이 청소했다. 다른 사람들이 난로 주위에 모여 앉아 있는 동안, 그는 어두운 곳에서 혼자 이렇게 일을 했다. 그때였다. 뵈쇠르메니의 칼이 그의 손가락에 잡히는 것이었다. 순간 그는 숨이 멎는 것 같았다.

그는 "칼이 여기 있어"라고 소리치려고 했다. 그러나 그보다 더 좋은 생각이 떠올랐다. 왜냐하면 뵈쇠르메니는 틀림없이 즉시 이렇게 외칠 것이기 때문이었다. "너가 그걸 훔쳤지? 그걸 훔치려고 했지? 그렇지 않으면 그게 어떻게 네 짐 속에 들어 있니?" 그런 식으로 말할 가능성이 너무나 충분히 있었다. 그래서 그는 말없이 칼을 옆에 놓고 어둠 속에서 계속 짐을 여기저기 뒤적거렸다. 옆에 계속 칼이 있는 것이 느껴졌다. 칼자루는 물고기 모양이었는데 정말 멋졌다. 번쩍거리고 광채가 났다. 그것은 값진 진주로 만들어져 있었는데 물고기 머리에는 눈도 달려 있었다.

그는 생각했다. 아이들이 그에게 온 소포를 거의 다 빼앗아 먹어버리고 그에게 남은 것이라고는 거의 없었다는 것을. 그리고 화단에서 일하는 정원사 조수가 자기가 잃어버린 모자를 쓰고 있다는 것을. 칼을 돌려주지 말고 방학이 되면 집으로 가져가서 동생에게 보여주자. 그가 데브레첸에서 공부하면서 그 멋진 칼을 손에 넣게 되었다고 설명하면 얼마나 기분이 좋을까.

미시는 흥분해 순간 제정신이 아니었다. 그는 결국 칼을 몰래 자기 궤짝에 숨겨놓았다. 그 궤짝은 전에 할아버지가 차에 넣고 다니던 것이었다. 할아버지, 어머니의 아버지이니 외할아버지인 그는 항상 짐을 그 속에 넣어서 가지고 다녔다. 퍼터크로 학교를 가게 되었을 때도 마찬가지였다. 그 궤짝에는 비밀 공간이 있었다. 왼쪽 서랍 부분은 바닥이 두 개로 되어 있는데 그 사이에 돈이나 작은 물건들을 넣을 수 있었다. 자물쇠는 작은 막대기 두 개로 되어 있었다. 오른쪽이나 왼쪽으로 밀면 그 부분이 열리게 되어 있었다. 그러나 그곳에 비밀 공간이 있는지는 아무도 몰랐다. 막대기에는 아무도 신경 쓰지 않았던 것이다. 그는 어둠 속에서 칼을 그 비밀 공간에 감췄다. 그리고 집에 가기 전까지는 그것을 결코 다시 열지 않을 것이라고 다짐했다.

아무도 그에게 관심을 가지지 않았다. 그는 이제 자기 물건들을 침대에서 궤짝에 넣었다. 누가 어둠침침한 곳에서 뭘 하냐고 물을까봐 두려웠기 때문이다.

저녁을 먹으러 기숙사로 가기 전, 그들은 언제나처럼 등불에 불도 붙이지 않고 거의 6시경까지 이야기를 하고 있었다. 7시 15분이 되자 기숙사에 첫 번째 그룹을 위한 종이 울렸다. 그들은 모두 자기 방으로 흩어져 들어갔다.

밤에도 그는 칼을 생각했다. 그가 느끼기에, 자기가 당한 손해와 불행에 대해 하느님께서 배상해주신 것이 아닌가 싶었다. 이 세상 모든 일을 주관하는 존재가 바로 신이므로, 모든 것이 신의 뜻이니까 말이다. 그는 물고기 모양의 손잡이를 가진 칼이 너무 마음에 들었다. 도대체 뵈쇠르메니는 어디서 그것을 구했을까? 분명 어디선가 훔쳤을 것이다. 아버지나 친척, 아니면 누군가한테서 훔쳤을지 누가 아나. 뵈쇠르메니를 신용하는 사람은 거의 없었다.

다음 날 그리고 그다음 날도 그는 학교에서건 어디에서건 자주 칼을 생각했다. 궤짝의 열쇠는 호주머니에 넣고 다녔다. 그래도 그는 가끔 걱정스러웠다. 누가 궤짝을 열면 어떡하지? 궤짝을 잘 잠갔던가? 한번은 쉬는 시간이 되자 기숙사방으로 달려간 적도 있었다. 그것은 금지 사항이었지만 궤짝을 확인하고서야 돌아왔다. 그는 이미 늙은 자료실장처럼 자기 자신을 믿을 수가 없었다. 그는 자기가 집에 있을 때 자주 뭔가를 잊어버리곤 했다는 것을 생각해냈다. 한번은 목사님 댁에서 우유를 가져올 때, 모자를 놓고 온 적이 있었다. 지금 쓰고 다니는 바로 그 밀짚모자였다.

10월 18일에 눈이 내렸다.

그날은 중요했다. 왜냐하면 큰 창문의 하얀 창틀에 항상 주의를 기울여 언제 첫눈이 내리는지를 표시해놓았기 때문이다. 그래서 이번에도 그들은 날짜를 새겨놓았다. 눈은 일주일 후에 녹아버렸다. 그리고 진짜 눈은 다음에, 그러니까 2월에 제대로 내렸다. 그러나 중요한 것은 첫눈이었다.

그날 오후 미시는 물을 길으러 물통을 두 개 가지고 내려갔다. 보통 물은 뒷마당에서 긷는 것이 관례였다. 그쪽의 샘물이 소위 쇳물 냄새가 덜 나서 맛있다고들 했기 때문이다. 사람들은 뒷계단으로 다녔는데 그렇게 가면 몇 걸음이라도 더 가까웠다. 그러나 미시는 첫눈 오는 모습이 너무 좋아 넓은 앞마당으로 나가 산보를 했다. 그때 검고 커다란 모자를 쓰고 검정색 외투를 길게 입은 벌커이 선생님이 막 마당을 질러오다가 밀짚모자를 쓰고 있는 어린 소년을 보게 되었다.

"이리 와봐, 애야. 이리 와!"

미시는 놀라서 그를 바라봤다.

"왜 아직도 밀짚모자를 쓰고 있니?"

미시는 아무 말도 하지 못하고 뻣뻣하게 굳어서 앞만 고집스럽게 바라보고 있었다.

"털모자가 없니?"

미시는 그렇다고 고개를 끄덕였다.

"너 전에는 모자가 하나 있었잖아?"

미시는 또 고개를 끄덕였다.

"그 모자는 어디 갔니? 누가 훔쳐가버렸어?"

미시는 다시 고개를 끄덕였다.

"흠, 흠." 거인같이 거대한 사람이 고개를 흔들었다. "애야, 너 이름이 뭐니?"

미시는 자기 이름을 말했다.

"뭐라고? 더 크게!"

미시는 다시 한 번 자기 이름을 말하고 얼굴이 붉어졌다. 자기가 선생님에게 항상 '수'를 받는데도 선생님이 자기 이름을 모르고 있었기 때문에 창피한 생각이 들었다.

"기숙사방이 어디니?"

"19호실이요."

거인같이 키가 큰 선생님은 고개를 끄덕이더니 자로 잰 듯한 걸음걸이로 그곳을 떠났다. 하지만 미시는 속에서 열이 나 아파오면서 오한이 느껴졌고 발걸음도 무거웠다. 무거운 물통을 들고 오는데 무척 힘이 들었다. 물통이 어깨와 팔을 자꾸만 밑으로 잡아당겨 발을 옮기는 것이 쉽지 않았다. 그가 2층에 도착했을 때 손가락들이 물통 자루에서 거의 얼어붙을 지경이었다. 이제 방금 불을 붙인 가스등불 아래에 대고 잠깐 손가락 끝을 녹였다. 그러고 나서 먼저 침실로 갔다.

판쳴이 또 그 방을 방문해 날카로우면서도 유약한 목소리로 뭔가를 얘기하고 있었다. 미시는 물통을 제자리에 세워놓은 다음 자기 침대 옆에 앉았다. 방 안은 따뜻했다. 그는 조용히 이야기에 귀를 기울였다. 슬프고 또 아파서 기숙사 식당에 갈 시간까지 이야기를 듣고 있었는데 매우 피곤했다.

저녁식사에는 양치즈가 들어간 감자 경단이 나왔다. 다른 아이들은 음식이 도대체 기름기라고는 하나도 없고 저질 푸딩처럼 달라붙어 있다고 불평했다. 그러나 미시는 부모님께서 그가 모자를 잃어버린 것에 대해 대단히 낙담할 것이라는 사실만이 가슴을 짓눌렀다.

소년들이 침실로 돌아가자 다시 등불에 불이 켜졌다. 아이들은 각기 책을 꺼내놓고 공부를 했다.

책상들이 있는 데서 제일 위쪽 끝, 창문 옆에 최고참 학생 둘이 서로 마주보며 앉았다. 리스녀이와 너지다. 너지는 어깨의 발육이 약간 부진한 편이었다. 등도 약간 굽었다. 그러나 놀라울 만큼 영리했다. 그는 학교 전체에서 제일 영리한 사람이었다. 다른 사람들이 공을 가지고 놀거나 스케이트를 타고 놀 때 그는 늘 책을 읽었다. 그들과 같이 놀 수 없었기 때문이었다. 그럴 때면 침대 위에 누워서 그는 공부를 했다. 그는 모르는 것이 없었다. 그래서 이 세상에 존재하는 것이면 무엇이든 모두 다 이야기할 수 있었다. 미시는 그런 그가 놀라웠다. 미시도 역시 책 읽기를 즐겼기 때문이었다. 하지만 그는 읽은 것을 금방 다시 잊어버렸다. 그래서 무엇에 대해 자기 의견을 개진할 용기가 나지 않았다.

어린 김나지움 학생 다섯 명은 모두 2학년이었다. 두 명, 즉 언드라시와 뵈쇠르메니는 A반이고, 나머지 세 명은 B반이었다.

언드라시 라자르, 빨간 볼을 한 이 힘센 소년은 전혀 공부를 하지 않았는데도 반에서 늘 1등이었다. 그의 기억력은 마치 서랍장 같았다. 한 번 그 안에 넣어놓으면 없어지는 법이 없이 그대로 그 안에 있는 것이다. 그는 자기가 한 번 들었던 것은 모두 기억했다. 그래서 공부를 해야 한다는 근심이란 것이 처음부터 없었다. 어떤 시도 한두 번 죽 읽으면 자기가 기억하고 싶은 동안만큼 오래 기억할 수 있었다. 만약 일요일에 교회에서 돌아왔다고 하자. 그는 교회에서 들은 설교 말씀을 한 마디까지 그대로 기억해낼 수 있었다. 훗날 그는 작은 도시인 서트마르에서 목사가 되었는데 16세 때 외운 오비디우스의 시를 60세가 되었을 때도 600줄이나 모조리 외우고 있었다. 그리스 고전 《일리아드》를 외우다가 막히기라도 할 때면 그는 기억력이 퇴보했다며 투덜거렸다.

미시는 그와 같은 놀라운 소년이 아니었다. 도무지 외우듯이 공부할 수가 없었다. 문장을 순서에 따라 줄줄이 외울 수 없었다. 훗날 퍼터크에서 공부할 때 한번은 베르길리우스의 시 열 줄을 외워야 한 적이 있었다. 그는 라틴어 수업 시간에 다섯 차례에 걸쳐 연달아 그 시를 외워야 했다. 그리고 모두 다섯 번이나 웃음거리가 되었다.

오늘 그는 아예 공부가 하고 싶지 않았다. 걱정이 됐기 때문이다. 그는 잠자러 가는 시간이 오기만을 기다렸다. 9시 정각이 되자 기숙사에 종소리가 울려퍼졌다. 모두 잠자리에 들었고, 등불도 다 꺼졌다. 그는 매우 피곤했기 때문에 침대에 눕자마자 곧 잠이 들었다. 그러나 자정이 막 지난 시간쯤에 갑자기 잠에서 깼다. 모자가 생각났다. 모자를 잃어버렸다고 말했던 것이 생각났다.

이제 틀림없이 잃어버린 모자를 찾는 일이 시작될 것이다. 상자를 다 뒤지고 조사하고… 그리고 칼!

칼이 나타나게 될 것이다. 그것도 자기 궤짝에서. 그러면 자기는 끝이라고 생각했다.

그는 등이 서늘해지는 것을 느꼈다. 이가 덜덜 떨렸다.

학교에 다니기 시작했을 당시에 자기 궤짝에 비밀 공간이 있다는 사실을 말하지 말았어야 했는데! 그러나 산도르 미하이도 역시 그런 차 궤짝을 가지고 있었다. 산도르는 근처에서 교사로 일하고 있는 아버지에게서 그것을 받았다. 늘 자기 궤짝이 미시의 궤짝보다 더 좋다고 늘어지게 자랑을 했다. 그래서 미시는 그에게 비밀 장소를 보여줬던 것이다. 그러자 아이들이 모두 몰려와 차례대로 비밀 장소를 열쇠로 열어봤다. 두 명은 그걸 보려고 21호실에서 건너오기도 했다. 그때 미시는 자기가 그렇게 굉장한 궤짝을 가지고 있다는 사실에 매우 우쭐했었다. 그러나 지금은 두려웠다. 사람들이 그 비밀 장소를 열어보면 뵈쇠르메니의 칼을 찾아내게 될 테니까.

새벽녘이 돼서야 그는 겨우 잠들었다. 밤새 어떻게 해야 할지를 연구했다. 그때 그는 당번이었기 때문에 방 최고참에게 아침식사를 가져다줘야 했다. 최고참은 항상 3크로이처를 주고 베이컨이 들어 있는 고추 요리를 가져오게 했다. 그는 그 전에 칼을 호주머니 속에 감추기로 마음먹었다. 그러고는 거리로 나가 하수구 구멍에 버리기로 작정했던 것이다. 가을에 그가 항상 메론씨를 던져 넣은 바로 그 하수구 말이다.

아침이 되자 그는 다른 사람의 눈에 띌 정도로 피곤하고 창백해 보였다.

"무슨 일 있어요, 꼬마 닐러시?" 너지가 물었다.

"아무 일도 없어요."

"꼭 유령같이 하얘요." 최고참이 말했다. "병원에 가도록 하세요."

조금 있다가 그가 물었다. "병원에 갈래요? 그러면 가세요. 여기서 아픈 사람이 생기는 걸 그냥 두고 볼 수 없어서요."

미시는 그를 바라보고만 있었다.

"저는 선배님 아침식사를 가져와야만 해요."

"바보 같은 소리도 다하네. 그냥 놔두고 병원이나 가세요. 따뜻하게 옷을 챙겨입고 9시에 가세요. 아침은 치초가 가져오면 돼요."

그의 계획은 무산되었다. 이제 방을 뒤지는 일이 8시에 시작되면 어쩌나 하는 걱정이 앞섰다. 그는 궤짝을 지키지 않고 그냥 놔둘 용기가 나지 않았다. 그러나 그런 마음을 극복하고 그냥 병원으로 향했다.

다른 아이들이 8시가 되어 모두 학교로 가자 그는 침실로 되돌아왔다. 바삐 서둘러 그는 비밀 장소에서 칼을 꺼내 호주머니에 숨겼다. 그러고는 두꺼운 겨울 코트를 입고 목도리로 목을 둘러 감싸고는 방을 나섰다.

미시는 초코너이 동상 뒤로 올라가다가 계단을 내려갔다. 그는 생각에 잠긴 채 서투른 솜씨로 휘파람을 불면서 나무 계단을 올라갔다. 만약 그가 칼을 가지고 있다가 어딘가에 숨겨놓고 다시 찾을 수 있다면, 여름에 집에 갈 때 가지고 갈 수 있을 텐데. 그런데 도대체 어디에 숨겨놓아야 할까? 그는 잠시나마 호주머니 속에서 칼을 꼭 쥐고 놓지 않았다. 무거운 머리를 하고 그는 병원 문을 들어섰다.

의사는 매우, 매우 늙은 할아버지였다. 사람들은 그 의사를 "위대한 의사 선생님"이라고 부르고 그의 손에 키스를 해야만 했다. 그의 살갗은 도넛같이 누런빛에 장미색이 섞인 듯했고, 수염은 새끼고양이마냥 눈처럼 하얬다. 그는 오직 두 가지 약만 처방해줬다. 아몬드우유 아니면 설사약. 치초 임레는 미시에게 예전에 수업을 들으러 가는 길에 귓속말로 속삭였었다. "만약 그 의사가 아몬드우유를 마시라고 처방을 내리면 너를 위해 내가 마셔줄게."

아주 좋은 제안이었다. 미시는 아몬드우유가 정말 싫었기 때문이다. 그것은 너무 달아 도무지 마실 수가 없었다.

그는 알 수 없었다. 어떻게 이 낮고 낮은 집에 오게 되었는지. 할아버지 의사는 붉은 탑이 있는 아주 작은 집에 살고 있었는데, 그 집 옆에는 주교가 사는 사제관이 있었다. 그의 집에는 훌륭한 가구가 아주 많았다. 그리고 책도 많이 가지고 있었다. 뿐만 아니라 그의 방에는 엄청난 의학 기구들이 있었다.

소년은 놀랄 만큼 흥분되었다. 눈물이 흘러내려 아무것도 볼 수 없었다. 할아버지 의사는 맥을 짚어보고 혀를 관찰하더니 처방전을 한 장 써줬다. 그게 다였다. 말 한 마디도 없었다. 의사는 미시의 뺨을 가볍게 치고 나서 그를 약국으로 보냈다.

약국은 병원 바로 건너편인 폰그라츠 가게 옆에 있었다. 그곳은 특이한 냄새로 가득 차 있었고, 크고 둥근 구충제도 있었다. 회충이 미시의 할머니를 괴롭힐 때면, 그녀가 터르철에서 가져오라고 항상 시켰던 바로 그 구충제였다. 그는 이 윙윙거리는 팽이 모양의 사탕을 즐겨 먹었다. 하지만 그것은 매우 비싸서 단지 쳐다보기만 해야 했다. 거기에는 빨간 것과 하얀 것이 있었고, 아주 작은 사탕도 있었다. 수수알만 한 크기인데 그 속에는 쓴 것이 들어 있어 매우 썼다. 그것도 그는 매우 즐겨 먹곤 했다. 이런 것들은 기술자인 삼촌에게 자주 선물로 받곤 했다. 아저씨는 아이들에게 절대 단 사탕을 사주는 법이 없었다. 삼촌은 "이런 사탕이 건강에 좋단다"라고 말했었다.

약국에서 미시는 사형 선고를 받은 사람처럼 앉아 있었다. 그는 특이한 냄새로 가득 차 있고 성당처럼 고요한 정적이 감도는 그곳이 너무 마음에 와닿았다. 마치 죽음의 문턱에 와 있는 것처럼 느껴졌다. 약국 바로 앞에 마차가 도착했다. 묶였던 말들을 풀어 마차의 다른 쪽에 맨 다음, 마차는 왔던 쪽과 반대 방향으로 달렸다. 그러는 동안 미시는 여전히 뵈쇠르메니의 칼을 어떻게 해야 할지 몰랐다.

약을 받았다. 돈을 낼 필요는 없었다. 계산서가 학교로 가기 때문이었다. 그는 다시 학교로 돌아오는 길로 걸었다. 아주 천천히 걸었다. 될 수 있는 대로 천천히. 그래도 그의 머리에 떠오르는 뾰족한 생각은 없었다. 하수구를 세 개나 지나쳤지만 선뜻 칼을 던져버린다는 생각은 하지 못했다. 학교 어딘가에 칼을 숨기고 싶었다. 그는 계단을 조용히 올라가며 생각해봤다. 칼을 계단의 나무 틈새에 숨길 수 없을까? 하지만 그곳에 넣어놓으면 어떻게 다시 꺼낼 수 있단 말인가?

그때 2층에서 참나무로 만든 커다란 쓰레기통이 눈에 띄었다. 그는 급히 칼을 움켜쥐고 순간적으로 쓰레기통과 벽 사이에 칼을 떨어뜨려야겠다고 생각했다. 우선 칼을 밑으로 떨어뜨리고 밑으로 떨어지는 소리가 나자 그제야 그는 정신이 들었다. '하느님, 저는 다시는 이곳에서 저 물건을 끄집어 내지 못할 거예요.' 그의 생각은 그 후 70년 넘는 동안이나 이곳을 왔다 갔다 할지도 모를 일이었다. 비밀을 지닌 장소였기에.

이제 그는 교실로 가서 수업을 듣고 싶은 생각이 들었다. 더 이상 그리 심각하게 아프지 않았기 때문이다. 그럼에도 그렇게 하지 않았다. 종교 수업 시간이기 때문이었다. 그래서 그는 기숙사 식당으로 간후, 수저를 가지고 와서 설사약을 먹었다. 후유, 왜 이렇게 쓴지. 그러자 어떤 생각이 떠올랐다. 쉬는 시간 종이 울릴 때마다 그는 수저 가득히 약을 부어 창문 너머로 쏟아버렸다. 수업 시간 중에는《역사적인 그림 갈레리》를 보았다.

점심때가 되자 학생들이 하나씩 올라왔다. A반, 그러고 나서 그의 반. 친구들은 호기심에 가득 차서 그를 둘러쌌다.

"무슨 약을 처방 받았어?"

"설사약."

"피, 혼자만 먹는 거잖아."

"너, 그 약 먹었니?"

"벌써 세 숟가락이나 먹었어."

방 최고참이 나타났다. 그는 매우 불만스러운 얼굴이었다.

"닐러시, 모자가 어디 있는지 말해볼래요?"

미시는 알아차렸다. 이제 시작이구나. 그는 침묵을 지켰다.

"무슨 일이에요? 왜 아직도 여름 밀짚모자를 지금까지 쓰고 다니는 거죠?"

그러나 그때는 점심을 먹으러 모두 밑으로 내려가야 하는 상황이었다. 그래서 모자에 대해서는 더 이상 이야기를 계속할 수 없었다.

미시는 점심식사를 그럴듯하게 먹었다. 다시 침실로 돌아왔을 때 방 최고참이 물었다.

"점심식사 했어요?"

"네."

"설사약을 처방 받았다면 점심을 먹지 말았어야지. 의사가 그런 말을 하지 않던가요?"

"그런 말을 하지 않았는데요."

"모자만 빼놓고는 아무렇지도 않군요. 모자가 위장을 못 쓰게 만든 거예요."

소년들이 웃었다.

"모자, 어디로 갔어요?"

"몰라요."

"모른다고요! 아니, 자기 모자가 어디 있는지도 모른다니. 그런 소리를 누가 들어본 적 있나요? 벌커이 선생님이 교정에서 만나자마자 물었어요. 널러시 모자가 어디 있느냐고요. 내가 어떻게 그걸 알겠어요? 왜 선생님이 그걸 묻지요? 난 어느 누구의 가정부가 아니에요. 내가 만일 내 모자를 챙길 수 있다면, 다른 사람들도 자기 모자를 당연히 챙길 수 있는 것 아닌가요?"

그의 말은 어린 학생들에게 스스로를 아주 어른스럽게 느끼게 하는 효과를 가져왔다. 미시는 방 최고참이 자기를 같은 인격체로 대하고 있다는 것을 느낄 수 있었다. 그것은 그에게 자신감을 주었다. 이제 더 이상 부끄러워하지 않고 사실을 말했다.

"누가 그걸 훔쳐갔어요."

모두들 말이 없었다.

"내가?" 갑자기 뵈쇠르메니가 그들 가운데서 소리를 질렀다. "내가? 이런 야비한! 나는 결코 그런 짓을 한 적이 없어. 난 어느 누구의 모자도 훔친 적이 없다고. 난 그런 모자는 그냥 줘도 싫어."

"난 그렇게 말하지 않았어…."

"나를 의심하고선! 내 상자를 찾아봐. 상자들을 다 뒤져봐야 해."
뵈쇠르메니가 목청 높여 소리를 질렀다.

　방 최고참은 참을 수 없었다. "여기서 소리 지르지 마세요. 누구도 모자를 훔쳤다고 말하지 않았어요. 못 들었어요."

　"최고참님, 제발 증명해주세요." 뵈쇠르메니는 날카롭게 소리쳤다. "만약 모자가 내게서 발견되면 얼굴에 침을 뱉어도 좋아요."

　모자 찾기 대작전이 개시되었다. 미시는 마음이 한없이 편했다. 칼을 사라지게 해버렸으니 걱정이 없었던 것이다. 그 순간 그것을 다시는 볼 수 없게 된다 해도 상관없었다. 중요한 사실은 지금 자기 상자 안에 칼이 없다는 것이다. 그는 보란 듯이 비밀 장소까지 열어젖혔다. 모자가 정말로 자기 상자 속에 없다는 것, 다른 물건들과 같이 섞여 있지 않다는 것을 확인해줬다. 소년들은 자질구레한 소지품들을 샅샅이 뒤졌지만 모자는 나타나지 않았다.

　그날은 토요일이었다. 토요일 오후, 점심을 먹은 다음에는 수업이 없었다. 오후 내내 그들은 모자 이야기로 시간을 보냈다. 단지 미시만이 아무 말 없이 침대에 앉아 있었다.

　저녁 무렵 너지가 그에게 왔다. 그들은 단 둘이 침실에 마주 앉았다.

　"꼬마 닐러시 군, 할 이야기가 있는데요."

　미시는 너지가 자기에게 심부름을 시키려 한다고 생각했다. 그래서 평소대로 침대에서 벌떡 일어나 바삐 창문 쪽에 있는 너지에게 달려갔다. 너지는 앉아서 미시의 재킷 단추를 가지고 장난을 했다.

　"잘 들어요. 나는 지난 3년 반 동안 어떤 노신사에게 신문을 읽어주고 있어요. 오후 5시에서 6시까지. 그분은 그 대가로 한 시간에 10크로이처를 지불하죠."

미시는 긴장한 채 그를 쳐다보고 있었다.

"올해 나는 공부할 게 너무 많아요. 그래서 하는 얘긴데 신문 읽어 주는 일을 넘겨받을 생각이 없나요?"

어린 김나지움 학생은 얼굴이 불타오르는 것 같았다. 그는 아무 소리도 하지 못하고 그저 고개만 끄덕일 뿐이었다.

"중요한 것 한 가지. 항상 정확히 5시에 시작하고 또 6시에 끝나야 해요. 그 노인은 매우 정확한 분이에요. 한 달에 3포린트예요."

"정말 고맙습니다…." 미시의 눈에 눈물이 가득했다.

"그러면 그분께 오늘 말할게요. 내일부터는 미시가 오게 된다고. 처음에는 1포린트를 받게 될 거예요."

"네."

심장이 너무 뛰어 가슴이 벌떡거렸기 때문에 재킷이 너무 꼭 끼는 것처럼 느껴졌다. 갑자기 어른이 된 것 같았다. 아주 큰 어른, 돈을 버는 어른. 그는 확실히 숨을 수 있는 장소로 몸을 숨겨야만 했다. 그곳에서 아무도 모르게 소리 내 울고 싶었다.

03

노신사의 이름은 포설러키 씨였는데, 약국 뒤에 있는 자그마하고
멋진 목조 가옥에 살고 있었다. 목조 가옥은 크고 노란 집의 정원에
세워져 있었다.

어린 김나지움 학생은 정확하게 시간을 지키려 했다. 그래서 처음
으로 가는 날, 정해진 시간보다 30분 정도 일찍 갔다.

노인은 짚을 엮어 만든 안락의자에 앉아 있었다. 그는 완전히 혼자
였다. 난로에서는 불이 탁탁 소리를 내며 타고 있었는데, 눈먼 노인이
아주 특별하게 보였다. 가물가물 타는 불 옆에 앉아 담배를 피우고 있
는 모습은 정말 색다른 풍경이었다. 탁자 위의 등불도 타고 있었다.

"안녕하세요."

"안녕하세요. 거기 누구세요?"

"저예요. 신문을 읽어드리러 왔어요."

"그래요. 자리에 앉으세요, 학생."

미시는 앉았다. 신문들은 이미 탁자 위에 놓여 있었다.

"어떤 것을 읽어드려야 하나요?"

"아니, 아직 시간이 있어요. 정각 5시에 시작합시다."

미시는 부끄러웠다. 공개적으로 정확하지 못한 짓을 한 것이다. 노인은 이제 그를 매우 탐욕스러운 사람으로 생각할 것이다. 혹은 비정상적인 사람으로 생각할 것이다. 정확한 시간에 맞춰 오지도 않았으니까. 두 뺨이 달아올랐다. 아무 말도 할 수 없었다. 미시는 조용히 앉아 시계가 똑딱이는 소리에 귀를 기울였다. 시계는 갈색으로 윤이 나는 서랍장 위에 놓여 있었고, 눈처럼 흰 석고 기둥이 있었다. 그것은 지난해에 살았던 퇴뢰케크 씨 집에서 봤던 것과는 아주 다른 모양이었다. 퇴뢰케크 씨네 시계는 위쪽에 금빛 군인이 말을 타고 있었고, 맨 위에는 유리로 된 종이 있었다. 그런데 이곳의 시계는 유리로 된 종이 없었다. 종의 자리에는 검은 그리스 북이 걸려 있었다. 꼭 책에 나오는 그리스 사원처럼. 그것은 자연스럽고 훨씬 고상해 보였다. 게다가 퇴뢰케크 씨 집에 있던 유리종은 튀어올라와 종이로 붙여져 있었다.

시계추는 매우 천천히 움직였다. 그래서 미시가 거의 수를 셀 수 있을 정도였다. 긴 바늘이 한 바퀴 돌아오는 데는 지루할 만큼 오래 걸렸다. 노인은 한 마디 말도 하지 않았다. 확실히 그는 어떤 생각에 잠겨 있는 모양이었다. 노인은 조용히 그곳에 앉아 있었다.

미시는 노인을 자세하게 살펴볼 시간이 충분했다. 그는 혈색이 좋았다. 그래서 너무 늙었다고는 절대 말할 수 없었다. 그리고 두터운 코밑수염을 기르고 있었다. 만약 서리가 그에게 내려 얼어붙는다면 꼭 겨울에 서 있는 로즈메리 나무 같은 형상이 될 것이다. 매우 아름답고 하얀 수염이었고 무성하고 길었다. 노인은 건강하고 명랑하고 기분 좋아 보였고, 맑고 파란 눈으로 쳐다보는 바람에 사람들을 당황하게 만들기에 충분했다. 노인이 이마 위에 반원 모양의 녹색 차양을 걸치고 있지 않으면, 아무도 그가 앞을 못 본다고는 생각할 수 없을 것이다.

미시는 뭔가 말을 해야만 할 것 같았다. 그러나 무슨 말을 해야 좋을지 알지 못했다.

갑자기 그에게서 말이 불쑥 튀어나왔다. "저희 집이 있는 곳에서는 이렇게 일찍 눈이 오는 법이 없어요."

노인은 아무 응답도 하지 않았다.

미시는 다시 기가 죽었다. 노인의 침묵을 깨뜨리려면 어떻게 해야 할까? 그가 무슨 생각을 하는지 누가 아나? 그토록 어리석은 질문을 해야만 하다니. 미시의 집이 있는 곳에 눈이 언제 내리건, 노인에게는 어차피 마찬가지다. 현재 여기는 눈이 내렸다. 어떻게 말을 거둬들일 수 있을까. 그는 의자 위에서 이리저리 미끄러지며 입술을 깨물었다.

그는 포설러키 씨가 정말로 아무것도 볼 수 없는지 물어보고 싶었다. 그는 한 번도 불빛을 보지 못했을까? 해가 언제 뜨고 언제 밤이 오는지 이제껏 한 번도 느끼지 못했을까?

노인은 조용히 담배를 피우고 있었다. 조심스럽고도 편안하게. 그의 쾌적한 형상이 안락의자를 가득 채웠다. 그의 손은 하얗고 부드럽고 붉은 빛을 띠고 있었다. 깨끗이 면도한 얼굴에는 건강이 넘쳐흘렀다. 그는 밝고 기분 좋아 보였다. 입에는 약간의 웃음까지 띠고 있었다.

그렇게 15분이 지나갔다.

시계가 종을 치기 시작했다. 처음 세 번은 높게 울리는 소리로, 다음 네 번은 깊고 급하게, 약삭빠르게, 마치 미시를 비웃고 있는 것처럼(처음 세 번은 15분 간격으로 치는 종이며, 다음 네 번은 시간을 나타내는 종이다. 즉, 4시 45분 — 옮긴이).

그는 다시 그대로 죽은 듯이 앉아 있었다. 시계가 똑딱거리는 소리 말고 아무런 소리도 나지 않았다. 그는 새롭게 1분, 1분이 가는 소리를 귀 기울여 들었다.

결국 미시는 신문으로 눈길을 돌렸다. 노인이 혹시 약간 볼 수도 있지 않을까 두려운 생각이 들었다. 노인은 이렇게 생각할 수도 있다. '저 아이는 스스로를 위해 신문을 읽으려고 왔나 보군.' 그래서 미시는 신문의 제목과 머리기사, 그러니까 신문 겉장에 나와 있는 기사만 읽었다. 그러고 나서 신문을 뒤집어놓고 싶었다. 신문이 접혀져 있었으니까 말이다. 그러나 미시는 두려웠다. 혹시 종이가 바스락거리는 소리로 노인의 주의를 끌게 되지 않을까. 그래서 그는 신문의 둘째 난으로 건너뛰어 다시 읽었다. 기사는 마차 철도가 도처에서 증기기관차로 바뀌어야 한다는 내용이었다. 시장이 이제까지 시를 위해 많은 노력을 했으니 그에게 감사를 표해야 한다는 기사도 있었다. 데브레첸에서는 그와 같이 용감한 시장은 아직 없었다는 내용이었다.

미시는 재미있는 것을 발견했다. 그가 위대한 사람들을 존경하고 있기 때문이었다. 그는 포설러키 씨가 장님이 되기 전에 시의회에 몸담고 있었다고 들었다. 그래서 그는 언제 처음으로 전차 철로가 놓이게 되었는지, 언제 마차 철로가 처음 달리게 되었는지, 또 데브레첸에서는 마차 철도가 있기 전에 무엇이 있었는지를 묻고 싶었다. 그는 최근에 약국에 갔을 때, 마차 철로가 '황금 황소'라는 호텔 카페까지만 운행되는 것을 본 적이 있었다. 거기에서 말들을 쉬게 한 다음, 다시 차의 반대쪽 앞에 매달게 했다. 그러면 운전수는 뒤쪽 승강장으로 올라가서 구리 나팔을 "후우" 불고, 작은 마차 철도는 뒤돌아 가는 것이었다. 반면 기차 철도는 큰 숲까지 운행한다 했다. 미시는 이것을 아직 한 번도 타보지 못했다. 그것을 타려면 돈을 따로 내야 했기 때문이다. 정거장부터 학교까지 그는 짐을 들고 걸어서 왔다. 그리고 야생 능금을 따기 위해 큰 숲으로 가는 경우, 그는 늘 친구들과 갔기 때문에 함께 모여 걸어서 거기까지 가곤 했다. 그러나 어쨌든 한 번 기차를 타보고 싶은 마음이 간절했다. 기차 타는 것은 기분 좋은 일일 듯싶었다. 근사할 것 같았다.

밖에서 대성당 시계가 종을 치는 소리를 들었을 때 그는 갑자기 움찔했다. 시계가 울리는 소리는 천천하고 품위가 있었다. 시계추는 마치 큰 망치로 종을 치는 듯이 힘차게 울렸다. 한 번 울리는 소리 사이의 간격이 매우 길었다. 그때마다 미시는 빨리 세면 다섯까지 셀 수 있었다. 그러고 나서 큰 종이 울렸다. 역시 다섯 번을 울렸는데 아주 가깝게 들려서 마치 창밖에서 나는 것 같았다. "이제 이리 오너라, 꼬마야."

그러자 방에서 작은 알라바스터(대리석의 일종 —옮긴이) 시계가 웃으며 재빨리 시간을 알리는 종을 치기 시작했다. 세련되고 맑은 소리를 내며 처음 네 번을 밝고 높게 울렸다. 마치 웃는 듯이. 그러더니 이어서 부엉이 울음소리처럼 낮게 빨리 다섯 번을 쳤다.

미시는 용기를 내 신문을 손에 들고 머리기사의 표제를 읽기 시작했다. "데브레첸의 미래. 우리 도시는 이제 근대화를 위해, 그리고 더 아름다운 도시 환경을 가꾸기 위해 중요한 발전을 이루는 조치로 이렇게 결정했다. 아직도 도시 가운데에 위치한 마차 철로선을…"

그는 신문을 빨리 읽었다. 얼마나 빨리 읽었던지 이미 먼저 다 읽어서 이해했고, 또 그것에 대해 생각을 많이 했음에도 불구하고 의미를 전혀 알 수 없을 정도였다. 단지 지금 단어를 분명하고 똑똑하게 읽을 뿐이었다. 그는 자기 입의 움직임에 주의를 기울였다. 그렇게 해서 억양과 발음이 하나로 모아지지 않도록 했다. 그는 자신의 입술이 높고 낮은 억양에서 어떻게 움직이는지를 느낄 수 있었다. 단어 하나하나를 가능하면 딱딱 떨어지게 하려고 온 힘을 기울였기 때문이다.

그는 한줄 한줄 읽어갈 뿐이었다. 한 표제 다음에는 다음 표제가 이어졌다. 노인은 들을 필요가 없다고 생각되는 때에는 이렇게 말했다. "지나가주세요." 그러면 미시는 그 기사를 빼고 읽지 않았다.

신문의 표제들은 모두 다 읽어야 했다. 하나도 빼놓아서는 안 되었다. 아주 사소한 기사라도 말이다. 물론 대부분의 작은 기사가 시작되면 노인의 입에서 나오는 말은 거의 늘 같았다. "지나가주세요."

시계가 6시를 쳤을 때 미시는 자기가 매우 흥미를 가지고 있는 기사를 중간쯤 읽고 있는 중이었다. 삼림지 초원에 대한 것, 그리고 데브레첸 숲에는 1만 요크(요크는 헥타르와 같다 ─옮긴이)의 경작지가 있다는 것을 다룬 기사였다.

"여기는 퇴락한 임시 농가들이 지대를 덮고 있고, 저기는 사구가, 또 다른 곳은 늪지로 뒤덮여 있다. 농부들은 한 해에는 호밀을, 다음 해에는 옥수수를 얻기 위해서 자연과 싸운다. 약 100년이 넘은 참나무들이 둘러서서 개간이 되어 사라져가는 자기 동료를 애석해하며 바라보고 있는 것처럼 보인다. 또한 참나무들은 걱정스러워하면서, 덜덜 떠는 호밀과 다른 곳에서는 전혀 생산되지 않는 빈약한 옥수수를 바라보고 있다.

이 지대는 농사를 짓는 농토라기보다는 농부들이 가장 걱정하는 보물인 동물의 사료를 얻는 것을 훨씬 중하게 여기는 곳이라 했다. 때때로 거기로 가축들을 몰아와 이곳 초원에서 자라는 먹이를 뜯어먹게 했다. 왜냐하면 길을 만든다는 것은 많은 노력과 인력을 요구하고, 또 가축의 먹이를 운반하는 운송비가 먹이의 값보다 훨씬 많이 들 것이기 때문이다."

이 순간 시계가 울렸다. 그러자 노인은 말했다. "자, 이제 내일 읽도록 하지요."

미시는 신문을 내려놓고 일어섰다.

그는 노인이 입술을 움직이며 뭔가를 말하려는 것을 알 수 있었다. 그는 얼굴이 붉어졌다. 그가 생각하기에, 노인은 미시더러 너무 일찍 오지 말라고 할 것 같았다. 그러나 노인의 입에서는 뜻밖의 말이 나왔다. "지금, 이곳에 내리는 눈은 해마다 이렇게 빠르지는 않아요. 내 기억으로는 10월 18일에 첫눈이 내린 적은 없는 것 같은데…."

미시는 아무런 대답도 하지 않았다. 그는 잠깐 서서 기다렸다. 그러나 노인은 말을 마친 후 이야기를 계속할 아무런 기미를 보이지 않았다. 그래서 마침내 미시는 작별 인사를 했다. "안녕히 계세요." 노인도 친절하게 고개를 끄덕였다. "잘 가요."

밖에는 바람이 불어 어린 소년의 눈으로 자꾸만 눈이 들어갔다. 미시는 목을 움츠리고 마당을 건너 달렸다. 혹시 개라도 있지 않을까 항상 겁났다. 그는 개를 별로 좋아하지 않았다. 개들은 견디기가 어려웠다. 고향 마을에는 개가 정말 많았는데 모두 사나웠다. 우유를 꺼내오다가 개에게 두 번이나 물린 적이 있었다.

학교에 돌아와서야 그는 바람을 피할 수 있었다. 저녁식사에는 다시 설탕을 듬뿍 친 수수죽이 나왔다. 그가 아주 좋아하는 요리였다. 그러나 소년들은 메뉴에 대해 불만이 대단했다. 그것을 전부 벽에다 발라버려야 한다고 했다. 한 소년이 말했다. "벽에 말고 주방 아줌마 얼굴에 발라줘야지."

밤이 되자 학생들은 불 옆에 둘러앉아 공부를 했다. 그러나 미시는 다시 생각하고 또 생각해야만 했다. 100년 이상 묵은 참나무가 대삼림에서 빈약한 옥수수와 흔들리는 호밀을 슬픈 듯이 바라보고 있다는 것, 그리고 그들의 좋은 동반자들이 개간으로 다 죽어감을 슬퍼하고 있다는 것을. 밖에서는 바람이 울부짖고 창문과 지붕의 물받이를 흔들었다. 그러나 방에는 난로가 따뜻하게 타올랐고, 졸기에 적당한 온기가 방 안을 감쌌다.

미시가 소포를 받고 나서부터 그의 위치가 소년들 사이에서 높아졌다. 그들은 아직도 다툴 일이 있을 때면, 연고 사건을 들어 뵈쇠르메니를 끌어들였다. 그러나 미시는 피해자로서 그냥 놓아두었다. 분명히 그는 이제 더 이상 그전처럼 낯선 아이가 아니었다. 한번은 그들이 공놀이를 같이 하자고 그를 초대하기도 했다. 미시도 이제 공놀이를 하면서 그전처럼 우둔하게 처신하지는 않았다. 지금은 특히 날씨가 나쁘기 때문에 더 이상 공놀이는 하지 않았다. 아마 봄이 와야 다시 시작할 터였다.

그렇지만 좋은 날들이었다. 미시는 집에서 보내온 모자를 하나 받게 되었다. 작은 갈색 모자였다. 넓은 차양과 띠를 두른 모자. 거기에는 털도 없고 발톱도 없었다. 그것은 마음에 쏙 들었다. 그야말로 진짜 모자였다. 김나지움 학생이 쓰기에 적당한, 진지한 사람에게 딱 맞는 모자였던 것이다. 어느 누구에게도 이 모자는 이상해 보이지 않았다. 그러나 그는 어머니의 편지를 보고 울어야만 했다. 필체를 보자마자 가슴에 경련이 일어나는 것 같았다. 그러나 왜 그러는지는 그도 알수 없었다.

그 시절 학교에서 그는 날마다 호명되었다. 항상 대답을 잘했으며 선생님이 가르쳐주는 것들을 모두 이해했기 때문에 선생님들은 그를 매우 흡족하게 여겼다.

노인의 집에 갈 때도 너무 일찍 나타나지 않았으며, 노란 집 앞에서 대성당의 시계가 5시를 칠 때까지 기다렸다. 그는 가만히 관찰했다. 시계는 처음 종이 울리기 5분 전에 작은 소리를 냈다. 그래서 그 작은 소리가 들리면 노인의 집 마당에 들어섰다. 그가 집에 도착하면 시계는 5시를 치기 시작했고, 그가 자리에 앉으면 석고처럼 하얀 알라바스터 시계가 종을 치기 시작했다.

어느 날 오르치가 그에게 말했다. "닐러시, 우리 어머니가 오늘 토요일이니까 너를 초대하라고 하셨어."

"나를?"

"그래."

"왜?"

"그냥."

"하지만, 왜?"

오르치가 웃었다.

"방문하라고 하셨는데, 올 거지?"

미시는 놀라서 할 말을 잃었다. 2학년 초부터 오르치는 미시의 옆에 앉았지만, 오르치를 포함해 이제껏 누구도 그를 초대한 적은 없었다. 작년에 기메시네 집에 몇 번 갔던 적이 있을 뿐이었다.

오르치는 반에서 1등이었다. 2등은 1등에게 항상 눈먼 사람처럼 복종해야 한다고 미시는 생각했다. 이는 고향에서부터 익혀온 것이었다. 그는 장남이었다. 그래서 동생들은 그의 명령에 따라야만 했고, 한 번도 동생들에게 순종해본 적은 없었다. 그건 그렇고 오르치가 첫째 자리에 앉아 있는 것은 옳지 않다는 의혹이 있었다. 왜냐하면 미시가 한 과목에서는 더 나은 편이었기 때문이다. 정서법 과목에서 미시는 '수'였고 오르치는 겨우 '우'였다. 체육 과목에서는 둘 다 겨우 '미'였고 다른 과목에서는 둘 다 모두 '수'였다. 소년들은 모두 오르치가 글씨 쓰기 과목에서 '우'를 받으니까 1등 자리에 앉는 것은 옳지 않다고들 했다.

그러나 미시는 그렇게 생각하지 않았다. 오르치가 1등이고 자기가 2등인 것은 당연하다고 생각했다. 오르치는 라틴어 선생님이 아끼는 학생이었고 사실 미시보다 아는 것이 많았다. 한번은 이런 일이 있었다. 라틴어 숙제에 율리우스 카이사르의 이름이 나온 적이 있었다. 제레시 선생님은 율리우스 카이사르가 누구인지, 누가 그에 대해 들어본 적이 있는지를 물어봤다. 아무도 아는 사람이 없었다. 그런데 오르치가 손을 들고 일어나 말했다. 자기가 부다페스트에서 연극을 봤는데, 그 작품에서 율리우스 카이사르가 암살되었다고.

"누가 카이사르를 암살했지?"

오르치는 그것까지는 생각이 나지 않았다.

"좋아. 잘 말했어. 앉아라." 선생님은 웃으며 오르치의 뺨을 어루만져주었다.

그 일은 미시를 감동시켰다. 오르치는 그런 것들을 많이 알고 있었다. 거의 매 시간마다 다른 아이들이 모르는 것을 이야기했다. 특별히

들고파는 공부를 하지는 않았다. 그것은 미시도 마찬가지였다. 그는
정말로 잘 알았다.

누구도 둘이 성적순으로 자리를 앉았다고 생각하는 사람은 없었다.
반에서 최고의 학생은 4등인 산터였기 때문이다. 그는 항상 무릎까지
오는 장화를 신고 다녔다. 그래서 아버지가 벌목꾼인가 보다고들 했
다. 그는 매우 말수가 적은 데브레첸 태생의 소년이었다. 그는 모르는
것이 없었다. 한 번 강의를 했거나 숙제로 냈던 것이라면 그는 하나도
빠짐 없이 다 알았다. 학교에서 아직 한 번도 배우지 않은 것들의 경
우, 미시가 물론 그보다 더 아는 것이 많았다. 어머니에게서 많은 것
을 배웠기 때문이었다. 그러나 동사 변화만은 산터를 빼고 반에서 아
무도 할 수 없었다. 그런데도 그는 겨우 4등이었다. 불공평하게도 라
틴어에서 '우'였기 때문이다.

기메시도 많은 것을 알고 있었다. 그러나 공책이 모두 정리가 되어
있지 않아 너무 지저분했고, 항상 쓸데없는 낙서를 했으며, 선생님이
설명할 때 잘 듣지도 않았다. 만약 느닷없이 그를 선생님이 부르면 예
외 없이 질문이 무엇인지 몰랐다. 그래서 다시 되물어야만 했다. 하지
만 선생님이 다시 한 번 질문하면 예외 없이 맞는 대답을 하긴 했다.

미시는 수업 시간에 기메시에게 몸을 구부리고 말했다.

"너에게 할 말이 있어."

"뭔데?"

"이따 쉬는 시간에."

수업 시간이 끝나자 12시였다. 오르치는 벌써 자기 책을 검은 책보
에 싸서 니켈 바클이 달린 노란 띠로 단단히 묶었다. 그는 겨울 코트
를 입은 다음, 미시 앞에서 고개를 숙이며 말했다.

"우리 재미있게 지내자."

미시는 아무 대꾸도 하지 않았다. 다른 사람이 자기에게 상냥하게 대하는 것이 순간 모욕적으로 느껴졌기 때문이다. 오르치가 그렇게 행동한 적은 아직 한 번도 본 적이 없었다. 우리 재미있게 지내자. 이게 도대체 무슨 말인가?

"그래, 무슨 일이야?" 기메시가 궁금해하며 자기 책을 눈에 익은 띠로 묶고 있었다.

"야!"

"뭐?"

"오르치가 나를 초대했어."

"자기네 집으로?"

"응."

"해가 서쪽에서 뜨겠네."

"너는 초대 안 했어?"

"안 했어."

"그러면 나도 안 갈래."

기메시는 입을 다물었다. 그러더니 눈물을 글썽인 채 젖은 눈을 빛내며 미시를 바라봤다.

"소 같은 소리 하지 마."

"난 안 갈 거야."

"이 야생마 같은 녀석." 기메시는 자기 머리를 미시의 가슴에 부딪쳤다. 기메시가 드잡이를 할 때 잘하는 버릇이었다.

미시는 의자에서 뒤로 넘어졌다. 웃음이 나왔다.

소년들이 문 쪽으로 밀려 나갔다. 미시는 책을 의자 밑에 떨어뜨렸다. 책을 묶는 띠도 없고 책보도 없어서 항상 엉성하게 손에 그냥 들고 다녔다. 기메시는 자기 책을 묶는데 항상 시간이 걸렸다. 하지만 거의 잘 정돈해서 싸지도 않았다. 오르치처럼 조심스럽지도 않았다.

"나 정말로 안 갈 거야." 미시는 다시 일어서며 말했다.

기메시는 어깨를 들썩했다.

"너가 그렇게 미련하다면…"

그때 오르치가 얼굴이 발개져서는 문에서 뛰어 들어왔다.

"닐러시!"

미시는 놀라 그를 쳐다보며 얼굴이 달아올랐다. 그가 생각하기에, 오르치는 자기가 그의 집에 가지 않으려고 하는 것을 알고 있을 것 같았기 때문이다.

"이리 와봐."

오르치는 그를 벽으로 데리고 가서 속삭이기 시작했다.

기메시는 잠깐 둘을 살펴보더니 재빨리 나가버렸다.

"내가 너에게 말하려고 하는 것은," 오르치가 속삭였다. "너는 내가 어디에 사는지 전혀 모르잖아."

"나는…" 미시는 못 가게 되었다고 말하려 했으나, 계속 말이 안 나왔다. 오르치에게 자기의 말을 끝까지 다 할 수도 없었고, 또 기메시도 이제 그곳에 있지 않으니까 갑자기 초대에 응하고 싶은 생각이 조금 생겼기 때문이었다.

오르치는 틈을 주지 않고 자기가 어디에 사는지 장황하게 설명해줬다. 코수트 거리, 극장 옆에 있는 집. 그 집의 번지수며, 2층이 자기 집이라는 걸 알려주었다.

"어머니는 무조건 널 초대하라고 말씀하셨어. 졔레시 선생님이 네 얘기를 했거든."

미시는 당황했다. 제레시 선생님이라니!

오르치는 친절하게 고개를 끄덕이고는 바삐 사라졌다. 그는 오래 지체했으니 그것에 대해 보상이라도 받으려는 것 같았다.

미시는 학교 마당으로 나가 기메시 뒤를 따라 달렸다. 그는 기메시에게 설명하려고 했다. 라틴어 선생님이 말했기 때문에 초대에 응해야만 한다고 말이다. 그러나 어디에도 기메시는 보이지 않았다. 미시는 초코너이 정원까지 찾아봤으나 허사였다. 그래서 기숙사 식당에서 점심시간 종이 울릴 때까지 밖에서 어슬렁거리고 있었다. 마침내 종이 울리자 책을 가지고 숨 가쁘게 2층으로 뛰어 올라갔다. 하지만 모두들 이미 가고 없었다. 그는 다시 내려왔다. 점심시간에 너무 늦게 도착했다.

점심 메뉴는 굴라시와 우유죽이었다. 미시는 식욕이 좋아서 아주 맛있게 먹었다. 수저와 접시가 연달아 달그락거리는 소리가 싫지 않았다. 상급생이 일어나 식사 후 감사기도를 드릴 때 미시는 입속에 우유죽을 가득 담은 채였다. 서둘러 그는 접시에 남은 음식을 입에 급히 다 몰아넣고 달려가면서 삼켰다.

기숙사방에 돌아온 후 미시는 옷을 갈아입기 시작했다.

"어디 가?"

"얘들아, 봐. 닐러시가 몸을 씻는다!" 소년들이 소리를 질렀다.

"아주 깨끗한 속옷까지 갈아입네. 너 발은 안 씻어?"

"어디 가는 거야?" 그들은 꼬치꼬치 캐물었다. 어디 가려는지 모두 궁금해하며 물어봤다. 하지만 그는 아무 말도 하지 않고 그저 어깨만 씰룩일 뿐이었다.

"나 나가봐야 돼. 제레시 선생님이 말씀하셨거든."

이런 변명이라도 하지 않고는 그 복잡한 상황을 달리 모면할 도리가 없었다.

극장이 어디 있는지는 알고 있었다. 그 길은 예전의 구두 조합 회관 옆으로 나 있는 길을 따라 나 있었다. 극장의 입구에서 그는 공연 예정 작품을 알아두었다. 〈악동〉이라는 작품이었다. 몹시 보고 싶은 작품이었다. 그는 표를 사기로 했다. 경리과에서 한 사람 앞에 10크로이처를 주고 표를 사면 되는데, 이에 앞서 학교 선생님의 허락을 받아야만 입장이 가능했다. 미시의 경우 라틴어 선생님의 허락을 받아야 했다. 그런 까닭에 아직껏 한 번도 극장표를 사지 않았었다. 그것이 비록 쓸데없는 낭비는 절대로 아니었지만.

그는 잠깐 극장 입구에 서서 서성거렸다. 그때 갑자기 깨끗이 면도를 하고 실크해트를 쓴 남자가 나타났다. 그는 웃기게 생긴 풍덩한 외투를 걸치고 큰 소리로 떠들어댔다. 미시는 얼른 도망쳐버렸다.

날씨가 참 좋았다. 눈은 이미 거리에서 사라지고 없었다. 단지 정원의 큰 나무 아래에나 가지 위에 조금 남아 있는 정도였다. 햇빛이 내리쪼였지만 아직은 추운 날씨였다.

미시는 오르치가 살고 있는 집을 발견했을 때, 감히 곧바로 들어가려고 하지 못했다. 몇 번이나 집 근처에서 이리저리 왔다 갔다 했다. 그러고 나서 용기를 내 빨리 집으로 들어섰다. 현관에 들어서는 순간 그는 당황해 얼굴이 빨개졌다. 계단 끝은 쇠로 되어 있었다. 그는 불안한 마음으로 계단을 올라갔다. 그러자 마지막으로 크고 하얀 칠을 한 문이 그 앞에 버티고 있었다. 문에는 손잡이가 없었다.

이제 무엇을 해야 하나? 누구도 손잡이가 없이는 문을 열고 들어갈 수는 없었다. 그는 거기서 그냥 서 있었다. 슬픈 마음에 고개를 숙인 채. 그때 갑자기 문이 열리고 하녀가 뛰어 나왔다. 그녀는 꼭 누구한 테 쫓기기라도 하는 듯이 바삐 나와 하마터면 그의 위로 넘어질 정도 로 비틀거렸다.

"오르치한테 왔는데요."

"베부치한테요? 안에 있으세요. 안으로 들어오세요. 어서요."

그는 화가 났다. 하녀가 그렇게 말하는 것이 마음에 들지 않았던 것 이다. 그는 아무 말 없이 문을 들어섰다.

그는 흰빛이 유난히 반짝이는 아주 예쁜 방에 서 있었다. 거기에는 하얗게 번쩍이는 장롱 여럿이 쭉 서 있었다. 그는 빙 둘러봤다. 문이 수없이 많았다. 이 많은 문들 중에서 도대체 어느 문으로 들어가야 할 지 알 수 없었다.

등 뒤에서 웃음소리가 들렸다. 그는 뒤를 돌아봤다. 하녀는 사실 더 할 수 없이 버릇이 없었다. 그를 보고 비웃듯이 행동한다는 것은 있을 수 없는 일이었다.

"그쪽으로 들어가세요. 왼쪽으로. 그쪽이 아니에요. 왼쪽으로, 그쪽 이 아니고. 제가 말했잖아요. 왼쪽이라고." 그녀는 속없이 웃으며 오 른쪽 문을 가리켰다. "아하, 오른쪽이라고 말하려고 했는데. 오른쪽이 라고요."

그녀는 그의 뒤에서 방문을 노크했다. 그는 높이 솟아 있는 손잡이 를 잡고 작은 방으로 들어갔다. 매우 어두웠다. 그러나 열린 문을 따 라가면 큰 방으로 가도록 되어 있었다. 저쪽으로 보이는 큰 방은 아주 밝았다. 눈이 부셔 아무것도 보이지 않을 정도였다.

그는 어두운 방 가운데에 서 있었다. 큰 방에는 해가 비추고 있었고 탁자 위에는 뭔가 번쩍번쩍하는 것이 있었다. 마치 해 하나가 또 있는 것 같았다. 그는 눈앞이 어른어른했다. 탁자 옆에는 블론드 머리를 한 부인이 앉아 크게 웃고 있었다. 그때 오르치의 목소리가 들렸다. "말馬이요, 말이요!"

둘은 미시가 온 것을 알아차리지 못했다. 그리고 그 역시 자기가 왔다고 알리지 않았다. 그들은 체스를 두고 있었다. 체스는 그도 할 줄 알았다. 퇴뢰케크 씨가 지난해에 가르쳐줬다.

한참을 기다린 후 미시는 낮은 목소리로 불렀다. "오르치."

둘은 체스판에만 집중하고 있었다. 미시는 한 손으로는 방문 손잡이를 꽉 잡고 다시 한 번 낮게 불렀다. "오르치."

오르치가 뒤를 돌아보고 그를 발견했다.

이 순간 블론드 머리의 부인도 어린 소년을 발견했다. 겨울 외투를 입고 방문 손잡이를 의지해 서 있는 소년을 보고 그녀는 자기도 모르게 웃고 말았다.

오르치는 그에게 다가와서 말했다. "안녕, 닐러시. 엄마랑 체스를 두고 있었어."

그들은 왼손으로 서로 악수했다.

미시는 얼굴에 불이 난 것 같았다. 그렇게 된 데에는 차가운 바람도 원인 중의 하나였다. 데브레첸의 학교와 극장이 있는 장소는 항상 바람 부는 곳이었다. 미시는 그 두 곳에서 오래 머물렀던 것이다.

"외투를 벗으렴."

미시는 외투를 벗었다. 어머니가 그를 위해 만든 외투였다. 안에 솜을 넣어서 오리털 이불을 덮은 것처럼 따뜻했다. 그에게 편안하게 잘 맞는다고 할 수는 없었지만.

오르치와 미시는 외투를 들고 함께 앞방으로 가서 새로 산 털모자와 함께 한 벽면에 걸었다. 그 벽에는 녹색 수건이 둘러쳐져 있었고, 벽 위쪽에는 사슴의 갈라진 뿔과 칼이 장식으로 걸려 있었다.

그러고 나서 그들은 어두운 방으로 돌아왔다. 오르치는 어머니가 아직 방에 있는지 보러 옆방으로 가봤다. 그러나 부인은 사라지고 없었다.

"앉아. 자, 자리에 앉아."

오르치는 여전히 점잔을 떨며 말했다. "자리에 앉아"라니.

미시는 앉았다.

"공부할 때 이 방에서 해?" 그가 물었다.

"응, 이게 내 방이야."

이 말도 미시를 화나게 했다. "이게 내 방이야"라니. 왜 그게 네 방이냐? 네가 그것을 지었어?

"이것들이 내 책이야. 저기에는 장난감이 있고, 저기 있는 것은 내가 쓰는 운동기구들이야."

미시는 잠시 아무것도 보지 못했다. 방 안이 너무 어두웠기 때문이다. 빛이라고는 옆방에서 조금 들어오는 정도였으니까.

그는 천장을 올려다봤다. 정말 높았다. 어쩌면 이렇게 천장이 높을까 하고 놀랐다. 교실이나 학교 공간들만 이렇게 높은 줄로만 알았다. 미시의 고향집 방은 너무 낮아서 아버지가 도끼로 천장의 대들보까지 닿을 수 있었다. 천장의 작은 들보는 더 낮아서 그가 손가락을 쭉 펴면 닿을 정도였다. 집이 약간만 높았으면 좋으련만 너무 낮은 것이 늘 유감이었다. 겨울이면 아버지는 방에서 항상 썰매의 활목을 만들었는데, 그때 항상 널빤지들이 여기저기 널려 있었다. 그러면 어머니가 늘 소리쳤다. "등불 조심하세요! 등불 조심하세요!" 이 말에 아버지는 때때로 화를 내며 집이 울려 무너질 정도로 소리를 질렀다. "빌어먹을 놈의 등불! 당신은 항상 그놈의 등불 가지고 신경을 긁는단 말이야. 등불이 터지려 하면, 터지라고 그대로 둬요. 가게에 다른 것이 얼마든지 있으니 사면 될 것 아니야."

아버지는 모두에게 한 마디도 떠들지 못하게 했다. 잘못하면 남들에게 웃음거리가 된다고 느끼기 때문이었다. 사람들은 그의 아버지가 썰매 활목을 만든다는 것을 한 번이라도 눈치 채선 안 됐다. 그러나 그것은 그것대로 매우 좋았다. 신선한 널빤지들이 향긋하고 아늑한 냄새를 방 안 가득 채웠기 때문이다. 또 방바닥 위에서 그것으로 놀 수도 있었고, 지나치게 주의를 할 필요도 없었다. 그러나 이곳 오르치의 방은 모든 것이 섬세했다. 여기에서는 동생들과 전혀, 진짜로 놀 수 없을 것 같았다.

"형제자매는 없어?" 미시가 오르치에게 물었다.

"형이 하나 있어." 오르치가 건성으로 대답했다. 책을 한 묶음 책상 위에 내려놓으면서.

책들은 빨간 표지를 하고 있었다. 표지에는 제목이 '작은 신문'이라고 적혀 있었다. 오르치는 한 장을 넘기며 미시에게 인쇄된 기사 하나를 보여줬다. 그가 직접 쓴 것이었다. 제목은 '즐거운 여름'이었다. 오르치는 여름휴가에 대한 이 기사에서 이렇게 이야기했다. 자기네 농장에서 말 타는데 얼마나 즐거웠는지 모른다고. 그리고 핵터라고 하는 개를 갖게 되었고, 이 개가 얼마나 큰 기쁨을 줬는지 모른다고 기술했다.

미시는 눈을 크게 뜨고 그를 바라봤다. 부러움이 가득한 시선으로.

그리고 뛰는 가슴을 안고.

"정말 너가 쓴 거야?"

"응."

"너 자신이?"

"응, 물론이지."

"정말 진심이야?"

"정말이라니까."

미시는 생각에 잠겼다. 오르치는 글씨 쓰기 과목에서 '우'를 받았다. 그런데 어떻게 이렇게 쓰는 것이 가능하단 말인가?

"맹세해봐."

"내 명예를 걸고!"

그가 직접 썼단다. 미시는 기사 아래에 적혀 있는 '오르치 빌모시'라는 이름을 눈을 떼지 못하고 응시했다. 오르치 빌모시, 오르치 빌모시…. 그는 셀 수 없을 만큼 이렇게 중얼거리면서 글씨체를 관찰했다. 오르치 빌모시. 아하, 만약 계속해서 책장을 넘기면 혹시 '닐러시 미하이'라는 이름이 나올지도 몰라!

이러한 상상은 그를 혼란에 빠뜨렸다. 그는 이제 더 이상 다른 것에 주의를 집중할 수가 없었다.

단지 그것만을 위해 그는 기숙사 7호실에서 경매에 붙여진 명필 노트를 사들였었다. 그것으로 책을 한 권 만들었고 시들을 적어놓았다. 거기에는 〈순박한 농부에게〉와 많은 다른 시들도 있었는데 꼭 파리가 날아가는 것같이 작은 글씨체로 써놓았던 것이다. 그래야 그 안에 더 많이 써넣을 수 있을 테니까. 그러나 〈즐거운 여름〉은 손으로 쓴 다음 인쇄까지 되었다. 게다가 그 아래에는 이름까지 적혀 있었다. 오르치

빌모시….

그는 여기 있는 이 기사, 신문에 나온 이 기사를 오르치가 썼다고 인정할 수 없었다. 그는 〈즐거운 여름〉을 자기의 명필 노트에 베껴 쓰기로 결심했다. 페퇴피 산도르(19세기에 활동한 헝가리의 국민시인 ─ 옮긴이)의 시를 그렇게 한 것처럼. "왕이 맹세하네…."

오르치가 말했다. "호화 장정 앨범을 받았어. 이렇게 글을 써넣으라는 뜻에서야." 그는 미시가 기사에 관심을 나타내는 것을 보고는, 금으로 꾸미고 붉은 빛으로 장식된 커다란 책을 꺼내왔다. 그는 책을 넘겼다. 헝가리의 전 역사가 그 안에 숨어 있었다. 미시가 자기 책상 서랍에 가지고 있는 것과 같은 것이었다. 물론 자기는 그중 공책 두 권분밖에 갖고 있지 못하지만. 헝가리의 모든 것이 그의 책에는 있었다. 모든 왕, 모든 영웅과 모든 귀족….

이것을 보는 미시의 마음이 아팠다. 그는 가지고 있는 것이 별로 없었다. 앞으로도 그런 것을 가질 가능성이 없다고 생각했다. 돈도 별로 많이 받지 못한다. 그러니 이런 책들을 산다는 것은 생각도 할 수 없는 노릇이었다.

번갈아가면서 그는 잡지에서 인쇄된 이름과 왕들에 대한 두꺼운 책을 살펴봤다.

그때 다른 방에서 여자 목소리가 들려왔다. "베부치."

오르치는 속삭이듯 말했다. "이리 와, 닐러시. 우리 엄마가 부르신다."

꿈에서 덜 깬 듯한 상태에서 미시는 일어났다.

그들은 다른 방으로 갔다. 그곳에는 아름다운 블론드 머리의 오르치 어머니가 있었다.

"닐러시 미시예요." 그를 가리키며 오르치가 말했다.

그는 대단히 환한 빛을 받으며 말없이 서 있었다. 해가 곧바로 그의 눈으로 비쳐들었다.

그의 어머니는 체스판 앞이 아니라 창문 앞에 있는 작은 책상 옆에 앉아 있었다. 미시는 놀라움에 가득 찬 눈으로 그녀를 바라봤다. 선녀처럼 아름다웠다. 그리고 머리칼이 오르치와 꼭 같은 밝은 블론드였다. 한참 지난 다음에야 그녀의 손에 키스를 해야 한다는 생각이 머리에 떠올랐다.

"너가 바로 꼬마 닐러시 미시구나?"

그녀의 목소리는 부드럽게 울려 한 마리의 새가 지저귀는 것 같았다. 미시의 어머니도 노래를 할 때면 유리잔이 울리는 것 같은 아름다운 목소리였다. 그러나 그의 어머니는 머리칼이 짙은 검은색이었다. 그녀가 머리를 늘어뜨리거나 빗을 때면 머리가 몸 전체를 감싸 그녀의 얼굴이나 가슴을 전혀 볼 수 없을 정도였다.

"너가 그러니까 내 아들의 꼬마 친구란 말이지?"

그는 당황해 미소를 지었다. '내가 오르치의 친구였나?' 잘 알지 못했다.

"우리는 학교에서 바로 옆에 앉아요. 오르치는 1등이고 저는 2등이에요."

그녀는 웃기 시작했다. 그런데 그녀의 웃음은 좀 특별한 데가 있었다. 처음에 그녀는 그를 아주 진지하게 뚫어져라 쳐다봤다. 그러고 나서 두 눈을 크게 뜨면서 갑자기 웃는 것이었다. 그러나 미시의 말에 대답을 하지는 않았다.

"넌 오르치를 좋아하니?" 잠시 후 그녀가 물었다.

미시는 오르치를 쳐다봤다. 그를 좋아하는지, 어떤지?

아무 말을 하지 않자 그녀가 다시 물었다. "너희들 많이 드잡고 싸우니?"

미시는 놀라 눈을 크게 뜨고 부인을 응시했다. 왜 그녀는 그런 질문을 하는 걸까? 그는 아직까지 어느 누구와도 드잡고 싸워본 적이 없었다. 아마 오르치의 어머니가 자신을 다른 사람과 혼동하는 모양이라고 생각했다.

그런데 이 부인은 지금 어떤 옷을 입고 있는가. 미시의 어머니는 마을에 사는 모든 처녀와 젊은 부인을 위해 앞치마를 만드신다. 그리고 총각들을 위해서는 재킷을 만들며, 거기에 흰 자수를 놓아 화려하게 꾸몄다. 그런데 이 부인이 입은 옷은 생전 처음 보는 옷이었다. 부인은 마치 진짜 사람이 아닌 듯했다. 살아 있는 그림 같았다.

"너희들은 그러니까 싸움 친구는 아니다, 이거지?"

미시는 당황해 얼굴이 빨개졌다. 그렇다. 그녀는 그를 정말로 다른 아이와 혼동하고 있는 것이다.

"아니에요. 그건 랑이었어요." 그가 갑자기 말했다.

"누구?"

"오르치를 던져버린 아이는 랑이었어요."

그녀는 놀랐다.

"걘 나를 던진 게 아니에요." 오르치가 소리쳤다. 놀라고 당황해 사건을 설명하면서, 그도 역시 얼굴이 빨개졌다. "하지만 엄마, 그건 단지 놀면서 그랬을 뿐이었어요."

미시는 부끄러웠다. 이제야 그는 자기가 쓸데없는 말을 했구나 하고 알게 되었다.

"놀면서…" 그가 중얼거렸다. "그런 때는 그하고 많이 드잡고 싸우기도 하죠…."

"우린 단지 놀았을 뿐이에요, 엄마." 오르치가 외쳤다. "'짚무더기가 작다'라는 놀이를 하면서 놀아요. 하지만 닐러시는 놀지도 않고, 드잡고 싸우지도 않고, 내기도 하지 않아요. 그래서 닐러시는 우리가 드잡고 싸운다고 생각하는 거예요."

엄마는 아직도 당황한 상태였다. 미시와 오르치도 마찬가지였다.

"그래. 그러니까 내 아들이 드잡고 싸우기도 하고 내기도 한단 말이지?" 그녀가 참지 못하고 물었다.

"아니에요. 오르치는 그렇지 않아요." 미시가 말했다.

그러자 그녀는 미시를 다시 특별한 눈으로 바라봤다. 처음에는 진지하게, 그리고 나더니 갑자기 웃어버렸다.

"누구?" 그녀가 말했다. "오르치?"

"아니요. 오르치는 아니에요."

"오르치!" 그녀는 폭소를 터뜨리기 시작했다. "아빠, 꼬마 아빠…. 이리 좀 와보세요." 그녀는 웃음을 참지 못하고 있었다.

옆방 문이 열리더니 키가 크고 수염이 근사하게 난 남자가 나타났다. 그는 진짜 시장님 같은 모습을 하고 있었다.

"당신 아들이 벌써 진짜 오르치가 되었군요." 부인이 말했다. 그녀는 웃느라고 온몸을 떨고 있었다.

키 큰 남자가 미시를 엄격한 눈으로 쳐다봤다.

"이름이 뭐지?"

소년은 갑자기 이곳에 현재 있는 모든 사람이 다 자신의 적처럼 느껴졌다. 그는 눈썹을 잔뜩 모았다. 그러나 대답하지 않았다.

"너가 내 아들의 꼬마 친구로구나?" 남자는 미소지으며 미시의 머리를 쓰다듬었다. "이 아이가 졔레시 선생님이 말씀하시던 바로 그 아이니?"

"네, 아빠."

"브라보. 아주 성실한 꼬마 녀석이로구나."

"네. 그런데 학교 아이들이 당신 아들을 마구 때린다는군요."

"아니에요! 아니에요, 엄마. 그렇지 않아요."

"조용히 해라, 오르치." 엄마가 웃으며 말했다.

"정말이에요, 엄마. 그건 때리는 게 아니에요. 늘 그렇게 노는걸요."

"오르치, 조용히 해." 엄마는 계속 웃었다.

아빠도 웃었다.

"얘는 다른 애들한테 두들겨 맞아야 해요." 아버지가 말했다. "그래야 몸이 단단해질 것 아니에요."

미시는 당황했다.

"누구와도 싸우지 않는 아이는 아무것도 안 돼. 그래, 좋아. 애들아, 그렇게 싸우며 놀아라! 그러나 이렇게 키가 작은 우등생들은 절대로 이성을 잃어선 안 된다."

미시는 시장님 말씀이 옳다는 것을 시인했다. 그는 오르치 아버지가 정확히 뭘 하는 분인지 알지 못했다. 오르치네는 농장 등 재산이 많았고, 말과 헥터 개가 있었다. 그리고 김나지움 1학년 때 누군가에게 오르치의 아버지가 시장님이라고 들은 적이 있었다. 그것은 확실히 매우 중요했다. 물론 자기로서는 잘 이해하지 못하는 것이지만, 하여튼 매우 높은 지위였다.

이제 두 소년은 다시 다른 방으로 돌아왔다.

오르치는 장난감을 하나 가지고 있었는데 그것이 미시의 마음에 들었다. 밀랍으로 형상을 만드는 장난감이었다. 조각 공장.

오르치는 밀랍을 부엌에서 부드럽게 준비해 방으로 가져와 형태를 만들기 시작했다.

"이건 괴테야."

"괘테?" 미시는 웃지 않을 수 없었다.

"그래."

"근데 어떻게?"

"괴테는 독일 사람이야."

"아니야, 헝가리 사람이야. 독일 말이라고는 한 마디도 못 해."

"누가? 괴테가?"

"그래." 미시는 말하며 어처구니없는 미소를 지었다.

"너," 오르치가 놀라워하며 말했다. "괴테는 독일 최고의 시인이야."

"시인? 우리 마을에서 무덤을 파는 사람인데…. 늙은 괘테는 우리 집 옆에 살고, 무덤 파는 일을 해."

미시는 자신의 이런 혼동에 대해 소리 내서 웃었다. 그는 괴테를 동네 술주정뱅이 괘테로 생각했던 것이다.

미시가 그것에 대해 설명하자, 오르치도 웃지 않을 수 없었다.

"이제 난 실러를 만들었다."

"실러? 실러 포도주?"

그들은 다시 웃지 않을 수 없었다.

"그래. 너가 실러 포도주를 만든다면 그것을 괴테가 마셔버릴 거야."

그들은 이 말이 굉장하다고 생각했다. 오르치는 다른 방에 있는 자기 엄마에게 달려가 이 재미있는 이야기를 설명해줬다. 그가 다시 돌아오자 미시가 말했다. "이제 너가 누구를 만들어야 하는지 알고 있니?"

"누구를 만들어야 할까?"

"페퇴피."

"그건 불가능해. 그 시인의 사진 원판을 가지고 있지 않거든."

미시는 원판이 뭔지 묻지 않았다. 그는 누구나 알아야 하는 것을 자기가 모르고 있다는 것이 두려웠다.

잠시 후 오르치가 말했다. "페퇴피 전집을 가지고 있는데 보여줄까?"

"그건 우리도 있어. 전부 다 읽었지."

"뭐를?"

"페퇴피 시."

막 실러를 만들고 있던 오르치는 하던 일을 멈췄다. "전집의 시를 다 읽었다고?"

"그래."

오르치는 그를 의심스러운 눈으로 쳐다봤다. 그러더니 하던 일을 계속했다.

그때 오르치의 형이 나타났다. 미시는 이미 전에 한 번 학교에서 그를 본 적이 있었다. 그는 그때 기숙사방의 최고참과 함께 학교 마당에 서 있었다. 오르치 형은 매우 친절하고 따뜻했지만, 미시 쪽을 미처 보지 못하고 곧바로 방을 나가버렸다.

밀랍 놀이는 정말 재미있었다. 다만 냄새가 나고 책상을 어지럽히는 것이 문제였다.

"정말 페퇴피 전집을 다 읽었다고?" 오르치는 다시 한 번 물었다.

"그래. 전체 다. 작년에 어머니에게 전집을 다 읽어드렸어. 그리고 혼자서도 생각을 하며 다 읽었고."

오르치는 올려다보지 않았다. 그때 마침 가슴 부위를 만들고 있었다.

미시는 〈즐거운 여름〉에 대해 물었다. "너, 정말 직접 쓴 거니?"

"그거? …그래. 근데 우리 형이 약간 덧붙여 써줬어."

미시는 그 말을 듣고 멈칫했다.

"하지만 아빠는 내가 쓴 것이 좋대. 재미가 있어서 웃을 수 있거든."

미시는 더욱더 놀랐다. 글을 써서 누군가를 웃게 할 수도 있단 말이야?

그들은 커피 마시는 자리에 초대되었다.

그들 둘만을 위한 상이 준비되어 있었다. 그런데 그것은 커피가 아니었다. 초콜릿이었다. 미시가 이제껏 먹어보지 못한 초콜릿. 그는 그걸 목 아래로 삼킬 수가 없었다. 못 견딜 만큼 달기 때문이었다. 그러나 그는 남기는 것이 부끄러워서 그걸 다 마셨다. 마시지 않으면 혹시 자기가 잘못 자란 것으로 보일까봐 두려웠다. 마시지 않으면 뭐라고 생각들을 할 것인가? 그는 커피를 마시면서도 항상 설탕을 반 수저만 탔다. 그러나 초콜릿에는 너무 많은 설탕이 들어가 있었다. 반면 케이크는 아주 맛있었다. 그래서 열두 조각이라도 먹을 셈이었다. 드디어 그는 아주 활발해졌고 당황하지도 않았다. 하지만 오르치의 엄마가 와서 그들 옆에 앉자, 미시는 도무지 한 조각도 더는 먹지 못할 것 같았다.

"한 조각 더 먹으렴, 애야. 기숙사에서는 케이크를 주지 않을 테니까 말이야."

"고맙습니다. 하지만 더 안 먹으려고요."

"그러면 한두 조각을 주머니에 넣어서 갈래? 기숙사에서 먹게 말이야."

"고맙지만, 괜찮습니다."

이런 관계는 그에게는 웃을 일이 아니었다. 일단 그는 먹지 않겠다고 말하면, 진짜 아무것도 먹지 않았다. 한번은 집에서 일요일에 국수 요리가 식탁에 놓인 적이 있었다. 그때 그는 부모님 손에 키스를 하며 식사를 못 하겠다고 말했다. 그런데 이어서 잘 구워진 닭 요리가 식탁에 차려졌다. 어린 동생들은 달려들어 좋아하며 먹었다. 그런데 그는? 그는 한 입도 먹지 않았다. 누가 회초리로 때린다고 해도, 손도 대지 않았을 것이다. 이미 먹지 않겠다고 말했기 때문이었다.

"자, 디저트는 콩포트야."

그는 무슨 뜻인지 몰랐다. 이때 나온 것은 설탕에 절인 과일이었다. 과일은 미시의 어머니도 요리하신다. 여름마다 대여섯 개의 병에, 때때로 열 개 정도의 병에 과일을 저장하신다. 그런데 설탕이 없으면 어떻게 하겠는가?

콩포트는 매우 맛이 좋아서 그는 두 번이나 더 받아먹었다.

"넌 안 먹니, 베부치? 더 안 먹어?"

베부치라니! 그는 오늘 오후에 이미 몇 번이나 그 말을 들었다. 별로 주의 깊게 새겨듣지는 않았다. 하지만 만약 집에서 그를 "베부치" 하고 부른다면, 기분이 매우 좋지 않을 것이다('베부치'는 '멍청이'라는 뜻을 가진 애칭이다 ─ 옮긴이).

그때 손님들이 왔다. 그런데 아, 하느님! 소녀들이 우르르 몰려왔다. 어린 소녀들, 여성 잡지에 종종 나오는 바로 그런 소녀들이었다. 그는 이제까지 진짜 사람인 소녀들이 그렇게 옷을 입고 다닌다고는 생각해보지 않았었다.

소녀들은 그에게 인사하지 않았다. 오르치가 모든 손님에게 악수를 하는 사이 그는 뻣뻣하게 굳어서 서 있었다. 블론드 머리를 한 통통

한 소녀가 옆에 있었는데 그녀가 그의 눈에 들었다. 그녀의 얼굴은 하
얗고 불그스레했으며 블론드 머리는 어깨까지 내려와 있었는데 마치
진짜 황금같이 반짝거렸다. 그녀도 한 번 그를 바라봤다. 그녀는 어찌
나 눈이 크던지, 그것도 회색빛으로. 순간 그는 깜짝 놀라지 않을 수
없었다. 얼굴이 빨개졌고 아주 약해지는 자신을 느꼈다. 무릎이 떨렸
다. 그리고 한 마디의 말도 나오지 않았다. 그런 정신에도 그는 소녀
의 코 주위에 주근깨가 많이 나 있음을 알아볼 수 있었다.

급히 미시는 오르치에게 속삭였다. 돌아가야만 한다고.

"가려고?" 오르치가 말했다.

"응."

"그럼 내가 밖에까지 바래다줄게."

그들은 서둘러 다른 방으로 갔다.

미시는 자기가 이곳에 와서도, 그리고 갈 때도 오르치 엄마의 손에
키스를 하지 않았다는 생각이 들었다. 그는 머물러 서서 다시 돌아가
려고 했다. 그렇게 하지 않으면 오르치의 엄마가 그를 어떻게 생각할
것인가? 그러나 그녀는 지금 막 회색빛 눈과 블론드 머리를 한 소녀
를 껴안고 있었다. 그는 놀라서 돌아선 뒤 앞방으로 달려왔다.

"왜 그렇게 뛰어와?" 오르치가 물었다.

미시는 대답하지 않고 급히 옷걸이에서 자기 외투를 잡아당겼다.
그러자 옷걸이가 떨어져버렸다.

"여자들 앞에 있는 것이 무서운 거야?"

"아니."

"난 항상 걔네들하고 노는 게 재밌더라."

미시는 눈썹을 한데 모았다.

"사촌 없어? 여자 사촌?" 오르치가 물었다.

"뭐라고?"

"응, 친척 중에 여자애들이 없냐고. 종자매들 말이야."

"없어."

"형제자매도 없어?"

"형제자매?"

"그래."

"천만에, 물론 있지. 다섯이나 돼."

"그럼 여자애, 여동생들은?"

"여자 형제는 없어."

"언제 다시 올래?"

미시는 오르치를 쳐다보며 "너가 올래?"라고 말하고 싶었다. 그러다 깜짝 놀랐다. 오르치가 혹시 정말로 올지도 모른다. 그런데 기숙사 규칙에 따르면 친구를 침실에 데려오는 것은 금지되어 있었다. 단, 방 최고참을 방문해 오는 것은 허용되었다. 그 외에는 아무도 방문이 허용되지 않았다. 낯선 사람이 들락거리면 혹시 도둑을 맞을 수도 있기 때문이었다.

그는 어깨를 으쓱하며 눈을 아래로 내리깔았다. '맹세코 다시는 오지 않을 거야' 하고 속으로 생각했다.

"모르겠어." 그는 크게 말하며 오르치의 손을 잡았다.

"잘 가."

"잘 있어."

그때 오르치의 엄마가 조그만 꾸러미를 들고 나타났다.

"우리 꼬마 친구가 도망쳐버리니, 오르치?" 그녀는 웃으며 아들에게 말했다. "여기, 이걸 가지고 가거라. 그런데 학교에 가서 끌러봐야 해." 그녀는 미시에게 가벼운 꾸러미를 건네줬다. "기숙사에 조심해서 잘 가거라."

"아니요. 아직 안 가요."

"그럼 어디에 가는데?"

"읽어드리러 가요."

"뭐라고?"

"날마다 한 시간씩 눈먼 노인분에게 신문을 읽어드리거든요."

"정말이니?"

"네."

놀랍도록 아름다운 블론드 머리를 한 오르치의 엄마는 미시를 놀라운 눈으로 바라봤다. "그러면… 그분은 돈을… 지불하니? 아니면…." 그녀는 망설였다.

"네, 돈을 주세요. 10크로이처."

"한 달에?"

"한 시간에요."

"한 시간이라…."

그녀는 놀라고 당황스러워하며 미시를 쳐다봤다.

이제껏 아무도 미시가 하고 있는 일을 알지 못했다. 아직 학교에서 아이들에게 얘기할 용기가 없었기 때문이다. 오르치도 놀라 아무 말도 못하고 그를 쳐다봤다.

"너도 들었니, 오르치?" 엄마는 말하며 웃었다. 그러나 그녀의 얼굴에는 눈물이 흘러내렸다.

미시는 지금 자기가 무시받고 있다고는 생각되지 않았다. 극장이 있는 곳에 왔을 때까지 그는 계속 기분이 좋았다. 웃음이 절로 나왔다. 행복한 웃음. 오르치와 그의 어머니가 그에게 매우 경탄했기 때문이었다.

그 순간 오르치 어머니의 손에 키스하지 않았다는 생각이 떠올랐다. 그는 퇴뢰크 아주머니와 바샤르헤이 아주머니에게 항상 손에 키스를 했다. 그런데 아름답고 고상해 보이는 부인이기 때문에 감히 손에 키스하지 못했던 것이다. 이렇게 생각하니 얼굴이 달아올랐다. 그의 행동을 보고 그녀가 어떻게 생각할까?

미시는 5시가 될 때까지 오래 기다려야만 했다. 여러 생각을 하는데 부족함이 없을 정도로 시간은 충분히 있었다. 다시 한 번 그의 눈앞에 회색빛 눈을 가진 블론드 머리 소녀가 떠올랐다. 그러자 그는 마구 달리기 시작했다. 마치 쫓기는 토끼라도 된 듯이. 어디로 달리는지는 그 스스로도 알 수 없었다.

04

오르치의 집에서 멀어져 갈수록 미시의 홍분은 도를 더해 갔다. 시청이 있는 곳에 다다랐을 때는 뺨이 이미 불처럼 뜨거웠다.

그는 작은 당나귀처럼 의기소침했다. 스스로가 마치 작은 노새같이 생각되었다. 두려울 만큼 창피스러웠다. 이런 멍청이가 있담! 그는 주먹을 깨물었다. 오르치 어머니의 손에 키스도 하지 않았다…. 도망을 쳤다. 그리고 또 금빛머리…. 지금쯤 그들은 분명히 그에 대해 이야기를 하고 있을 것이다. 그들은 금빛머리 소녀에게 미시가 처음 만난 인사 대신에 문에 대고 "오르치" 하고 불렀다고 얘기할 것이다. 또 오르치가 싸웠다는 말은 해선 안 됐는데 그가 그만 얘기해버렸던 것이다.

미시는 무너진 자존심을 친구를 혹평함으로써 회복시키려 했다. 오르치 녀석은 얼마나 사치스럽고 잘난 체 하는가. 그의 방을 좀 봐라. 그들은 페퇴피 전집을 소유하고 있다. 특히 그 녀석은 페퇴피를 최고의 시인이라고 자랑하면서 전집을 가지고 있다고 뽐냈다. 마치 다른 사람은 아무도 시 전집을 집에 가지고 있지 않다는 듯이….

그러나 이 모든 것은 자기 혼자서 하는 싸움이었으며, 따라서 뺨에 나타난 홍조는 좀처럼 사라지지 않았다. 그들은 지금 그에 대한 이야기를 하고 있을 것이다. 오르치는 그 여자애에게 미시를 웃기는 아이로 얘기할 것이다. 오르치는 우스운 농담을 아주 잘했다. 그는 음악 선생님을 항상 놀렸다. 그가 선생님 흉내를 낼 때면 죽어라 배꼽을 잡아야 했다. 그는 하얀 장갑으로 박자를 맞추며 선생님 흉내를 냈다. "자, 해보세요. 자, 해보세요."

미시는 아직도 달리고 있었다. 어디로 달리는지도 모르면서. 지금 그들은 미시를 비웃고 있을 것이다. 여러 소녀 앞에서 도망쳐 나왔기 때문에. 그리고 그는 '여자 사촌'도 없으니까. 아니면 오르치가 뭐라고 그 여자애들에게 말할지….

아직 4시밖에 되지 않아서 노인에게 갈 수도 없었다. 아직도 45분이나 이대로 머물 수 있으니 얼마나 다행인가 싶었다. 오르치는 분명히 그녀에게 모든 것을 얘기할 거다. 그 여자들은 미시를 그 큰 회색빛 눈으로 얼마나 자세하게 쳐다봤을 것인가.

미시는 그 소녀에 대해 생각하면서 미친 사람처럼 달렸다. 얼마나 많이 달렸는지 결국 숨이 턱에 찼다. 엄청나게 멀리 갔다. 그제야 그는 머리를 가다듬고 다른 생각을 할 수 있었다.

그때 누가 그를 불렀다. "어디를 그렇게 뛰어가?"

랑이었다.

미시는 깜짝 놀라 당황했다. 두 걸음을 더 가고 나서야 멈춰 설 수 있었다. 하필이면 이런 때 랑을 만나야 하다니.

"제레시 선생님께 가야 해." 그가 말했다.

"제레시 선생님한테?"

"응."

그들은 서로 바라봤다. 랑은 항상 다른 사람을 따귀라도 때릴 듯한 얼굴을 하고 있었다. 하지만 지금은 미시도 똑같이 그를 쳐다봤다.

결국 랑은 그만 됐다는 시늉을 했다. 그는 미시의 옷과 신발, 모자를 검사하듯 자세히 쳐다봤다. 미시는 그가 제레시 선생님 집에 뭐하러 가냐고 물어올 거라 생각하고 대답을 마음속으로 준비하며 그를 쳐다보고 있었다. 그러나 랑은 더는 묻지 않았다. 랑은 매우 성적이 나쁜 학생이었고 선생님들에 대해서 얘기하길 별로 좋아하지 않았던 것이다.

그는 눈을 껌벅거리며 잘해보라고 미시를 격려했다. 그리고 헤어져 각자 갈 길을 갔다.

랑은 지금 무엇을 하려고 했을까? 아직까지 미시는 랑과 말 한 마디 해본 적이 없었다. 그런데 오늘… 미시는 랑에게 물어봤어야 했다. 왜 그때 오르치를 때렸냐고. 휴, 생각하면 그들이 그때 얼마나 싸웠던지. 오르치는 그때 톡톡히 두들겨 맞았는데, 자기 엄마에게는 사실대로 얘기하지 않으려 한 것이었다. "대단한 게 아니었어요." 그토록 예쁜 블론드 머리의 엄마에게 거짓말을 하다니! 오르치 엄마는 자기 아들이 랑과 어떻게 드잡고 싸웠는지 알지 못한다. 아들에 관한 한, 아들이 하는 말을 모두 믿고 있다. 어머니를 속이는 일은 간단하니까.

미시의 눈이 눈물로 가득 찼다. 그는 서둘러 호주머니에서 손수건을 꺼냈다. 마침 교회 옆을 지나가고 있었다. 그래서 빨리 뛰어 교회 마당으로 달려갔다. 수양버들 밑에는 철제 의자가 있었다. 그는 그 의자에 앉아 큰 소리로 흐느껴 울기 시작했다.

오래 울었다. 눈물이 얼굴을 타고 흘러내렸다. 아무도 그를 알아보지 못하도록 학교 쪽에 등을 돌리고 앉고는 울었다. 이 눈물은 이미 오래전부터 쌓인 것이었다. 미시는 많은 걱정거리가 있었지만 자기 자신을 위해 울 수는 없는 노릇이었다. 사방에서 입을 벌리고 그를 멍하니 바라보고 있을 테니까. 그러고 있는 사이에 시계가 두 번 울렸다(15분 간격으로 치는 종이 두 번 울렸으니, 현재 30분이라는 뜻 —옮긴이). 곧 45분이 될 것이다.

아직도 5시가 되려면 지겹도록 많이 남아 있었다. 그는 침을 묻혀 손수건을 촉촉하게 한 다음 눈물을 닦고 나서 천천히 길을 걸어갔다.

날씨가 추웠다. 그는 비참하게 온몸이 얼어붙는 것 같았다. 날은 천천히 어두워지며 집집마다 등불이 켜지기 시작했다. 거리의 가스등불이 희미하게 켜져 꼭 나비가 펄럭이는 것처럼 보였다.

미시가 노인의 집에 들어섰을 때는 온몸이 얼어붙고 이가 소리를 내며 덜덜 떨릴 정도였다. 노인에게 신문을 읽어주면서 눈물을 흘리면 안 된다고 스스로에게 다짐하고 또 다짐했지만, 결국 새로 눈물이 나오고 말았다.

"아니, 아니." 노인이 말했다. "무슨 일인가요?"

"아무것도 아니에요."

이렇게 대답하자 노인은 더 이상 묻지 않았다.

그러나 미시는 아직도 계속 읽을 수가 없었다. 그래서 결국 그는 이야기를 시작했다. "오늘 오후에 제 친구네 집을 방문했었어요…."

노인은 아무 말 없이 듣고 있었다.

"그런데 거기서… 거기서…."

"그곳에서 학생을 무시했나요?"

"아니요. 그게 아니에요. 단지 제가…. 굉장한 신분의 사람들인데….

"굉장한 신분? 대체 누군데?"

"아주 친절한 분들이요. 정말 다정스러운 분들이었는데, 제가 그만…. 극장 옆에 사는 오르치가예요. 시장님…."

"그런데 학생 아버지는? 학생 아버지는 무얼 하시지요?"

"목수세요."

"아하." 노인은 잠시 생각해보더니 말을 이었다. "그거 아주 좋은 기술이지."

그 말은 미시를 기쁘게 했다. 미시도 같은 의견이었으니까.

"학생은 집이 있나요?"

"아주 작은 집이요."

"소도 있나요?"

"없어요."

"돼지도 없어요?"

"아주 작은 새끼돼지가 한 마리 있어요."

노인은 침묵했다.

"그럼 형제가 몇이나 되지?" 조금 있다가 노인이 물었다. 갑자기 그는 반말을 하고 있었다.

미시는 얼굴이 빨개졌다. 이제까지 노인이 자기를 진지하게 대하고 어른에게처럼 그에게 말하는 것이 자랑스러웠기 때문이다.

"다섯이요."

"다섯? 여자 형제, 남자 형제?"

"모두 남자 형제예요."

"굉장하구나. 그렇다면 너희 아버지는 굉장한 사람이야. 누구나 아들이 다섯이면 나라 전체를 움직일 수 있을 거야."

미시는 고통스럽게 웃었다. 노인과 똑같은 말을 그의 아버지도 하기 때문이었다. 그런데 왜 노인은 반말을 하는 것일까? 앞으로는 계속 그럴 건가? 그러면 더 이상 오지 않을 생각이었다.

"우리가 아직 지금 마을에 살지 않았을 때, 거대한 석조 가옥에서 소를 많이 키우며 살았어요. 한번은 제가 아직 어렸을 때 아버지가 저를 농장으로 데리고 가셨어요. 거기에 우리 가축을 다 두고 있었거든요. 아버지는 저를 어린 황소 위에 앉혀놓으셨어요. 제가 말했죠. '이랴, 황소야….' 그 시절에 우린 증기기관도 가지고 있었어요. 그런데 그게 그만 폭발해버린 거예요. 그래서 지금 사는 마을로 이사 온 거예요. 그리고 나서 아버지는 목수가 되셨죠."

미시는 아주 진심 어리게 얘기해야 했다.

"저는 다섯 중에 맏이에요. 외삼촌이 한 분 계신데 지금 브라티슬라바(슬로바키아의 수도—옮긴이)에서 김나지움 선생님이세요. 어머니의 남동생이죠. 저의 아버지가 공부시키셨어요."

침묵이 오래 이어졌다. 미시는 계속 이야기를 하고 싶었다. 하지만 주저했다.

마침내 노인이 입을 열었다. "자, 그럼 다시 읽어주세요."

미시는 미소를 띠었다. 그의 가슴은 기쁨으로 가득 찼다. 노인이 다시 존칭을 쓴 것이다. 미시는 '내가 그렇게 만든 거야. 나는 그렇게 쉽게 반말하도록 하는 사람이 아니야'라고 생각했다. 만약 미시가 사람들 사이에서 자기 위치를 확고히 하려고 한다면, 더 이상 아버지가 목수라는 얘기를 해서는 안 된다. 미시도 이미 그걸 알고 있었다. 오르치의 엄마가 그걸 물어보지 않은 것은 얼마나 다행스런 일인가. 만약 오르치 엄마가 물어봤다면, 미시는 말하고 말았을 것이다. 이제까지 그는 아버지의 직업에 대해 긍지를 갖고 있었다. 마을에서 그들은 모든 사람, 특히 남자들과 좋은 관계를 맺고 있었다. 그리고 미시는 도회지풍으로 재단된 바지를 입고 학교에 다녔다. 아버지는 다른 사람들과 이야기하는 것처럼 목사님이나 선생님과도 이야기를 나눴다. 이를테면 재판장에게도 "아, 재판장님, 어떻게 지내세요? 별일 없으세요?"라거나 "반바지를 벗으세요. 지금 행진하는 게 아니라고요."라고 말했다. 그러나 집이 석조 가옥이라는 건 허풍이었다. 칼로셰미엔에서 온 버르가는 학교에서 자기네가 석조 가옥을 갖고 있다고 얘기했다. 그것은 미시를 매우 감탄하게 했었다. 그의 집은 형편없지는 않았지만 돌로 만들어진 것은 아니었다. 그래, 내버려두자. 흙집에서 살든, 돌집에서 살든, 눈먼 노인이 알아야 할 필요가 뭐 있겠는가.

미시는 기분이 살아나고 상쾌해져서 이제 신문을 읽었다. 6시가 칠 때까지 한 번도 중단하지 않고 일사천리로 읽었다.

시계가 종을 치기 시작하자 노인이 말했다. "이제 내일 읽기로 합시다."

그러나 미시는 자기 잘못으로 오늘 읽으려고 했던 것보다 조금밖에 읽지 못했기 때문에 이렇게 대답했다. "죄송해요. 저는… 좀 더 읽었으면 하…"

"그러다가 잘못하면 기숙사에 늦게 될 거예요." 노인은 말했다.

"아니에요, 포셜러키 씨. 기숙사 종은 7시 15분에 울려요."

"그럼 뛰어가야만 하겠네요. 이미 5분을 지체해버렸으니."

"아니에요, 포셜러키 씨. 단지 1, 2분일 뿐이에요."

그러나 노인은 더 이상 듣고 싶어하지 않았다. 불안한 듯한 모습으로 안락의자에서 이리저리 몸을 움직였다.

"그러면 나는 다시 지난밤과 같은 어리석은 꿈을 꾸게 될 거예요."

"대체 무슨 꿈을 꾸셨나요?"

눈먼 노신사는 머리를 흔들면서 밝게 웃으며 뒤로 몸을 기댔다. "큰 고양이가 나를 잡는 꿈을 꾸었어요. 나는 단지 고양이 입안에 있는 작은 동물, 한 마리의 새끼쥐일 뿐이었죠. 고양이는 물을 헤엄쳐 건넜어요. 그런데 그 고양이가 갑자기 큰 구름이 되는 거예요. 그래서 나는 그것을 뚫어져라 쳐다봤죠. 조금 있다가 꿈속에서 응유치즈 국수를 먹고는 호르토바지의 대초원을 봤어요. 한쪽 끝에서 다른 쪽 끝까지 완두콩 씨가 뿌려져 있었어요. 그런데 나는 큰 황소였어요. 그래서 치즈 국수를 놔두고 콩을 모조리 먹어치웠죠. 내가 콩을 먹는 걸 별로 좋아하지 않는데. 그런 우스꽝스러운 꿈을 꿨어요. 아침부터 지금까지 그 꿈을 잊어버릴 수가 없네요···. 가슴속에 무슨 악몽처럼 남아 있어요."

미시는 따뜻한 마음으로 웃었다.

"가정부에게는 이미 꿈 이야기를 했어요." 노인이 역시 웃으면서 말했다. "그녀는 꿈 이야기를 듣고 해석을 하더군요. 그녀가 말하기를 고양이는 85, 구름 73, 치즈 국수 39, 황소 45···. 그런데 뭔가 빠진 게 있는 것 같은데···. 그렇지, 물··· 22. 좋지 않은 숫자네요. 좋지 않아요, 물이 꿈에 보이는 것은. 그건 무얼 뜻하는가 하면, 가족 중에 누가 죽는다."

미시는 다시 웃었다. 그러나 크게 웃지는 않았다.

"그럼 모든 것이 다 숫자예요?"

"그래요, '작은 복권' 숫자예요."

아하, '작은 복권'이라니! 미시도 들어본 적이 있었다. 집에서 농부들은 자주 그런 이야기를 했다. "너 번호가 복권에 당첨됐어."

"아세요," 노인이 말했다. "이 숫자들을 적으려고 합니다. 그러면 무슨 일이 벌어지겠어요? 손해나봐야 기껏 6크로이처 날아가는 거죠. 거기 책상 위, 구석에 한 장이 있어요. 그 숫자들을 적으세요. 그리고 내일 아침에 담뱃가게에 가서 접수하세요. 복권에 당첨될 거예요. 우리 반반씩 나눠 가져요. 우리 부자가 한 번 되어봐요. 그러면 학생이 아까 말했던 그 사람들처럼 높으신 분, 신사 나리가 되는 겁니다. 하하하."

그는 배가 흔들흔들할 정도로 통쾌하게 웃었다.

미시는 그것을 장난으로 생각했다. 어쨌든 연필을 들고 숫자를 써넣었다. 포설러키 씨는 미시에게 숫자를 불러줬다. 그런데 노인은 이번에도 다시 물을 잊어버렸다.

"자, 숫자가 차지 않아요." 그가 말했다. "물이 함께 연결된 채 가만히 있으려 하지 않네요. 자꾸만 빠져나가려 해요."

"저기 있는 6크로이처가 그 돈인가요, 포설러키 씨?"

"그 6크로이처는 놔두세요. 내일 아침 커피를 위해 내놓은 거니까. 여기 1포린트가 있어요. 거위가 걸리려면 통통하게 살찐 것이어야 하지요."

미시는 1포린트를 손에 들었다. 그가 외투를 입는 동안 노인은 긴 침묵을 지키고 있다가 다정하게 말을 건넸다. "그들은 굉장한 신분이 아니에요. 데브레첸에 그런 고귀한 신분의 사람은 없답니다. 버서 언덕 이쪽에서 탯줄을 끊지 않은 사람이라면 모를까. 그들이 돈이 있기 때문에? 시장님이라서? 티서강ㅍ 관개 사업을 하는 곳의 시장이라서?"

미시는 고개를 숙였다. 다시 오르치가 머리에 떠오르면서 부끄러운 생각이 들었기 때문이다.

기숙사 앞에 도착했을 때에야 그는 자기가 팔에 작은 꾸러미를 끼고 있다는 것을 깨달았다.

어두운 복도에서 그는 서둘러 꾸러미를 풀어봤다. 케이크 과자 한 개와 롤빵….

만일 이것들을 기숙사로 가지고 간다면….

그는 생각해서는 안 될 것을 생각이라도 한 듯, 몸을 부르르 떨었다. 그는 날쌔게 허트버니 교수의 흉상 옆으로 갔다. 그곳에는 지나다니는 사람이 없었으니까. 그는 거기서 그것을 재빨리 다 먹어치웠다. 그때 기숙사에서 저녁식사 시간을 알리는 종소리가 들렸다.

그는 바로 기숙사로 가지 않고 다른 계단을 건너 기숙사로 내려갔다.

저녁식사는 소시지가 섞인 완두콩이었다. 식사가 지급되자 그는 웃지 않을 수 없었다.

"왜 웃는 거야?" 옆에 앉은 산도르 미하이가 물었다.

"호르토바지가 온통 완두콩으로 범벅되어 있군."

"뭐라고?"

"아무것도 아니야."

"아무것도 아닌 것이란 흔치 않은 법이야." 산도르가 비꼬았다.

"내일 나 복권을 사러 간다." 미시가 자랑스럽게 말했다.

산도르는 빤히 쳐다봤다. "뭐?"

"여기 1포린트가 있어. 이걸 가지고 내일 복권을 살 거야."

"애가 쓸데없는 소리를 하네." 산도르가 다른 아이들에게 말했다. 큰 어른들도 생각하기 어려운 만큼의 돈을 조그만 아이가 버는 것에 대해 그들은 적잖이 시기하고 있었기 때문이다.

미시는 얼굴이 붉어졌다.

"난 내일 복권을 사러 가야 해."

"누구 때문에?"

"그 노신사분."

"복권 사러?"

"응."

"다음에 바로 얘기해줘."

그들은 밥을 먹기 시작했다. 미시는 완두콩이 별로 맛이 없었다. 거의 기름기가 없이 요리되었다고 생각했다. 하지만 위에 놓인 소시지는 맛있었다. 브루고트 요리는 맛이 없었다. 시고 곰팡이 냄새가 났기 때문이다. 그는 이제 복권에 얽힌 이야기를 해야 했다. 하지만 그에게는 별로 더 이상 재미가 없었다.

"왜 빵에서 곰팡이 냄새가 나지?" 산도르가 물었다. 그와 화해하려는 뜻에서였다.

"상한 거야. 늘 부패한 밀가루로 만드니까 그래."

밤에도 미시는 공부하고 싶은 생각이 없었다. 책을 쳐다보고 있으면 어느새 회색빛 눈을 가진 소녀가 앞에 어른거렸다. 눈을 감아도 회색빛 눈이 그를 바라보고 있었다.

그는 울어서 머리가 아팠다. 게다가 따뜻한 실내공기 때문에 졸음이 엄습해 두 눈을 뜨고 있을 수가 없었다.

미시는 바람을 쐬려고 복도로 나갔다. 다른 사람의 눈을 피하고 싶을 때면 화장실로 사라지곤 했다. 화장실은 칸막이 다섯 개로 되어 있었고, 벽면은 높이 나무판으로 만들어져 있었다. 그곳에서는 완전하게 혼자가 되었다. 마치 데브레첸에 있는 것이 아닌 것처럼. 물론 벽에 온통 칠을 해놓아서 진한 석탄산 냄새가 나고 유쾌하지는 못했지만, 그럼에도 완전히 혼자만의 기분을 즐길 수 있었다. 잠자리보다 더 편안했다. 그는 오래도록 그곳에 앉아 있었다. 누가 갑자기 화장실 문을 흔들 때까지.

"무슨 일이야?"

"너, 그 안에서 잠들었어?"

"무슨 소리."

"닐러시가 화장실에서 잠들어버렸다."

그는 실제로 잠들었다가 그제야 깜짝 놀라 일어났다. 분명 그들은 이 일을 가지고 놀릴 것이다.

그는 몰래 슬그머니 방으로 돌아와 책상 앞에 앉았다. 그의 책과 공책은 펼쳐져 있었다. 그러나 울고 싶을 만큼 피곤했다.

9시 종이 울렸다. 그것은 중요한 해결책이었다. 순식간에 미시는 옷을 벗었다. 몸에서 옷들을 그냥 그대로 벗어버렸다. 재킷과 조끼를 한꺼번에 벗으면서도 그는 전혀 알아채지 못했다. 다음 순간 벌써 이불 속에 들어가 있었으니까 말이다.

그날 있었던 모든 일이 머릿속에서 빙글빙글 맴돌았다. 침대와 함께 공기 속을 날아다니는 듯이 느껴졌다. 눈앞에는 여전히 회색빛 눈의 소녀가 있었다. 그들은 그를 바라봤다. 아무도 그들 앞에서는 숨을 수가 없었다. 또 그는 전혀 그럴 생각이 없었다. 회색빛 눈이 그를 보는 것은 기분이 좋았다. 그 눈은 그에게 더 가까이 와 있었다. 그의 작은 손가락이 움직였다. 금빛머리 사람들의 집에서 그녀를 붙잡으려 하는 것이었다…. 그러다가 그는 잠이 들었다. 미시는 특별한 꿈을 꾸었다. 그는 회색 눈의 소녀와 함께 티서강가의 정원이 있는 집을 이리저리 뛰어다니며 놀았다. 눈을 떴을 때는 땀으로 목욕을 하고 있었다. 그가 아직 초등학교에 다니고 있었을 때, 그러니까 1학년이었을 때 여자아이 꿈을 꿔본 적이 있다. 주지라고 하는 여자아이의 꿈이었다. 하지만 어느 누구에게도 그런 이야기를 하지 않았다. 그건 누구에게도 말할 수 없는 일이니까.

이렇게 의식이 혼미한 상태가 여러 날 계속되었다.

월요일에 오르치는 그에게 매우 다정했다. 미시는 오르치가 이렇게 말하기를 기다렸다. 그의 엄마와 여자애들이 미시가 그렇게 빨리 가버렸다고 유감스럽게 생각했다는 말을. 그러나 오르치는 그런 말을 전혀 하지 않았다. 미시는 그냥 물어볼 수도 있었을 것이다. 그 여자애들은 누구야? 여자 사촌들이야? 하지만 그는 물어보지 않았다. 오르치가 그를 어떻게 생각할지 몰라서였다.

쉬는 시간에 오르치는 뿔 모양의 빵을 두 개 샀다. 하나는 자기가 먹고 또 하나는 미시에게 줬다. "여기 있어."

오르치 자신은 이미 빵을 먹기 시작하면서 그에게 다른 하나를 내밀었기 때문에 미시는 마음이 상했다. 그래서 말했다. "난 먹고 싶지 않아."

"왜 안 먹어?"

"배가 안 고파."

오르치는 어깨를 으쓱하더니 그에게 내밀었던 빵마저 먹어버렸다. 미시의 방문에 대해서는 아무 말도 없었다.

"너 그 집에 갔었어?" 기메시가 라틴어 시간에 물었다.

미시는 얼굴이 붉어지며 고개를 끄덕였다.

기메시는 신기한 듯이 그를 자세하게 바라봤다. 누가 봐도 미시의 방문에 대해 알고 싶다는 태도였다. 그러나 미시는 아무것도 이야기하지 않았다. 그러다 라틴어 시간이 끝날 때쯤 기메시에게 속삭였다. "졔례시 선생님이 나보고 가야 한다고 말씀하셨어."

"그분이?" 기메시는 눈을 크게 뜨고 선생님을 쳐다봤다.

"응." 미시는 얼굴이 빨개진 채 말했다.

그들은 더 이상 그것에 대한 이야기를 하지 않았다. 하지만 미시는 기메시에게 미안했다. 화요일, 학교에 1만 포린트를 희사한 독지가를 기념하기 위해 학교 축제가 거행되었다. 그래서 오후 수업을 하지 않게 되었기 때문에, 그는 기메시에게 말했다. "오늘 점심식사 후에 너희 집에 가도 돼?"

"물론이지."

미시는 점심식사 후에 기메시네 집에 갔다. 그 집에 간 지도 꽤 오래되었다. 미시는 할머니에게 점잖게 손에 키스했다. 기메시는 큰 창문 앞에 앉아 새들을 그리고 있었다. 둘은 오후 내내 그림을 그렸다. "오르치네 집에서는 사람들을 만들 수도 있어." 미시가 말했다.

"흉상들을?"

"밀랍으로."

그는 그것을 어떻게 만드는지 설명해줬다.

그런 놀이를 기메시도 역시 좋아했다. 그리고 갖고 싶어했다. 그는 자기 어머니에게 편지를 쓸 거라고 말했다. 자기에게 밀랍을 하나 사서 보내달라고.

기메시가 어머니에 대해 이야기를 하는 것을 미시는 아직까지 한 번도 들어보지 못했다. 기메시와 할머니는 이 세상에서 오직 둘뿐인 것처럼 그렇게 살았던 것이다. 그래서 기메시가 이야기를 하면서 그렇게 자기 어머니를 덧붙이는 것은 정말 놀라운 일이었다.

그러나 미시는 기메시의 어머니에 대해 물으려고 하지는 않았다. 단지 이렇게 생각할 뿐이었다. 기메시는 오르치와 얼마나 다른가, 얼마나 더 좋은가. 그는 느끼고 있었다. 기메시는 진짜 친구다! 미시는 그를 사랑했다. 그는 미시보다 더 작고 약했다. 그와 둘이서 진짜로 드잡고 싸우고 하면 어떻게 될까. 그는 숙제도 미시보다 더 잘한다고는 말할 수 없다. 기메시는 사실 미시의 뒤에 앉는 것이다. 그리고 틀림없이 그의 어머니는 금발머리도 아닐 것이다. 분명 소박하고 진지하고 갈색머리의 부인이리라…. 미시는 동생들에게 하듯 기메시에게 키스하며 말하고 싶었다. "우리는 친구야!"

"오르치네 집에서는 좋았어?" 기메시가 채료 접시에 다른 색깔을 섞으면서 물었다.

"응…. 걘 점잔 떠는 애야. 아니, 점잔빼지는 않았어. 하지만…." 미시는 뭐라고 말해야 좋을지 몰랐다. 그래서 그냥 쓴웃음을 지으면서 입만 씰룩거릴 뿐이었다.

기메시는 맑고 깨끗한 피부에 약간 비뚤어진 검은 눈, 그리고 있으나 마나 한 눈썹과 속눈썹을 하고 있었다. 입은 아주 작고 예쁜 모양이었다. 그는 여자애처럼 곱고 사랑스러웠다. 그러면서도 생기 있고 씩씩한 소년이었다. 물론 기메시는 오르치만큼 예쁘지는 않았다. 오르치는 그들 둘보다 더 컸다. 그는 블론드 머리에 벨벳 옷을 입고 다녔으며, 머리가 금빛으로 반짝거렸다. 코는 약간은 너무 높고 너무 짧왔다. 전체적으로 맑고 부드러운 인상이어서, 꼭 꽃이 향기를 내며 피어나는 것 같았다.

오르치에 비하면 그들 둘, 기메시와 미시는 가난해 보이고, 야위어 빈약하고 조그만 체구였다. 미시는 자기가 많이 말랐고 피부가 누런데다 눈썹도 검고, 낮은 목소리에 입이 크며, 이빨 또한 매우 크다는 것을 알고 있었다. 그는 자기 이가 너무 누래서 웃음거리가 될까봐 두려워했다. 그래서 가능하면 입을 벌리고 웃지 않으려 했다. 기메시는 가늘고 긴 이빨을 가지고 있었다. 하지만 오르치의 이는 달랐다. 진주같아 보였다. 아이들은 그가 날마다 이를 닦는다고 말하곤 했다. 그러나 미시는 전혀 상상할 수가 없었다. 어떻게 이를 닦을 수 있지? 무엇으로? 비누와 세숫물로? 그건 생각만 해도 메스꺼웠다.

"오르치의 머리에 떠올랐대."

"뭐가?"

미시는 오르치가 어떤 경기에 참가해 상을 받은 것에 대해 어떤 나쁜 점을 이야기하려고 했다. 하지만 왜 오르치에 대해 나쁘게 말해야 하나? 그는 항상 미시에게 잘해줬다. 미시는 이런 기분이 들었다. '오르치는 자기가 1등이 아니라는 사실을 알고 있어. 그렇기 때문에 내게 그토록 친절하고 세심하게 대하는 거야.' 미시는 도대체 알 수 없었다. 그가 오르치를 싫어하는 이유를 말이다. 그는 오르치보다 항상 모든 면에서 더 우수하기를 바랄 뿐이다. 오르치는 좋은 것은 다 가지고 있었다. 그것이 이유일까? 그가 오르치보다 더 좋은 것을 갖고 싶은 마음이 있어서인가? 자기만의 방, 옷, 책, 그리고 여자 사촌들, 회색빛 눈과 블론드 머리….

"철없는 여자애들이 여럿이나 거기 있었어." 미시가 갑자기 말했다. 기메시가 마음속의 비밀을 알아차릴까봐 겁났기 때문이다.

"너 그런 말은 하지 않았잖아." 기메시가 외치며 손에서 붓을 조용히 들고만 있었다. "여자애들?"

"응."

"작은 애들? 나 같은?"

"응."

"많았어?"

"여러 명."

"30명?"

그들은 크게 소리 내서 웃었다. 마치 누군가가 그들을 간지럽히기라도 하는 것처럼.

"아니, 30명은 아니야. 하지만 한 무리였어."

"어쩜, 그럴 수가." 기메시가 말했다.

"헌데, 난 도망쳐버렸어."

"도망을 쳐?"

"응."

"그애들이 왔을 때?"

"응."

"소 같은 바보 녀석."

미시는 기분이 흡족해져서 웃었다.

"너 같으면 안 도망치겠어?"

"난 여자 공포증 따윈 없어."

기메시는 적절한 대답을 할 준비가 항상 되어 있었다.

"그럼 넌 뭘 했겠니?"

기메시는 다시 그림을 그리다가 똑바로 얼굴을 들어 미시를 오래 쳐다봤다. 그가 무슨 생각을 하는지는 하늘이나 알 일이었다. 웃기만 할 뿐 말은 하지 않았다.

"난 그 애들하고 권투를 했을 거야."

미시는 집이 떨어져나가라 큰 소리로 웃었다.

"그래, 너가 항상 그런 것처럼, 머리로 말이야."

"물론 머리로지."

기메시는 책상 뒤에서 나와 머리를 앞으로 뻗은 채 방을 이리저리 뛰어다녔다. 그가 학교에서 자주 하는 것처럼. 그러고는 미시에게 달려들어 배에 부딪쳤다.

미시는 여전히 웃으면서 방바닥에 뒤로 넘어졌다.

기메시는 미시의 위로 몸을 구부리고 그를 막 주물렀다. "너 웃는다. 너 웃는 거야?" 그러면서 미시를 밀가루 반죽처럼 주물러댔다.

미시는 저항할 수가 없었다. 웃음이 나오는 데는 아무 힘도 쓸 수 없기 때문이었다.

그때 할머니가 들어오셨다.

"이게 무슨 짓이냐? 너희들 무슨 짓을 하는 거야?"

기메시는 미시한테서 떨어져 자기 책상으로 돌아갔다. 그림을 다시 그리기 위해 도구가 있는 곳으로 간 것이다.

"그런 장난은 정말 싫어." 할머니는 진지하게 말씀하셨다. "러요시 는 그런 짓을 하는 법이 없어."

기메시는 머리를 푹 숙였다. 그의 얼굴빛이 조금 붉어졌다. 미시는 얼굴이 검붉게 변했고, 부끄러운 생각에 몸을 부들부들 떨었다. 창백해졌다. 그러다 서서히 붉어졌다. 할머니는 미시에게 잘못이 있다고 보시는 것은 아닐까? 마치 미시가 당신의 손자를 못쓰게 만드는 것처럼 할머니가 행동하신다고 생각되었다.

할머니는 화를 가라앉히지 못한 채 방 안에서 다시 일을 하기 시작했다.

"이런 일이 두 번 다시 생기지 않도록 해라." 할머니는 엄격하게 말했다. "알아듣겠니?"

기메시는 채료 접시 위로 머리를 깊이 숙이고 있었다. 그의 얼굴은 약간 붉어져 있었다. 그리고 미시는 얼굴이 잔뜩 새빨개져 있었다. 그는 부끄러움에 떨고 있었다.

"잘 자란 아이들은 그런 짓은 하지 않아." 할머니는 아직도 강한 어조로 말씀하셨다. "잘 자란 아이들은 남의 집에 방문했을 때 점잖게 행동하는 법이란다."

기메시는 놀란 눈으로 할머니를 쳐다봤고 용감하게 말했다. "저 친구를 저리 던져버린 사람은 바로 저였어요."

"저런 나쁜 녀석 같으니라고. 부끄러운 줄 알아라. 내가 그렇게 자주 이야기하지 않던? 너는 이제 어린아이가 아니야. 이름에 깎이는 짓이 무엇인지를 알아야 해. 싸움꾼은 나중에 아무것도 되지 않아. 쓸모없이 빈둥거리는 무용지물이 되고 싶니? 저기 있는 아이처럼? 대단하구나."

이 말과 함께 할머니는 방을 나갔다. 그녀의 얼굴은 온통 주름살로 장식되어 있었고, 더욱이 그 주름살은 누런빛을 띠고 있었다. 그리고 큰 코에는 검은 반점들이 선명하게 있었다.

그들은 한참 조용히 있었다. 미시는 매우 마음이 언짢았다. 그들은 단지 장난으로 맞잡고 뒹굴었을 뿐이다. 그리고 그는 그런 말을 들어야 할 행동은 하지 않았다. 기메시는 앵무새를 그리며 불만스럽게 말했다. "할머니는 분별력이 이미 다 말라비틀어졌어. 할머니 말은 깊이 생각할 필요도 없어."

미시는 더욱더 아연실색했다. 그도 역시 할머니가 있었다. 하지만 그는 할머니에게 그런 식으로 말해본 적이 없었다. 할머니 말씀은 그에게 신성한 것이었다. 설사 옳지 않은 말씀을 하시더라도 그냥 아무 말도 하지 않고 받아들이곤 했다.

"조용히 해." 미시가 진정시키며 말했다.

"왜? 나는 할머니에게 직접 대놓고 말해." 기메시는 화가 나서 얼굴이 잘 익은 고추처럼 빨개져 있었고, 두 눈은 젖어 증오심에 불타고 있었다. 그는 숨도 쉬지 않고 말했다. "난 작년의 나처럼 코흘리개 어린애가 아니란 말이야. 그때는 할머니가 근거도 없이 나를 야단치곤 했었지. 하지만 이제는 나도 안다고. 바람이 어디서 불어오는지."

미시가 짐작컨대, 여기 사는 이 두 사람의 생활 뒤에는 어떤 가족의 비밀이 숨어 있는 것 같았다. 그는 혹시 기메시가 홧김에 그것을 발설하지 않을까 몸이 떨려왔다. 그래서 그는 친구의 관심을 다른 곳으로 돌리려고 노력했다.

"여기 내가 뭘 가지고 있는지 한 번 봐."

기메시는 젖은 눈으로 당황해하며 미시가 그에게 내밀고 있는 종이를 쳐다봤다.

"그게 뭐야?" 그가 투덜대며 물었다.

"복권."

기메시는 눈을 크게 떴다.

"뭐라고?" 그의 입은 벌어진 채였다.

"이 다섯 숫자를 내가 복권에 써넣었어."

기메시는 대번에 웃기 시작했다. 그는 머리를 목으로 숙이고는 두 손으로는 배를 움켜잡고 발작적으로 웃어댔다. 소리를 내지 않고 숨이 막힐 정도의 웃음이었다.

"네가 복권을 샀다고?"

"그래."

"아이고, 죽겠네. 너 아니? 이제껏 나 이렇게 웃어본 적이 없어. 두 발로 걸어다니기 시작한 이래로…. 그래, 네가 복권을 샀다고?"

미시도 기침이 나올 정도로 심하게 웃었다. 웃음이 나와서 거의 숨이 막힐 지경이었다. 복권을 샀다는 사실이 순간 그토록 웃기는 일로 생각되었던 것이었다.

"그래서 당첨되는 거야?"

"그건 나도 몰라."

"만약 10포린트를 따면 넌 뭘 살래?"

"주머니칼."

"주머니칼? 어떤 걸로?"

"손잡이가 진주로 되어 있고, 물고기 같이 생긴…." 그는 쓰레기통 뒤에 있는 뵈쇠르메니의 칼을 생각했다.

"10포린트를 따면 내가 뭘 할지 알겠어?"

"뭘 할 건데?"

"일단 5포린트는 어머니에게 부쳐드리고…."

미시는 얼굴이 불꽃처럼 붉어졌다. 그는 어머니 생각은 조금도 하지 않았기 때문이었다.

"…그리고 5포린트는 제과점에서 맛있는 것을 사먹는 데 쓸 거야."

기메시가 말했다.

미시는 자기는 결코 그렇게 하지 않을 것이라고 확신했다. 제과점에서 맛있는 것을 먹는다? 무엇 때문에? 며칠 전에 오르치네 집에서 돌아올 때, 그의 머리는 제과점의 쇼윈도 앞에서 겨우 다시 정신이 들고 맑아졌다. 하지만 빵과자 한 조각을 먹기 위해 돈을 써버린다는 것은 상상도 할 수 없었다. 극장에 가기 위해, 그래, 그러기 위해서 돈을 모았다 쓴다면 모르지만.

"내가 만일 당첨된다면, 반절만 내 몫이야. 반절은 노신사분에게 드려야 할 몫이거든." 미시가 말했다.

"그 늙은 욕심쟁이 말이야?"

"그분은 늙은 욕심쟁이가 아니야." 미시는 기분이 상해서 반박했다.

"그래, 그만두자. 난 노인은 다 그렇게 불러. 누가 나이가 많다고 하면, 그는 내게 단지 늙은 욕심쟁이일 뿐이야." 기메시는 크게 웃었다. 누가 복권을 사기 위해 돈을 투자했다는 사실이 아직도 이해되지 않았기 때문이다. "그 노인이 복권을 사라고 돈을 줬어?"

"그래."

"6크로이처?"

"아니."

"2?"

"아니."

"더 많이?"

"1포린트."

"1포린트!" 기메시는 어안이 벙벙했다. "너, 이미 딴 거나 마찬가지네." 그는 다시 웃기 시작했다. "난 아직 1포린트를 손에 넣어본 적이 없어. 할머니는 내가 뭘 산다고 해도 한 번도 2크로이처도 준 적이 없었어."

"난 26크로이처를 갖고 있어."

"26크로이처?"

"그러니까, 지금 아직도 21크로이처가 있다는 말이야. 소포하고 편지를 받으면서 돈을 지불했거든."

"만약 20크로이처가 있다면, 나는 크림이 듬뿍 들어 있는 과자를 여섯 개 사서 하나는 너를 주고, 하나는 오르치, 하나는 탄넨바움, 하나는 할머니, 그리고 두 개는 내가 먹을 거야."

그들은 그 말을 듣고 오래도록 웃었다.

"오르치는 헝가리 역사책을 손에 넣었더라고."

"손에 넣었다고?"

"그래. 그리고 자기 휴가에 대해 기사를 썼어. '즐거운 여름'이 제목이야. 그것이 〈작은 신문〉에 인쇄되어 실렸어."

"인쇄되었다고?"

"그래."

"오르치가 쓴 게?"

"응."

기메시는 다시 소리를 내지 않으면서 웃기 시작했다. 이번에는 딸꾹질이 터져나올 정도로 웃어댔다.

"틀린 철자까지 그대로 다 인쇄되었대?" 그가 물었다.

"그건 걔 형이 고쳐줬대." 미시가 말했다.

"형? 그 키 큰 꺽다리?"

"응. 형이 초안을 잡아주고…. 오르치가 훨씬 더 많이 썼대. 거의 다.

하지만 형이 글을 고쳐줬고 좀 더 덧붙여줬대."

기메시는 믿을 수 없다는 듯이 미시를 바라봤다.

"너 아니?" 그가 말했다.

"뭘?" 미시가 얼굴이 붉어지며 물었다. 그는 기메시에게 모든 것을 다 이야기하는 것은 바람직스럽지 않다는 생각이 들었다.

"누구를 비방하는 거 말이야."

미시는 말이 없었다.

"난 호기심이 생기고 궁금해." 무엇을 생각하는지 고개를 끄덕이며 기메시가 말했다. "여기서 나가서 네가 우리에 대해 뭐라고 말할지."

미시는 얼굴이 새빨개졌다. 그러고 나서는 핏기가 얼굴에서 사라졌다. 정신이 몽롱한 상태로 그는 의자에 앉아 기메시를 의심스러운 눈으로 쳐다봤다.

미시의 침묵과 굳은 얼굴이 기메시의 눈에 띄었다.

"네가 생각하는 점을 다 이야기해도 나는 좋아." 어깨를 으쓱하며 그가 말했다.

미시는 소리를 지르고 싶었다. 아니야! 난 너에 대해 나쁜 것은 아무것도 얘기하지 않겠어. 만약 누가 나를 갈기갈기 찢는다 해도. 왜냐고? 난 너를 좋아하니까! 그러나 그는 단지 이렇게 답변했을 뿐이었다. "넌 나를 그렇게 생각하니?"

침묵이 숨 막힐 듯이 이어졌다.

미시는 미동도 하지 않고 책상 앞에 앉아 있었고, 기메시는 당황해서 계속 그림을 그리고 있었다.

"도대체 어디서 넌 그런 것을 다 알았니?" 고개도 들지 않고서 그가 중얼거렸다.

미시는 창문을 바라봤다. 거리가 한눈에 들어왔다. 창문이 거의 바닥까지 내려와 있었으니까.

그는 대답할 수 있었으리라. 그냥 생각해서 그렇게 말한 거라고. 그러나 그는 순간적으로나마 거짓말은 하지 않았다.

"혼자 다 생각해낸 거야?"

미시는 부정하며 고개를 흔들었다.

"그럼 얘기해. 나를 화나게 하지 마. 열 받게 하지 말라고. 그렇지 않으면 아까처럼 배로 권투를 할 테니까."

미시는 책상 위로 머리를 숙이고 그만 흐느껴 울어버렸다.

"바로 그것 때문에 나도 욕을 먹어."

기메시는 신경질이 났다. 그는 한쪽 다리를 다른 쪽 다리 위에 올려놓고 그림용 붓을 여기저기 만지작거리다가 결국 입으로 가져갔다. 물감 때문에 입 부분이 빨갛게 되었다.

"너는 소 같은 바보야." 그가 말했다. 그의 눈은 불타고 있었다.

"내가 언제 너에 대해 나쁜 말을 한 적 있어? 그리고 또 너도 나에 대해 나쁘게 말할 수 있겠어?"

"하지만 오르치네 집에 대해 넌 나쁘게 이야기했어."

"왜냐하면 나는 그 아이네 집에 가야만 했으니까. 졔례시 선생님이 그걸 시키신 거야. 그러니까 선생님이 오르치네 부모님께 나를 초대하도록 말씀하셨다고. 그들은 단지 나를 비웃으려고 한 번 보려고 했던 거야. 그러니까 내게 과자빵을 어린아이처럼 호주머니에 넣어주고, 그리고…. 그래서 난 도망쳤어. 이제 다시는 그 집에 가지 않을 거야."

기메시는 어안이 벙벙한 눈으로 그를 바라봤다. 조금 전 자기 할머니를 바라보던 바로 그 눈으로. 그러고 나서는 계속 그림을 그렸다.

"넌 울기나 해라. 나야 네가 큰 소리로 울어도 좋아. 나는 그런 것에 신경도 안 써." 기메시가 말했다.

그리고 그는 색깔을 마구 칠해버리고 붓을 내려놓더니, 물통으로 가서 물을 한 잔 따라서 미시에게 주었다.

"자, 마셔."

미시는 당황했다. 그런 친절을 기대하지 않았기 때문이었다. 이제까지 그런 일은 한 번도 없었다.

그는 물을 마셨다.

"눈 좀 씻어, 빨리! 할머니가 오시면 너를 금방 잡아먹으려고 할 거야."

미시는 물속에 손가락을 하나 가만히 담가 눈을 적셨다.

미시가 친구를 바라봤을 때 그는 무작정 웃지 않을 수가 없었다. 기메시가 그림용 붓을 핥아서 한쪽 턱 주위가 온통 빨간 물감으로 덕지덕지 칠해져 있었기 때문이다.

"야, 너나 씻어." 미시가 말했다.

"왜?"

"너 입 좀 봐."

기메시는 거울을 들여다봤다.

"우, 내 상판 좀 보게!"

그는 책상 앞으로 돌아와서 입의 다른 쪽 구석에 녹색 물감을 칠하기 시작했다.

"이제 아주 근사해졌지, 어때?"

그러고는 어릿광대처럼 홀떡홀떡 뛰기 시작했다. 둘은 깔깔 소리를 내며 웃었다.

날이 어두워지자 그제야 미시는 노인에게 신문을 읽어주러 가야 한다는 생각이 들었다.

다음 날 헝가리어 시간에 글짓기 숙제 제출한 것을 나누어줬을 때, 기메시와 미시는 마주보며 웃었다. 오르치는 여전히 '우'밖에 받지 못했기 때문이었다.

오르치는 모욕감을 느껴 자기 것이 아닌 것처럼 나눠준 공책을 집어던졌다.

이즈음에 '경고 편지'에 대한 이야기가 이미 많이 오갔다. 미시는 원래 이런 일에 신경 쓰지 않았다. 하지만 A반에서는 경고 편지들이 일찌감치 배부되는 것이 보통이었다. 어느 날 낮, 학생들이 소식 하나를 가지고 기숙사 침실로 왔다. 뵈쇠르메니가 두 과목에서 경고 편지를 받았다는 것이었다.

속으로 미시는 약간 고소한 기분이었다. 뵈쇠르메니가 안되었다는 생각은 별로 없었다. 주머니칼 때문에 아직도 그에게 화나 있었기 때문이다. 사실 미시는 뵈쇠르메니가 그에게 행한 일들은 거의 생각하지 않았다. 더 이상 기억할 수도 없을 만큼 많은 사소한 일들이 있어서 어쩌다가 문득 기억할 뿐이었다. 그러나 그를 볼 때마다 쓰레기통 뒤에 있는 칼이 늘 머리에 떠올랐다. 그것이 바로 뵈쇠르메니를 피하고, 친해지지 않으며, 그를 용서할 수 없는 근본적인 이유였다. 게다가 뵈쇠르메니는 내내 미시에 미치지 못했다. 소포를 받지 못했기 때문이었다. 더 나아가 미시는 돈을 벌었던 까닭에, 아래에 있는 노점상에서 B반에 한턱 낼 수도 있었다. 30년이 지나서도 A반 사람들은 B반 사람들을 가엾이 업신여기며 우스갯말을 했다. "어떻게 사람이 B반으로 갈 수가 있어!"

같은 날 오후, 경고 편지들이 B반에 배부되었다. 데브레첸에 사는 학생들에게는 편지가 즉시 교부되었다. 부모님들에게 보여드리고 도장을 받아오라는 말과 함께였다. 기숙사 학생들에게는 경고 편지를 먼저 읽게 하고, 이어서 우편으로 부모님께 보내는 것이 관례였다.

몇 분 동안 미시도 기분이 이상했다. 이제까지 그는 자기가 경고장을 받을 가능성이 있을 리 없다고 생각했다. 혹시 어느 한 과목의 점수가 나빠 그것 때문에 마음 졸이며 앉아 있어야 할 가능성은 전혀 없다고 생각했다. 그러나 1학년 때 공부를 잘했던 학생들의 이름이 호명되는 것을 들으니 가슴에 찔리는 점이 있었다. 자기가 미처 다 외우지 못한 것들이 생각나 마음에 찔렸다. 예를 들어 라틴어의 목적분사는 아직도 이해하지 못하고 있다.

하느님이 보우하사, 그의 이름은 호명되지 않았다.

그러나 3, 4일이 지난 후, 라틴어 시간에 그는 불안감이 엄습하는 것을 느꼈다.

제레시 선생님은 자주 오르치 옆을 지나가면서 습관적으로 그의 머리를 쓰다듬어주곤 했다. 그런데 선생님이 이제는 미시도 그와 마찬가지로 여러 차례 쳐다보는 것이었다.

선생님이 오르치에게 특별대우 하는 것을 볼 때마다 그는 늘 기분이 나빴었다. 그러나 제레시 선생님이 오르치의 집을 방문할 정도로 교분이 있다는 것이 밝혀진 지금은, 그가 오르치에게 그렇게까지 조심스럽게 대하는 것이 더욱 이상스럽게 보였다. 그리고 선생님이 오르치를 부르면서 다른 사람을 부르는 때와 같은 목소리와 어투로 부르려 노력하는 것을 보면서 이상한 모욕감마저 느껴졌다. 오르치의 집에서는 제레시 선생님도 틀림없이 오르치를 베부치라고 부를 테지. 왜 여기서는 오르치라고 하는 것일까?

미시는 어떤 두 사람 사이에는 두 가지의 관계가 성립할 수 없다고 생각했다. 만약 누가 어떤 사람과 우정을 맺었다면, 그는 항상 친구에게 다정하게 말해야 한다고 생각했다. 만약 게자 외삼촌이 우연히 데브레첸에서 선생님을 하게 되어 그를 가르치게 된다면, 외삼촌은 자기를 수업 시간에 정중하게 닐러시라고 성을 붙여 부를 것인가?

그는 소망했다. 그렇다. 소망했다. 선생님이 오르치에게 다정하게 대해기를, 그렇게 낯설게 대하지 말기를. 그리고 선생님은 미시도 다정하게 대해줘야만 한다. 그도 이미 오르치네 집에 갔었으니까. 기메시는 미시에게 좋은 형제와 같으므로 그에게도 마찬가지다. 최고의 학생인 산터에게도 다정하게 대해줘야 한다. 하지만 탄넨바움에게는 그렇게 하지 않아도 된다. 그가 그렇게 생각하는 데에는 특별한 이유가 있었다. 그들이 사는 마을에서 유대인은 다른 사람과 똑같이 취급되지 않았다. 그러나 이곳 학교에서는 그렇지가 않다. 더구나 탄넨바움은 다른 모든 아이들보다 더 영리하기도 했다.

미시는 이러한 것들을 곰곰이 생각하고 있었는데, 수업 시간이 거의 끝나갈 무렵에 제레시 선생님이 느닷없이 그를 호명했다. "닐러시!"

깜짝 놀라 미시는 일어났다. 왜냐하면 그는 전혀 주의를 집중하고 있지 않아서, 선생님이 무엇을 물었고 무슨 검사를 받아야 할지 알 수 없었기 때문이다.

"수업 끝나고 내 방으로 오거라."

미시는 선생님이 더 이상은 말을 하지 않았기 때문에 잠깐 서 있다가 다시 자리에 앉았다. 교실에 웅성거림이 계속되었다. 모두들 속삭였고 그를 쳐다봤다. 처음으로 그는 교실 전체를 바라보게 되었다. 이제까지는 단지 옆에 앉은 두 친구에게만 관심을 가지고 있었던 것이다. 두 친구의 옆에 앉는 두세 아이에게는 예의상 한두 마디를 건넬 뿐이었고, 따라서 보통 때는 자기 반에 다섯 명만이 있는 듯이 그렇게 학교에 다녔다. 그의 자리는 바로 문 옆에 있어서, 교실 문을 들어서면 바로 앉을 수 있었다. 그러고는 다른 동급생들을 거의 의식하지 못했던 것이다. 관심도 없었다. 초원에 널려 있는 풀이나 잡초처럼.

수업 종이 울리자 그는 모자나 외투도 걸치지 않고 선생님 뒤를 따라갔다. 마음을 잔뜩 졸이면서. 미시는 대기실에서 오래 기다려야만 했다.

머릿속에서 경고장들이 지나갔다. 그의 가슴은 방망이질을 해대 거의 정신을 차릴 수 없을 지경이었다. 혹시 아버지는 이미 소식을 들으셨는지도 모른다. 만약 나쁜 점수를 받았다면, '양'을 받았다면, 그는 첫 번째 좌석에서 밀려나게 된다. 아, 하느님…. 그러면 더 이상 오르치 옆에 앉지 못하고 기메시와도 더 이상 우정을 계속할 수가 없을 것이다. 오르치는 미시가 멋지고 착한 소년이라서 초대한 것이 아니었다. 성적이 좋은 학생이었기 때문에 초대한 것이다. 그리고 기메시의 할머니는 자기 손자가 그 같은 나쁜 학생과 어울리는 것을 허락하지 않을 것이다.

미시에게 그것은 매우 불공평하게 생각되었다. 누가 그를 두 번째 좌석으로 밀어낸다는 그런 무자비한 경험을 이제까지 한 번도 겪어보지 않았다. 그에게 중요하고 가치 있는 일이란 이제까지 그에게 주어진 모든 것이 아니라, 학교에서 지금까지 어떤 자리에 앉았는가 하는 것이었다. 누가 그 자리에 앉는지, 그 사람이 누구인지는 별문제였다. 모든 것이 성적표에 달려 있는 것이다. 누가 그와 같은 성적표를 가지고 있다면, 그는 학교에서 특별대우를 받고 기숙사에서 장학금을 받으며, 방 최고참과 선생님의 관심을, 너지의 친절함을 특별히 받을 것임은 분명한 사실이었다. 그는 신문을 읽어주는 아르바이트도 하고 있지 않은가! 속에서 절망하며 외치는 소리가 퍼져나왔다. 그는 두 번째 좌석을 빼앗기고 싶지 않았다.

미시는 대기실에서 기다리는 동안 초조했다. 머리가 어지러웠다. 얼굴이 완전히 창백해졌고, 가슴은 두려운 마음으로 두근거렸다. 교무실 문은 자주 열렸다. 그래서 그는 제레시 선생님을 볼 수 있었다. 그 안에 서서 선생님은 담배를 피우거나 멋진 의상을 위아래로 털면서 수다를 떨고 있었다. 또 주의 깊게 약간 몸을 앞으로 숙이고 바라보기도 했다. 그러나 선생님은 그에게 나오지 않았다.

왜일까? 좌초되고, 미끄러진 학생에게! 경고장을 받아 마땅한 그를 왜 보자고 하시는 걸까?

그때 바토리 선생님이 몸에 딱 붙는 갈색 저고리를 입고 대기실로 들어왔다.

"누구를 기다리니?" 그가 무뚝뚝하게 물었다.

미시는 당혹스럽게 그를 올려다봤다. 입술을 움직였지만 한 마디도 입 밖으로 나오지가 않았다.

마침내 겨우 웅얼거려 말했다. "제레시 선생님이요."

바토리 선생님은 아무 말도 하지 않고 교무실로 들어갔다.

선생님들의 큰 소리를 들으면서 미시는 어느 정도 다시 제정신이 들었다. 그는 이제 아버지를 생각해야만 했다. 어떤 큰 어려움도 아버지를 놀라게 할 수는 없을 것이다. 경고장, 지금 그가 여기 있다는 것이 틀림없이 경고장 때문이라면 아버지는 그것을 받을 것이다. 그래도 그는 의식이 깨어났다. 만약 그가 저질 학생이었다면, 가장 저질 학생이 되려고 했을 것이다. 그렇게 생각하자 이미 아무것도 아니었다. 그는 더도, 덜도 모른다. 지금 생각하는 것은 오직 한 가지뿐. 무슨 성적을 받든지 상관없었다. 성적이 나쁘면, 그래서 장학금을 빼앗아 간다면, 그는 집으로 향할 것이다. 그곳의 황무지에서 무를 키우며 뼈 빠지게 일을 해야 하리라….

그는 숨을 깊고 무겁게 들이쉬었다. 작년에 한 번 들에서 나무 자르는 일을 하다가 기절한 적이 있었다. 그때 그는 진짜로 실신한 것은 아니었다. 다만 어지러웠던 것이다. 그러나 당시 어지러워 실신했던 것을 다행스럽게 느꼈다. 사실상 그는 머리에서 핏기가 사라지고 온몸을 땀으로 목욕했었다. 그때 부모님은 보셨다. 미시가 거짓으로 아픈 체하지 않는다는 것을, 데브레첸 학교로 보내야 한다는 것을. 어차피 집에서는 미시가 별로 쓸모없다는 것을 아시게 된 것이다.

그제야 겨우 계레시 선생님이 교무실에서 나왔다. 그는 손가락 사이에 담배를 끼우고, 미시 앞에 기분 좋게 서서는 거의 그의 코앞에까지 몸을 굽혔다. "너, 꼬마 닐러시…."

그는 담배를 입에 물고 연기를 빨아들였다. 선생님의 옷과 담배는 좋은 향내를 내고 있었다. 미시는 눈을 들어 선생님을 바라봤다. 무슨 일이든 시키면 잘 듣겠노라는 태도로, 할 수 있는 한 주의를 집중했다.

"말해보렴. 너 어떤 학생한테 시간제 보충 수업을 해줄래?"

미시는 대답할 수가 없었다. 모든 것이 소용돌이치는 것같이 주위를 빙빙 돌았다. 그렇다. 그 자신이 돌고 있었다. 그리고 이제 하늘을 나는 듯했다. 지금까지의 걱정과 근심은 모두 안개처럼 사라져갔다.

그는 양초처럼 수직으로 서서 말을 못하고 있었다.

그러고 나서 '예'라고 대답하는 듯이 고개를 끄덕였다.

"수요일과 토요일 오후마다야. 한심할 정도로 공부에 어려움을 겪고 있는 어린 도로지에게 라틴어와 수학을 가르쳐야 해."

"네, 알겠어요."

"그 아이 누나가 우리 집에 왔었다. 불쌍한 것! 도로지 가문은 아주품위 있고 훌륭한 가문이란다. 그런데 그 녀석이 그만 시간을 헛되이보냈단다. 도대체 정신 집중을 하지 못하거든."

"그렇군요."

선생님은 교장실이 있는 쪽을 건너다봤다. 그곳에서는 막 누군가가문을 나서고 있었다.

"그래, 좋아. 그 아이하고 직접 이야기를 하고 당장 오늘 오후부터가도록 해라."

"네, 선생님."

"아, 참⋯. 그 집에서 사례비로 월 2포린트를 줄 거야."

미시는 그 말을 듣고 뒤돌아서 교실로 향했다.

달릴 듯한 빠른 걸음과 떨리는 다리로, 이 고통스런 공포의 장소를떠났다.

교실에서는 모두들 잔뜩 호기심을 가지고 그를 기다리고 있었다.그는 아직도 매우 정신이 몽롱한 상태로 급히 자기 자리에 앉았다.

"그래, 무슨 일이야?"

"앞으로 방과 후에 도로지에게 보충 수업을 해줘야 해."

뒷자리에서 버르터가 앞쪽으로 몸을 내밀었고, 그러자 탄넨바움이그들에게 다가왔다.

"네가 그 아이를 가르쳐야 한단 말이야?"

"응, 선생님이 그러라고 하셨어."

"그러면 보수가 얼마나 돼?" 탄넨바움이 물었다.

"2포린트."

"2포린트?"

"응."

"세상에," 기메시가 말했다. "이제 부자가 되겠구나. 한 달에 5포린트를 벌다니!"

탄넨바움이 진지하게 설명했다. "그건 액수가 너무 적어. 2포린트 받으려고 일하는 사람은 아무도 없거든."

"날마다 하는 거야?" 그들 뒤에서 버르가가 물었다.

"아니, 일주일에 두 번 뿐이야. 수요일하고 토요일."

"그러면 적당하네." 버르가가 말했다.

미시는 버르가를 유심히 쳐다봤다. 그는 아주 좋은 옷을 입는 소년이었다. 칼로셰미엔에서 온 그는 자기 집이 석조 건물이라고 말했다. 그는 항상 장사를 했다. 단추를 유리구슬과 바꾸는가 하면, 깃털 달린 펜을 초콜릿과 바꾸곤 했다.

탄넨바움은 버르가를 쳐다보며 말했다. "그래도 너무 적은 액수야. 일주일에 두 번만 간다 해도, 중요한 건, 그 아이를 가르쳐서 성적을 올려야 한다는 거야. 그런데 한 달에 2포린트이라니? 요즘 그림물감도 메이커는 하나에 5크로이처나 한다고."

"2포린트면 적당한 보수야." 버르가가 반박했다. "이번 경우와 똑같이 일주일에 두 시간씩 가르치고 한 달에 2포린트 받는 사람을 알고 있는데, 그 사람은 김나지움 5학년생이야."

"그래, 하지만 닐러시는 두 시간만 하는 게 아니고 오후 내내 도로 지와 씨름해야 할 거야."

"두 시간만 할 수 있어." 버르가 날카롭게 말했다. "왜냐하면 미시는 5시가 되면 신문 읽어주는 아르바이트를 하러 가야 되거든. 수업 끝나고 그곳에 가면 대개 2시, 그러면 4시까지 머물고 다시 가야 한다고. 더 오래 머무를 수가 없어."

"그렇다면 항상 일주일에 네 시간이나 있게 되는 셈이네." 탄넨바움이 말했다.

"맞아." 반에서 힘이 제일 센 버르터 임레가 동의했다. "탄넨바움 말이 옳아." 그러면서 그는 주먹을 불끈 쥐었다.

아직도 다른 아이들 두셋이 이야기에 끼어들었다. 오르치는 이미 외투를 입고 있었다. 이제 곧 찬송 시간인데 그는 가톨릭 신자라 참석하지 않기 때문이었다. 그는 가볍게 한마디 건넸다.

"내가 만약 2포린트를 벌 수 있다면, 아마 아버지는 내게 상금으로 100포린트 하는 암말을 사주실 거야." 그는 웃으며 교실을 떠났다.

그 웃음소리는 아주 컸다. 그러나 밝고 다정했기 때문에 어느 누구도 그를 나쁘게 생각하지는 않았다. 오르치는 너무 부자여서 오히려 아무것도 할 수 없었던 것이다.

미시만 침묵을 지키고 있었다. 피곤하고 기운이 하나도 없었다. 2포린트가 많은 건지 적은 건지 판단할 수가 없었다. 그가 충분한 시간이 있는지 없는지도, 그리고 다른 사람들이 기대하는 것만큼 그가 도대체 다른 아이를 가르칠 능력이 있는지도 알 수 없었다. 미시는 단지 무척 피곤해서 지금 당장 침대에 눕고 싶을 뿐이었다. 그렇지 않으면 수업 시간 내내 어지러울 테니까.

초크녀이 음악 선생님이 들어오셨다. 미시 주변에 몰려 토론에 열중하고 있던 아이들은 모두 일어나 각자 자기 자리 네 군데로 돌아갔다.

그들이 자리에 앉자, 미시는 도로지를 찾기 위해 뒤를 돌아봤다. 그에 대해서 미시는 아직 전혀 생각해보지 않았다. 도로지는 아주 뒤쪽에 앉았다. 그래서 그를 매우 피상적으로만 알고 있을 뿐이었다. 그러나 그를 발견할 수가 없었다.

"야, 누가 도로지냐?"

기메시도 뒤를 돌아봤다.

"그 얼간이?"

선생님이 그들에게 등을 돌리고 있는 사이에, 기메시는 거의 반절은 자리에서 일어서 있었다.

"저기 창문에 붙어 앉아 있네. 맨 뒤에서 두 번째 자리."

이제 미시도 그를 알아봤다. 도로지는 언젠가 지리 시간에 우스운 대답을 한 적이 있었다. 그는 쉽게 정답을 말할 수 있는 그런 질문을 받았다. 콘스탄티노플이 어디 있느냐는. 그런데 그는 이렇게 대답했다. "아프리카에요."

그러나 지금 미시는 그가 아주 착하고 단정한 소년이라고 생각했다. 창문 옆에 앉아 있는 그의 모습으로 보아 그렇게 느껴졌다.

"저 애는 얼간이가 아닌걸."

"천만에. 저 뒤에 앉아 있는 애들은 내가 보기에 다 얼간이들이야."
기메시는 비꼬는 독특한 어투로 낮게 미시에게 말했다.

선생님은 이제 질문을 끝마치고 새로운 것을 가르치기 시작했다. 음악 선생님은 특별한 사람이었다. 선생님들 중에서 가장 독특한 선생님이었다. 그는 조금도 선생님처럼 행동하지 않았고, 꼭 손님처럼 행동했다. 특별히 공손했고 항상 이렇게 말했다. "자, 해보세요. 자, 해보세요." 그리고 시옷 발음을 약간 혀를 이 사이에 끼워서 발음했다.

미시는 수업 시간에 배우는 것이 하나도 머리에 들어오지 않았다. 그는 악보가 무슨 뜻인지 알 수가 없었다. 그가 아는 것은 단 한 가지였다. 고음부 기호를 그는 아주 예쁘게 그릴 수 있었다. 자기네 반에서 제일 예쁘게. 그리고 또 그는 두세 개의 연습곡을 가곡처럼 노래할 수 있었다. 미, 파, 레 — 파, 미, 레, 도 — 레, 레, 솔, 파 — 미, 미, 레, 도 — 탐, 파, 미, 레, 도…. '탐'이 그에게는 무척 마음에 들었다. 비록 그게 무슨 뜻인지는 알지 못했어도.

"조용히 하세요. 조용히 하세요." 키가 작고, 뚱뚱하고, 머리카락이 빨간 초크녀이 선생님이 말했다. 선생님이 이 말을 하자 토론은 자연히 끝났다.

선생님은 음계에 대해, 그것이 무엇인지는 잘 알 수 없었지만 음계에 대해 말하기 시작했다. 그것을 모른다고 부끄러울 것은 없었다. 반에서 아는 사람은 한 사람도 없었으니까. 오르치는 분명히 동급생들을 비웃을 것이었다. 그들이 그런 것을 배우는 것은 쓸데없는 짓이라고 그에게 불평을 하는 것으로 봐서 말이다. 오르치는 피아노를 칠 줄 알았고, 그에게 악보는 단순히 일곱 개의 콩나물 대가리 직인이 찍힌 책이 아니었다.

제일 좋은 것은 교회음악, 찬송가를 부르는 것이었다. 미시는 찬송가를 많이 알고 있었다. 다른 아이들보다 훨씬 더 많이. 고향 마을의 학교에서는 음악 시간에 찬송가를 부르는 것 말고는 다른 것을 거의 하지 않았기 때문이다.

그는 자신이 음치라는 것을 알고 있었다. 어머니는 노래를 아주 잘

했기 때문에 미시의 노래 실력에 대해 걱정을 많이 했다. 그리고 아버지도 마을에서 노래를 제일 잘하는 분이었다. 아버지는 어디로 가든지, 일요일마다 교회에 가서 찬송가를 불렀다. 다른 사람들이 따라 하도록.

미시는 노래하는 법을 약간 배웠다. 그가 드로프티네 집 물레방앗간에서 말을 끌었을 때였다. 짚으로 지붕을 덮은 물이 없는 물레방아였다. 그곳에서 빌린 말을 가지고 밀을 찧었다. 수평으로 되어 있는 거대한 바퀴 위에 앉아서, 그는 조그만 채찍으로 말을 몰았다. 오후 내내 그는 거기 혼자 있었다. 그러면 물레방아의 단조로운 소리를 들으며 노래를 부르기 시작했다. 그때 그는 갑자기 깨달았다. 어떻게 깨달았는지는 그 스스로도 알지 못했다. 그러나 멜로디를 알게 되었다. 그는 바퀴의 긴 살 위에 꿈꾸며 앉아 있었다. 말이 잘 길들여져 계속 둥글게 원을 그리며 걷는 것이 마음에 들었다. 위에서는 참새들이 지저귀고, 그러면 그는 노래를 불렀다.

춤추는 벌러톤 호수
작은 고깃배 어부
그물은 가득하나
가슴은 텅 비었네
사랑 그를 떠났네

미시는 아주 우연히 멜로디를 알아냈다. 그것은 그를 매우 기쁘게 해서 늦고 어두운 밤이 될 때까지 노래를 불렀다. 물레방아가 설 때까지 그리고 말이 긴장을 풀 때까지 이 노래만 계속 불렀다.

그 시절에 아버지는 마당에 창고를 새로 짓고 계셨다. 지붕 서까래는 이미 만들어졌고 널빤지로 못질이 되어 있었는데, 미시는 제일 높은 꼭대기 위로 올라가서 노래를 부르기 시작했다. 어느 아름다운 여름밤이었다.

삼색 삼색의 헝가리 국기 팔락거리네
자랑스럽게 명예스럽게 모두 빛나네
그대 진정 헝가리 사람이라면
자유 위해 그대 목숨 바치라고
그대 진정 헝가리 사람이라면
자유 위해 그대 목숨 바치라고

어머니는 귀를 기울이고 듣고 또 들으셨다. 갑자기 그녀는 집에서 나와 두 손을 맞잡았다. "우리 아이가 노래를 부를 줄 아네!" 어머니는 지붕에서 그를 불러 내려오게 했다. 그러고는 키스를 해주셨다. 이제껏 처음으로 해주시는 키스였다.

그럼에도 미시의 노래는 아직도 별 볼일이 없었다. 무엇이 4분의 1 박자인지, 또는 8분의 1박자, 16분의 1박자인지 전혀 감이 잡히지 않았다. 그래도 선생님은 그를 목소리 테스트에서 알토로서 대단한 자신감을 가지고 합창단에 가입시켰다. 미시는 반 학생 중에서 가장 낮은 목소리로 노래를 부를 수 있었다. 지금 여기 합창단에서 60명이 소리를 질러댔다. 그는 이따금씩 다른 아이들보다 더 낮은 목소리로 도움을 주었다. 가련한 초크녀이 선생님은 애써 미시에게 좋은 점수를 주려 했다. 그가 성적이 아주 뛰어났기 때문이다. 그러나 선생님은 미시와 도무지 어떻게 할 수 없다는 것을 알고 있었다. 미시에게 '수'를 줄 수는 있었지만, 그는 음치였다.

수업이 끝나갈 무렵, 미시는 오늘 도저히 도로지에게 갈 수 없다는 생각이 들었다. 기숙사에 가야 했는데, 그러고 나면 시간이 너무 없었다. 2시에는 수업이 시작되었고, 5시에는 신문을 읽어주러 가야만 한다. 그러고는 저녁식사를 먹어야 했으며, 식사 후 밤에는 기숙사 학생이 학교 밖을 나갈 수 없었다.

12시가 되었다. 그는 도로지가 나가려고 하는 것을 보고 그를 불렀다. "도로지."

"도로지, 도로지." 버르가도 불렀다.

다시 모든 학생들이 모여들었다. 몇몇 아이들은 이미 책을 챙기고 외투를 입었지만 같이 이야기에 끼어들었다. 미시가 수요일 오후에야 도로지에게 갈 수 있음을 그들은 함께 정했다.

키가 작은 도로지는 얼굴이 새빨갛게 변하고 당황했다. 미시에게 말을 하려고 하지도 않았다.

미시도 매우 당황했고 석연치 않은 기분이었다. 자기가 다른 사람에게 무엇을 가르칠 수 있을지 스스로 의심스러웠기 때문이다.

초등학교를 다닐 때 그는 항상 숙제를 물어봐야 했다. 그때 선생님은 매우 화를 잘 내는 사람이었다. 한번은 그 선생님에게 호되게 당한 적이 있었다. 물통을 나를 때 쓰는 막대기를 가져와 미시의 머리를 때린 것이다. 미시는 당시 드로프티 카로이의 공부를 도와주고 있었는데, 그 아이가 선생님이 내준 숙제를 할 수 없었기 때문이었다. 미시는 그때 머리가 부어올랐다. 마치 수박처럼 부풀어올랐다. 어머니는 화가 나서는 의사를 불렀다. 그런데 마침 의사가 마을에 나가 있었다.

그래서 미시의 동생이 의사를 데리러 갔다. 동생은 이미 학교에 다니고 있었는데 시청으로 가는 길에 학교를 지나가게 되었다. 그때 우연히도 선생님이 학교 정문 앞에 서 계셨다. 선생님은 양심의 가책이 느껴졌던지 아주 친절한 말투로 어디로 가느냐고 물어서 일이 발전했다. 동생은 의사 선생님한테 간다고, 형 미시가 머리를 다쳐서 머리통이 수박같이 부어올랐다고 대답했다.

"아이, 저런. 너희 어머니가 많이 배운 사람인 모양이구나." 선생님은 낭패인 듯 말하고는 동생을 붙들었다. 그러고는 더 이상 길을 가지 못하게 하고 동생을 데리고 아픈 사람한테로 갔다.

미시는 아직도 기억하고 있었다. 그 선생님이 동생과 함께 들어섰을 때 그가 얼마나 당황했는지를 말이다. 선생님이 다시 그를 때릴까 봐서가 아니었다. 차라리 그 반대였다. 다른 사람들이 선생님에 대해 나쁜 소리를 하고 음모를 꾸미는 것을 선생님이 알아차리게 되지나 않을까 하여 부끄럽기도 하고 두렵기도 했다.

선생님은 방으로 들어와 그들에게 다가와 앉았다. 의사는 오지 않았고 방 안에 있던 사람들은 이야기를 하고 있었다. 그들은 서로 수인사를 하지 않은 사이였다. 선생님은 미시의 어머니가 지금은 단지 목수의 부인으로 그저 그렇지만 목사님 딸이라는 사실을 알게 되었다. 선생님은 자기도 목사가 되려고 했는데 사랑하는 여인을 만나 결혼을 하는 바람에 교사가 되고 말았다고 이야기했다. 그때부터 선생님은 미시의 부모님과 친교를 맺게 되었다.

이런 모든 일들이 미시의 머리에 떠올랐다. 자기는 지금 누군가에게 공부를 가르쳐야 한다. 그런데 지금까지도 몽둥이를 두려워해야 하는지, 미시는 걱정스럽게 스스로에게 물어봤다.

　도로지는 큰 농가의 앞부분에 살고 있었다. 뒷부분은 집주인이 차
지하고 있었다. 집은 바깥이 하얗게 칠해져 있었지만, 방의 벽들은 다
른 색깔이 칠해져 있어서 더 근사해 보였다. 도로지네는 방 두 개에
살고 있었다. 하나는 창문이 세 개나 있는 거리 쪽으로 위치한 방이었
는데, 창문 두 개는 거리 쪽으로 나 있었고 하나는 마당 쪽으로 나 있
었다. 그리고 창문 두 개가 있는 마당 방은 확 트이고, 베란다 식의 마
루가 붙어 있었다.

　공부는 항상 큰 타원형의 책상이 있는 거리 쪽 방에서 했다. 공부가
끝나갈 무렵이면 등에 불을 밝혀야 했다. 벌써 12월이 되어 어둠이 빨
리 찾아오기 때문이었다.

　이 집에는 많은 사람들이 살았다. 키가 크고, 바싹 마른 부인 둘이
있었는데, 두 주 동안이나 미시는 그곳에 사는 다른 사람과 구별할 수
가 없었다.

이곳에 많은 여자들이 있다는 것이 그에게는 별로 좋지 않았다. 다 큰 여자가 셋이나 있었던 것이다. 그중 하나는 아직 많이 어려서 항상 킥킥대며 웃었다. 그래서 그녀는 미시의 마음에 들지 않았다. 좋아할 수가 없었다.

도로지는 집에서 셔니라고 불렸다. 그는 라틴어 문법이 깡통이었다. 아주 기초적인 것까지도 전혀 몰랐다. 라틴어를 읽지도 못했다. 미시는 걱정스러운 생각이 들었다. 어떻게 가르쳐야 하나?

제일 심사숙고해야 할 일은 도로지의 부모님과 선생님에게 셔니가 어떤 상태인지를 말해야 하는 것이었다. 처음에는 '이것을 말해야 하나' 하는 생각이 들었다. 그러나 그는 스스로에게 이렇게 말했다. 그의 과제는 소년을 비방하는 것이 아니고, 소년이 할 수 없는 것을 도와주는 것이라고. 그렇다. 그것은 맞는 말이었다. 그러나 어떻게?

셔니가 모르는 것이 있으면 미시는 항상 한 단원을 다시 뒤로 돌아가 가르쳤다. 만약 그가 동사형을 접속법으로 만들 수 없으면 우선 다시 직설법을 설명해야 했다. 그리고 만약 미래형을 모르면 우선 현재형을 들춰봐야 했다.

그러나 꼬마 도로지가 항상 현재와 미래의 차이, 그리고 현재와 과거의 차이를 구별하지 못한다는 것이 가르치면서 드러났다. 미시는 그에게 행위의 세 가지 시제를 설명해주면서 그것들의 차이점을 확실하게 설명해주려고 노력했다.

그러나 미시는 도로지가 과거완료를 모르고 동사의 변화를 적용하지 못할 뿐만 아니라 중요한 명사의 격변화도 제대로 모르고 있다는 것을 알게 되었다. 도로지는 중요 단어들이 어떤 어원에서 갈라져 나왔는지를 전혀 몰랐고, 또 격이 몇 개나 되는지도 몰랐다. 미시는 그래서 다시 지난해에 배운 것을 전부 복습해야만 했고, 결국 전 단원을 다시 처음부터 시작했다. 셔니가 도대체 'alauda volat'와 'rana coaxat'도 번역하지 못했기 때문이었다. 그것은 지난해 배운 문법 중에서도 제1과에 나오는 것이었다.

게다가 다음 시간에 배울 것을 예습해야 했기 때문에 복습을 한다는 것은 소름끼치도록 어려운 일이었다.

날마다 새로운 문법들을 배우는 사람이, 지난해에 꼭 마쳤어야 하는 과제를 하나도 하지 않은 상태에서, 어떻게 복습을 할 수 있겠는가?

셔니와 함께 공부하는 것은 미시에게 말할 수 없는 고통이었다. 미시는 입이 아플 정도로 많은 질문을 그에게 던졌다. 왜냐하면 그가 천성적으로 좋은 선생님으로 태어났기 때문이었다. 그는 셔니가 한 번이나 겨우 대답할 동안에 애써 스무 번 이상을 질문해 답을 끌어내려 했다. 그는 셔니의 입에서 대답이 나오게 하려고 노력했다. 그리고 또 무의식적으로 셔니가 논리적인 추리를 하게 하려고 노력을 기울였다. 그러나 이런 노력을 위해서는 충분한 시간과 충만한 힘이 필요했다. 둘에게는 그런 사정이 여의치 않았다.

"우리가 배울 때 너는 뭘 하고 있었던 거야?" 미시가 어느 날 오후 신경질적으로 물었다.

셔니는 대답하지 않았다. 그러자 미시는 그 점에 대해서 상세히 물어봤다. 곧바로 반대 심문으로 유도해나갔다. 어떻게 해서 셔니는 학교에서 선생님이 특히 철저하게 가르쳐주고 그토록 여러 차례 연습시킨 과목을 도대체 하나도 알지 못하는지 그 원인을 알고 싶었던 것이다.

"얘기해봐. 그때 뭘 하고 있었어?"

셔니는 오래 망설이다가 드디어 말했다. "그때? 그때 나는 사두마차에 빠져 있었어."

"뭐라고?"

"사두마차."

"어떤 사두마차?"

"그건 정말 대단한 거야. 우선 파리를 네 마리 잡아서 그것들을 꼰 실로 같이 묶는 거야. 그러면 그것들이 쟁기질을 해! 대단하다고."

어린 가정교사는 입을 딱 벌리고 말았다.

"쟁기질을 해?"

"응, 의자 위에 잉크 얼룩을 충분히 만들어야 해. 그러면 그것들이 그곳을 돌아 기어다녀. 고랑을 만든다고."

가정교사는 웃지 않을 수 없었다. 그 웃음은 어린 엉터리 학생을 고무시켰다.

"그리고 너 알아?" 그가 말했다. "산수 시간에는 뭐가 좋은지? 우선 거미를 잡아. 그리고 거미 다리를 찢어내는 거야. 그러면서 세는 거지. 그것이 얼마나 많이 다리를 움직이는지 말이야."

"지리 시간에는?"

"지리 시간에는 시간이 없어." 셔니는 기분이 좋아 말했다. "그 시간에는 주의를 집중해야 해."

"무얼?"

"글쎄, 언제 우리가 그 늙은 나조 선생님에 대해 웃을 수 있는지 말이야."

미시는 웃었다. 그러나 곧 얼굴에 진지한 표정을 다시 짓고 계속 셔니를 가르쳤다. 그의 머릿속에 꼭 알고 있어야 할 사항과 과제를 넣어주려고 애썼다.

셔니는 착하고 잘생기고 단정한 녀석이었다. 체육 시간에 그는 미시보다 거의 10등은 앞서 달렸다. 그는 외형상 미시보다 별로 더 크지 않아 보였다. 마치 자기가 이 세상에 존재하는 것을 사람들이 알아보지 못하게 하려는 것처럼 겸손하게 늘 고개를 숙이고 다녔기 때문이다. 이런 태도 덕분에 그는 1학년에서 2학년으로 따라 올라왔고, 모든 과목에서 경고장 하나도 받지 않았던 것이다.

2주일 후, 둘이 공부하고 있는데 셔니네 둘째 누나가 방으로 들어와 앉았다. 그리고 그때부터 매번 들어왔다. 처음에 미시는 어색했다. 누가 자기가 가르치는 것을 듣는다는 것이 당황스러웠고 부자연스러웠다. 그는 그녀가 감시한다고 생각했다. 그러나 그녀는 끼어들지 않았다. 한 마디도 하지 않을 뿐 아니라, 그녀의 손은 일하느라 바빴다.

"여기가 다른 방보다 더 밝아." 한번은 그녀가 이렇게 말했다.

그들은 둘째 누나의 존재를 감수했다. 마치 그녀가 없는 것처럼. 그러나 미시는 이제 둘만 있을 때보다 더 조용조용히 이야기했다.

그런데 그달 말일에 둘째 누나가 갑자기 이야기를 하기 시작했다.

"셔니 같은 멍청이는 내 일생에 지금까지 한 명도 못 봤어." 그녀가 말했다.

사실을 꿰뚫어보는 솔직한 언급에 미시는 깜짝 놀라 눈을 크게 뜨고 그녀를 바라봤다.

벨라는 얼굴이 온통 빨개져서 일감에 눈을 주며 고개를 숙이고 있었다. 그녀는 아주 아름다웠다. 눈은 검은 딱정벌레처럼 빛났는데 어떤 독특한 빛이 뿜어져 나오고 있었다. 뺨은 붉었으나 다른 살빛은 부드러운 하얀빛이었다. 말을 할 때면 입에서 눈처럼 흰 이가 빛을 발했다. 그것이 그녀의 최고 매력이었다.

셔니는 이마를 찌푸렸다. 아니, 얼굴 전체를 찌푸렸다. 그리고 입을 내밀어 아주 조그마하게 만들었다.

미시는 아무런 대답도 할 수 없었다. 아름다움에 취해 정신을 차리지 못했기 때문이다.

"아마 멍청이 셔니 때문에 죽을 때까지 괴로울 거예요." 그녀가 소리쳤다. "글쎄, 나라면 저 아이를 가르치지 않을 거예요. 누가 나를 빈의 스테판 성당을 탑 꼭대기까지 다 준다고 해도 말이에요." 그녀는 웃기 시작했다. 그녀의 이가 등불에 비쳐 빛을 냈다. 그녀의 목소리는 새장 속의 예쁜 어린 새가 지저귀는 듯했다. "난 그런 인내심이 없어요."

그녀는 다시 웃었다. 그러고 나서 말했다. "저 애는 아직 구구단도 외우지 못해요."

미시는 습관처럼 귀까지 빨개졌다. 그는 셔니보다 더 당황했다.

"셔니는 아직 다 알지는 못해요. 우선 작년에 배운 것을 복습해야 하거든요." 미시는 어린 학생을 옹호하며 말했다.

"걔는 우선 초등학교부터 다시 다녀야 할 거예요." 여자아이는 말하고 다시 웃었다.

"제발, 그러지 말아요."

그녀는 웃으며 그를 바라봤다.

"가르치는 것을 누구한테 배웠어요?"

다시 미시는 얼굴이 타는 듯이 붉어졌다. 진정 이 과외 수업을 떠맡는 것은 어려운 일이었다. 어쩌면 뻔뻔한 일이었는지도 모른다.

"저는 셔니를 아주 조금 도와줄 뿐이에요. 셔니에게 생각이 나도록 말이에요. 제가 할 수 있는 것은 셔니도 다 할 수 있어요. 단지 생각이 머리에 떠오르지 않을 뿐이거든요."

"나는 이 세상에서 아무도 가르칠 수가 없을 것 같아요." 여자아이가 말하며 머리를 쓸어 넘겼다. 그녀는 풍성하고 진한 밤색 머리였는데, 그녀에게 잘 어울리는 느슨한 헤어스타일을 하고 있었다.

"그러나 가르치는 것은 좋은 일이에요." 미시가 감격해 말했다.

"뭐가요? 가르치는 거요?"

여자아이는 거의 웃을 듯한 어리벙벙한 태도를 보였다.

"그래요. 제가 보기에, 아무것도 모르는 사람한테 무얼 가르친다는 것보다 더 큰 기쁨은 없다고 생각해요. 대단한 선행을 베푸는 것이기도 하고요."

이제 미시가 당황했다. 지나치게 근사한 단어를 사용했기 때문이다. 그는 아직 자기 의견을 누구에겐가 표시하는 일이 거의 없었다. 인생에서 처음으로 다른 사람 앞에서, 자기가 사실이라고 생각하고 맞다고 느끼는 것을 말로 표현했던 것이다.

"난 가르칠 수 없을 거예요." 여자아이는 또 한 번 이렇게 말하고 입을 다물었다. 그러더니 다시 밝게 웃었다. "하지만 난 역시 공부할 수도 없어요. 누구한테도 배울 수 없죠. 도치에 갔을 때, 나는 항상 다 알고 있었어요. 그곳에서 난 한 번도 책을 본 적이 없다니까요."

"어디에 갔었다고요?" 미시가 조심스럽게 물었다. 그는 '도치'가 무엇인지 알지 못했다.

"도치요."

"그게 뭐죠?"

"도치?" 여자아이는 소리 나게 웃었다. "그걸 몰라요?"

다시 미시는 당황해 얼굴이 붉어졌다. 그의 생각에 의하면 가정교사는 원칙적으로 모든 것을 알아야 했던 것이다.

"글쎄요, 몇 년 안에 알게 될 거예요." 여자아이는 장난기 섞인 미소를 지으며 남자아이들에게 특별한 눈빛을 던졌다.

미시의 당황스러움은 더욱 커졌다. 그는 그것이 남자아이들의 일에 해당하는 것이라는 느낌이 들었다. 그는 남자애들이 자기네끼리 여자애들에 대해 어떻게 이야기하곤 했는지를 생각해봤다. 그래서 그는 혼란스러웠고 정신을 좀처럼 책에 집중시킬 수가 없었다. 별 일이 있어도 그는 그녀를 다시 또 쳐다보지 않을 생각이었다.

벨라는 조용히 혼자 웃음을 띠며 다시 하던 일을 계속했다.

그들은 모두 한참 조용히 있었다. 미시는 공부를 계속해야 하는데, 어디서부터 뭐라고 말을 시작해야 좋을지 몰랐다. 모든 것이 지금 그에게 고통스러웠다. 그래서 그녀가 있는 데서 더 이상 말을 하고 싶지 않았던 것이다.

그때 그녀가 새로 시작했다. "하지만 우리 셔니가 이렇게 멍청한 아이라고는 난 아직 생각해본 적이 없어."

셔니는 누나를 올려다봤다. 순간 그의 눈이 미시의 눈에 들어왔다. 그것은 그녀의 눈이었다. 검게 빛나며 긴 속눈썹을 한 그녀의 눈과 아주 똑같았다.

"멍-청-이!" 셔니가 길게 늘여 빼며 이렇게 말했다. "일본 부채를 사지 않는 게 좋을걸."

그녀는 얼굴이 새빨개졌다. 얼굴 전체가 불타는 듯이 붉어 보였다. 어린 김나지움 선생은 몰래 훔쳐보고 있었다. 그녀는 몇 초 동안 아무 말도 하지 못했다. 기가 막혀 무슨 말을 해야 좋을지 모르는 모양 같았다.

그러다가 그녀는 진정하더니 착 가라앉은 목소리로 말했다. "부끄러운 줄도 모르고. 말하지 않아야 할 것을 말할 때는 또 그리 멍청하지가 않아요. 쪼끄만 게. 너는 멍청일 뿐만 아니라 파렴치한이기도 해."

미시는 자기 앞에서 형제들끼리 싸우는 것이 매우 불편했다. 당혹스럽고 훈계하는 눈으로 그는 셔니를 쳐다봤다.

"60크로이처." 셔니가 약을 올렸다.

소녀는 이성을 잃어버렸다.

"그래, 꼬마 코흘리개가 약 올릴 말이 그것밖에 뭐가 있겠어."

"누가 코흘리개야? 너! 너나 먼저 코풀고 와라."

"그래, 기다려. 내가 코를 너한테 풀어주마. 이 뻔뻔스러운 녀석아."
그녀는 소리를 지르며 벌떡 일어났다. "넌 공부나 해. 7 곱하기 8이 몇인 줄도 모르지. 쓸모없는 녀석 같으니라고. 다른 사람도 아닌 네가 나에게 이렇게 말을 해?"

미시는 어쩐지 기분이 섬뜩해졌다. 형제간에 이런 싸움을 그는 아직 본 적이 없었다. 적어도 집에서 그와 동생들 사이에서는 그런 일이 없었다. 그러나 그것은 별로 의미가 없었다. 왜냐하면 그의 동생들은 모두 사내아이들이었고, 또….

그 순간 큰 소리를 내면서 방문이 열렸다. 그리고 복수의 여신처럼 온통 검은 옷으로 몸을 감싼 셔니의 큰누나가 들어왔다. 그녀는 눈빛으로 단호하게 혼을 내고 있었다. 그녀는 이미 오래전에 문 뒤에 서서 귀를 기울여 듣고 있었다. 벨라가 여기서 무슨 짓을 하는지를 말이다. 아이들이 공부를 하는데 벨라가 방해하는 것으로 그녀는 생각했다. 그것도 끝없이 계속 방해를 하고 있지 않은가.

셔니는 큰누나가 뭐라고 하는 것을 기다릴 새도 없이 달려가 애처롭게 말했다. "벨라 누나가 공부를 못하게 해. 내가 공부하는 동안 계속 끼어들어 방해를 하잖아."

큰누이는 단호하게 여동생에게 말했다. "제발, 좀 다정하게 대해줘. 그리고 어서 나와."

그녀의 목소리는 칼로 자르는 것 같았다.

"저 누나는 항상 우리가 공부하는데 이야기를 한단 말이야." 셔니는 교활하게 우는소리를 했다.

"저런 거짓말쟁이!" 소녀가 소리쳤다.

"잠깐만요. 우리가 공부할 때 그녀는 한 마디도 하지 않았어요." 미시가 말했다.

"천만에. 저 누나가 나보고 멍청하다고 말했다고." 셔니는 심술궂게 고자질했다.

큰누나는 싸움을 말리려고 했다. 그녀는 부드럽게 말했다. "남자는 그렇게 예민해선 못써, 셔니. 꿋꿋하게 공부를 해야지. 애야, 그래야 좋은 성적을 받는단다."

"하지만 누나가 공부를 못하게 방해하는걸!"

"네가 공부를 하도록 하지, 누가 공부를 못 하게 하겠어? 네가 공부하지 못하게 하려는 사람은 아무도 없어. 아무튼 그 말이 정말인지 한번 봐야겠네."

둘째 누나는 자기 물건들을 챙겨 들었다.

"부끄러운 줄도 모르는 뻔뻔스런 녀석! 내가 자기 공부하는 걸 방해했다고, 뭘? 어린 닐러시에게 얼마나 고통을 안겨주는지 안쓰러울 지경이라니까. 그걸 보고 마음이 아팠을 뿐인데 방해를 했다고? 저 녀석은 7 곱하기 8이 몇인지 아직도 모른단 말이야."

"그렇다고 그렇게 약을 올리면, 어떻게 잘 배울 수가 있겠어?"

"누나가 자꾸 중간에 끼어들었단 말이야."

"이제, 내가 우리 벨라에게 부드럽게 부탁할게. 너희들이 여기서 공부할 때는 이 방에 절대 들어오지 말라고. 그러면 되지, 닐러시? 그렇지?"

"나는 셔니가 공부하는 걸 방해하지 않았어. 셔니가 공부하려고 하지 않았을 뿐이지. 정말이라고!" 벨라가 말했다.

"그만두자, 우리." 큰누나가 대답했다. "네가 잘못한 거야. 만약 더 일찍 조금만 신경을 썼더라면, 저 애가 지금 이런 상태는 아니었을 거야."

"나를 잡아죽이시지!" 벨라가 성미 급하게 소리쳤다. "어느 누가 저 아이하고 뭘 할 수 있겠어?"

"그래도 뭘 해야만 하는 거야." 큰누나는 지독히 단호한 어조로 말했다.

그녀는 잠깐 가만히 있었다. 그러더니 말을 계속했다. "셔니는 공부를 해야 해…. 얘는 아직 사내아이야. 공부하는 것이 목표야. 배워야 한다고. 그래야 일자리를 얻고 생활비를 벌게 될 거야. 셔니에게는 미래가 있어…."

미시는 놀라서 큰누나를 쳐다봤다. 누나의 말이 가슴에 강하게 닿았다. 당혹스러움도 있었다. 그녀가 말한 것, 그것은 그에게도 똑같이 해당되는 것 같았다. 그는 이제껏 자신이 언젠가 다 자라고 어른이 되어 긴 파이프를 물고 베란다를 위아래로 왔다 갔다 산책할 것이라는 생각을 해보지 않았다. 그러기 위해서 라틴어 과정5를 열심히 외워야 한다는 등의 생각을 해본 적이 없었다. 하녀가 와서 말할 것이다. "자비로우신 주인님, 걱정 마세요." 혹은 검은 옷을 입고 관청에 출근한다…. 그는 아직 한 번도 생각해보지 않았다. 무거운 학교 공부도 단지 한 줄의 장애물이라는 것을, 그래서 누구나 뛰어넘어야 한다는 것을. 그것을 뛰어넘고 나면 결국 좋고 조용하고 존경받는 직업을 얻게 된다는 것을. 만약 그가 그런 것들을 생각했다면, 그에게 공부는 훨씬 더 지겨운 것으로 인식되었을 것이었다. 그렇기 때문에 공부해야 하다니. 재미가 있어서 공부를 하는 것이 아니라니. 참으로 이상했지만, 오늘 알게 된 것이다. 미시는 공부가 재미있어서 하는 것이라고 생각하고, 셔니에게 항상 주의를 환기시켜왔다. 이런저런 일들이 얼마나 신기한가, 그리고 얼마나 재미있는가 하고 말이다.

큰누나는 이제 어린 가정교사가 마치 심판관이라도 되는 양 그에게 고개를 돌렸다. 미시는 이제 가족들 간의 싸움에 대해 자기의 의견을 제시하는 심판관이 되어야 했다. 그녀는 냉정하면서도 빠르게, 힘찬 어조로 계속 열변을 토했다.

"선생님, 그렇게 생각하지 않나요? 우리들이 늘 그런 비렁뱅이들이었다고 말입니다. 그렇지만 보시는 것처럼 그렇게 우리가 한심하지는 않아요. 할아버지는 아주 막대한 재산을 가지고 계셨어요. 1만 또는 1만 2,000요크의 땅을 가지고 계셨지요. 그러나 말 타기를 좋아하고 경마장에 다니고, 빈에서 클럽이나 다니며 카드놀이를 하셨지요. 그게 할아버지의 취미였어요. 그러다가 모든 재산을 잃고 말았죠. 발라톤쇼모시의 철로가 건설되었을 때 할아버지는 첫 기차를 세내서 타고 가셨답니다. 그게 무슨 사륜마차나 되는 듯이 혼자 앉아서 말이에요. 그 짓을 위해, 그리고 그 주식을 사는 데 할아버지가 지불한 돈이 얼만 줄 아세요? 17만 포린트였답니다. 지금 우리는 그 돈 중에서 170 포린트라도 있었으면 좋겠어요."

어린 가정교사는 굉장한 놀라움을 느끼지 않을 수 없었다. 그는 매우 긴장하며 귀를 기울이고 들었다. 그럼에도 그녀가 이야기하는 것이 지루하게 느껴졌다. 좀 과장되고, 이른바 정확하지 않았기 때문이다. 그러나 그것은 그를 약간 자랑스럽게 만들기도 했다. 그가 집에 있었을 때와 꼭 같은 일이었기 때문이다. 그는 그때 어머니의 심부름으로 여자 우체국장의 집으로 가게 되었다. 어머니의 편지가 바로 우체국에서 가능한 한 빨리 우송되도록 말이다. 그날 저녁 우체국장은 그가 마치 어른이라도 되는 것처럼 그에게 모든 것을 다 이야기하는 것이었다. 남편이 창자가 빠지기 때문에 밤마다 그것을 다시 말아넣어야 한다는 둥, 그렇기 때문에 남편은 일을 할 수가 없다는 둥, 그런 이야기를 가능한 한 자세히 해주었다. 미시는 그녀의 말을 매우 진지하게 들었다. 그때 그는 처음으로 자기가 완전한 사람이라는 생각을 했다. 그 불쌍하고 가련한 여자 우체국장이 그를, 더 좋은 집에서 태어나 자란 아이를 어른으로 취급했기 때문이었다.

큰누나는 더 힘을 주어 열변을 토해나갔다.

"하지만 그건 불행한 것은 아니야. 사내란 무슨 일이든 해낼 수 있거든! 어떤 것이든 다 이룰 수 있기도 하고…. 나는 내 인생이 이미 이렇게 결정된 것을 알고 있어. 나는 시중이나 드는 하녀로 머무를 거야. 가족의 시중을 드는 하녀. 내 손을 보면 알 수 있어. 바람과 추위에 손이 얼마나 거칠고 빨갛게 되었는지! 그리고 내 옷과 신발 좀 봐. 그러나 이런 것들이 전혀 가슴을 아프게 하지는 않아. 왜냐고? 나는 알고 있기 때문이지. 어린 시절부터 나는 우리 가족의 희생양이었어. 어머니는 좋으신 분이었는데, 아프셨지. 그리고 아버지는 운이 없으셨어. 그래서 나는 집에서 하녀 노릇을 해야만 했던 거야. 해야 할 일들이 너무나 많았으니까, 그렇지 않니? 그래, 사람은 누구 짐을 지고 가야 할 짐승이 필요한 거야. 새벽이면 일어나야 하고 한밤중이 돼야만 잠자리에 들 수 있는 그런 짐승이. 그리고 그런 짐승이 바로 나야. 우리 집은 병원이고, 교육을 하는 곳이야. 그래서 하나는 침대에 누워 있고 또 하나는 부인 노릇을 하고 있다고! 단지 내 짐만 무거워. 마치 나만 견뎌내야 하는 양. 그러나 나라도 견뎌낼 수만 있다면 얼마나 좋겠어요. 농부로 태어난 사람들은 물론 이해하지 못하지. 그들은 모든 사람들이 다들 자기 같은 줄 알거든. 하지만 내 다리는 이제 말을 듣지 않아요. 시장에서 20파운드 정도의 짐을 들고 집으로 오는 일도 제대로 견뎌내지를 못해. 그러고 나면 꼭 죽을 것만 같아서 그대로 침대에 드러누워야만 한다고. 하지만 이런 모든 것은 중요한 게 아니야…."

가련한 누이는 기분을 가라앉힌 다음, 승리의 여신이나 되는 양 셔니를 가리켰다.

"중요한 건, 내가 셔니를 여기까지 끌고 왔다는 거예요. 셔니는 모든 것을 다 해결할 수 있어. 원래의 상태로 해놓을 수 있다고. 그러니까 셔니는 좋은 성적을 받아야 되는 거야."

그녀는 씁쓸하게 고개를 끄덕였다.

"나? 나는 쓸데없이 공부했지. 나도 이성이 있어. 이성과 열정 그리고 강력한 의지가 있다고. 그래, 누가 지금의 나를 보면, 내가 전에 어땠는지 전혀 모를걸? 하지만 공부를 계속했다면, 나는 아마 쓸모 있는 사람이 되었을 거야. 여자 우체국장 정도는 되었겠지. 지금도 그 정도는 되거든. 아니면 여기 있는 이 아가씨처럼 됐을지도 모르지. 나는 저 아가씨가 학교를 졸업하도록 해줬어. 그러나 유감스러운 일이지. 저 애가 현재 자기가 아는 지식을 가지고 뭘 하고 있는 거지? 가난한 여자들은 배우면 배울수록 더 나쁘다고. 주장만 강해지고 요구만 많아지니까 말이야. 무슨 일을 하지도 못하는 주제에 그러니 가관이지.

하지만 남자는, 우리 어린 셔니는 달라. 셔니는 꼭 김나지움 졸업시험을 마쳐야 해. 그게 어려운 일일지라도 말이야. 그런 다음에야 셔니는 부다페스트로 갈 수 있어. 그래야만 쓸모 있는 사람이 되는 거야. 셔니에게 필요한 것은 졸업시험이지. 그렇지. 고등학교 졸업시험을 합격해야 가족이 40년 전에 잃었던 재산과 지위를 다시 얻게 되는 거야. 그러면 셔니는 다시 도로지가 되는 거야. 너지타르카니의 도로지, 베르토트의 도로지가 되는 거야. 모든 일가의 저택 문이 셔니에게 열리는 거지. 카지노와 클럽에도 셔니는 자유자재로 드나들 수 있게 되지. 대학을 졸업하는 것은 셔니에게는 어린아이 장난일 뿐이야. 셔니는 삼촌과 이모, 고모들한테 돈을 많이 받아서 시내를 돌아다닐 수도 있고, 마음에 드는 것이 눈에 보이면 그것을 살 수도 있어. 오직 지금만, 지금의 8년만 몸과 마음을 집중해 공부를 해내면 되는 거야.

셔니는, 그리고 우리도 불쌍한 강아지마냥 그렇게 살아야 해. 가난이 힘들고 어렵기는 하지만 그거야 누구든 자기 힘으로 살며 극복해야 하는 거지. 여기 이 불쌍하고 가엾은 벨라는 누구와 결혼해야 하지? 여기 데브레첸에 이렇게 선녀같이 아름다운 처녀가 어디 또 있어? 벨라의 핏줄에는 베르토트의 피가 그리고 미스키비츠키의 피가 흐르는데 여기 한심한 농촌의 오두막에서 살다가 시들어버리라는 법은 없지. 벨라를 어떻게 한다? 벨라를 어디로 보내야 하지? 그럴듯한 옷도 없어. 신을 만한 신발도 없고, 무슨 일이 있어도 무도회에 벨라를 데리고 갈 수 없어. 그리고 나는 어쩌지? 내가 언제 한 번 무도회에 간 적이 있었나? 결혼! 벨라를 누구와 결혼시키지? 벨라는 그럴듯한 귀부인이 될 거야. 큰 귀족은 아니라 해도 귀부인이 되어서 나와 마찬가지로 시장에 나갈 거야. 그렇지. 한심한 아이야! 웃기나 해라. 너도 시장에 갔다가 바구니를 끌고 오게 될 거야."

미시는 나이 든 큰누나와 아름다운 둘째 누나를 주의 깊게 관찰했다. 그녀들한테서 그는 한심한 미래를 봤다. 헛된 희망을 놓고 대단한 것이 이루어질 줄이나 알고 헛꿈을 꾸는 운명을 봤던 것이다.

"사내애? 셔니는 오데샬키 공주와 결혼할 수도 있어. 에스터하지든 카로이든, 마음에 드는 사람이라면 누구하고도 결혼할 수 있지."

그녀는 한숨을 깊이 내쉬며 빨간 손으로 이마를 문질렀다.

"그러니까 좋은 성적을 받아야만 해. 셔니에게 내가 희생하는 게 아니야. 노력을 지나치게 많이 기울이는 게 아니라고."

그녀는 어린 남동생의 머리 위에 손을 올려놓고 부드럽게 쓰다듬었다.

"공부해라, 애야. 공부해, 공부. 나의 귀여운 천사, 내 사랑, 공부해. 내 사랑하는 보석, 공부해라. 다른 것은 전혀 걱정하지도 말고, 그냥 공부만 하면 너는 모든 것을 다 얻게 될 테니까. 옷을 얻게 될 거고, 신발, 공책, 도화지 등등 네가 쓰고 그리는 데 필요한 모든 것은 네가 원하기만 하면 다 사줄 거야. 나중에 너는 불어를 배우고, 피아노를 연주하고, 스포츠를 즐겨야 할 거야. 모두 다 할 수 있어! 아, 내 사랑, 훗날에 이 늙고 심술궂은 큰누나에 대해 생각하며 감사할 날이 올 거다…. 이제 넌 공부해야 해…. 우리가 널 방해했니? 신이시여, 돌보소서. 나도 벨라도 이 아이를 방해하지 않겠습니다. 어느 누구도. 내 말 알아듣겠니, 애야?"

그러면서 그녀는 소년의 조그마하고 예쁜 머리를 사랑이 가득한 몸짓으로 자기에게 끌어당겼다.

누군가가 옆방으로 들어왔다. 모두들 그 소리에 귀를 기울였다. 남
자 목소리가 났다.

미시는 금방 그게 셔니 아버지의 목소리라고 짐작했다. 모두들 당
황했다.

나이 먹은 처녀가 문을 열었다. 동시에 굉장히 키가 크고 잘생긴 남
자가 들어섰다. 그는 목에 모피 칼라를 댄 외투를 입고 있었는데 수염
이 멋있게 나 있었다.

미시는 아주 놀라서 그를 바라봤다. 이제껏 그를 본 적이 없었다.
이 남자는《역사적인 그림 갈레리》에 나오는 영웅 중의 하나라고 할
만했다. 미시는 부다 성을 포위 공격할 당시의 페트네하지나 미클로
시 베르체니 그리고 라코치 장군을 생각했다. 이곳 데브레첸에서 셔
니의 아버지는 특별히 눈에 띄는 사람이었다. 날씨가 쾌청하고 해가
미소 짓는 이 지방에서는 남자들이 보통 키가 작고 뚱뚱한 체구에 콧
수염은 돌돌 말리는 것이 보통이었기 때문이다.

존경스러운 눈으로 미시는 그를 올려다봤다.

셔니는 놀라울 만큼 붙임성 있게 거인에게 달려가 그의 손과 입에
키스를 했다.

"손에 키스해요!" 처녀들이 그에게 인사를 했다.

"우리 어린 친구예요." 큰누나가 말했다. "꼬마 닐러시 미하이예요,
아빠. 아시죠? 셔니를 가르치는 걸."

아버지는 소년에게 아무 말도 하지 않았으나 밝은 미소를 띠며 고
개를 끄덕였다. 그리고 나서 책상 앞 의자에 앉더니 앞을 쳐다봤다.

"아빠, 무척 춥지요?" 큰누나가 말했다.

아버지는 그러나 아무 말도 하지 않았다. 아무런 표정도 짓지 않았다. 단지 많은 수염 아래 있는 입술만 움직일 뿐이었다.

"이곳을 적당히 따뜻하게 해놓았구나." 그는 팔꿈치를 책상 위로 올려놓고 이마를 문질렀다.

"아빠, 외투 이리 주세요." 벨라가 말하면서 무거운 외투를 아버지에게서 벗겼다. 외투는 속도 모피로 되어 있었다. 그러나 이미 많이 낡아 있었다.

셔니는 아버지의 무릎 위에 앉았다.

"방금 뭘 공부했니?"

소년은 어깨를 으쓱했다.

그러자 거인은 미시를 바라봤다. 미시는 진지하게 말했다. "수학을 공부했어요. 보통 분수의 네 가지 기본 법칙이요."

아버지의 눈썹이 움직였다. 그러고는 더 자세히 미시를 바라봤다.

"그러냐?" 그가 말했다.

"네."

아버지는 그들이 공부하고 있는 얇은 책을 손가락으로 아무렇게나 쭉 넘겨보았다.

"이게 다니? 그런데 너는 혼자서 이것도 공부할 수가 없단 말이야? 네가 그렇게 바보란 말이야?" 그가 말했다. "바보"라는 그의 말은 매우 사랑스럽게 들렸다. 정이 담긴 소리였다. 아들에 대해 쓰는 말이었는데, 마치 그 말이 아들을 위로하려는 듯이 생각될 정도였다. 기묘한 것은 셔니가 전혀 아버지를 무서워하지 않는다는 것이었다. 그는 아버지의 수염 밑으로 머리를 들이밀고는 손가락으로 수염을 어루만졌다.

"네, 아빠. 걔 좀 혼내주세요." 벨라가 말했다. "걘 구구단 1단도 모른다고요. 멍청해요."

아버지는 아무 말도 없었다. 미시는 거인의 심기를 건드려 무슨 난리라도 나게 될까봐 두려웠다.

"멍청하다고? 이 아이는 멍청하지 않아. 진짜 바보인 게지…." 그는 다시 묘하게 미소를 띠며 머리를 앞으로 수그렸다.

"아빠, 벨라 누나는요! 일본 부채를 하나 사면서 60크로이처나 줬대요." 셔니가 고자질했다.

"뭐라고?" 아버지가 불만스럽게 중얼거렸다.

"그런데 내가 그걸 말하니까 나보고 멍청이라고 해요."

"내가 누나를 내다 던져버릴게. 물론 부채들도 함께 모조리." 아버지가 화가 나서 말했다.

"너, 입 다물어. 그렇지 않으면 한 대 맞을 수 있어. 알겠니!" 벨라가 화가 나서 퍼부었다.

"하나도 안 무서워!"

"그러면 당장 한 대 맞는다!"

"그러면 아빠한테 누나가 한 대 맞을걸? 틀림없어. 때릴 테면 때려봐."

미시는 셔니의 말을 듣고 매우 놀랐다. 더욱 놀랐던 것은 그 말을 듣고도 아버지가 아무 말도 하지 않는다는 점이었다. 아버지는 화를 내지도 흥분하지도 않았으며, 웃지도 않았다. 다만 계속 딱딱하게 굳은 미소만을 띤 채로 앞만 바라보고 있었다.

미시는 자기 집을 상상해봤다. 아버지가 계신 집에서 만일 형제들이 싸우려들면, 즉시 방에서 마당으로 내던져졌을 것이다. 물론 형제들은 많이 다투고 싸우곤 했다. 어린 동생들은 항상 버릇이 없었고, 형의 말을 듣지 않고 늘 대들었다. 그래서 가끔 싸움이 일어났다. 진짜로 서로 붙잡고 싸우면 소리가 요란 법석했다. 그래도 낯선 사람이 있는 데에서는 그런 짓을 절대로 하지 않았다. 더구나 부모님이 계시는 데에서 그런 짓을 했다가는 틀림없이 혼쭐이 날 테니까 말이다.

"셔니가 낙제를 하겠니?" 갑자기 아버지가 미시를 바라보며 말씀하셨다.

미시는 깜짝 놀라 떨리기 시작했다. 그는 셔니의 아버지가 자기를 책상 위에 붙잡아놓고 묶어서 케이크 빵처럼 부숴버릴 것 같은 기분이 들었다.

"제발 그렇게 되지 않기를 바라. 하느님이 보우하사…." 잠시 후 그가 겨우 말했다.

"그래도, 구두 공장 직공으로는 아직 쓸모 있는 녀석이지." 아버지가 조용히 말씀하셨다.

"아빠는 너무 함부로 말씀하시네요." 큰누나가 말했다. "그런 말씀 대신 셔니에게 정식으로 한 번 혼을 좀 내세요. 그래야 저 애도 뭐가 뭔지 분명히 알게 될 테니까요. 어려서 매를 맞지 않은 사람은 훌륭한 사람이 될 수 없는 법이잖아요."

"저녁식사를 가져오너라." 아버지가 말씀하셨다.

그러자 모두들 입을 다물었다.

그때 슬리퍼를 질질 끌며 창백한 부인이 들어왔다. 셔니의 어머니였다. 어머니는 막내딸과 함께였다. 막내딸은 아직도 웃고 있었다. 막내딸이 어머니의 어깨 밑에 손을 넣어 그녀를 부축하고 오면서 고개를 밑으로 숙이고 있었다. 웃음을 참을 도리가 없기 때문이었다.

어머니는 무슨 일이 일어날까봐 두려웠다. 그래서 몸을 이끌고 방으로 들어와 책상 옆에 있는 의자에 앉았다. 그녀는 하얀 시트처럼 창백했고 꼬챙이처럼 빼빼 말라 있었다.

막내딸은 재빨리 다시 문으로 뛰어가더니 문틀에 기대어 섰다. 누구나 그녀의 웃음소리를 들을 수 있었다. 그녀는 누가 무슨 말을 하든지 간에 무조건 히죽히죽 웃었다.

잠시 어느 누구도 입을 열지 않았다. 어머니 때문이었다. 그러다가 드디어 큰누나가 다시 시작했다. "저 애가 나를 위해 공부하나요? 셔니는 나를 위해 공부하는 게 아니에요." 어린 소녀는 크게 웃을 수밖에 없었다. 때문에 그녀는 재빨리 손을 갖다 대어 입을 막았다. "저 애가 아버지를 위해서 공부하나요? 아니면 어머니를 위해서? 벨라나 일리케를 위해서?" 소녀는 더 이상 웃음을 참지 못하고 다른 방으로 달려가버렸다. "셔니는 단지 자기 자신을 위해서 공부하는 거라고요. 저아이가 공부하는 것은 무엇이든지, 그건 다 자기 자신에게 필요한 것이니까요."

다시 조용해졌다. 그러자 어린 소녀 일리케가 다시 문으로 가만히 다가왔다. 그녀는 조용해지자 호기심이 생겼고 무슨 말을 하나 한 마디도 놓치고 싶지 않았던 것이다. 그녀는 대략 열세 살 정도로 보였는데 산뜻하고, 빨간 뺨과 검은머리의 소녀였다.

"물론 저 애는 자기 자신을 위해 공부하지." 어머니가 조용히 말했다.

큰 딸은 서둘러 말을 이어갔다. "만일 내가 공부를 했더라면 얼마나 좋았을까요. 난 정말 열심히 공부했을 거예요." 일리케의 웃음소리가 마치 비둘기가 구구거리는 소리처럼 뒤에서 진동하고 있었다. "아, 하느님, 그랬다면 지금쯤 막 대학을 졸업할 텐데." 그때 일리케는 더 이상 자제하지 못하고 웃음을 터뜨리고 말았다. "그런데 뭐가 그리 우습다고 웃고 난리니! 너같이 덜떨어진 것이 있으니…. 왜 웃는 거야?" 일리케는 날카로운 소리를 내며 웃다가 서둘러 입에 주먹을 넣어 웃음을 죽이려 했다. "너는 공부할 수 있어. 그래, 그걸 바로 말하려고 했어. 그게 얼마나 불공평한지를 말이야. 여자는 머리에 든 것이 아주 많아도, 신분이 낮은 하녀로 머물 수밖에 없지. 하지만 여기 있는 저 아이는, 내가 만약 이 아이를 대학까지 졸업하게 한다면, 그러면 이 아이는 금방 도로지가 된단 말이야. 너지타르카니와 베르토트의 도로지가 된다고!"

일리케는 다시 웃기 시작했고 웃음을 참을 수 없어 큰 소리로 웃으며 마당 쪽으로 난 다른 방으로 달려갔다.

아버지는 의자 뒤에 몸을 기대고 앉아서 노래를 웅얼거렸다.

작은 개, 큰 개야
헛되이 왜 짖느냐….

그가 콧노래를 흥얼거리자, 그 숨결이 책상 위로 터져나왔다. 미시는 코를 진동하는 포도주 냄새를 맡을 수 있었다.

미시는 이 잘생긴 남자를 마치 뱀이나 괴물을 보는 것처럼 쳐다봤다. 물론 그의 아버지도 농부들이 무슨 회합을 가지거나 할 때 술을 드셨다. 그럴 때면 미시와 어머니는 아주 심한 고통을 참아내야 했다.

그는 곧 5시가 되어간다는 사실을 깨달았다. 일어나서 그들과 작별하고 빨리 그곳을 빠져나왔다.

밖에는 강한 바람이 불고 있었다. 바람이 그를 쓰러뜨릴 것만 같았다.

노인의 집에서 그는 피곤했고 정신이 혼란스러웠다. 읽는 것도 자주 더듬거렸다. 그날 오후는 그의 마음을 내내 무겁게 만들었다.

도로지네에 대해서 그의 감정은 분명하지가 않았다. 그는 그들 모두에게 연민의 정을 갖고 싶었다. 그런 연민도 느껴졌다. 그러나 한편으로 그들이 전부 싫었다. 특히 셔니에 대해서. 그가 공부를 하지 않으니까 말이다. 어쨌든 셔니는 공부 외의 그 어떤 것도 해서는 안 되었다. 그에게는 오직 공부하는 것만이 유일하게 가치 있는 일이다.

미시는 셔니의 큰누나를 생각했다. 그녀는 손이 빨갛게 되도록 희생하고 있었던 것이다. 그러나 그녀도 역시 매우 신경질적이었다. 그리고 벨라는, 아, 하느님, 그녀는 어쩌면 그렇게 공주처럼 예쁘게 생겼을까. 어린 웃음보 아가씨는 또 어떻고. 그는 아무도 그녀의 입을 혼내주지 않는 것이 이상하게 생각되었다. 그가 그 집을 나올 때 보니그녀는 베란다에 서서 그때까지도 웃고 또 웃고 있었다! 도대체 무엇때문에? 아하, 큰누나가 그 전에 막 자기가 대학을 졸업하게 된다면하고 가정법을 써서 말했었지. 미시는 신문을 읽으면서 그 생각이 떠오르자, 분위기가 딱딱하고 엄숙했음에도 불구하고 전혀 진지해질 수가 없었다. 얼마나 멍청한 여자인가. 모든 멍청이들 중에서도 가장 멍청이라고 할밖에…. 그러자 그도 저절로 웃음이 나왔다.

그날은 11월 30일이었다. 노인은 미시에게 은으로 된 3포린트를마련해줬다.

"고맙습니다." 소년은 조그만 지갑에 돈을 넣으며 말했다. 지갑 속에는 겨우 4크로이처가 있었다. 이달에는 12크로이처로 그럭저럭 꾸렸다. 다행히도 특별히 살 것이 없었다.

그러나 이제 3포린트가 생겼다. 미시는 복권 종이 옆에 돈을 잘 보관했다.

춤을 추듯 기분이 좋아서 그는 집으로 달려갔다. 이제 도로지 일가에 대한 걱정일랑 깡그리 잊었으며, 바람도 미래도 두렵지 않았다. 그는 호주머니에 3포린트를 가지고 있는 것이다!

미시는 돈을 다른 사람들에게 모두 보여주지 못하는 것이 유감스러웠다. 소년들은 침실에서 돈을 애써 남에게 보여주지 않으려 했다. 그렇게 하는 날에는 한턱 내야 하기 때문이었다.

걱정 없이 그는 다음 날이 밝아오는 것을 기다릴 수 있었다. 다음 날은 치거이 부인이 빨래를 가져오는 날이다. 그는 치거이 부인에게 1포린트 20크로이처를 지불해야 한다. 지난 달치를 지급하지 못했으므로 두 달치를 한꺼번에 내야 하는 것이다. 그녀가 지금 당장 온대도 그는 걱정이 없었다.

아직도 1포린트 80크로이처가 다음 달을 위해 남아 있었다. 그는 먹물감을 네 개 사려고 했다. 특히 금색과 은색을. 금색은 15크로이처였고, 은색은 10크로이처였다.

그리고 또 연필과 연극표를 사려고 했다.

다음 날, 12월의 첫째 날은 일요일이었다.

12월. 이 말만 들어도 벌써 축제 분위기가 느껴졌으며 비밀스러운 기분을 느낄 수 있었다. 12월이 되었다는 것은 미시에게 특별한 의미가 있는 것으로 느껴졌다. 이달에는 크리스마스가 있고 섣달그믐이 있는 것이다. 12월, 크리스마스, 섣달그믐. 모두 기막힌 말들이었다.

그는 이 휴일들을 어떻게 즐길 것인가를 곰곰이 생각하면서, 누구를 방문하면 좋을까 하고 궁리하는데 갑자기 퇴뢰케크 씨가 머리에 떠올랐다.

그는 퇴뢰케크 씨의 집을 방문한 지 꽤 오래되었다는 생각이 들었다. 일이 많아서 한 번도 가지 못했던 것이다. 크리스마스 때는 혹시 집에 갈 수 있을지도 모른다. 그렇다면 퇴뢰케크 씨가 부모님에게 무슨 말을 전해달라고 할지도 모르는 일이 아닌가.

점심을 마치자마자 즉시 그는 너지메스터 거리로 갔다.

미시가 거대한 모퉁이 집을 쳐다보자, 가슴이 뛰는 소리가 목에서 들리는 것 같았다. 그 집은 하얀 칠을 한 집이었는데 다른 시민들 집보다 더 고풍스럽고 고상해 보였다. 그가 그곳에 살았던 시간은 행복했다. 구제 불능의 촌놈이 도시에 와서… 작년에….

대문은 아직도 여전히 그때처럼 흔들거렸다. 그리고 손잡이도 여전히 고치지 않은 상태였다. 그래서 문을 닫을 수가 없었고 단지 밀어놓았을 뿐이었다. 계단은 하얗게 칠해져 있었다. 아치형으로 된 복도는 성을 연상시켰다. 앙상한 나무들은 시커먼 가지를 뻗고 있었는데 그 모양이 꼭 손가락을 하늘을 향해 벌리고 있는 것 같았다. 지금은 여름처럼 아름다운 잎이 없었다. 여름이면 나무 밑에서 이제 갓 초등학교에 입학한 꼬마 아가씨들이 빙빙 돌며 놀곤 했다. 그 뒤에는 돼지우리가 있었는데, 퇴뢰케크 씨는 여름이나 겨울이나 머리에는 울긋불긋한 잠잘 때 쓰는 모자를 쓰고, 입에는 터키인들이 사용하는 긴 담뱃대를 물고, 돼지에게 옥수수 사료를 주곤 했다. 봄이면 이곳에 아기돼지들이 있었다. 아기돼지들은 하얗고 아주 예뻤다. 하얀 살 속으로 빨간 피가 흐르는 것이 보이는 것만 같았다. 아기돼지들은 우유를 먹었다. 그리고 가끔씩 한 마리가 어미돼지의 젖통으로 기어올라가 거기서 젖을 빨아먹곤 했다.

미시는 급하게 계단을 올라갔다. 마치 집에 돌아오는 것만 같은 기분이었다. 가슴이 급하게 뛰었다. 왜 여기에 자주 들르지 않았을까? 하긴, 그는 할 일이 너무 많았다. 작년과는 비교도 할 수도 없을 정도로.

퇴뢰케크 부인과 딸 일론카는 평소와 마찬가지로 부엌에 앉아 이야기를 나누고 있었다. 그들은 서로 이야기를 참 많이 하는 사이였다. 부엌이 커서 거실의 구실을 훌륭하게 하고 있었다. 부엌에 뷔페도 차릴 수 있었고, 간식을 먹는 탁자도 놓여 있었다. 그들은 낮이면 여기에 머무르면서 이야기를 나누었으며, 또 여기서 식사도 했다.

"아니, 우리 꼬마 학생이 왔구나!" 퇴뢰케크 부인은 큰 소리로 말하며 두 팔을 힘차게 내밀었다. 그녀는 키가 크고 강직한 부인이었으며, 진짜 거인이었다. 하지만 더 큰 것은 그녀의 친절하고 진실한 성품이었다. 그래서 그녀의 얼굴은 항상 달과 같이 편안하게 빛났다.

"어머나, 누가 왔어?" 일론카 아가씨도 큰 소리로 말했다. 그녀는 자기 어머니와는 반대로 조그맣고 귀엽게 생긴 아가씨였다.

그들은 미시를 거의 깨물고 싶도록 귀여워하며 얼싸안았다. 그녀들은 그를 쓰다듬으며 얼마나 키가 컸나를 가늠했다. 키가 컸나 아니면 키가 쪼그라들었나? 퇴뢰케크 부인은 생각했다. 뼈에 가죽만 남았군. 그래, 그래. 가엾은 기숙사 생활이라니. 그런데 일론카는 그 반대로 생각했다. 그녀가 보기에 그는 얼굴도 좋아 보였고, 더 강인하고 힘센 소년이 되어 있었다.

"그런데 오늘 점심은 뭘 주더냐?" 둘은 동시에 호기심으로 가득 차서 물었다. 그들은 이 질문을 하는 것을 잊지 않았다.

미시는 속으로 그런 질문을 받을 거라고는 전혀 고려하지 않았기 때문에, '아유 이 멍청이' 하고 자신을 한탄했다. 다음번에는 꼭 낮에

식사 메뉴가 무엇이었는지를 적어둬야겠다고 다짐했다. 그녀들에게 대답하려면 그러는 수밖에 별 도리가 없지 않은가. 하지만 그걸 무슨 수로 기억한담. 소년들은 아기돼지들이 우유통에 달려들 듯이 그렇게 식당으로 달려가 게걸스럽게 먹고는 금방 다시 달려나와버리는 것이다.

하지만 두 여자는 그를 놓아주지 않았다. 그는 어떤 식으로든 대답해야만 했다.

"고기 수프하고 어떤 주머니에 담은 것같이 생긴 거였어요."

"그래, 그래. 고기 수프를 주었다고? 펄펄 끓여서 국물만 주었구나!"

"아니에요. 소스를 친 고기도 있었어요."

"그래. 그런데 어떤 소스였어?"

"음…. 토마토소스요."

"물론 그래야지. 토마토소스. 맛은 좀 있었니?"

"네."

"그래. 하지만 네 판단을 믿을 수는 없구나. 뭐가 맛있는 줄은 아니? 너는 톱밥을 줘도 먹을 것 같아. 그런데 주머니 속에는 뭐가 들어 있었어?"

"주머니 속에…. 쨈이요!"

"그러면 그렇지, 쨈! 고기 스프, 토마토소스를 끼얹은 소고기와 쨈을 넣은 주머니라. 그들은 다른 것들은 생각도 나지 않는 모양이로구나. 곰팡내 나는 자두쨈은 부랑자에게나 줄 것이지. 김나지움 학생에게는 그 정도면 좋은 모양이로군."

"곰팡이 냄새는 나지 않았어요, 일론카 아가씨."

"어땠는지 네가 알기나 해? 너는 곰팡이를 먹으면서 그것을 설탕이라고 생각할 텐데."

"아니에요, 일론카. 빵에서는 가끔 냄새가 나지요. 아니에요, 냄새 나지 않아요. 곰팡이, 아니, 곰팡이가 아니에요, 그런데 전에 한 번은 상해 있었어요."

"아, 하느님, 어떻게 네가 알 수 있을 만큼 썩은 음식을 줄 수가 있니?"

"하지만, 퇴뢰케크 부인, 요리는 참 맛있어요."

"그래? 식당에서는 무슨 요리를 잘하니?"

"네가 제일 좋아하는 요리는 뭐야?" 일론카 아가씨가 물어보며 그의 턱을 살짝 꼬집었다.

"전 설탕을 듬뿍 넣어 끓인 수수죽 요리를 제일 좋아해요."

그러자 그녀들은 박수를 치며 희망을 포기해버렸다. 미시는 결코 미식가가 되지는 못했던 것이다.

"그게 가장 좋아하는 음식이라니! 우리 집에서는 돼지들도 한 번 이상은 먹지 않을 텐데." 일론카가 말했다.

"이제 미시에게는 맛이 있어. 그게 맛이 있다고. 하지만 아주머니 집에 있을 때는 그게 아무 맛도 없었어." 퇴뢰케크 부인이 말했다.

미시는 벙어리가 되었다. 그는 뭔가 근사하고 재치 있는 말을 해야 한다고 생각했다. 그러나 어떤 말을 해야 할지, 아무 생각도 떠오르지가 않았다.

"미시를 당황하게 하지 마세요, 어머니. 먹는 게 중요한 건 아니죠.. 뺨을 좀 보세요. 이 귀여운 뺨을 말이에요. 작년에 미시가 어떻게 생겼었나 생각해봐요. 그리고 지금은 어떤가 보시라고요."

그러자 부인은 미시가 얼마나 말랐냐며 불만스러워했다. 그리고 어머니는 그의 옆으로 다가갔다.

"아, 이 아이 몸빛이 그리 나쁘지 않구나. 마른 건 작년에도 마찬가지였지. 그래서 내가 건포도를 먹였었는데."

일론카 아가씨는 사랑이 가득 찬 얼굴로 웃었다. 작년과 마찬가지로 가냘픈 목소리로 말이다. 어린 김나지움 학생은 이곳에서도 때때로 나쁜 날도 있었다는 것을 기억하고 있다. 말하자면 자기 아버지가 월초에 정확하게 10포린트를 부쳐올 수가 없는 날이 있었기 때문이다. 때때로? 아니었다. 늘 있는 일이었다. 돈은 한 번도 정확하게 도착하지 않았다. 그의 집은 관리들 사회처럼 정확하지 않았다. 날씨가 좋다거나 혹은 비가 온다거나 하는 이유로 늦어지기 일쑤였다. 공무원들은 월초에 월급을 받는다. 그러나 아버지는 우선 일거리를 찾아야 했다. 그러고는 일을 맡고, 그 일을 다 하고 나서야 돈을 받을 수 있었다. 그러나 일이 끝난 후 마지막에 한 푼도 남아 있지 않을 때가 가끔씩 있었다. 이미 가불을 해서 필요한 생필품을 사버렸을 경우였다.

"그래, 학교생활은 어떠니?"

일론카 아가씨가 그를 대신해 대답해줬다. "아이, 쉽지 않은 모양이에요. 이 애가 어깨를 들썩거리는 것으로 봐서요. 이 애의 코끝을 보니 모든 것이 다 잘 되는 것 같지는 않군요."

미시는 그렇다는 듯이 웃었다.

"그런데 게자 외삼촌이 기뻐하시겠다. 맙소사, 그런데 외삼촌이 마지막으로 편지를 보낸 게 언제였니?"

"이미 오랫동안 편지를 받지 못했어요."

이제 이야기는 게자 외삼촌에게로 옮아갔다. 외삼촌은 전에 퇴뢰케크 씨네 집에서 살았다. 그는 당시 아이들의 공부를 도와주었다. 그가 돌봐주던 소년들 중의 하나가 외삼촌과 같은 반 학생이었다. 일론카 아가씨는 게자 외삼촌에 대한 이야기를 듣고 싶어 늘 정신이 없었다. 작년에 그들은 게자 외삼촌에 대한 호감 때문에 한 달에 10포린트를 받고 그를 데리고 지냈고, 그를 사랑하는 이들의 마음이 미시에게까지 옮아오게 되었던 것이다.

이날 오후 부엌에서의 시간은 그토록 아름답고 감동적이었다. 퇴뢰케크 부인은 밀짚을 꼬아 만든 의자에 기대고 앉아 있었다. 데브레첸의 목동들이 이런 의자를 만들었고, 데브레첸의 각 가정에는 이런 의자가 하나둘씩은 있었다. 미시는 전처럼 낮은 의자에 자리를 잡고 앉아서 모든 질문에 솔직하게 대답했고 진심으로 아무 거리낌 없이 웃었다. 다른 장소에서는 상상할 수도 없는 태도였다. 기숙사 생활은 여기에 비하면 얼마나 차갑고 엄격한가. 포설러키 씨의 집에서 신문을 읽어내려가는 것은 얼마나 삭막한 일인가. 그리고 어제 낮에 도로지 집에서 있었던 일이라니. 이곳에서는 오해도 없었다. 모두 그를 사랑했고, 모두 전에 있던 것과 똑같았다. 가구마저도 항상 있었던 그 자리에 놓여 있었다. 그들은 행복하고 참으로 좋은 사람들이었다.

모든 사람이 항상 이렇게 살면 좋을 텐데, 왜 그렇지 못하는 걸까?

"저는 학생이 하나 있어요." 미시가 느닷없이 말했다. 그는 사실 오래전부터 이 말을 하고 싶었다. 하지만 그들이 그를 수다쟁이라고 생각할까봐 걱정스러웠던 것이다.

두 여자는 동시에 그에게 고개를 돌렸다.

"뭐라고?" 그들은 소리치며 박수까지 쳤다.

"저 애한테 학생이 생겼다고!" 퇴뢰케크 부인이 소리쳤다.

"과연 이삭 게자의 조카군." 일론카는 말하며 예쁘고 가늘어 새의 발가락 같은 손가락을 깍지 꼈다. "아, 하느님, 이 무슨 깜짝 놀랄

일입니까? 얘들은 얼마나 많은 뇌를, 좋은 머리를 가졌습니까? 이제
열두 살짜리가 학생이 생기다니요."

"그래, 말해봐라. 얼마나 받니?" 아주머니가 물었다.

"2포린트요."

"아하." 일론카 아가씨가 말했다. 그 일이 그리 대단한 일이 아니라
서 놀라움이 안심으로 변하는 표정을 짓는 걸 누구나 눈치 챌 수 있었
다. "아주 좋아, 브라보! 요즘 같은 때에는 크게 도와주는 거야! 2포린
트는 대단한 액수야. 너 같은 아들을 둔 아버지는 얼마나 기쁠까. 아
니, 조그만 녀석이 이제 벌써 선생님이 되었다니. 이제 너한테 함부로
반말도 못하겠네. 가정교사 선생님, 옆으로 좀 와보세요."

미시는 아무 말도 하지 않고 행복하게 웃었다. 그렇다. 그는 웃으며
작년에 퇴뢰케크 부인이 그에게 자주 하던 말이 생각났다. "네 이는
안 보이는 것이 더 낫구나." 그래서 바로 그는 입술을 깨물었다.

그때 아저씨가 들어오셨다. 퇴뢰케크 씨는 마당에서 오는 길이었
다. 머리에는 언제나처럼 알록달록한 방울 달린 잠자리 모자를 쓰고
있었다. 그는 작년보다 약간 흰머리가 늘었으며 말수도 줄어든 것 같
았다. 그러나 언제나처럼 긴 파이프를 물고 있었으며, 역시 지금도 담
뱃불은 붙이지 않았다.

"아빠, 보세요. 여기 누가 와 있는지."

"아니, 이게 누군가." 퇴뢰케크 씨가 말했다. 그는 입에서 파이프를
꺼내 높이 쳐들었다. 그러고 나서 그것을 다시 입술 사이로 집어넣고
는 같은 손으로 소년의 머리를 쓰다듬었다. "브라보."

그들은 서로에게 호감을 가지고 있었다. 작년에 그들은 겨우내 가
운데 방에서 독서삼매경에 빠져 있었다. 아저씨는 소설책에, 미시는

《나라와 세계》라는 낡은 잡지에 빠져 있었던 것이다. 그들은 같이 공부도 했고 요커이의 책들을 읽기도 했다.《두 개의 뿔을 가진 남자》와 《고대 헝가리의 동화》, 그리고 자주 장기를 같이 두었다. 어느 누구도 미시를 퇴뢰케크 씨만큼 이해하지 못했다. 퇴뢰케크 씨는 그를 다른 사람과는 전혀 다르게 다루었던 것이다. 그는 가족들과는 특이하리만 치 거의 말을 하지 않았다. 어쩌다 말을 하게 되면 꼭 말다툼을 불러 일으켰다.

"생각 좀 해보세요, 아빠." 일론카 아가씨가 말했다. 그녀는 무슨 중 요한 일이 있어야만, 그리고 제3자에 대해서만 아버지에게 말을 했 다. "여기 우리 앞에 꼬마 가정교사 선생님이 계세요." 미시는 얼굴이 붉어졌다. 그녀가 금방 고해바친 까닭이었다. "네, 가정교사요. 미시 에게 학생이 있대요."

"아주 신나는 일이구나." 퇴뢰케크 씨가 말하며 힘차게 고개를 끄 덕였다. 그러더니 진지하게 물었다. "학생은 너희 반 아이니?"

"네." 미시는 멋쩍어하며 대답했다. 그는 가면이 벗겨지는 기분이 었다. 겨우 같은 반 학생을 가르치는 그가 어떻게 스스로를 가정교사 라고 부를 수 있겠는가.

"아주 잘했다. 그 아이를 가르치면서 너도 철저하게 공부하게 되고 배운 것이 머릿속에 더 잘 들어올 테니까 말이다."

아저씨의 이러한 이야기는 많은 호의와 깊은 생각에서 나온 것이었 다. 이 말은 듣자 미시는 이제 도로지 셔니를 가르치게 된 것에 대해 그에게 감사하다는 생각이 갑자기 들었다. 사실 그는 셔니 덕분에 라 틴어를 완전히 복습하고 있었고 산수도 마찬가지였다. 그리고 솔직히 이 두 과목은 다른 과목보다 좀 부족한 면이 있었으니 말이다. 미시는 이제 그에게 학생이 있다는 말을 더 이상 하지 않기로 결심했다. 지금부터는 이렇게 말할 거다. 도로지 셔니와 함께 공부한다고.

"2포린트를 받는대요." 일론카가 말했다. "이런 아이들이 있다니. 우리 것들은 지금까지 집에 2포린트를 벌어준 적도 없는데."

미시는 갑자기 이해가 되었다. 아하, 여기에 문제가 있었구나. 언털은 미련한 사람이었다. 임레는 더 쓸모없는 사람이었고 야노시는 더욱더 쓸모없는 사람이었다. 그는 단지 무용지물이라고 불렸다. 작년에 야노시는 단지 두 번 집에 왔었다. 그 아들 때문에 불쌍한 아저씨와 아주머니는 항상 싸워야 했다.

미시는 벽을 바라보다가 크게 놀라고 말았다. 전에는 거기에 야노시의 그림이 있었는데 사라져버린 것이다. 그 그림은 목탄화 데생으로 그의 친구가 끝까지 그려 완성시킨 것이었다. 처음에는 그 그림이 방에 걸려 있었다. 그런데 퇴뢰케크 씨가 부엌으로 가져다 걸었다. 불에 태워버려야 한다는 생각으로…. 그림이 어디로 가버린 것일까?

미시는 야노시를 항상 무서워했다. 왜냐하면 그가 미시를 끊임없이 조롱했기 때문이었다. 전에 학교에 다니던 시절에 야노시는 날쌘돌이였다. 그는 돌아다니는 것 말고는 잘하는 것이 없었다. 작년에 그는 데브레첸에 없었다. 미시가 듣기로, 야노시는 이미 몇 년 전부터 부모님 집에서 살지 않는다. 아버지가 그를 집에서 꼴 보기 싫어하기 때문이었다. 한번은 그의 어머니가 아버지 몰래 야노시의 빚을 갚아준 적이 있었다. 그 사실을 안 퇴뢰케크 씨는 대단히 화가 나서 정신을 잃어버렸다. 어린 미시에게 누가 이런 일들을 이야기해준 것은 아니었다. 다만 식구들이 싸우는 중에 흘러나오는 소리를 듣고 정황을 알게 된 것일 뿐이었다. 당시에는 그 일에 대해 미시는 별로 신경을 쓰지 않았다. 작년만 해도 그는 아직 어린 멍텅구리였으니까.

부엌에는 이제 무거운 침묵이 흐르고 있었다. 아저씨는 재에서 불씨를 찾아서 불이 꺼진 파이프에 넣었다. 그때였다. 갑자기, 하느님 도우소서! 야노시가 들어서는 것이었다. 그는 아주 아무렇게나 겨울 외투를 어깨에 걸치고 있었다.

미시는 경악했다. 방금 그에 대해 아주 나쁜 생각을 하고 있었기 때문에 놀라서 그를 쳐다보며 일어섰다.

"어서 와, 어서!" 일론카가 말했다. 그녀는 미시가 왔다고 즉시 알렸다. "가정교사래." 그리고 강조하는 것을 잊지 않았다. "이삭 게자의 조카. 열두 살짜리 소년 가정교사."

야노시는 소년을 바라보더니 느닷없이 그에게 따귀를 세게 갈겼다. "더 크길, 성공하길! 그리고 명성을 얻길!"

미시는 눈에 눈물이 고였다. 머리가 아팠다. 저토록 커다란 녀석이 세게 때렸으니 그럴 수밖에 없지 않은가. 하지만 그보다 더 아팠던 것은 그것을 감수하지 않으면 안 된다는 현실이었다. 눈물이 넘쳐 떨어지려고 한다. 그는 그것을 아무도 눈치 채지 못하도록 안간힘을 썼다.

이 순간을 피하기 위한 가장 좋은 방법은 그가 사라져버리는 일일 것이었다. 이제 이곳이 더 이상 안락한 곳이라고 느껴지지 않았다. 왜 이곳에 왔던가. 야노시가 집에 있는 줄 알았다면, 그들은 미시가 방문해올 때까지 아주 오래 기다려야 했을 텐데.

"저런 무뢰한 같으니라고." 일론카가 말했다. "가엾은 우리 아기." 하며 그녀는 소년의 머리를 쓰다듬어줬다.

미시는 머리를 쓰다듬는 것도 기분 좋지 않았다. 아무도 그를 위로해주지 못했다.

그는 재빨리 눈물을 목으로 삼켰다. '기다려라' 하고 그는 생각했다. "전 어떤 노인분의 집에서 신문 읽어주는 일을 해요." 그가 말했다. "날마다 오후에 한 시간씩 노인분에게 신문을 읽어드리죠. 그래서 한 달에 3포린트를 받아요."

"아니, 이게 무슨 소리야." 일론카가 비명 같은 소리를 질렀다. "난 두 손 다 들었어. 한 달에 5포린트라니! 그 돈으로 새끼돼지 두 마리는 사겠네. 여기서는 돼지를 사람들에게 주어 기르게 하면 절반씩 나누어 갖게 되어 있어. 그러면 너는 네 아버지에게 크리스마스 때 데브레첸에서 만든 돼지고기 햄을 보낼 수가 있어. 그거면 너희 온 가족이 겨우내 먹을 수 있다고."

그 말은 미시의 자존심을 엉망으로 만들었다. 아버지는 자기 아들에게 새끼돼지를 사서 살찌운 다음, 그것으로 가족들을 먹여살리게 할 만큼 그런 한심한 사람이 아니었던 것이다.

"저는 틀림없이 복권도 당첨될 거예요." 그는 용감하게 말했다. 그러나 염치가 없어 얼굴도 붉어졌다. "포설러키 씨가 꿈을 꾸었는데, 그 숫자들을 복권에 적었어요. 만약 복권이 당첨되면 반절은 제 몫이에요."

일론카 아가씨는 이해하지 못했다. 그러나 그녀는 아주 어안이 벙벙해 있었다. "복권? 그래, 뭐가 아직도 부족해서. 저 아이도 복권을 사다니. 부끄러운 줄을 알아. 너도 이제 더 이상 얌전한 녀석이 아니로구나."

야노시가 소리 내어 웃었다.

"반대야. 난 그걸 인정해. 너 복권 지금 가지고 있어? 이리 보여줘봐."

"그 노인한테 조언을 받았다고? 그러면 너희 아버지는 아들의 돈에

서 한 푼도 구경할 수 없을 텐데."

미시는 당황했다. 그는 이제야 어렴풋이 생각났다. 퇴뢰케크 씨 가족이 작년에 복권 때문에 상심했던 일이 말이다. 아마도 야노시가 복권을 샀을 것이다. 미시는 부끄러워서 지금 자기 호주머니에 복권이 없는 척하고 싶었다.

그러나 그는 자기 조그만 지갑에서 복권 종이를 꺼내어 야노시에게 주었다.

그는 전문가 같은 눈빛으로 살펴보더니 소리쳤다. "1포린트짜리라니. 나는 한 10크로이처짜리 복권을 산 줄 알았네."

"내가 산 게 아니에요." 미시는 방어하면서 말했다. 그는 그 일로 더이상 왈가왈부하지 않는 게 상책이라고 생각되었다. 그리고 그는 야노시가 파놓은 웅덩이에 자기가 빠진 것에 화가 났다. 그것은 분명 바람직하지 못한 일이었다. "포설러키 씨가 돈을 주셨어요. 나는 그저 그의 제안을 받아들였을 뿐이고요. 나는 그 복권을 보관해야만 해요. 그 노인분이 눈이 멀어 볼 수 없기 때문이죠. 만약 복권이 당첨되면 반절을 주기로 약속을 했…."

그는 이미 점차로 이 더러운 돈을 받지 않겠다고 결심했다. 구역질이 났다. 분명히 복권이 당첨되지 않을 것이다. 그리고 그렇게 되면 가장 상책이다.

"그런데 그 포설러키 씨는 누구지? 그분 혹시 전에 시의원을 했던 분 아니니?"

"예, 그런데 지금은 장님이에요."

"그럼 같은 사람이로군."

잠시 침묵이 흘렀다. 다른 두 여자는 입을 다물고 있었다. 답답한 기운이 이들 모두를 뒤덮고 있었다.

"네가 가르친다는 아이는 누구야?" 야노시가 물었다. 그는 갑자기 어린 김나지움 학생에게 뜻밖에도 관심을 보였다.

"도로지 셔니예요."

"도로지?" 야노시가 눈을 크게 떴다. "도로지?"

"네."

"걔, 누나들 있지?"

"네, 세 명이요."

"누나가 셋이라…. 그 가운데 크고 뚱뚱하지 않고 날씬하게 아주 예쁜 애가 있지? 그렇지?"

"네, 있어요." 미시가 생기 있게 대답했다.

일론카가 갑자기 이야기에 끼어들었다. "그곳에 여자애들이 있다면, 미시가 물론 그 애들을 잘 알겠네."

"아직은 아니에요. 하지만 앞으로 사귀게 될 거예요." 야노시가 웃으며 한 방 먹였다.

"그래, 맞다!"

"그럼, 너 가만히 있어봐. 소원이 이루어지게 해줄 테니까."

"고맙지만, 저는 다른 소원을 이룰 거예요."

"천사는 모든 소원을 다 이루어주신단다."

미시는 심기가 불편한 채로 그곳에 앉아 있었다. 그에게는 퇴뢰케 크 부인이 자기 아들에 대해 이렇다 저렇다 아무 말도 없이 앉아 있는 것이 이상해 보였다. 작년에는 아버지만 야노시와 아무 말 없이 지냈던 것이다.

야노시는 낮게 휘파람을 불었다.

밖에서 발걸음 소리와 두런대는 소리가 났다. 미시는 살았구나 싶었다. 식구끼리의 싸움은 그에게 괴로운 일이었으니까 말이다. 식서이 씨네 식구가 왔다. 미시는 낯선 사람 앞에서 놀라는 사람이었다. 그러나 그들이 들어섰을 때는 그다지 놀라지 않았다.

식서이 씨네는 퇴뢰케크 씨네와 가장 친한 친구들이었다. 그들이 같이 보내지 않는 일요일은 거의 없을 정도였다. 이번에도 그의 전 가족이 나타났다. 제일 앞에 아버지가 왔다. 빨간 머리를 길게 늘어뜨린 그는 항상 혼자 노래를 흥얼거렸는데, 자주 길에서도 큰 소리로 노래를 불렀으며, 아주 명랑하고 자아도취에 빠진 사람이었다. 그의 뒤를 부인이 따라왔다. 그녀는 바짝 마른 키다리 부인이었다. 그녀는 이번에는 미시가 전에 한 번도 보지 못하던 어린아이를 팔에 안고 있었다. 그리고 그녀 옆에는 말라서 살이 없고 제멋대로인 소년 두 명이 있었는데, 그 사내아이들은 쉬지 않고 장난을 쳤다. 그중 나이를 더 먹은 녀석은 초콜릿만 먹으려 들었다. 그는 이가 듬성듬성 나 있었는데, 양쪽 송곳니가 썩어 있었다.

미시는 구석으로 자리를 잡았다. 그래야 그에게 이야기를 거는 일이 생기지 않을 테니 말이다. 퇴뢰케크 씨 뒤에서 손님에게 인사를 하고 난 다음, 바로 슬그머니 가운뎃방으로 빠져나갔다. 그곳에서 그는 책을 둘러보고 싶었다. 그는 아직 한 시간 반 정도의 시간이 있었다. 서가에 어떤 변화가 있는지, 새로운 책이라도 꽂혀 있는지 살펴봤다.

사람들은 그가 있었는지도 진짜 까맣게 잊었다. 그런데 그가 집에 돌아가려고 할 때였다. 야노시가 그에게 다가오더니 조용히 말했다. "미하이, 꼬마야."

"왜요?" 미시가 놀라서 물으며 얼굴을 붉혔다. 어느 누구도 그에게 그토록 다정하게 말을 붙인 적이 없었기 때문이었다. 특히 야노시에게서는 상상도 하지 못할 일이었다.

"잘 들어, 꼬마 친구. 여기 편지야. 에… 이걸 도로지의 누나에게 전해줘, 그 예쁜 누나에게 말이야."

소년은 어안이 벙벙해 입을 열지 못했다.

"하지만 그걸 열어보면 안 돼, 이 개구쟁이야. 만약 그런 짓을 하면 게자 외삼촌에게 이를 테다."

할 수 없이 미시는 편지를 받았다. 이 인간은 진짜로 게자 외삼촌에게 고자질하고도 남을 위인이었다.

그는 매우 우울해졌다. 그런 부탁을 받아들이다니. 하지만 그것을 감히 거절하지는 못했다.

06

월요일 아침이면 누구나 잠이 충분하지 않은 상태로 학교에 간다. 첫 시간은 라틴어 시간이었다. 제레시 선생님도 물론 종소리에 정확히 맞춰 나타나지 않는다.

"보초병! 보초병!" 소년들이 소리를 질러댔다. "오르치가 보초를 서라!"

오르치는 웃으며 일어섰다. 소년들은 그를 대단히 신임하는 것처럼 말했다. 이 말이 오르치를 기분 좋게 했다. 그의 아름다운 머리는 단정하게 빗겨져 금빛으로 빛났다. 그는 건강하고 용기 있고 명랑해 보였다. 그래서 미시도 그를 보자 생기가 솟아났다.

제레시 선생님이 월요일 첫 시간에 정확하게 나타나지 않을 때마다, 소년들은 염탐꾼을 보내 제레시 선생님이 방 창문의 블라인드를 걸어 올렸는지 어떤지를 살펴보고 오게 했다. 선생님은 학교 바로 옆에 있는 교회단체의 건물에 살고 있었다. 날씨가 추워진 이후로 소년들은 아무도 염탐꾼 노릇을 하려 들지 않았다. 왜냐하면 밖에 나가려면 우선 겨울 외투를 입어야 했기 때문이었다. 그것은 번거로운 일이었다. 그러나 오늘 오르치는 기분이 대단히 좋아 친절하게 웃으며 매복하는 일을 기꺼이 떠맡았다.

"같이 가자, 닐러시!"

"나?" 미시가 조그만 소리로 물었다.

"그렇게 겁먹지 마." 오르치는 웃으며 미시의 외투를 붙들었다.

미시는 걱정스럽고 주저하는 태도를 보였다. 마음 한편으로는 같이 나가고 싶기도 했고, 다른 한편으로는 그런 짓을 하고 싶지 않았다.

"자, 어서 가자, 게으름뱅이야." 오르치가 그를 놀렸다. 그러자 미시는 벌떡 일어났다. 흥분해 얼굴이 벌개져서는 의자에서 급히 일어나 외투를 걸쳤다. 그는 게으름뱅이도 아니었고, 더구나 비겁한 사람도 아니었다. 하지만 그가 지금 해야 하는 일은 허용된 일이 아니었다. 아주 드문 일이지만 몰래 그는 금지된 일을 하기는 했다. 예를 들어 공부를 하는 대신 책을 읽는다든지. 하지만 교실을 떠난다…?

미시의 심장은 심하게 박동했다. 시끄럽게 지껄이고 쉬쉬 휘파람을 불며 교실에 있는 소년들은 모두 두 사람을 주시했다. 모두들 웃었다. 모두들 알고 있었던 것이다. 그들이 어디로 가는지. 모두들 좋아했다. 미시는 마치 섬의 성채를 함락시킬 당시의 미클로시 즈리니(17세기 헝가리의 군인, 정치가, 시인 ―옮긴이) 같은 영웅이나 되는 양 생각되었다.

복도는 비어 있었고 지독히도 길었다. 그래서 무슨 소리가 메아리쳐 들렸다. 중간쯤에 명예의 계단이 있었는데, 거기에는 페퇴피 동상이 놓여 있었다. 미시는 거대하고 근사한 조형물을 한 번 올려다봤다. 동상은 청동으로 된 팔을 높이 들어 올린 채, 손에는 두루마리를 가지고 있었다. 그 동상을 지나가면 교장실이 나왔다. 여기를 지나갈 때 미시는 특히 걱정이 되었다. 혹시라도 우연히 선생님이나 혹은 '늙은 상사'라도 튀어나와서 호되게 꾸짖기라도 하면, 꼼짝없이 당하고만 있어야 할 판이었다. 어쩌면 졸도를 할지도 모를 일이었다.

그들은 들키지 않고 재빨리 그곳을 지나갔다. 모퉁이를 오른쪽으로 돌아 구부러졌을 때, 그들은 한 소년과 맞닥뜨렸다. 김나지움 1학년 A반 앞에서 한 소년이 보초를 서고 있었던 것이다. 그들은 깜짝 놀랐다. 마치 숲속에서 양이 서로 맞닥뜨리고 놀라듯이.

하지만 오르치는 달랐다. 미시가 두려워서 오르치의 뒤를 졸졸 따라가는 동안, 그는 아주 용기 있게 계속 걸어갔다. A반과 B반을 지나면 교문이 나온다. 교문 앞에는 과자 빵을 파는 사람이 서 있었다. 그곳을 그들은 지나갔다. 미시는 주위를 살펴봤다. 뾰족한 콧수염을 기른 뚱뚱한 선생님이 학교 마당을 건너가는 것이 보였다. 그는 상급생 담임 선생님이었다. 미시는 그가 무서웠다. 왜냐하면 그 선생님은 항상 마디가 있는 지팡이를 가지고 다녔기 때문이었다. 다행스럽게도 그는 그들을 알아보지 못했다.

거리에 나서자 미시는 어느 정도 안심이 되었다. 그들은 대성당이 있는 방향으로 가면서 벽돌로 된 보도를 용감하게 활보했다. 그러나 미시는 아직도 흥분을 감추지 못했다. 그래서 다른 생각은 할 수가 없었다. 만약 지금 졔레시 선생님과 맞닥뜨린다면, 미시는 아무 생각도 못하고 고개를 숙이고 돌진해서는 선생님과 부딪쳐 그를 넘어뜨려버릴 것 같았다.

하지만 오르치는 기분이 좋았다. 그는 농담을 하고 웃으며 여기저기를 둘러봤다. 금지된 길을 가고 있는 것이 아니라, 마치 졔레시 선생님에게 직접 심부름이라도 가는 것 같았다.

기념공원의 쇠격자 울타리에서 그들은 멈춰 섰다.

"보여?"

"아니."

"그게 안 보인단 말이야?"

"뭐가?"

"밑으로 내려져 있어."

"뭐가?"

"블라인드."

미시는 괜히 눈만 피곤하게 만들고 말았다. 아무것도 보지 못했던 것이다. 앞에는 이층집이 있었다. 틀림없이 제레시 선생님이 살고 있을 집이었다. 하지만 미시는 그 집의 어디에 선생님이 살고 있는지 알지 못했다. 이제껏 그는 선생님이 어디에 살지에 대해 한 번도 신경 쓰지 않았고, 도대체 생각조차 하지 않았던 것이다.

"정원으로 가자."

오르치는 앞장서 갔다. 그들은 학교 쪽으로 난 정원으로 들어가서, 관목 뒤에 숨어 선생님 댁의 창문 쪽 동정을 살폈다. 이제 미시도 어느 창문이 선생님 방의 창문인지 알 수 있었다. 창문에 아직 블라인드가 쳐진 곳은 오직 한 군데밖에 없었기 때문이다. 1층 현관 입구에서 오른쪽으로 첫 번째에 있는 창문.

"기다릴까?"

"그래."

"선생님은 일어나시면 우선 씻기부터 할 거야. 그러고는 오 드 콜로뉴 향수를 바르고, 수염을 정리하고, 옷을 입은 후에 학교로 달려갈 거야."

미시는 황홀감에 몸을 오싹거리며 한발 한발 떼어놓았다. 이 일이
이토록 굉장한 모험이 될 줄 전혀 예상하지 못했다. 그는 연거푸 웃으
며 두 손을 외투 호주머니에서 뺐다 넣었다 했다. 교실에서 이렇게 멀
리 떨어져 있다니! 이제껏 들어보지도 못한 이런 일을 생각해내다니!

"닐러시, 너 알아? 데브레첸에서 유명한 게 뭔지 말이야." 오르치가
물었다.

"아니."

"저기 있는 관목이야."

"뭐라고?"

"저 관목, 저기! 아직 못 봤어? 저기 작은 집 창문 앞 말이야. 라코치
(17세기 헝가리 귀족. 독립전쟁의 지도자 —옮긴이)가 심은 나무래. 최근에 뢰
린츠 아저씨가 우리 집을 방문하셨는데 그렇게 얘기해주셨어. 요커이
씨가 리치옴 관목이 아직 있느냐고 물었대. 데브레첸 시에서도 저 나
무를 없애지는 못해. 시모니 제방에서 했던 것처럼은 못한다고! 알
겠어?"

그러나 미시는 그 이야기를 전혀 이해할 수가 없었다.

"시모니 제방이 뭐야?"

"저기, 큰 숲으로 가면 페테르피아 거리 끝에 빌라가 쭉 서 있는 곳
이 있어. 그곳에 시모니 시장이 작은 길을 멋지게 가로수로 장식했어.
거대한 나무들을 대략 300그루쯤 심었단 말이야. 그런데 1년 전에 모
두 베어버렸어. 그 사실을 요커이 아저씨에게 이야기하자 아저씨는
울면서 말씀하셨어. 다시는 데브레첸에 오지 않겠다고 말이야. 시모
니 제방길을 빼고 나면, 이곳에는 아름다운 곳이 한군데도 없거든. 시

모니 제방길은 1848년에도 이미 아름다웠대.

그런데 저 나무 있잖아. 이건 더 오래된 거야. 200~300년은 되었을 거야. 너 알아? 라코치 1세가 심었다는 걸 말이야. 저 나무는 창문의 격자 창살을 돌아가며 자랐어. 이리 와봐, 한 번 자세히 보자. 졔레시 선생님은 아직도 블라인드를 걷어 올리지 않았어."

오르치는 거리로 달려갔다. 미시도 흥분해 그의 뒤를 따랐다. 그들은 반대편에 놓인 길로 달려갔다. 거기에는 낮은 녹색 집이 있었는데, 창문이 모두 땅속에 파묻혀 있었다. 창문마다 두꺼운 쇠격자가 쳐져 있었다. 그런데 창문의 격자를 뚫고 자란, 마디 있는 나무가 하나 있었다. 두께는 어린아이 몸통만 했는데 창문의 쇠격자를 관통해 자라고 있었다. 마치 나무의 형태를 보는 것이 아니라, 아주 두터운 밧줄을 보는 것만 같았다. 길고 가느다란 실들이 나무에 밑으로 매달려 있었는데, 그 모습이 꼭 촘촘히 박힌 술 같았다. 그리고 줄기는 그의 고향집 뒤에 있는 정원 울타리를 빙 둘러 자라는 볼품없는 리치옴 관목과 다를 바가 하나도 없어 보였다.

"봐, 저거야."

미시는 관목을 매우 놀라운 눈으로 바라봤다. 그는 그 나무가 그렇게나 유명하다는 것을 전혀 모르고 있었다. 가끔씩 그 나무를 쳐다봤고 그때마다 놀라운 생각이 들었다. 사람들이 그것을 도시의 한가운데에 자라게 놓아두었다는 사실이 놀라웠다. 그 나무 때문에 창문을 통해서는 아무것도 볼 수 없는데 말이다.

이제 미시는 그 나무 앞에서 경외심을 느꼈다. 그리고 그것을 라코치 1세가 심었다는 것에 대해 두려움이 느껴졌다. 뿐만 아니라 벌써 시모니 제방길에 대해서 유감스런 기분이 되었다. 그는 작년에 퇴뢰케크 씨가 숲에서 가로수들을 다 베어버렸다고 늘 시장을 욕하던 일이 생각났다.

"요커이 씨?"

"응."

"요커이 모르 씨 말이야?"

"맞아. 글을 많이 쓰셨어. 위대한 소설가지."

"나도 그분의 소설을 몇 권 봤어."

"나도."

"뭘 봤는데?"

"난 두 권을 읽었는데," 오르치가 말했다. "하나는《헝가리의 터키 문화》이고, 또 하나는《속 데카메론》이야."

"나는《바보 백작》을 읽었고, 또 작년에 그분이 쓴 책도 봤어. 거기에는 머리 껍질을 쓴 영웅이 나와. 어떤 사람이 숫염소의 머리 가죽을 벗겨서는, 그걸 영웅에게 씌워 자라게 한 거야. 그는 자라서 뿔이 두 개 달린 사람이 되었지."

오르치는 어이가 없어 그를 바라봤다. "정말이야?" 그러고는 그도 웃었다.

"하지만《바보 백작》은 그보다 훨씬 재미있어. 그리고《데브레첸의 오류》도 읽었어. 그 책이 최고였어!"

그때 갑자기 어떤 남자가 부르는 소리가 들려왔다. "아니…. 이런 농땡이꾼 같으니라고. 너희들 무슨 일이야? 뭐하는 거니?"

미시는 혼비백산해 위를 올려다봤다. 야노시였다. 그는 이제야 일하러 가는 중이었다. 어제 듣기로, 그는 사무실에 항상 너무 늦게 출근한다고 했다. 출근 시간은 8시이지만 사무실에 도착하는 것은 빨라야 9시라는 것이었다.

미시는 얼굴이 새빨개져서 그를 쳐다봤다. 야노시는 그의 어깨에 손을 올려놓았다.

"너, 그런데 여기서 뭐하니?"

"제레시 선생님께서 저희를 보냈어요⋯."

미시는 더 말을 잇지 않았다. 오르치가 있는 자리에서 거짓말하는 것이 창피했기 때문이다.

"그래? 선생님이 너희들을 어디론가 보냈구나. 그래서 너희들이 여기서 이렇게 어정거리고 있고⋯. 뭐라고? 이리 와봐."

야노시는 미시를 구석으로 끌고 갔다.

"너, 그거 전했어?"

미시는 당황스러운 표정으로 그를 바라봤다. 그 순간 그는 야노시가 무슨 이야기를 하고 있는지 전혀 알 수 없었던 것이다.

"아니, 그녀에게 편지를 전해줬냐고?"

"아, 편지요? 저는 수요일에야 그 집에 다시 가요."

"제길! 수요일에나 간다고?"

"네."

야노시는 잠시 생각해보는 것 같았다.

"그래, 좋아. 그러면 수요일에 꼭 전해줘야 해. 한 가지 할 말이 있어. 그녀에게 개인적으로 요청하는데, 내가 제발 간절하게 바란다고, 편지를 그냥 가지고 있지 말고 너를 통해 꼭 답을 해달라고 해줘. 간단하게 한 마디로 말이야. 좋다든지, 아니면 싫다든지. 알아들었니?"

"네."

"다시 한 번 말해두는데, 두 가지다. 좋다든지 아니면 싫다든지. 잊어버리지 말고!"

"안 잊어버릴게요."

"너, 일을 망치는 날에는 하느님께 기도나 해야 할 거야. 게자 외삼 촌에게 내가 보고들은 것을 편지로 써서 보낼 테니까 알아서 해. 알 겠니?"

미시는 양미간을 모으고 아무 말도 하지 않았다.

"여기, 6크로이처를 줄게." 야노시는 지갑을 찾았다.

"필요 없어요." 미시가 큰 소리로 말했다. "정말 고맙기는 하지만, 전 그런 걸 좋아하지 않아요." 그는 부언하며 사양했다.

야노시는 웃으며 소년을 위에서 아래까지 찬찬히 살펴봤다.

"그래, 너도 이제 어른이지. 혹시 너, 나한테 크로이처를 바꿔줄 수 있니?" 그러고 나서 그는 그럴 필요 없다는 손짓을 하며 말했다. "자, 더 이상 긴 얘기는 하지 말자. 우리 할아버지가 돌아가시지 않는다면 오늘도 살아계시겠지. 그렇지? 그럼 잘 해봐. 후회하지는 않을 거야."

그는 지갑을 다시 넣고, 소년에게 악수를 하고는 한 농부의 차를 가 리켰다. "걸식 수도사들."

그러고 나서 그는 활기찬 걸음걸이로 가던 길을 갔다.

학교에서부터 농부의 차 한 대가 차도를 굴러오고 있었다. 그리고 보도로 키가 크고 검은 옷을 입은 신학생 두 명이 그들 두 소년에게 다가오고 있었다. 태양이 밝게 빛나고 있었다. 바람도 한 점 없었다.

"걸식 수도사들." 미시가 호기심 어린 눈으로 기다리고 있는 오르 치에게 말했다.

"뭐라고?" 오르치가 놀라서 물었다. "누가?"

미시는 이미 그것이 무슨 뜻인지 알고 있었다. 며칠 전부터 침실 앞

복도에서 그런 이야기를 하는 걸 들었다. 수도사들이 올해에는 어째 늦게 온다는 이야기였다.

"걸식 수도사들. 그들은 '모으러 다니는' 사람들이야."

"뭘 모아? 그리고 어디서?"

"기숙사를 위해. 부잣집한테서."

"그런데 대체 뭘 모으는 거야?"

"뭐든 그들이 가진 거면 돼. 옥수수, 보리, 밀가루, 베이컨."

오르치는 놀라워하며 벌어진 입을 다물지 못했다.

"학생들이… 구걸을 하러 다녀?"

미시는 흥분됐다. "그건 구걸이 아니고, 모으는 거야."

오르치는 웃었다. "야, 난 저 차에 같이 타고 다니고 싶다. 어떻게 하는지 자세히 살펴보게."

"호박 머르치도 한 번 탔었어."

"뭐라고?"

"A반 친구야. 원래 이름은 터이티인데, 기숙사에서는 그냥 별명으로 불러. 호박 머르치라고."

그 순간 두 신학생이 그들 옆을 지나갔다. 소년들은 귀를 쫑긋 세우고 그들이 서로 뭐라고 얘기하며 가는지 주의를 기울였다.

"…비열하게시리! 농부들과는 정식으로 이것으로 끝맺음을 하자고… 옥수수 두 개하고 6크로이처로 타협을 하려고… 만약 그렇게 된다면…"

"…사람들은 왜 도대체 끝을 내려 하질 않지…"

그들이 지나갔다.

미시는 얼굴이 다시 붉어졌다. 실제로는 모으는 것이 아니라 구걸

하는 것이라는 걸 봤기 때문이다. 부끄러운 마음으로 그는 학생들의 뒷모습을 지켜봤다.

오르치가 그를 툭 쳤다. "이리 와…."

그들은 급히 다른 쪽에 난 길로 달려갔다.

블라인드가 걷혀 있었고, 활짝 열린 창문으로 제레시 선생님이 보였다. 그는 멋지고 근사하게 옷을 입고 있었다. 그리고 두 소년을 보자 눈을 크게 떴다.

"너희들 여기서 뭐하고 있니?" 그가 소리쳤다. "저런 쓸모없는 녀석들! 너희들 내 창문을 엿보려고 왔구나? 공부는 안 하고 여기서 어슬렁거렸지!"

소년들은 당황해 어쩔 줄 모르고 서 있었다.

"빨리 교실로 가거라. 너희들 혼날 거야."

둘은 죽어라 하고 빨리 달렸다. 이제 복도를 더 이상 돌지 않았다. 마당을 가로질러 교실로 들어오는데 숨이 턱에 차 힘들었다.

"쉿, 쉿, 쉿!" 오르치가 말했다. 그의 놀라는 소리가 금세 온 교실 안에 퍼졌다. 교실은 갑자기 물을 끼얹은 것처럼 조용해졌다.

몇 분 동안 죽음과 같은 정적이 감돌았다. 그러나 선생님이 나타나지 않자, 그들은 다시 힘이 생겼고, 교실은 다시 벌집을 온통 들쑤셔놓은 듯이 시끄러워졌다.

미시만 말없이 떨며 앉아 있었다. 그는 매우 풀이 죽어 있었고 흥분해 있었다. 그는 자기 책을 앞에 반듯하게 펴놓고 주의를 기울이고 있었다. 틀림없이 제레시 선생님은 다른 학생들을 제쳐놓고 그가 모르는 것만 그에게 질문을 쏟아 부을 것이다. 만약 대답을 제대로 못하면 선생님은 이렇게 생각하실 것이다. '그런 주제에 어떻게 도로지를 계속 가르칠 수가 있지?' 도로지 생각을 하니 편지가 떠올랐다. 아, 그 편지를 도로지 누나에게 전해줘야 하는데. 그 생각을 하니 미시는 등골이 서늘해졌다. 이 언짢고 싫은 일에 끼어들었으니 이게 무슨 꼴이람! 그는 고개를 숙이고 라틴어 복습에 열중했다. 전체를 다 읽고 혹시 제레시 선생님이 질문할 만한 것들을 찾아봤지만 찾을 수가 없었다. 모르는 것은 아무것도 없었다. 다 외우고 있었다.

미시는 주위의 아이들이 모두 일어나자 깜짝 놀랐다. 교실 문이 열리는 소리를 전혀 듣지 못했던 것이다.

선생님은 이미 교단에 서 있었다. 미시는 그를 마치 유령이라도 보듯 바라봤다. 그렇게 갑자기 나타났기 때문이었다.

"선생님에게 다시는 이런 일이 일어나지 않을 거야." 젊은 선생님은 엄하게 말했다. 빡빡 깎아버려 더욱 경박스러워 보이는 머리를 소년들 머리 위로 쳐들었다. 턱까지 수염을 기른 그는 꼭 사람을 무는 버릇이 있는 개 같았다. "언제 선생님이 오는지 알려주라고 사람을 보내다니, 이게 무슨 짓이야! 다음에 이런 일이 다시 발생하면, 이에 관계한 학생들은 가차 없이 퇴학 처분을 받게 될 거다. 앉아…. 오르치!"

우선 모두 앉았다. 그리고 이어서 오르치가 다시 벌떡 일어났다.

"숙제 노트 나눠줘라."

미시는 안심했다. 그가 생각하기에, 이제 틀림없이 특별한 숙제를 내줄 것이었다.

오르치는 민첩하고 가볍고 우아한 몸놀림으로 교단으로 갔다. 그러고는 숙제 노트들을 아래로 내려 팔 밑으로 끼고 소년들에게 그것을 나눠줬다. 노트는 학생들이 앉아 있는 순서대로 놓여 있었기 때문에 각자에게 순서대로 줄 수 있었다.

"닐러시!"

미시는 얼굴이 시체처럼 창백해져서 일어났다.

"다음 문장을 라틴어로 번역해봐. '다른 사람의 신뢰를 저버린 사람은, 그도 역시 도둑이다.' 자, 어떻게 번역하면 될까? 빨리, 빨리." 그러면서 제레시 선생님은 연필로 박자를 맞췄다. "도둑은 뭐라고 하지? 빨리."

"'푸르' '푸리스'요."

"그래, 여기에는 몇 문장이 있니? 말해보렴."

미시는 대답했다. "'그도 역시 도둑이다', 이게 한 문장이고요. '그는 사람들의 신뢰를 훔친다', 이것이 두 번째 문장입니다."

"어떤 게 주요 문장이지?"

"그도 역시 도둑이다."

"그래 계속해. 너에게 단어들을 알려줄 테니…. 다른 문장은?"

"그는 사람들의 신뢰를 훔친다."

"자, 이런 문장을 뭐라고 하지?"

"종속 문장이요."

"어떤 종류의?"

"관계사 문장입니다."

"좋아, 그럼 번역해봐."

"에티암 일레 에스트 푸르…"

"계속해."

"쿠이…"

"어떤 단어를 모르지? '사람'?"

"'호모' '호미니스'입니다."

"'신뢰'는?"

미시는 입을 다물고 아무 말도 못했다.

"'신뢰'는 '피두키아'야. 자, 그럼 전부 번역해봐라."

"에티암 일레 에스트 푸르, 쿠이… 피두키암… 호미넘…푸라트."

"푸라트? 무슨 소리지? 새로운 단어는 넣지 말고 말해볼래? 특히 라틴어는 말이야. '라피트.'"

"에티암 일레 에스트 푸르, 쿠이 피두키암 호미넘 라피트."

"그래, 이 문장을 메모 노트에 적어놓고 잘 기억하렴."

미시는 얼굴이 불타고 있는 것처럼 느껴졌다. 그때서야 선생님이 자기를 놀리고 있다는 것을 깨달았기 때문이다. 그는 죽을 지경이었다. 두 눈이 머리에서 떨어지고, 얼굴은 매우 길어지는 듯했다. 선생님은 미시를 더 이상 쳐다보지 않고, 오르치가 노트를 나눠주는 걸 돕고 있었다. 미시는 움직이지 않고 똑바로 까만 칠판을 쳐다봤다. 칠판은 아무렇게나 지워져 있었고 군데군데 분필 자국이 허옇게 남아 있었다. 그는 다른 사람의 비웃음을 받도록 범죄자들을 묶어두는 기둥에 서 있는 듯했다. 다른 아이들이 그 기둥에 서 있는 자기를 쳐다보고 있다고 생각되었다. 그러자 미시의 얼굴은 금방 하얀 분필처럼 하얘졌다가, 또 금방 타는 듯이 빨개졌다 했다. 피가 거꾸로 도는 것 같았다. 어지러웠고, 다리가 떨려왔다.

그는 선생님의 신뢰를 도둑질했다! 제레시 선생님은 그를 매우 신뢰하고 있었기 때문이다. 미시가 그런 짓을 할 학생이라고 보지 않았으리라. 이제 선생님은 학생을 분명히 다시 떼어냈다. 그건 사람이 상상할 수 있는 일 중에서 가장 수치스런 일이었다. 이제 미시는 더 이상 집으로 부모님께 갈 수가 없었다. 게자 삼촌이 이 일을 안다면 뭐라고 말할 것인가. 자꾸만 몽롱한 생태에서 같은 생각만이 미시의 머리를 오락가락했다. 어쩔 도리가 없다고 생각되었다. 그는 예전에 무밭에서 괭이질을 하던 때와 똑같은 어지럼증을 느꼈다. 그때 기메시가 그의 재킷을 잡아당겼다.

"앉으래도."

미시는 앉았다. 그러나 다시 한 번 놀랐다. 선생님이 그보고 앉으라고 말하지 않았기 때문이다. 그러나 그는 다시 일어서려고 하지는 않았다. 그저 어쩔 바를 모르고 있었다. 단지 고개를 푹 숙이고 앉아 말할 수 없는 비애감에 잠겨 있었다.

"네 노트 좀 보여줘." 기메시가 말했다. 그는 자기가 겨우 '우'에서 '미'까지 받았기 때문에 화가 나 있었다.

하지만 미시는 손가락 하나도 꼼짝할 수가 없었다. 피곤해서 자기 앞에, 자기 눈앞에 있는 것들이 안개 속에서 빙빙 도는 것처럼 보였고, 글씨는 무지개 색깔을 띠고 있었다.

"다 '수'네!" 기메시가 말하며 노트를 펼쳐놓았다. 그러고 나서 오르치의 노트를 가져다 펼쳐보았다. "'우'에서 '미'. 그런데 너는 다 '수'야…? 너, 손 좀 봐줘야겠는걸!"

미시는 힘없이 웃었다. 그는 기메시를 기꺼이 껴안고 싶었다. 그에게 매달려 옆에 몸을 기대고, 기메시의 가슴에 머리를 파묻고 싶었다. 미시는 잠이 들어 모든 것을 다 잊어버리고 싶었다. 잠이 들면, 다시 깨어나지 않으면 얼마나 좋을까.

종소리가 날 때까지 작문에 대한 설명으로 시간이 지나갔다. 미시는 아무것도 듣지 못했다. 단지 선생님이 어떻게 이야기하는가만 들렸다. "내가 너희들에게 내준 제목이 어려운 것이었던 모양이다. 널러시 미하이를 빼고는 아무도 '수'를 받지 못했어. 너희들이 그렇게 엉터리로 아무렇게나 끄적끄적 써서 내리라고는 전혀 생각하지 못했어. 이 반은 다시 한 번 기막힌 성적을 올렸어. 열네 명이 '양'이야! 부끄러운 일이지."

기뻐하고 자랑스러워하는 대신, 미시는 고개를 숙이고 부끄러워했다. 그는 자신을 추켜올리는 것이 전혀 명예스럽게 느껴지지 않았다. 모두들 그를 부러운 시선으로 바라봤다. 그는 차라리 자기도 다른 아이들처럼 '우'나 '미'를 받았으면 더 좋았을 거라고 생각했다. 특별히 자기 이름이 불리는 것이 싫었다. 그는 오한이 났다. 사람들이 그를 무슨 특별한 인물이나 되는 것처럼 바라보지만 않는다면, 그가 꼭 그곳에서 눈에 띄지 않게 있을 수 있다면, 그래서 다른 사람이 그를 전혀 안중에 두지 않는다면…. 그러면 어디론가 숨어버릴 수 있을 텐데. 그래서 혼자 재미있는 물건도 만들고, 글을 쓰기도 하고, 그림을 그리기도 하고, 놀기도 할 텐데. 다른 사람이 그를 필요로 하지 않는다면 좋으련만. 미시는 어느 누구도 그립지 않았다. 아무것도 원하지 않았다. 그런데 사람들이 그를 가만히 내버려두지 않았다. 아마도 지금 이 순간 소년들은 이렇게 생각할 것이다. 미시가 다른 아이들을 부끄럽게 하기 위해 작문을 그렇게 잘해냈다고 말이다. 그러나 그는 전혀 그럴 의도가 없었다. 뿐만 아니라 '수'를 받게 될 것이라고는 생각도 하지 못했다.

종이 울렸을 때도 선생님의 작문에 대한 이야기는 아직 끝나지 않았다. 그러나 선생님은 말을 중단했다. 그는 교실을 떠나기 전에 또 오르치를 불렀다. "오르치, 내가 지금 불러주는 문장을 다음 시간까지 번역해올래? 적으렴."

오르치는 서 있다가 연필을 잡고 받아쓰기 위해 허리를 구부렸다. 그는 그렇게 용기 있고, 솔직하고, 깨끗한 블론드 머리이며, 명랑한 소년이었다. 그는 자기 노트를 보는 대신 선생님을 올려다보고 있었다.

"규칙…, 아니다. 규칙의 한계는… 어느 누구도… 위반해서는… 안 된다. 다음 시간에 이 문장을 오류 없이 번역해 와야 한다. 그리고 그게 다가 아니야. 그 문장에 대해 작문도 해오렴."

선생님은 그렇게 말하고 멋진 하얀 모자를 옷걸이에서 집어 들고는 향기를 풍기며 가벼운 걸음걸이로 교실을 나갔다.

교실 안의 학생들은 라틴어 작문 점수를 가지고 떠들썩했다. 그들은 서로 대단한 설전을 벌였다. 그들은 모두 미시에게 몰려와 미시의 노트를 보고는 다시 한 번 놀랐다. 미시는 틀린 것이 하나도 없었기 때문이다. 단지 연결선 하나를 빠뜨렸을 뿐이었다. 이번에는 제일 잘 쓴 작문이 '우' '미'였다. 아주 성적이 우수한 아이들도 겨우 '우' '미'를 받았다. 산터도 마찬가지였다.

그러나 미시는 하루 종일 몽롱했고 슬펐다.

제일 좋은 방법은 재킷 속 호주머니 안에서 그를 정신적으로 괴롭히는 편지를 꺼내 찢어버리는 것이리라. 그러나 그것은 다시 한 번 신뢰를 저버리는 일일 것이다. 야노시는 그를 신뢰하고 있으니까. 그러나 미시는 이번 일은 뭔가 옳지 않다는 생각이 들었다. 그가 생각하기에 그 편지는 찢어버리거나, 없애거나 혹은 도로 돌려주는 것이 옳은 방법일 것 같았다. 그러나 미시는 그렇게 하려고 하지 않았다. 만약 그렇게 한다면 공처럼 두들겨 맞을 테니까. 그렇다. 두들겨 맞아 아마 걷지도 못할 것이다. 미시는 자기 역할을 해야만 했다.

수요일 오후, 그는 공부를 하다가 갑자기 일어서며 도로지에게 말했다.

"연습 문제를 풀어봐. 방금 우리가 했던 것처럼." 그러고 나서 미시는 방을 나갔다.

다른 방에는 병든 어머니가 앉아 있었다. 그는 그녀에게는 말하지 않고, 방을 지나 밖으로 나가 부엌 앞 복도에 섰다. 그곳에는 아무도 없었다. 하지만 오른쪽 뒤로 조그만 창고방이 하나 있었다. 그곳에서 벨라가 콧노래를 흥얼거리는 소리가 들렸다. 그는 빨리 문을 열고 안으로 들어갔다.

벨라는 의외라는 듯이 미시를 쳐다보고 웃었다. 그녀는 정말 아름다웠다. 소매를 걷고 있었는데 눈부시게 하얀 팔이 어둠침침한 방에서 빛을 발했다. 그녀는 길고 하얀 앞치마를 걸치고서 밀가루를 아주 큰 양철 함박에 퍼내고 있었다. 머리에는 머릿수건을 묶었는데, 그 아래로 곱슬곱슬한 갈색 머리카락이 몇 가닥 삐죽이 나와 있었다. 그녀는 몸을 앞으로 숙이고서 빛나는 하얀 이를 드러내며 미시를 보고 웃었다. 그녀는 아무 말도 하지 않고 웬일이냐는 듯 그를 쳐다봤다.

미시는 당황해 더듬거렸다.

"미안해요, 저…. 저 말이죠, 벨라. 퇴뢰케크 야노시가 당신께 이 편지를 전해달라고 해서요."

벨라는 눈썹을 위로 치켜세우며 놀랍다는 듯이 웃으며 물었다.

"퇴뢰케크 야노시…? 그 사람이 누구죠?"

"제가 작년에 살았던 집의 아들이에요." 미시는 어찌할 바를 모르고 겨우 말했다.

예쁜 소녀는 편지를 열어봤다. 처음에 그녀는 편지를 읽을까 말까 망설였다. 그러나 결국 편지를 펼쳐봤다. 첫 줄을 읽고서 그녀는 큰 소리로 웃음을 터뜨렸다.

방에서 편지를 읽기에는 좀 어두웠다. 그래서 그녀는 좀 환한 문으로 나왔다. 미시는 대신 방 안으로 밀려들어갔다.

그는 편지가 겨우 대여섯 줄만 쓰여 있는 것을 봤다. 그런데도 그녀는 한 장 가득 쓰여 있는 것처럼 오래 읽었다. 편지를 읽어 나갈수록 그녀는 더 크게 웃었다. 그러더니 웃음을 참으며 입술을 깨물었다. 그녀는 정말 아름다웠다. 희고 둥근 목, 턱과 입은 박물관에 있는 상아 조각품을 연상시켰다. 또 머릿수건은 어찌나 잘 어울리던지, 그녀의 검은 눈이 더욱 불꽃을 튀기고 있었다. 그리고 어쩌면 저렇게 통통하면서도 하얀 팔을 가지고 있는지. 미시는 이제껏 저런 맨살의 팔을 본 적이 없었다. 그는 여자의 팔이 그렇게 생긴 줄 아직 몰랐다. 그녀가 허리를 굽히자 걸치고 있던 길고 큰 린넬 앞치마가 앞으로 떨어졌다. 그러자 그녀의 허리가 얼마나 가느다란지, 그리고 옷이 얼마나 몸에 꼭 맞는지를 알 수 있었다. 모든 것이 놀라운 일이었다.

어린 소년은 어떻게 이런 일이 있을 수 있는지 이해가 되지 않았다. 왜 소녀들은 그렇게 생겼는지…. 소년들은 또 왜 그렇지 않은지. 그렇게 미시는 어두운 방에서 혼자 밀가루 통 옆에 서 있다가 드디어 웃기 시작했다. 이상한 열기가 그의 온몸에 얼얼하게 퍼져나갔다. 그는 아주 이상한 기분에 휩싸였다. 무슨 동화 속에나 있는 것처럼. 그는 지금 모든 것을 잊고 있었다. 라틴어 숙제, 소년들, 공부, 물 긷는 것과 추위. 그리고 모든 것이 그대로 있어야만 하는 것처럼, 그는 이곳 차디찬 방에 서서 그녀를 보고 있는 것이다. 마법에 걸린 동화 속의 공주님인 데이지꽃이 편지를 어떻게 계속 읽고 또 읽고 하는지….

"퇴뢰케크 야노시란 사람은 어떤 사람이죠?" 그녀가 물었다. 그녀는 터져 나오는 웃음을 참으면서 그를 바라봤다.

"대단한 건달이에요." 미시는 망설일 것도 없이 말했다. 그의 묵은 화가 다시 되살아났다.

소녀의 얼굴이 갑자기 환해졌다. 입술이 벌어진 채로. 그녀는 미시의 말에 놀라서 큰 소리로 웃기 시작했다. 급기야 그녀는 문에 기대어 섰다. 웃음 때문에 몸을 가눌 수가 없었기 때문이다. 그러나 그녀의 웃음은 이번에는 특별하게 울렸다. 그것은 터져 나오는 밝은 웃음이 아니라, 드물게 내부에서 떨려 나오는 전율 같은 것이었다. 그녀는 두 눈을 감았다.

"그래, 그 사람이 당신에게 편지를 주었군요." 그녀는 마르고 조그만 소년을 부드럽고 사랑스러운 눈으로 바라봤다.

"에델레니의 퇴뢰케크 야노시", 그녀는 조소하듯 덧붙여 말하고는 편지를 바라봤다. "대단히 무례한 인간이로군."

"그가 말했어요. 대답해줬으면 좋겠다고요. 좋은지, 아니면 싫은지…." 미시가 말했다.

소녀는 이마를 찌푸리며 소년을 찬찬히 놀라운 눈으로 쳐다봤다.

미시는 소녀의 눈빛이 무엇을 뜻하는지 알 수 있었다. 그가 편지를 읽어봤는지 의심스러운 듯했다. 그래서 그는 급히 말했다. "월요일 아침 일찍 야노시를 우연히 만났어요." 갑자기 생각나는 것이 있었다. 미시가 졔레시 선생님의 방 창문 앞에 서 있었고, 그 때문에 모든 일이 일어났다. 그는 침을 꿀꺽 삼켰다. "그러자 그가 말했어요. 내가 벨라에게 부탁해야 한다고요. 좋은지 싫은지 둘 중의 하나를 대답해달라고요."

"내가 보기에 에델레니의 퇴뢰케크 야노시는 난봉꾼 같아 보이는

군요." 벨라는 머리를 돌리고 다시 아까처럼 야릇하게 웃었다. 그녀의 하얀 목이 어둠침침한 속에서 빛나고 있었다.

"그럼 그에게 전해주세요." 그녀는 노래에 박자를 맞추는 것처럼 손가락을 익살스럽게 움직였다. "그에게 말해주세요. 잊지 말고요. 미시…. 그렇지 않아요, 미시? 아니면 미시 아가씨? 그에게 이렇게 말하세요. '절대로 안 돼'라고요! 알겠어요? 혹은 '안 돼, 절대로'라고요. 당신이 말하고 싶은 대로요. '안 돼, 절대로' 혹은 '절대로 안 돼'. 알겠어요?"

우습게도, 미시 역시 소리 없이 속으로 웃기 시작했다. 그는 가슴속에서 피어오르는 순수한 행복감을 느꼈다. 기뻤다. 야노시가 지금 희롱당하고 조롱당하고 있었기 때문이다. 그런 일은 이제껏 없었는데. 그가 이 편지를 쓸 무슨 필요가 있었는가 말이다.

어두운 방 안에서 그들은 서로를 이해하는 눈으로 쳐다봤다. 마치 몰래 장난칠 것을 생각해내서 서로 역할을 분담해 수행하는 장난꾸러기 어린아이들 같았다. 이제껏 미시는 이렇게 행복해본 적이 없었다. 이렇게 자랑스러운 적이 없었고, 이렇게 멋있는 일은 생전 처음이었다.

그러나 다음 순간 소녀는 편지를 재빨리 가슴속에 감추며 소년에게 입을 다물라는 표시를 했다. 누군가가 오는 기척이 나자 그녀는 부엌으로 갔다. 금세 미시는 누가 오는지 알아차렸다. 셔니의 큰누나, 최고 무서운 사람!

어여쁜 벨라는 두렵고 당황해하는 것처럼 보였다. 그래서 미시는 감히 그곳을 나갈 생각을 하지 못했다. 그는 스스로 왜 그런지 알 수 없었다. 그러나 미시는 자신이 방 안에 있다는 것을 알리고 싶지 않았다.

"그릇이 아직도 그대로 있네?" 노처녀가 소리를 질렀다. "전대미문의 일이야."

"왜 전대미문의 일이야?" 벨라가 날카롭게 응수했다.

"왜? 그런 일은 아직 전대미문이니까." 큰누이는 날카롭게 대답했다. "네가 일하지 않으려고 하는 것은, 정말로 전대미문의 일이야."

"나는 저장 창고에서 밀가루를 가져왔어."

"물론이지. 밀가루를 가져오면 다니? 너는 오늘밤 우선 밀가루를 뭉쳐 반죽을 만들려고 했어. 그러면 이미 밀가루를 가져왔어야지. 네 논리는 다 어디로 간 거야? 그릇은 깨끗이 씻어지지도 않았고, 하루 종일 그 자리에 놓여 있고, 물은 아직 차갑고, 그런 건 더 이상 필요 없어. 시간을 쓸데없이 낭비했어. 창고방에서 밀가루를 만들었어? 밀가루를 창고에서 가져오는 일은 무슨 예술이 아니야. 거기에 별거라도 있다면 몰라도."

"하여간 하면 되잖아."

"지금 안 돼 있잖아! 모두 자기 시간이 있는 거라고."

잠깐 아무 말도 하지 않고 있더니, 그녀는 다시 말을 쏟아 냈다. "이게 무슨 일인지 나는 정말 모르겠어. 여기서 정신 빠지게 놀고 장난질이나 하고 말도 안 되는 짓이나 하고 있으니 말이야. 다 자기가 재미있어 하는 일이나 하고, 다 자기 좋을 대로 멍청한 머리를 돌려 행동하려고 하니, 진짜로 일을 하려는 사람은 없어. 내가 만일 밭을 빌린다면 어떻게 해야 할지 모르겠어. 내가 나 때문에 그 일을 하니? 여기 사람들 아무도 그 일을 하지 않으려고 할 거니?"

"난 손 하나 까딱하지 않을 거야." 벨라가 신경질을 부렸다.

"손 하나 까딱하지 않아?" 비올라가 화가 나서 소리쳤다.

"손모가지는 그럼 어디다가 쓸래? 너는 손 하나 까딱하지 않고…. 손은 너를 까딱하게 하지 않고, 그럼…. 너 마음대로 해! 만약 내 손이 상하게 되는 경우에는, 네가 다 알아서 해야 할걸? 아가씨가 너무 고 상하셔서 그 하얀 손가락을 구정물에 담그는 게 싫단 소리야, 뭐야? 손이 걱정이 돼서 아가씨는 손을 아끼겠다는 거야? 만약 아가씨 손이 내 손처럼 한번 시커멓게 되어 찢어지고 가망 없이 상해버리게 되면, 더 이상 자기 손을 아끼지 않겠구먼.

너한테 얘기해주지. 나는 지금부터 다른 사람이 굶거나 배를 곯거 나 간에 더 이상 관심 갖지 않겠어. 나는 이제 더 이상 겨울을 준비하 는 유일한 새끼돼지가 아니라고. 나는 밭을 빌렸어. 그럼 그것으로 다 된 거야. 난 결정했어. 그리고 나도 생각이 떠오르면, 역시 그 생각대 로 그렇게 하는 사람이야.

우리는 이제 더 이상 일본 부채에 돈을 낭비하지 못해, 아가씨! 쓸 데없는 물건 때문에 60크로이처를 창밖에 버리다니. 들어보지도 못 한 일이야. 그래서 밭을 가는 일이 2주나 늦어져버렸다고! 난 2주 전 에 계약금으로 10포린트를 지불할 수 있었을 거야. 네가 하나도 빼앗 아가지 않았다면 말이야, 아가씨. 만약 10포린트짜리 지폐를 작은 돈 으로 일단 바꾸면 작은 돈이란 손가락 사이로 새어나가게 마련이라 고. 그러면 나머지도 금방 다 끝장나는 거고. 나도 그것을 허락하지 않겠어. 이제 난 겨우 다시 10포린트짜리 지폐를 갖게 되었어. 그것으 로 나는 곧 밭주인에게 가서 임차료를 줄 거야. 그리고 봄이 되면 밭 을 갈 거야. 그러면 우리는 작물을 심고 괭이질을 하고, 그리고 여름 내내 난 밭에서 일을 해야 한다고. 그리고 아가씨는 여기서 설거지나 하고. 그래, 밥하고 시장이나 보고. 그럼, 그래야지! 내가 할 수 있으니

너도 당연히 할 수 있지. 아니지, 나보다 더 잘할 수 있지. 너는 나보다 더 젊으니까.

나는 그래. 몸을 다 쪼갤 수는 없어. 천 가지 만 가지를 한꺼번에 다 처리할 수는 없다고. 어느 누구도 그렇게는 하지 못해. 한 손으로는 밭을 갈고, 다른 손으로는 시장바구니를 들고 쩔쩔매고, 세 번째 손으로는 수프를 타지 않게 젓고, 네 번째 손으로는 아가씨를 위해 양말을 꿰매고… 그렇게는 되지 않아! 그렇게 할 수 있는 사람도 없고. 그렇고 말고. 누구든 다 자기의 일이 있고 자기의 일을 해야 한다고. 우리 앞으로 그렇게 하도록 하자. 그것이 너에게 맞는지 안 맞는지는 생각할 필요가 없어."

미시는 창고방에 서 있었는데 마치 바늘방석 위에 있는 것 같았다. 살짝 그곳을 빠져 나올 수 있다면 얼마나 좋을까. 그곳에 머무르면 머무를수록 상황은 더욱더 견디기 어려워졌다. 이제 어떻게 하면 좋단 말인가? 만약 비올라가 창고방으로 오면, 그는 부끄러워 땅속으로 꺼지고 싶었다. 그래서 그는 결심을 하고 부엌으로 들어갔다.

큰누나는 아주 놀라서 꼼짝 않고 서서 그를 말없이 바라봤다.

벨라는 뒤에서 웃으며 두 손을 마주 잡았다. "이런, 당신을 까맣게 잊고 있었네요." 그러고는 언니에게 몸을 돌려 말했다. "내게 물을 좀 따뜻하게 해달라고 부탁했어. 아라비아고무를 녹일 거라고. 그래서 내가 창고방에 서 있으라고 했는데…." 그녀는 큰 소리로 웃으며 미시에게 눈을 깜박거렸다.

미시는 금방 마음이 가라앉았다. 당황스러움도 완전히 자취를 감추었다. 내심으로 그는 벨라에게 감사했다. 그녀는 그를 위해 거짓말을 해줬던 것이다. 그는 삶과 죽음의 문제에 있어 그녀와 관련된 사람이며, 공범자라고 느꼈다.

큰누나는 의심스러운 눈으로 미시를 바라봤다. 그녀는 벌써 묻고 싶었다. "그런데 왜 창고방에서?" 그러나 그녀는 묻지 않고 이렇게 말했다. "그래, 어차피 미시도 들었을 테니까, 심판관이 되어주세요. 말해보세요. 닐러시 선생님, 내 말이 맞지 않나요?"

그러고 나서 그녀는 장황하게 미시에게 내년 계획들을 설명했다. 그녀는 옥수수만이 아니라 다른 야채들도 심을 예정이란다. 양배추, 캐비지, 당근 등 식생활에 필요한 것이라면 모두 다. 그녀는 두 동생에게 집안 살림을 하게 할 생각이라고 했다. "내가 잘 생각한 것 아닌가요? 나를 희생하는 것 아닌가요? 우리는 파슬리 줄기 하나까지 시장에 가서 돈을 주고 사야만 한다고요. 하지만 만약 우리가 밭을 가지고 있으면, 자루에 가득 당근을 담아올 수 있어요. 내 말이 맞지 않아요?"

미시는 대답했다. "네, 비올라. 그런데 당근을 그렇게 많이는 심지 마세요. 자루에 가득 담는 정도면 좀 많은 것 같아요. 당근은 약간 지겨운 채소 아닌가요? 퇴뢰케크 씨네는 항상 가을이면 당근을 두세 자루씩 샀어요. 나는 그게 싫었어요. 당근을 좋아하지 않거든요. 날것으로는 그런 대로 괜찮아서 먹을 수도 있어요. 하지만 여러 당근 요리는 한 마디로 한심한 맛이에요."

벨라는 웃음을 참을 수가 없었다. 그것은 아주 신경이 곤두서는 듯한 웃음이어서, 그녀는 곧 질식할 것만 같았다. 벨라는 언니를 실컷 비웃었다. 가련한 큰 아가씨는 어쩔 줄 모르고 그냥 거기에 서 있었다. 그녀는 미시의 말이 무슨 뜻인지 이해할 수 없었다.

"자, 이제 됐어요." 이렇게 말하고 나서 그녀의 버릇대로 노골적으로 말했다. "그것들을 우리는 여기 자루에다 담아놓을 수 있답니다.

이제 가서 공부하세요. 가서 당근을 먹는 대신 아라비아고무를 드시지요."

그러자 벨라는 더 크게 웃었다. 그녀의 웃음은 미시를 행복하게 했다. 그럼에도 그는 입술을 깨물어 웃음을 참으며, 고개를 숙이고 빨리 방으로 돌아왔다.

나이가 많은 부인은 휠체어에 앉아 있다가, 크고 검은 눈으로 그를 맞이했다. 그녀의 눈을 보자 웃음이 멀리 달아났다. 그는 이 말이 없고 창백한 부인이 매우 두렵게 느껴졌다. 그녀는 가끔 전혀 살아 있는 사람 같지 않고, 어느 누구도 쳐다보지 않으며, 항상 혼자 무엇에 푹 몰두해 앞만 응시하고 있었다. 지금 그는 느낄 수 있었다. 그녀의 눈길이 그를 쫓고 있다는 것을. 그가 다른 방으로 들어와 앉아 있는데도, 그녀의 눈길이 그의 뒤에서 계속 잡아끌고 있는 것처럼 느껴졌다. 그래서 그는 돌아서 확인해봐야만 했다. 그녀가 거기에 없다는 것을, 그녀가 밖에 있다는 것을, 방 벽 뒤에, 단지 다른 방에 있다는 것을 말이다.

도로지는 매우 놀라운 일을 준비하고 있었다. 그는 미시가 내준 계산 숙제를 전혀 풀지 않고 있었다. 노트 위에 고개를 처박고서 펜을 들고 장난을 치고 있었다.

"아니, 아직도 끝마치지 않았어?" 미시는 어처구니가 없어 말했다.

천사처럼 순진하게 셔니가 대답했다. "마지막 숫자로 곱셈을 해야 할지, 처음 숫자로 해야 할지 모르겠어."

미시는 머리카락을 쓸어 넘겼다. "기막히네. 놀라운 일이야. 내가 얼마나 더 많이 설명해줘야 해? 이건 다 똑같은 거야. 마지막으로 기억해둬. 이건 다 똑같은 거야. 단지 우리가 뒤에서부터 계산을 시작하면 답은 계속 뒤에서 앞으로 부호를 써야 하고, 우리가 앞에서부터 계산을 시작하면 계속 앞에서 뒤로 부호를 써나가야 하는 거야."

"그럼 어디서 시작하지? 뒤에서 아니면 앞에서?"

"똑같다니까."

"똑같다면, 글쎄, 내가 어디서 시작해야 하냐고?"

"뒤에서 시작해봐."

"그걸 물어보려고 했어. 너는 꼭 비올라 누나처럼 화를 내는구나."

미시는 눈을 크게 뜨고 그를 바라봤다. 어떻게 셔니가 말없이 곱셈을 하는지 봤다. 그는 셔니가 자기를 벨라와 비교하는 것으로 생각하고 있었다. 그런데 셔니가 방금 비올라와 자기를 비교하는 것을 보고, 실망스럽고 기분이 우울해졌다. 저런 녀석과 씨름하며 지쳐야만 하다니….

미시는 혼란스럽고 기분이 언짢았다. 여기에서 치르고 있는 전쟁은 쓸모없고 희망도 없는 것처럼 보였다. 그는 이미 셔니의 낙제를 예견하고 있었다. 미시는 셔니 때문에 무진 애를 썼지만, 결과는 단지 부끄러울 뿐이었다.

막 그들이 라틴어 공부를 시작했는데, 벨라가 방으로 들어왔다. 그녀는 전에 크게 싸우고 난 뒤로 방에는 들어오지 않았었다. 그런데 지금 그녀는 마치 당연하다는 듯이 다정하고 확실한 태도로 방문턱을 넘었다.

오랜 시간 동안 그녀는 아무 말도 하지 않았다. 다만 옷장을 정리하면서 소년들은 전혀 쳐다보지도 않았다. 그런데 옷장 일을 마치자 책상 옆으로 다가와서는, 미시의 오른쪽에 서서 손으로 노트를 집었다. 셔니는 다급하게 노트를 잡았다.

"왜 이래?"

벨라는 노트를 높이 들었다. "나 이거 먹지 않아."

"이리 내놔."

"아이고, 맙소사. 되게 난 체 하네."

그녀는 팔을 높이 쳐든 채 노트를 펼쳐 최근 점수가 적힌 것을 바라봤다.

"양?" 그녀는 놀라서 말했다. "양이라고?"

셔니는 노트를 그녀의 손에서 뺐었다. 그러면서 몇 번 꼬집혔다. "내가 어떻게 갚아야 하지?" 그가 한탄스럽게 말했다. "저 누나가 노트를 다 구겨놓았어."

"첫째, 그건 네가 구겼어. 그리고 둘째, 그건 부끄러운 게 아니야. 물론 네가 '양'을 받지 않았다면 말이야. 제발 부끄러운 줄이나 알아라."

"그것 때문에 부끄러워할 필요는 없어." 셔니가 말했다. "아주 어려운 숙제였다고. 열네 명이나 '양'을 받았고 아무도 '우'나 '미'보다 더 잘 맞은 사람은 없어."

"닐러시도?"

"아니, 애는 '수'를 받았어."

벨라는 웃었다. "아하! 좋아. 네 생각이 그렇다면 너…"

그녀는 책상 위로 미시 앞에 몸을 숙이고서, 어린 동생의 손을 평평하게 쫙 펴서 가볍게 찰싹 때렸다. 그러고 나서 팔을 다시 거두어들이면서 그녀는 부드럽게 미시의 뺨을 쓰다듬어줬다.

미시는 얼굴이 새빨개져서는 고개를 숙이고 몸을 떨기 시작했다. 그는 그녀의 이 쓰다듬는 행위가 전혀 우연이 아니라는 것을 알았다. 그것은 조금 전에 있었던 일에 대한, 기분 좋은 비밀스러운 고마움의 표시였다. 또 사랑과 결속감을 의미하는 것이기도 했다.

"너 나가." 셔니가 말했다.

"에이, 등신." 벨라가 웃으며 말했다.

"이를 거야. 네가 다시 여기 들어왔다고 말할 거야."

벨라는 잠시 진지하게 그를 쳐다보고 나서 다시 웃었다.

"잘 들어, 셔니. 너한테 몇 마디 해주지. 우리는 평화조약을 체결했어. 너는 나를 고자질하지 않고, 또 나는 너를 고자질하지 않기로 말이야."

셔니는 눈을 깜박거리며 벨라를 쳐다봤다. 몰래 눈치를 살피며.

"그래, 그래, 이거 봐라. 얘야, 난 너에 대해 알고 있는 것이 있다고. 하지만 내가 고자질은 하지 않았잖니. 네가 집주인 아들하고 담배를 피웠다는 사실을 말이야. 사실이 그렇잖아."

셔니는 적의를 품고 입술을 깨물었다.

"그 일은 이미 한 주 전에 일어난 일이야. 나는 벌써 옛날에 그 사실을 일러바칠 수도 있었어. 흠, 그렇게 우리 서로 입을 다무는 거야, 알겠어? 그리고 더 많은 물증을 가지고 있지. 식당 방에서의 일과 단추들을 가지고 한 일 등, 너도 이미 알 거야. 그러니까, 어때? 우리 평화협정을 체결하는 게?"

그녀는 오른팔을 다시 책상 위로 뻗어 미시에게 밀착했다. 그리고 그녀의 손을 책과 노트 위에 놓았다.

그녀의 손은 통통하고 눈처럼 하얬다. 손가락 하나에는 작고 가느다란 금반지를 끼고 있었는데, 그 반지에는 아주 조그만 파란 돌이 박혀 있었다. 그것은 마치 물망초 꽃잎처럼 보였다. 미시는 등골이 오싹하는 전율이 느껴졌다. 혹시 그녀가 다시 쓰다듬으려나?

"그래." 셔니는 잔소리꾼에게 말하며 그녀의 손을 살짝 때렸다.

그러나 벨라는 웃기만 할 뿐, 손을 계속 책과 공책 위에 놓고 있었다. 이제 파란 앞치마는 아까 창고방에서처럼 어깨까지 높이 올라가 있지는 않았다. 그러나 미시는 예쁘고 하얀 그녀의 팔을 가까이에서 느낄 수 있었다. 동시에 그는 그 팔이 움직여 구부러지고 그를 껴안을 수도 있다고 생각하니 두려운 생각마저 들었다.

"그럼 우리 평화협정을 체결하는 거다?"

"네가 나쁘게 굴지 않으면, 나도 너를 이르지 않겠어." 셔니가 말했다.

"그래, 이 햄스터야. 앞발로나 기어라."

셔니는 혀를 쑥 내밀며 그녀에게 손을 내주었다. 그러나 그는 어떤 술수가 느껴졌기 때문에 의심스러운 기분이었다.

벨라는 어린 소년의 때 묻은 오른손을 그녀의 하얀 손가락으로 오랫동안 붙잡고 있었다.

"아휴, 돼지 앞발 같은 녀석." 그녀는 웃으며 말했다. "비올라는 새끼돼지를 한 마리 사려고 해. 그런데 여기도 한 마리 있네." 그녀는 미시에게 눈을 찡긋했다.

미시는 웃지 않을 수 없었다. 그가 그렇게 크고 사심 없이 웃어본 적이 언제였던가. 드문 일이었다. 벨라의 지적은 정말 뜻밖이었고 그러나 아주 정확했다. 예전의 이야기를 빗댄 풍자가 그를 정신 나가게 했다.

"그래, 좋아. 그럼 계속 공부하렴." 벨라가 말했다. "나 때문에 네가 열여섯 학과목에서 낙제할 수도 있으니까, 애야." 그녀는 어린 동생의 손을 흔들었다. 그런데 그것은 남자들이 하는 그런 악수가 아니라, 셔니의 손목을 꽉 붙들고 하는 악수였다.

미시는 책상 위에 놓인 소녀의 손을 바라보려고 하지 않았다. 그녀 몸의 모든 부분이 어쩌면 그리도 특이하고 낯선지, 그녀는 마치 딱딱한 나무 위에 꼭 끼는 옷을 입은 것처럼 보였다. 그녀에게 향해 있는 미시의 오른쪽 뺨이 불난 것처럼 타올랐다.

이날 오후의 공부는 하나마나였다. 처음으로 그는 자신이 여기서 가르치는 것이 헛되다는 생각을 하게 되었다.

미시는 혼란스럽고 달아오른 채 그 집을 나왔다. 신문을 읽어주는 노인의 집에 너무 늦지 않기 위해서는 뛰어야만 했다.

그가 노란 집의 대문을 뛰어 들어가려고 했을 때였다. 갑자기 야노시가 그의 앞에 나타나 서 있었다.

"그래, 이봐." 그는 소리를 죽이며 말했다. "건초냐, 짚이냐?"

느닷없는 질문에 미시는 그가 무슨 말을 하는지 알지 못했다. 그러나 곧 그는 그의 뜻을 알아채고 용기를 냈다.

"네." 그가 크게 말했다.

"뭐, 네? 벨라가 뭐라고 말했는데, 이 교활한 녀석아?"

"이렇게 말했어요. 전혀 좋아하지 않는다고."

"어떻게? 뭐라고?"

"아니, 그렇게 말하지 않았어요. 절대로 그렇게 안 한다고, 싫다고. 그렇게 말했어요."

"아하, 이 멍청이. 너 벨라가 뭐라고 했는지 잘 모르는구나."

"천만에요. 알아요. '그에게 말해주세요. 싫다고, 절대로 안 된다고 그에게 말하세요. 당신이 원하는 대로.' 그렇게 말했어요."

"그럴 리가 없는데."

"하지만 그렇게 말했는걸요."

"확실해?"

미시는 집으로 들어가고 싶었다. 5시 종소리가 들렸기 때문이다.

"너 맹세할 수 있어?"

"네, 하지만 그런 별 볼일 없는 일에 맹세하고 싶지는 않아요."

"별 볼일 없는 일? 너!" 야노시는 웃으며 말했다. "이 애송이 녀석, 가만두지 않겠어."

그는 모자 위로 미시를 한 방 먹였다. 그러나 정통으로 맞지는 않았다. 소년이 도망쳐버렸기 때문이다. 미시는 재빨리 뛰어 마당 현관을 건너갔다.

날마다 신문을 읽는 시간은 미시의 찢겨진 생활을 가장 조용하게 가라앉히는 시간이었다. 정확하게 그곳에 도착해야 하는 것, 그것은 재미있는 일이었다. 또 안락의자에 앉는 것이나 신문들이 항상 읽기 좋게 곱게 정리되어 있는 것 등은 기분 좋은 일이었다. 그리고 그가 이곳에서 진정으로 아르바이트를 하고 있다는 생각이 드는 것도 기분 좋았다. 그는 이미 신문을 유창하게 읽어내려가 노인이 모든 것을 확연하게 알 수 있도록 했고 따라서 한 번도 더 이상 물어볼 필요도 없게끔 했다. "그게 어떻게 된 거지요? 무슨 소린가요?"

따뜻한 나무 집은 다정스런 곳이었다. 그리고 뺨이 붉고 머리가 하얀 노인도 친절하고 다정했다. 그는 노인과 이야기를 나누며 시간을 보내는 일은 거의 없었지만, 모든 것이 아주 좋았다.

미시가 침실로 돌아왔을 때, 그의 방 동료들은 난로에 빙 둘러앉아 있었다. 빵을 굽는지 고소한 냄새가 났다.

너지가 막 이야기를 하고 있었다. 미시는 곧 그가 지난 김나지움 시절에 대해 이야기하고 있다는 것을 알아차렸다. 그래서 귀를 곤두세우고 한 마디도 놓치지 않고 들으려 노력했다.

"그들을 지금도 창병이라고 하지. 전에는 어린 학생들이 긴 창 두 개에 주전자를 끼워서 어깨에 걸치고 날랐거든. 그때는 지금 같은 기숙사도 없었어. 지금은 그저 종소리만 기다리면 되는 거잖아. 식당에서 종이 울리면 식탁에 음식과 깨끗한 접시가 준비되어 있으니까 말이야."

"그전에는 도기 그릇과 나무 수저였지." 리스녀이가 말했다.

"그래. 그리고 전에는 뭘 먹었는지 알아?" 너지가 계속했다. "우수 학생들은 보통 학생들이 먹여 살렸어. 학생의 부모님들이 매주 커다란 흰 빵을 보냈는데, 둘이 일주일은 충분히 먹을 수 있는 양이었거든. 그리고 한 아이가 날마다 냄비에 먹을 것 7인분을 받아왔지. 날마다 한 사람씩 돌아가면서. 그때는 식사를 그렇게 했어."

미시는 어둠 속에서 놀라워하며 듣고 있었다.

"그럼 어디서 먹었어요?"

"여기 기숙사에서. 일곱 명이었는데, 날마다 그중 한 사람이 냄비에 먹을 것을 받아왔어. 그렇게 상상하면 되는 거지. 하지만 지금 기숙사처럼 세 코스로 음식을 먹는 게 아니었어. 냄비 하나에 콩이나 채소, 크박이 쳐진 국수를 가득 담아줬지. 그 냄비 주위에 일곱 명이 둘러앉아서, 각자 자신의 도기 접시에 나무 수저와 주머니칼로 음식을 덜어 먹었어."

"밤에도 똑같았나요?"

"만약 먹을 것이 남아 있다면 밤에도 먹었지. 하지만 남아 있는 게 없다면, 아무것도 없었어."

"음식은 창병이 가져왔어요?"

"아니, 그건 좀 달라. 부모님들, 특히 멀리 사는 부모님들은 음식을 만들어 보낼 수가 없으니까 요리 재료를 보내셨어. 그때만 해도 소포도 없고 전차도 없었으니까. 한번은 서트마르에 사는 귀족이 자기 아들을 이곳에 보냈어. 그 융커 귀족은 우마차를 타고 왔는데, 열 말가량의 보리, 완두콩, 불콩과 또 소세지 등을 가져왔어. 그래서 주방 아주머니를 졸랐지. 그녀는 날마다 한 가지 요리만 했어. 월요일은 항상 같은 요리, 화요일은 항상 똑같은 요리, 그리고 다른 날들도 마찬가지였지. 그래서 이 요리들을 '언제나 똑같은 것'이라고 불렀어."

"아, 재밌어." 뵈쇠르메니가 말했다.

"글쎄, 실제로는 네게 그렇게 재미있지 않았을 거야." 너지가 말했다. "어떤 학생이 부자도 아니고 우수 학생도 아니라면, 겨우 숙박만 할 수 있을 뿐이었거든. 그것 외에는 아무것도 없었어. 다만 마음씨 좋은 시민이 돌아가면서 가난한 학생들을 위해 기장죽 한 냄비씩을 보내줬지."

웃음소리가 요란했다.

"결식하는 풍습이 그래서 생겨난 거야. 기숙사 학생들은 그때 항상 11월이면 시내에 나가 이집 저집 돌아다니면서 생필품을 구걸했어."

"어휴, 정말 불쌍한 인생이었군요."

"사람들이 그때는 지금보다 더 잘 대해줬지. 데브레첸 시민들은 이 학교 학생들을 자랑스럽게 생각했거든. 왜냐하면 학생들이 사람들 앞에서 노래도 하고, 젊은 부인들과 춤도 추었거든. 그리고 만약 불이라도 나면, 학생들이 집 지붕들을 걷어줬지. 왜 웃어? 생각해봐. 그때 불이 나면 지금처럼 소방관이 와서 끄는 줄 알아? 천만에. 그때는 큰 몽둥이로 지붕을 떼어냈어. 도서관에 가면 그런 것들을 볼 수 있을 거

야. 만약 한 집에 불이 났다 하면, 다른 집들을 빙 둘러서 지붕을 뜯어
내는 거야. 불이 옮겨 붙지 않도록 말이야."

"믿기지가 않아요."

"데브레첸에는 물이 없었어. 사람들은 얼마나 오래전에 아르투아
식 우물(마치 분수처럼 스스로 물을 뿜는 우물. 프랑스 아르투아라는 지명에서 유
래됐다 —옮긴이)이 있었는지를 잘 몰랐지. 870미터나 깊이 파여 있었
는데도 물은 보이지 않고 돌만 있었을 뿐이야. 모든 장비로 바위 덩어
리를 뚫었지. 그때 사람들은 말했어. 데브레첸에는 땅속에도 산이 있
다고 말이야."

미시는 웃었다. 그 얘기는 이미 작년에 퇴뢰케크 씨 집에서 들은 적
이 있었다. 그러나 그때는 그냥 단순히 농담으로만 들었다.

"예전에는 주방 아주머니와 빵 아주머니가 있었어. 그리고 요리를
하려면 물을 멀리서 큰 물통에 길어 와야 했어. 그때는 선생님들에게
가 아니라 그 아주머니들에게 아첨을 떨어야 했지. 주방 아주머니는
해마다 서약을 해야 했는데, 그 서약을 영원히 기억하려고 허벅다리
에 그것을 써놓았어."

그들은 지금 난로 상태가 어떤지 걱정할 필요도 없는 따뜻한 방 안
에 안락하게 있으면서, 옛날이야기를 들으며 귀를 의심할 정도로 놀
라고 있었다. 그들은 그런 것들을 상상하기가 정말 힘들었다.

"그러면 전에 학생들은 어떻게 공부했나요?"

"교재는 학생들이 다 직접 만들어야 했지. 큰 학생들은 동판 조각가
들이었어. 어린 학생들을 위해 교재를 만들었지."

"그래, 그런 일이 있었대. 그건 사실이야. 학생들이 동판 조각을 했
다는 것은 나도 읽은 적이 있어. 그건 정말 멋진 예술이야." 리스녀이

가 말했다.

"그때는 그것이 학문으로서 손색이 없었어. 만족할 만한 수준이었지. 지금은 선생님이라도 그때에 비하면 형편없이 떨어지고 말걸?"

그때 종이 울렸다. 미시는 이미 벌써 전부터 종소리가 날까봐 가슴을 졸이고 있었다. 이야기는 중단되었다. 모두들 저녁식사를 하러 갔다.

미시는 겨우 몇 마디만 들을 수 있었던 것이 유감스러웠다. 그리고 슬펐다. 스스로가 그곳에 소속되지 않은, 이곳 생활에 속하지 않은 이단자같이 생각되었던 것이다. 그는 기꺼이 그들 곁에 있고 싶었다. 다른 아이들처럼 진짜 학생이 되고 싶었던 것이다.

저녁식사는 훌륭했다. 톡 쏘는 치즈를 넣은 할루시카(파스타의 일종으로 두껍고 부드러우며 경단의 형태로 먹기도 한다 ― 옮긴이)였다. 그는 먹을 수 있는 한 다 먹어치웠다. 식사를 마쳤을 때 산도르가 미시에게 쪽지를 보내왔다.

"닐러시, 네 번호들 가지고 왔어?"

미시는 놀라 눈을 크게 뜨고 쪽지를 바라봤다. 쪽지에는 다섯 숫자가 아무렇게나 쓰여 있었다.

미시는 기계적으로 호주머니 속에서 돈지갑을 꺼냈다. 그는 지갑을 열고 복권 종이를 꺼내려고 했다.

그러다가 까무러치듯 놀라고 말았다. 심장박동이 멎는 것 같았다.

복권이 없었다.

그는 지폐 사이사이를 뒤지며 복권을 찾았다. 복권이 없어지다니! 그의 손은 급히 호주머니 속을 뒤졌다. 없었다. 다시 그의 눈은 아무렇게나 쓰여 있는 숫자로 갔다. 복권이 없어지다니.

그는 다섯 숫자를 읽었다. "17, 85, 39, 73, 45."

식당이 웅성거렸다. 모두 일어섰다. 그도 일어섰다. 미시는 돈지갑을 다시 주머니 속에 넣었다.

"그래, 하나라도 맞은 게 있어?" 산도르 미하이가 재촉했다.

미시는 아무 말도 하지 못했다.

다행히 저녁식사가 끝났다. 그곳을 빠져 나오면 산도르와 헤어지게 될 것이었다. 그는 몰래 다른 사람들 사이로 빠져 나왔다. 산도르 눈에 띄지 않기 위해서였다. 그러나 그는 다른 아이들하고도 같이 있을 수가 없었다. 아이들은 즐겁게 웃고 숨이 막힐 정도로 무리를 지어 떠들어대고 있었다. 미시는 앞마당으로 달려나갔다. 그곳에는 아무도 없었기 때문이다.

한참 지나서야 미시는 3층으로 올라갔다. 하지만 침실로 가지 않고 복도에 몸을 숨겼다. 온몸이 떨려왔다. 도무지 기억할 수가 없었다. 그 숫자들이 있었는지, 없었는지. 순간 확실한 기억이 머리에 떠오르자 가슴이 아팠다. 그는 마음속 깊이 상심했다.

그 숫자들은 그가 기억하는 숫자들이었다.

07

지리 과목은 교실에서 수업을 하는 것이 아니라, 3층에 있는 자연 과학실에서 했다. 그래서 학생들은 아침에 내려갈 필요가 없었고 종 이 울린 후에도 몇 분간은 지체할 수 있었다. 미시는 오늘 더욱 힘이 빠졌고 정신이 없었고 불행했다. 밤새 그는 이리저리 뒤척였다. 한 번 은 진짜로 잠이 들었지만, 그것도 잠시, 금방 다시 눈이 떠졌다. 양심 이 그를 잠시도 쉬게 하지 않았던 것이다. 도대체 알 수가 없었다. 복 권이 어디로 가버렸을까? 생각만 해도 치가 떨리는 일이었다.

아침에 그는 정신이 몽롱하고 기진맥진한 상태로 일어났다. 그래서 우선 신선하고 얼음처럼 차디찬 물을 벌컥벌컥 들이켰다.

그가 서둘러 제일 앞의 자기 자리에 앉았을 때, 과학실은 소란스러 움으로 가득 차 있었다. 그는 아무 소리도 내지 않고 아주 조용히 있 었다. 누구의 눈에도 띄고 싶지 않았기 때문이다. 밤잠을 못 자고, 걱 정 속에서 온 밤을 보낸 그의 얼굴은 기름기라고는 하나도 없이 꺼칠

하고 초췌해 보였다. 어떻게 그가 지금 이런 상태에서 공부를 할 것이 며, 과제에 대해 생각할 수가 있겠는가? 그는 거의 죽을 지경이었다. 오늘 무슨 책을 가지고 와야 하는지도 모를 정도의 상태였다.

오르치는 교무실 쪽으로 등을 향하고 책상 위에 앉아 있었다. 교실에 얼굴을 돌리고서 뭔가를 이야기하고 있었다. 자기가 무슨 배우나 되는 듯이. 소년들은 입을 벌리고 귀를 기울였으며, 오르치가 무슨 말을 할 때마다 소리 내서 웃었다. 그러나 아주 큰 소란은 일어나지 않을 정도의 웃음이었다.

"너는 대단한 인간이야." 오르치가 말했다. 그는 항상 학생들한테서 조롱을 받는 늙은 지리 선생님 흉내를 내고 있었다. 거의 모든 학생들은 이미 약간은 그 선생님의 목소리를 흉내 낼 수 있었다. 하지만 오르치만큼 흉내를 잘 내는 아이는 없었다. 그는 지금 어깨를 위로 치켜세우고서, 희끄무레한 눈빛을 띤 채 우스꽝스럽고 목에서만 나오는 목소리로 말했다. "너는 대단한 인간이야, 아가야."

소년들은 모두 오르치가 하는 짓을 보고 웃었다. 다른 쪽에 앉아 있는 많은 학생들은 그들이 웃으며 내는 소음이 교실에 가득해서 잘 들을 수 없었다. 그럼에도 오르치 쪽을 보고 웃었다. 그들은 그가 늙은 지리 선생님을 흉내 내는 것을 보고 매우 재미있어했다. 선생님이 언제 들어오실지 모르는 상황에서, 그의 흉내는 대단히 용감한 행동이었으며 아슬아슬한 긴장감을 줬기 때문이다.

오르치는 이제 일반적으로 다 알려진 이야기를 늘어놓고 있었다. 그것은 늙은 선생님이 기회 있을 때마다 하는 이야기였다. 그는 전에 이집트에서 젊은 백작의 교육을 맡은 적이 있었는데, 수업시간마다 기회만 되면 이집트를 화제에 올렸다. "내가 이집트에 있을 때," 오르치는 늙은 선생님의 목에서 나오는 목소리로 말했다. "거기서 난 흉악하게 생긴 악어새를 봤어." 교실 전체가 웃었다. "그때 그 악어새가 주둥이를 딱 벌렸지. 그래서 내 단총신 엽총으로 목표물을 향해 용감하게 연발로 쏴버렸어." 소년들은 와글와글 웃음을 참지 못했다. 주위에 둘러앉은 아이들은 몸을 앞으로 구부리고 있었고, 바로 뒤에 앉아 있는 아이들은 의자 위에 엎드려서 배를 깔고 있었다. 그들은 조용히 오르치에게 기어갔다. 오르치는 계속 실감나는 몸짓으로 이야기를 이어나갔다. "그러자 내 엽총의 총알이 날아갔지. 피융! 총알은 악어새의 오른쪽 눈을 향해 날아갔고, 거기서 다시 다른 악어새의 왼쪽 눈을 향했어. 거기서 나는 다시 한 방을 쐈지. 피융! 처음 악어새의 왼쪽 눈으로, 거기서 다시 다른 악어새의 오른쪽 눈으로. '피융'이라는 소리 하나에, 얘들아, 악어새 두 마리의 눈 네 개가 모두 명중했단다."

소년들은 소리를 질렀다. 그들은 거의 웃음을 터뜨렸다. 교실의 다른 쪽에 앉아 있던 아이들도 천천히 오르치에게 다가왔다. 모두들 오르치 옆에 모여 있었다. 그러자 갑자기 그는 이야기를 멈추고 다른 목소리로 말했다. 물론 아직도 지리 선생님 흉내를 내면서 말이다. "에이, 얘들아, 너희들은 뻔뻔스런 인간들이구나. 정말 뻔뻔한 아이들이야. 이렇게까지 내 옆으로 가까이 오는 것을 보니."

더 재미있었다. 그들이 "뻔뻔스런 인간"이라는 말을 수없이 들어야 했기 때문이다. 이 말을 듣지 않고 지리 시간이 지나가는 법이 거의 없었다.

"선생님, 그런 꿈을 꾸신 거예요?" 한 소년이 뒷자리에서 물었다. 오르치는 그에게 달려갔다. "이런 뻔뻔스런 인간! 너는 점잖은 사람들 사회에 어울리지 않아. 내 옆에 서도록."

미시도 웃지 않을 수 없었다. 그는 머리를 뒤로 젖히고 입을 벌린 채, 눈을 감고 마치 잠을 자는 것처럼 오랫동안 웃었다.

그때 나이 많은 선생님이 나타나 교단으로 뚜벅뚜벅 걸어 올라갔다. 순식간에 소년들은 다 자기 자리로 돌아갔다. 다만 미시만이 아직도 웃으며 입을 벌리고 옆으로 고개를 숙이고 있었다. 뭔가 조금 움직이는 것을 그는 어렴풋이 느꼈다. 그러나 밤에 너무나 울어서 기진맥진했기 때문에, 텅 비고 쓰라린 위장을 안고 그는 그저 앉아서 웃고 있을 뿐이었다.

교실이 조용해졌을 때 그는 제정신으로 돌아왔다. 손바닥으로 얼굴과 머리를 쓰다듬고 손가락으로 머리카락을 쓸어 넘겼다. 목을 쥐어뜯으며 하품을 했다. 그러자 그의 두 눈에 눈물이 가득 고였다. 그때 교단에서 선생님의 목소리가 울려퍼졌다. 그것은 진짜였다.

"닐러시 미하이."

순간 그는 무슨 벼락이 옆에서 치고 가는 듯한 기분이었다. 그는 전혀 일어서려고 하지 않았다. 저럴 수가! 교실이 점점 소란스러워졌다. 그가 오랫동안 그냥 앉아 있었기 때문이다. 모두들 그를 쳐다봤다.

그때 미시가 창백한 얼굴로 일어섰다. 그의 뺨은 홀쭉했다. 그리고 날카롭던 눈썹은 조그맣게 당겨진 활 같았다. 그는 검은 눈을 들어 선생님을 빤히 쳐다봤다.

그럴 때는 아무 말 없이 칠판으로 가서, 프랑스 지도가 걸린 곳에서 단원을 말해야 하는 것이 통례였다. 오르치와 기메시는 놀라운 눈으로 그를 바라보았고 경악을 금치 못했다. 미시에게 도대체 무슨 일이 있는 것인가? 기메시는 미시가 자리에서 빠져나갈 수 있도록 일어섰다. 미시는 비틀거리는 걸음으로 칠판에 다가가 지도가 걸린 곳에 섰다.

"자, 아가야, 우리 오늘 어디를 해야 하지?"

미시는 아무 말도 하지 않았다. 그리고 잠시 눈을 감았다. 주위가 빙빙 돌아 어지러웠기 때문이다. 잠시 후 그는 깜짝 놀라 눈을 크게 떴다. 넘어지지 않기 위해서였다. 그는 주저하면서도 결국 천천히 지도 앞으로 몸을 돌렸다. 몽롱한 가운데 프랑스 지도가 그의 눈앞에 어른거렸다. 프랑스는 바다로 향해 있었고 모서리가 마치 알록달록한 수건을 깔아 놓은 것같이 물결 모양으로 무늬를 이루고 있었다. 오른쪽으로는 남쪽 바다에까지 갈색 점들이 이어져 있었다. 산맥이었다.

"그렇잖니? 프랑스는," 선생님이 말했다. "이 프랑스는 어떤 모양으로 보이니? 우리는 프랑스를 두 개의 지형으로 나누어볼 수 있어. 그렇지 않니? 동쪽으로는 험준한 산맥, 서쪽으로는 평원. 남쪽으로는, 남쪽에는 뭐가 있지? 남쪽에 뻗어 있는 이 거대한 산맥을 뭐라고 하지?"

교실의 학생들은 긴장하며 대답을 기다렸다. 말을 잃어버린 벙어리가 되기라도 한 양 가만히 서 있는 미시를 아무도 이해할 수 없었다.

아니다. 미시는 아무 말도 하지 않는 것이 아니었다. 고집을 내는 것이 아니었다. 말을 하려고 해도 말이 나오지 않았다. 점점 그는 지난 시간에 했던 것들이 생각나기 시작했다. 그때도 특별히 주의를 집중해서 들은 것은 아니었으나 지도를 보니 피레네 산맥을 알 수 있었다. 그리고 론체스발레스 통로도 다시 생각났다. 론체스발레스, 론체스발레스. 그는 혼자 반복해봤다.

"이 거대한 산맥이 프랑스와 스페인을 완전히 나눠놓는다. 그런데 사람들은 어디서 유일하게 통과할 수 있지? 무슨 통로를 통해서? 론, 론, 론체스발레스 길을 통해서."

론체스발레스, 론체스발레스, 미시는 혼자 속으로 말했다. 키가 작고 늙은 선생님은 주름살이 많아 보여, 마치 인생의 빵 굽는 오븐에서 바짝 말라버린 것처럼 보였다. 하지만 붉은 뺨과 비둘기처럼 푸른빛이 나는 하얀 머리카락을 한 그는 늘 그렇듯이 갑자기 화를 내며 말했다. "에이, 이 녀석. 너는 뻔뻔스런 인간이야."

그러다가 선생님은 누가 자기 맞은편에 서 있는지를 보았다. 그 작고 뻔뻔스러운 인간은 항상 제일 앞줄에 앉았고, 늙은 선생님에게, 전에 백작을 가르쳤던 그에게, 체질적으로 존경하는 마음이 있는 학생이었던 것이다. 그래서 그는 자기가 금방 내뱉은 말을 후회했다. 다시 잘 마무리하고 싶었다. 그는 교단에서 내려와 지도 앞에 서서 새로 배울 것들을 설명하기 시작했다. 이전 시간에 한 것처럼 한 마디 한 마디를 똑똑하게. 그의 설명은 15분 동안이나 계속되었다.

미시는 나이 든 선생님이 지금 막 호명했던 장소들의 이름을 선생님보다도 먼저 다 말했다. 물론 머릿속에서. 유라 산맥, 코트도르, 랑그르 고원, 아르데넨, 체벤넨…. 그것들이 모두 머리에 떠올랐다. 그러나 미시의 입술은 아직도 딱딱하게 굳어 있었다. 만약 누가 그를 죽도록 두들겨 팬다 해도, 그는 지명들을 말하지 못했을 것이다.

"여기가 유명한 오리냐크다." 노선생은 계속 설명해나갔다. "얼마 전, 정확히 말해 1852년에 한 일꾼이 아주 재미있는 선사시대의 매장지를 발굴했어. 선사시대의 무덤이었는데, 그 속에서 인간의 해골 외에도 선사시대 동물의 뼈도 많이 함께 발견되었지. 예를 들어 오소리, 하이에나, 사자, 매머드, 코뿔소 등의 뼈야. 그것은 인간이 이 동물들과 같이 동시대에 살았다는 것을 증명하지."

미시는 놀라서 선생님을 쳐다봤다. 선생님은 이미 지난 시간에 설명한 구석기시대의 인간인 네안데르탈인에 대해 이야기하고 있었다.

그러나 가까운 시대에 있는 것처럼 설명하지 않았다. 그는 지난번에는 이렇게 말했었다. "얼마 전, 정확히 말해 1852년에…" 그 소리는 마치 작년에 일어난 일처럼 생생하게 울렸다. 미시는 그보다 30년이나 늦게 태어났지만, 선사시대의 이야기가 마치 바로 어제 일같이 들려오는 것이었다.

어떤 애매한 그림이 미시의 머리에 떠올랐다. 그 원시인이 굴속으로 기어들어간다. 그 속에는 이미 곰, 사자, 매머드가 살고 있다. 그런데 매머드는 어떻게 굴속으로 들어갈 수 있었을까? 미시는 눈을 크게 뜨고 주의를 기울였다. 그의 눈이 빛났다. 이런 태도는 선생님을 매혹시켰다. 그래서 선생님은 소년의 주위를 이리저리 왔다 갔다 하며 소년에게 몸을 숙이고 계속 설명해나갔다. "물론 선사시대에 있었던 일이야. 역사시대에는 이런 생활 방식을 더 이상 알지 못해. 역사시대는 겨우 엊그제 시작되었거든. 이집트의 피라미드조차 약 4,000~5,000년 전에 처음 세워졌지. 그뿐만 아니라 그곳에서 해골이 발견되었어. 또 어디에서? 뒤셀도르프 근처에서. 그래, 그곳도 셀 수 없을 만큼 여러 차례 얘기했지."

노선생은 고통스럽게 자기 기억과 씨름했다. 그러자 미시가 소리쳤다. "네안데르탈."

"그래, 그래. 맞다." 노선생은 작고 마른 손으로 소년의 어깨를 어루만져주었다. "네안데르탈인의 해골은 홍적층에서 발견되었어. 그것도 최저층에서. 지리학자의 어림짐작에 의하면, 적어도 20만~30만 년 정도 되었다는구나. 홍적층이 쌓이게 될 때까지 말이야. 그리고 그 위로 충적층이 되는 거지. 그래서 네안데르탈인은 20만~30만 년 전의 사람인 거다. 그러니 우리도 한 번 30만 년 전으로 돌아가보자. 물론 더 오래전일 수도 있지만 우선 30만 년 전부터.

네안데르탈인부터 피라미드를 짓기 위해 돌을 끌었던 사람까지 오려면, 얼마나 많은 세대가 지나야 할까? 우리는 그런 것을 절대로 가볍게 이야기해서는 안 돼. 여기 또는 저기에 옛 시대의 일이 있었지. 혹은 그것이 아주 오래전부터 존재하고 있었는지도 몰라. 네가 어렸을 때 일어난 일이 너에게는 아주 오래된 일인지도 모르지. 하지만 내게는 어제 일어난 일과 같아. 왜냐하면 나는 너희들이 태어나 자라고 있을 그 당시보다 이미 30년 전부터 선생이었으니까. 나한테 오래된 일이란 뭘까? 하지만 그것조차도 헝가리 국가의 역사 속에서 보면 아무것도 아니야. 그것은 여전히 아직도 오늘일 뿐이지. 헝가리라는 국가가 생긴 지 이미 1,000년이 되었으니까.

그러면 이제 역사적으로 살펴보자. 우리 역사에는 아르파드(9~10세기 헝가리 최초의 군주―옮긴이)가 살았어. 이것은 우리에게는 오래된 일이지. 그러나 고대 펠로폰네소스 전쟁과 비교해보면, 아르파드는 그저 어제의 일일 뿐이야. 그런데 펠로폰네소스 전쟁도 바빌로니아 건축에 비교해보면 또 아무것도 아니야. 그리고 그 이전에는 역사시대가 아니고.

4,000~5,000년까지는 모든 것이 존재했고 그것들은 다 문자를 통해 기록되었어. 그러나 그 이전의 것은 기록이 없기 때문에 만들었던 물건이나 건축물을 통해서 미루어 짐작할 수 있을 뿐이야. 예를 들어 산호 모양을 한 플로리다 반도는 애거시(19세기 스위스계 미국인 지질학자―옮긴이)의 계산에 의하면 10만~15만 년 전에 만들어진 것이라고 해. 그 안에서 발견된 인간의 턱은 발견된 장소의 깊이에 따라 판단되는데, 대략 1만 년 전의 사람이라고 하고. 그리고 이 턱뼈는 이미

오늘날의 인간과 같이 발달된 것이라고 해. 그러니까 1만 년 전에 살았던 사람들이 오늘날과 같이 완성되어 있었다는 말이지. 다만 그들의 생활환경이 지금과 같지 않았을 뿐이야. 하지만 네가 말한 네안데르탈인의 해골은 요즘 사람과는 아주 달라. 원숭이 해골과 더 가깝지.

이제 비교해볼래? 30만 년 전과 3,000년 전을. 어떤 차이가 있을지 말이야. 네가 300포린트를 가지고 있는 것하고 3포린트를 가지고 있는 것하고 비교하는 것과 같아. 그만큼 우리는 선사시대의 인간 역사에 대해서 조금밖에 알고 있지 못한단다. 단지 3포린트어치밖에 모르는 거야."

교실 안은 웃음이 터졌다. 학생들은 수군거리고 밀치고 당기고 했다. 하지만 미시는 이야기에 매혹되어 눈을 반짝이며 귀를 기울였다. 그는 선생님을 주시했다. 그의 이마 위는 창백하면서도 장밋빛을 띤 마른 피부가 주글주글 덮여 있었는데, 파란 핏줄이 혼란스럽게 그 속을 통과하는 것이 보였다. 선생님의 손은 떨리고 있었다. 학생들에게 예를 들고 있는 동안 너무 피곤해진 것이었다. 의자에 앉지 않으면 안 될 정도였다. 선생님이 아직도 시인 어러니 야노시와 친교를 맺고 있다고 어떤 아이가 얘기해주었다. 미시는 선생님을 주시하고 있는 동안 어러니 야노시를 생각했다. 대 시인 어러니가 선생님의 손을 잡는다. 그가 아직 젊은 소년이었을 적에.

늙은 지리 선생님은 다리를 질질 끌며 의자로 다가갔다. 그리고 머리를 숙이고 한참이나 앞을 보고 있었다.

그때 한 소년이 일어나 말했다. "저, 선생님."

노인은 당황해서 그를 보았다. 그렇다. 놀라서 말이다.

"음, 어째서?" 그는 손을 큰 귀로 올렸다. 잘 들을 수 없었기 때문이다. "왜 그러니?"

"저, 선생님. 아직 결석 학생을 적지 않으셨어요."

"음?"

"선생님이 아직 학급일지에 결석 학생을 적지 않았다고요." 소년이 목청껏 소리를 질렀다.

노선생은 학급일지를 신경질적으로 빨리 집어서 펼쳤다. 그는 정확하고 빈틈없어야 한다고 생각하는 사람처럼, 학생이 하라는 대로 그 일을 했다. 그러나 이 정확성을 지킬 힘이 그에게는 더 이상 없었다. 그는 학급일지를 펴서 기입했다.

"오늘이 무슨 요일이지?"

"목요일이요." 반 아이들이 합창을 했다.

노선생은 떨리는 손으로 필요한 사항을 써넣었다. 그러고 나서 고개도 들지 않고 그 자리를 떠나지도 않은 채 계속 말했다.

"선사시대가 있었어. 이 시대에 대해서는 아무것도 없어. 글씨 같은 것뿐만이 아니라, 입으로 전해 내려오는 전설 같은 것도 하나 없는 시대를 말해. 아무것도 없기는 하지만, 이 시대가 있었다는 것만은 확실해. 몇 십만 년이 지나갔지. 동물 세계의 마지막 작품보다도 먼저, 인간 세계의 어느 것보다도 더 먼저의 일이야. 훗날 인간은 모든 의심을 초월해 자기 존재를 확실하게 증명해줄 수 있는 것을 남겼는데, 지금 말하는 시대는 그보다도 훨씬 더 이전이야.

여기서 말하는 확실한 증거들이란 돌이나 뼈로 된 도구들이지. 그 것은 사람의 손으로 만들어진 최초의 물건들이야. 누가 봐도 사람의 손으로 만든 것임을 금방 알 수 있어. 이러한 증거들로는 그 밖에 흙으로 구워 만든 원시적인 토기와 원시적인 장신구들이 있단다. 이러한 것들은 난로에서 구운 것이 아니라 그냥 불속에서 태워 만들어진 것이야.

더 확실한 증거는 무엇보다도 우랄인의 매장지들이지. 그것에 대해 말해볼게. 우랄인의 매장지는 두 가지를 가르쳐주지. 이것은 전혀 의심의 여지가 없는 것들이야. 하나는 공동체 생활을 했다는 점이고, 다른 하나는 도덕성이야. 드디어 생겨난 인간은 공동생활을 하고 도덕성이 있었어. 아마 타고난 본능이었을 거야. 다른 동물에게서도 이런 본능을 발견할 수 있지. 예를 들어 개미와 벌을 봐. 인간에게 도덕적인 법칙은 시민 법칙보다 더 일찍부터 존재했어. 그러므로 모든 도덕적인 법칙은 시민 법칙보다 인간 생활에 있어서는 더 오래되고 더 강한 보호막인 것이란다."

나이가 많은 선생님은 손으로 머리를 숙였다. 낮은 소음이 점점 교실을 뒤덮었다. 그러나 그는 전혀 눈치 채지 못했다. 그는 미시와 프랑스, 그리고 교실 전체를 다 잊고서 자기만의 생각에 빠져 있었다. 그는 당시 데브레첸의 원시시대에 대한 연구에 몰두하고 있던 터였다. 그래서 그는 지금 그 테마로 넘어가고 있었다.

"이 시대는 그때 이미 마무리되었다고 문외한들은 상상하겠지. 그러나 그것이 그렇게 한순간에 딱 끝나는 것이 아니야. 예를 들면 데브레첸에 사는 헝가리 사람들은 아직도 돌이나 뼈를 사용하던 시기에 사용하던 도구들을 사용하고 있잖아. 호르토바지의 목동이나 일꾼들은 오늘날에도 아직 '취르퀼뢰'라는 도구를 사용하고 있어. 그것은 양의 경골로 만들어진 것으로, 한쪽 끝은 뾰족하고 다른 한쪽 끝에는 구멍이 뚫려 있지. 취르퀼뢰는 새끼줄에 매듭이 생겼을 때 그 매듭을 푸는 데 쓰는 도구야. 그뿐만이 아니야. 오늘날 농가에는 어디나 거울 밑에 거위 날개의 가운뎃뼈로 만들어진 도구가 걸려 있어. 이것은 바지의 띠를 다는 데 사용하는 것으로, 그것도 예외 없이 끝에 구멍이 뚫려 있어."

바지에 띠를 단다는 말이 나오자 교실 전체에 웃음이 터져 나왔다. 아직도 대부분의 학생들은 주의를 집중하지 않고 그저 귀만 열어놓고 있을 뿐이었다. 소년들은 나름대로 자기들의 사소한 일들을 하고 있었다. 단추를 서로 바꾸거나 연필을 뾰족하게 깎았다. 아니면 조용히 수다를 떨기도 하고, 웃고, 필기 숙제를 넘겨보기도 하고, 몇몇은 다음 시간의 수학 숙제를 하기도 했다.

"내가 이런 이야기를 하는 까닭이 있어. 우리가 고고학적인 대상에 대해 시기를 정하는 것은 매우 신중을 기해야만 한다는 것을 강조하고 싶었던 거야. 말레이시아 섬에서 여러 민족을 만날 수 있는데, 그들은 아직도 뼈나 돌로 만든 물건들을 사용하고 있어. 공업적으로 발달한 민족이 완성된 생산품을 판매시장 확보를 위해 싼값으로 도처에 공급한다 할지라도 말이야. 잘 알려진 바대로 면도칼 같은 것이 그렇지. 나 역시 이집트에서 이것을 직접 경험했어."

이사이에 속삭임과 움직임이 있었다. "거기서는 목욕탕에서 이발사가 철로 된 칼날을 사용하는 것이 아니라, 흑요석으로 만든 돌칼로 머리를 밀고 있더라고. 그리고 머리를 밀기 전에는 백운석 찌꺼기인 진흙을 문질러 바르지."

낮게 소곤거리는 소리가 들렸다. 떠들썩한 웃음소리도 있었다. "흑요석은 '들 부싯돌'이라고 알려져 있지. 헝가리 도처에서도 그걸 발견할 수 있어. 발굴지 중에서 아주 재미있는 곳이 있어. 예를 들면 데브레첸 근교의 부싯돌 계곡이야. 그만 잘못되어서 대장간 계곡이라고 부르고 있지. 남쪽으로 디오세그 국도를 따라서 모래 언덕 위에 있는데, 그곳은 50년대에 경작을 할 요량으로 나뉘어 분배되었지. 그때부터 이 계곡은 '저주받은 땅'이라고 불렸어."

"우리도 거기에 땅이 있는데." 한 소년이 크게 외쳤다.

"어디더라."

중간에 말을 꺼낸 소년이 일어섰다. "선생님, 저…."

"뭐? 왜? 무슨 일이냐?" 노선생은 당황해서 다시 손을 대고 귀를 기울여 들었다.

"저, 선생님, 오노디 러요시가 말합니다. '저주받은 땅'에 토지가 있다고요."

노선생은 학생에게 신경질적으로 앉으라고 신호를 하고 나서 다시 말을 이어갔다. "언덕에 도로가 지나가게 되었어. 그 도로는 언덕을 잘라서 만든 것이었기 때문에 길옆으로는 경사면이 드러나게 되었는데, 시간이 지나면서 경사가 더욱 노출되었지. 이 경사 위의 모래를 바람이 차차 핥아서 없애버린 거야."

웃음이 터져 나왔다. 웃음소리와 밀고 당기는 소리 때문에 다음 말을 잘 들을 수가 없었다.

"무얼 핥아서 없앴어? 누가 핥았어?" 많은 학생들이 헤죽헤죽 웃으며 말했다.

"어째서, 어째서? 무슨 일이야?" 이렇게 물으며 노선생이 다시 손을 귀에다 댔다. 그의 귀가 커졌다. 이상하고 웃겨 보였다. 그러나 아무도 대답을 하지 않았다. 모두 제멋대로 웃기만 할 뿐이었다. 그러자 노선생은 모두 웃는 것을 보고는 오해하는 마음으로 이야기를 중단하고 다음과 같이 말했다.

"그래, '저주'라고 하는 말은 아주 우스운 일 때문에 생기게 되었지. 초르버가 시장을 하고 있을 때의 일이었다. 그때까지 이 땅은 이곳 주민의 공동 목장으로 누구든지 다 사용할 수 있었어. 그런데 초르버 시장이 한 필지씩 잘라서 하나하나 팔았던 거야. 가난한 사람들은 격분했고 그 땅을 산 사람들까지도 가난한 사람들은 저주했지. 그렇게 해서 이 땅은 지금도 '저주받은 땅'이라고 불리는 것이란다."

그것은 소년들에게 흥미 있는 사항이 아니었다. 노선생은 항상 상대방을 영리하고 관심사가 자기와 비슷하다고 간주하고 이야기를 했다.

교실은 누구라고 할 것 없이 다 떠들어 온통 어수선했다. 그동안 두 번씩이나 질문했던 학생이 불만스럽게 말했다. "저, 선생님, 저는 누가 핥았는지 이해할 수가 없는데요."

노선생은 눈을 크게 떴다. 참을 수 없이 화가 났다. 그는 펄쩍 뛰더니 매처럼 날카롭게 소리쳤다. "너는 뻔뻔스런 인간이야, 학생! 뻔뻔스런 인간. 너는 점잖은 사람 축에는 도무지 끼지 못해. 이리 나와. 내 옆에 서 있어."

그러자 전체 학생들이 의자 밑으로 고개를 살짝 숙이고는 웃느라 정신이 없었다. 오르치만이 제일 앞자리에 진지하게 앉아 마음에 들지 않는다는 듯이 고개를 흔들고 있었다.

노선생은 당황했다. 그는 자기의 서글픈 처지를 눈치 챈 듯 입을 다물고 있었다. 그는 마음을 진정시키고 나서 미시에게 몸을 돌려 그를 보며 설명했다. 석기시대부터 그곳 모래 속에 숨어 있던 물체들을 바람이 불어와 들춰냈다는 사실을 말이다.

"이것은 데브레첸 지역에 석기시대부터 사람이 살았음을 분명하게 말해준다."

미시는 지금 노선생이 자기만 쳐다보고 이야기를 하는 것이 몹시 행복했다. 그는 그 선생님으로부터 영원히 꺼지지 않는 지식을 얻었다고 생각되었다. 노선생이 말하는 것은 무엇이든지 잘 이해했고, 노선생이 꾸준하고 그침 없이 학문을 계속하고 있다고 느꼈다. 그의 어린 마음은 노선생에 대한 감사의 마음으로 가득 찼다.

그때 오르치가 일어났다. "죄송합니다만, 선생님. 질문을 해도 될까요?"

"뭐라고? 무슨 질문이 있다고?" 선생님이 말했다. 손을 귀에 대고 입을 찌푸리며 귀를 기울였다. 그의 우람하고 툭 튀어나온, 칼처럼 날카로운 코 위로 빛이 창문에서 반사되어 비추었다. 그래서 콧속이 들여다보일 만큼 투명했다.

"우리가 사는 이곳 데브레첸에서 있었다는 석기시대는 기원전 몇 년쯤 되나요?"

"아하!" 선생님이 말했다. "기원전 몇 년이냐고? 유물들은 신석기시대의 것들이야. 유감스럽게도 나는 우리의 조국 땅에서 구석기시대의 유물이 출토되었다는 소리는 듣지 못했어. 신석기시대는 돌을 갈고 닦아서 도구를 만들어 쓴 시대를 말해."

"죄송합니다, 선생님. 그런데 신석기시대가 기원전인가요?"

노선생은 손을 펄쩍 올렸다. "그때 예수가 살다니! 예수는 바로 엊그제 사람이야. 예수가 살았을 때는 이미 청동기시대란다. 청동기시대는 석기시대 후에 오는 거지. 석기시대 뒤에 지금의 전 시대인 청동, 즉 구리시대, 그리고 지금 우리가 사는 시대는 철기시대야. 그런데 인간이란 정말 보수적인 존재지. 인간이 석기 도구를 만들면서 약간의 변화를 주기까지 벌써 몇 세기가 지나가야만 했으니까 말이야.

우리가 어떻게 기원의 연수에 대해서 이야기할 수 있겠니, 애야? 기원전 얼마나 되느냐고? 예수 자신은 알까? 어떻게 구석기시대의 도끼가 목수였던 예수 아버지의 손에서는 쇠도끼로 바뀌게 되었는지 말이야. 이에 대한 것은 참으로 오래된 것으로 예수의 가르침에서도 사실로 드러난다. 예수님이 펼치신 진리는 원시시대부터 돌도끼를 가지고 공동으로 살았던 그것과 함께 나온 거야."

노선생은 호주머니에서 열쇠 꾸러미를 꺼내 책상 서랍을 열었다. "여기 있는 이 돌조각이… 부서진 망치 조각이야. 물론 구멍이 부서졌지. 여기 이것은 망치의 사용면이야. 이 멋있는 조각은 신석기시대 말에 만들어진 것인데, 적어도 3,000~4,000년은 된 거야. 그러나 석기시대가 시작할 때부터 따져보면 얼마나 오랜 세월의 차이가 있느냐는 말이야. 거칠게 다듬어진 흑요석을 쓰던 초기 석기시대에서 본다면 말이지. 그 사이에는 적어도 10만 년 정도의 세월이 흘렀을 거야. 인간의 석기시대는 적어도 10만~15만 년 정도일 거야. 어쩌면 20만 년이 될지 모르지만."

"예수 전부터인가요, 아니면 지금으로부터인가요?" 오르치가 집요하게 물었다.

노선생은 갑자기 화가 나서 얼굴이 빨갛게 되었다.

"너는 바보 멍청이로구나. 꼭 네 아버지처럼! 이리 오너라. 내 옆에 서 있어."

오르치는 서둘러 조심스럽게 교단 위로 갔다. 학생들은 그를 보면서 큰 소리로 웃어댔기 때문에 소란스러웠다. 교단 위에서 그는 그만 웃으라는 신호를 보냈다.

"이 돌을 자세히 보렴. 보고 있니?"

"네."

"얼마나 잘 다듬었는지 보이지? 이것은 이미 어떤 도구로 다듬어진 것이야. 예수 탄생 이래 대단히 짧은 세월이 흘러갔어. 그 정도의 세월은 원시시대에서는 한 번도 도구의 발전이 충분히 이루어지지 않은 세월이야. 즉 이 망치를 연마하기 위해 필요한 도구의 발달을 말하는 거야.

여기, 이 두 번째 돌은 석기 도구인데, 그 안에 구멍이 뚫려 있지? 그런데 그 구멍이 사람의 손가락이 들어갈 수 있을 만큼의 크기야. 석기시대의 인간들이 이 돌을 어디에 썼느냐 하면, 큰 돌덩어리에서 돌칼을 쪼개는 데에 사용했어. 이 구멍은 흔들리지 않고 확실하게 도구를 쥐는 데 필요했던 거야. 그러나 인간이 이렇게 생각을 하게 되기까지는, 다시 말해 이런 일을 하기 위해 구멍이 필요하다는 생각을 하게 되기까지는, 예수 때부터 지금까지의 세월을 스무 번쯤 지나서였어.

얘야, 너의 질문은 그러므로 전혀 의미가 없는 거란다. 만약 내가 20만 년 혹은 30만 년을 계산한다면, 나는 그 세월을 예수 탄생 때부터 세는 것도 아니고, 교과서에 나오는 오늘 이 시간부터 세는 것도 아니고, 단지…"

"천지 창조부터요." 오르치가 말했다.

"이런 악마 같으니라고. 왜 너희 할아버지가 세상을 떠났을 때부터라고 하지 않니?" 노선생이 소리쳤다. "언제부터 내가 그것을 계산하지?" 그는 미시를 가리켰다. 미시는 아직도 지도 앞에 서서 선생님이 하는 말을 흥미진진하게 듣고 있었다.

"단지 그저…" 미시가 어깨를 들썩이며 말했다.

"단지 그저라니!" 노선생은 큰 소리로 말하며 양팔을 높이 들어올렸다. "좋아, '단지 그저'라. 근사치에 가깝구나. 전적으로 시대의 경계선을 말하는 데는 말이다. 네 자리로 돌아가거라." 그는 오르치에게 말했다.

오르치는 모욕감을 느끼고 입술을 꽉 깨물었다. 이 일은 그를 화나게 했다. 그는 자리에 앉기 전에 다시 한 번 선생님을 힐끗 쳐다봤다. 그러나 선생님이 그를 쳐다보지 않자, 얼굴을 찌푸리고는 귀에 손을 갖다 댔다. 그 모습은 노선생이 늘 하는 그대로였다. 다시 웃음소리가 교실 전체에 퍼졌다.

종이 울렸다.

노선생은 자기의 메모 노트를 집은 다음, 한 2센티미터밖에 되지 않는 몽당연필에 침을 묻혀 닐러시 미하이에게 '수'라고 써넣었다.

"아주 잘했다, 아가야." 그는 말했다. "네 자리로 가도 된다."

그가 교실을 떠나자마자, 아이들은 고함을 지르며 떠들썩했다.

"하지만 그건 위선이야." 세게디 페리가 말했다. "닐러시는 아무 말도 하지 않았는데도 '수'를 받았어. 내가 만일 숙제를 달달 외웠다 해도, 지리 선생님은 '미'밖에 주지 않았을 거야. 벼락이나 맞아라, 젠장."

많은 아이들이 웃었다. 하지만 대부분 아이들은 이미 서로 이리저리 밀치면서 과학실을 빠져나갔다. 교실로 가기 위해 1층으로 내려가는 것이었다.

세게디의 음성은 비비 꼬여 있었다. 그는 키가 미시보다 컸기 때문에 미시의 어깨 위에서 쳐다보고 있었다. 미시는 그의 말뜻을 알아차렸으나 아무 대꾸도 하지 않았다. 묵시적으로 그는 세게디가 옳다고 생각했다. 비록 미시가 지리 선생님의 설명을 열심히 들었고, 선생님도 미시가 설명을 잘 이해했음을 알아차리기는 했어도 말이다. 미시 자신은 그런 사실들을 알고 있었다.

탄넨바움이 미시의 편을 들었다.

"하지만 미시는 대답을 잘했어. 우리들은 오늘 한 것 중에서 아무 것도 모르고 있었어. 하지만 미시는 뭐지, 원시인인가, 아니면 뭐라고 하더라… 글쎄." 그는 책을 팔에서 내려놓고 지리 교과서를 폈다. 그 말이 책에 쓰여 있었기 때문이다. 그는 미시가 한 말을 연필로 메모해 놓았다.

"미시는 아무것도 대답하지 않았어. 어깨를 으쓱한 게 다라고." 세게디가 소리쳤다.

그때 기메시가 나섰다. "네가 만일 어깨를 으쓱했으면, 너는 '양'을 받았을 거야. 닐러시가 어깨를 으쓱하면 '수'를 받지. 바로 그게 다른 거야."

"이 한패들. 우등생들이시군." 세게디가 소리를 치며 그들에게 침을 뱉었다.

기메시는 벌써 책을 팔에 단단히 끼고는 숫양처럼 세게디에게 달려들어 머리를 그의 배에 부딪쳤다. 그러자 세게디는 교단 근처로 나가 떨어졌다. 따귀가 빗발처럼 떨어졌다. 기메시의 책들은 사방으로 흩어졌고, 그의 가늘고 하얀 손은 세게디의 목을 휘어잡고 있었다. 세게디는 주먹으로 기메시의 머리를 쳤지만, 그냥 머리통 위만 때릴 뿐이었다. 당시 기메시의 머리카락은 기계로 잘라버려서 소리는 요란했다. 그러나 소리만일 뿐, 아프지도 않았다.

그 보답으로 기메시는 세게디의 얼굴을 피가 나게 할퀴었다. 그때 버르터 임레가 의자 위에서 그들에게 몸을 날려 둘을 서로 떨어지게 했다.

"그만들 해." 그가 소리를 질렀다.

"너희들 반드시 죗값을 치르게 될 걸?" 세게디는 소리를 크게 지르며, 피와 침이 범벅된 얼굴을 문질렀다. 그리고 화가 머리끝까지 난 눈으로 미시를 쏘아봤다.

"너, 우리 집 근처에 오기만 해봐!"

미시는 정말 수치스러웠다. 순간 그에게 세게디가 도로지 집 근처에 살고 있다는 생각이 떠올랐다.

"그땐 내가 어떻게 할 것 같애?" 그가 물었다.

"아무래도 내가 다시 한 번 저 녀석의 더러운 귀를 찢어 놓아야겠네. 저 불쌍한 녀석한테." 기메시가 바닥에 떨어져 있던 자기 책들을 모아서 집어 들며 말했다.

"네안데르탈인!" 탄넨바움이 큰 소리로 외쳤다. "네안데르탈인, 네안데르탈인!"

왜 기메시가 그토록 격분하는지 아는 사람은 아무도 없었다. 그는 세게디보다 키가 더 작았다. 하지만 그를 철저하게 마구 때렸다.

그들이 교실로 들어섰을 때, 기메시가 제일 앞장섰고 그의 뒤를 탄넨바움이 따랐다. 탄넨바움과는 얼마 전부터 친구가 되었다. 맨 뒤에는 미시가 아무 말도 없이 슬픈 표정으로 어슬렁어슬렁 따라 들어왔다. 그때 누군가가 소리쳤다. "브라보, 기메시." 그러자 그 옆에 서 있던 아이들이 모두 동조했다.

"쓸데없는 소리." 기메시가 말했다. 그러나 그는 미소를 띠고 있었다.

미시는 걱정되었다. 이제 다음 시간은 라틴어 시간이었기 때문이다. 만약 이번에도 호명을 당하면, 분명히 전처럼 그렇게 간단히 넘어가게 되지 않을 것이었다. 갑자기 산도르 미하이가 오르치와 이야기를 나누고 있는 것이 눈에 들어왔다. 의심스러운 생각이 들었다. 그 순간 오르치가 그에게 다가오더니 힘차게 물었다. "미시, 너 복권 숫자 맞았어?"

미시는 고개를 숙였다.

"나한테 말해도 괜찮아. 우리 집에는 나이 많은 요리사 아주머니가 계신데, 복권에는 도사야. 매주 6크로이처짜리 복권을 사서 나하고 같이 14일 동안 손에 땀을 쥐곤 해. 다시 사야 할 때까지 말이야. 내가 복권에 있어서는 전문가거든. 넌 나한테 시범을 보일 만한 것이 아무 것도 없어. 유리를 통해 보듯이 훤히 꿰뚫어 본다고."

종이 울려서 제레시 선생님이 들어왔다. 지리 시간에 겪은 흥분 때문에 제자리에 앉아 있는 아이들은 하나도 없었다. 제레시 선생님은 그들 앞에 서 있었다. 그는 자기 장갑을 손에 들고 흔들었다. "자, 빨리. 빨리." 선생님 말씀에 학생들은 천천히 자기 자리로 돌아갔다.

제레시 선생님은 교단으로 가서 학급일지를 폈다.

"너희들 수업이 없었니?"

"아니요, 선생님." 아이들이 대답했다. 몇몇 아이들이 소리쳤다. "지리 시간이었어요."

"너희들 뭘 했니?"

오르치가 일어서서 크게 말했다. "죄송합니다, 선생님."

그의 행동은 관심을 자기에게 끌어 모으기에 충분했다. 비록 그가 감독관도 아니고, 보고해야 할 의무도 없었음에도 말이다. 제레시 선생님은 다른 아이들에게는 조용히 하라고 하고 오르치를 쳐다봤다.

"지리 시간이었습니다."

"그런데 선생님이 학급일지에 서명하지 않으셨다?"

"천만에요. 서명하셨어요."

제레시 선생님은 학급일지에 아무것도 쓰여 있지 않다는 것을 보여주려고 펄렁거렸다. 오르치는 급히 교단으로 가서 종이를 넘겨봤다. 사실이었다. 지리 시간은 네 쪽이나 뒤에 기입되어 있었다.

제레시 선생님은 빙긋이 미소를 지으며, 오르치에게 도와줘서 고맙다고 말하고, 자기 자리로 돌아가라고 한 다음 중얼거렸다. "지리 선생님이 볼 때, 100년 후에 본다면 이 시간은 결국 똑같다고 생각하신 모양이다."

그 말은 폭소를 자아냈다. 오르치는 남들보다 더 크게 웃으며 말했다. "10만 년 후에는요!"

그 말이 특히 제레시 선생님의 관심을 끌었기 때문에 오르치를 쳐다보며 물었다. "왜지?"

오르치가 일어섰다. "저, 지리 선생님께서는 시대를 10만 년으로 계산하시거든요. 선생님이 이렇게 말씀하셨어요. '음, 인간의 도구는 그 발달을 10만 년을 단위로 관찰해봐야 해. 인간이 석기를 도구로 사용하면서 발달해온 것을 보면 말이야.'"

제레시 선생님은 의자 뒤로 기대고서 웃으며 오르치를 바라봤다. 그러나 그것은 진짜 웃음이 아니라, 그냥 얼굴 표정만 웃는 모습을 했을 뿐이었다. 그는 적당히 날카롭게 주의를 하면서 학생을 놀라운 듯 바라보고 있었다. 그는 이렇게 대답할 뿐이었다. "아주 대단하구나."

그는 손짓을 했다. 그래서 오르치는 자리에 앉았다. 그리고 학생들은 조용히 해야 했다. 그런 다음 제레시 선생님은 센테를 불렀다. 센테는 제일 뒤에서 일어났다. 그는 제일 뒤에 앉는 학생으로 항상 장난감 공을 만들었다. 다른 일은 전혀 하지 않았다.

체레시 선생님은 세 번째 문장에서 센테 자리로 가서 시간이 끝날 때까지 그곳에 서 있어야 했다. 맨 뒤에 앉은 나머지 학생들과도 문장 해석과 문장 분석을 연습해야 했기 때문이었다. 덕분에 다른 학생들은 방해받지 않고 단어들을 바꿀 수가 있었다.

오르치는 가운뎃손가락 마디로 미시의 옆구리를 쳤다. "그런데 너 복권 종이는 어디에 뒀어?"

"그 노신사분께 돌려드렸어."

"숫자는 기억하고 있어?"

"아니."

"이런 미련퉁이. 중요한 건 바로 그거야."

그들은 잠시 입을 다물고 있었다. 체레시 선생님의 수업 시간에는 누구도 '개인 잡담'을 할 수 없었기 때문이다. '개인 잡담'이란 체레시 선생님이 붙인 이름이었고, 그것을 절대 허용하지 않겠다고 말했다. 그러나 얼마 지나자 오르치는 미시 쪽으로 몸을 구부려 말했다.

"너, 돈을 왕창 딸 수 있어. 내가 루돌프 아저씨에게 이렇게 말했어. 내가 6크로이처짜리 복권을 샀고, 당첨되면 4포린트를 따게 된다고 말이야. 그러면 그 돈으로 니켈 도금이 된 장화 구두를 사겠다고 말했지. 이렇게 앞에서 위로 구부러진 구두 있잖아. 그랬더니 아저씨가 말씀하시더라. '애야, 알고 있니? 복권에 당첨되면 한 무더기의 돈을 얻게 된단다. 4포린트가 아니고 1,000포린트도 아니고, 뭉텅이 돈을 따게 된다고. 그래서 뭐가 뭔지 너는 전혀 모른다고 내가 말하는 거야.'"

미시는 아무 말도 하지 않았다. 그는 고슴도치처럼 몸을 안으로 오므리고 있었다. 복권이 없는 것이다. 거금을 거머쥘 희망이 사라져버린 것이다. 왜 오르치는 지금 그를 이토록 괴롭히는 걸까. 그가 조금 더 일찍 그 말을 해줬으면 좋았을걸.

그는 차라리 기메시에게 가까이 접근했다. 기메시가 오늘은 말할 수 없이 좋았다. 사실 자기 때문에 그는 건달 녀석에게 달려들었던 것이었다.

기메시는 두 손으로 머리를 앞으로 감싸고 있었다.

"아파?" 미시가 물었다.

"무슨! 난 그 건달 녀석을 걱정하고 있어. 그 녀석이 날 화나게 하면, 그 녀석을 벽으로 밀어서…"

그러나 기메시는 매우 기분이 나쁜 모양이었다. 그래서 미시는 다시 몸을 돌렸다. 그는 기메시가 자기 때문에 속이 상하면 어쩌나 걱정스러웠다. 그러나 가슴속에서는 그를 매우 가깝게 느끼고 있었다.

수업이 끝나자 오르치는 기메시에게 갔다. 그가 느끼기에 미시는 자기보다 기메시와 더 친하다고 생각했기 때문이었다. 그는 기메시에게 이렇게 말했다. "야, 너 닐러시한테 한 대 먹여서라도 복권에 무슨 숫자를 써넣었는지 한 번 알아내봐."

"왜? 당첨됐대?" 기메시가 물었다.

"자기가 무슨 숫자를 써넣었는지 모른다고만 하잖아."

"어이구, 숫자를 모른다고?" 기메시는 눈을 크게 뜨며 깜박이지도 않고 말했다. 작고 촉촉하며 일본 사람처럼 가늘게 찢어진 눈이 확신에 차 있어 보였다. 물론 약간 의아한 듯하기도 했다.

"내가 미시를 좀 손봐야겠네. 그러면 숫자들이 생각날 거야. 걔는 마음속에 품고 있는 것을 좀처럼 밖으로 내비치지 않는단 말이야. 야생마처럼 고집만 세서는. 하지만 난 미시의 약한 구석을 알고 있어. 다리를 걸어버리면 길게 뻗어버릴 거야. 그러면 그때 내가 손을 좀 봐주지. 흐물흐물하게 될 때까지. 그러면…"

미시는 조용히 자리에 앉아 미소를 지을 뿐이었다. 그는 한 마디도 하지 않았다. 아, 다른 사람들이 복권에 대해 더 이상 아무 말도 하지 않는다면, 그 대가로 뭐든지 다 줘버릴 텐데.

"너 말할래, 아니면 말 안 할래?" 기메시가 외쳤다.

"나 좀 조용히 놔줘라."

"아! 제기랄." 기메시가 외쳤다. 그의 목소리는 더 날카로워지고 커졌다. "땄어, 아니면 못 땄어?"

"못 땄어."

"숫자를 말해. 빨리 말해. 말 안 할래? 좋아, 너한테서 내가 지금 그 숫자들을 털어내고 말 테다. 쾅하고 땅에 떨어지게 말이야."

그러면서 그는 미시의 칼라를 잡았다. 장난이었다. 하지만 기메시의 눈은 이미 불을 품었고, 미시를 흔들기 시작했다.

"쓸데없는 짓 그만하자." 미시가 어찌나 부드럽고 다정하게 말했던지, 우스워서 저절로 눈물이 날 뻔했다.

"너 말할래, 말하지 않을래?"

"말하지 않을래."

그러자 기메시는 미시의 머리를 잡고, 있는 힘을 다해 책상에 부딪쳤다.

미시는 깜짝 놀라 도무지 숨을 쉴 수가 없었다.

"숫자를 끝내 말하지 않는구나. 정말 말하지 않을래?" 그러면서 기메시는 미친 듯이 미시의 머리를 쳤다. 미시의 머리는 여러 번 책상에 부딪쳤다. 미시의 머리는 그의 몸 중에서 가장 예민한 부분이었다. 조금만 충격이 가해져도 그는 바로 두통을 겪곤 했다. 그는 일어나서 빼빼 마르고 조그만 기메시를 팔꿈치로 쳤다. 가슴을 향해서. 그러자 기메시가 의자에서 나가떨어졌다. 기메시는 책상과 책상 사이의 통로 한가운데에 나가떨어져 누웠다. 거기서 그는 한동안 그대로 있었다. 숨을 헐떡거리고 있는 모습이었다. 미시는 심하게 걱정되었다. 두려운 생각이 들었다. 얼굴이 창백해지고 몸을 떨면서 그를 도와 일으켜 세우려고 미시는 몸을 굽혔다. 그러나 그 순간 기메시가 펄쩍 뛰어 일어나더니, 곰처럼 미시에게 달려들어 그의 머리를 두들겼다. 그것은 조금 전에 세게디가 그를 때렸던 것과 똑같은 모습이었다.

소년들은 둘을 둘러싸고 둥그렇게 원을 만들었다. 미시는 서너 번 맞은 후에야 공격을 시작했다. 그는 처음부터 이 일을 진지하게 받아들이려고 하지 않았다. 그러나 이성이 상황을 깨닫게 하면서 그를 내버려두지 않았다. 미시는 일어서서 기메시를 공격했다. 주먹으로 얼굴을 내려치고, 팔로 목을 휘감아 기메시를 땅바닥에 내리꽂았다. 미시의 팔에 기메시의 마르고 가느다란 목이 느껴졌다. 목을 내리누르고 조이면서, 자기의 손톱이 그를 찢어발길지 모른다고 생각했다. 기메시는 앞쪽으로 계속 공격하며 미시를 할퀴었지만, 그건 별 볼일이 없었다.

결국 미시는 기메시의 목을 타고 앉았다. 그러나 그가 자기의 무릎 밑에 깔린 친구, 마르고 가느다랗고 얼굴도 조그만 친구를 봤을 때, 그 친구가 분노와 증오심으로 가득 차 있어 선량함이나 용서하는 마음은 찾아볼 수 없이 악착같이 돌고 구르고 하는 것을 봤을 때, 미시는 눈물이 나와 더 이상 싸움을 계속할 수가 없었다. 그는 일어나서 자기 자리로 뛰어가 머리를 책상에 묻고 대성통곡을 하고 말았다.

기메시는 일어섰다. 그는 죽고 싶을 만큼 창피스러워서 복수를 하겠다고 땅땅거렸다. 소년들은 모두 그들 주위로 몰려들어 아무 말 없이 두 사람의 싸움을 보고만 있었다. 오직 오르치만이 앞에 나서서 소리쳤다. "너희들 미쳤어? 빨리 떨어져." 그러나 서로 붙잡고 치고 패고 싸우지 않는 부르주아 아이들은 그저 가만히 서서 웃지도 않고 구경만 했다. 사태가 어떻게 진전되는지를 조용히 지켜보고 있었다.

"그렇게 울지 마." 기메시가 투덜거렸다. 그의 눈 밑에 피가 나고 있었다. 하지만 그는 울지 않았다.

미시는 감정을 자제하고 오열을 그쳤다.

"도대체 쟤네들 왜 싸우는 거야? 도대체 무슨 이유로?" 탄넨바움이 점점 어안이 벙벙해져서 이렇게 물었다.

"알기는 누가 아나? 뻐꾸기나 알지." 산터가 말했다. 그는 자기 자리로 가서 공책을 꺼내 다음 산수 시간을 준비했다. 그도 역시 부르주아의 아들이었다. 무슨 일이 있어도 침착함을 잃지 않는 부르주아의 아들.

그들의 바로 뒤에 앉은 버르가가 기메시 앞으로 몸을 굽히며 물었다. "도대체 무슨 일이야?"

"저 녀석은 무식한 촌놈이야." 기메시가 손수건을 얼굴에 가져가 눈 밑을 누르며 말했다.

그 말을 듣자 미시는 번개를 맞은 것처럼 정신이 번쩍 났다. 그 말은 미시의 내부를 들끓게 만들었다. 그는 결심했다. 앞으로 일생 동안 기메시와는 더 이상 단 한 마디도 하지 않겠다고.

그러는 사이 온 교실에서 싸움판이 벌어졌다. 뒷자리에서도 아이들이 서로 승강이를 벌이고 맞잡고 싸우고 난리였다. 서로 아무 이유도 없이 따귀를 때리고 야단이었다. 그러면서 그들은 웃고 도망 다니고 했다. 오늘은 정말이지 미쳐버린 하루였다.

바토리 선생님은 교실 문을 들어서며, 학생들이 싸움질을 하는 등 난리 법석을 피우는 것을 보고 어처구니가 없었다. 그의 눈에서 번쩍 빛이 났다. 그는 참나무 지팡이를, 손잡이가 둥근 지팡이를 들어 책상을 힘차게 내려쳤다. 그러자 금방 교실 안의 학생들이 잘 길든 순한 양떼로 변했다.

눈 깜짝할 사이에 모두들 자리에 앉아 고개를 숙였다. 말 한 마디 하지 않고 쥐 죽은 듯이 조용히 있었다. 바토리 선생님은 그 어떤 선생님보다 학생들이 무서워하는 선생님이었다. 미시도 자기 걱정을 잊을 정도였다. 그들이 모두 자리에 앉아 있었을 때에도, 그는 여전히 선생님을 응시하고 있었다.

"손은 책상 위에!" 선생님이 큰 소리로 말하자, 모두 다 손을 책상 위로 올려놓았다. 그것은 불이 후드득 소리를 내며 타는 것 같은 소리를 냈다.

마치 사자처럼 바토리 선생님은 여기저기를 훑어보며 말했다. "나는 이제야… 보게 된다…. 여기가 현재… 정상적으로 수업을 할 분위기인지 아닌지를…."

바토리 선생님은 학급일지를 앞에 놓고 앉아서 자기 사인을 아무렇게나 해댔다. 그러고 나서 일어서서 분필을 집은 후 손이 더러워지지 않도록 종이에 잘 싼 다음, 손가락 사이에 끼우고 말했다. "비례법."

수업 시간 내내 유쾌하게 주의를 기울였고 절도가 유지되었다. 바토리 선생님의 에너지가 학생들의 마음을 안정시켰다. 그는 말하는 것이 마치 작전 지휘관 같았다. 짧고 확실하고 강했다.

마지막 시간은 체육 시간이었다.

자유로운 마음에 환호성을 지르며 학생들은 한꺼번에 실내 체육관으로 몰려 나갔다.

체육관은 1층짜리로, 넓고 크고 높게 지어진 건물이었다. 창문은 뒷마당을 향해 있었다. 바닥은 덮여 있었다. 앞쪽 절반은 마루를 깔았고 뒤쪽으로 3분의 1쯤은 참나무 껍질을 근사하게 깔아놓았다. 그곳은 뛰어오르고 뛰어내리는 데 아주 좋았다. 높이서 뛰어내려도 그 충격이 무릎 관절에 직접 닿지 않았다.

미시는 이곳에서 시간을 보내는 것을 좋아하지 않았다. 그가 교실에 있을 때는 자기가 1등 그룹에 끼어 있거나 아니면 1등이라고 생각했다. 하지만 이곳에서 그는 꼴찌 그룹이었다. 이곳에서는 키 큰 순서대로 서기 때문에 그는 뒤에서 세 번째로 서야 했다. 그런 현실은 그의 마음을 아프게 했다. 그의 뒤로는 기메시와 티코시 주리가 섰다.

티코시 주리는 양가죽 장화를 신은 진짜 대농의 자손이었다. 그는 키가 작고 가무잡잡했으며 지독히도 진지하고 조숙했다. 그는 거의 웃는 법이 없었다. 그와는 어느 누구도 도무지 싸울 수가 없었다. 만약 누군가 "한 방 먹여줄까"라고 하면 그는 당장에 선생님에게 달려가 고자질을 했기 때문이다. 무서워서, 혹은 다른 사람을 해치기 위해서 그가 고자질하려는 건 아니었다. 다만 체질적으로 그는 일반적인 질서의 보호를 받아야 한다고 생각했다. 그런 까닭에 체육 시간만은 그와 미시 사이에 좋은 관계가 유지되었다. 미시는 그가 거리낌 없이 양가죽 장화를 신고 검은 실로 짠 잿빛 헝가리 재킷을 걸치고 다닐 수 있는 사람이라는 것이 마음에 들었다. 미시는 그런 것을 입어서는 안 되었다. 그는 집에서 이미 농부 축에 끼도록 태어나지 않았기 때문이다. 미시는 단지 혼혈이었고, 가난한 소년이었다. 농부도 아니었고,

그렇다고 신사도 아니었다. 혹은 이렇게 말할 수도 있었다. 그는 혼합 혈통인 셈이었다. 두 가지 요소를 동시에 갖추고 있었으니까 말이다.

미시는 지금의 자리를 애써 되돌려놓고 싶었다. 김나지움 1학년을 처음 시작할 때 체육 선생님은 그들을 정렬시켰었다. 티코시는 미시 옆에 섰고, 바로 뒤에 기메시가 섰다. 그 당시 미시는 기메시를 아주 좋아했다. 그런 까닭에 그는 선생님이 몸을 저쪽으로 돌리자 뒤로 손을 내밀어 기메시를 옆에 서도록 잡아당겼었다. 그런 기메시가 지금은 따귀나 치는 야만적인 인간으로 보였다. 이제 더 이상 그에게 눈길 한 번을 줄 가치도 없다고 생각되었다. 티코시는 미시가 기메시와 아주 친하게 지내는 것에 상당히 가슴 아파했다. 그래서 미시와 기메시는 그가 선생님에게 고자질을 할까봐 처음에는 두렵기도 했었다. 그러나 그는 입을 다물었다. 그가 시몬피 옆에 서게 되었기 때문이다. 시몬피는 시장님의 조카인가 뭔가 하는 아이였는데, 티코시는 다른 아이 옆에 서는 것보다 시몬피의 옆에 서는 것을 좋아했다.

시몬피는 다른 아이에게 늘 싸움을 거는 다소 건방진 녀석이었다. 그는 잡종 개처럼 계속 이리저리 뛰어다녔고 쉬는 시간에는 교실 전체를 헤집고 다녔다. 그는 모두를 형제처럼 여겼던 것이다. 금방 3학년 교실에 있는가 하면, 어느 사이에 7학년 교실에 가 있고, 또 5학년 교실에 가 있는 등, 그는 학교를 자기 집처럼 들쑤시고 다녔다. 그는 아주 자그마했기에 어디를 가나 응석받이였다. 상급생들은 그를 어깨 위에 올려놓고 담배를 주기도 하고 농담을 하기도 했다. 그러면 그는 쓸데없는 이야기들을 이 교실, 저 교실로 옮기고 다녔다.

"너희들, '늙은 상사'가 5학년 교실에서 무슨 일을 한지 알아?"

"뭘 했는데?" 금방 그의 주위에 아이들이 몰려들었다.

"말썽꾼이 칠판에 아무렇게나 글씨를 쓰고 있는데, 노인네가 들어온 거야. 노인네가 그를 지팡이로 탁탁 치며 물었대. '자네 이름이 뭔가? 이런 비열한 쓸모없는 녀석 같으니라고.' 녀석이 대답했지. '말썽꾼이요.' '그건 네 입을 보니 벌써 알겠고…. 네 녀석 이름을 알아야겠다.'"

오르치가 다가와서 아이들이 웃는 걸 바라봤다. 그러나 왜 웃는지에 대해서는 묻지 않았다. 시몬피는 다른 어느 누구보다 더 오르치가 누구인지를 잘 알고 있었기 때문에, 오르치에게서 당연히 사랑을 받고 싶어했다. 그래서 그는 다시 처음부터 열띠게 설명하기 시작했다. "'늙은 상사'가 5학년 수업에서 뒤에 앉은 어떤 학생의 엉덩이를 때렸대. 왜 그랬게? 말썽꾼이 칠판에 아무렇게나 글씨를 썼기 때문에 물었다는 거야. '네 이름이 뭐냐?'"

"그건 내가 네 입에서 보고 있다." 오르치가 손짓을 하며 말했다. 그 이야기를 이미 알고 있다는 손짓이었다.

"아하."

"너지 산도르는 늘 그 늙은 병사가 말하는 것을 속기하곤 해. 우리는 매일 코수트 거리까지 같이 가는데, 그때마다 그는 내게 무슨 일이 있었는지를 다 이야기해주지. 시몬피, 졔레시 선생님이 마르기타 머그더 양에게 아양을 떠는 게 사실이니?"

시몬피는 두 눈을 크게 뜬 채 생각에 잠기며 말했다. "맞아. 그 집에 다니셔."

"그래." 오르치가 대답했다. "언제 선생님이 다시 거기에 가니?"

"그건 정확히 알아낼 수 있어. 오늘밤에 내가 그곳에 가거든. 그때 슬쩍 알아내게 될 거야."

오르치가 웃었다. "너지 산도르가 어제 내게 말했어. 그걸 알아챘다고 말이야. 사실 그는 질투하고 있는 거라고."

"누가? 너지 산도르가?"

"그래. 너지 산도르는 마르기타 머그더를 위해 시를 한 편 썼는데, 어제 그걸 스케이트장에서 건네줬어. 시는 이렇게 시작해.

　　난 네 말 듣는데,

　　넌 내 말 못 듣네.

　　나는 널 보는데,

　　너는 날 못 보네.

그리고 그가 말했어. 제레시 선생님에게 결투를 신청할 거라고."

"너지 산도르가?"

오르치는 킥킥거렸다. 미시는 아무 말 없이 입을 꽉 다물고 있었다.

이 순간 힘찬 목소리가 울렸다. "집합!"

체육 선생님이 옆방에서 왔다. 문 위로 대문자 E 자가 설치되어 있는 방이었다. 금세 모두 집합했다. 이미 거의 줄지어 서 있는 상태였으니까.

"똑바로 정렬. 저기 뭐냐? 누가 그렇게 배를 푹 내놓고 서 있지? 차렷!"

아이들은 군인처럼 직립 부동자세로 서 있었다.

"원을 그리며 간다! 앞으로 행진! 하나! 둘! 하나! 둘!"

그들은 기다란 체육관을 줄줄이 서서 행진했다.

"장화 똑바로 신고! 하나! 둘! 하나! 둘! 하나! 둘! 제기랄, 가볍게! 하나둘, 하나둘, 하나둘!"

학생들이 체육실을 두 번 돌면 결국 이렇게 말한다. "멈춰!" 아이들이 다시 처음에 섰던 자리로 돌아와 있다. "열중 쉬어!"

이렇게 항상 체육 시간은 시작되는 것이었다.

미시는 이런 일들이 지독히 따분하게 생각되었다. 처음부터 끝까지 어리석은 짓 아닌가. 이제 그들은 모두 뜀틀이 있는 곳으로 가서 뜀틀을 넘어야 했다. 키 큰 아이들에게는 가벼운 일이었다. 뜀틀이 그들에게는 낮았고, 그들의 다리는 기니까 말이다. 하지만 키가 작은 아이들은 뜀틀 위에 앉아버렸다. 그러면 체육 선생님이 얼마나 심하게 경멸하는지가 느껴질 정도였다.

체육 교사인 쉬츠 이슈토크는 키가 작고 뚱뚱하고 검은 콧수염을 하고 있었다. 그는 다리를 거만하게 쩍 벌리고 서서 무슨 하사관이나 되는 것처럼 호통을 쳤다. 그의 어깨와 팔은 아주 두툼해서, 문자 그대로 재킷이 터져나갈 지경이었다. 그는 한 번도 시범을 보여주지 않았다. 단지 명령만 할 뿐이었다.

그는 힘센 아이들을 좋아해서 그들에게 따로 연습을 시켰다. 나면서부터 튼튼하고 강한 아이에게 그는 아주 좋은 체육 교사였다. 하지만 다른 아이들, 허약한 아이들에게 그는 따뜻한 눈길 한 번 주지 않았다. 의무감에서 그는 아이들이 운동기구 옆에 머물러 있게 했다. 그러고는 아이들이 철봉과 평행봉을 더럽히기만 한다고 신경을 곤두세우고 짜증을 내는 것이었다. 각 조의 리더들이 그의 기쁨이었다. 그는 리더들을 조의 앞에 세우고 특별 연습을 하도록 하고, 그들과만 웃으며 이야기했다. 조그맣고 허약한 아이들은 무시했다. 그렇게 학생들을 김나지움 8학년이 될 때까지 8년 동안 철저히 분리시켰기 때문에, 그는 체육을 못 하는 학생들은 누가 누구인지마저 구분하지 못했다.

그는 원래 목사가 되려고 했지만, 인생이란 자기 뜻대로만 되는 것이 아니라서 일자리를 잡기도 전에 결혼을 하게 되었다. 그 당시 쉬츠 이슈토크는 12년간 내내 학교의 자랑거리였기 때문에, 노선생 자브라츠키가 정년퇴직을 하자 바로 그 후임자로 임명되었다. 자브라츠키 선생은 국어인 헝가리어 문법과 체육을 가르쳤었다. 그 과목을 가르치기 위해서는 자격시험이나 어떤 특별한 능력도 필요하지 않았다. 그는 구시대 사람이었고, 옛 주교의 부하 같은 사람이었다.

미시는 잃어버린 복권 때문에, 그리고 기메시와의 싸움 때문에 상심이 커서 도움닫기를 제대로 할 수 없었다. 결국 그는 뜀틀 위를 넘어가지 못했다.

"이게 무슨 짓이야? 심장이 바지로 흘러내렸니?"

미시는 뜀틀 운동을 지나치고 싶었다. 그러나 체육 선생님이 소리를 질렀다. "다시 한 번!"

그는 다시 돌아가서 또 한 번 도움닫기를 해야만 했다. 다시 높이 뛰어오르지 못하고 뜀틀에 기대고 서버렸다.

"다시 한 번!"

미시는 두 번째로 다시 어슬렁거리며 돌아갔다.

"뛰어가도록!"

그는 달리기 시작했다. 처음에는 천천히, 그러다가 속도를 내어. 하지만 미시는 달리기를 중단하고 옆으로 가버렸다. 그는 뜀틀이 있는 곳까지 가지도 않았다.

쉬츠 이슈토크는 입을 크게 벌렸다.

"돌아와. 돌아와. 이리 와." 그는 손가락을 구부리며 까닥까닥 신호를 했다. "이제 해봐. 네가 뭘 할 수 있는지 보여줘야지. 어떻게 뛰는지 어디 한 번 봐야겠다."

미시는 움직이지 않았다. 힘을 다 뺐기 때문에 기진맥진해서 그 자리에 고집스럽게 그대로 서 있었다.

"달리기, 시작!" 쉬츠 이슈토크는 발을 굴렀다.

미시는 아무 말도 하지 않았고 그 자리에서 움직이지도 않았다.

"저 녀석 갈비를 누가 좀 때려줘라. 만일 내가 때리면 저 녀석이 대성당 너머로 날아가버릴 테니까."

체육 선생님의 두 눈에 불꽃이 튀었다. 그는 무서울 정도로 떡 벌어진 체구에 힘을 주며 이미 소년에게 다가오기 시작했다.

미시는 이를 악물었으나 움직이지는 않았다.

"명령에 불복종하는 거야? 너, 반항하는 거야?" 체육 선생님은 호통을 치며 앞으로 한 걸음 나섰다.

소년들은 이제 무슨 일이 벌어질지 걱정스럽게 사태를 지켜보고 있었다.

그때였다. 오르치가 대열에서 나와 말했다. "저, 쉬츠 선생님. 미하이 닐러시는 몸이 아파요."

"너에게 묻지 않았어."

오르치가 지금 이 연약하고 불행한 사람을 수호신처럼 대변할 수 있다고 상상한 것은 오만불손이었다. 체육 시간에는 그도 1등이 아니었고, 쉬츠 이슈토크의 눈에 왼손잡이 오르치는 미시보다 더 나을 것도 없는 학생이었다.

그러나 오르치는 뒤로 물러서지 않고 말했다. "용서해주세요. 하지만 사실은 사실이에요."

흥분한 쉬츠 이슈토크는 수돼지처럼 씩씩거리며 그를 바라봤다. 그는 이 소년이 다른 아이들보다 좋은 옷을 입고, 머리도 더 멋있게 잘 랐고, 멋쟁이처럼 말한다는 것을 알아차렸다. 그리고 그런 모든 것이 투우장의 소에게 빨간 천을 보여주는 것만큼이나 그를 화나게 만들었다. 소년이 부잣집에서 길들여진 음성과 어조로 이야기하는 것이, 그에게는 인간적인 모욕으로 느껴졌으며, 그의 어설픈 경력에 대한 비판으로 보였다. 또한 그의 비천한 출신 성분에 대한, 그리고 비밀로 간직하고 있는 음주벽에 대한 비난으로 느껴지기도 했다. 그래서 그는 화가 나 오르치에게 목청을 높였다.

"이리 오너라!" 그는 씩씩거렸다. 화가 나서 얼굴이 시퍼렇게 되었다.

오르치는 용기 있고 반듯하게 선 자세로 앞으로 나섰다.

"이리 와!" 쉬츠 이슈토크는 호령하면서 자기 발 앞을 가리켰다.

오르치는 약간 조심스럽게 선생님 앞으로 다가갔다. 그가 화가 나서 따귀를 때릴 것이 뻔했기 때문이다. 따귀라면 애써 피하고 싶었다. 오르치는 놀랍기도 하고 화도 났다.

하지만 이제 도망갈 구멍은 없었다. 그래서 그는 체육 선생님을 솔직하고 용기 있는 눈으로 바라봤다. 학급 학생들은 무슨 일이 일어날 것인가 하고 숨도 제대로 쉬지 않고 기다렸다.

몇 초가 지나갔다. 오르치는 얼굴이 창백해지는 것을 느꼈다. 하지만 꽁무니를 빼지는 않았다.

그사이 쉬츠 이슈토크는 이 소년이 체육을 잘하지 못한다는 것 말고 어떤 나쁜 짓도 저지르지 않았다는 것을 깨달았다. 하찮은 녀석. 다음 순간 그는 쉰 목소리로 오르치를 모욕하기 시작했다. "약방의 감초 같은 녀석. 다른 사람의 일에 아무 때나 코를 들이미는구면, 이 신사 양반." 그는 한 손을 이미 들어 올린 상태였다. 순간 그 손으로 그는 콧수염을 잡고 빙빙 돌렸다. 그것은 농사꾼 아이들이 하는 것과 똑같은 행동이었다. 농사꾼 아이들은 타작마당에서 누군가를 때리겠다고 위협하다가, 콧수염을 빙빙 돌리는 것으로 사태를 익살스럽게 전환시키곤 하지 않던가.

"좋아, 지렁이 같은 녀석." 그는 말했다. "저기 저 녀석을 대열에서 나오게 해. 만약 녀석이 아프다면 악마에게나 데려다줘. 그리고 이제 네가 저 녀석을 위해서 뛴다! 하나, 둘!"

진실을 솔직하게 말하자면, 오르치에게는 뜀틀을 뛰어넘는 것보다 차라리 용감하게 매를 맞고 견뎌내는 편이 더 가벼운 일이었을 것이다. 그래도 그는 달리기 시작했다. 그리고 번번이 뜀틀 앞에 서 있곤 했다. 그는 한 번도 뛰어 오르지 못했다. 하물며 뛰어넘는다는 것은 불가능한 일이었다. 그도 미시하고 똑같았다. 우등생이라고 해서 훌륭한 운동선수가 되란 법은 없으니까.

"그래, 축하한다." 쉬츠 이슈토크가 말했다. "나한테 무슨 악마가 씌어서 저렇게 생겨먹은 지렁이들을 보냈지?"

오르치는 부끄러워하며 급히 대열로 돌아갔다. 그러나 그가 소년들에게 돌아섰을 때 그는 이미 웃고 있었다. 쉬츠 이슈토크는 그를 쳐다보고는 이어서 미시도 쳐다봤다. 미시는 아직도 그 자리에 서 있었다.

"대열에서 이리 나와!"

소년은 움직이지 않았다. 그는 자기가 아프지 않다고 말하려 했다. 하지만 갑자기 어지러웠다. 그는 벽을 등에 대고 비틀거렸고, 두 손바닥으로 벽에 의지하고 있다가 의식을 잃고 바닥에 쓰러지고 말았다.

쉬츠 이슈토크는 깜짝 놀라 그를 살펴봤다.

"물 한 컵을 애 목덜미에 부어봐." 그가 말했다. "그래, 너 땅딸보!"
그는 키 작은 시몬피를 불렀다. 시몬피는 미시 바로 옆에 서 있었는
데, 그가 키는 아주 작아도 체육을 잘했기 때문에 체육 선생님은 그를
알고 있었다. "내 방 책상 위에 물컵이 하나 있어."

땅딸보는 달려가서 금방 물이 가득한 컵을 가지고 왔다. 그는 손을
그 안에 담그고 있다가 꺼내 미시의 얼굴에 튀겨주었다.

미시는 구역질이 날 것만 같았다. 그는 지독한 악취가 진동한다고
느꼈다. 컵에는 물이 담겨 있지 않았다. 거기에는 도수 높은 독주가
담겨 있었다.

쉬츠 이슈토크는 얼굴이 벌개져서 허둥댔고, 구렁이 담 넘어 가
듯 조용히 있었다. 이런 사태가 발생할 것이라고는 전혀 생각하지 못
했다.

차츰차츰 소년들은 독주 냄새를 알아채고 킥킥거리기 시작했다. 그
러자 쉬츠 이슈토크는 호령했다. "조용히 차렷하고 있어!"

그것이 모두에게 즉효약이었다.

"버르터 그리고 클레멘. 얘를 여기 밧줄뭉치 위에 앉혀봐."

미시는 체력이 좋은 아이의 도움을 받아야만 했기 때문에 오르치,
기메시, 시몬피는 자기 자리로 돌아가야만 했다. 호명을 받은 두 아이
는 미시를 밧줄 위에 앉혔다.

버르터는 마음이 많이 상했다. 미시가 그의 마음을 아프게 했던 것
이다. 그는 미시를 좋아했고 존경하기까지 했다. 그래서 자기 인생에
있어 처음으로 쉬츠에 대해 부정적인 말을 내뱉었다. "저런 소만도 못
한 인간. 물컵으로 독주나 마시고."

미시는 결국 진정되었다. 밧줄더미 위에 앉아 있는 것은 좋았다. 그

는 차가운 벽에 등을 기대고 맥이 빠져 그냥 앉아 있었다. 하지만 자꾸 땅으로 가라앉는 것 같았다. 체육관이 흔들리고 그의 눈앞에서 빙빙 돌았다. 그는 계속 하품을 했다. 찬바람이 등줄기를 타고 불었다.

어쩌다 그는 오르치와 기메시가 서로 얘기하는 것을 봤다. 그때 그의 눈에 눈물이 가득 고였다. 그들은 얼마나 그에게 잘해주었는가. 둘은 오늘 오직 그를 위해 매를 맞은 것이 아닌가.

기메시는 그사이에 오르치에게 말했다. "난 미시에게 무슨 일이 있는지 알아. 복권을 잃어버렸는데, 써낸 숫자가 맞은 거야."

"지금 무슨 말을 하는 거야?" 오르치가 놀라 소리쳤다.

"난 숫자를 알고 있어. 미시가 우리 집에 왔을 때 적어놓았거든. 오늘 산도르에게 물어봤지. 그런데 생각해봐. 22 하나만 빼놓고 네 개가 다 맞았어."

"혹시 누가 미시에게서 복권을 뺏지 않았을까? 그럴 수도 있어." 오르치가 말했다.

오르치의 추측은 기메시를 놀라게 했다. 그런 가능성을 그는 전혀 생각하지 않았던 것이다.

쉬츠 이슈토크는 학생들을 돌아보고 그들이 흐트러져 있는 것을 알아챘다. 체육 시간에 학생들은 자기 자리에 서서 기다려야 했다. 60명의 학생이 모두 자기 차례를 하고 나서 다시 대열의 자기 자리에 제대로 설 때까지 말이다. 쉬츠는 학생들을 엄격하게 오랫동안 노려봤다. 그리고 두 학생이 드디어 자기 자리로 들어가자 그는 학생들을 먹이를 쫓는 사냥개마냥 냉정한 눈빛으로 관찰했다.

미시는 가만히 생각해봤다. '사랑스럽고 마음씨 좋은 기메시를 내가 어떻게 때리게 되었을까?' 기메시, 그는 얼마나 용감하게 자기편을 들어주는가. 진정으로 고마워해야 할 일이다. 분명 그는 본의 아니게 오르치에게 잘못 행동했던 것 같다. 왜냐하면 그는 그저 무식한 촌놈이니까.

눈물이 코를 따라 입으로 흘러내렸다. 그는 흐느껴 울며 숨을 헐떡거렸다. 어지러웠고, 거의 정신이 없었다. 아, 엄마 품에 머리를 묻을 수 있으면 얼마나 좋을까. 하지만 엄마는 어디 있나? 불쌍한 엄마는, 불쌍한 우리 엄마는?

08

점심식사 후에 미시는 공부를 하기 위해 자리에 앉았다. 방은 비어
있었다. 단지 너지만이 자기 침대에 누워 책을 읽고 있었다. 미시는
서랍을 열었다. 그때 그가 자기 부모에게 쓴 편지가 눈에 들어왔다.
편지 쓰기를 시작만 해서 서랍에 넣어둔 지가 최소 일주일은 된 것 같
았다. 그는 그것을 다시 꺼내놓고 잉크와 펜을 가져왔다.

　　사랑하는 부모님께,
　　　제가 이렇게 오랫동안 편지를 쓰지 않았다고 너무 화내지 말아주세
　　요. 하지만…

　　겨우 이만큼 쓰여 있었다. 그는 한참 편지의 마지막 줄을 응시했다.
만약 "하지만"이 그 자리에 쓰여 있지 않았다면 손쉽게 이어갈 수도
있었을 것이다. 무슨 까닭에 이런 말을 썼을까? 왜 이제껏 편지를 쓰

지 않았을까? 그는 거짓말을 하고 싶지는 않았다. 그에게는 항상 엄마의 말이 가까이 자리하고 있었다. 불타는 불꽃처럼 그의 뒤에서 엄마의 말이 그를 지키고 서 있었고, 목덜미를 꾹꾹 찔러댔다. "얘야, 항상 내가 널 보고 있다고 생각하고 행동하렴. 내 눈이 너를 보고 있다고 생각해봐. 그러면 옳지 않은 일은 하지 않을 거야."

그는 엄마의 선량한 눈이 자기를 향하고 있음을 느꼈다. 두려움이 그의 목을 내리 눌렀다. 그래서 그는 기가 죽어 편지를 바라봤다.

너지는 자기 침대 위에서 움직거렸다. 그때 미시는 빨리 펜을 잉크병에 담갔다가 편지를 이어서 써내려갔다.

시간이 없었어요. 날마다 오후 5시에서 6시까지 어떤 할아버지에게 신문 읽어드리는 일을 하거든요. 그 할아버지는 맹인이에요. 한 시간에 10크로이처씩 제게 지불해주죠. 하지만 저는 반 시간은 더 빨리 길을 떠나야 해요. 시간에 늦으면 절대로 안 되거든요. 제가 돌아오는 시간이면 기숙사는 저녁식사 시간이에요. 그 후에는 공부를 해야 하고요. 또 수요일과 토요일 오후에는 편지를 쓸 수 없어요. 그때 전 같은 반 아이에게 라틴어와 수학을 가르쳐야 하기 때문이지요. 그래서 사랑하는 부모님께 이제껏 편지를 보내드릴 수가 없었어요.

여기까지 써내려갔을 때 그는 쓰기를 그만두고 쉬었다. '그럭저럭 아주 잘 써내려갔네.' 그는 기뻐서 희미한 미소를 지었다. 편지의 이야기를 들으면 결코 어머니는 잘못했다고 말씀하시지 않을 것이다. 그렇지 않나?

밖에는 바람이 불었고 젖은 눈이 창문을 때렸다. 미시는 착하고 선량한 어머니가 자기 앞에서 힘이 없어 보이는 손으로 돼지에게 음식물 찌꺼기를 가져다주는 것을 보았다. 그는 책상 위에 팔꿈치를 기대고 자기가 쓴 글씨를 응시했다. 어머니가 눈앞에서 사라질 때까지.

그는 재작년에 집에 있을 때의 일을 생각했다. 그때 언드라시 아저씨가 집을 방문했었다. 아저씨는 어머니의 남동생뻘 되는 친척이었다. 그는 기술자였고 대장장이였는데, 선량하고 영리한 사람이었다. 그는 이야기를 아주 잘했다. 그가 하는 이야기는 마치 설교를 하는 것처럼 들렸다. 원래 그는 목사가 되려고 했다. 하지만 공부할 여건이 되지 않아 목사가 되지 못했다고 한다. 그는 아주 아름답고 쩌렁쩌렁 울리는 목소리를 가지고 있어서 다른 모든 소리를 압도했다. 그리고 항상 아름답고 선한 것에 대해 이야기했기 때문에, 마치 설교단 위에서 신도들에게 이야기하는 것 같았다.

겨우내 아저씨는 미시의 집에 머물렀다. 일거리가 없어 시간이 많았기 때문이다. 그는 불 옆에 있는 작은 의자에 앉아 있으면서, 불이 다 타면 나무를 넣고 또 넣고 했다. 그는 쉼 없이 책을 읽었다. 소설과 신문, 그리고 기계에 관한 책들을 읽었다. 아저씨 때문에 보통 때보다 더 요리를 신경 써서 해야 했다. 그는 간단한 요리는 먹으려고 하지 않았기 때문이다. 가끔 그는 식사에 포도주를 마시고 싶어했다. 그러면 미시가 술집에 가서 포도주 반 리터를 사와야 했다. 언드라시 아저씨는 그것을 혼자 다 마셨다. 가끔은 이렇게 말하기도 했다. "이리 오세요, 베르터런. 저하고 술 한 잔 하시죠." 하지만 아버지는 그럴 때면 이렇게 소리쳤다. "나는 마시지 않겠네. 술을 마시면 일을 할 수가 없으니까."

아버지는 겨우내 썰매의 활목을 만드는 나무를 잘게 쪼갰다. 어느 날, 그는 얼음같이 차가운 바깥에서 커다란 통나무와 씨름을 했다. 도끼로 그것을 부수기 위해 애쓰고 있었다. 어머니는 밖으로 나가 남편이 날씨도 나쁜데 얼마나 고생스럽게 일하고 있는지 보고 나서, 서둘러 집 안으로 들어와 언드라시 아저씨에게 말했다. "너, 나 좀 보자. 넌 양심도 없니? 저 불쌍한 양반이 커다란 통나무를 가지고 저렇게 쩔쩔매는 게 안 보여? 어서 가서 매형을 좀 도와드려." 언드라시 아저씨는 느릿느릿 움직이며, 자기가 보던 책에서 눈을 떼지 않고 불만스럽게 말했다. "미처 생각을 못 했어요." 그러고서 그는 다시 자기 책에 빠져들었다. 한참 후에야 그는 화가 난 듯 일어서서 밖으로 나갔다.

어머니는 아무 말도 하지 않고 방을 나가 밖에서 울었다. 미시는 그때 그 옆에서 놀고 있었다. 그는 자기가 아버지를 도울 수 있다면 얼마나 좋을까 하고 생각했다. 그는 적어도 밖으로 나가 아버지를 보기라도 하고 싶어졌다. 잠시 후 그는 바깥에서 얼어붙어 서 있었다. 떨면서, 추위에 새파랗게 질린 채로. 아버지는 미시가 옆에 있는 것을 알아채시고 소리를 질렀다. "이를 딱딱거리고 이게 무슨 짓이야. 그렇게 떨면서 서 있지 말고 어서 집 안으로 들어가지 못해?" 그러나 그는 그냥 서 있었다. 솔직히 말해 그는 안으로 뛰어 들어가고 싶었다. 바깥은 지독하게 추웠고, 그 추위가 그를 정말로 마음 아프게 했기 때문이다. 아무도 그가 희생양이 되는 것을 알아주지 않았다. 아버지도, 어머니도, 그 누구도. 그 사실이 미시를 더욱 슬프게 했다. 그는 방에서 시끄럽게 구는 어린 동생들을 혼내주려고 날카롭게 소리쳤다. "조용히 해! 조용히 못하니?" 그는 어린 동생 페리케를 잡아 흔들었다.

학교 기숙사의 방은 따뜻했다. 이 방에 앉아 있는 미시의 눈에서 눈물이 줄줄 흘러내렸다. 그는 팔꿈치를 괴고 얼굴을 손으로 가렸다. 집에는 지금 별 일이 없을까? 땔나무가 있을까? 먹을 게 있을까?

할머니는 늘 커피를 1킬로그램씩 사곤 했다. 그녀는 우유를 좋아하지 않았고 카룸 스프는 무슨 일이 있어도 먹지 않았기 때문이다. 할머니는 항상 커피를 마셨고, 그걸 혼자만 마셨다. 그녀는 어느 누구에게도 커피를 대접하지 않았다. 그녀는 커피를 손수 커피 가는 기계를 이용해 갈았고, 끓이는 일도 직접 했다. 그럴 때면 커피 냄새가 온 집안에 진동했다. 아무도 이 냄새를 견디지 못했지만, 아무리 냄새를 맡아도 한 모금도 얻어 마실 수 없었다. 또한 할머니는 항상 고기를 가져오라고 했다. 위장병을 앓고 있어서 아이들이 먹는 나쁜 음식은 소화해낼 수가 없다는 것이었다. 하지만 아무도 그녀에게 감히 무슨 말을 하려고 하지 않았다. 모두들 그녀를 존경하고 있었기 때문이다.

아버지는 할머니를 어렵게 만들고 말았다. 불행하게도 아버지가 생각을 잘못해, 그만 할머니의 집이 경매에 넘어가버렸던 것이다. 그런 다음부터 모두 다 입을 다물었다. 세상 무슨 일이 있어도, 할머니에게 마음의 상처를 주거나 모욕감을 느끼게 해선 안 됐다. 할머니와 아버지, 둘은 서로를 좋아하지 않았다. 왜냐하면 할머니는 자기가 모든 것을 가지고 있다고 생각했기 때문이다. 아버지는 죽도록 일을 했고 기분이 좋은 때도 있었지만, 화가 나는 경우도 많이 있었다. 그렇지만 화가 오래 가지는 않았다. 저주 몇 마디를 퍼붓고 나면 그것으로 금방 기분이 바뀌었기 때문이다. 아무도 걱정을 휩싸이거나 괴로워하지 않았다.

단지 어머니, 온 가족을 위해 뼈 빠지게 일해야 하는 어머니만이 아버지의 짐을 나누어 지고 있는 셈이었다. 어머니는 몸이 작고 연약하고 부드러워 그 일들을 감당할 수 없었지만, 그럼에도 그녀는 일을 하지 않으면 안 되었다. 가난이 그녀를 일로 내몰았던 것이다. 어머니도 책을 읽고 공부를 하고 재미있게 놀았으면 좋았을 텐데. 하지만 그녀는 항상 빨래를 해야 했고, 음식 준비와 청소, 그리고 많은 아이들을 위해 바느질을 해야 했다. 그리고 그것도 모자라 시골 처녀들을 위해서까지 바느질을 했다. 집 안에는 항상 날염 냄새가 났다. 불쌍한 어머니는 맛있는 음식을 먹고 싶고, 또 쉬고 싶었을 것이다. 하지만 그녀는 항상 거친 음식을 한 입 먹는 것으로 식사를 대신했다. 그녀는 단지 남편이 이렇게 말할 때만 먹었다. "음식이 뭐가 이렇게 거칠어? 이걸 식사라고 만든 거야? 당신이나 먹어." 아버지는 문을 뒤로 쾅 닫았다. 그러면 굶주리고 삐쩍 마른 아이들과 마르고 뼈 빠지게 일해 지친 어머니는 그 "거친 음식"을 먹어치웠다.

미시는 오랫동안 편지를 보고 있었다. 그는 아주 피곤해 더 이상 앉아 있을 수조차 없었다. 하지만 그는 누우려 하지 않았다. 그것은 금지 사항이기 때문이었다. 오늘, 얼마나 많은 일을 겪었던가. 그는 기진맥진했다. 그래서 더는 똑바로 앉아 있을 수 없어, 팔을 책상 위에 올리고 그 위에 머리를 올려놓았다. 그는 잠들고 싶지 않았지만, 몇 분 후 이미 눈을 감고 있었다. 편지에 대해 좀 더 생각해보고 싶었다. 그러나 잠이 들고 말았다.

그는 꿈을 꾸었다. 아버지가 그에게 말했다. "그래, 나에게 복권을 줄래? 내가 가서 돈을 찾아와야겠다." 그 말은 미시를 기쁘게 했다. 그가 직접 돈을 찾으러 갈 수 없었기 때문이다. 그럼에도 그는 소스라치게 놀랐다. 그가 복권을 잃어버린 사실을 아버지가 알고 있다니. 그는 마치 자기가 복권을 찾은 것처럼 방으로 달려가서 서랍을 모두 열었다. 서랍장을 열고, 옷장을 열고, 재봉틀을 열었다. 또 다른 곳을 눈으로 다 찾아보며 작은 집에서 이리저리 흥분해 돌아다녔다. 아버지는 화가 나서 그를 쳐다보고 있다가 결국 이렇게 말했다. "너, 그걸 잃어버렸구나. 그렇지?"

미시는 아무 말도 하지 않았다. 하지만 그는 두려움에 떨었다. 아버지가 즉시 저주를 퍼붓기 시작할 것이기 때문이었다. 아버지는 화가 나면 언제나 무섭게 저주를 하는 습관이 있었다. 그는 무서워서 도망쳤다. 계속 흥분해서 작은 집을 이리저리 참새처럼 헤집고 뛰어다녔다. 그는 자신에게 날개가 있는 것처럼 느껴졌다. 방금 여기서, 또 저기서 무엇인가에 부딪치는 것같이 느껴졌다. 그의 몸은 전혀 무게가 나가지 않아서 그는 날아다니며 가구들을 모두 헤집고 다녔다. 하지만 복권은 사라지고 없었다. "너 뭘 하고 다니는 거야?" 아버지가 말했다. "가만두지 않겠어. 너, 그거 어디에 뒀어?"

그는 결국 무서움에 떨면서 아버지 앞에 섰다. 아버지는 그보다 더 크지는 않았다. 검붉게 탄 아버지의 높고 영리해 보이는 이마 밑에서 아름다운 갈색 눈이 그를 엄숙하고 진지하게 쳐다보고 있었다. 미시는 고개를 숙이고 말했다.

"복권은 없어요."

"그럼 복권이 어디로 갔니? 누가 그걸 훔쳐갔니?"

미시는 대답했다. "뵈쇠르메니." 그러나 잠기는 목소리여서 전혀 들리지 않았다.

"뵈쇠르메니?"

"복수하려고." 미시가 주장했다. 자기가 뵈쇠르메니의 칼을 훔쳐서 큰 쓰레기통 뒤에 던져버렸고, 이제 뵈쇠르메니가 복수의 뜻으로 그의 복권을 훔쳐 찢어버렸다고 말이다. 미시는 뵈쇠르메니가 복권을 어떻게 찢는지 보았지만, 그것이 뭔지 몰랐다. 그래서 뵈쇠르메니는 고소해하며 지금 자기를 향해 웃고 있는 것이다.

아버지는 생각에 잠긴 듯 천천히 그에게서 눈을 돌리면서 말했다. "좋아. 지금 난 도끼날을 갈러 갈 거야. 와서 숫돌을 돌려다오."

눈 번쩍할 사이에 미시는 숫돌을 돌리고 있었다. 그리고 그는 도끼가 숫돌에 문질러지면서 어떻게 소리를 내는지 듣고 있었다. 그는 말할 수 없는 공포에 사로잡혔다. 아버지가 뵈쇠르메니를 둘로 쪼개버릴까봐! 분명히 아버지는 그러기 위해 도끼날을 갈고 있었다. 그러자 온몸에 오한이 났다.

그때 미시는 길에서 뵈쇠르메니를 만났다. 그는 웃으며 데브레첸의 큰 상가로 들어섰다. 그는 털로 짠 근사한 모자를 머리에 쓰고 있었다. 자기가 도끼로 쪼개질 운명이라는 것도 모른 채. 그때 아버지가 도끼를 들어 올렸다. 도끼는 대성당의 첨탑처럼 높이 올라갔다. 뵈쇠르메니를 쳐 죽이기 위해. 미시는 높이 쳐든 아버지의 팔을 붙들었다. 그리고 목청을 다해 소리쳤다. "아버어지이!"

무서운 충격 때문에 그는 잠에서 깼다. 두려웠다. 혹시 너지가 무슨 낌새를 눈치 챘을까봐. 그러나 너지는 책을 읽고 있었다. 그래서 미시는 그를 잠시 흐릿하고 열기가 있어 보이는 눈으로 쳐다봤다.

모든 것이 꿈이었다는 것이 확실하게 느껴졌다. 꿈이었지만 꼭 사실 같았다. 그토록 모든 것이 생생하게 꿈속에서 재현되다니, 참으로 놀라웠다.

그는 너지를 오랫동안 쳐다봤다. 너지가 움직여서 그를 알아볼 때까지 말이다. 그때 미시는 깜짝 놀랐다. 누가 자기에게 말을 걸까봐 두려웠다. 그래서 얼른 눈길을 거두고 편지를 살펴봤다. 하지만 그것

또한 그를 괴롭혔다. 자기가 쓴 글씨를 다시 쳐다본다는 것은 두려운 일이었다. 불안하고 마음 상한 생활이 표현된 것만 같아서였다.

그러고 있는데 너지가 침대 위에서 일어나 앉으면서 이렇게 말했다. "닐러시, 이건 정말 끔찍하네요. 내가 지금 뭘 읽고 있는지 아세요? 헝가리 민족의 고대 역사를 읽고 있어요. 헝가리 사람들이 원래의 고향을 찾기 위해 여행했던 것에 대해 읽고 있어요."

미시는 호기심이 강하게 일어서 위로 올려다봤다. 그의 관심을 끄는 테마였다. 어쩌면 그를 붙잡아둘 수 있는 유일한 주제일지 몰랐다. 이 이야기를 듣는 순간 그의 마음속에 앎의 욕구가 마치 굶주린 사람이 밥을 보듯 생겨났다. 그는 너지의 이야기를 듣고 싶었다.

"우리는 지금 유럽 한가운데에서 마치 고아처럼 살고 있어요. 물론 미시는 이 말이 무슨 말인지 모를 겁니다." 너지가 말했다. "자세히 설명하지는 않을게요. 아시다시피 이런 거예요. 태어난 것을 부끄러워하고, 부모도 모르고, 감히 부모에게 가려는 마음도 갖지 못한 채, 단지 그것에 대해 어떤 것이든 알고자 하는 호기심만 불타는 어린아이 같다는 거예요."

미시는 감을 잡았다. 그는 단 한 번도 자기 부모에 대해 이야기한 적이 없었다. 가난한 생활에 대해, 그리고 가족에 대해 아직까지 아무 말도 하지 않았다. 아버지가 농부라는 것, 어머니는 허리가 많이 굽어 조금은 곱사등이같이 보인다는 것, 삼촌이 이러저러한 사람이라는 것, 그리고 이미 망했다는 것 등에 대해 입 밖에 내본 적이 없었다. 자기 집에는 자랑을 할 만한 것이 아무것도 없다고 생각되었기 때문이다.

"아시다시피 우리는 유럽 한가운데에 살고 있죠. 이 작은 헝가리는 마치 심장과 같고, 게다가 심장의 두 심방도 그 안에 그려져 있어요."

미시는 이 말이 매우 멋있으며 사실인 것처럼 생각되었다. 심장 내부를 잘 알지는 못했지만, 심장은 가장 예쁜 단어이며, 헝가리 땅이 심장과 비슷하다고 해서 기분이 좋았다. 그리고 병든 심장일지라도 그것은 결국 치유하는 능력이 있기 때문에, 자신의 삶 또한 모든 곤경과 고통 속에 있더라도 심장이 있어 괜찮고, 따라서 심장이라는 단어도 값지다고 생각했다.

"우리는 유럽 한가운데에 있어요. 살고 일하며 고통을 받으며, 노래 부르고 즐기는 것도 나쁘지는 않아요. 그런데 전 세계에서 우리 언어를 이해하는 민족은 어디에도 없어요. 언어뿐만 아니라 우리의 감정과 우리의 삶을 이해하는 민족도 없죠. 여기에 오직 우리만 있어요. 어느 누구에게도 의지할 수 없죠. 세상에는 단지 적만 있을 뿐이고, 친구나 친척은 없어요."

미시의 눈에서 눈물이 났다. 자신의 삶이, 운명이 그랬기 때문이다. 그는 여기 데브레첸에서, 이 낯선 도시에서, 이 큰 기숙사에서 살아야 했는데, 어느 곳에도 그를 도와줄 사람이 없었다. 무슨 일이든 일어날 수도 있을 텐데, 결코 아무도 그를 지켜주지 않을 것이다.

"그러나 항상 그랬던 것은 아니었어요." 너지는 계속해서 말을 이었다. "아주 먼 옛날, 우랄산맥 볼가강 옆에 '머그너 홍가리아'가 있었어요. 대大헝가리라는 뜻이죠. 우리가 현재의 이곳으로 옮겨왔을 때, 우리나라는 고대의 고국과 계속 외교 관계를 맺고 있었습니다. 비보르에서 태어난 그리스 황제 콘스탄티노스는 그의 시대에 10세기 헝가리 사람들에 대한 기록을 남겨놓기도 했어요. 그들이 동부에 남은 친척들에게 대사를 파견하고, 방문을 하기도 했으며, 정부를 부탁하고 종종 그들로부터 새로운 소식을 입수했다는 기록이죠."

미시는 골똘히 생각을 집중했다. 그는 김나지움에서 아직 역사를 배우지 않았다. 다음 해부터 배울 과목이었다. 그러나 초등학교에서도 역사를 가르쳤었고, 그때 고대 헝가리의 역사에 대한 과목이 있었다. 사실 농부의 자식이라고 해도 더 이상 역사를 배우지 않아도 될 만큼은 이미 알고 있다. 그들은 시골에서 성장해나가면서 더는 역사에 관해 듣지 않는다. 미시가 작년에 배운 것만큼만 알고서 살아간다. 미시가 학교에서 배운 것은 그의 영혼에서 '그림'이 아닌 단지 '단어'들이었고, 어떤 특별한 것도 의미하지 않았다. 미시는 '선조들이 아르파드의 지도 아래, 아시아에서 이 아름다운 땅으로 이동해왔다'는 것을 기억해냈다. 헝가리 민족의 삶은 너지의 이야기 앞에서 곧바로 1분 내에 현실화되었고 인간의 이야기가 되었다. 오전에는 나조 지리 선생님에게서 고대인의 느낌을 받았었는데, 지금은 고대 헝가리인을 봤다. 지난봄에 퇴뢰케크네 집의 침대 위에서 그림 하나를 봤었는데, 그 그림 속에는 옛날 옷을 입어 아르파드를 생각나게 하는 옛 헝가리인이 그려져 있었다.

"서로를 알고 있었기 때문에, 그 후에도 그들은 서로 관계를 지속해야 했어요. 혹시 율리아누스라는 수도사에 대해 들어본 적 없어요? 벨러 4세(13세기 초기 헝가리 왕국의 국왕 —옮긴이) 시대에 수도사 율리아누스는 무신론자인 고대의 헝가리 사람들에게 가톨릭을 전교하기 위해 수도사 네 명을 데리고 떠났어요. 그들은 여러 모험을 겪은 끝에 그곳에 도착했죠. 그들은 걸어서 콘스탄티노플까지 갔어요. 끔찍한 노정이었죠. 그곳에서 코카서스로. 지도를 가져와볼래요? 내가 보여줄 테니."

미시는 재빨리 코즈머 지도를 꺼내와서 서둘러 헝가리 지도가 있는 페이지를 폈다.

"아마 세케슈페헤르바르에서 이렇게 다뉴브강을 따라 배를 타고 벨그라드까지 갔을 거예요. 그곳에서 계속 배를 타고 흑해를 건너 33일의 항해 끝에 크림반도에 다다랐죠. 거기서부터 다시 걸어서 볼가강까지 갔던 거예요. 하지만 배고픔과 고통, 그리고 추적을 더 이상 견딜 수 없어서 두 사람은 되돌아가고 나머지 두 사람은 가던 길을 계속 갔어요. 볼가강 근처 어느 곳에서 전염병이 그들을 엄습했고, 그 결과 마지막 수도사까지 결국 죽고 말았죠. 그 수도사의 이름이 겔레르트예요. 그러나 이 사람이 성 겔레르트는 아니에요. 성 겔레르트는 헝가리 사람이 아니라 이탈리아 사람이었고, 율리아누스보다 200년 전에 살았던 성직자였어요.

자, 그래서 율리아누스 수도사는 타타르 영토에서 북쪽으로 방향을 잡아 걸어서 카잔까지 갔어요. 당시에는 불가리아가 이 지역에 있었죠. 이 지역은 온통 황야였으며, 이곳의 민족들은 가죽 천막집에서 살면서 호르토바지에서처럼 소들을 기르고 있었어요. 호르토바지에서는 지금도 소를 기르는 목동들이 그렇게 살고 있지요. 율리아누스는 거기에서 말이 통하는 노인을 우연히 만났는데, 그는 헝가리 부인이었어요. 그 부인에게서 어디로 가면 대헝가리로 갈 수 있는지 들을 수 있었죠.

그는 그곳을 향해 길을 떠나 한 나절쯤 갔고, 다행히 헝가리 사람들이 있는 나라에 도착했어요. 사람들은 그를 보고 매우 기뻐했으며, 집집마다 그를 초대해 먹을 것과 마실 것을 주었고, 멀리 유랑의 길을 떠난 형제들에 대해 물어봤어요. 그러나 그는 오랫동안 머무를 수는 없었어요. 대헝가리의 왕이 다음과 같이 말했기 때문이죠.

'돌아가시오, 나의 피여. 당신들의 나라로 돌아가시오. 그리고 당신의 왕과 형제들에게 전하시오. 나, 옛 헝가리의 왕이 당신네들에게 인사하고 껴안으며 키스한다고. 아울러 커다란 위험에 대비할 것을 충고한다고 이르시오. 동쪽에서 타타르 사람들이 몰려오고 있소. 그들은 전 세계를 다 파괴할 것이오. 이미 나도 모든 무장 군인들과 함께 그들에게 합류하라는 명령을 받았는데, 이 명령을 거역할 수가 없소. 타타르 사람들에게 대항할 수 있도록 최소한의 무기를 마련하고, 동맹국을 모아야 한다고 전하시오.'

이리하여 불쌍한 율리아누스는 6월 21일 서둘러 귀환 길에 올랐습니다. 그러나 지난번과 달리 그는 대헝가리 사람들이 알려주는 길을 택했죠. 이 길은 먼젓번에 오던 길보다는 훨씬 가까운 길이었어요. 그는 볼가강에서 배를 타고 위쪽으로 갔고, 그 후 오카강에서 15일 동안 항해를 했죠. 그다음 모르도바인의 나라와 러시아 사람들 사이를 통과해 카르파트 우크라이나를 지나갔고, 루테 사람들 사이를 거쳐 베레츠케 협로를 통해 고국에 도착했어요.

크리스마스 이튿날, 그는 병든 몸을 이끌고 벨러 4세 앞에 나타났어요. 전하라는 말 모두를 자세하게 왕에게 다 전했지요. 그리고 정말로 그렇게 되었어요. 4년이 지난 다음, 타타르 사람들이 나타났고 예고한 대로 모든 것을 다 파괴했죠. 그럼에도 타타르 사람들은 헝가리 때문에 더는 유럽 깊숙이 들어가지 못했어요. 항상 이것이 우리의 운명이었죠. 우리들은 동쪽으로부터 오는 거친 민족을 막아내야 했어요. 헝가리는 항상 방어태세를 갖추고서 동쪽의 약탈자를 맞아들이는 외곽 전쟁터였어요. 우습지 않나요? 유럽이 동쪽 사람들로 인해 곤궁을 당하지 않도록 방어하기 위해, 헝가리 민족이 동쪽에서 이곳으로 왔다는 사실이 말이에요. 동쪽의 우리 형제들과 싸우고, 1,000년에 걸쳐 우리를 미워하는 서방의 낯선 이방인을 지켜주면서, 우리 스스로는 피가 고갈되어버렸죠."

그들은 한참 아무 말도 하지 않고 지도만 쳐다봤다. 이윽고 너지는 아시아 지도가 있는 페이지를 펼쳤다. "보세요. 헝가리 사람들이 선사시대에 살았던 옛적 요람이 대략 여기에 있었어요." 그리고 손가락으로 시베리아의 남서 부분, 즉 남쪽으로 아랄해, 서쪽으로 우랄산맥, 북쪽으로 옵강, 동쪽으로 알타이산맥을 그어 보였다.

"여기에서 핀우그르족, 오스탸크족, 마자르족, 훈족, 아바르족이 함께 살았어요. 이 시기에 전 세계는 평화가 지배했고, 대군주와 그들의 대제국이 있었어요. 대서사시와 동화들도 그때 만들어졌어요. 고대 영웅 서사시들은 동화적인 고대 시기를, 그리고 천지창조와 민족의 형성을 이야기해줬고요. 동화들은 재미있는 대군주들의 궁정 모습을 이야기로 들려줬지요.

마지막 민족 이동이 이루어진 다음에 수천 년이 걸려야 했어요. 로마제국이 몰락했을 때 아시아의 약탈자들이 처음으로 전 유럽을 휩쓸었다고 생각하면 안 됩니다. 그 전에도 있었어요. 예를 들면 문헌에는 정확하게 기술되어 있지 않지만, 투란의 민족들이 고대 세계를 지금의 프랑스까지 혼란스럽게 만들었던 그 이전에도 민족 이동이 있었죠. 그 결과 독일인과 영국인의 피는 투란인과 섞였고, 이로써 그들은 강하게 되었어요. 누가 알겠어요? 더 오래전에 이런 민족 이동이 얼마나 여러 번 있었는지 말이에요. 현재의 아시아와 오스트레일리아 사이에 있는 수많은 섬들도, 사실 예전에는 바다가 아니라 연결된 대

류이었어요. 발도 젖지 않은 채 말을 타고 아메리카에서 오스트레일리아까지, 아시아까지, 심지어 오늘날에는 물밑에 잠겨 있는 대륙 지역까지 건너갈 수 있었죠.

삼촌이 대장장이로 일을 하는데, 그때 베레그 숲에 갔다가 숯더미 위에서 갑자기 흙이 함몰되는 걸 본 적이 있어요. 무슨 말인지 알겠죠? 땅 껍질도 이와 마찬가지로 함몰되는 거예요. 그러면 물이 다 움직여 새로 함몰된 곳으로 흘러들어가죠. 그래서 남반구의 이 지역이 갑자기 물에 잠기게 됐어요. 문명의 발상지는 여기 유럽이 아니라 오늘날 말레이 사람들이 사는 남쪽에 있었어요. 이들이 가장 오래된 사람들이에요. 지금은 다 미개인이지만 옛날에는 천문학을 처음 알게 된 사람들입니다. 그런데 대홍수가 난 거죠. 산꼭대기까지 물이 올라올 정도였으니, 그 결과 모든 사람이 죽어버렸죠…. 이것은 아주 오래된 이야기라서 종교 서적에만 전해져 옵니다.

그런데 헝가리 사람들에 대한 이야기, 옛날에 친족 민족들과 함께 키르기스 초원에서 살았다는 그 이야기는 훨씬 더 전의 이야기예요. 이미 그리스 시대에 있었던. 내 말이 이해되나요?"

"그럼요."

"그리스 문명이 황금기를 지나 몰락하고 있던 시대, 미개인인 알렉산더 대왕이 그리스 전역을 차지하게 되었을 때였어요. 그때도 지금과 마찬가지로 온 세상이 썩어버릴 준비가 되어 있던 시대였죠. 지도를 한번 볼까요? 여기 소아시아에서 동쪽까지 멀리 뻗은 페르시아 제국이 있었고, 여기는 인도 제국이 있었어요. 또 여기에는 타타르인이 있었고, 핀우그르족이 있었어요. 그리고 유럽에는 수백 년, 수천 년 동안 한곳에서 살아온 민족들이 있었고, 강물을 따라 슬라브족이 퍼지고 있었으며, 게르만족들이 여기저기서 싸우고 있었죠.

바로 그때 알렉산더 대왕이 마케도니아 군대를 이끌고 세계로 나가 동쪽 모든 제국을 무너뜨렸어요. 페르시아의 다리우스 왕에게 이기고, 이란 고원을 통해 벼락같이 인더스강까지 가고, 온 세상을 뒤집었죠. 그 결과 세상은 혼란스럽기 그지없었어요. 알렉산더 대왕은 몇 년 지나지 않아 죽었는데, 엄청나게 소문이 커졌어요. 투란 민족은 이란 사람들이 얼마나 약한지를 알게 됐어요. 그것으로 세계 평화가 깨진 거죠.

그래서 타타르 민족과 투란 민족이 고비 사막에서 출발해, 부유한 중국과 페르시아를 혼란에 빠뜨린 거예요. 이들은 중국에서 많은 것을 빼앗았고, 더 많을 것을 갈망하게 되었죠. 하지만 그들은 악당이라 강도짓밖에 몰랐어요. 중국 사람들은 머리가 좋아서, 말을 탄 타타르 사람들이 도저히 넘어갈 수 없는 돌 벽을 세웠지요. 나라의 북쪽 경계선에 12미터 높이의 성을 쌓았으니, 정말 엄청난 노동이었어요. 150년이 필요할 정도였으니까요. 이건 개미 같은 중국 사람만이 할 수 있는 일이에요. 그러나 타타르 사람들은 일단 한 번 피 맛을 봤으니 평화로이 사는 것을 원하지 않았죠. 그리고 당시 유럽도 중국처럼 부유하다는 소문이 있어서 그들은 경쟁하듯 서쪽으로 물밀듯이 말을 몰았어요.

이때쯤 핀Finn 사람들은 이미 헝가리-우그르 민족들 사이를 떠나 북쪽으로 먼저 가게 되었어요. 사미족은 핀족보다도 더 북쪽으로 갔으니, 이 불쌍한 사람들은 결국 북극해에서 꼼짝 못 하고 살게 되었죠. 그리고 헝가리 민족은 어딘지 모르겠지만, 떠나가버린 것 같아요. 왜냐하면 아르파드 왕조에서 마지막 왕의 서기였던 케자이 시몬이 헝가리 역사를 썼는데 이와 관련된 기술이 있거든요. 즉, 헝가리 사람들은 1년 내내 안개가 끼어 있는 곳에 살았으며, 그곳은 해가 잘 비추는 기간이 단지 석 달만 계속되고, 그것조차 6시부터 9시까지 세 시간 동안만 해를 볼 수 있는 곳이었다는 거예요. 오로라, 지속적인 안개, 해가 잘 비추는 기간이 고작 3개월… 이는 북극에 대한 기술이죠. 만약 입에서 입으로 내려온 개인적인 경험을 기억해내지 못했다면, 어떻게 이러한 사실들을 600년 전의 헝가리 사람들이 알 수 있었을까요!

그러나 그곳은 헝가리 사람들의 마음에 들지 않았나봅니다. 그들은 숙고했습니다. 그것은 아주 좋은 생각이었지요. '다뉴브-티서강 유역이 우리들에게 더 좋겠지.' 이런 생각에 그들은 훌륭하게도 우랄산맥 반대편으로 방목의 무리를 몰았어요. 저 아래 볼가강 유역 전체에서…. 이곳에 이르러서야 그들은 따로 떨어질 수 있게 되었습니다. 보수적인 노인들은 이 땅에 머물자고 했지만, 자신만만한 젊은이들은 고집을 부리며 보르가강을 건너 돈강을 따라서 갔고, 또 가죽 주머니를 이용해 돈강도 헤엄쳐 건넜어요. 그리고 드디어 메오티시의 늪에 도착했지요. '바로 여기다, 여기.' 그곳은 크림반도였어요.

그들은 여기서도 가만히 있지 못하고 다시 드네프르강까지 나왔지요. 바로 이곳에서 그들은 그리스 황제와 협약을 맺고, 페체네크족(투르크계 유목민 —옮긴이)을 물리치고, 계속해서 드네스트르강을 건너서 에텔쾨즈에 도착했어요. 말하자면 이것은 헝가리 사람들이 카르파티아 분지 안으로 들어오기 위한 첫째 단계였습니다. 이어서 한 걸음으로 카르파티아에 들어오면서 이곳에서 오늘날까지 살고 있는 거예요. 아름다운 땅, 좋은 땅, 그곳에서는 일할 필요가 없는…."

미시는 자신의 고민을 깜빡 잊고 크게 웃어버렸다.

"그런데 말이죠." 너지는 미소 지으며 말했다. "우리가 1,000년 동안 충분히 싸운 것은 사실이에요. 여기 아랄해에서 출발해 우랄산맥을 따라 북극해까지 올라갔다가, 다시 또 우랄산맥을 따라 카스피해까지 가고, 흑해를 건너 레베디아, 에텔쾨즈, 여기 판노니아까지 가는 1,000년 동안 전쟁 없이 지낸 세월이 10년도 안 돼요. 이번 1848년의 평화만큼도 되지 않는다고요. 지금 평화로운 시기가 된 지 44년이 지났지요. 역사책에 기록해둬야 할 사건입니다. 아니면 데브레첸에서 흔히 쓰는 말로 굴뚝에 숯으로 새겨야 할 기록이에요."

"우리 서쪽으로는 형제 민족이 없나요?" 미시가 물었다

"서유럽에요?" 너지가 외쳤다. "당연히 없죠. 거기에는 로마 민족, 게르만 민족, 슬라브 민족만 살아요. 이들은 모두 다 우리와는 완전히 다른 민족입니다. 프랑스인, 스페인인, 이탈리아인, 이들이 우리와 무슨 관계인가요? 독일인, 영국인, 스웨덴인, 노르웨이인, 덴마크인, 네덜란드인들도 우리와 완전히 다르지요. 더욱이 러시아인, 슬로바키아인, 크로아티아인, 세르비아인 등 우리 주변에 있는 민족은 불구대천의 원수죠.

프랑스인, 스페인인, 이탈리아인은 자신에게 이익이 될 때까지는 싸우고, 그러고 나면 서로 형제처럼 축하해주는 거예요. 독일과 영국은? 세계에서 어느 쪽이 1등인지를 빼고 나면, 싸울 일이 하나도 없어요. 그러나 그 한 가지 때문에 온 세상을 불태울 준비가 되어 있죠. 하지만 언어도 비슷하고 사고방식도 비슷한 나라들이니까, 그 이외에는 서로 잘 알아들어요. 그리고 러시아는 큰 암탉처럼 모든 슬라브 민족을 지배하려고 하지요.

마자르 민족은 어디로 들어갈 수 있을까요? 우리말에는 다른 민족

의 언어와 비슷한 한 마디, 비슷한 표현이 없어요. 이 점은 성격이나 피, 혈통에서도 마찬가지죠. 우리말과 주변 나라들의 말에 비슷한 점이 있다면, 그건 오직 우리가 그동안 모아왔던 어휘, 그들의 문학에서 그대로 받아들여서 우리말을 더욱 풍부하게 만든 단어들뿐이죠. 그렇게 해서 많은 슬라브어가 들어왔는데, 우리가 그것을 배우면서 우리말과 통합시켰어요. 또 우리가 얻은 게르만어, 라틴어, 로마어도 원래 쓴 사람들이 알아듣지도 못할 정도로 우리가 변형했습니다. 그래서 헝가리인은 이 세상의 모든 언어를 완벽하게 배울 수 있지만, 헝가리에서 태어나지 않은 사람은 헝가리 말을 제대로 이해하고 말하지 못해요. 그런 사람을 단 한 사람도 발견할 수 없죠."

"그런데 정말 끔찍한 상황이네요." 미시는 지도를 보면서 말했다. "정말 우리에게는 친족이 하나도 없나봐요."

"친족이요? 친족이면 그게 무슨 도움이 되나요? 불가리아인은 원래 우리의 친족이었는데, 옛 언어를 잃고 지금은 슬라브어를 쓰죠. 터키 사람도 친족이기는 해요. 하지만 이슬람교도라서 그들에게는 종교 이외에 친족의식이 없어요. 그래서 그들은 우리나라와 친하게 지내지 못했을 뿐 아니라, 우리가 이 세상에 오고 나서 가장 큰 고통을 준 나라가 터키랍니다. 핀란드 사람은 우리의 친척이기는 한데, 불행하게도 이들은 멀리 있고, 우리보다도 천번 만번 고단한 노예 같은 삶을 살고 있지요. 에스토니아인, 코미인, 사모예드족, 모르도바인, 마리인, 우드무르트인, 오스트야크족 등의 친족들이 있긴 하지만, 이건 정말 아담과 이브 때까지 가는 너무 먼 친척들입니다."

미시는 장난스럽게 이빨 사이로 내뱉었다.

"우리 아빠는 이런 친척 관계에 대해 뭐라고 말씀하시냐면, '네 엄마와 내 엄마는 친척이지. 둘 다 여자니까'라고 하시죠."

"그렇죠." 너지가 말했다. "많은 지도에서 아직도 '유그리아'라고 쓰여 있는 '마그나 운가리아'는 타타르 사람들이 침입했을 때 없어졌어요. 온 민족이 난리에 휩쓸려 흩어져버렸고, 몽골 무리 때문에 모든 독립성을 잃게 되었어요. 마차시 왕(15세기 헝가리의 왕. 강력한 국가를 이룩했다—옮긴이) 시대에는 소식이 아직 조금 있었죠. 왜냐하면 마차시 왕이 그들을 찾으려고 사절단을 보냈거든요. 그는 나라 안에 헝가리인의 수가 적어서 이주를 시키려는 목적이 있었죠. 그러나 당시 러시아 제국이 이미 통합되어 있었고, 러시아인은 그리스 정교를 믿고 있었어요. 그래서 소식을 전하기는커녕 서로 만나는 것조차 허락하지 않았어요. 그리고 모하치 전투(16세기 오스만 제국과 헝가리 간의 전투로, 헝가리가 참패했다—옮긴이)가 있었고, 우리는 터키 사람들의 포로가 되었을 때부터 그 사람들에 대해 더 이상 생각하지 않았죠. 베틀렌 가보르(17세기 헝가리 왕, 트란실바니아 공작—옮긴이)에게는 터키에 사절단을 보내고 카프카스산맥이나 볼가강가에 남은 헝가리의 옛 친족을 찾으려는 생각이 전혀 없었던 거예요.

그럴 필요가 있다고 생각을 하지 못하던 시대였죠. 그때는 사람들이나 나라들이 민족 간의 협상을 생각하기보다 종교 중심이었어요. 베틀렌 가보르 또한 이교도가 된 옛 헝가리인들을 친족으로 생각하지 않고, 대신 프로테스탄트였던 스웨덴인들을 친족으로 생각했죠. 또한 마음의 형제라고 생각한 사람은 구스타프 아돌프였지, 카라쿰의 왕이 아니었어요. 사바르토이아스팔로이도 아니었고요. 콘스탄티노스 포르피로옌니토스에 의하면 무슨 이유인지는 모르겠지만, 옛날에 헝가리 사람들을 이 이름으로 부르기도 했대요."

두 사람은 지도를 오랫동안 쳐다봤다. 다시 외로움이 미시의 가슴을 짓누르기 시작했다. 그는 다양한 빛깔로 그려진 지도를 바라봤다. 예쁜 데브레첸 빵 모양인 헝가리가 빨간색으로 표시되어 있었다. 그리고 주변 여기저기에 초록색, 노란색, 보라색으로 그려진 많은 민족들 때문에 현기증을 느낄 정도였다. 그들은 입을 벌리고 몹시 배고픈 듯이 왔다 갔다 하는 것 같았다. 신비스럽고 귀신 같은 존재처럼.

"헝가리를 위협하고 있네요!" 미시가 떨리는 목소리로 말했다

너지도 오랫동안 침묵한 다음 말했다.

"그러게요. 문제는 어디서 친족을 찾았는지가 아니에요. 유럽인들이 언제까지 우리의 활용성을 느끼고 있는지가 문제이지요. 그들은 이전부터 헝가리 땅을 갖고 싶었는데, 지금까지는 이 영원한 전쟁터에서 살 생각을 별로 안 했어요. 이 나라가 빨간색으로 그려져 있는 것은 마치 여기가 영원한 피바다인 것을 말하는 것 같아요. 처음으로 페체네그족이 왔고, 또 쿠만인이나 타타르인, 터키 사람들이 왔었죠. 헝가리 사람들은 이들을 통합해나가면서 유럽인들을 구했어요. 아니면 싸움에서 이기면서 서유럽을 보호했죠.

맙소사! 물론 독일이나 프랑스, 영국도 고생하고 있었고, 서로 싸우고 그랬죠. 그들은 이 내부의 전쟁을 하면서, 또 이것을 이용하면서 발전할 수 있었고, 일반적인 인간의 문명을 발전시킬 수 있었죠. 그러나 헝가리는 달랐어요. 우리는 이론적인 논의로 시간을 보낼 수도 없었고, 과학적인 문제 때문에 서로의 목을 매달 수도 없었어요. 우리는 단순히 터키와 타타르와 독일과의 전쟁에서 죽어야 했어요.

하긴 발칸반도의 민족들은 우리보다도 더 심각한 삶을 살고 있었어요. 이들은 끝없는 노예 생활을 하며 살고 있었고, 터키 시대에는 터

키 정부의 보충 영역에 불과했어요. 예니체리(오스만 제국의 정예 군대 — 옮긴이)들은 모두 세르브, 불가리아, 크로아티아, 루마니아 사람들 사이에서 모집되었고, 그들의 아이들은 50명씩 예니체리가 되기 위해 징병되었어요. 참된 터키 사람은 예니체리가 되지도 못했고요. 국가 공무원들 또한 다 발칸의 민족들 사이에서 나왔으며, 실제로 터키 혈통을 가진 대장은 한 명도 없을 정도였어요. 그래서 그 시대에 사실 터키의 억압, 유럽의 채찍을 가장 아프게 맞은 곳은 발칸 지역이었어요.

헝가리 사람들은 항상 얼음을 깨는 강력한 방어대였습니다. 그런데 그들의 미래는 어떻게 될까요? 한 가지만은 확실해요. 우리가 과거에 성취한 것 때문에 유럽이 단순히 우리를 지켜주지 않을 것이고, 우리 민족도 그렇게 지키지는 않을 거예요. 그들이 이익을 봐야 우리를 지킬 테죠. 우리도 무슨 이익을 볼 수 있을지는 모르지만. 헝가리 사람들 모두가 너무나 훌륭해서 온 인류가 이익을 볼 수 있으면 가장 좋으련만…"

이 말은 어린 닐러시에게 큰 충격을 주었다. 이제껏 나라와 민족을 합쳐서 하나의 생명체라고는 한 번도 생각하지 못했다. 하지만 지금은 지도 안에 마치 싸울 준비가 되어 있는 근육이 발달한 남자 10∼12명이 서 있는 것처럼 보이기 시작했다.

"그러면 우리는 왜 오스트리아랑 연합을 한 거예요?"

"우리가 연합을 했다고요?" 너지가 경멸한다는 투로 말을 내뱉었다. "우리는 연합국이 아니라 오스트리아가 우리를 먹어치운 것뿐이에요. 문제는 우리가 오스트리아에게 너무나 큰 한입이라는 거죠. 봐, 봐요! 유럽 지도에서 오스트리아가 우리나라를 큰 입처럼 둘러싸고 있죠. 그러나 삼켜버릴 수는 없어요. 오스트리아는 몸도 없고, 우릴

소화시킬 수 있는 배도 없고, 큰 입에 불과하니까. 끔찍하게 벌린 입에 불과해요."

"이것도요." 미시가 말했다. "이곳도 보세요. 여기 아래!" 그는 트란실바니아 뒤에 있는 루마니아의 반원형 모양을 손으로 가리켰다.

"그러게요." 선배가 경멸의 미소를 지으면서 말했다. "개도 사납고, 우리를 물려고 하죠. 열심히 입을 벌리고 있고요. 우리 트란실바니아를 너무나 먹고 싶지만, 자신이 삼키기에는 훨씬 크죠. 너무 큰 미끼에 도전한 거예요. 한 가지는 확실해요. 우리는 꼼짝도 못 하게 둘러싸여 있어요. 내가 씩씩대는 이유는 오히려 우리가 이 사실을 자꾸 잊어버리기 때문이에요. 지금 이렇게 많은 나라가 우리를 물려고 할 때, 그 나라 몰래 다른 나라와 협약할 수 있으면 얼마나 좋겠어요? 예를 들어 독일 사람들과 협약하는 거죠. 그들의 혈통에도 첫째 대이동 때, 그리고 둘째 대이동 때에도 충분히 투란인의 피가 섞였잖아요. 남쪽에서 멍청한 개새끼 루마니아가 짖어대기 시작하면, 선한 불가리아 민족과 터키 민족이 협력하면 좋을 텐데. 그러나 내가 말한 것처럼 불가리아 사람은 슬라브 사람이 되었고, 터키 사람은 반 정도 죽을 지경에서 슬라브화했죠."

1892년 기숙사 2층, 두 아이가 흰 벽의 추운 모임실에서 학교 지도를 사이에 두고 이렇게 정치활동을 하고 있었다. 그들은 곰곰이 생각하면서 지도를 바라봤고, 탈출의 길을 찾고 있었다.

"방법이 없어." 선배가 말했다. "우리의 운명대로 될 때까지 기다릴 수밖에 없어요. 오스트리아가 지금까지 우리를 다 잡아먹지 않았다면, 앞으로도 잡아먹지 못할 거야. 지금은 우리보다 그들이 더 문제가 많지. 우리가 조금만 오스트리아를 움직이게 하는 순간, 오스트리아는 터질 거고, 하나, 둘, 셋, 심지어 네 개의 나라로 분해될 수도 있어요.

헝가리는 없어지지 않을 거예요. 카르파티아산맥이 우리를 포근한 천처럼 잘 감싸고 있고, 다뉴브-티서강은 우리에게 좋은 빗줄이 될 수 있어요. 우리가 조금만 더 견뎌내면, 미래에 지리학의 원리대로 헝가리가 유럽의 참된 중심부가 될 수 있을 겁니다. 보세요! 기하학적 중심부는 바로 여기잖아요. 동쪽, 서쪽, 남쪽, 북쪽에서 모두 다 여기까지 오는 거예요. 여기 이 중심부는 인간의 심장이나 위장과 같은 곳이에요. 앞으로 올 1,000년 동안 이 나라의 미래가 가장 밝을 거예요. 자연상의 장벽들은 앞으로 없어질 것이고, 기하학적 거리를 기차가 없앨 것이며, 산맥들은 이코르(요커이 소설에 나오는 아주 가벼운 허구의 자재) 때문에 그 중요성을 잃을 거니까요. 아시죠? 요커이는 이미 예언을 했어요. 다음 세기의 소설은 비행기가 중심이 되고, 사람은 공기 속에서 전쟁을 할 거라고 말이에요.

앞으로는 중심적인 위치만 어느 정도의 중요성을 가질 거예요. 여기 우리 축복받은 알펠드 평야가 있잖아요. 여기서 사람들이 농사를 지으면 우리는 유럽의 안마당이 될 거예요. 왼쪽에는 독일과 프랑스의 공장과 광업 지역과 수준 높은 문화, 그리고 여기 중간에 있는 다뉴브-티서강 사이의 정원이 지배적인 권력의 내부 성이 되는 거지요.

헝가리 사람은 바로 이렇게 평등, 자유, 우애의 참된 나라를 만드는 것으로 미래 세대에게 도움이 될 겁니다. 그러면 우리의 모든 적이 다 없어질 테죠. 적이라는 것은 강도 같은 권력자들 때문에 생기는데, 평등과 자유와 우애가 있으니 자연히 적들은 없어지는 거죠. 우리는 미래를 믿어야만 해요. 1848년에 발생한 혁명처럼 대단한 것은 온 세상에 더 없어요. 상류층과 지주 귀족이 스스로 소농에게 귀족의 권한을 제안한 곳이 또 어디에 있겠어요? 온 민족이 이런 변화를 이룰 수만 있다면, 헝가리 민족은 거대한 제국도 미치지 못할 정도로 대단한 힘을 갖게 될 거예요. 그러나 아우야, 무슨 말인지 잘 모르겠지?"

어린 닐러시는 너지의 말을 몰두해서 들었다. 그리고 선배의 생각이 논리적이라기보다는 열정적이어서 더욱 영향을 받게 되었다. 선배는 이야기를 멈출 수 없었다.

"우리의 민족성이 외국에서, 온 세상 어디에서도 우리에게 도움이 되지 않는다면, 어? 그러면 우리는 외국 민족들을 유혹할 수 없어요. 우리 헝가리 민족성은 가난한 사람들이 지닌 가족 의식이랑 비슷한 역할을 해요. 우리를 여기서 하나로 뭉치게 하죠. 우리 모두가 똑같이 그 책임의 무게를 견디고 있어요. 헝가리 사람이라는 책임과 무게에서 우리는 단 한 명도 벗어날 수 없거든요. 그러니까 이 힘을 합쳐서 강화하고, 외국에 자랑할 만할 다른 어떤 것을 만들어야 하지 않겠어요? 그래야 헝가리 사람이 외국 사람들에게 의미가 있는 거니까요. 큰 강도 사이에 있는 작은 강도가 아니라, 노동자 사이에 있는 진지하고 좋은 노동자가 되는 거예요. 또한 이 사람은 확신할 수 있는 사람, 참으로 영리한 사람이 되어야 사람들이 우리를 자랑스럽게 바라볼 거예요. '봐. 보라고! 이 작은 헝가리 민족이 자신의 땅을 얼마나 잘 가꾸고 있는지를. 터키나 타타르의 점령으로 그토록 고생했음에도, 곧 빠르게 일어서서 열심히 일하고 창조하기 시작했어. 공부하고 일하고, 일을 좋아하고, 즐기면서 일을 해왔고…. 다른 방법은 없어. 일을 좋아해야만 해. 공부해야 하고, 기분이 좋아야 하고, 창조해야 하고….' 다른 사람이 배울 수 있는 것은 헝가리 사람들도 다 배울 수 있고, 심지어 더 잘 배울 수 있어요. 우리 민족보다 더 열심히 하고 일을 좋아하는 훌륭한 민족은 이 세상에 없거든요. 우리나라에는 문제가 아무것도 없어요. 오직 정치만이…"

바로 그때 학교 마당에서 종소리가 울렸고, 선배는 모자를 쓰고 나갔다.

미시는 정치가 무엇인지 물어보고 싶었지만, 그는 서둘러 밖으로 나갔다.

미시는 지도 위에 팔꿈치를 올려놓고 얼마 동안 더 앉아 있었다. 지도는 그의 친구가 되어가고 있었다. 색이 화려한 지역들이 활기 넘쳐 보이기 시작했고, 살아 있는 개미집처럼 눈앞에서 움직이는 것만 같았다. 그 후 그가 길게 생각에 잠겼을 때마다 헝가리의 귀하고 아름다운 둥그런 방패, 즉 헝가리 문장이 눈앞에서 더욱 아름답게 빛나기 시작했다.

미시는 더욱 힘이 났다. 밝은 기분으로 다시 편지를 써내려가기 시작했다. 그는 편지에 자기의 생활, 친구, 좋아하는 아이, 선생님에 대해 썼다. 모두를 칭찬했고 추켜세웠다. 그리고 이제 무엇이 자기 생활에서 좋고 즐거운지 생각해봤다. 그는 활기 있고 새롭고 상쾌한 기분이 들었다. 부지런히 공부하고 배워서 그에 대해 학교 전체가 놀라워하도록 해야겠다는 결심을 확고히 했다.

그는 편지 쓰기를 끝마치고 그것을 봉투에 넣었다. 아직 집에서 가지고 온 편지봉투가 두 장 있었다. 어머니가 소포 꾸러미에 넣어 보내주신 것이었다. 봉투 하나에는 소포 꾸러미에서 생긴 기름얼룩이 져 있었다. 그는 이것이 매우 창피스러웠다. 그래서 찢어버릴까 말까 많이 망설였다. 하지만 그걸 찢어버리는 것은 옳은 일 같지 않았다. 그는 자기 잘못을 은폐하는 것은 옳지 않다고 생각했다. 그 기름얼룩은 그에게 경고를 주는 것이었다. 자기 일에 더 적극적이고 좋은 방향으로 갈 수 있도록 주의를 기울이라는 무언의 경고였던 것이다.

그는 이를 앙다물고 이마를 문질렀다. 그리고 먼 미래를 향해 눈을 돌렸다. 그는 라틴어 사전을 팔에 끼고 침실을 나섰다. 항상 그러는 것처럼 열쇠를 문기둥에 걸어놓고 식물원으로 공부를 하러 갔다.

그는 열심히, 그리고 정신을 집중해 공부했다. 그러다가 시계가 두 번 쳤을 때 공부를 그만두었다. 4시 반이었다. 어둠이 밀려오고 있었고 날씨가 춥게 느껴졌다. 이제 노신사에게 신문을 읽어주러 가야 한다는 생각이 들었다. 오늘 오후는 그에게 특별했다. 힘이 빠지고 혼자라는 느낌이 강하게 들었다. 외롭고 버림받은 듯한 기분이었던 것이다. 그는 어느 누구에게도, 어디에도 속하지 않은 뜨내기라는 느낌을 지울 수가 없었다.

오늘은 노인에게 신문을 읽어주는 일도 전혀 기쁘지 않았다. 단어만 죽죽 읽어 내려가는 것, 그가 전혀 이해도 하지 못하는 큰 글씨를 읽는다는 것, 이런 모든 것들이 별 의미가 없어 보였다. 그는 주의를 집중하려고 노력했다. 그러나 잘 안됐다. 두 번째 줄과 세 번째 줄에 있는 것들은 그가 전혀 모르는 것이었다. 수수께끼 같았다. 신문기사를 전혀 이해할 수 없었다. 아니, 아무 도움도 되지 않았다. 그는 그것들을 이해하지 못했다.

갑자기 노신사가 물었다. "아직도 추첨을 하지 않았나요?"

미시는 혈관에서 피가 멎는 것 같았다. 혀가 뻣뻣하게 굳는 것을 느꼈다. 당황하고 창백해지는 것을…. 몇 초 동안 그는 아무 소리도 못 하고 있었다. 그러고 나서 그는 노신사가 아무것도 못 본다는 생각을 하고 다소 안심했다. 그는 침을 꿀꺽 삼키면서 낮은 소리로 말했다.

"아직 추첨 결과가 신문에 나지 않았어요."

그 말은 맞았다. 추첨 결과는 항상 신문에 게재되었다. 하지만 아직 그는 신문에서 그것을 보지 못했던 것이다.

"그래? 아직 하지 않았다고요?"

"아직 안 했어요."

"뻐꾸기나 물어갈! 오늘 신문에도 안 나왔어요?"

미시는 신문을 넘기며 찾아봤다.

"안 나왔어요." 그는 가벼운 마음으로 대답했다.

"다른 신문에도 안 나왔나요?"

"네, 안 나왔어요."

"그럼 계속 읽어주세요."

그는 계속 읽었다. 그러나 내심 불안했다. 노신사가 그렇게 다급하게 추첨 결과를 물어보는 것으로 봐, 분명 그는 다른 사람에게도 물어볼 것이다. 그러면 어쩌지?

신문 읽기를 마치고 노신사의 집에서 나왔을 때, 그는 힘이 빠지고 슬펐다. 견딜 수 없을 만큼 기분이 좋지 않았다. 오후에 그는 기분 나쁜 일들은 모두 잊어버렸었다. 그리고 모든 것은 다 지나간 일이라고 믿고 싶었다. 그런데, 하느님, 복권을 잃어버렸습니다. 그것을 어떻게 다시 찾을 수 있나요? 누가 그걸 걱정이나 할까요? 그것은 단지 그와 노신사, 두 사람만의 일일 뿐이었다.

그는 어깨가 축 쳐져서 천천히 학교로 돌아와 곧바로 기숙사로 갔다. 그를 보자마자 산도르 미하이가 그에게 소리쳤다.

"닐러시, 오르치와 기메시가 기숙사 침실에 왔어."

"그래?" 미시가 놀라서 물었다.

"그래, 걔네들이 너를 찾았어."

미시는 자리에 앉아 자기 포크를 씻었다. 냅킨과 포크를 깨끗이 씻는 것은 그가 늘 하는 일이었다. 부엌에서는 그렇게 철저하게 씻지 않기 때문이었다.

오르치와 기메시는 그에게 무슨 볼일이 있는 걸까? 확실히 복권 때문에 왔을 것이다. 생각이 여기에 미치자 그는 다시 깜짝 놀랐다.

"너, 왜 오후에 학교에 안 왔어?" 산도르 미하이가 그에게 물으며 소금과 고춧가루 통을 잡으려고 탁자 위로 손을 뻗었다. 그는 소금과 고춧가루를 브루고트 위에 골고루 뿌렸다. 그것은 기숙사의 관습으로, 그렇게 소년들은 입맛에 맞게 식사를 하곤 했다.

"오늘 오후에?" 미시는 말을 반복하며 멍청하게 그를 바라봤다.

"그래. 선생님이 너에 대해 물어보셨어."

"오늘, 토요일 아니야?" 미시는 얼굴이 벌게지며 말했다. 그는 오늘 오후에 수업이 있다는 것을 정말 까맣게 잊고 있었다. 이런 일이 어떻게 있을 수 있단 말인가? 세상에, 학교 수업을 다 잊어버려서 결석을 하고 만 것이다.

그는 방 최고참에게 자기가 왜 수업에 빠졌는지 설명할 수 없었다. 결국 그들은 이렇게 말하기로 의견을 모았다. 미시가 병이 났다고. 리스녀이는 화가 많이 나서 물었다. 미시가 이곳을 무슨 어린아이가 다니는 유치원쯤으로 생각하는 것 아니냐고 말이다. 그리고 이제껏 자신은 김나지움 학생이 학교에 가는 걸 그냥 잊어버렸다는 것을 들어본 적이 없다고 말했다. 소년들은 모두 다 웃었다. 그중에서도 특히 뵈쇠르메니가 크게 웃었다. 그의 웃음소리는 아주 특별하게 울려퍼졌다.

"놀라운 일이야. 미시가 대가리는 잊어버리지 않는 게 말이야." 그가 비웃듯이 말했다. "대가리는 붙어 있어서 다행이네. 그렇지 않으면 그것도 잊어버렸을 텐데."

미시가 생각하기에 그렇게 뵈쇠르메니가 뻔뻔스럽게 이야기하는 것에는 어떤 특별한 의미가 숨어 있는 것 같았다. 기숙사에서 아직 어느 누구도 복권에 대해 언급하지 않았다. 하지만 뵈쇠르메니는 미시의 의심을 알아차리고 있는 것 같았다. 미시는 뵈쇠르메니가 복권을 훔쳤다고 의심하고 있었다.

그날 밤, 미시는 헝가리어로 글을 썼다.

다음 날 아침, 리스녀이가 그에게 물었다. "무슨 일이 있었어요? 사유서를 뭐라고 써서 내야 하죠?"

"모르겠어요. 그런데 너지 씨도 수업에 들어가지 않았어요."

"어제 졸업반은 수업이 없었어요." 리스녀이가 말했다. "너지 씨는 사유서를 낼 필요가 없지요."

"하지만 잘 부탁해요." 미시가 부끄러워하며 말했다.

미시는 그가 교실에 들어가면 모두들 비웃으며 자기를 쳐다볼 거라고 생각했다. 하지만 그를 걱정하는 사람은 아무도 없었다.

그가 교실에 들어서자 오르치만 문에서 아는 체를 했다. "내가 우리 주방 아줌마하고 얘기해봤는데, 우선 복권이 부다페스트 것인지, 아니면 빈, 브륀, 프라하나 린츠에서 당첨되었는지를 알아야만 해. 너, 어떤 숫자를 썼어?"

미시는 대답하지 않았다.

"숫자를 확실히 알기는 하는 거야?"

아니다. 그는 그것을 알지도 못했다.

"넌 적어도 1,000포린트나 2,000포린트를 따는 거라고. 브륀에 표시를 했다면, 적어도 2,000포린트를 따는 거지."

미시는 입을 다물 수 없었다. 2,000포린트! 그것은 생각할 수도 없는 액수였다. 그 돈이 얼마나 되는지, 그는 한 번도 상상조차 하지 못했다. 그의 부모님은 정원이 딸린 조그만 집을 가지고 있었다. 그런데 그 집은 300포린트를 주고 산 것이었다. 2,000포린트라니. 천일야화의 동화에서나 들어볼 법한 액수인 것이었다.

그때 기메시도 나타났다. 그는 어제 일로 화가 나 있는 것 같지는 않았다. 그가 즉시 머리를 그들 둘 사이로 밀어넣었기 때문이다.

"우리 주방 아줌마가 얘기하는데, 미시는 분명 2,000포린트를 딴 거야." 오르치가 말했다. "절반은 그 할아버지 몫이니까. 그래도 1,000 포린트는 미시의 몫이 되는 거야."

기메시는 부서져라 책상 위를 쾅쾅 쳤다. "하느님, 맙소사, 그거 할 만하네."

"너희들한테 충고하는데 말이야." 오르치가 말했다. "다른 사람에게는 절대 얘기하지 마. 우리 셋만 알고 있어야 해. 만약 도둑이 무슨 낌새를 눈치 채면, 모든 게 허사니까."

미시는 그를 바라봤다. 오르치는 도둑이 이미 일에 착수했음을 알고 있는 것일까?

그들 셋은 머리를 맞대고 아주 낮은 소리로 소곤거렸다.

"우리 지금 협정 하나를 맺도록 하자." 오르치가 말했다. "모든 것을 숨김없이 서로에게 얘기한다는 협정 말이야. 이 시간이 끝나면 뒷마당으로 나가서 회의를 여는 거야."

"그래." 기메시가 말했다. "나는 탄넨바움도 끼워줬으면 해."

"더는 아무도 필요 없어." 오르치의 생각이었다. "우선 우리 셋만 있는 게 좋아."

"좋아." 기메시가 말했다. "난 상관없어."

"우린 조심해야 돼. 아무도 눈치 채지 못하도록 말이야." 오르치가 속삭였다.

수업이 끝나자 바로 그들 셋은 모두 뒷마당으로 나갔다. 마당 끝에는 악취가 지독하게 나는 널빤지가 성처럼 쌓여 있었다. 그들은 그곳 모퉁이 울타리 옆에서 머리를 맞대고 이야기를 시작했다.

"제일 먼저," 오르치가 제안했다. "분명히 해야 할 것은 비밀을 지켜야 한다는 거야. 우리는 대통령을 뽑으려고 해."

"좋아. 나는 너를 뽑겠어." 기메시가 말했다.

"나도." 미시가 말했다. 그러나 왜 세 명 중에 대통령이 있어야 하는지를 그는 물론 전혀 이해하지 못했다.

"좋아. 너희들이 나를 대통령으로 뽑는다면 좋아." 오르치가 말했다. "그러나 너희들이 내 말에 무조건 따르고 절대 복종하겠다는 걸 맹세해야 해. 너희 둘의 명예를 걸고 말이야. 그 조건이라면 받아들이겠어."

"좋아."

"좋아."

"우리는 같이 있는 시간이 많아서는 절대로 안 돼." 오르치가 말했다. "의심을 받을 수 있거든. 나는 이제 어차피 자유시간이야. 그러니까 내가 계획을 세우고 정관을 만들게."

그들은 서로 악수를 나누었다.

미시는 특히 기분이 좋아졌다. 열이 났다. 그리고 가슴이 힘차게 뛰었다. 자기의 일로 이런 비밀스런 일이 일어났기 때문이다.

다음 시간은 종교음악 시간이었다. 초크녀이 선생님은 별로 중요하지 않은 이야기만 했다. 미시는 찬송 시간 내내 흥분돼서 정신은 딴 데로 가 있었다. 그는 기메시가 전혀 부자연스럽지 않고 예전과 똑같은 태도를 취하고 있는 것에 놀라운 생각이 들었다. 기메시는 노트를 가지고 뭔가에 열중하고 있었다. 연필을 뾰족하게 깎고, 책들을 꺼내 여기저기 뒤적거리다가 다시 집어넣었다. 잠깐 동안 그는 장난을 치고 예전에 늘 그랬듯이 뒤죽박죽 엉망으로 만들었다.

찬송 시간이 끝나자마자 오르치가 나타났다.

"너희들, 그새 무슨 일이 일어난 줄이나 알아?" 그가 웃으며 말했다. "나는 학교 앞마당에 있는 우물 주위를 돌며 산책을 하고 있었어. 그때 어떤 대학생, 아니면 신학생일 거야. 그가 와서 내 모자를 벗기고, 머리를 한 대 때리며 말했어. '너, 왜 수업시간에 이러고 있는 거지?' '전 지금 빈 시간이에요.' 내가 대답했어. '찬송 시간이라고요.' '아, 그래.' 그가 말했어. '너, 유대인이구나.' 그러고는 내 머리를 때리려고 했어."

둘은 큰 소리로 웃음을 터뜨렸다.

"'전 유대인이 아니에요. 가톨릭 신자예요.' 내가 말했어. 그러자 '나는 너를 알아!' 하고는 가버렸어."

기메시는 몸을 떨 정도로 크게 웃었다. "웃기는 얘기네." 그는 눈을 감으며 말했다. 더 크게 웃어야만 했기 때문이었다. 그의 얼굴은 웃음으로 온통 새빨갛게 물들었다.

"그때 어떤 선생님이 왔어." 오르치가 계속 이야기했다. "너희들이 아는 머리가 하얀 노선생님 있잖아. 우리가 항상 임레 아저씨라고 부르는 그분. 그 선생님이 말했어. '수업이 없으면 이렇게 빈둥거리지 말

고 내가 있는 도서관으로 오너라.' 그 선생님은 나를 큰 도서관으로 데
리고 갔어. 거기에는 책밖에 없었는데, 내게 좋은 책을 보여주셔서 그
책을 읽었어. 이제부터 난 수업이 없으면 항상 도서관으로 갈 거야."

미시는 오르치를 놀랍고 부러운 눈으로 바라봤다. 그가 도서관을
가는 것은 얼마나 멋진 일인가. 큰 책들로 가득 찬 방이라니. 하느님
맙소사! 그보다 더 멋있는 일이란 그로서는 전혀 상상하기 어려웠다.

"거기서 난 모든 걸 생각해봤고 정관도 정했어. 이게 바로 그거야.
세 부 작성했어. 각자 하나씩 가지고 있도록 말이야."

정관. 미시도 멋지다고 생각했다. 그러나 어떻게 오르치는 그런 것
들을 만들었을까? 그는 존경스러운 눈으로 무슨 귀중한 것이나 되는
것처럼 그것을 쳐다봤다. 정관 규칙은 이러했다.

1. 명칭: 복권 애호가들.
2. 가입자는 피로써 형제의 의를 맺는다.
3. 그들 사이에는 비밀이 없다.
4. 대통령, 비서, 기록서기.
5. 외부인에게 비밀을 누설하지 말 것.
    이상 끝.

"난 기록서기를 하고 싶어." 미시가 기메시에게 속삭였다.

"그러면 너는 나를 비서로 추천해라, 응?"

"비서는 기메시 어때?" 미시가 오르치에게 낮은 소리로 말했다.

"아니야, 네가 좋아." 오르치가 말했다. "비서는 비밀을 지키는 사
람이야. 그런데 모두 다 네 비밀이잖아."

그 의견에 대해 아무도 반대할 이유가 없었다.

"이걸 봐." 오르치가 기메시에게 말했다. "이 일은 미시의 비밀이야. 그러니까 네가 기록서기를 해."

기메시는 화가 났다.

"비서는 비밀을 지켜야만 해. 그런데 닐러시는 이미 모든 것을 털어놓았어. 나는 이미 모든 걸 미시보다 더 잘 알고 있다고."

"맞아." 오르치가 웃으며 말했다. "만약 미시가 좋은 비서였더라면, 우리 둘은 아무것도 알지 못했을 거야. 네가 옳아."

"그는 훌륭한 기록서기로 정말 좋아. 다른 사람들이 무엇을 하는지 기록만 하면 되는 거야."

미시는 웃었다. 별로 모욕감을 느끼지도 않았다. 그는 행복했다. 마침내 그는 자기의 비밀을 기록해둘 수 있게 된 것이다.

09

"너 아직도 몰라? 누가 복권을 훔쳐갔는지 말이야." 오르치가 아침에 교실에 들어서자마자 귓속말로 속삭였다.

"몰라."

"그걸 생각도 안 해보는 거야?"

"나는….".

"난 이미 알고 있어."

미시는 어제 있었던 대통령 선출 때문에 부끄러웠다. 누가 만일 그 사실을 안다면, 그는 땅속에라도 들어가고 싶었을 것이다. 그래서 지금 대통령이 '보고'를 하는 것이 갑자기 그를 놀라게 했다. 그는 오르치가 누가 도둑인지 이미 알고 있을 줄은 예상하지 못했다.

"내 말은, 어떻게 우리가 도둑의 흔적을 쫓을 수 있는가 하는 것을 알고 있다는 말이야."

"그래?"

"기숙사에 같이 살고 있는 사람들을 다 기록해둬야만 해."

"그래." 미시가 중얼거렸다.

"이름들을 다 적어봐."

미시는 쓸 종이를 찾았다. 그러나 오르치는 이미 편지지 한 장을 앞으로 내밀었다.

"여기에."

종이는 아주 부드럽고 약간 노란빛이 도는 하얀색으로 최상의 품질이었다. 미시는 종이를 앞에 놓고, 방 최고참부터 시작해 방 동료들의 이름을 적었다. 좋은 종이에 글씨를 쓰는 기분이 아주 좋았다.

그는 명단을 작성하고 그것을 오르치에게 내밀었다. 오르치는 그새 자기 뒤에 앉은 아이와 거리낌 없이 무슨 웃기는 이야기를 하고 있다가, 즉시 그만두고 다시 미시 옆에 앉았다.

"리스녀이는 몇 학년이야?"

"졸업반."

"너지는?"

"역시 졸업반."

"그럼 언드라시는? A반이니?"

"그래. 언드라시와 뵈쇠르메니는 A반이야. 산도르, 치초 그리고 나는 B반이고."

"산도르?" 오르치가 물었다.

그는 일어서서 몸을 돌리고 산도르 미하이를 찾아봤다. 산도르는 항상 그렇듯 자기 자리에 앉아 있지 않고, 제일 앞자리 근처에서 이리저리 돌아다니고 있었다. 그는 누군가와 이야기를 하는 것이 아니었다. 다만 소년들이 얘기하는 것을 여기서 한 번 듣고 저기서 잠깐 들으며 이리저리 다니고 있었다.

오르치는 산도르에게 자기에게 오라고 신호를 보냈다.

"너희들 옆에 같이 있지? 너하고 닐러시. 안 그래?"

"어디서?"

"기숙사에서."

"맞아."

"닐러시가 자기 물건들을 잘 정리해놓니? 상당히 물건을 어질러놓는 타입이지, 그렇지?"

산도르는 웃었다. "글쎄, 아주 정리를 잘하는 애는 아니야. 걔는 복권을 잃어버렸으니까."

오르치는 잠시 입을 다물었다. 그러고 나서 물었다. "무슨 복권?"

그러면서 그는 미시를 몰래 무릎으로 한 대 쳤다. 미시에게 입을 다물고 있으라는 신호였다.

"지난 토요일에 미시가 얘기했어. 자기가 1포린트짜리 복권에 숫자를 다섯 개 써넣었다고. 그런데 지금 미시는 영수증으로 받은 복권표를 찾을 수가 없는 거야."

"믿을 수 없어." 오르치가 말했다. "어디 잘못 두었겠지."

"그럴 수도 있어. 미시는 무엇을 찾을 때마다 주머니들을 차례로 다 뒤지거든. 그런데 그렇게 해도 못 찾았어."

그사이에 기메시가 교실로 들어섰다. 그는 자기 자리 앞에 서 있는 산도르를 피해 자리에 앉았다. 기분이 아주 좋아 보였다. 그의 눈이 웃고 있었다.

"그래? 내가 한 번 미시 주머니를 찾아봐야겠네." 그가 말했다.

오르치는 산도르에게 불쑥 물었다. "너, 산수 숙제 다 했어?"

"응."

"미안하지만 나 좀 보여줘."

산도르는 숙제 노트를 가지러 자기 자리로 뛰어갔다.

그때 오르치가 둘에게 아주 가까이 몸을 돌리며 말했다. "너희들 기억해둘 게 한 가지 있어. 내가 누군가를 '심문'할 때 절대 끼어들지 말아야 해. 너도, 너도 안 돼. 끼어들면 모든 게 망쳐지니까 말이야. 미시는 아주 좋은 태도를 보여줬어. 아무 말도 하지 않았으니까. 반에서 아무도 눈치 채지 못하게 해야만 돼. 우리가 '취조'를 한다는 사실을 말이야. 왜냐하면 말이지, 그렇게 하지 않고 모든 것을 이야기하면 낮이 되면 이미 선생님들도 다 알게 되고 말 거야. 대통령이 일을 보고 있으면 너희들 부하는 입을 다물어야 해."

기메시는 알겠다는 듯 얌전하게 고개를 끄덕였다. 그리고 미시는 오르치에게 흥분해 소곤거렸다. "난 복권을 주머니에 넣어두지 않았어. 늘 지갑 속에 넣어서 가지고 다녔어. 그리고 빼내지도 않았어. 그러니 지갑에서 복권이 없어진 거야."

오르치는 산도르 미하이의 산수 숙제에 특히 관심이 있는 것처럼 행동했다. 그는 그것을 쭉 살펴보고는 말했다. "답이 틀렸네."

산도르는 매우 당황했다.

"어째서? 어디가 틀렸어?"

"곱하기를 한 번 더 해봐. 곱셈이 틀렸어."

그들은 단지 산수 숙제에 대해서만 얘기를 나누었다. 복권에 대해서는 더 이상 말이 없었다.

선생님이 들어오자 오르치는 미시가 적어준 방 동료 명단을 노트 밑에 놓고 주의 깊게 관찰했다. 가끔씩 그는 미시에게 질문을 던졌다.

"이 너지 씨가 바로 그 작은 꼽추야?"

"응. 아주 마음씨가 좋고 진실한 사람이야." 미시가 덧붙였다. 오르치가 그를 의심하지 않도록 하기 위해서였다.

"우리가 한 번 보게 되겠지." 오르치가 대답했다.

쉬는 시간이 되자 그는 이리저리 제멋대로 뛰어다녔다. 그러다가 갑자기 미시는 놀라서 쳐다봤다. 어느 사이엔가 오르치가 치초와 이야기를 하고 있는 것이 아닌가. 미시는 신경이 몹시 날카로워진 채 그 이야기가 끝나기를 기다렸다. 미시는 오르치가 치초에게서 무슨 사실을 알아내려고 하는지 알고 싶었다. 오르치는 두 번이나 미시의 옆으로 왔다. 하지만 오르치는 아무것도 이야기하지 않았다. 다만 크게 웃으면서 다른 아이들과 무슨 말인가를 했다.

수업 시작종이 울리자 모두들 다시 자리에 앉았다. 그때 미시는 오르치에게 속삭였다. "치초가 뭐라고 했어?"

오르치가 웃었다. "너, 내가 주의를 주었지? 대통령에게는 아무것도 물어서는 안 돼. 하지만 특별히 이번에는 말해줄게. 산도르와 치초는 의심스럽지 않아. 이 두 아이는 얼간이야. 다음 시간에는 뵈쇠르메니를 불러볼 거야."

다시 그는 아무 말도 하지 않았다. 하지만 수업 시간 중에 그는 다시 물었다. "그런데 너희들 사이에 무슨 일 있었어?"

"우리들 사이에?" 미시가 되물으면서 얼굴을 붉혔다.

"그래. 너희들 사이에 무슨 일인가 있는 것 같아."

"아니야. 아무 일도 없어." 미시가 걱정스럽게 선생님을 쳐다봤다. 그들이 소곤거리는 것 때문에 선생님에게 질책을 받을까봐 걱정이 되었다.

그때 미시에게 생각 하나가 스쳐갔다. 오르치는 미시의 기숙사 침실을 알고 있다. 그제 오르치가 그곳에 왔었는데, 그때 미시는 없었다. 미시는 급히 오르치에게 몸을 굽히고 그의 귀에 속삭였다. "내가 전에 소포를 받았을 때, 뵈쇠르메니가 내 구두약을 먹었어. 그래서 나한테 화가 나 있어."

"아하, 그래." 오르치가 낮게 웃었다. 그 웃기는 이야기가 생각났기 때문이다. 그 소포에 얽힌 사연은 당시에 오르치의 귀에도 들려왔었다.

10시에 쉬는 시간이 되자 학생들은 학교 마당에서 '짚무더기가 작다' 놀이를 했다. 날씨는 맑고 건조했다. 제법 날이 추워서 아이들은 겨울 코트를 입고 있었다. A반에서도 학생들이 쏟아져 나와 소리를 질러가며 같이 놀았다. '짚무더기가 작다' 놀이를 하려면, 제일 먼저 한 아이를 땅에 쓰러뜨려야 한다. 그러고 나서 그 아이가 아직 싸우는 동안에, 두 번째 아이, 세 번째 아이가 그 위에 올라탄다. 세 아이가 땅 위에 포개어 합쳐지면 다른 아이들이 외친다. "짚무더기가 작다! 더 크게 쌓아라!" 그러면서 서로 무더기 위로 올라간다. 그러면 아이들 언덕이 점점 커진다. 제일 밑에 깔린 아이가 신음하기 시작할 때까지 무더기 쌓기는 계속된다. 마침내 제일 밑에 있던 아이가 죽는다고 신음을 하면 아이들이 흩어지는 것이다.

미시는 오르치가 기메시와 소곤거리는 것을 두 번 봤다. 하지만 엿들으려고 하지는 않았다. 미시는 놀이가 재미있었기 때문에 무더기에 자기 몸을 던지고 있었다.

그때 큰 비명소리가 났다. 소년들이 참새들을 보고 소리를 지른 것이었다. 참새 수백 마리가 잎이 다 떨어진 민숭민숭한 아카시아 위에

떼를 지어 앉아 있었다.

미시는 놀이를 하며 몸이 뜨거워져 얼굴이 벌겋게 되었다. 그는 아이들 무리 속에 섞여 깊이 박혀 있었다. 그러느라 그만 자기 위에 아무도 없다는 것을 조금도 알아채지 못했다. 그러다가 갑자기 누군가가 소리치는 것을 들었다. "아직도 안 일어날래? 이런 쓸모없는 녀석 같으니라고." 회초리가 미시의 등을 힘차게 내려쳤다.

"도대체 어떤 바보야?" 미시는 깜짝 놀라 소리를 지르며 뒤를 돌아봤다. 그곳에는 비비 꼬인 콧수염에 턱수염을 덥수룩하게 기른 헤르텔렌디 선생님이 서 있었다. 선생님은 구부러진 막대기를 위협적으로 들어 미시를 때리려는 듯한 동작을 했다.

하지만 두 번 때리지는 않았다. 그래도 미시는 이미 맞은 매의 충격이 어찌나 컸던지 일어설 수조차 없었다.

친구들은 그의 뒤에서 웃어대고 있었다. 나이 든 선생님한테 들켜 붙잡혔기 때문이다.

선생님이 교무실 쪽으로 사라지자 미시도 역시 웃음이 났다. 갑자기 멋쩍은 모양새가 되었다. 하지만 마음이 가벼워져 다른 소년 세 명과 함께 싸움을 시작했다. 내부의 열기가 그를 빨갛게 달구어, 반 아이들을 모조리 땅에 내던지고 싶어졌다. 이때 세게디가 싸움을 걸어오고, 뒤에 서 있던 아이들이 소리를 질렀다. "따귀 한 대 먹여줄까? 따귀 한 대 먹여줄까? 그럼 이리 덤벼. 누가 더 미련하게 싸울 수 있는지 한 번 보자고." 하지만 미시는 이런 요구를 못 들은 척했다. 세게디와는 싸우고 싶지 않았다. 그는 도망쳐 우물 뒤로 달렸다.

그런데 그곳에 오르치가 서서 뵈쇠르메니와 담판을 짓고 있었다. 그것을 보자 미시는 더욱더 놀랐다. 그는 빨리 다시 뒤로 돌아 달렸다. 마치 쫓기는 사람처럼. 두 번째 문을 지나 쏜살같이 달렸고 거기서 재빨리 교실로 돌아왔다.

그가 땀에 흠뻑 젖어 들어섰을 때, 꼬마 시몬피가 막 허풍을 떨며 이야기를 하고 있었다. 5학년 선생님인 헤르텔렌디 선생님이 닐러시의 엉덩이를 막대기로 때렸고, 그러자 닐러시가 선생님의 배를 발로 찼다는 것이었다.

그건 지어낸 얘기였다. 새빨간 거짓말이었다. 하지만 시몬피는 어찌나 확신에 차서 이야기를 하는지, 듣는 아이들은 모두 믿지 않을 수 없었다. 심지어 미시 자신마저도 그랬던가 하고 믿어질 정도였다. 버르가 야노시가 말했다. "그 선생님 뱃가죽이 얼마나 두꺼운데! 발로 한 방이라도 정통으로 찬 거야?"

미시는 웃으며 주위를 둘러봤다. 반에서 제일 힘이 세서 헤라클레스라고 불리는 버르터 임레가 마침 자기 자리에 왔다. 그도 웃으며 미시의 어깨를 두드렸다. "브라보. 잘했어, 친구."

칭찬은 미시를 기분 좋게 했다. 선생님의 배를 걷어찬 적은 전혀 없었지만, 마치 실제로 그렇게 한 것처럼 발바닥이 근질거리는 것 같았다.

"제일 좋은 것은," 방금 교실로 들어와서 버르터가 미시의 어깨를 두드리는 것을 본 오르치가 말했다. "제일 좋은 것은 내가 야르미를 부추겨서 '짚무더기가 작다' 놀이를 하게 만드는 거야. 금시계를 찬 야르미를 제일 밑에 깔아놓고 우리들이 다 그 위에 올라타는 거지. 야르미의 시계 위에. 말이야." 오르치는 크게 웃었다. 그러자 그의 옆에 서 있던 아이들도 모두 따라 웃었다.

하지만 미시는 진지해졌다. 그는 오르치가 우물 뒤에서 뵈쇠르메니와 조용히 이야기하며, 모든 것을 꾸몄다는 걸 알 수 있었다. 뵈쇠르메니는 아주 거친 아이였다. 드잡이하는 놀이를 안 할 아이가 아니었고, 그런 놀이를 할 때면 황홀해져서 정신을 못 차리는 아이였다. 미시는 이제 뭔가 분명해지는 것을 느꼈다. 오르치는 모든 것을 사전에 계획을 세워 처리해나가고 있는 것이다. 그는 각 반을 돌며 '짚무더기가 작다' 놀이를 하자고 했고, 그러자 뵈쇠르메니도 A반에서 나왔다. 그때 오르치는 다른 아이들이 눈치 채지 않게 뵈쇠르메니와 이야기할 수 있었던 것이다. 미시는 오르치에게 그와 무슨 얘기를 했는지 물어보고 싶었다. 가능하면 무슨 말을 어떻게 나누었는지 말 한 마디 한 마디까지 자세하게 알고 싶었다. 오르치가 무슨 말을 했고 무엇을 물었으며 또 상대방은 뭐라고 대답했는지 말이다. 오르치는 미시에게 대단한 존경심을 불러일으켰다.

미시는 다음 쉬는 시간에는 어떤 놀이를 하게 될까 매우 긴장됐다. 그리고 그는 오르치를 관찰하는 것을 제외하고는 자신이 어린아이처럼 바보 취급을 받도록 행동한 것이 부끄러웠다. 이제부터라도 자신을 더 자제해야 했다.

수업 시간에 오르치는 아무 말도 하지 않았다. 딱 한 번 지우개를 빌려갔을 뿐이다. 그러나 미시는 행복했다. 오르치에게 자기가 뭔가를 빌려줄 수 있다는 사실이 말이다. 그 지우개는 아주 부드럽고 최고급품인 사자lion 고무였다. 이번 주에 산 것이었다. 미시는 아직도 돈을 많이 가지고 있는 것이 기뻤다. 1포린트 50크로이처가 주머니에 들어 있었다. 월초에 이미 30크로이처를 지불했는데도 말이다.

쉬는 시간 종이 울리자 오르치는 바로 밖으로 나갔다. 그는 겨울 외투를 복도에서 입고 있었다. 미시는 허둥지둥 그의 뒤를 쫓아 나갔지만 그를 더 이상 따라가지 못했다. 미시는 자기 노트들을 잘 정리해 치워놓지 않았기 때문이다. 누구나 자기 물건을 그냥 책상 위에 놓아두고는 어딘가로 갈 수 없었다. 만약 그렇게 하면 반 아이들이 책상 위로 그것을 이리저리 날릴 것이고, 또 아이들이 책상 위에서 발을 구르는 등 난리가 날 것이 분명했다.

오르치는 학교 마당에도 보이지 않았다. 쉬는 시간 내내 그는 오르치를 찾아다녔다. 창피스러웠다. 오르치의 생각은 항상 빨랐기 때문에, 그는 한 번도 오르치가 무슨 일을 하려는지 알아맞힐 수가 없었다.

미시는 학교 마당에서 기메시를 만났다. 기메시는 미시와 오르치가 같이 교실을 빠져나갔다고 생각하고 있었다. 대체 어디에 숨었을까? 그래서 지금 기메시는 밖에서 그들을 찾고 있었던 것이다. 기메시는 미시를 만나자마자 물었다. "오르치는 어디 있어?"

"나도 몰라."

"너희들 같이 나간 거 아니야?"

미시는 그를 놀라운 눈으로 바라봤다. 미시는 오르치가 자기보다 기메시하고 더 친한 것으로 느낀다고 생각했다. 자기가 모르는 어떤 비밀을 오르치가 기메시하고 함께 나누고 있다는 생각이 들었다.

"너희들 둘이 소곤거렸잖아." 미시가 말했다.

"난 소곤거리지 않았어." 기메시가 정색하고 대답했다. "오르치가 갑자기 말했어. 내가 버이를 A반에서 불러내야 한다고 말이야."

"A반에서?"

"응."

"버이를?"

"응."

"뭘 하려고 그러지?"

"모르겠어."

그들은 서로 눈빛을 교환하며 웃기 시작했다.

"오르치는 그냥 이렇게만 물어봤어. 내가 버이와 무슨 관계냐고. '좋아' 하고 내가 말했지. '그는 내 사촌이야.' '그러면 걔를 좀 불러 줘.' 그래서 그렇게 했지. 그런데 나를 그냥 세워놓고 둘이서만 비밀 얘기를 하더라고."

"무슨 얘기?"

"몰라. 내 귀가 그렇게 좋지 않아. 걔네들은 거기에 서 있었고 나는 여기 있었어. 아무것도 들을 수 없었다고. 다만 나는 버이가 금방 다시 들어가는 것을 봤어. 그러고 나서 야르미가 '짚무더기가 작다' 놀이를 하기 시작했지. 그때는 나도 옆에 있었어. 그 후에 오르치가 뚱 뚱보와 얘기하는 걸 봤어. 걔 있잖아, 햄스터 뺨을 한 애. 너도 알지? 내가 누구를 말하는지."

"언드라시?" 미시가 외쳤다. "개하고도 얘기를 했어?"

"왜, 아니래?"

미시는 스스로 놀랐다. 갑자기 그는 모든 것을 이야기해서는 안 된 다고 생각했다.

"언드라시는 오르치가 전혀 모르는 아이야. 그런데도 오르치는 그 애하고 얘기를 했어." 그는 어딘지 솔직하지 않은 태도로 말하며 눈길 을 돌렸다.

그는 오르치를 관찰하기로 결심했다. 그리고 앞으로 누구한테도 그 가 알고 있는 것을 말하지 않겠다고 마음을 다졌다.

나이 어린 사환이 양가죽 장화를 신고 그들이 있는 곳을 지나 학교 마당으로 나갔다. 곧 수업 종이 울렸다.

그들은 그 사환을 돌아봤다. 그리고 기메시가 물었다. "너 혹시 알아? 작년에 종이 얼마나 예쁘게 장식되었는지 말이야."

"언제?"

"졸업시험 때. 바보, 그것도 모르다니. 졸업. 너 정말 몰라? 졸업반이 졸업시험을 치를 때 종을 꽃이나 온갖 장식물로 꾸미는 거 말이야. 그 안에 햄이며 베이컨이며 귤 같은 것들을 매달잖아."

"아하!"

"정말이야. 내가 정말 봤어. 7월에 잘 봐. 졸업반 학생들이 시험에 합격하면 종을 다시 똑같이 달아놓을 테니까. 그게 이 학교 풍습이래."

무의식적으로 그들은 종이 있는 곳으로 다가갔다. 종은 졸업반 교실 건너편에 단단히 매달려 있었다. 그들은 사환이 어떻게 그 짧은 팔을 들어서 두꺼운 철사 줄이 밑으로 내려져 있는 종을 치는지 잘 살펴봤다.

그러고 나서 교실로 가기 위해 몸을 미처 돌리기도 전에 오르치가 졸업반에서 나오는 것을 보고 그들은 깜짝 놀랐다.

놀란 것은 오르치도 마찬가지였다. 그들은 당황해 잠시 동안 서로를 바라보고만 있었다. 그러고 나서 기메시는 큰 소리로, 오르치는 낮게 웃기 시작했다. 미시만 진지하게 서 있었다.

이제 어느 정도는 분명해진 것이다. 오르치는 졸업반 학생 두 명을 만나 이야기를 나누었던 것이다. 그는 졸업반인 자기 형에게 갔다. 그러면서 자연스럽게 리스너이와 너지를 만난 것이다.

오르치는 무척 당황하며 말했다. "이 시점에서 너희들에게 이 말을 할게. 대통령을 염탐하는 일은 금지되어 있어." 그러고 나서 오르치는 그들을 세워둔 채 달려가버렸다.

그들은 서로 얼굴을 쳐다봤다. 기메시는 다시 크게 웃으며, 햇빛에 눈이 부신 수탉처럼 눈을 찡그렸다. 그의 웃음소리는 닭이 "꼬끼오" 하고 우는 소리처럼 들렸다. 미시는 그 소리가 우스워서 순간 얼굴이 빨개졌다.

"대통령! 대통령이라는 의식이 머리끝까지 가득해 힘이 드네. 하지만 나도 비서야. 비밀의 수호자! 그러니까 난 아주 눈곱만 한 사소한 비밀이라도 지켜야만 한다고." 기메시는 작은 손가락으로 손톱 위를 가리켰다.

미시는 아무 대답도 하지 않았다. 그는 오르치를 진지하게, 거의 무서울 정도로 진지하게 생각하게 되었다. 오르치는 아마 모든 것을 다 알고 있을지도 모른다. 그는 떨면서 쓰레기통을 생각했고, 그 뒤에 버린 칼을 생각했다. 물고기 눈이 박혀 있는 칼.

마지막 시간에 오르치는 그에게 몸을 굽히고 말했다. "미시."

"응?"

"만약 누가 복권에 대해 물어보면 곧바로 이렇게 말해. 네가 노신사에게 복권을 이미 드렸다고 말이야."

미시는 어안이 벙벙해져서 그를 쳐다봤다. 미시는 맨 처음에 오르치가 복권 숫자를 물어왔을 때, 지금 오르치가 말한 그대로 정확히 말했던 것이다. 복권을 잃어버렸다는 것을 알리고 싶지 않아서였다. 이제 미시는 알 수 있었다. 오르치는 이미 모든 것을 알고 있다! 그는 눈길을 힘없이 떨어뜨렸다.

잠시 후 오르치가 다시 한 번 귓속말을 했다. "그러니까, 만약 누가 너에게 무언가를 알아내려고 하면, 무조건 복권을 노신사에게 돌려줬다고 강하게 주장하는 거야."

미시는 말없이 고개를 끄덕이며 당혹스러워했다. 이 순간 그에게는 오르치의 입술이 실룩거리는 것처럼 보였다. 오르치가 득의의 미소를 짓는 것처럼 보였다. 미시는 얼굴이 빨개져서 입술을 깨물었다. 그리고 얼굴이 하얘져서 거기 서 있었다. 미시는 스스로 비밀을 폭로한 것이다. 그래서 오르치는 이제 그가 복권을 노신사에게 돌려주지 않았다는 것까지를 알게 된 것이다.

미시는 화가 나서 이를 부드득 갈았다. 그는 우울한 마음으로 노트를 쳐다봤다. 물론 글자나 문장은 눈에 들어오지 않았다.

기분이 매우 나빴고 속에서 화가 부글부글 끓었다. 자기가 그토록 유치하게 행동한 것이 원통해 죽을 지경이었다. 순간 오르치가 미웠다. 제일 좋은 방법은 그의 갈비뼈에 한 방 날려서 그를 의자에서 굴러 떨어지게 하는 것이리라.

반대로 기메시에 대해서는, 지금 이 순간 매우 정답게 느껴졌다. 불쌍한 꼬마 기메시, 그는 착한 소년이었다. 그는 조그만 입을 다물고 옆에 앉아 있었다. 무슨 일이 조금 전에 있었는지 짐작도 못하고 있었다. 오르치가 했던 말은 마치 도둑 이야기처럼 미시에게 자극적으로 생각되었다. 그러나 기메시는, 키가 작고 빼빼 마른 체구에 반질반질한 작고 하얀 얼굴을 한 그는 순진한 표정으로 자리에 앉아 있는 것이었다. 게다가 그는 반에서 3등이었다.

이제 모든 것이 분명해졌다. 오르치가 왜 먼저 기메시가 기록서기를 하고 미시가 비서를 해야 한다고 원했는지 말이다. 만약 기메시가 비서가 되었다면, 오르치는 기메시를 더 신임을 했을 것이었다.

오르치는 수업이 끝나면 뭐라고 말할까? 내일, 일요일에도 무슨 말이 필요할 것이다. 아마도 그는 그들에게 어딘가에서 만나자고 말할지도 모른다. 미시는 이미 한 장소를 마음속에 정했다. 탑 아래의 비밀스러운 장소나 아니면 숲속에 있는 큰 나무 밑이 좋을 것이다. 나중에는 오르치가 그들을 자기 집으로 초대할지도 모른다는 생각이 들었다.

여러 가지 많은 생각이 오락가락하자 갑자기 활기가 생겼다. 미시는 밀랍 냄새를 느꼈다. 그것으로 흉상들을 만들었었지. 또 그는 눈처럼 하얀 탁자 보자기와 화려한 무늬가 새겨진 도자기 찻잔을 눈앞에 떠올렸다. 그러다가 금발머리 소녀가 자연스럽게 떠올랐다. 부드럽고 둥그스름한 금발의 소녀. 오르치의 사촌. 꿈속의 비밀 주인공. 그러자 미시의 얼굴이 달아올랐다.

이때 미시는 앞에 쪽지 하나가 놓여 있는 것을 보았다.

"내일 오후 4시 정각, 우리 집에서."

"서명해." 오르치가 속삭였다.

그는 왜 서명까지 해야 하는지 이해할 수 없었다.

"이름을 밑에 써."

"왜?"

오르치는 참지 못했다. "그냥 서명해. 이건 전단이야. 기메시도 서명해야 해."

그는 당황스런 가운데 서명을 하고 쪽지를 기메시에게 다시 건넸다.

"이름을 거기에 서명해." 그가 기메시에게 말했다.

기메시는 아무 말 없이 서명했다. 미시는 그것을 오르치에게 다시 돌려주었다.

오르치는 항상 그랬던 것처럼 수업 종이 치자마자 자기 물건을 후다닥 싸서는 사라져버렸다. 마치 선생님이 문으로 나가는 것처럼 말이다. 그는 아무에게도 작별 인사를 하지 않았다.

하지만 미시는 기메시와 악수했다. "안녕."

"안녕. 너 오늘 오후에 우리 집 올래?" 기메시가 말했다.

"안 돼"

"왜 안 돼?"

"오늘 공부 가르치러 가야 되거든."

"참, 그렇지."

미시는 서둘러 밖으로 나갔다. 그는 다시 작별 인사를 하지도 않았다. 오르치의 행동을 따르려 노력하고 있었다. 그런 비겁한 일은 이제껏 그에게는 없던 일이었다. 항상 그는 제일 마지막으로 갔고, 모두 다 들어가라고 했으며, 비밀리에 무엇을 한 적도 없었다. 누가 그에게 뭔가를 물어보면 그는 즉시 다 이야기해줬다. 그는 항상 모든 사람의 마음에 들고 싶어했던 것이다. 그러나 지금은 어떤 내부의 목소리가 그에게 말하고 있었다. 강해져야 한다고, 혼자 설 수 있어야 한다고. 그리고 남에게 굴복하지 말아야 한다고.

그는 계단을 뛰어 올라갔다. 한 번에 두 계단씩 계속 뛰어넘었다. 3층에 도착했을 때 숨이 많이 찼다. 아직 아무도 기숙사에 와 있지 않았다. 그는 문기둥에 걸려 있는 열쇠를 내려 문을 열었다.

방은 비어 있었다. 그것이 그를 기쁘게 했다. 이제 그렇게 얼마 동안만이라도 혼자 있을 수 있는 것이다. 그는 책들을 서랍에 넣었다. 숨을 크게 들이쉬었고 아무것도 생각하지 않았다. 하지만 속으로 그는 매우 우울했다.

제일 처음 나타난 사람은 방 고참이었다. 그는 평소와 마찬가지로 재킷을 걸치고 있었다. 겨울에도 그는 교실로 갈 때 외투를 입지 않았다. 그리고 나서 A반 아이들이 몰려왔다. 치초가 왔고 마지막으로 산도르 미하이가 왔다. 산도르는 계단에서 얘기를 주의 깊게 들었다.

미시는 방 동료들 앞에서 창피스러웠다. 혹시 그들은 오르치가 조사하고 있다는 걸 눈치 챘는지도 모른다. 그는 침실에서 낡은 학교 건물로 달려 나가 아치형 천장이 있는 창문 옆으로 갔다. 그곳에는 크고 검은 쇠로 된 격자형 창살이 있었다. 두꺼운 먼지가 볼품없는 검은색을 뒤덮고 있었다. 미시는 대성당의 첨탑을 올려다봤다. 탑 주위를 엄청나게 많은 검은 까마귀 떼가 돌고 있었다. 까마귀들이 울어대는 소리는 그곳에서도 들을 수 있을 정도였다. 미시는 팔을 벌렸다. 그는 공중으로 날아서 앞으로 날고 싶었다. 그리고 그는 희망대로 자기 팔이 학교의 아치형 천장에 부딪히는 듯한 느낌을 받았다. 이곳은 감옥처럼 숨이 막혔다. 한순간도 혼자 있을 수 없었지만, 그럼에도 그는 혼자 살아야만 했다. 친구도 없고, 말할 사람도 없고, 자기 마음속을 털어놓을 수도 없이 말이다. 그는 쇠로 된 격자형 창살을 잡았다. 그의 손가락으로는 쇠막대기를 감싸 쥘 수 없었다. 만약 삼손처럼 힘이 셌다면 그걸 흔들어버릴 수 있었을 텐데. 그러면 건물은 부서져버리고, 그 돌들이 그를 밑에 깔아 덮어버릴 텐데.

기숙사 종소리가 크게 울렸다. 미시는 그 소리에 깜짝 놀랐다. 그는 곧 침실을 향해 달려갔다. 문에 거의 다다랐을 때 손잡이가 밑으로 내려가더니 방 안에서 학생 여섯 명이 쏟아져 나왔다. 그리고 또 다른 침실에서도 기숙사생들이 쏟아져 나왔다. 그는 그들 사이를 뚫고 방으로 달렸다. 그리고 외투를 입고 그들 뒤를 따라갔다.

늘 떠들고 소란스러우며, 싸움질을 하고 한시도 입을 가만두지 않는 소년들이었지만, 아무도 한 번도 그에게 "안녕" 하고 인사하지 않았다.

식사 후에 그는 도로지네 집으로 갔다.

도로지네 집 대문은 높고, 다정스러워 보이지 않을뿐더러, 시야를 가리는 빗장 받침대 문이었다. 그런 문은 데브레첸에서는 좀처럼 볼 수 없는 것으로 문 뒤에는 보통 황량하게 버려져 있는 땅이나 빈 마당이 있었다. 그가 대문을 들어서자 차가운 겨울바람이 얼굴을 세차게 때려 거의 숨이 멎을 지경이었다. 그는 개방된 베란다를 따라 달려 집으로 재빨리 들어갔다.

그때 벨라가 부엌에서 작은 현관방으로 나오고 있었다. 그녀는 그를 감싸 안으며 기쁘게 소리쳤다. "아, 사랑하는 미시, 안녕!"

그는 웃었다. 그의 얼굴이 한순간 소녀의 가슴에 닿았다. 그녀 몸의 따스함이 추위로 떨던 그의 눈꺼풀을 녹여줬다.

"안녕하세요?" 그가 더듬거리며 말했다.

벨라는 잠시 두 손으로 그를 붙들고 그의 위로 몸을 구부렸다. 무슨 할 말이 있는 것 같았다. 하지만 그녀는 아무 말도 하지 않고, 그저 하얀 도자기 같은 이만 드러내고 있을 뿐이었다. 왠지 다디단 기분 좋은 향내가 그녀에게서 풍겨나왔다.

"학교 공부가 많아요?" 잠시 후 그녀가 물었다. 그녀는 그를 놓아주었지만 그냥 가게 하지는 않았다.

"네."

"아주 많아요?"

"그렇지는 않지만 제법 많아요."

그녀는 웃으며 몸을 돌렸다. 그리고 그의 앞에서 바라봤다.

"그래요, 그럼." 그녀는 왼손으로 문을 가리켰다.

그는 문을 열고 안으로 들어갔다.

셔니의 어머니는 언제나처럼 기다란 방 안의 의자에 앉아 있었다. 그녀의 크고 낡은 안락의자 앞으로 탁자가 있었고, 그 건너편에 의자 세 개가 있었다. 미시는 조용히 인사를 건네고 그녀 옆을 지나갔다. 그녀는 인사에는 대답도 하지 않은 채, 진지하고 응고된 시선으로 그를 지켜봤다. 그가 다른 문을 열고 나갈 때까지 그녀의 시선이 뒤를 쫓았다.

방 안에는 일리케만 있었다. 그가 방에 들어서자 그녀는 금방 웃기 시작했다.

미시는 그녀와 단 둘이 있다는 사실이 고통스러웠다.

"저, 셔니가 여기 있나요?" 그가 물었다.

소녀는 터지는 웃음을 참으려고 입술을 꼭 깨물어야만 했다.

"셔니가 여기 없나요?" 그가 다시 한 번 물었다.

그러자 그녀는 웃음을 터뜨리며 말했다. "여기에 셔니가 없다는 걸 직접 보고 있잖아요."

미시는 얼굴이 붉어졌다. 일리케는 밖으로 뛰어나가며 문을 꽝하고 닫았다. 만약 미시의 힘이 엄청 세고 팔이 충분히 길었더라면, 그는 그녀 뒤로 닫힌 문을 열고 그녀를 붙잡았을 것이다. 그러고는 머리카락을 붙들고 드잡이를 단단히 했을 텐데.

혹시 일리케가 셔니를 잡으러 간 게 아닐까, 하는 생각이 들었다. 미시는 책상 앞에 앉았다. 책상 위에는 책이 이미 놓여 있었다.

그는 호주머니에서 몽당연필을 꺼내 노트 가장자리의 여백에 손 가

는 대로 써내려갔다. 방은 아주 아늑해 졸음이 올 것 같았고, 또한 아
주 조용했다. 옆에 있는 시계가 똑딱 소리를 내며 갈 뿐이었다. 갑자
기 미시는 이렇게 써내려갔다.

시모니 대장이
어린아이일 적에,
빨간색 탑 위에
올라갔을 적에.

이 시는 이미 오랫동안 머릿속에서 맴돌던 것이었다. 언제 그에게
이 시구 네 줄이 생각났는지는 전혀 알지 못했다. 그러나 유감스럽게
도 더는 시구가 생각나지 않았다. 하긴 그것에 대해 생각할 시간도 없
었다. 그가 이 시에서 표현하고자 했던 것은 이런 것이었다. 육군대장
시모니가 소년 시절에 빨간 탑에 올라가서 어떻게 어린 새의 새끼를
보금자리에서 꺼내왔으며, 어떻게 그것들을 자기 친구들에게 아래로
내려 주었는가 하는 것이었다. 그때 그에게는 아무런 일도 일어나지
않았고, 다치지도 않았다. 그런데 이미 두 달 동안이나 이 주제는 그
를 따라다니며 늘 괴롭혔다. 그는 그것으로 발라드를 만들려고 했다.
"후녀디 왕이 라슬로에게 맹세했네." 어느 날 밤에는 이 내용을 시로
암송한 적이 한 번 있었다. 그러나 다음에 적어놓을 생각으로, 이것을
그대로 적어두기 위해 일어나지는 않았다. 결국 다음 날 아침, 그것은
어디론지 다 사라져버리고 없었다.
하지만 지금 그는 계속 써내려갔다.

탑은 아주 높고

지붕도 높았네,

처마 하나 가득

참새가 있었네.

　미시는 대단히 기쁨에 넘쳤다. 침착할 수가 없었다. 그것에 대해 정확하게 느낀 것도 아니고, 깊이 생각한 것도 아니었다. 그러면서도 그는 시를 쭉쭉 써내려갔다.

뻗은 판이 있어

딛고 올라갔지.

그들은 잡았네,

모두 다 부하지.

　끝. 그는 실망해서 시를 잘라버렸다. 처음은 얼마나 멋지게 시작했는가. 그런데 그가 생각하기에, 시가 끝까지 가볍게 계속돼야 했다. 이 구절, "모두 다 부하지"는 다른 어떤 것도 생각나지 않았기 때문에 어쩔 수 없이 써내려간 것이었다. 결국 이렇게 시 쓰기를 끝마쳤다. 어떻게 그는 자기가 시를 쓸 수 있다는 생각을 다 하게 되었을까?

　"갔지"와 운이 맞는 단어는 뭐가 있을까? 도무지 그럴듯한 것이 생각나지 않았다. 한심하게.

그들은 잡았네,

모든 이의 입에.

그는 웃었다. 이제 기뻤다. 그러나 곧 언짢아졌다. 좋지 않다는 생각
이 들었다.

뻗은 판이 있어
딛고 올라갔지,
그들은 잡았네,
모두 어지럽지.

생각에 잠겨 그는 시를 한참 응시했다. 그러고 나서 그 절을 모두
줄로 그어버리고 다시 썼다.

크고 넓은 판자
밖으로 내밀고,
안에서 붙들고
시모니는 그 위로.

좋지 않아! 다시 쓴 이 구절도 역시 줄을 그어버렸다.
그때 한 얼굴이 그의 위로 다가왔다. 느껴지는 온기로 그 사람이 벨
라임을 알았다.
"시를 쓰세요?"
그는 재빨리 노트에서 종이를 뜯어내 주먹 안에 넣고 필사적으로
구겨버렸다. 벨라는 웃으며 그의 팔목을 붙잡고 그 종이를 빼앗으려
했다.
미시는 거칠게 그녀와 씨름을 하기 시작했다. 소녀는 그보다 훨씬

힘이 셌다. 그는 팔을 안으로 구부려 가슴에 댔다. 그녀는 구부리는 그를 바로 세우려고 두 팔로 그를 붙잡아 감싸 안으려고 했다. 둘 중에 누구도 어떻게 이런 씨름을 하게 되었는지 알지 못했다. 왜 그녀가 모든 대가를 지불하면서까지 시를 보려고 하는지, 그리고 왜 그는 그녀에게 그 시를 보여주면 이 세상이 끝나기라도 하는 것처럼 보여주지 않으려고 하는지, 그 이유를 둘 다 알지 못했다.

그들은 한참 서로 말도 없이 씨름을 했다.

"제발 보여주세요, 미시. 사랑스러운, 소중한, 이 세상에 둘도 없는 미시. 그걸 주지 않으면 난 죽을 것 같아요." 벨라가 애원했다.

소년은 승리감에 취해서 웃었다. 그리고 주먹을 주머니에 넣었다. 그는 얼굴이 불에 타는 듯이 빨갛게 타올랐다. 그의 두 눈이 크게 빛을 발했다.

그럼에도 그는 행복한 표정으로 고개를 흔들었다. "안 돼요." 그의 대답은 단호했다.

"사랑스럽고 소중한 미시." 그녀는 그를 쓰다듬었다. "그걸 내게 줘야만 해요. 미시의 시가 미치도록 보고 싶어요. 제발 주세요. 사랑스럽고 예쁜 미시 총각."

"안 돼요." 어린 소년은 말했다. 벅찬 기쁨이 그의 등줄기 위로 솟구치는 것 같았다.

"어차피 나를 위해 썼잖아요." 벨라가 부드럽게 속삭이듯 말했다. "그러니까 내게 주게 될 거예요." 그녀는 그 독특한 눈초리로 그의 눈을 빤히 쳐다봤다.

미시는 웃음이 터져 나오려고 했다. 그녀를 위해 시를 쓰다니, 꿈에도 생각하지 못했다. 그러나 그는 그것을 말하지 않았다. 그녀가 그렇게 믿고 싶으면 그렇게 믿으라고. 그런데 왜 그녀는 미시 자신도 알지 못하는 그런 믿음을 갖게 되었을까?

"시에 대체 뭐가 쓰여 있나요, 미시 도련님? 핑크빛 사연? 제비꽃 향기? 꼬마 시인님, 작고 정말 쪼그마하고 사랑스러운 꼬마 시인님."

미시는 어안이 벙벙해졌다. 이때 제일 좋은 방법은 크게 웃어버리는 일이었을 것이다. 핑크빛 사연? 사람들은 그런 것도 시로 쓸 수 있단 말인가? 하지만 웃음은 목구멍 속에서만 머물며 밖으로 터져 나오지는 않았다.

"만약 그걸 주지 않으면 화를 내겠어요." 벨라가 달콤하게 속삭였다.

그는 다시 고개를 고집스럽게 좌우로 흔들었다.

"그럼 좋아요. 화를 내겠어요."

그녀는 일감을 붙잡고 창 옆에 있는 책상의 다른 쪽 끝에 앉았다.

"좋아요. 나는 미시에게 화를 낼 거예요." 그녀는 다시 한 번 이렇게 말하고 입을 다물었다.

미시가 자기 자리에 앉았다. 소녀가 그토록 진지해지자 그의 마음이 약간 흐려졌다. 그래서 하마터면 그 시를 보여주고 싶은 마음이 잠시 들 뻔했다.

그때 셔니가 방으로 들어왔다.

그들 오누이는 서로 아는 체도 하지 않았다. 셔니는 벨라 건너편에 있는 자기 의자에 앉았다. 그리고 곧 자기 노트에서 종이 한 장이 뜯겨나간 것을 알아챘다. 그는 눈을 크게 뜨고, 오른쪽으로는 미시를 보고, 왼쪽으로는 벨라를 쳐다봤다. 그러나 말은 하지 않았다. 단지 얼굴을 불만스럽게 찡그렸을 뿐이다. 미시는 그에게 무슨 일이 있었는지 설명하는 것이 창피스러웠다. 그래서 곧 공부를 시작하는 것으로 이 어색한 분위기를 바꿔보려 했다. 오늘은 힘든 날이었다. 그들은 숙제를 했다. 그래서 진도를 전혀 앞으로 나가지 못했다. 정말 고통스러웠다.

미시는 벨라에게 한 번 눈길을 돌렸다가, 그녀의 눈과 마주쳤다. 그녀는 그를 어찌나 부드럽고 격려하듯 쳐다보는지. 그녀의 향내 나는 온기가 그의 온몸을 감돌고 있는 것 같았다. 그는 갑자기 날개가 돋친 것 같았다. 생각이 명료해졌다. 그래서 그는 셔니에게 분명하고 확실하게 기본 셈의 원칙을 따로따로 가르쳐줬다. 간단명료하게 설명했다. 그러면서 그는 자기가 말하는 것이, 다시 말해 그가 퍽 영리하고 현명하게 설명한다고 스스로 느껴지면, 몰래 벨라 쪽을 훔쳐봤다. 그때마다 그는 그녀의 부드럽고 사랑이 가득 담긴 마음을 대번에 알아볼 수 있는 눈길을 가슴으로 조용히 느낄 수 있었다. 그것은 미시를 말할 수 없이 기쁘게 했다.

그는 이 오후가 영원히 계속되었으면 싶었다. 이제껏 그는 이토록 새롭고 흥분되는 것을 경험하지 못했다. 이제껏 그에게는 이토록 현명하고 중대한 일이 일어나지 않았다. 이제 그는 갑자기 모든 것을 다 가르칠 수가 있을 것 같았다. 그는 어려운 문제들을 끄집어냈다. 그러나 그의 설명은 어린 셔니에게 전혀 효과가 없었다. 셔니의 수준보다 몇 단계나 높은 문제를 다루고 있었던 것이다. 그는 말을 골라서 표현하려고 했으며, 이제껏 아직 감히 사용하려고 하지 못한 단어들, 예를 들면 "시적인" "정신" 그리고 "향내 나는 꽃" 같은 단어들을 사용했다.

벨라가 등불에 불을 붙이자 잠시 침묵이 흘렀다. 그는 성냥개비에서 피어오르는 불꽃과 그 옆에 부드럽고 꿈꾸는 듯한 소녀의 얼굴을 관찰했다. 평소에 그녀는 항상 활기 있고, 유머가 풍부했으며, 놀리는 듯한 농담을 곧잘 했다. 그러나 오늘 그녀는 아주 부드럽고 따뜻해서 정말 좋은 누이 같았다. 아직까지 그는 엄마를 빼놓고는 누구를 그토록 가까이에서 느껴본 적이 없었다. 지금 그는 행복했다. 자기 인생에서 모든 기분 나쁜 일과 재수 없는 일들을 다 잊을 수 있었다. 단지 그를 짓누르는 것은 이제 곧 이 좋은 분위기를 떠나야 한다는 것이었다. 그는 왜 지금 노신사가 그토록 특별히 걱정스러운 존재인지를 깨닫지 못했다. 오늘은 복권 사건이 들통 날 것이라는 생각이 그를 강하게 짓눌렀다.

모두 입을 다물고 있는 가운데, 그가 혼자 따스한 정적 속에서 이야기하고 또 이야기했다. 그러다 그는 의기소침해지고 슬퍼졌다. 라틴어 문장 하나를 번역했기 때문이었다. "로마 민족의 거룩한 발현은 각 시민의 가슴에 대단한 영향을 미친다."

그때 미시가 말했다. "헝가리 민족의 유래는 헝가리 시민의 가슴에 별 대단한 영향을 미치지 못해요."

벨라는 놀란 듯 쳐다봤다. "왜요?"

"헝가리 사람들은 지독히도 무관심한 사람들이기 때문이에요. 그들은 자기들이 어디서 유래했는지 전혀 아무것도 모를 뿐만 아니라, 그것에 대해 생각조차 하지 않으니까요."

"왜 그럴까요, 미시?"

"그런 것은 생각할 가치조차 없다고 생각하기 때문이죠. 헝가리 사람들의 조상은 고상한 귀족 신분이 아니에요. 가난한 양치기, 또는 말이나 소를 치는 목동, 그리고 농부들이었죠. 그들은 자기 친척들에 대해서도 생각하지 않아요. 그 가난한 농부들은 지금까지도 그대로 농부로 남아 있기 때문이에요."

"어떤 친척을 말하는 거예요?"

"헝가리 민족도 친척이 있어요. 독일 민족과 영국 민족이 서로 친척 관계라는 것이 다 알려져 있듯 말이에요. 그리고 이태리인은 자기들이 프랑스인과 친척이라는 것을 알아요. 하지만 헝가리 사람들은 핀란드 사람들이 자기 친척이라는 걸 몰라요. 터키와 불가리아, 또 그 외의 친척도 모르죠."

"그들도 우리에 대해 모르잖아요."

"가난한 사람들은 친척에 대해 관심을 갖지 못하거든요. 오직 부자만이 그렇게 할 수 있죠. 하지만 백작만 친척이 있는 게 아니잖아요. 가난한 품팔이 노동자도 친척을 가질 수 있죠. 단지 서로 교류를 안 할 뿐이지. 그들은 가난해서 연회를 열 수 없기도 하고요."

"어디서 그런 헝가리 민족의 친척에 대한 걸 알게 됐어요?"

"유감스럽지만 저도 아주 조금만 알고 있어요. 어머니와 김나지움 선생님인 삼촌에게 들었죠. 그리고 너지 씨에게서도 들었어요. 최근에는 지리 시간에 들었고, 또 고대 헝가리 동화에서도 읽은 적이 있죠. 헝가리 민족이 아틸라의 제국을 지배하기 위해 아시아를 떠나올 때, 그들의 형제는 그냥 그 자리에 머물러 있었어요. 그런 다음 헝가리 민족은 한 번도 형제들을 따라오라고 초대하지 않았죠."

"왜 꼭 그들이 헝가리 민족을 따라왔어야 했죠?"

"이 땅은 헝가리 민족이 살기에는 너무 크니까요. 다른 헝가리 민족들도 거기에 남아 있지 말고 모두 다 이곳으로 왔었더라면 정말 좋았을 텐데. 하지만 부자 민족은 가난한 친척에 대해 아무것도 알려고 하지 않았어요. 만약 그중 누구 하나가 굉장한 부를 축적하고 있었어도,

그는 가난한 친척을 초대하지 않았을 거예요. 자기 혼자 가지고 있기에는 너무 많은 재산이 있으면서도 말이에요."

벨라는 소년을 놀라운 듯이 바라봤다. 그의 뺨은 빨갛게 달아올랐고 두 눈은 빛났다. 그는 빠른 듯하면서도 정열적으로, 그리고 솔직하게 이야기했다. 마치 내면의 비밀스러운 생각을 이 세상에서 유일하게 자기를 이해해주는 어떤 사람에게 털어놓는 것처럼 말이다.

그녀는 진지해졌다. "사실이에요." 그녀는 낮게 말했다. "부자 친척은 가난한 친척을 더 이상 알지도 못해요. 그리고 그 형제는 다른 형제를 지배하려고만 해요."

"맞아요. 난 그걸 알아요." 미시가 대답했다. "우리 가족도 가난해진 사람들이에요. 아버지는 3년 전에 지금 사는 마을로 이사를 했어요. 그전에 살던 집에서 증기기관이 폭발했거든요. 우리 밭 전체와 집두 채가 600포린트에 경매로 넘어가게 됐어요. 모든 것이 다 빚으로 넘어가버린 거죠. 그래서 우리는 시골로 이사를 했어요. 어머니의 친척과 시집 식구들이 그곳에 살고 있었죠. 그때 그들이 말했어요. '이리 와요, 올케. 여기는 천국이나 다름없어요.'

그런데 우리가 그곳에 가자 친척들은 아버지를 노예처럼, 어머니를 가정부처럼 부려먹으려고 했어요. 한 푼의 대가도 지불하려고 하지 않았죠. 농부의 딸들이 재킷 하나를 바느질하면, 20~25크로이처를 쳐주는 게 보통이었지요. 하지만 친척 아줌마 샤러는 어머니에게 대가로 우유 한 되도 주지 않았어요. 그러면서 말했죠. '이렇게 바느질 솜씨가 좋다니, 보르쳐.' 어머니는 누가 자기에게 '보르쳐'라고 말하면 견딜 수 없어했어요('Borcsa'의 '-csa'는 '작은 것'이라는 뜻 — 옮긴이). 어머니는 집에서 항상 '보리' 혹은 '보리커'라고 불렸거든요. 하지만 샤러 아줌마는 의도적으로 성모마리아에게 하듯 어머니에게 '보르쳐'라고 불렀어요. 그렇게 해서 자기가 우리 어머니보다 더 높은 위치에 있다는 것을 느끼려고 한 거죠.

안 돼요. 가난한 사람은 부자 친척한테 가서는 안 돼요. 만약 가게 되면 하녀나 가정부로 떨어지기 십상이거든요. 반대로 자기네보다 더 부유하고 위대한 신사가 나타나면, 그들은 그 신사를 존경하고 모든 충성을 바치지요."

벨라는 당황해서 소년을 쳐다봤다. 그녀는 눈에 띄게 진지해졌다. 그녀의 얼굴은 부드러우면서도 슬픈 표정을 드러내고 있었다.

"전적으로 맞아요, 미시. 가난한 처녀는 풍족하게 물건을 준비하고 나서야 부자 친척에게 갈 수 있어요."

그는 잠시 조용히 있었다. 그러고 나서 말을 이었다. "만약 누가 지금 오래된 책과 글을 발견한다면, 그리고 그 글 속에 이런 내용이 나온다면 어떨까요? 현재 헝가리 사람의 일부분이 계속 서쪽으로 이동했고, 그들한테서 프랑스 거주민들이 유래했다고 한다면 말이에요. 아마 헝가리 사람들은 즉시 그것을 큰 소리로 말하고 큰 글씨로 기록할 거예요. 위대한 친척, 프랑스인. 그리고 그들은 아첨할 것이고, 아마 그들을 위해 자살도 할 거예요. 하지만 우리 친척은 체레미스인, 시리엔인, 타타르인이고, 또 그 밖의 몇몇 소수 민족이에요. 그렇기 때문에 우리는 아무 말도 하지 않는 것이 차라리 더 낫다고 생각하는 거죠. 그들이 우리에게 별 도움이 되지 못하니까요. 그런 점에서 나는 특히 헝가리 사람이 나쁘다고 생각해요."

"왜 우리가 이 민족들을 생각하고 그들에게 관심을 가져야 하나요?" 벨라가 물었다.

"핀란드인이 프랑스인이나 영국인보다 더 훌륭하고 멋있는 민족이
라면, 그리고 그들이 프랑스인처럼 많은 행운을 가졌다면, 그들도 역
시 문명화되었을 거예요. 하지만 헝가리 사람은 어느 누구 한 사람도
자기 친척 민족에게 교육을 해주거나 부를 축적하도록 도와주지 않
았어요.

우리 아버지는 돈이·한 푼도 없으세요. 일당 30크로이처를 받으려
고 아침 일찍부터 밤까지 일을 하시죠. 아버지는 나무를 다듬어야만
해요. 하지만 부자 친척 중의 하나가 시골에서 아버지를 위해 힘을 좀
써준다면, 아버지는 어떤 사업을 경영할 수도 있을 거예요. 그러면 아
마 아버지는 잃어버린 돈만큼, 아니면 더 많이 1년 동안 돈을 벌었을
지도 몰라요. 하지만 친척들은 우리 집으로 찾아오려고 하지 않아요.
처남이나 동서, 양가죽 외투를 걸친 대지주들, 그들은 위스키를 마시
죠. 그들을 위해 아버지는 자기 일당에서 위스키를 사가지고 오지요.
그들은 아버지를 가난 속에 놓아둬요. 아버지가 돈 버는 것을 원치 않
거든요. 그들이 생각하기에, 만약 아버지가 잘되면 맞먹을까봐 걱정
인 거예요. 아버지 옆에서 그들이 더 이상 위대한 주인님이 되지 못할
까봐."

"그래요. 오직 부자가 돼야만 부자 친척 옆에 나타날 수 있는 거예
요." 벨라가 말하며 한숨을 쉬었다. "만약 내가 어느 날 하루아침에 부
자가 되어 그들 앞에 모습을 드러낼 수 있게 된다면, 모든 것은 그냥
내버려둬도 저절로 다 잘될 거예요."

그녀는 약간 앞으로 숙이고 앉아 있었다. 무릎 위에 일감을 놓고 있
기 때문이었다. 그녀는 일감을 빤히 바라봤다. 그녀의 검은 석류석 같
은 커다란 두 눈과 앞뒤로 예쁘게 튀어나온 고상한 머리는 한 마리의

새를 연상시켰다. 훨훨 날아올라 도망치려고 하는 예쁜 새.

미시는 한순간 그녀를 넋을 잃고 쳐다봤다. 그가 보기에 그녀는 아주 달랐다. 정말 독특하고 이상했다. 그는 이 순간을 영원히 잊을 수 없을 듯한 마음이었다.

"내게 그럴듯한 옷이 단 한 벌만 있다면," 벨라가 말했다. "그러면 그 옷을 입고 아주머니인 페트키 영주님께 찾아가 인사를 하고 내가 누구인지 말할 수 있을 텐데."

다시 미시는 얼떨떨해졌다. 그는 새로 시작했다. "헝가리 사람이든 헝가리 사람이 아니든, 독일 사람이든 독일 사람이 아니든, 프랑스 사람이든, 영국 사람이든, 중국 사람이든, 이런 것들은 사실 전혀 중요하지 않아요. 최근에 선생님이 말씀하신 바에 의하면, 인간이란 모두 하나의 단계, 다시 말해 같은 단계에 있다고 해요. 모든 인간에 공통되는 것이래요. 이미 1,000년 전에 사람들은 똑같은 해골과 뼈를 가지고 있었죠. 그들이 무슨 말을 사용하든 모두 다 똑같다는 뜻이에요. 그들은 인간이고 그거면 충분하단 말이죠. 어떤 아이에게 프랑스어를 가르치면 그 아이는 프랑스 사람이 돼요. 영어를 가르치면 영국 사람이 되고, 흑인의 언어를 가르치면 흑인이 되고요. 사람을 학교에 보내 교육을 받게 하면 선생님이 될 수 있는 반면, 아무것도 가르치지 않으면 짐승을 돌보는 목동이 되는 거예요.

그런데 왜 사람은 다른 사람에 대해 그리도 뽐내고 잘난 체를 하는 걸까요? 그것에 대해 나는 어머니와 자주 얘기를 하곤 했어요. 하느님, 하찮은 인간이 어떻게 그렇게 뽐낼 수가 있나요? 어떻게 항상 다른 사람을 경멸할 수 있나요? 만약 농부의 딸이 자기 재킷에 세 번 꼰 실로 장식을 해 입고 있으면, 그녀는 두 번 꼰 실로 장식한 사람을 볼 경우 그 사람을 무시하지요. 농촌 처녀들은 우리 엄마에게 와서 말합니다. '보리시카 아주머니, 바느질 좀 해주세요. 우리 마을에서는 입고 있는 사람이 없는 그런 옷으로 만들어주세요. 저 말고 다른 사람이 입으면 안 되고, 저 혼자만 입어야 하니까요.' 하지만 그 옷은 이 사람이 주문한 옷이나, 저 사람이 주문한 옷이나, 다른 사람이 볼 때는 전혀 구별할 수 없을 정도로 똑같아 보이죠. 그 시골 처녀는 다른 처녀들과 똑같아요. 단지 하나는 장미를 그 위에 꽂고, 다른 하나는 카네이션 모형을 꽂는 것이 다를 뿐이죠. 인간들 사이의 차이란 바로 이런 정도예요.

만약 누가 버르터 율리시를 괴뢴디의 대문 앞에 세워놓는다면, 그녀가 그곳에서도 괴뢴디 마르투시와 똑같이 치장할 수는 없을 거라고 생각하나요? 혹은 만약 괴뢴디 마르투시가 버르터 율리시와 같은 위치에 놓여 있다면, 그녀도 율리시처럼 품팔이 일꾼으로 똑같이 일하게 될 거라고 생각되지는 않나요? 모든 상황은 돈에 달려 있어요. 괴뢴디는 돈을 많이 가지고 있고 버르터는 돈이 한 푼도 없다는 차이가 있을 뿐이죠."

"네, 그래요." 벨라가 한숨을 쉬었다. "돈이 문제죠."

"우리 아버지는 30크로이처를 벌기 위해 하루 종일 악착같이 일하세요. 재킷이 갈기갈기 찢어지도록 뼈 빠지게 일하죠. 땀으로 목욕을 하고, 지쳐 기진맥진해질 때까지 말이에요. 김나지움 선생님이 월급을 받기 위해 하는 일이란 그저 학생이 하듯 학교에 가는 것이죠. 선생님들은 항상 좋은 옷을 입고 한 번도 손을 더럽히지 않아요. 부자는 결코 일을 할 필요가 없어요. 그런데도 그는 부자이고 모든 것을 가지고 있어요."

벨라는 어린 소년을 진지하게 바라봤다. "지금 뭘 좀 물어봐야겠어요, 미시. 생각하는 대로 솔직하게 대답해주세요. 만약 어떤 사람이 정말 가난하고 항상 고생하고 굶주리며 살고 있는데, 단 한 가지 굶주리지 않고 살 가능성이 있다고 해요. 즉, 아주 부자인 사람에게 가서 풍족하게 사는 거죠. 그렇게 해서 형제자매와 부모님을 도울 수 있다면, 그 사람은 그 기회를 그냥 지나가게 해야 될까요?"

미시는 어머니를 생각했다. 아버지 그리고 어린 동생들을 생각했다. 그들은 지금 축축하고 감기가 든 채, 차가운 땅바닥 위에서 웅크리고 있을 것이다. 그리고 갈라진 대문 틈 사이로 바람이 불고, 대문은 두껍게 내린 서리로 인해 하얗게 변했을 것이다. 그래서 그는 말했다. "그래서는 안 되지요."

벨라는 고개를 숙였다.

이번에는 오랫동안 조용히 있었다. 미시는 뭔가 말하려고 했다. 하지만 목을 조이는 듯한 아픔이 엄습해왔다. 갑자기 생각나는 것이 있었다. 그는 행운을 손안에 잡았었다. 복권. 적어도 1,000포린트를 받을 수 있는 행운을 말이다. 아버지의 전 재산은 600포린트에 경매 처분을 당했다. 이제 그는 아버지에게 1,000포린트를 드릴 수 있는 것이다. 그러면 모든 것이 해결된다. 부모님, 동생 그리고 그 자신도 대번에 고상한 신사가 되는 것이다.

그의 가슴이 거세게 뛰었다. 어떻게 그 저주스러운 복권이 없어져버릴 수가 있단 말인가. 입술이 부들부들 떨렸다. 그는 벨라에게 그것을 이야기하고 싶었다. 하지만 하지 않았다. 셔니가 옆에 있었기 때문이다. 셔니는 그들의 이야기에 한 마디도 끼어들지 않았다. 그는 대단한 멍청이여서 그들이 무슨 이야기를 하고 있는지 전혀 이해하지 못했다. 하지만 복권 이야기는 틀림없이 학교에서 얘기하고 다닐 것이었다. 그래서 미시는 입을 다물었다. 게다가 곧 5시가 되어가고 있었다. 이제 노신사에게 가야 하는 것이다.

그때 시끄러운 소리를 내며 노처녀 비올라가 들어왔다. 그녀는 밖에서 방으로 차가운 바람을 옮겨왔다. 바깥에 맹렬한 추위가 기승을 부리고 있음을 알 수 있었다.

"그래, 이제 다 된 거나 다름없어." 그녀가 말했다. "농부가 돈을 받았어. 내가 10포린트를 계약금으로 줬어. 물론 그 계약을 하기 위해 목이 아프도록 얘기를 해야만 했지. 불쾌한 모든 것을 꾹 눌러 참아야만 하는 사람들이야. 하지만 이제 우리는 조그만 땅덩어리를 갖게 됐어. 그 땅에는 우리가 부엌에서 1년 내내 필요한 모든 것들이 자라게 될 거야. 기쁘지 않니?"

벨라는 앉은 채로 몸을 꼿꼿이 세웠다. 그러고 나서 다시 뒤로 기대면서 두 눈을 반쯤 감고 이렇게 말할 뿐이었다. "물론이지. 왜 기쁘지 않겠어?"

"그래, 너도 기쁠 거야." 비올라가 대답하며 소년들에게 몸을 돌렸다. "공부하는 것은 좀 어때? 언제 성적표를 나눠주지? 언제 방학이니? 3주만 있으면 크리스마스야. 2주만 머리를 싸매고 공부하면 잠시 쉴 수 있을 거야."

미시는 머리를 숙였다. 그가 가슴을 떳떳하게 펴고 자랑스럽게 말할 만한 것이 아무것도 없었다. 그는 진정 알 수 없었다. 그가 공부를 도와주기 전보다 셔니가 더 나아졌는지 어떤지.

"아직 열심히 공부해야만 해요." 그가 낮게 말했다.

"벨라는 이제부터 셔니하고 과외로 특별히 배우게 될 거야."

벨라는 화내지 않았다. 다만 조용히 앉아서 이렇게 말할 뿐이었다.
"응."

"벨라는 셔니를 도와줘야 해. 우리 모두를 도와야 하지. 힘이 닿는 데까지 말이야." 비올라는 고양이 가죽으로 된 칼라와 외투를 벗으면서 날카롭게 말했다.

"좋아." 벨라는 흥분하지 않고 대답했다. "도울게. 도울 수 있는 한 말이야."

미시는 놀라서 그녀를 건너다봤다. 그는 속으로 이상한 기분에 사로잡혔다. 벨라의 두 눈에 눈물이 맺힌 것처럼 보였기 때문이다.

"그래. 하느님, 아직 7년 동안은," 비올라가 말했다. "우리는 돈 때문에 모두 죽어날 거야. 하지만 걱정 마. 난 나 자신뿐만 아니라 어느 누구도 불쌍하다고 생각하지 않으니까. 우리 셔니가 훗날 멋진 인생을 살게만 된다면야."

미시는 그녀를 이해했다. 그러나 그녀의 말에는 당황했다. 셔니가 어린 귀족 자제처럼 살 수 있도록 불쌍한 누이들이 얼굴에 땀이 나도록 죽어라 일해야 한다는 것이 아닌가. 그것은 미시를 화나게 했다.

그는 일어섰다. 노신사에게 갈 시간이 다 되었기 때문이다. 그곳에 더 이상 머무르고 싶지 않기도 했다.

"아, 맞다." 비올라가 말했다. "여기, 받으세요." 그러면서 그녀는 미시의 손에 은화 2포린트를 쥐어줬다.

미시는 뜻하지 않게 돈을 받았다. 벌써 한 달이나 이 집을 드나들었다는 것을 전혀 느끼지 못하고 있었다.

그는 낮게 고마움을 표시하고 무슨 적선을 받은 것처럼 부끄러워서 비올라의 손에 거의 키스를 할 뻔했다.

그가 방을 나서자 벨라가 뒤따라 나왔다. "내게 쓴 시를 주지 않을 거예요?" 그녀는 아주 낮으면서도 부드럽게 물었다.

그는 주머니를 더듬었다. 그의 시는 어둠 속에서 빛나고 있었다. 그는 더 이상 시에 대해 생각하지 않았었다. 이제 그는 벨라에게 주기 위해 구겨진 종이를 꺼냈다. 그러나 다른 감정이 그를 주저하게 만들었다. 그는 시가 아주 형편없다고 생각했기 때문에, 벨라가 실망하고 그를 비웃지나 않을까 두려운 생각이 들었던 것이다.

"제발 화내지 마세요." 그가 말했다.

벨라는 그를 쓰다듬으며 이마에 재빨리 키스를 했다. 그는 깜짝 놀랐다. 그는 서둘러 문을 나서 달빛 속을 달렸다.

가는 도중 내내 달렸기 때문에 숨이 턱까지 찼다. 학교 근처에 와서야 어느 정도 숨이 진정되었다. 그는 사는 것이 어렵다고 생각했다. 정리가 되어 있지 않고, 이성이 모두 잠들어버린 것 같았다. 도대체 무엇이 부족해 이런 불분명한 기분에 사로잡히는 것일까? 그를 엄습하는 이러한 뒤죽박죽의 혼란은 스스로도 이해할 수 없는 것이었다. 왜 그래야만 하는가? 인간이란 영리하다. 인간은 많은 것을 이해할 수 있고 설명할 수 있다. 왜 이렇게 그와 도로지네 같은 불행한 가정 둘이 존재해야만 하는가?

벨라는 이제 그의 가슴속에 가까이 자리하고 있었다. 그녀는 그에게 그토록 부드럽고 다정스럽게 대해주었다. 그리고 그의 시를 읽으려고 했다. 그런 것들이 그를 깊이 감동시켰다. 그는 그녀에게 시를 주지 않았던 일이 벌써 유감스럽게 생각되었다. 그는 부끄러웠다. 이제껏 그에게 벨라처럼 잘 대해준 사람은 없었다. 만일 소년들이 그의 시를 본다면, 그들은 분명 웃고 조롱했을 것이다. 벨라는 오후 내내 얼마나 다정하게 대해줬던가. 그녀가 이미 성숙한 처녀인데도 말이다.

그녀의 가족이 가지고 있던 재산을 모두 잃게 된 것은 정말 안됐다. 그들은 재산이 미시의 가족보다 훨씬 많았었다. 아버지의 재산을 어떻게 도로지 가문의 재산과 비교할 수 있겠는가. 도로지의 할아버지는 여행을 가면서 기차 전체를 전세 냈었다. 그런 것은 미시의 가족 어느 누구도 흉내 내지 못할 일이었다. 만일 그가 지금 돈을, 그것도 아주 큰돈을 가지고 있다면, 한 마지기 땅을 뒤덮을 정도 혹은 방이 가득 찰 만큼 돈을 가지고 있다면, 그는 도로지 가문이 전에 소유하고 있던 재산을 다시 사들일 것이다. 그러면 그것을 그녀에게 선물할 텐데.

그러나 비올라에게는 재산을 주지 않겠다. 미시에게 그녀는 단지 흉측한 괴물에 지나지 않으니까. 지금도 그러는데 만약 부잣집 마님이 되면 얼마나 욕을 하고 설쳐댈까. 그녀의 아버지에게도 주지 않을 것이다. 그는 모두 술을 마셔버리고 탕진해버릴 테니까. 셔니에게도 안 준다. 그처럼 쓸모없는 녀석에게는 몽둥이찜질이 제격이지. 또 막내 누이와 그녀의 어머니에게도 주지 않을 것이다. 미라 같은 사람에게는 안 준다. 단지 벨라, 그녀 한 명에게만 줄 것이다. 그녀가 누구인지 보여줄 수 있도록 말이다. 그녀는 다른 사람을 압도해야만 한다. 모두를 압도해야만 하는 것이다. 그녀는 아름다운 옷을 가져야만 하고 궁전과 하인, 그리고 모든 세상이 그녀를 사랑해야 한다. 그녀는 이 도시에서 왕비님이 되어야 한다. 그가 시를 그녀에게 준다면, 그녀는 그에게 열 번도 넘게 키스해줄 텐데.

그는 스스로 즐거워져서 행복하게 웃었다.

많은 돈을 가진 마음은 밝고 즐거웠다. 만약 그가 금화 포린트를 한 닢 가지고 있다면, 그리고 그것이 쓴 다음에 되돌아오는 것이라면, 그는 벨라를 위해 도시의 모든 가게에 있는 물건을 다 사들일 것이다. 그리고 그녀에게 비단 물건을 집으로 보낼 텐데. 하지만 그것은 시간이 너무 오래 걸린다. 더 좋은 것은 1,000포린트가 가득 담긴 가방이다. 여기 거리에, 그의 발 앞에 그런 편지가방이 놓여 있다면, 그리고 아무도 그걸 돌려달라고 하지 않으면 얼마나 좋을까. 혹은 그가 손을 대기만 하면 무엇이든 금으로 변하게 된다면 어떨까. 그리스신화의 미다스 왕처럼 예외 없이 금으로 변하는 것이 아니라, 그가 금으로 만들고 싶은 것만 골라서 변하게 하는 것이다. 그러면 그녀에게 금으로 된 꽃을 선물할 텐데. 어디에 금광이 있는지 알아도 좋을 것이다. 농부들 얘기를 들어보면 금광에서는 파란 불꽃이 타오른다고 한다. 금이 어디에 묻혀 있는지 안다면 그걸 파낼 것이다. 혹은 만약 선녀가 나타나서 이렇게 말한다면 어떨까. "소원 세 가지를 들어줄게요." 그러면 그는 소원 두 가지를 말하고 나서 세 번째 소원을 말할 것이다. "다시 또 소원 세 가지를 들어주세요."

환상의 나래는 접힐 줄 몰랐다. 천만 가지 생각이 머릿속을 오락가락했다. 어떻게 큰 보물을 얻을 수 있을까. 그리고 모든 보물은 벨라와 연결되어 있었다. 그는 벨라가 날마다 값비싼 것으로 둘러싸이도록 하고 싶었다. 그녀의 입은 그의 이마에서 얼마나 뜨겁게 불탔던가. 혹시 어디가 아픈 것은 아니었겠지?

미시는 기운이 빠진 채, 포설러키 씨 앞에서 신문을 읽었다. 그런데 그는 황망하게도 한 면에서 작은 기사를 봤다. 복권 숫자였다.

그가 많이 놀라자 노신사가 눈치 챘다. "아니, 무슨 일이에요? 무슨 일 있어요?"

"아니에요. '작은 복권' 숫자들이에요." 그가 말했다.

"결국 나왔군요. 맞았나요?"

"아니요."

"안 맞았다고요? 읽어보세요."

미시는 숫자를 읽었다. "부다페스트: 5, 95, 4, 11, 92. 비엔나: 12, 37, 43, 7, 88. 프라하: 71, 7, 46, 83, 18. 린츠: 34, 45, 76, 13, 2."

노인은 오랫동안 아무 말도 하지 않았다. 미시의 가슴이 거세게 두근거렸다. 브륀의 숫자는 거기에 없었다. 신은 알 것이다. 왜 없는지를.

"그래, 그런데 우리는 어디에 냈지?"

"부다페스트예요." 미시가 말했다.

"부다페스트에는 무슨 숫자가 당첨되었나요?"

"5, 95, 4, 11, 92요."

"그중에 한 숫자도 맞지 않았군." 노신사가 화난 목소리로 퉁명스럽게 말했다. 그러고 나서 그는 더 이상 집착하지 않았고 이렇게 물을 뿐이었다. "신문에 또 무엇이 나왔어요?"

미시는 신문을 바삐 계속 읽어나갔다.

그는 자신의 거짓말에 대해 아주 기분이 좋았다. 웃고 싶었다. 모든 것이 이제 해결되었으니까 말이다. 그는 거짓말을 어떻게 마무리 지을 것인지 알지 못했다. 만약 노신사가 공격적으로 물어왔다면 어쩔 수 없었을 것이다. 그러나 거짓말이 가볍게 나왔다. 그것도 말 한 마디만 하면 됐다. 그토록 간단히 그 문제에서 빠져나올 수 있었는데, 그리 걱정을 많이 해댈 필요가 있었나 싶었다.

노신사는 복권에 대해 더 이상 말이 없었다. 미시가 그 집을 나와 마당에 섰을 때 날씨가 아주 추웠다. 그는 겨울 외투를 가슴 위로 잘 여미고 학교로 발걸음을 서둘렀다.

그는 만족스러웠고 배가 고팠다. 어제 하루는 그토록 죽을 만큼 괴로웠는데, 오늘은 이토록 기분 좋은 하루라니.

그가 대성당에 붙어 있는 인도에서 밑으로 내려가려고 할 때, 어떤 여자가 눈에 띄었다. 처음에는 그녀를 그냥 무심하게 생각했다. 하지만 어떤 알 수 없는 힘에 이끌려 그 여자를 쳐다보게 되었다.

밝게 빛나는 상가의 쇼윈도 불빛 앞에 한 젊은 남자와 젊은 여자가 서 있었다. 그들은 즐거운 듯 웃으며 서로 수다를 떨며 진열된 상품들을 쳐다보고 있었다.

미시는 놀라 소리칠 뻔했다. 젊은 남자는 퇴뢰케크 야노시였고 젊은 여자는 다름 아닌 벨라였던 것이다.

그는 정신이 반은 나갈 정도로 놀랐다. 만약 바로 옆에 번개가 쳤다거나 혹은 대성당이 그 빨간 터번을 벗은 다음 미시에게 머리가 땅에 닿을 만큼 몸을 구부려 인사를 했다고 해도, 그렇게 놀라지는 않았을 것이다. 오히려 그 인사에 정중하게 응답했을 것이다. 그러나 미시는 그곳에 서 있는 두 사람을 보면서 몸이 굳어 그대로 서 있었다. 놀라움과 당황스러움만이 그를 에워쌌다. 그 자리에서 움직일 수가 없었다.

두 사람은 미시에게서 다섯 걸음 정도 떨어져 있었다. 벨라는 그가 너무나도 잘 아는 그 환한 미소를 띠고 있다는 걸 느낄 수 있었다. 그녀의 밝고 명랑한 말소리를 들을 수 있었다. "하지만 당신은 내게 단지 어떤 한 사람일 뿐이에요. 사람들이 당신을 믿는 것처럼, 내게도 당신이 그런 사람이라면 좋겠어요."

"당신은 신을 두고 저를 신뢰할 수 있지요. 명예와 확신을 가지고요." 젊은 남자가 낮은 목소리로 맹세를 하며 여자 앞에서 몸을 구부렸다.

이때 벨라는 미시가 서 있는 방향으로 가려고 하는 것 같았다. 벨라와 맞닥뜨릴 수 있다고 생각하니, 미시는 걱정스러운 마음에 어찌할 바를 몰랐다. 그는 겁먹은 강아지처럼 달리기 시작했다. 달릴 수 있는 만큼 달렸다. 그러고 나서 기념공원의 쇠격자 울타리에 다다랐을 때 비로소 그는 뒤를 돌아봤다.

그곳에서는 그들이 더 이상 눈에 보이지 않았다. 그것이 더욱 그의 가슴을 아프게 했다.

10

밤에 잠에서 깨어 더 이상 잠을 이루지 못하는 것은 미시에게 낯선 일이 아니었다. 그는 어둠 속을 응시하고 모든 수수께끼 같은 일들을 생각하곤 했다.

어떻게 야노시와 벨라가 사귀게 되었을까?

그건 분명 비정상적인 방법으로 되었을 것이다. 왜냐하면 벨라는 "절대로 안 돼요"라고 말했기 때문이다. 그녀는 야노시가 누구이며 어떤 사람인지 알지 못했다. 그리고 그에 대해 알고 싶다는 호기심도 없었다. 그럼에도 그녀는 어제 그토록 명랑하고 거리낌 없이 그와 재잘대며 쇼윈도 앞에 서 있었던 것이다.

미시는 애써 사태를 이렇게 설명하고 싶었다. 야노시가 강제로 도로지의 집으로 쳐들어가서 흉계를 꾸며 벨라를 데려왔을 것이다. 어떤 나쁜 거짓말을 믿게 해서 말이다. 왜 벨라는 어제 그토록 부드럽고 서글퍼 보였을까? 미시는 아침에 퇴뢰케크 씨 댁에 가서 아주머니에게 말할 것이다. "야노시 씨가…." 아니다. 일론카 아가씨에게 말할 것이다. "야노시 씨가 어떤 야비한 짓을 하려고 해요." 왜냐하면 야노시는 불량배니까.

비몽사몽간에 그는 아주 분명하게 자기의 목소리를 느꼈다. 얼마나 그가 야노시를 책망하고 있는지 알 수 있었다. 아주머니는 절망하고, 일론카는 눈물을 흘리는 데 정신이 없었다. 그리고 아저씨는 입에서 긴 담뱃대를 꺼낸 후, 짙은 회색빛의 눈썹을 치켜세우며 말했다. "너, 죄 없는 아가씨를 위험하게 하지 마!"

야노시는 벨라를 어떤 위험 속으로 데려갈 수 있을까? 그는 이런 것에 대해 잠시도 생각하지 않았다. 하지만 걱정이 태산 같아 가슴이 아팠다. 벨라는 어제 그토록 부드러우면서도 매우 슬픈 듯했다. 순간 미시의 눈에서 눈물이 흘러내렸다. 그가 생각하기에 그녀는 어떤 무서운 것에 위협을 느끼고 있었다. 그녀가 무서워하는 어떤 상상할 수 없는 것. 그게 무엇인지 그녀는 아직 스스로도 알지 못했다. 하지만 그녀는 두려움이 있었다.

그는 날이 밝기까지 기다릴 수 없었다. 옷을 입고 나가기까지 무턱대고 그냥 기다릴 수가 없었다. 그는 모든 사람에게 반감이 생겼다. 자신에게, 비올라에게, 셔니, 그리고 벨라의 아버지와 어머니, 웃기만 하는 누이에게 반감이 들었다. 그뿐만이 아니었다. 조용히 자고 있는 이곳 기숙사방의 최고참에게도, 아이들, 학교, 선생님, 퇴뢰케크 씨에게도 마찬가지였다. 또한 추위에 대해, 높은 쇠울타리에 대해, 그리고 그를 아직도 어리고 약하게 존재하게끔 하는 운명에 대해 반감을 가졌다. 만약 그가 삼손처럼 힘이 세다면, 그는 퇴뢰케크 야노시를, 그 잔뜩 멋만 든 멍청이를 한 번 혼쭐을 내줄 것이다. 미용실의 조수같이 얍삽하게 생긴 그놈을 붙잡아서 울타리에 던져 곤두박질치게 했을 것이다. 그의 코에 분필로 아무렇게나 "콧물 팝니다"라고 써놓으면 아마 울타리 받침대에서 부리나케 도망쳐버릴 텐데.

이런 생각은 그의 마음을 가볍게 했다. 정말 우스웠다. 그는 속으로 흡족해서 킥킥거렸다. 하지만 그는 몸은 움직이려고 하지 않았다. 그가 움직이면 다른 사람을 깨울 수도 있었기 때문이다. 만약 지금 요술을 부릴 수 있다면, 그래서 날개로 날 수가 있다면 당장 학교에서 날아갈 텐데. 밖에는 분명 고추바람이 불고 있을 테니까 이불로 몸을 잘 싸고서 말이다. 그는 바깥의 기온이 아주 낮다는 것을 분명히 느낄 수 있었다. 창문에 서릿발이 얼마나 많이 끼어 있는지 시야를 가릴 정도로 두꺼웠다.

그는 소년들이 침대에 누워 잠을 자고 있는 침실을 두루 떠 다녔다. 그리고 이불을 침대 아래로 차버리고 자는 소년들에게 이불을 다시 덮어줬다. 그러면서 그는 혼자 생각했다. 뒷벽을 통해 기숙사의 지붕 위와 뒷마당 위로 날아가면, 고요한 농가의 기와지붕이 눈 아래에 보이겠지. 이들 집을 뒤로 하고 더 날아가면 도로지네가 사는 집을 결국 발견하게 될 거고. 그러면 그곳 어두운 방으로 홀쩍 뛰어들 텐데. 이런 생각을 하니 기분이 좋아 그는 웃었다. 그의 주위는 밝아야만 할 것이다. 그러나 오직 그만이 모든 것을 볼 수 있고 다른 사람은 그를 볼 수 없을 것이다. 마침내 그는 불쌍한 벨라를 발견하게 되리라. 그녀는 슬프고 걱정스럽게 침대에 누워 틀림없이 눈물을 흘리고 있을 것이다. 생각이 여기에 이르자 그의 눈에서도 눈물이 나왔다. 그 순간 그의 꿈도 산산이 깨지고 말았다.

다시 정신을 차리고 그는 새로이 상상을 하기 시작했다. 한 번만이라도 야노시의 방에 서서 주먹으로 그의 얼굴을 쳐버린다면, 특히 코를 쳐서 얼굴이 팅팅 부어오른다면 얼마나 좋을까. 최소한 얼굴이 부어올라 있는 동안에는 야노시가 벨라 옆에 얼씬거리지 못할 것이다. 하지만 이런 일은 그가 잠자고 있는 동안에 일어나야 한다. 그는 아주 힘이 세니까. 그는 맞고 난 다음에야 누가 자기를 쳤는지 알아야만 한다. 그래서 그가 단지 미시에 대해 생각만 해도 두려운 마음이 들도록, 닐러시 미하이라는 이름만 머리에 떠올라도 몸이 오싹하도록 말이다. 그렇게 되면 그는 더 이상 벨라를 쫓아다니지 않을 것이고, 그녀를 자극해 머리를 혼란스럽게 하지도 못할 것이다. 아, 기분 좋다. 그를 발뒤꿈치로 짓이겨 밟고, 그의 배 위로 올라가 춤을 추고 소리를 지를 테다. 아직도 그녀를 원해? 이 불량배야!

미시는 흥분해서 발을 움직이다가 쇠침대의 기둥 하나에 발을 부딪쳤다. 몹시 아팠다. 더 난처했던 것은 침대 전체가 삐걱거린다는 것이었다. 그 소리에 누군가 잠을 깰 수도 있을 정도로 삐걱댔다.

그러다가 다시 돈 생각이 났다. 갑자기 부자가 되면, 아, 하느님, 그러면 얼마나 멋질까. 얼마나 신날까. 그는 상상했다. 그가 만나는 사람들의 주머니에 있는 돈이 모조리 다 그의 주머니로 오게 할 수 있었으면.

또 이런 상상도 했다. 우체국에는 많은 돈이 있다. 그가 창구에 서 있을 때 수많은 은행 지폐가 나비처럼 날아서 그의 주머니로 들어오면 좋을 텐데. 혹은 영국 은행의 지하 금고에 있는 돈이 그가 마술 피리를 불어, 원할 경우 그의 집에 있는 감자 구덩이로 흘러들어오면 얼마나 좋을까. 그러면 그곳에서 간단히 두 손 가득히 돈을 끄집어낼 텐데. 아, 하느님, 만약 그만큼이나 돈을 많이 가지고 있다면, 모든 사람들에게 조금씩 나눠줄 텐데.

그런데 갑자기 그는 부끄러운 생각이 들었다. 그것은 명백한 도둑질이었기 때문이다. 누구한테서 무엇을 빼앗는다? 이건 명백한 도둑질이다. 예컨대 그러면 우체국장은 그것을 보상해야만 할 것이다. 안돼, 그건 이렇게 되어야만 한다. 그가 돈에 대해 권한을 가지고 있으면 된다. 어느 누구에게도 속하지 않는 돈에 대한 권한이 있으면 되는 것이다. 누가 잃어버린 돈, 잃어버려 누구의 소유도 아닌 돈은 모두 다 그에게 들어와야 한다. 바람을 따라 그에게 불어와야만 한다. 그래서 그는 단지 돈을 주워 모으기만 하면 되도록 말이다. 혹은 자석을 붙여 돈이 그를 향하도록 끌어 모아야 할 것이다. 또는 아직 땅에서 파내지 않은 금을 그가 가질 수도 있겠다. 그의 소원에 따라 그 금은 주화로 만들어져 동굴 속에 놓여 있고, 그는 단지 말만 하면 된다. "열려라, 참깨!" 이렇게 말하면 동굴 입구가 열리고, 그는 금을 가방에 담아서 가지고 나올 수 있다.

혹은 학교에 방이 하나 있으면 좋겠다. 그 방바닥 밑에는 보물이 가득 차 있다. 그는 발로 밟아 보물방을 열 수 있다. 다른 사람에게는 그 방을 보여주지 않고, 혼자만 몰래 보물을 보고 싶다. 그는 전 학생에게 금화 10만 포린트를 장학금으로 기증해 많은 학생들의 학비를 면제해주고, 책도 무상으로 지급할 것이다. 이때 오직 농부의 자녀에게만 혜택을 줄 것이다. 물론 기숙사 비용도 공짜로 해서 즐겁게 공부할 수 있도록 한다. 부잣집은 자기 자녀를 학교에 보내려 하지 않을 것이다. 그래서 그 학교에 온 도시의 부잣집 자녀들은 1~2년 후에는 다시 집으로 돌아갈 것이다.

그는 자기 고향 마을, 호두나무 숲으로 둘러싸인 작고 아름다운 마을, 전 세계에서 제일 아름다운 마을에서, 모든 사람에게 그들이 필요한 만큼의 많은 돈을 줄 것이다. 그리고 티서강을 따라 댐을 쌓도록 할 것이다. 티서강의 둑이 물결에 쓸려나가서 해마다 점점 마을로 접근하고 있기 때문이다. 이미 공원묘지 절반이 잠식당한 형편이다. 그는 아버지가 들려준 이야기가 생각났다. 아버지는 당신의 어린 시절에 물밑에 있는 공원묘지가 어떻게 생겼었는지 말해줬다. 아버지가 당시에 다른 소년들과 함께 망아지를 지키고 있었는데, 어느 날 강 언덕에서 무덤을 하나 발견했다. 그 안에는 점토 도기 그릇들이 들어 있었다. 한 소년이 손을 안으로 집어넣었는데 손이 석탄처럼 새까매졌다. 그래서 그들은 모두 웃어댔다고 한다.

이제 미시는 생각 속에서 아버지를 보고 있었다. 아버지가 친절하게 웃으면서 적당히 따뜻한 방 안에서 침대에 앉아 있는 것 같았다. 아버지는 기분 좋게 집에 돌아오거나 약간 취했을 때 이야기들을 곧잘 해주었다. 별 할 일이 없는 일요일 아침에도 그랬다. 아버지가 침대에 머물 때면, 아이들은 그곳에 들어가 아버지의 등을 기어오르고 그의 팔 안으로 파고들었다. 미시는 지금 특히나 무쇠처럼 단단한 아버지의 팔을 느끼고 있었다. 언젠가 어머니가 말했다. "이 세상에 네 아버지보다 더 멋진 사람은 없어. 아버지가 젊었을 때는 몸이 유리 같았고 색깔은 대리석처럼 하앴지."

아버지와 같이 소란을 피우며 여기저기 다니는 것은 얼마나 재미있었던가. 또 아버지의 따뜻한 침대로 살살 파고들어가 그 다리에 바싹 붙어 아주 가깝게 있는 것은 얼마나 좋았던가. 가끔 아버지는 아이들을 털어 옆에서 떨어지게 했다. 셰퍼드처럼 막 몸을 흔들었다. 그리고 빛나는 얼굴을 하고 티서 평원에 대해서, 교회 목초지에 대해서 이야기를 해줬다. 어떤 때는 아버지와 친구들이 밤에 초원으로 나가 재미있는 놀이를 하는 것처럼 대농부의 밭 일부분에서 풀을 다 베어왔다는 얘기도 해줬다. 그 농부는 건초용 쇠스랑과 도끼를 가지고 저녁 내내 동정을 살피고 지켰지만 헛수고였다고 한다. 대농부는 이번에는 이 밭을, 다른 때에는 저 밭을 감시했다. 그들은 농부가 어느 한쪽 밭을 지키고 있는 동안에는 동물들을 다른 밭으로 몰아 방목했다. 그리고 그가 여기로 오면 가축을 저기 있는 초원으로 몰고 갔다고 한다. 아버지는 어떻게 뗏목에 있던 소금을 도둑맞았는지에 대한 이야기도 했다. 소금이 없어지자 세무서 직원들이 와서 조사를 하기 시작했다. 그러자 제일 부자였던 농부가 그 소금을 다 자기네 우물에 던져버렸다. 1년 동안 농부는 그 우물물을 마실 수 없었다. 소금이 그 속에서 다 녹았기 때문이다.

그는 아버지의 즐겁고 또 건강한 목소리를 듣고 있었다. 아버지가 마치 이렇게 말하는 것 같았다. "그래서 내가 뗏목에 사과를 가득 싣고 세게드로 왔지 않겠니? 아, 하느님, 사과가 얼마나 많았다고! 그것들을 모두 다 팔았지. 그래서 옷 세 벌 분량의 옷감을 사고 돈을 바구니에 하나 가득 가지고 너희 엄마에게 왔지. 그러고는 그것을 엄마의 무릎에 쏟아 주었단다. 또 한 번 하느님 맙소사. 내가 인생에서 한 것을 생각하면, 대단했어. 그런데 그 토끼들이 뭘 알아야지. 감히 코를 마을 밖으로 숨길 용기가 없는 토끼들, 발 한 번 마을 밖에 내디던 경험이 없는 토끼들 말이야!"

착하고 불쌍한 우리 아빠. 자기 영웅담을 얘기할 때면 그는 마치 여기저기에, 그리고 이 사람 저 사람과 같이 붙어 있는 것 같았다. 많은 사람들은 그토록 작은 사람과는 무엇이든 가볍게 해낼 수 있다고 생각했다. 그러나 그런 버르장머리 없는 녀석들은 그런 말을 무심코 내뱉은 것에 대해 금방 후회를 하지 않으면 안 되었다. 귀싸대기를 당장 맞아야 했기 때문이다. "그래, 그래." 어머니는 말했다. "너희 아버지는 쇠처럼 단단한 손을 가졌단다." 그러면 아버지는 웃었다. 큰 소리로 웃었다.

이런 꿈같은 기억이 떠오르자 미시의 마르고 조그만 몸이 달콤하고 아늑한 행복감이 휩싸였다. 그는 이불을 더 깊숙이 끌어당겨 따뜻한 모서리로 얼굴을 덮어 눌렀다. 그래서 사랑하는 아버지의 단단하고 따뜻한 몸에 자신을 바싹 붙이려고 했다. 마침내 그는 잠속으로 빠져들기 시작했고, 그 순간 그를 압박하고 있던 모든 나쁜 일과 걱정을 잊어버렸다.

아침에 그는 소년들이 큰 빨래들을 하고 난리를 치는 통에 잠에서 깼다. 일요일이면 그들은 발도 씻었다. 처음에는 차례로 얼굴, 목, 가슴을 씻었다. 그러고 나서 도기로 된 세숫대야에 번갈아가며 발을 씻었다. 온 방은 물이 튀어 물바다가 되었다. 소년들은 미시가 이런 소란과 시끄러운 틈에서도 그토록 오랫동안 잘 수 있다는 것이 놀랍기만 했다. 그들은 자기들이 모두 발을 씻고 난 세숫대야 물에 미시가 얼굴을 씻는 것을 보고 웃었다.

그가 다 씻었을 때 다른 소년들은 모두 다 방을 나갔다.

종이 울렸다. 오늘은 모두 예배를 드리러 소小예배실로 갔다.

그가 옷을 입는 동안 당번인 학생이 방을 쓸면서 그에게 다가와 참견했다. 당번은 그의 눈에 먼지를 일으키며, 여기 서 있지 말고 빨리 꺼지라고 몰아세웠다.

"나 좀 내버려둬." 미시는 퉁명스럽게 대꾸했다. "준비를 다 하면 나도 갈 거야."

"지금 빗자루로 널 쓸어버릴 테다."

"그래. 그렇게 하는지 어디 두고 보자."

미시는 이제껏 그토록 사납게 굴지 않았다. 다른 아이들은 그를 전혀 알지 못했다. 당번은 빗자루를 던지며 말했다. "만약 청소하지 못하게 하려거든 네가 청소해. 난 여기 어슬렁거리며 널 기다리지는 않겠어."

"좋아. 어서 가버려."

소년은 부서지고 닳은 빗자루를 저리로 던져버리고는 자기 모자를 들고 나가버렸다.

미시는 혼자 방에 남아 천천히 옷을 입었다.

오늘은 얼마나 멋지게 차려입고 싶었는지. 그는 오래 입어 닳은 갈색 겉옷이 부끄럽게 생각되었다. 그 바지는 웃기게 생긴 데다, 길지도 짧지도 않고 어중간했다. 오르치처럼 멋진 바지를 입으면 얼마나 좋을까. 그 바지는 무릎까지 오고 아래에는 단추까지 달려 있는데. 아니면 아주 어른 바지처럼, 그러니까 팔피의 바지처럼 길든가 말이다. 오르치도 팔피의 긴 바지를 부러워하지 않았던가. 오르치는 언젠가 미시에게 하소연한 적이 있었다. 자기 부모님에게 긴 바지를 입고 싶다고 졸랐는데, 5학년이 되면 사주겠다고 했다는 것이었다. 그때만 해도 미시는 이런 이야기의 뜻에 귀를 기울이지 않았고 관심도 없었다.

가을에 오르치는 미시에게 다시 한 번 이런 얘기를 꺼냈다. 그는 졔레시 선생님과 같이 길을 가다가 쇼윈도에서 남성 정장과 외투를 보게 되었다. 졔레시 선생님은 비둘기색의 봄 코트 하나를 살펴보더니 말했다. "어쩔 수 없이 새 코트를 사야겠네." 그때 오르치는 덧붙이길,

제레시 선생님의 짧은 멋쟁이 갈색 겉옷은 사실 무척 낡은 옷이라고 했다. 미시는 그 말을 진정 이해하지 못했다. 그는 제레시 선생님이 지나치게 멋쟁이라고 생각했고, 바로 그 점이 싫었기 때문이다. 오르치의 설명에 따르면, 제레시 선생님은 이렇게 말했다고 한다. "아, 내 버려두지. 진짜 신사의 겉옷은 절대 새 옷이면 안 되거든."

이런 이야기들은 그가 지나가다가 우연히 얻어들은 것처럼, 그냥 미시의 귀에 남아 있을 뿐이었다. 그는 어느 누구라도 옷을 중요하게 생각할 수 있다는 사실을 전혀 이해할 수 없었다. 그의 아버지는 단지 기운 바지와 더러운 장화를 신고 있었지만, 그래도 마을 전체에서 가장 멋있는 남자였다. 그는 항상 의젓하게 행동했으며, 밝고 솔직한 얼굴로 당당하고 고집스럽게 서 있었다. 그래서 제아무리 키가 크고 뼈가 굵으며 마른 편이고 검게 그을린 농부라도, 아버지의 옆에만 서면 그냥 하찮은 농부에 불과할 뿐이었다. 그저 시장판에나 관심을 가지는 그런 농부 말이다.

하지만 미시는 새 옷과 새 신발을 가지고 싶었다. 지금의 옷과 신발은 이미 다 헤지고 망가졌기 때문이다. 어느 날 걸어서 세렌치로 갔을 때였다. 어머니가 말했다. "도대체 왜 그렇게 걷니? 다시는 네 한쪽 발이 다른 쪽 발을 차면서 걷지 말도록 해. 이런 절름발이 같으니라고." 그때부터 그는 똑바로 반듯하게 걸음을 잘 걸으려고 노력했다. 그리고 다른 사람들은 어떻게 다리를 구부리며 걷는지 주의를 기울여 살펴봤다.

아, 만약 왼쪽 주머니에 리스녀이 씨처럼 회중시계를 가지고 있다면 얼마나 기쁠까. 다만 아래로 흔들흔들 늘어뜨리는 줄이 없는 것으로 말이다. 너지 씨처럼 줄이 없이 시계를 가지고 다닐 것이다. 그래서 시간이 얼마나 되었는지 매분마다 꺼내서 쳐다봐야지.

한마디로 그는 어른이 되고 싶었다. 오랜 유년 시절이 이제는 지루하게 느껴졌고 끝없이 이어질 것만 같았다. 그의 동생은 여름에 계속 물었다. "엄마, 저 몇 살이에요?" 동생의 생각이 옳다고 생각되었다. 동생은 일주일 동안 물어볼 때마다 같은 대답을 들었다. "일곱 살이란다, 얘야." 이렇게 엄마가 계속 대답하자 동생은 소리를 질렀다. "왜난 계속 일곱 살에만 머물러 있는 거야?" 미시도 이제 질렸다. 아직도 어린 김나지움 학생으로 계속 머물러 있다니. 주변의 어리석은 아이들은 자기들이 마치 김나지움 학생이 아닌 것처럼 행동하고 싶어하고, 또 그렇게 처신한다. 그들은 언제 김나지움 3학년, 4학년, 5학년, 졸업반이 될 것인지 손꼽아 기다린다. 그러나 미시는 지금 아주 어른이 되고 싶었다. 더 이상 학생이 아닌, 그래서 이미 모든 것을 알고 이해하며 뭔가 일을 하는 그런 어른 말이다. 더 이상 라틴어 문장과 기하학 숙제에 대해 신경 쓰지 않으면 좋을 것 같았다.

학교 운동장에서 학생들의 떠들썩한 소리가 들려왔다. 도대체 어떻게 그들은 저리도 웃을 수가 있을까. 어떻게 저리도 지껄일 수가 있을까. 어떻게 웃는 얼굴을 하고 있는 걸까. 그들에게 인생이란 즐거울 것이 하나도 없는데도, 그들은 사방에 대고 웃고 있다. 그들은 일요일이 올 때마다 즐거워했다. 일요일에는 쉬기도 하고, 교회에 간다든지해서 생활의 변화를 만끽할 수가 있었기 때문이다.

그는 마침내 옷을 다 챙겨 입었다. 하지만 어제와 똑같이 닳아빠진 옷 속에 서 있다고 느껴지자 마음이 아팠다. 겉옷 먼지를 솔질하고 깨끗한 셔츠를 입기는 했지만 소용이 없었다. 그는 청소를 하겠다고 경솔하게 말해버린 것이 유감스러웠다. 다른 아이들은 이미 모두 교회당으로 갔다. 그는 이제 혼자 교회로 가야 한다. 가서 자기 반에 몰래 숨어 들어가야 한다. 게다가 반장에게 결석생으로 그은 줄을 지워달라고 말해야 한다.

하지만 막상 교회에 앉자 기분이 아주 좋아졌다. 그는 교회당이란 말을 아주 좋아했다. 그것은 신성함으로 가득 울리는 소리를 지녔다. 그는 무지무지 높은 공간을 좋아했다. 교회당에는 나무로 된 높은 의자들이 줄지어 있었는데, 거기에 앉아서 마치 장갑을 잃어버린 것처럼 자의식을 다 잃어버린다 해도, 그는 이 공간을 좋아했다. 그는 1848년에 이곳에서 헝가리가 독립을 선언했다는 것을 상기했다. 저 위에서 코수트 러요시가 일어서서 사람을 매혹하는 연설을 했던 것이다. 아, 그 연설을 한 번 들을 수 있었으면.

지금 이곳에서는 종교 선생님이 설교를 한다. 처음에는 합창단이 합창을 했는데, 노랫소리가 특별하고 신비롭게 들렸다. 인간의 목소리가 아닌 것 같은 착각을 불러일으켰다. 합창단 자리에서 네 명의 목소리가 노래를 했는데 그 소리는 멀리서 팡파르가 울리듯 아래로 울려퍼졌다. 종교 선생님은 수업 시간과 마찬가지로 나지막하고 부드럽게 설교를 했다. 다만 조금 더 천천히 말했다. 선생님은 목소리를 입으로 내는 것이 아니라 코로 내는 것처럼 들렸다. 보통 사람이 말하는 것보다 반음 높게 울렸다.

예배가 끝난 후 미시는 허트버니 교수의 묘비에 눈길이 머물렀다. 그 이름을 읽지 않고서는 그냥 그 앞을 지나칠 수가 없었다. 그는 그럴 때마다 항상 이 사람의 마력을 끄집어내려고 노력했다. 한번은 허트버니 교수가 짚으로 만든 새끼줄 네 개를 살찐 돼지로 만들었다고 한다. 한 농부가 그 돼지들을 데브레첸 시장에서 사서 삼손이라는 자기 마을까지 끌고 왔다. 그러자 돼지들이 다시 새끼줄로 변하고 말았다. 또 한번은 데브레첸 시장이 길에서 사륜마차를 타고 그를 뒤쫓아 가서 말했다. "교수님, 올라타시죠." 그러자 그가 대답했다. "죄송하지만, 괜찮습니다. 제가 많이 바쁘거든요." 그러고는 자신의 지팡이로 바퀴가 여섯 개 달린 마차를 쓰레기 먼지 속에 그린 다음 그 안에 앉았다. 다음 순간 교수가 탄 마차가 시장의 시야에서 이랴 소리를 내며 지나갔다. 그는 분명히 교수가 궁중마차에 앉아 있는 것을 봤다. 시장이 데브레첸에 도착했을 때, 그는 교수가 자기 집 창문 앞에 서서 파이프 담배를 피우고 있는 것을 보았다고 한다.

미시는 십자가를 어루만지고 군데군데 깨져 있는 묘석을 건너뛰었다. 마치 그가 유명한 교수의 가운을 만지작거리는 것처럼 말이다. 그러고 나서 뒤처진 학생들의 대열에 끼어 껑충껑충 뛰어 내려갔다.

그는 점심 전에 퇴뢰케크 씨 댁을 방문하려고 했다. 그러나 벌써 11시 30분이었다. 곧 점심시간인 것이다. 그렇게 점심식사 직전에 그 댁을 방문할 수는 없는 일이었다. 더구나 지난 일요일에 이미 그 댁을 방문했었다. 오늘 또다시 방문한다면 그들은 미시에게 뭔가 좋지 않은 일이 있다는 것을 눈치 채고 말 것이다.

점심식사가 끝나자 그는 서둘러 너지메스터 거리로 나갔다. 여학교 근처에서 그는 걸음을 늦췄다. 그가 이전에는 한 달도 넘게 모습을 보이지 않았는데 오늘 다시 나타나는 것을 보면, 퇴뢰케크 씨 식구들이 놀랄 것이라는 생각이 들었기 때문이다. 4시에는 오르치네 집에 가 있어야 한다. 그는 결심했다. 오르치처럼 현명하게 처신하기로. 오르치는 어제 오전에 모든 사람하고 얘기를 했다. 미시가 오르치처럼 영리할 수 있다면….

미시가 천천히 그곳을 어슬렁거리며 왼손으로 울타리를 쓰다듬고 있을 때였다. 그의 어깨 위로 두툼하고 부드러운 손이 느껴졌다. "아니, 꼬마 학생. 꼬마 가정교사. 어떻게 지내시나?"

미시는 깜짝 놀랐다. 식서이 아저씨였다.

그렇다. 일요일마다 늘 그렇게 하듯, 오늘도 식서이 아저씨는 퇴뢰케크 가족의 집으로 발걸음을 옮기고 있었다.

그들은 아무 말 없이 나란히 걸었다. 미시에게는 식서이 아저씨가 오늘은 자기 부인도, 아이들도 없이 혼자 가고 있다는 사실이 이상하게 생각되었다. 아저씨는 더 이상 아무 말도 하지 않았다. 그는 커다란 상체를 뒤로 돌려 숙이며 낮은 소리로 중얼거렸다.

작은 개, 큰 개야! 헛되이 왜 짖느냐!
내 사랑 있으니….

미시는 놀라운 눈으로 그를 바라봤다. 그는 도로지 셔니의 아버지와 같은 노래를 부르고 있었다. 그 거인 리널도 리널디니, 그의 수염과 털외투가 서로 닮아 있었다. 단지 다른 점이라고는 거대한 몸집에 배는 해면같이 뚱뚱한 식서이 아저씨가 기름기 가득한 배를 내밀고 있으며 코가 빨갛다는 것이었다. 그는 데브레첸의 관례대로 긴 콧수염을 가느다랗게 빙빙 꼬아 달고 있었다.

아저씨는 노래를 부르다가 휘파람을 불다 했다. 이제 그는 아주 큰 소리로 노래를 불렀다.

테글라스 도시, 먼 국경의 도시.

내 사랑은 그곳에.

그러고 나서 그는 다시 휘파람을 불었다.

아저씨는 여전히 길거리에서 노래를 흥얼거렸다. 이렇게 큰 소리로 노래를 하고 휘파람을 불다니. 하지만 미시는 그를 바라보지 않았다. 자기가 얼마나 마음에 들어하지 않는지를 아저씨가 눈치 챌지도 모르기 때문이었다.

드디어 그들은 대문에 도착했다.

식서이 아저씨는 앞서서 들어가고 미시는 강아지마냥 그의 뒤를 따라 들어갔다. 그가 뒤에서 대문 문고리를 걸었을 때, 그는 분을 못 참는 사람으로는 전혀 보이지 않았다. 흐트러진 일을 잘 해결하기 위해 무대 위에 올라온 그런 사람으로는 보이지 않았던 것이다.

그는 아저씨 뒤를 따라 서둘러 집으로 들어가지 않고 우선 잠시 마당 뒤로 갔다. 거기서 몇 분을 지체하다가 열려 있는 베란다를 따라 걸음을 옮기며 그는 스스로 자신의 용기에 놀라움을 금치 못했다. 만약 지금 이곳에 오지 않았다면 무엇을 했을 것인가. 문 앞에 머물러 있는 동안 그는 도망쳐버리는 것이 최선의 방법이 아닌가 하고 스스로 생각해봤다. 하지만 식서이 아저씨가 이미 그가 이곳에 왔다는 것을 다 얘기했을 것이다. 그냥 도망쳐버리면 그들은 그를 어떻게 생각할까. 이런 생각이 들자, 그는 용기를 내 문을 들어섰다.

대수롭진 않지만 부엌에는 아무도 없었다. 그런데 방문이 열린 채로, 방에서 큰 소리가 들려왔다. 아니, 그것은 말하는 소리가 아니었다. 울음소리였다.

그는 혈관의 피가 멈추는 것만 같았다. 식서이 아저씨가 울고 있었던 것이다.

어떻게 이런 일이 있을 수 있을까. 아저씨는 항상 명랑하고 노래를 흥얼거리는 사람이다. 조금 전 거리에서도 노래를 부르지 않았던가. 그토록 시끄럽게.

미시는 그가 흐느껴 울면서 사이사이에 하는 말을 들었다. 아주머니가 말했다. "하지만 러요시, 하느님 맙소사, 어떻게 그런 말을 할 수가 있어요?"

그러고는 아주머니도 함께 울었다. 일론카 아가씨도 따라 울었다.

"아니에요." 식서이 아저씨가 말했다. "내가 죽기 전에는 그런 굴욕을 참을 수 있는 다른 방법이 없어요."

"러요시 아저씨." 이번에는 일론카 아가씨가 말했다. "불량배하고도 얘기를 하고, 그에게 사정도 해야…."

"쓸데없는 짓이에요." 식서이 아저씨가 울부짖었다. "쓸데없는 짓. 절대로 그렇게 할 수는 없어요." 그는 여러 번 반복해 말했다. 그것은 그가 마치 "아니에요. 차라리 죽을 거예요"라고 노래하는 것처럼 들렸다.

그때 퇴뢰케크 아저씨도 끼어들었다. 그의 건조하고 가느다란 목소리에서 다른 사람의 비탄보다 더욱 강렬한 내부의 동요를 느낄 수가 있었다.

"부탁한다고, 그건 말도 안 돼요. 아무 의미가 없어요. 하지만 절대 그렇게까지 절망할 필요는 없어요. 그렇게 해봐도 소용이 없기는 마찬가지니까."

"하지만 그렇다면 나는 누구입니까? 나는 식서이 러요시입니다!" 식서이 아저씨가 악을 쓰며 소리를 질렀다. 그러면서 자기 가슴을 주먹으로 막 내리치며 말했다. "내게 이런 일을 덮어씌우다니. 어떻게 이런 일이 있을 수 있나요? 나는 25년 동안이나 이 알량한 도시에서 성심성의껏 일했고 싸워왔어요. 그런데 이제 와서…."

그러고 나서 그는 무슨 사건인지를 이야기했다. 그의 입에서 말들이 거침없이 쏟아져나왔다. 시장이 그에게 적대적이라는 것이 느껴졌다. 이미 오래전부터 그는 자기를 자리에서 내쫓으려 한다는 위협감을 느끼고 있었는데, 전임 지사 옆에서는 아무 짓도 할 수가 없었다. 그는 식서이 러요시가 누구인지 알고 있었으니까. 그런데 늙은 악당이 그를 새 상관, 젊은 오소리에게 그를 비방해 지금 징계 절차를 받게 되었다. 간단히 쫓겨나고 만 것이다. 어제 경리과의 통장 잔고를 확인해봤는데 179포린트가 모자랐다.

"계산이 잘못된 것일까요? 아니면 고의적으로 그렇게 조작했을까요? 악당들. 179포린트 때문에 25년의 업적이 단번에 무산돼버렸어. 그런데 왜? 퇴뢰케크 팔, 나는 묻고 싶어요. 이 나라에 존경받을 만한 자리, 자신감이 존재할 자리는 없나요? 여기에서 필요한 것은 침을 핥아먹는 아첨꾼, 고양이처럼 엎드려 있는 노예근성, 윗사람에게는 아첨하고 불쌍한 아랫사람에게는 무자비하게 마지막 베개까지도 저당 잡는 그러한 인간들뿐이란 말인가요? 이 모든 것이 왜 그럴까요, 퇴뢰케크 팔?

내가 데브레첸에서 태어난 사람이 아니라서, 다시 말해 버서 언덕 이쪽에서 빛을 바라보며 태어난 사람이 아니기 때문인가요? 이들 도둑놈의 세계관에 내가 적응할 수 없어서 그런가요? '데출', 이른바 내가 '데브레첸 출신'이 아니어서? 내가 이 못된 비열한 인간들과 똑같은 신앙을 가지고 있지 않아서? 데출! 이 데출이 의미하는 바는 내 생각과 다릅니다. 그들은 짐승마다 그 옆구리를 지져 표시하죠. 소, 말, 돼지는 물론이고 의자와 책까지도 빠짐없이 그 구석에 도장을 찍죠. 그런 사람들과 나는 생각이 다른 겁니다. 나는 25년이 지났어도 데브레첸 사람들의 사고방식을 익히지 못했어요. 데출! 아니, 난 그걸 할 수 없어. 퇴뢰케크 팔, 왜냐하면 데출이란 말은 '멍청이' '도둑질'을 뜻한다는 걸 다 알고 있기 때문이죠. 이걸 모르는 사람은 없어요. 모든 사람이 그대로 실행하고 있어요. 오직 식서이 러요시만은 예외죠. 그들처럼 도둑질을 하지 않기 때문에 식서이 러요시에게 징계 절차를 밟게 했어요."

한참 잠잠했다. 그러다가 식서이 아저씨가 다시 노래하는 듯한 목소리로 이야기를 계속했다. 그러나 이제는 어딘지 쓰디쓴 감이 느껴지는 어투였다.

"경리과장이라는 직책을 나는 아주 진지하게 받아들였어요. 시장님에게 얼마나 자주 주의할 것을 말씀드리고 설명해드렸는지 몰라요. 어디에 잡은 돼지가 있는지, 그리고 어디에 돈이나, 큰 숲에서 가져온 마른 풀, 그리고 대평원에서 잡아온 황소 가죽이 있는지를 알아보기 위해 얼마나 주의를 기울였는지 모릅니다.

50년 안에 완공되어야 할 가스공장 건설 계약이 어떤 내용을 담고 있는지 나는 압니다. 사람들은 100년을 걸려 마치려고 했어요. 그러면 우리 고손자가 그것 때문에 고통을 받아야 할 테죠. 바이에른 주식회사도 그것보다는 나았어요. 그들은 99년만 요구했으니까. '50년이면 충분할 것입니다'라고 이 식서이 러요시가 말했다고요. 그 당시의 제 행동은 포설러키가 증언해줄 거예요. 사람들이 그 사실을 안다면 36년 동안 날이면 날마다 내 이름을 축성해야 할 겁니다.

그런데 하늘에 계신 아버지여, 이제 나는 내동댕이쳐져 동전 한 닢 없이 아이들 여섯 명을 데리고 나동그라져 있습니다. 직장도 없고 빵 한 조각도 없이 거지 지팡이에 의지할 만큼 불쌍한 사람이 되어버렸어요. 내 이름은 진흙에 처박혀져 버렸습니다. 179포린트 때문에!"

그는 책상 위로 얼굴을 파묻고 흐느껴 울었다. 그의 흐느낌에 따라 책상도 덜컹거렸다.

"이런 일은 있을 수 없어, 러요시. 절대 있을 수 없다고. 사랑하는 나의 러요시!" 아주머니가 말했다.

"있을 수 없다고요? 그 악당은 뻔뻔스러운 녀석입니다. 내게 대놓고 말했어요. 만약 그가 시장이라면 나를 감옥에 처넣을 거라고요. 모든 것이 명명백백하게 밝혀질 때까지 구류할 것이라나요? '감옥에 처넣으시죠, 상관님.' 내가 그자에게 말했어요. 심문도 없이 가슴에 칼을 꽂아서 죽이는 감옥으로 넣으라고 말했어요. 데브레첸 시장은 고대 베네치아공화국 총독같이 행동하고 있어요. 그가 베네치아의 감옥을 갖고 있지 않은 게 유감일 뿐이죠.

한 인간의 삶을 이토록 파괴하고, 갈기갈기 찢어놓고, 모독하고, 더 나아가 자손까지 수치심으로 뒤덮다니! 어떻게 해야 우리 아들은 사기꾼이라는 명에에서 벗어나게 될까요? 이 비열한 도시, 데브레첸에서요. 도둑질을 일삼는 도둑들이 득실대는 이 도시에서요. 내게 죄를 뒤집어씌우고 시민들은 거리에서 산보용 지팡이로 나를 가리키며 말할 거예요. '저기 도둑이 간다. 도시의 공금을 훔친 도둑이.'"

그는 두 주먹으로 책상을 내리쳤다. 한 손으로, 그리고 또 다른 손으로. 그러고 나서 갑자기 노래를 부르기 시작했다.

작은 개, 큰 개야! 헛되이 왜 짖느냐!

내 사랑 있으니….

그는 아주 정확하게 끝까지 휘파람을 불었다. 그 휘파람은 어쩐지 무시무시한 느낌을 주었다. 어떤 살인자의 마지막 외침 같은 무시무시한.

미시는 당황스러운 마음으로 귀를 기울였다. 눈이 똥그래졌다. 이 남자 어른의 기막힌 위기 앞에서 자기가 어떻게 처신해야 좋을지 알 수 없었다.

"이제 남아 있는 것이 아무것도 없어요. 목매달든지, 아니면 내 배를 갈라버리든지. 다른 방법이 없어요."

"러요시!" 퇴뢰케크 아주머니와 일론카 아가씨가 동시에 소리를 질렀다. 그러자 퇴뢰케크 아저씨가 말을 시작했다.

"너무 흥분들 하지 말자고. 러요시는 아직 아무 일도 저지르지 않았잖아. 그는 그런 짓을 하지 않아. 첫째로 그는 아이가 여섯이나 돼. 그 애들은 아무런 힘도 없고 아버지를 필요로 하지. 죽음으로써 가볍게 모든 것에서 해방될 수는 있겠지. 그래, 죽는다는 것은 좋은 일이야. 더 나은 방법은 없어. 죽은 사람에게는 더 이상 고통이 없을 테니까. 하지만 그는 죽지 않아. 건강한 정신과 육체를 지닌 인간이니까. 이것이 그가 죽을 수 없는 이유야.

그는 혈기와 힘으로 넘치고, 진지한 일을 하려는 의지가 있어. 혐의를 벗어날 때까지 기다리는 인내심을 발휘할 수가 있을 거야. 지금 겪고 있는 것보다 더 나쁜 일도 그는 충분히 견디게 될 거야. 마른 빵만 먹어야 한다거나, 나무를 베는 사람으로 살아야 한다고 해도 말이야. 왜냐하면 그에게는 지치지 않는 생활력이 숨어 있기 때문이야. 나와는 달라. 나는 견디지 못할 거야. 못 견뎌. 만약 내게 그런 불행이 닥친다면, 나는 전혀…. 나는 더 이상 서 있을 힘이 없을 거야…. 더 이상 싸울 수가 없을 거라고. 나는 더 이상 할 수 없어…."

눈물이 퇴뢰케크 아저씨의 목소리를 삼키고 있었다. 오랫동안 침묵이 계속되었다. 그러다가 무겁게 숨을 내쉬며 아저씨는 말을 이었다.

"보세요. 나는 이런 일들을 전혀 해결할 능력이 없어요. 당신도 알거예요. 내가 불성실한 우리 아들을 오랫동안 내 주위에 나타나지 못하도록 했다는 것을 말이에요. 그 녀석은 열여섯 살 때 이미 내게 대들었죠. 나는 그 녀석하고는 이야기를 하지 않고 그 녀석을 걱정해주지도 않았어요. 그런데 이제, 그러니까 올해에 비로소 그 녀석은 정신을 차리고 일자리를 얻어 일을 하고 있어요. 아주 정상적으로 말이죠. 그 녀석이 일을 잘하든 못하든, 절대 그 녀석에게 많은 것을 요구하지 않았어요. 시간이 모든 것을 알게 해주겠죠. 그 녀석이 성실하게 되면 결혼을 할 테고, 그러면 며느리가 그 녀석 머리를 제대로 돌아가게 할 거니까요.

나는 그것들을 다 생각해보고 스스로에게 말했답니다. '나는 늙은 이야. 왜 내가 증오심을 무덤까지 갖고 가야 해?' 그럴 필요 없다고 마음을 정했어요. 자식이 걱정을 안겨준다 해도 상관하지 않아요. 그 녀석은 오늘날까지도 쓸모없는 인간이니까. 그래요, 탕아죠. 그런데 내 아내는 지금 시작을 해요. 아내는 지금 그 녀석을 더 이상 견딜 수가 없다고 말해요. 10년 동안이나 아내는 내게 대들고 싸웠죠. 그런데 지금 와서 그녀는 자식 놈을 더 이상 견디지 못하겠다는 거예요. 내게 이런 사소한 싸움은 너무나 많았어요."

식서이 아저씨는 노래를 휘파람으로 불기 시작했다.

테글라스 도시, 먼 국경의 도시.
내 사랑은 그곳에.

그러고 나서 말했다. "사랑하는 율리아, 특별한 일이 있다고 하더라
도 세상일이란 나쁜 쪽으로 가기 마련이에요. 그러니 적어도 가족 안
에서만은 일체감과 조화가 있어야 해요."

"아, 하느님. 어머니란 자기 자식과 화해하고 살아야 하죠." 퇴뢰케
크 부인은 울면서 말했다. "하지만 난 그 녀석이 깨끗하지 않은 것을
더 이상 참을 수가 없어요. 그 녀석이 우리와 함께 살게 된 때부터 나
는 너무 많이 봐왔어요. 내 아이 녀석은 깨끗하지가 않아요. 그 녀석
은 어디서 그런 점을 타고났을까요? 남편도 나도 그렇지가 않은데….
우리 아이 녀석은 도무지 깨끗하지 못해요."

"그 아이는 예전에는 아주 멋쟁이였는데." 식서이 아저씨가 중얼거
렸다.

"그 아이는 깨끗한 양심이 없는 녀석이에요. 항상 뭔가를 숨기고 있
지요. 지금 그 아이는 다시 여행을 떠났어요. 오늘 또! 대체 어디로 떠
났는지."

"그 아이는 업무상 떠났다고." 퇴뢰케크 아저씨가 말했다.

"그래요. 당신이나 그렇게 믿으시구려. 아버지한테는 뭐든 믿게 할
수 있는 법이니까."

미시는 여기 더 오래 머물러 있는 것이 불가능하다고 느껴졌다. 많
이 두려웠다. 그가 엿듣고 있는 것을 누가 붙잡기라도 하면 어쩌나 하

고 생각하니 더욱 그랬다. 그는 벌써 오래전에 그들 앞에 나타났어야 했다.

야노시가 여행을 떠났다는 사실이 미시를 매우 불안하게 만들었다. 그것은 그에게 심장의 고동을 멈추게 하는 충격이었다.

그는 뒤꿈치를 들고 살살 문으로 다가가서 문을 열고 밖으로 살그머니 빠져나왔다. 뒤로 문을 잘 닫고는 도둑이나 된 듯이 마당을 가로질러 걸어나왔다.

그런데 거리로 나와서 몇 걸음 걷지도 않아 야노시와 만나게 되었다. 놀라지 않을 수 없었다. 미시는 애써 못 본 척하고 싶었다. 지난밤의 격렬했던 환상적인 이미지가 생각났다. 그대로라면 그는 요술로 엄청난 힘이 생겨 야노시에게 따귀를 한 대 갈겼을 것이다. 그러나 그것은 단지 기억일 뿐 현재의 일은 아니었다. 그대로라면 우선 따귀를 근사하게 한 대 갈기고 나서, 이른바 정중한 방법으로 모자를 벗고 "안녕하세요"라고 말해야 할 것이었다.

"어이, 꼬마 친구." 야노시가 자기 버릇대로 크고 거칠게 불렀다. "이리 와, 꼬마야. 가방 좀 들고 있어봐. 그사이에 나는 집에 가서 노인네들에게 작별 인사를 하고 와야겠다."

그는 조그맣고 까만 여행가방을 미시의 손에 넘겨주었다.

가방은 무겁지 않았지만 미시는 그걸 들고 있다는 사실이 무척 창피했다. 그래서 가방이 거의 땅에 떨어질 뻔했다.

"조심해서 들고 있어야지, 꼬마야. 누가 빼앗아가지 못하도록 말이야. 돈이 들어 있거든."

이 말과 함께 그는 걸어서 대문으로 갔다. 그러더니 다시 한 번 뒤돌아보며 말했다. "네 외삼촌 게자 씨에게 갈 거야. 그러니 그사이에 혹시 삼촌에게 무슨 부탁이라도 할 게 없는지 생각해봐. 내가 말을 전해줄 테니까."

미시는 깜짝 놀라 꼼짝 않고 길 위에 서 있었다. 정신이 멍하니 나간 상태로 성벽에 기대 허공을 바라보고 있을 뿐이었다.

어지러웠다. 길이 매우 넓었다. 그것이 그를 어지럽게 만드는 것인지도 몰랐다. 전에 그가 여기에 살 때보다 길이 더 넓어 보였다. 밤마다 가축 떼가 목초지에서 돌아올 때면, 그는 경탄의 눈으로 바라봤었다. 그렇게 셀 수도 없이 많은 소떼가 넓게 열을 지어서 도로를 따라 어슬렁거리며 걸어가는 모습이라니. 마치 대평원이나 되는 것처럼 말이다. 목동 둘이 그 가축들을 큰 회초리로 인도했다.

건너편에는 가게가 있었는데, 목동 하나가 항상 그 가게의 문 앞에 서서 황동 트럼펫을 문에 달린 유리창에 드높이 불어댔다. 집합 신호였다. 한번은 퇴뢰케크 아저씨가 창문을 열고 그 청년을 불렀다. "얘야, 이리 와보렴." 그는 청년을 불러 술을 한 잔 건네줬다. "받으렴." 그가 말했다. "트럼펫을 그리 멋지게 부니까 주는 거야. 군대에서 배웠어?" "네." 목동이 대답했다. "그렇군. 그저 불기만 해. 그러면 내가 언제고 술 한 잔을 줄 테니까."

다음 날 아침, 역시 아무도 잠을 잘 수가 없었다. 트럼펫 소리가 어찌나 시끄럽게 울리던지, 벽에 걸린 그림 〈아르파드의 반란〉이 흔들거릴 정도였다. 아저씨는 잠이 덜 깨어 퉁퉁 부은 눈으로, 속옷 바람에 맨발인 채로 창문으로 몸을 내밀었다. 청년에게 술 한 잔을 다시 주기 위해서였다. 셋째 날도 마찬가지였다. 미시는 아저씨의 관대함이 정말 놀라웠다. 이전에는 아저씨가 트럼펫 소리를 항상 탓했기 때문이다.

그러나 넷째 날에 아저씨는 술을 주지 않았고 다섯째 날에도 마찬 가지였다. 그러자 여섯째 날에는 더 이상 트럼펫 소리가 들려오지 않았다. 그 대신 일하는 아주머니가 소식을 전해주었는데, 그 목동이 화가 나서 말했다는 것이었다. 그 늙은 욕심쟁이는 이제 더 이상 공짜로 트럼펫 소리를 들을 수 없을 거라고 말이다. 그때부터 목동은 파라그의 물레방앗간에 가서 트럼펫을 불었다. 그곳은 퇴뢰케크 씨네 집에서 뒤로 멀리 떨어져 있는 곳이었기 때문에, 트럼펫 소리가 잘 들리지 않았다. 그리하여 그들은 새벽에도 조용히 잠을 잘 수가 있게 되었다.

작년에 그들은 겨우내 그것을 생각하고 죽어라 웃었다. 그런데 지금, 고통이 심한 이 순간에 그 생각이 떠오르는 것이었다. 그러자 미시는 생기가 돌았고 얼굴에 웃음이 피어 올랐다.

하지만 그리 오래 웃지는 않았다. 자기 얼굴이 얼마나 찌푸려져 있는지 느껴지자 다시 우울해졌다.

그는 골똘하게 생각해봤다. 이 가방에 들어 있는 돈으로 뭘 하려는 걸까? 그 건달이 어디서 이 많은 돈을 챙겼을까? 그의 손에서 열기가 느껴졌다. 꼭 도둑질한 돈일 것만 같았다. 그런데 그는 왜 자기를 믿고 돈을 맡겼을까? 왜 가방을 직접 들고 가지 않았을까? 게자 삼촌을 들먹거려서 자기에게 뭔가 협박하려는 것일까?

그는 자기가 아직도 어린 소년이라는 사실이 못 견디게 서글펐다. 만약 자기가 지금 황소라면, 아주 크고 목이 검은 황소, 소나무 그을음이 목에 있는 황소라면 얼마나 좋을까 하고 생각했다. 검은 황소가 고향집에서 마을길로 산책하러 나오면 어른이건 아이건 모두 다 집으로 달아났는데, 자기가 바로 그런 황소이고 싶었다. 뿔 위에 어린아이 주먹만 한 쇠구슬이 달려 있는 황소, 그 황소라면 저 녀석이 집에서 나오자마자 달려들어 찔러버릴 텐데. 그 건달 녀석을!

그는 황소가 자기를 때리는 목동을 뿔로 받아버렸다는 얘기를 들은 적이 있다. 목동의 내장은 다 터져 나왔다고 한다. 지금 그는 자신이 거리를 배회하고 있고 야노시의 내장이 소시지처럼 자기 뿔에 끄집어내지는 광경을 보고 있는 것 같았다. 그는 개가 도살장에서 냄새가 펄펄 나는 쓰레기를 땅 위로 질질 끌고 다니는 것처럼, 황소가 야노시의 내장을 끌고 다니는 장면을 그려봤다.

그때 야노시가 집에서 나왔다. 그는 가방을 하나 더 들고 왔다. 그는 미시에게 가방을 달라고 말하지도 않고, 도리어 자기를 따라오라고 손짓했다.

그것은 새로이 미시에게 불행한 느낌을 안겨주었다. 마치 야노시에게 고용된 짐꾼 같아 보였기 때문이다. 게다가 야노시는 아주 빨리 걸어가서 미시가 그를 따라가기 위해서는 거의 뛰다시피 해야 했다.

다행인 것은 야노시가 아무 말도 하지 않는다는 것이었다. 야노시는 표정으로 볼 때 걱정 근심이 가득해 보였다. 야노시의 얼굴이 침울했기 때문에 틀림없다고 생각되었다. 야노시는 생각에 잠겨 있었다. 이것은 그의 평소의 모습이 아니었다.

미시는 어쨌든 짐꾼 노릇을 계속할 생각이 전혀 없었다. 그는 정거장까지 가방을 들고 따라가지는 않겠다고 속으로 다짐했다. 그들이 학교 근처에 왔을 때 미시가 말했다. "죄송해요. 저 들어가야 해요."

야노시는 발을 멈추고 그를 바라봤다.

"그래, 꼬마야. 너 되게 우쭐대는구나. 이제 6크로이처는 받지 않겠다는 거지? 내가 10포린트를 주면 받겠니?"

"고맙지만, 아니에요." 미시는 놀라서 말하며 뒤로 물러섰다. 그가 따귀라도 때린 것처럼, 그는 재빨리 손을 얼굴에 갖다 댔다.

야노시는 그를 팔로 붙잡고 강요하려고 했다. 그러더니 화를 내며 풀어주고는 그를 위에서 아래로 훑어보며 말했다. "터져 죽기나 해라! 이 독사 같은 녀석."

야노시는 땅에서 작은 가방을 들고 대성당 방향으로 걸어갔다. 그는 한 번도 뒤를 돌아보지 않았다.

미시는 잠시 그를 쳐다봤다. 그러고 나서 학교로 돌아왔다. 흥분이 돼서 온몸이 마디마디마다 떨렸다.

그는 자기 자신이 못마땅했다. 야노시에게 무슨 말이라도 해줬으면 좋았을걸. 야노시의 얼굴에 대고 거친 말이라도 퍼부어줄 용기가 있다면 얼마나 좋을까. 토끼처럼 비겁하기는….

이제 무슨 일을 시작해야 할까? 학교에서 그는 할 일이 없었다. 침실로 가고 싶지도 않았다. 그곳에서 아이들과 떠들고 싶지 않았다. 그는 복도를 따라 계속 걸었다. 그러다가 갑자기 시꺼먼 게시판 앞에 멈춰 섰다. 아이들이 모두 달려가곤 하는 곳이었다. 네모난 게시판에는 쪽지가 걸려 있었다. 도착한 편지의 수신자 명단이었다.

미시의 이름도 들어 있었다. 게다가 돈 수령증도 있었다. 다시 그는 몸이 떨렸다. 그러나 이번에는 기쁨에 겨워 나오는 떨림이었다.

그는 학교 사무실로 향했다. 그러나 일을 보는 아저씨가 없었다. 사무실 뒷방에서 다른 사무원들이 모여서 카드놀이를 즐기며 떠들썩하게 웃고 있었다. 그들이 무슨 일로 왔느냐고 물어올 때까지 그는 잠시 아무 말 없이 그냥 그 자리에 서 있었다.

"저, 제 편지, 저 밖에 쓰여 있던데요."

그러자 그중 한 사람이 일어났다. 그는 그 일을 전담하고 있는 사무원이 아니라 다른 사람이었다. 그는 큰 열쇠로 찰카닥하는 소리를 내더니 많은 편지들 중에서 빨간 우편환 편지를 하나 건네주었다.

미시는 바로 아버지 글씨를 알아봤다. 가슴이 심하게 두근거리기 시작했다. 아버지가 쓴 힘차고 강렬하고 큼지막한 글씨를 보면 그는 항상 기쁨으로 가슴이 뛰었다. 아버지의 글씨는 도끼로 민첩하게 잘린 나무 조각처럼 보였다. 그는 편지 속에 무엇이 들어 있는지 이리저리 살펴볼 수 있는 것이 너무나 행복했다. 벌써 눈앞에 아버지의 얼굴이 보였다. 아버지의 미소, 가느다란 콧수염과 부드러운 파란 눈. 그는 아버지의 편지를 읽을 때마다 항상 글씨 하나하나가 자기를 보고 웃는다고 생각했다. 그러나 반대로 어머니의 편지를 받으면 가슴에 늘 경련이 일었다. 그는 죄책감으로 몸을 떨었다.

"3시까지 돈을 찾을 수 있어요." 사무원이 말하며 5크로이처를 받아 넣었다.

"어디서요?"

"음, 우체국에서."

미시는 사무실을 나와 바람이 부는 복도에서 편지 몇 줄을 읽었다. 편지에는 이렇게 쓰여 있었다. "사랑하는 아들, 네가 사고 싶은 것을 사거라. 우리는 부족한 게 없단다. 건강해야 한다. 네 엄마가 크리스마스 때 너한테 소포를 부칠 거야. 너를 사랑하는 아빠가 키스를 보낸다."

'사랑하는 아들, 네가 사고 싶은 것을 사거라.' 그는 반복해서 읽어봤다. 눈에서 눈물이 흘러내렸다. 그는 달려서 학교를 빠져나왔다. 사랑하는 아들! 사랑하는 아들! 그는 믿음직스럽고 힘찬 아버지의 목소리를 들었다. 그래, 아들아, 네가 사고 싶은 것을 사거라. 이미 그는 돈을 가지고 있다. 그 돈으로 살 것은 아무것도 없다. 그는 이미 모든 것을 가지고 있었고, 아버지가 가지고 있지 않은 것은 그도 가지고 있지 않았다. 집에도 없는 것들을 그가 사야만 할까? 그래, 만약 그가 어떤 것을 살 수 있다면, 그건 집에 보내기 위한 것이다. 그러나 무엇을? 그것들은 집에서 사야 할 거다. 여기서는 필요하지 않은 거니까 말이다. 아이들을 위한 고기, 할머니만을 위한 것이 아닌 설탕 등등.

그는 달릴 수 있는 만큼 최대한 빨리 달려 우체국으로 갔다.

그가 정문 입구를 질러 달려갔을 때, 그는 마당에 녹색 우체국 차가 서 있는 것을 발견했다. 차량들은 일요일의 휴식을 취하고 있었다. 한 우체국 직원이 입에 파이프를 물고 그에게 왔다. 미시는 어디서 돈을 찾을 수 있느냐고 물었다. 그 직원은 안내를 해주면서 덧붙였다. "서둘러야 할 거예요. 곧 3시가 되니까."

그때 갑자기 미시에게 떠오르는 생각이 있었다. 이번 크리스마스에는 집에 가지 않을 거라는 생각이었다. 어머니가 소포를 보낸다면, 그것은 그에게 여기 머물러 있으라는 것을 의미했다. 분명히 여기로 오실 차비 4포린트가 없기 때문이리라. 그들이 크리스마스에 꼭 집에 와야 한다고 쓰지 않은 것은 틀림없이 가난 때문일 것이다. 그는 돈을 다시 부쳐드리기로 했다.

그는 우체국으로 들어가 나무 울타리 뒤를 살펴봤다. 거기에는 한 사람만 앉아 있었다. 그는 자꾸만 눈물이 나와 참기 어려웠다. 그는 울음을 그치고 겨우 입을 열었다. "죄송합니다만, 여기서 돈을 부칠 수 있나요?"

우체국 직원은 잠시 그를 바라보더니 말했다. "돈을 찾으려고요?"

"아니요, 제발. 저는 돈을 찾으려고 하는 게 아니에요. 부쳐온 돈을 도로 보내려고 하는데요." 그는 직원에게 우편환을 내밀었다.

직원은 그것을 이리저리 돌려보며 말했다. "그러니까 돈을 수령하지 않겠다는 거군요. 여기에 사인하세요. 돈을 받지 않겠다고."

미시는 우편환과 연필을 집었다. 하지만 문득 스스로 놀라지 않을 수 없었다. 아버지에게 자기가 돈을 받지 않겠다고 어떻게 편지를 쓸 수 있단 말인가? 그러면 아버지는 뭐라고 하실까? "맙소사, 이런 머저리 녀석 같으니라고. 아버지가 보낸 돈을 받지 않다니." 미시는 울다가 웃었다. 그의 귀에 아버지의 혼내는 소리가 들리는 듯했다.

"아니에요. 죄송합니다." 그는 당황해서 말했다. "저, 여기서 수령할게요. 하지만 2포린트는 다시 보내고 싶어요."

직원은 바짝 마르고 블론드 머리를 한 남자로, 진짜 창구 담당 직원이었다. 미시는 두려웠다. 직원이 자기를 쫓아낼지도 모른다는 생각이 들었다. 우체국 직원들은 대개 호의적인 것과는 거리가 먼 사람들이니까. 하지만 그 직원은 그렇지 않았다. 오히려 친절하게, 그렇다, 진심 어리게 말했다. "그러면 우선 이 돈을 수령하고 나서 다른 우편환에 다시 기입해야 해요."

"네, 알겠습니다."

미시는 잉크 자국으로 온통 시꺼멓게 된 책상으로 갔다. 거기서 그는 우체국에서나 볼 수 있는 엉망진창인 깃털 펜의 펜촉에 떡처럼 덩어리가 들러붙는 진한 잉크를 찍었다. 그러고는 우편환 뒤에 이름을 써넣었다.

직원은 영수증을 잘라내 미시에게 다시 건네줬다. 미시는 정말 행복했다. 아버지의 글씨를 잘라내야 한다는 것이 커다란 걱정거리였는데 그 걱정이 해결되었던 것이다. 이제 그는 몇 줄이나마 잘린 부분을 차지할 수 있었던 것이다.

그는 새 우편환을 받았고 정성스럽게 그 위에 주소를 적어 넣었다. 펜이 나쁘니 글씨가 엉망이 되었다. 부끄러웠다. 그는 주소 위에 간단히 쓸 수 있는 공간에 예외 없이 몇 줄을 적었다.

"사랑하고 존경하는 아버지. 정말 고맙습니다. 사랑하고 존경하는 아버지의 손에 키스를 보내요. 하지만 저는 돈이 있어요. 제 걱정을 하세요. 부모님의 사랑에 감사드리는 사랑하는 아들 미시가."

한 번 다시 읽어본 미시는 놀라고 말았다. '제 걱정을 하지 마세요'라고 써야 하는데 중요한 글자를 빼먹고 말았던 것이다. 그는 빠진 글자를 급히 적어 넣었다. 그는 쓰는 데 시간이 많이 걸렸다. 우체국 직원은 어린 미시에게서 어떤 인간적인 감정을 억누를 수가 없었지만, 그럼에도 덜거덕거리는 소리를 내며 재촉했다. "좀 빨리. 벌써 3시예요."

미시는 그에게 우편환을 주고는 잉크로 얼룩진 손가락을 털코트에 문질렀다.

직원은 1포린트 5크로이처를 요구했다.

그는 지갑을 꺼내 돈을 지불하고 조그만 종이를 받았다. 낯선 손이 아버지의 이름을 쓰는 것은 특별한 것이었다.

그는 울면서도 행복한 마음으로 그곳에서 달려 나왔다. 아버지의 글씨를 다시 한 번 보고 싶었다. 크고, 뛰어오르는 듯하고, 껑충껑충 뛰는 듯한 아버지의 글씨가 주소 위에 쓰여 있었다. '닐러시 미하이.'

그렇게 자랑스럽고 행복한 기분은 미시가 태어나 처음이었다. 그는 전 시내를 따라 달렸다.

정거장 거리에 도착했을 때, 그는 갑자기 멈추어 섰다. 4시에 오르치의 집에 있어야 한다는 생각이 떠올랐던 것이다. 지금은 벌써 3시가 넘었다.

그는 천천히 걸어 정거장으로 향했다.

길이 좁았다. 길 끝에 광장이 나오고 그 가운데에 낮은 단층 건물이 서 있었다. 정거장이었다.

작은 증기 전차가 소리를 내며 미시의 옆을 지나 정거장 앞의 오른쪽에 멈추어 섰다. 왼쪽으로는 울타리가 부서져 있고 그곳을 따라 산책길이 나 있었다. 그곳에서 김나지움 학생들이 가끔 모이곤 했다. 특히 가을철에 올리브가 익으면 그랬다. 그곳에는 대단히 커다란 올리브 나무가 있었는데, 소년들은 그 열매를 밀가루를 가득 씌운 과실인 양 즐겨 깨물어 먹었다. 미시는 이 나무의 향기를 특히 좋아했다. 아카시아 꽃향기가 역겨운 대신에, 올리브 향은 그에게 달콤하고 기분 좋게 느껴졌다. 이 낯선 나무, 이 기름 나무를 그는 이제까지 데브레첸에서만 보았다. 그의 생각은 낯선 하늘 아래로, 다른 나라로 둥둥 떠다녔다. 아저씨 말씀이 생각났다.

"우리 조상 아르파드가 자기 민족을 이끌고 며칠 더 계속 여행을 하지 않은 것은 정말 유감스런 일이야. 그랬다면 이탈리아에 자리를 잡았을 것이고, 너무 뜨거운 날씨 때문에 고생하지 않을 텐데."

이 생각이 떠오르자 그는 미소를 지었다. 마치 방금 그 이야기를 듣고 있는 것만 같았다.

살을 에는 듯한 차가운 겨울바람이 기승을 부렸다. 이 지역은 다른 지역보다 더 낮았기 때문에 더욱 그랬다. 바람이 이따금씩 무섭게 몰려오곤 했다. 미시는 지금 코트 속에서 얼어 있었다. 그는 정거장 건물 안으로 들어가기로 했다. 별로 할 일도 없이 숨어 들어가, 낯선 공간에서 어떻게 행동해야 할지 자신은 없었지만 말이다. 그는 그냥 사람들이 습관적으로 항상 거리를 다니기 때문에 거리를 다닐 수 있었다. 아무래도 좋다. 그곳에서 할 일이 있건 없건 간에. 그러나 그는 그것이 옳다고는 생각하지 않았다. 인간이란 항상 어떤 일을 해야 한다고 생각했다. 그것이 그의 규칙이었다. 아버지에게서 그 좌우명을 넘겨받았다. '네 일을 빨리 끝내라. 그래야 새로운 일을 시작한다.'

두근거리는 가슴을 안고 그는 정거장 건물의 큰 문을 들어섰다. 그 앞에 마차가 한 대 서 있었다. 줄무늬 옷을 입은 짐꾼이 큰 가방을 마부석에서 내렸다.

넓은 홀에서 사람들은 큰 유리 창구를 통해 차표를 끊고 있었다. 그는 여행객들 사이에 끼어들었다. 소음, 그가 모르는 많은 사람들이 만들어 내는 소음. 쉴 새 없는 흥분, 술렁거림, 그리고 윙윙대는 소리. 빨갛게 색칠을 한, 소독 냄새가 지독한 화장실의 참을 수 없는 악취. 이 모든 것들이 그에게 낯설고 특별해 보였다.

그는 오른쪽에 위치한 1등석과 2등석의 대기실로 향했다. 그는 들어갈 수도 없었고 또 들어가려고도 생각하지 않았다. 출입구에 사람이 파란 제복을 입고 서서 들어오는 사람들한테서 차표를 확인하고 있었다.

그러나 그는 조심스럽게 유리문을 통해 살펴보는 것을 포기할 수는 없었다. 그는 사람들이 끊임없이 여행하는 것을 아주 주의 깊게 살펴봤다. 그들은 우글거리는 개미처럼 그의 눈앞에 있었다. 그들에게서 그는 아무것도 알 수 없었다. 그들이 어디로 그렇게 쉬지 않고 다니는지 말이다. 이 사람들은 항상 이렇게 여행을 다닐까? 그들의 주된 일이란 항상 여행을 하는 것일까?

갑자기 그는 큰 소리를 지르고 말았다.

안에서, 유리문 안에서, 벨라를 봤기 때문이다.

그는 돌이 된 듯 굳었다. 그 자리에 서서 괴로움에 가득 한 눈으로 입을 반쯤 벌린 채 그녀를 응시했다.

그때 당황스러운 생각이 떠올랐다. 벨라가 혹시 뒤를 돌아보고 눈길을 밖으로 던지면 어쩌지? 갑자기 모든 것이 움직이기 시작했기 때문이다. 문에 서 있던 사람이 종을 울려서 기차가 오는 것을 알렸다. 미시는 놀라서 차표를 파는 창구 쪽으로 다시 달려가 서 있었다. 얼굴이 불타듯 빨갛게 되었다. 그는 추위에 꽁꽁 얼었던 두 손으로 거칠게 뛰는 가슴을 눌렀다.

그만큼 놀라움이 컸다. 잠시 후 그는 재빠르게 일어나 대기실 문으로 다시 다가갔다.

그는 목을 앞으로 늘여 빼고는, 조심스럽고 눈치 빠르게 안을 살펴봤다. 그러나 눈에 띄지 않게 다시 뒤로 물러나야 했다. 그래야 낯선 사람들이 눈치를 채지 못할 테니까. 하지만 그는 벨라를 더 이상 볼 수가 없었다.

탑승객들이 서로 밀치고 있었다. 역무원은 이해할 수 없는 목소리로 지명들을 길게 소리치고 있었다. 기차가 지나가는 지명들이었다. 그러면서 종을 귀청 떨어지게 울리고 있었다.

미시는 처음에 벨라를 봤던 바로 그 장소에 서 있었다. 그렇다. 그는 그냥 그 자리에 서 있었다. 모든 사람들이 대기실을 떠나갈 때까지. 그는 밖에서, 다른 유리문 뒤에서, 듣고 또 보았다. 어떻게 기차가 움직이기 시작하는지, 어떻게 그 많은 시커먼 화물 열차가 열기를 내뿜으며 앞으로 나아가는지.

플랫폼이 텅 비었다. 짐꾼들은 돌아가며 1크로이처짜리 동전과 6 크로이처짜리 동전을 세고 있었다. 그러나 그는 아직도 그 자리에 선 채, 한곳을 응시하고 있었다. 그는 자기가 방금 본 것들을 어떻게 생각해야 할지 알 수 없었다.

그는 곧 아무 생각 없이 돌아서서 정거장 건물을 떠났다. 밖에는 사나운 겨울바람이 몸속으로 사정없이 파고들어 거의 날아갈 지경이었다. 그는 고개를 숙이고 얼굴을 모자챙으로 가려 바람을 어느 정도 막으며 걸었다. 그가 거의 주택가에 다다랐을 때 눈물이 흘러내렸다. 갑자기 바람의 기세가 누그러졌다. 앞으로 나아가는 게 아까보다는 수월했다.

이건 사실일 수가 없어. 그는 혼잣말을 하며 눈썹을 치켜세웠다. 그래, 내가 완전히 미쳤지. 그래서 모든 아가씨들을 벨라로 착각한 걸 거야.

어젯밤에 퇴뢰케크 야노시와 같이 있던 여자가 벨라라는 것은 불가능하다. 그리고 그녀가 지금 도망을 친다는 것도 사실 상상할 수 없었다. 그녀는 어제 오후에 그런 이야기는 한 마디도 하지 않았었다.

하지만 그녀가 왜 그에게 이야기를 해야만 하는가? 작년에 그는 《나라와 세계》라는 잡지의 옛 호에서 소설을 하나 읽었다. 그 소설에는 그가 이해할 수 없는 이상한 일들이 전개되어 있었다. 당시에 그는 그건 단지 소설일 뿐이라고 생각했다. 남자와 여자는 서로 특별한 관계에 놓여 있다고. 그는 전혀 믿으려고 하지 않았다. 그러나 지금 그는 짐작하기 시작했다. 그리고 그것은 갑자기 훨씬 더 놀랍고 경악을 금치 못하는 것으로 나타났다.

벨라는 말했다. "절대 안 돼요." 그러나 그녀의 대답은 "천만에" "아마도""누가 아나"와 같이 그 말속에 아주 많은 뜻을 내포하고 있었던 모양이다. 만약 그녀가 "아니요"라고 말하려고 했다면 "아니요"라고 말했을 것이다. 그러면 야노시는 자기 길을 가고 그녀를 그대로 두었을 것이고, 또 그녀에게 편지를 쓰라고 하지도 않았을 것이다. 그것은 뻔뻔스러운 행동이었기 때문이다. 귀신은 그를 잡아가야 마땅하다.

미시는 예쁜 벨라가 그녀가 원치 않는 것을 표현하기 위해 뭐라고 말했어야 했는지 전혀 알 수 없었다. "절대 안 돼" "안 돼, 절대"는 적어도 두 가지 뜻을 포함하는 대답이었다. 아무튼 이제 그들이 서로 만났음이 확실했다. 어쩌면 그들은 이미 오래전부터 서로 아는 사이이고, 어쩌면 예전부터 서로 뜨거운 사이였는지도 모른다. 그래서 지금같이 도망을 친 것일까?

그는 정신이 멍해 그냥 서 있었다. 이제까지 그는 벨라가 퇴뢰케크 야노시와 도망을 칠 것이라고는 상상도 못 했다. 그는 그녀가 대기실에 혼자 있는 것을 봤을 뿐이다. 하지만 야노시는 그 기차를 타고 가려고 했었다. 그가 정거장으로 간 것은 미시가 확실히 알고 있는 사실이었다. 미시는 그에게서 어떤 정정당당하지 못한 낌새를 눈치 채고 있었다. 야노시가 돈가방을 가지고 도망치는 것이라고 생각했다.

진짜 미칠 일이었다. 마구 울고 싶었다. 실제로 그는 눈물을 흘렸다. 눈물이 뺨을 타고 흘러내렸다. 어제 저녁 그에게 그토록 사랑스럽고 부드럽고 상냥하고 친절하게 말을 건넸던 아름다운 그녀가, 그렇게 음흉하고 제멋대로일 리가. 절대 그럴 수는 없었다. 그녀가 야노시 같은 비열한 자식하고 도망을 치다니. 하느님 아버지, 하느님 아버지, 이렇게 불행한 일이 어찌….

그사이에 그는 아직 덜 지어진 탑을 가진 조그만 교회에 다다랐다.

교회는 전쟁 그림들에서 볼 수 있는, 성채에 딸린 요새 같았다. 이곳도 코수트 거리였다. 거기서 그는 오른쪽으로 돌아야 했다. 벌써 3시 45분이었는데, 4시까지는 오르치의 집에 도착해야 했다.

그날 오후는 어찌나 지긋지긋했던지. 그 일도! 이제 더 이상 그는 도로지네 집에 가고 싶지 않다. 벨라가 도망간 마당에 이제 그 집에 그를 걱정해주는 사람은 아무도 없다. 그녀만이 그 집에서 그래도 견딜 수 있도록 해준 사람이었는데, 그녀가 도망쳐버린 지금 왜 거기를 가야 한단 말인가? 불쌍한 여자. 그녀는 얼마나 사랑스러웠는가. 그가 그녀와 어두운 창고방에 서 있었을 때 그녀는 말했었다. "그래요, 나라면 그 멍청이 때문에 절대로 신경 쓰고 속을 썩이지 않을 거예요." 그녀가 그렇게 사랑스러웠던 것은 그때만이 아니었다. 항상 그랬었다. 그녀는 도망쳤다. 그럼에도 그는 그 멍청이, 부끄러운 줄도 모르는 쓸모없는 셔니를 가르쳐야만 한다.

그는 오르치 역시 더 이상 마음에 들지 않았다. 그는 걱정스러웠다. 자기가 울었다는 것을 오르치가 눈치 챌까봐 두려웠다. 오르치에게 아무것도 이야기하지 않을 거야. 분명 그 녀석은 나중에 다 떠벌리고 다닐 테니까.

오르치네 집 대문 앞에서 그는 잠시 머물러 서서 진정하고 숨을 좀 돌렸다. 그러나 4시를 알리는 시계 종소리가 들리자, 놀라서 집으로 들어갔다. 정확히 5시에는 노신사의 집으로 가야만 했다.

그는 초인종을 눌러야 한다는 것을, 그리고 그것을 어떻게 누르는지를 알고 있었다. 늙은 가정부가 나와 문을 열어줬다. 열린 문을 통해 집 안으로 들어가자, 어느 부인이 친절한 미소를 띠며 현관방으로 나오며 그를 맞았다. 그런데 그에게 현관방이 아주 낯설게 느껴졌다.

그의 앞에 다시 많은 방문이 나타났다. 단지 옷걸이만 낯익었다. 하지만 그것도 좀 이상해 보였다. 녹색이라는 사실이 놀랍게 느껴졌다. 그는 빨간색으로 기억하고 있었다. 맹세하건대 옷걸이 못 아래에 있는 면에는 벽이 빨간 천으로 둘러쳐져 있었다.

나이 든 아주머니가 아무 말 없이 그를 위아래로 한 번 검사하더니 오르치의 방으로 안내했다.

오르치는 그때 옆방에 있다가 미시를 맞으러 막 나오고 있었다.

"자, 우리 지금 그걸 해야지?" 그는 흥분한 태도로 말하며 미시의 손을 잡았다.

"안녕." 미시는 기계적으로 말했다. 그가 그 인사말을 하려고 마음먹었기 때문이다.

오르치는 웃지 않고 진지하게 대꾸했다. "안녕."

"우리가 무엇으로 뭘 한다는 거야?" 미시가 물었다.

오르치는 타고난 신중함도 내려놓은 채 단숨에 말했다. "방금 파니가 돌아왔어. 그녀는 식사를 하고 빨래를 한 후에 담뱃가게에 갔었거든. 그런데 누군가 어제 그것을 가져간 거야. 생각해봐."

"뭐를?" 미시가 소리쳤다.

"상금을!"

그들은 서로 마주 쳐다봤다.

"가게 주인이 그렇게 말했대. 당첨된 사람이 이미 수요일에 그곳에 와서 상금을 타려고 했다는 거야. 그래서 그 주인 여자가 상금은 토요일 밤에 지급된다고 말했대. 그녀가 생각하기에 혹시 다른 사람이 더 나타날지도 모르기 때문이었지. 그런데 4일이나 그 번호를 걸어놨는데도 아무도 오지 않았고, 그래서 그에게 돈을 지불했다는 거야."

미시는 깍지를 끼었다. 그는 더 이상 머리로 생각하는 능력을 잃어버린 사람 같았다.

"그런데 지금 아버지가 집에 안 계셔. 엄마도 그렇고. 그래서 나도 어떻게 해야 좋을지 모르겠어. 파니, 파니! 이리 한 번 와보세요."

나이 든 부인, 미시에게 문을 열어주었던 그 부인이 들어와서 당황하지 않고 차분하게 이야기를 하기 시작했다. 마치 그녀가 돈을 도둑맞기라도 한 듯이, 그녀는 두 손을 꼬며 탄식했다. "아, 하느님, 아, 하느님. 아, 사랑하는 하느님. 만약 집 안에 어른이 계셨다면, 아, 하느님, 도련님이 더 일찍 내게 말했을 텐데. 아, 하느님, 내가 어제만이라도 그곳에 갔더라면. 무서운 일이야, 무서워. 가게 주인 여자도 아주 제정신이 아니야. 그녀는 도대체 알지를 못 해요. 누구에게 그 돈을 줬는지 말이에요."

그녀는 두 손으로 관자놀이를 눌러대며 이리저리 왔다 갔다 했다. 그녀는 매우 절망스러워했는데 그 흥분이 미시에게도 전달되었다. 이제야 비로소 그는 짐작할 수 있었다. 만약 어떤 낯선 사람이 이와 같이 이성을 잃는다면, 어떤 감당할 수 없는 불행이 일어날 것이라는 걸.

나이 든 부인은 미시에게 자리에 앉으라고 권했다. 그는 자리에 앉아 그녀의 말에 귀를 기울였다. 그녀는 두번 세번 계속 반복해 설명하고 또 설명했다. 어떻게 가게 주인 여자를 알게 되었는지, 그녀가 1년에 얼마나 자주 복권을 사는지 얘기했다. 그녀는 비록 이제까지 한 번도 당첨된 적은 없지만 계속 돈을 투자하고 있다고 했다. 복권에 항상 10크로이처만 쓰며, 꿈에 본 숫자나 제비로 뽑은 숫자 다섯 개를 골랐다는 것이다. 그녀는 가능한 한 모든 사람을 위해 복권을 샀다. 하지만 아직 아무도 당첨되지 않았다고 한다. 딱 한 번 그녀는 어린 조카에게 숫자를 고르게 했다. 어린아이는 죄가 없으니 행운을 가져올 것이라고 생각했기 때문이다. 그 숫자들은 정말로 들어맞았다. 그런데 그만 그녀는 지역 선택이 틀렸다. 프라하를 선택했지만 그 다섯 숫자는 빈에서 당첨되었던 것이다.

미시는 아무 말 없이 그곳에 앉아 있었다. 오르치도 무슨 일을 시작해야 좋을지 알 수 없었다. 그는 신경질적으로 웃으며 방을 이리저리 뛰어다녔다. 그러더니 큰 소리로 물었다. "그런데 기메시가 왜 안 오지? 왜 아직 오지 않는 거야?"

한 시간은 그들이 알지 못하는 사이에 쉽게 지나갔다.

옆방에서 시계가 4시 45분을 알리는 종을 쳤다. 미시는 벌떡 일어났다. 가야만 했다.

"키가 크고, 마르고, 비비 꼰 콧수염과 곱슬머리를 한 남자가 돈을 타갔다는 거야." 파니가 말했다. 그때 미시는 바로 깨달았다. 야노시가 어떻게 가게로 가방을 들고 가서 그 속에 그 많은 돈을 넣어 갔는지를. 그 가방을, 미시는 바로 그 가방을 오늘 아침에 손에 들고 있었다.

그는 이제 정말 아무 정신이 없었다. 그는 큰 소리로 울었다. 우는 것이 부끄러워서 현관방으로 달려갔다. 그는 코트도 입을 수 없었다. 파니와 오르치는 그를 진정시키려고 노력했다. 오르치는 자기 부모님이 금방 집에 오실 거라고 말했다. 그러면 그들이 무슨 일이든 할 것이라고 했다. 오르치는 미시를 특별히 4시에 초대했었다. 그 시간이면 집에 아무도 없을 것이라고 생각했기 때문이다. 이른바 대통령 회의를 열려고 했던 것이다. 하지만 누가 짐작이나 했겠는가. 주사위가 그렇게 던져질 줄이야.

미시는 울면서 계단을 내려왔다. 겨우 노력해서 울음을 그칠 수가 있었다. 주먹으로 눈물을 훑어냈다. 그는 거리에서 달리기 시작해 오른쪽으로, 극장 광장이 있는 쪽으로 돌았다.

그래도 아직 극장 포스터를 쳐다볼 힘은 있었다. 놀랍게도 오늘 다시 〈악동〉을 공연하고 있었다. 그는 극장을 지나쳐 뒤로 정원을 지나 구둣방 길로 향했다.

이제 어떻게 노신사분의 집에 가지? 그는 울어서 눈이 부은 상태였다. 분명히 할아버지는 이미 다 알고 있을 것이다. 미시는 어제 브뢴 지역의 추첨 결과는 그에게 읽어주지 않았다. 할아버지는 분명히 다른 사람에게 그것을 물어봤을 것이다. 그리고 할아버지에게 꿈을 해석해준 나이 든 요리사 아주머니는 당첨되었다는 것을 확실하게 알고 있으니! 데브레첸에 있는 할머니들은 이제 모두 소문에 대해 얘기할 것이다. 다섯 숫자 중에 네 개가 맞았고, 도둑이 그 복권을 훔친 뒤 가방 가득히 돈을 받아서 가지고 갔다고.

시내 방향에서 노신사의 집으로 가기 위해, 그가 처포 길에서 왼쪽으로 접어들어야 할 때였다. 미시에게 용기가 다 사라져버렸다. 그래서 그는 학교 기숙사 쪽으로 발걸음을 옮겼다.

정문에 소년 셋이 서 있었다. 하나는 통학생이고 둘은 기숙사 21호실에 있는 소년들이었다. 그들은 그를 보자 말을 걸었다. 21호실 아이 중 하나가 물었다. 극장에 가지 않겠냐고.

극장에? 그가 어떻게 그럴 수 있겠는가? 하지만 미시는 아직 한 번도 극장에 간 적이 없었다.

"나는 가고 싶은 마음이 없어." 그 소년은 말했다. "〈빨간 지갑〉을 보려고 했어. 그런데 오늘 그걸 상영하지 않아. 그런데 난 벌써 표를 사놓았어. 여기. 네가 만일 가고 싶으면, 10크로이처에 팔게."

미시는 오래전부터 극장에 한 번 가보고 싶었다. 하지만 지금은 극장에 가선 안 되었다. 그렇기는 하지만 도무지 충동을 이길 수 없었다. 미시는 작은 돈지갑에서 10크로이처 동전을 골라 꺼내어 그 소년에게 주었다.

"7시에는 거기 있어야 해." 그 소년이 말했다. "그런데 너 외출증은 가지고 있니?"

미시는 깜짝 놀랐다.

"아니."

"그럼 담임 선생님에게 가서 하나 달라고 해. 선생님이 카페 '황금 황소'에 앉아 있는 걸 방금 전에 봤어. 가서 네 신분증을 보여주면, 선생님이 사인을 해서 너에게 줄 거야."

두 소년은 웃었다. 미시는 이 조언을 진지하게 받아들였고, 바로 '황금 황소'에 가려고 몸을 돌렸다. 선생님의 사인을 받으려고 말이다.

하지만 그가 그곳에 도착했을 때 용기가 다 사라지고 말았다. 조명이 밝은 카페에 들어갈 엄두가 나지 않았다. 그는 창유리를 통해 카페 안의 상황을 살펴봤다. 안에는 제레시 선생님이 진짜로 앉아 있었다. 선생님은 신문을 읽으며 담배를 피우고 있었다. 그 옆에는 또 많은 남자들이 같이 앉아 있었다. 카페는 밝은 조명을 하고 있었다. 가스등이 모두 빛을 발하고 있었다. 가스등의 불꽃은 학교에 있는 것과는 달랐다. 나비가 펄럭펄럭 날아다니는 것같이 흔들리지 않았다. 진짜 종 모양의 유리로 보호막이 만들어져 있었기 때문이다.

그는 몸을 돌려 그 자리를 떠났다. 도로지네 집에 가야 한다고 생각했다.

하지만 막상 그 집에 도착했을 때 그는 집 앞에 멈추어 섰다. 움직이지 못하고 가만히 그냥 서 있었다. 역시 여기서도 그는 대문 앞에 걱정스럽게 서 있었다. 손을 손잡이로 가져갔다. 그러나 그대로 밀기를 주저했다. 만약 벨라가 집에 있어 그를 본다면, 그는 죽도록 창피스러울 것이다. 그녀에게 뭐라고 말할 수 있을 것인가? 무엇 때문에 왔다고?

사람들 한 무리가 어두워지기 시작하는 거리에 나타났다. 농부가 아니라 지체 있는 점잖은 사람들이었다. 아마 김나지움 선생님들인 모양이었다. 그들은 이미 미시가 손잡이를 잡고 있으면서도 안으로는 들어가려고 하지 않는 걸 봤을 것이다. 그러니 지금 그가 도망쳐버린다면 그들이 그를 알아보고 경찰에 신고할지도 모른다.

그는 가련한 기분이 들었다. 자포자기하는 심정으로 그는 대문을 열었다. 마당에서 개가 짖기 시작했다. 개목걸이도 풀린 개였다. 미시는 개를 몹시 무서워했다. 한번은 시골집에서 타카시 댁의 작고 새까만 개에게 물린 적이 있고, 또 드로프티시 댁의 개한테도 우체국 가는 길에서 물린 적이 있었다. 아직도 무릎에 그 흉터가 남아 있었다.

그는 무서워서 소리를 질렀다. 이 소리에 비올라가 집에서 나와 개를 불렀다.

그녀는 미시를 알아보고 매우 기뻐했다. 그를 손으로 잡고 집으로 데리고 들어갔다.

"우리 집에 오다니, 얼마나 좋은지 몰라요. 사랑하는 닐러시, 정말 사랑스런 일이에요. 닐러시는 정말 사랑스러워요."

그는 얼굴에 웃음을 띠려고 노력했다. 그러나 그가 어찌나 창백하던지, 그녀가 그를 불빛이 밝은 방으로 데리고 갔을 때 놀라서 물었다. 무슨 일이 있었느냐고.

전 가족이 다 모였다. 아버지도 거기에 앉아 있었다. 언제나 그렇듯 슬픈 빛을 띠고서. 그는 그때 마침 밖으로 나가려는 참이었던 모양이다. 곧 그는 나가서 담배에 불을 붙이려고 또다시 담배를 잘라냈다.

"그래, 셔니. 네 장난감을 가져오렴. 너희들, 오늘 한 번은 공부하지 말고 놀려무나."

셔니는 웃었다. 하지만 믿을 수 없다는 듯이 그들을 바라봤다. 그는 어린 가정교사를 그다지 믿지 않았다. 놀다가 분명히 다시 라틴어 공부를 할까봐 걱정이 되었다.

미시는 아직도 희망을 버리지 않고 있었다. 벨라가 어디선가 나타날 것만 같았다. 그러나 그녀는 보이지 않았다.

비올라가 눈치 챈 것 같았다. "벨라는 집에 없어요." 그녀가 말했다.

미시는 이미 잘 알고 있다는 몸짓을 했다. 비올라는 그를 믿을 수 없다는 듯이 쳐다봤다.

"벨라를 어디선가 봤어요?" 그녀가 말했다.

미시는 마음속까지 무척 놀랐다.

"어디서 봤죠?" 비올라가 단호한 태도로 물었다.

"정거장에서요."

"어디?" 비올라가 소리쳤다. 그러자 모두 미시를 응시했다.

미시는 얼굴을 붉히며 얘기했다. 그가 산보 삼아 정거장에 가 있었다는 것, 거기서 대기실 1등석에 앉아 있는 벨라를 봤다는 것, 그리고 그녀가 기차를 타고 도망간 것 같다는 것….

온 가족이 당황해서 어쩔 줄 몰라했다. 모두 미시를 바라봤다. 그가 마치 불을 붙인 사람이나 되는 것처럼.

"도망갔다!?" 비올라는 짧게 반복하고는 앞으로 몸을 숙였다. "도망갔다…. 어디로? 누구하고?"

미시는 궁지로 몰려서 다른 사람들을 쳐다봤다. 모두들 갑자기 말할 수 없이 흥분하고 있었다.

"벨라가 누구하고 같이 있는 것을 봤어요? 누구하고 같이 떠났어요?" 비올라는 숨도 쉬지 않고 물었다.

"누구랑 같이 있는 것을 본 건 아니에요. 벨라는 혼자서 대기실 1등석에 있었어요. 제가 조금 있다가 다시 안을 들여다보니 그때는 이미 없었어요. 기차가 금방 출발했거든요."

비올라는 탁자에서 램프를 거칠게 손에 들고는 뭔가를 찾기 시작했다. 옷장 위, 침대 안, 서랍장 위. 그녀는 구석구석을 뒤지고 다니더니 드디어 다른 방에서 손에 편지를 들고 나타났다. 그녀는 봉투를 두 조각으로 찢어 편지를 꺼내 크게 읽었다.

"사랑하는 아버지, 저 오늘 여행을 떠나요. 너무 걱정하지는 마세요. 아마 저는 우리 가족을 도울 수 있게 될 거예요. 제가 비올라 언니의 열성 때문에 날마다 설거지를 하는 것보다는 더 많이 말이에요. 아빠에게 키스를 보내며. 벨라."

비올라는 편지를 탁자 위에 던져버렸다.

"이 인간이!" 그녀는 소리를 질렀다. "1등석을 타고 떠났다고? 1등석! 우리는 여기서 굶어 죽는데, 자기는 1등석을 타고 여행을 한다? 3등석은 그 못된 인간이 타기에 좋지 못한가봐? 그래, 나는 이 귀부인을 예전에 이미 알아봤어. 어휴. 어휴."

미시는 말없이 앉아 가족들을 바라봤다. 어머니는 늘 그렇듯 말이 없었다. 다만 특히 더 창백해 보였다. 죽은 시체와 아주 흡사하다고 느꼈다. 셔니는 머리를 숙이고 있었는데 거의 탁자 밑으로 기어 들어갈 정도였다. 늘 히죽거리던 일리케는 어쩐 일인지 한 번도 웃지 않았고, 겁먹은 고양이처럼 그 자리에 웅크리고 앉아 있었다. 무엇보다 그녀는 놀라서 얼굴이 길게 늘어나 있었다. 그녀가 낄낄대며 웃을 때보다 훨씬 예뻐 보였다.

아버지는 차분하게 담배를 피웠다. 그의 콧수염 주위로 미소가 피어올랐다. 그는 다른 때보다 더 밝아 보였다.

마침내 그가 일어나서 말했다. "그래, 안녕. 얘들아."

"그래, 아버지는 가버린다! 갈 준비가 다 됐어."

아버지는 비올라를 의아하다는 듯이 쳐다봤다. "왜? 안 되니?"

"아버지는 우리를 절망하도록 여기에 이렇게 놔두실 거예요?"

"또 벼락 맞을 소리! 왜 너는 그 아이를 그렇게 걱정하지? 나는 벨라가 전혀 불안하지 않아. 너도 들었지? 걔가 기차를 타고 떠났다고. 그것도 1등석을."

비올라는 화가 난 눈빛으로 아버지를 봤다. 지조도 없고 윤리적으로 파괴되고 타락한 이 가족들 중에서, 그래도 그녀는 마지막 정의를 잃지 않은 유일한 대천사였다.

아버지가 나가자 모두 말없이 앉아 있었다. 누구하고 얘기를 할 수 있었겠는가. 아무도 다른 사람에게 어떤 말도 하지 않았다. 벨라가 산산조각 나 있던 가족을 갑자기 하나로 결속시키고 있는 듯이 보였다.

또다시 얼마간의 시간이 지났다. 미시는 극장에 갈 생각이 나서 마음이 점점 조급해졌다.

그러나 그는 그 집을 떠날 용기가 없었다. 그가 간 후에 도로지네 식구들이 그에 대해 오해할까봐 두려웠기 때문이다. 미시가 불쾌한 소식만 전하려고 방문했나 보다고 그들이 생각할 수도 있었다. 그래서 미시는 셔니에게 내일 숙제를 다 했는지 물어봤다. 셔니는 필기숙제는 아직 안 했다고 얼버무렸다.

그 소리에 비올라는 벌떡 일어나더니 셔니에게 무서울 정도로 모욕을 주며 화를 냈다.

"너는 그래도 공부를 해야 돼. 타락한 계집애가 도망을 쳤어도, 내가 아직 있어. 하늘과 땅이 다 무너진다 해도, 너한테는 모든 것이 정해진 대로 진행돼야 해. 정신 똑바로 차려. 만일 이 소년이 너를 돌봐줄 수가 없다면, 난 대학생을 찾을 거야. 네 머리에 꼭꼭 들어가게 주입시키고, 네 등 위에서 선생의 지팡이 양끝이 춤을 추게 될 그런 가정교사 말이야."

"지팡이 양끝"이라는 말에 일리케는 까무러치게 웃었다. 그 말은 특히 효과적으로 위협이 되는 소리였다.

킥킥거리지 않을 수가 없었다. 그리고 공부를 하지 않을 수도 없었다. 내일 숙제를 가져왔다. 그건 미시한테도 이익이었다. 그도 오늘 숙제를 아직 한 줄도 하지 않았기 때문이다.

그는 도로지네 집에서 저녁식사까지 했다. 식사는 매우 훌륭했다. 맛이 정말 좋았다. 그는 왜 비올라가 그토록 맛있게 고기가 꽉 찬 배추 요리를 앞에 놓고서도 가난과 굶주림에 대해 늘 불평을 늘어놓는지 이해하지 못했다. 6시 30분에 그는 그 집을 떠나 답답한 가슴을 안고 극장으로 향했다.

멋있는 밤이었다. 매혹적이고 마력적이어서 도무지 뭐라고 표현할 수가 없었다. 그는 황홀해 넋을 놓고 무대를 봤다. 무대 위에는 모자 가게나 그 비슷한 것이 등장했는데, 완전히 하얀 실크해트와 눈부시게 아름다운 아가씨들이 있었다. 그의 눈에는 그녀들이 젊은 남자들하고 도망이나 칠 것같이 뻔뻔스럽게 보였다.

그는 그런 것들을 보면서 약간 불안해졌고, 거의 이해할 수가 없었다. 머릿속에 두 가지가 떠올랐기 때문이다. 첫째, 담임 선생님은 틀림없이 그에게 이처럼 수준 낮은 연극을 보도록 허락하지 않을 것이다. 둘째, 9시면 학교 정문이 닫힌다. 그때까지 그가 학교에 가지 않으면, 길거리로 내쫓겨 밤을 지새우다 얼어 죽거나, 혹은 이름을 적히고 신분증을 빼앗기게 될 것이다. 그러면 그는 아침에 교무실로 가서 신고를 해야 한다. 그것은 죽는 거나 마찬가지다.

그래서 그는 1막이 끝나자 집으로 달려갔다. 물론 아직 8시도 안 되었지만.

하지만 그는 너무 빨리 돌아온 것이 부끄러웠다. 기숙사에서는 이미 자기가 극장에 간 사실을 다 알고 있었으니까 말이다. 그래서 그는 학교 교회당 옆의 옛 건물이 있는 곳으로 가서 몸을 숨겼다. 그러고는 정문이 닫힐 때까지, 아니 더 오랫동안, 극장에 갔던 다른 아이들이 시끌벅적하게 돌아올 때까지 기다렸다.

그는 추위로 거의 굳어 몸을 떨고 이를 딱딱거리며, 늦은 시간에야 살금살금 기숙사로 돌아왔다.

모두들 자고 있었다. 단지 방 최고참만 깨서 화가 나 물었다. "어디를 그렇게 쏘다니는 거예요?"

"죄송해요, 선배님. 저 극장에 갔었어요."

"램프에 불을 붙이세요."

그는 손이 추위에 딱딱하게 굳었기 때문에, 무사히 불을 잘 붙일 수 있을지 걱정스러웠다. 그래서 그냥 어두운 데서 자도록 허락해달라고 부탁했다.

침대 속에서도 몸이 추웠다. 훈훈해지기까지는 오랜 시간을 기다리지 않으면 안 되었다. 그가 다시 생각을 할 수 있게 되기까지, 거의 한 시간이 걸렸다.

아, 하느님, 지금 벨라가 타고 간 그 기차는 어디에 있을까요? 그는 스스로에게 묻고 있었다.

11

아침에 미시는 주머니 속에 10포린트짜리 지폐가 들어 있는 것을 발견했다. 그는 놀라서 소리를 지르려고 했다. 그러나 아무 소리도 내지 않았다. 그는 주먹으로 지폐를 쥐고 주머니 깊숙이 밀어넣으며 입술을 깨물었다. 이 돈이 어떻게 그곳에 있는지 알 수가 없었다.

10포린트, 하느님 아버지! 갑자기 생각나는 것이 있었다. 퇴뢰케크 야노시는 어제 미시가 그에게 여행가방을 돌려줄 때 말했다. 6크로이처는 너무 적다고, 하지만 10포린트면 충분할 거라고. 자기 양심을 어루만지기에 충분하다. 그 악당이 그렇게 많은 돈을 진짜로 줄 수가 있다니!

그는 매우 흥분해서 학교에 가지고 갈 책을 챙기는 것마저도 쉽지가 않았다.

10포린트짜리 지폐는 주머니 속에서 불이 나서 그의 온몸을 태우고 있었다. 그러나 그는 그것을 돌려주고 싶지는 않았다. 천만에! 6포린트로는 새 구두를 한 켤레 사고, 4포린트로는 크리스마스 때 집에 가야겠다. 그 돈은 아주 요긴한 때에 생긴 것이다. 그의 구두 밑창은 이미 구멍이 나 있었다. 날씨가 춥긴 해도 눈이 오지 않는 것이 그에게는 다행이었다. 축축한 날씨는 그에게 견디기 어려운 고통을 주었다. 신발에 물이 스며드는데, 그렇다고 돌아다니지 않을 수도 없었으니까 말이다. 그는 아르바이트 때문에 많이 돌아다녀야 했다.

재킷 옆 주머니는 지폐를 넣고 다니기에 적당하지 못했다. 학교나 혹은 다른 곳에서라도 손수건을 꺼내다 빠져버릴 수 있었다. 아, 하느님, 만약 누가 10포린트를 가지고 있는 것을 보기라도 한다면! 그는 구겨진 지폐를 바지 주머니에 더 깊이 집어넣었다. 아니, 바지에는 주머니가 없었다. 전에 손수건이 없어서 바지 주머니를 잘라내 손수건으로 만들었었다. 그는 당황해서 구멍으로 손을 집어넣었다. 돈은 이미 아주 밑으로 내려가고 있었다. 그래도 잡을 수는 있었다. 그는 손에 다시 지폐가 잡히자 다행이다 싶었다.

그런데 이것을 어디에 둔다? 그는 자기 서랍을 쳐다봤다. 하지만 누군가 뭘 찾는다고 서랍을 열어볼 수도 있고, 그러면 돈을 발견하게 될 것이다. 제일 좋은 것은 몰래 감춰두는 것인데, 혹시 소지품 검사라도 시작되면, 그것도 지금 복권 때문에…. 책 속에도 넣어둘 수가 없었다. 아마 제일 좋은 방법은 그의 아저씨가 그랬던 것처럼 재킷 안감에 넣고 꿰매는 것일지도 몰랐다. 구두 기술자인 아저씨는 루마니아에서 집까지 걸어서 온 적이 있었는데 그때 돈을 겉옷 안감에 넣고 꿰매어 왔다고 했다. 하지만 그것은 시간이 오래 걸리는 일이었다. 그는 그렇게 할 수 있을지 자신이 없었다. 어디서 어떻게 꿰매야 한단 말인가? 그는 집에서 실과 바늘을 가지고 왔고 한 번 바지 뒷부분이 뜯어져서 바느질을 한 적은 있었다. 그러나 그것은 그냥 함께 붙여 꿰매기만 하면 되는 것이었다.

금방 8시를 알리는 종소리가 울렸다. 소년들은 모두 아래로 내려갔다. 그런데 산도르가 그를 불렀다.

"안 가, 널러시?"

"아니, 금방 가. 뭘 좀 잊은 게 있어서."

그는 자기 상자를 열고는 열심히 그 속을 뒤지기 시작했다.

그러나 돈을 그 속에 넣어둘 용기는 없었다. 그는 차라리 자기 조끼의 윗주머니에 돈을 넣고 싶었다. 윗주머니는 아주 작아서 아직 한 번도 사용한 적이 없었다.

그는 계단을 내려가면서 생각해봤다. 돈을 차라리 상자 안에 넣어두는 것이 더 좋지 않았나? 혹시 다시 소지품 검사가 있어서 검열을 당하거나 혹은 무슨 일이 생길 수가 있었기 때문이다. 혹은 지폐의 귀퉁이가 삐져나오는 사태가 발생하면 어쩌나 싶기도 했다. 매 순간마다 그는 돈이 주머니에 그대로 잘 있는지 확인하기 위해 윗주머니를 만져봤다.

10포린트가 수중에 들어왔다는 것은 그를 말할 수 없는 흥분 상태로 몰아넣었다. 그는 온몸이 추웠다 더웠다 했다. 교실에 들어가 자리에 앉았을 때는 몸이 떨렸다. 그는 스스로를 위로했다. 자기는 단지 자기 재산 중에서 그것을 얻었을 뿐이라고, 그에게 남아 있는 유일한 것이라고.

오르치가 왔다. 그는 미시에게 속삭이며 인사를 했다. "안녕, 그 돈은 다시 돌아오고 있는 중이야."

미시는 누구한테 옆구리를 찔린 듯한 충격을 받았다.

돈을 도로 찾을 수 있게 된다? 그러면 이 10포린트짜리 지폐를 여기 가지고 있는 것은 좋지 못했다.

"뭐?" 그는 말하며 숨이 막혔다.

"아버지가 경찰에 신고했어." 오르치가 말했다. 그러자 미시는 더욱 놀랐다. 식은땀이 그의 이마에 흘러내렸다.

오르치는 빨리 속삭이면서 이야기를 계속했다. 그의 아버지가 매우 화가 나셨고, 그런 악당은 체포해야 한다고 말했다고 한다. 그래서 어제 즉시 경찰서장과 얘기를 했다는 것이었다. "그분은 아버지의 수하에 있어. 아버지는 이렇게 말씀하셨어. 경찰서장이 말하기를, 걱정하지 않아도 된다고, 뭐든 할 거라고 했다는 거야."

"왜 너 어제 오후에 우리 집에 안 왔어?" 오르치가 명랑하게 기메시에게 몸을 돌리며 말했다.

"어디?" 기메시가 물었다.

"우리한테."

"너희한테? 왜?"

"너 서명까지 했잖아."

"뭘?"

"문서."

"무슨 문서?"

오르치는 그를 놀라운 눈으로 바라보며 웃었다.

"그럼 너 서명하라고 하지 않았단 말이야?" 그는 미시에게 물었다.

그는 그제서야 귀를 기울였다. "하지만 했어." 그가 단언했다.

"아하, 그 종이." 기메시가 생각해냈다. "거기에 내 이름을 써넣었어. 하지만 왜 해야 하는지는 몰랐어."

그러자 오르치는 크게 웃었다. 미시도 미소 짓지 않을 수 없었다.

"그건 하나의 문서였어. 대통령의 회람장." 오르치가 소곤거렸다.

"왜 그걸 나한테 얘기하지 않았어?" 기메시는 이렇게 물으며 얼굴이 잘 익은 고추처럼 빨갛게 되었다. "아이고, 이런 멍청이."

그때 선생님이 들어왔다. 그래서 그들은 더 이상 이야기를 할 수 없었다. 미시는 수업 시간 내내 멍하니 앉아 있었다. 자꾸만 눈이 감기고, 목이 간질간질하고, 입에는 침이 가득 고였다. 10포린트는 그의 가슴을 뜨겁게 했다. 그와 동시에 자기가 상금 전체를 다 받을 수도 있었다고 생각하니 머리가 어지러웠다. 1,000포린트 아니면 2,000포린트, 여행가방 속에 돈이 얼마나 들어갈 수 있을까? 그는 돈의 무게를 기억해내려고 애썼다. 그것은 대충 10파운드 정도의 무게였다. 10파운드의 돈, 그건 아주 많은 돈이었다. 그런데 1,000포린트는 몇 파운드나 될까?

갑자기 그는 놀라운 생각이 들어 올려다봤다. 아주 이상하다고 생각되었다. 저 위에는 선생님이 교탁 뒤에 앉아서 법칙을 설명한다. 그 이외에는 다른 어떤 생각도 하지 않는다. 그리고 여기 밑에는 학생들이 앉아 있다. 그중 일부는 정신을 집중해 듣고, 다른 학생들은 그렇지 않다. 그러나 어느 누구도 여기 이렇게 앉아 있는 것 이외의 다른 짓은 하지 않는다. 그들이 주의를 집중했는지 아닌지는 모두 같은 것으로 귀착된다. 학년말이 되면 그들은 낙제하기도 하고 아슬아슬하게 진급하기도 한다. 그는 그래도 머릿속에 중요한 것들을 가장 많이 간직하고 있는 유일한 학생이었다. 그는 여기 더 이상 앉아 있을 수 없었다. 그의 몸은 어떤 커다란 부상을 입었고, 그의 가슴과 머리에는 전혀 다른 것들이 가득 차 있었다. 이 어린아이들 속에서 뭐 할 게 있단 말인가.

그는 지쳐서 뒤로 몸을 기대고 눈을 감았다. 너무 피곤해 거의 잠이 올 지경이었다.

"그렇지 않니, 닐러시 미하이?" 그때 선생님이 갑자기 말했다.

미시는 놀라서 일어섰다. 하지만 그는 무엇에 관한 이야기인지 알지 못했다.

"수업시간에 잠을 자는 것은 좋은 일이야. 그렇지 않니?" 선생님이 물었다. 그러자 모두 웃는 통에 교실은 온통 웃음바다가 되었다.

그는 창피스러워서 고개를 숙였다. 선생님은 그에게 앉아도 된다는 신호를 보냈다. 그러나 그는 그것도 모르고 있었다. 그는 선생님이 다가와 두 어깨를 잡아 아무 말 없이 의자에 앉힐 때까지 그냥 서 있었다.

이 친절에 미시는 하마터면 눈물을 흘릴 뻔했다. 그는 '양'을 받아 마땅하다고 생각했다.

하느님! 선생님의 손이 그의 왼쪽 어깨에서 아래를 향해 눌렀는데, 거의 그의 가슴에 달린 윗주머니 속에 있는 10포린트짜리 지폐에 닿을 뻔했다. 미시는 거의 제정신이 아니었다. 차라리 돈을 거지에게 줘버릴까, 아니면 학교에 기부금으로 내버릴까? 아니면 퇴뢰케크 아저씨에게 아저씨 아들의 소유라고 돌려줘야 할까? 어서 빨리 돌려줘야 한다. 하느님 아버지, 만일 그렇게만 된다면, 기꺼이 노신사의 집에서 하는 아르바이트로 받는 돈의 1년분을 모두 다 학교에 기부하겠으며, 기꺼이 평생 거지를 위해서 그리고 나라의 복지를 위해서 일하겠습니다. 기꺼이 평생 설탕은 먹지 않을 것이며, 항상 걸어서만 다닐 것이며, 눈이 와도, 또…. 아, 하느님, 오직 이 위험에서만 건져내주소서!

둘째 시간이 끝나고 쉬는 시간에 사환이 교실로 와서 불렀다. "닐러시 미하이."

미시는 막 수학 숙제를 하고 있었다. 그는 이제껏 수업 시간 직전까지 숙제를 미뤄본 적이 없었다. 그래서 그는 선생님이 들어오기 전까지 끝마치려고 서두르고 있었던 것이다. 그는 놀라서 일어섰다. 그러자 왔다 갔다 하며 소란스럽던 교실이 찍소리도 없이 조용해졌다.

"교장실로 오세요." 사기꾼같이 생긴 사환 이슈트반이 말했다. 그는 신사처럼 보였다. 많은 사람들이 그를 김나지움 선생님으로 알고 있을 정도였다. 미시는 순순히 그리고 조용히 교실을 의젓하게 걸었다. 심장박동이 그의 뺨을 빨갛게 물들였다. 소년들은 이야기했다. 만약 사환 이슈트반이 일찍 죽을 운명을 타고 난 젊은 여자와 결혼을 하지 않았다면, 그는 이미 죽었을 것이라고. 그리고 그 젊은 부인이 그보다 더 일찍 죽은 다음 또다시 젊은 아가씨와 결혼을 하면 그는 그녀덕으로 목숨을 부지하고 살게 될 것이라고. 이런 소문을 미시는 믿지 않았다. 왜냐하면 집에서도 이미 이런 종류의 이야기를 알고 있었으니까. 이것은 농부들의 미신으로 단지 미련한 잡담일 뿐이었다. 그럼에도 미시의 눈에는 사환이 신비스럽게 보였고, 그 앞에서 미시는 공포를 느꼈다. 놀라움으로 몸이 굳은 그는 이제 공책, 펜과 잉크를 놓아둔 채로 마냥 떨리는 다리로 서둘러 사환의 뒤를 따라갔다. 교실은 다시 소란스러워졌다. 전보다 열 배는 더 시끄러웠다. 미시는 모두들 자기에 대해 얘기하고 있다는 것을 알았다.

그가 교장실의 대기 공간으로 들어서자 왠지 으스스했다. 그는 전에 한 번 15분 동안 고통에 떨었던 적이 있었는데 이번에도 새로운 경악이 그를 감쌌다. 그로서는 죽음의 문턱을 넘는 기분이었다.

이번에 미시는 기다릴 필요가 없었다. 사환은 곧 그와 함께 교장실로 들어갔다. 그리고 그것 또한 굉장한 일이었다.

교장 선생님, 수염이 약간 센 그는 책상에 앉아 서류를 읽고 있었다. 이슈트반은 존경심으로 가득 찬 콧소리를 냈다. "교장 선생님, 감히 신고 드립니다. 닐러시 미하이가 왔습니다." 미시는 교장 선생님을 바라봤다. 그는 계속 서류를 읽었고 그의 코에는 큰 안경이 걸쳐져 있었다. 잠시 후 미시는 교장실의 고요함 속에서 안정을 되찾았다. 그래서 주위를 둘러볼 수가 있었다. 그런데 그 방에는 자기 말고도 두 사람이 더 있었다. 한 사람은 키가 크고 말랐으며 머리가 블론드인 일반인이었고, 다른 한 사람은 경찰이었다. 미시는 아직까지 경찰을 이렇게 가까이에서 본 적이 없었다. 겨우 정거장이나 시청에서 순찰경찰만 봤을 뿐이다. 그때도 한 번도 자세히 경찰을 살펴보지 못했다. 어쩐지 무서웠기 때문이다. 그런데 지금 이 두 사람은 그를 딱딱하고 날카로운 시선으로 어찌나 철저하게 검사하던지, 미시는 당황해서 눈을 돌리고 죽도록 무서워서 속으로 생각했다. 예수 그리스도여, 저 사람들이 나를 데려가려고 해요!

그는 이제 교장 선생님을 구원자로 바라보게 되었다. 이제껏 그는 교장 선생님 앞에서 항상 두려워했다. 그러나 지금 그에게는 교장 선생님의 수염이 나고 덥수룩한 얼굴이 다정하게 다가왔다. 동시에 경찰관의 시선이 금방이라도 바늘로 그의 몸을 찌를 듯이 훑고 있음을 느꼈다.

"무슨 일이야?" 갑자기 교장 선생님이 소리를 냈다. "무슨 복권을 네가 가로챘다고?"

미시는 떨기 시작했다. 그는 입을 열었다. 그러나 그의 입에서는 아무 소리도 나오지 않았다.

교장 선생님은 의자를 뒤로 밀고 큰 소리로 말했다. "그럼, 말을 해봐. 말을 해보라고, 꼬마야." 그의 주먹이 미시를 지나 두 남자를 가리켰다. "이 존경하는 경찰관 어르신네들이 청취하기 위해 이렇게 오셨다. 조사하려고! 두 분은 헝가리 군인처럼 학교로 진입했어. 오늘날에는 이제 더 이상 법적으로 교정이 신성한 곳이 아니니까 말이다. 두 분은 소위 장벽들을 부숴버렸어. 폭력적인 힘으로 나의 권한을 넘어서고 말았어. 내가 반항한다면 아마 나를 쏠 거야."

일반인 복장을 한 남자는 매우 유화적이고 겸손했다. "널리 양해를 구합니다, 존경하는 교장 선생. 경찰서장님께서 존경하는 교장 선생님께 정중한 용서를 구하고 또 간청하라고 하셨어요. 저희가 나타난 것을 나쁘게 받아들이지 않도록."

"그럼 내가 어떻게 생각해야 한단 말입니까? 명예로? 학교의 영광으로 받아들이라고요?" 교장 선생님이 소리를 질렀다. "여기에 도둑, 살인강도가 사나요? 그래서 권총을 찬 채 학문의 전당에 쳐들어왔습니까? 소년들의 평화로운 정신을 흔들어놓으려고?"

"삼가 부탁드립니다. 장관의 새 법령은 내무장관의…"

"내무장관은 제가 알 바 아니죠. 외무장관도요. 신사 양반들께서 정확하게 알길 원한다면, 나는 데악 페렌츠(19세기 헝가리의 유력 정치인 ─ 옮긴이) 씨도 무서워하지 않습니다. 다른 누구도 다 마찬가지예요. 여기서는 바로 내가 학교의 책임자입니다. 그 점은 어느 누구에게도 뺏길 수 없는 내 권한입니다."

"다시 한 번 삼가 부탁드립니다. 존경하는 교장 선생님."

"나에게 부탁할 일은 아무것도 없습니다. 그러니 나의 권한에 도전하지 마시고, 나를 조용히 있게 놔두세요. 이게 무슨 일입니까? 칼을 차고 경찰 모자를 쓴 두 골리앗이 여기 신성한 학교 전당에 들이닥치다니. 아주 별 볼일 없는 어린 양 때문에…. 그래요. 죄가 없다고요. 당신도 보세요. 이 아이는 얼마나 조그만가요. 당신들 장갑보다도 더 작은 아이예요. 그런 아이를 잡겠다고요? 그 아이, 아세요? 신사 양반들, 그 아이가 누군지 아냐고요? 최우수 학생입니다. 학교의 자랑이에요. 학교 기숙사에 사는 기숙사생, 제자라고요. 정직의 표상, 신뢰의 표상, 청교도적인 교육의 표상입니다. 그 아이에 대해서 신사 양반들이 경의를 표해도 모자랄 겁니다. 그래요. 이제 나는 신사분들에게 피고를 소개하겠습니다. 저는 이만 물러가겠습니다." 그러면서 그는 손짓으로 그들에게 떠나가라는 몸짓을 취했다.

하지만 경찰들은 그 자리에서 움직이지 않았다. 얼굴이 창백한 사람이 당황해서 다시 새로 시작했다.

"삼가 부탁드립니다."

"이미 말했습니다. 나에게 부탁하지 말라고." 교장 선생님이 퉁명스레 말했다. 그는 책상 뒤에서 벌떡 일어나 마치 성채에서 나오듯 나와서는 용감한 걸음걸이로 그들에게 다가갔다. "제게 아무것도 부탁하지 마세요. 복종할 것도 없고 또 공손할 것도 없어요. 입으로만 청하는 짓은 하지도 말고, 아무것도 묻지 마세요. 학교 법령에 의하면, 경찰은 내게 오직 한 가지 방법으로만 질의를 할 수 있습니다. 서면으로 말이에요. 혹시 신사 양반들은 글을 쓸 줄 모르십니까?"

"사안이 워낙 긴급한 것이라서 그래요."

"바쁜 것이란 아무것도 없어요. 알아두세요. 인생에 있어서 품위를 지키는 것보다 더 긴급한 것은 없어요. 게다가 무슨 할 말이 더 있단 말입니까? 바흐(19세기 오스트리아의 정치인, 알렉산더 폰 바흐 남작 ─옮긴이)

가 데려온 헝가리 경찰들도 어느 경우에도 학교의 자율성을 침해하지는 않았습니다. 그들은 다 침해했어요. 조국의 자유도, 종교의 자유도 침해했어요. 그러나 교육만은, 교육의 자유와 학교의 자율성만은 전혀 손대지 않았습니다. 한 번도!

발로그 페터 주교가 누구인지 아십니까? 발로그 페터는 신의 은총을 받은 작은 등불입니다. 신의 포용력으로 아주 위대한 인물이 되었죠. 발로그 페터가 무슨 일을 했는지 아세요? 1860년에 교회의 지도자들이 교구 회의를 작은 교회에서 개최했을 때였습니다. 국왕은 빈 황제의 명령을 받고 교회에 대적했어요. 몸소 무장을 하고 극비리에 군인들에게 교회를 포위하게 하고는 교회로 들어가서 말했죠. '나는 존엄하신 황제의 이름으로 회의 중단을 명한다!' 발로그 페터는 그때 이렇게 대답했습니다. '그러나 나는 이 회의를 하느님 아버지의 이름으로 개최했습니다.' 그러니, 자! 나는 당신들에게 작별을 고합니다. 잘 가세요."

그는 경찰들에게 손짓으로 이제 그만 떠나라는 표시를 했다. 그리고 그들에게서 등을 돌려버렸다.

두 경찰은 아직도 잠시 서서 사건을 생각하는 듯했다. 그러더니 짧게 인사를 하고 나갔다.

그들이 나가자 교장 선생님은 다시 자기 안락의자에 앉더니 소리쳤다. "이슈트반!"

사환이 들어왔다.

"졔레시 선생님에게 가서 말하세요. 내게 좀 오시라고."

몇 분이 지나자 젊은 선생님이 나타났다.

"교장 선생님?"

교장 선생님은 처음에 그를 쳐다보지도 않았다. 그는 책상 위에 놓인 서류들에 열중하고 있었다. 그러더니 갑자기 눈을 들어 그에게 말했다. "선생님, 말씀해주세요. 저 학생을 아세요?"

제레시는 미시를 쳐다봤다.

"물론이죠. 저 학생은 2학년 저희 반이에요."

"그럼 복권에 얽힌 이야기는 뭔가요?"

"복권에 얽힌 이야기요?" 제레시 선생님이 놀라서 반복하며 고개를 흔들었다. "저는 아무것도 모르겠는데요."

"선생은 아무것도 모르신다고요?" 그 늙은 망나니는 말하며 역시 고개를 흔들었다. "그래, 얘야. 그러면 다 얘기해보렴. 네 선생님이 아무것도 모르고 계시잖니."

미시는 자세를 바로 했다. 여기서 방금 일어난 일들이 그의 넋을 온통 다 빼앗아갔다. 그는 모든 것이 자기 때문에 일어난 일이라는 사실조차도 까맣게 잊고 있었다.

"저, 교장 선생님." 그는 시작했다. "저는 매일 눈먼 노신사에게 신문을 읽어드리고 있어요. 한 시간에 10크로이처씩 받고요."

"그래? 그거 멋지구나." 교장 선생님이 칭찬하듯이 말했다. "그럼 한 달에 3포린트네. 많은 돈이야. 너희 가난한 아버지한테는 큰 도움이 되겠는걸?"

"그런데, 저, 그 노신사 포설러키 씨가…."

"포설러키 씨?" 교장 선생님이 큰 소리로 말했다. "전에 시의원을 한 사람 말인가?"

"네."

"그래, 아주 좋구나."

"그분이 일요일에, 그러니까 2주일 전에 1포린트를 주셨어요. 복권 가게에 가서 자기가 꿈꾼 숫자들을 써넣으라고요."

"꿈을 꿨다고?"

"네."

"이런, 늙은 당나귀 같으니라고. 자기가 꾼 꿈을 복권 숫자로 써넣다니."

"네. 세탁을 맡아 해주는 가정부 아주머니가 포설러키 씨의 꿈을 숫자로 풀어줬거든요."

"세탁부가! 당나귀가 노년에 세탁부와 같이 지내고 꿈을 해석하라고 하다니. 그래서 너는 그에게 바구니 가득 돈을 따주었니?"

"아니에요, 교장 선생님." 미시는 말하며 오싹 소름이 끼쳤다. 얼굴은 웃고 있었으나 기분은 처참했다. "저는 그 숫자들을 부다페스트 발행의 복권에 적어 넣었어요. 그런데 그 숫자는 브륀 복권에서 맞았습니다."

"브륀이라." 교장 선생님이 중얼거렸다. "브륀. 부다페스트에서 했는데, 브륀이라. 그래서 땄니, 못 땄니?"

"못 땄어요."

"그래. 물론 못 땄겠지. 이런 미련한 녀석." 그러면서 그는 일어나서 사이비 성직자와 미신에 대해 저주의 말을 내뱉었다. 그러고는 화가 나서 말을 이었다. "포설러키 씨는 1포린트를 잃어버렸구먼. 그리고 일생 동안 멍청한 인간으로나 살 그 당나귀 경찰서장, 키시 마차시가 내게 건방진 두 경찰, 버르장머리 없는 두 경찰을 보냈고. 그래서 그가 학교의 자율성을 침해하는 일을 자행하셨구먼. 너희 반으로 돌아가거라. 지금 무슨 시간이냐?"

"수학이요."

"그럼 서둘러라. 수업에 늦지 않도록."

가벼운 마음으로 미시는 몸을 돌려 밖으로 나왔다. 그는 그때 교장 선생님이 제레시 선생님에게 하는 말을 들었다. "그런 늙은 당나귀 때문이라니!"

그러고 나서 이슈트반은 문을 닫았다. 미시는 행복한 온기가 온몸을 감싸는 것 같았다. 그는 울기 시작했다. 울면서 교실로 곧장 들어갈 수는 없었다.

그러나 다음 날 쉬는 시간에 이슈트반이 다시 나타났다. 이번에 그는 우선 미시의 이름을 부르지 않고 손가락 하나로 그에게 손짓을 했다. 그래서 미시는 전날보다 더욱더 놀랐고 해쓱해져서 일어섰다. 얼마나 많이 놀랐던지 오르치의 무릎 위에 넘어질 뻔했다. 물론 어제의 일로 모두들 그 사건을 이야기했고 교장 선생님도 이미 알고 있었다. 누군가 어린 학생의 복권 당첨금을 가로채 도망갔다는 사실을 말이다.

교장실로 가는 도중에 천만 가지 생각이 미시의 머리를 오락가락했다. 어제는 포설러키 씨에게 가지 않았다. 어제 교장 선생님이 말씀하시길, 노신사가 돈 때문에 경찰에 미시를 신고했다고 했기 때문이다. 미시는 어떻게 노신사를 봐야 할지 상상할 수도 없었다. 그는 교장 선생님은 물론 포설러키 씨도 이 사건을 전혀 모르고 있다는 것을 분명히 알았다. 노신사는 복권으로 무슨 이익을 얻기는커녕 소문만 무성하게 나게 되었다. 그가 미시를 고발했다는 말은 전혀 사실이 아니었다. 고발을 한 사람은 바로 오르치의 아버지였다. 어제부터 미시는 아무하고도 말을 하지 않았다. 그는 오직 혼자서만 생각에 잠겼고 다른 사람들에게선 몸을 숨겼다.

이번에 그는 그다지 빨리 면담에 들어가지 않았다. 교장실에서 무슨 이야기가 오가고 있었기 때문이었다.

마침내 그는 호출을 받았다.

교장 선생님은 분개해서 그를 쳐다봤다.

"날마다 너한테는 무슨 다른 일들이 생기는구나, 이 건달 녀석! 이 부인을 아니?"

그 부인은 비올라였다. 미시는 놀라서 그녀를 쳐다봤다. 그녀는 울면서 그곳에 앉아 손수건으로 볼에 흐르는 눈물을 훔치고 있었다. 그녀는 용서를 빌면서 급히 말했다.

"우리의 모든 삶이 망가졌어요, 교장 선생님. 미시는 제 누이동생의 사건에 대해 어느 정도 알고 있습니다. 제발, 교장 선생님."

교장 선생님은 아무 말도 하지 않았다. 그는 단지 미시를 바라볼 뿐이었다. 미시는 숨을 들이마셨다. 쏘아보는 눈총 앞에서 그는 침착성을 잃고, 묻지도 않은 것을 중얼거리기 시작했다.

"제발, 교장 선생님. 제게, 제게 퇴뢰케크 야노시가 시켰어요…. 벨라에게 편지를 전해주라고 시켰어요. 그것 말고는 저도 아무것도 몰라요."

교장 선생님이 화가 잔뜩 난 얼굴로 그를 바라봤다.

"날마다 새로운 것이 나오는구나. 왜 낯선 사람들 일에 네가 끼어드는 거지? 연애를 거는 짝 사이에서 뭘 할 게 있다고?"

미시는 몸이 떨렸다.

"저는 졔레시 선생님의 요청으로 비올라 아가씨의 어린 동생에게 공부를 도와주고 있어요. 수학하고 라틴어요."

"동생의 공부를 도와준다고?"

"네."

"흠, 돈을 받고?"

"한 달에 2포린트를 받고요."

"세상에! 너는 또 과외공부를 시키는구나." 교장 선생님은 산만하게 말했다. "자, 아가씨, 여기서 탄식할 하등의 이유가 없습니다. 이 아이, 이 아이는 아무 짓도 하지 않았어요. 이 학생은 아주 뛰어난 아이예요. 학급의 자랑입니다. 더군다나 학교의 기숙사 생도예요. 어떻게 이런 학생에게 뭐라고 할 수가 있단 말입니까? 어른들의 사랑놀음이 이 아이에게 무슨 상관이 있단 말이에요?"

비올라는 당황해서 더듬더듬 말했다. "저는 그냥 생각하기를, 교장 선생님…."

"아무것도 생각하지 마십시오. 분명히 옳지 못한 짓이 일어난 건 아닙니다. 이제 집으로 돌아가세요. 하느님을 믿는 사람은 절대 절망하지 않습니다. 모든 것은 다 잘될 겁니다."

비올라는 그로써 작별을 고했다.

"어느 누구도 내 제자를 건드리면 안 돼." 교장 선생님은 혼잣말처럼 중얼거렸다.

비올라는 다시 울기 시작했다. 그녀는 재빨리 몸을 돌려 들리지도 않게 인사를 하고 방을 나갔다.

미시는 그냥 그 자리에 서 있었다.

그때 종이 울렸다. 교장 선생님이 그를 바라봤다.

"그래, 이 애송이." 그가 위협하듯이 말했다. 그는 책상 뒤에 서 있다가 미시에게 다가왔다. "이런 쓸모없는 녀석, 어디 안 낀 데가 없구나. 너 때문에 나는 날마다 귀찮아 죽을 지경이야. 온 세상이 네 일로 내게 들이닥치는구나. 너는 연애편지를 여기저기 전해줘야만 했니? 이제 생각하니까, 너는 어제의 사건과 같이 죄가 없는 건 아니야. 그래, 생각해봐라. 만일 내가 너를 또다시 부르러 보내야 한다면, 만일 또 한 번만 너의 지저분하고 사소한 어릿광대짓을 보게 된다면, 난 더 이상 너하고는 한 마디도 하지 않고, 따귀를 쳐서 창문 밖으로 내던져 버리고 말겠다. 빨리 사라져."

미시는 몸을 돌려 맥없이 밖으로 나왔다.

복도는 이미 비어 있었다. 미시는 흐느껴 울었다. 페퇴피 동상 앞에서 그는 계단에 앉아 목이 찢어질 듯이 울었다.

누구에게, 누구에게 의지해야 한단 말인가. 누구와 말 한 마디를 나눌 수 있단 말인가. 이 세상 누구와? 그를 이해해줄 사람은 하나도 없는 것 같았다.

그때 누군가 오는 발소리를 들었다. 그는 계단을 획 올라갔다. 교실은 1층에 있었지만 그는 위로 올라갔다. 2층으로 달려가 어딘가에 숨으려 했던 것이다. 그러나 어디에도 구석진 곳이 없었다. 복도는 황량하게 텅 비어 있었다. 옆 계단으로 그는 한 층 더 높이 올라갔다. 그는 자기가 침실 앞에 서 있음을 알았다.

그는 옷걸이에서 열쇠를 집어 문을 열었다. 그러고는 침대로 가서 울었다. 지쳐서 잠이 들 때까지. 오전 내내 그는 수업 시간에 없었다. 12시가 되자 그는 자기 책을 챙겨오려고 했다. 그러나 소년들은 이미 교실에서 나왔고, 산도르가 그에게 책을 가져다줬다. "너 어디에 있었어?" 미시가 대답했다. "나 아파." 친구는 웃으면서 미시의 아프다는 말을 인정해줬다. 이유 있다고 봐준 것이다. 오후 수업은 미시도 참석했다. 하지만 다음 날 아침에는 수업을 받으러 가지 않았다. 그는 무슨 핑계를 대고 그냥 방에 머물러 있겠다고 결심했다. 노신사에게도, 도로지네 집에도 더 이상 가지 않았다. 그리고 교실에도 나타나지 않았다. 그는 모든 용기를 잃어버렸다.

교장 선생님은 그것을 예상하고 있었던 모양이었다. 아직 아침 시작종이 울리기도 전에 사환 이슈트반이 기숙사에 나타났다. 물론 미시를 데리러 온 것이었다.

미시는 거의 질식한 상태에서 사환의 뒤를 따라갔다. 교장 선생님은 아침이면 항상 최고로 화가 나 있었다. 미시가 누군가에 의해서 문을 통해 교장 선생님에게로 떠밀렸다. 미시는 아무 저항도 없이 그렇게 떠밀려갔다. 그에게는 어차피 모든 게 마찬가지였다.

교장 선생님은 긴 지팡이를 짚고 방 안에서 이리저리 왔다 갔다 하고 있었다.

미시의 눈에 그는 울부짖기 시작하는 것처럼 보였다.

"그래, 이 꼬마 녀석아! 어제 내가 너한테 뭐라고 말하던? 너 때문에 조용할 날이 없어. 학교 전체가 지금 온통 술렁댄단 말이야. 여기 사람들은 더 이상 아무것도 하지 못하고 있어. 왠지 아니? 모두가 다 계속해서 너의 더러운 빨래를 빨아야만 하기 때문이야!" 그리고 그는 지팡이를 미시의 머리 위로 휘둘렀다.

그가 대단히 화가 나 있었다. 하지만 그럼에도 그는 이 창백하고 조그만 소년이 안쓰러웠다. 어린 소년이 아무것도 모르고 있고 아주 불쌍해 보였기 때문이다.

"거기 문서더미가 있어. 심문 자료 전체야."

그는 지팡이로 힘차게 책상을 때리며 화가 난 표정으로 미시를 바라봤다.

"너는 내 호의를 그렇게 생각하는 거야? 깡패 녀석 같으니라고. 그럼 기다려라. 네가 말을 하지 않아도 나는 다 알게 될 테니."

그는 위협적인 걸음으로 이리저리 왔다 갔다 했다. 그러다 갑자기 멈춰 서서 미시에게 소리를 질렀다.

"벼락이나 맞을 것이지! 그 복권에 무슨 일이 생긴 거야?"

미시가 대답을 하지 않자, 그는 다시 왔다 갔다 했다. 그러다 다시 섰다.

"왜 일요일부터 포설러키 씨네 집에 신문을 읽으러 가지 않았지?"

미시는 벙어리처럼 가만히 있었다.

교장 선생님은 다시 왔다 갔다 했다.

"모든 것이 다 거꾸로 망치게 되는구나. 그 쓸모없는 것, 발이나 올려놓으면 좋겠구먼. 거기 문서들이 있어. 퇴뢰케크의 가족생활, 또 네가 가정교사를 하는 집, 복권 아주머니, 오르치의 아버지. 이런 것들로 내 머리가 터져버릴 것 같아. 사흘 전부터 든 생각인데, 보잘것없는 건달 녀석이 이 도시에서 학교 전체의 명예를 땅에 떨어뜨리고 있구나."

다시 그는 화가 나서 이리저리 왔다 갔다 하기 시작했다. 그러더니 날카롭게 소리쳤다. "이슈트반, 이슈트반!"

사환이 들어왔다.

"선생님은 어디 있나?"

"아직 출근하지 않으셨는데요, 교장 선생님."

"날도둑 같으니라고! 아직도 출근하지 않았다고? 내가 여기 와 있으면, 그도 여기 와 있을 수 있어. 그렇지 않니? 그래, 이 엉망진창인 학교에 질서를 세워야겠어. 모든 것을 처리해내겠어. 내가 선생님들

중에서도 날도둑을 위해서, 또 학생들 중에서도 악동을 위해서 꼭두각시놀음이나 하고 있어야 한단 말이야? 더 이상 그렇게는 못하겠다. 이 말썽꾸러기를 징벌방으로 데리고 가세요. 열쇠는 두 번 돌려야 하고, 내가 보여주겠지만, 가능하면 이 건달 꼬마를 열쇠 구멍으로 밀어 넣어요."

사환은 미시를 손으로 잡았다. 미시는 아무 불평도 없이 순순히 따랐다. 그는 벌써 눈앞에 감옥에 갇힌 자신의 모습이 보이는 것 같았다. 깜깜하고 쇠창살로 가려진 감옥. 뱀과 두꺼비들이 득실거리는 모습은 상상만으로도 소름이 끼쳤다.

그러나 사환은 그를 옆에 있는 작은 방으로 데리고 갔다. 그 방은 교사들의 독서실로 쓰는 곳인데 지금은 비어 있었다.

"우리 앉자." 이슈트반 아저씨가 낮고 다정한 목소리로 말했다. 그러자 미시는 눈물이 하염없이 흘러내렸다.

"이슈트반 아저씨, 교장 선생님이 화나지 않으셨나요? 그렇지 않아요?" 소년은 딸꾹질을 하며 물었다.

이슈트반 아저씨는 가느다란 갈색 콧수염을 쓰다듬었다.

"물론, 물론이지. 화가 난 건 사실이야." 그는 부드럽게 말했다. "하지만 걱정할 필요 없어. 우리의 화가 다른 사람들의 선의보다는 덜 위험하니까 말이야."

미시는 흐느꼈다.

"그럼 저를 징벌방으로 보내주세요. 안 그러면 교장 선생님이 정말 화를 낼 거예요."

"징벌방으로?" 이슈트반 아저씨가 말했다. "어떤 징벌방으로? 이미 10년 전에 징벌방을 폐쇄했단다. 데브레첸 학교에는 더 이상 징벌방이란 건 없어. 우리는 단지 이렇게 말했었어. 만약 학생이 아무 짓도 하지 않았다면, 아무것도 두려워할 게 없다고. 어머니를 잘 생각해봐. 그러면 학생에게는 아무 일도 없을 테니까."

미시는 울면서 머리를 책상 위로 처박았다. 이슈트반 아저씨는 오랜만에, 실로 오랜만에 그에게 부드럽고 자상하게 얘기해준 최초의 사람이었다.

사환은 낮은 목소리로 말을 이었다. "교장 선생님은 항상 화를 많이 내셔. 하지만 우리는 알게 될 거야. 우리가 그 사건을 조사하게 되니까."

그때 밖에서 다시 교장 선생님의 악쓰는 소리가 들렸다. "이슈트반!"

늙은 사환은 비틀거리며 급히 밖으로 나갔다.

미시는 혼자 남았다.

그는 스스로 움츠러들었다. 부끄러웠기 때문이다. 그는 지금 징벌방에 앉아 있다. 그렇다. 그는 갇힌 것이다. 그는 다른 아이들이 즐겁게 공부하는 교실에 못 앉아 있다. 수를 받거나 혹은 우, 미, 또는 성적에서 자유로운 애들, 겨우 양을 맞는 아이들도 앉아 있는 그 교실 말이다. 미시는 지금 징벌방에 앉아 있는 것이다. 그는 갇혔고 감옥에 감금되어 있었다. 모든 일이 우습기도 하고 동시에 놀랍기도 했다. 한 자유로운 인간이 잡혀서 갇혀 있다. 그는 방을 아주 새로운 눈으로 살펴봤다. 벽, 그가 도저히 부술 수 없는 것. 창문, 그것을 통해서 밖으로 뛰어내릴 수도 없다. 문, 거기로는 나갈 수도 없었다. 그는 절름발이처럼 그 자리에 앉아 있었다. 동시에 날개를 잃고 다시 벌거벗은 애벌레로 되돌아간 나비처럼, 그렇게 앉아 있었다. 그는 거의 무의식적으로 숨을 헐떡거렸다.

어떤 견딜 수 없는 피곤함이 그를 엄습해왔다. 그는 정신이 몽롱해져서 큰 팔걸이의자 뒤로 가서 구석진 곳에 고개를 숙이고 쪼그리고 앉았다. 그는 잠을 자려고 했다. 그러나 갑자기 눈앞이 환해져 잠이 깼다. 그는 자기가 어떤 배에 타고 있는 것 같은 기분을 느꼈다. 그 배는 바다를 나아가고 있었고 물이 그의 주위를 감싸고 있었다. 그런데 물은 파랗지가 않고 회색으로 보였다. 그렇다. 티서강처럼 회색이었다. 배는 이제 단지 작은 보트에 불과해 보였다. 강가에는 빨갛게 칠을 한 인디언들이 울부짖고 있었는데 그들은 도끼를 가슴에 품고 있었다. 그들의 머리는 김나지움 선생님들하고 똑같았다. 미시는 종교 선생님과 졔레시 선생님, 바토리 그리고 셔르커디 선생님을 알아볼 수 있었다. 배에는 무뚝뚝하게 생긴 늙은 조종사가 타고 있었다. 미시는 그가 발로 찰까봐 두려웠다. 그는 바로 '늙은 망나니', 교장 선생님이었다. 인디언들은 그들에게 활을 쏘아댔다. 그 늙은 망나니는 울부짖고 그의 지팡이로 날아오는 화살을 옆으로 쳐냈다. 그리고 미시는 이슈트반 아저씨와 함께 보트의 바닥에 웅크리고 앉았다.

그러고 나서 다시 인생의 파도 위를 항해하다가 큰 승리를 얻게 되었다. 그는 머리가 길었는데 바람에 머리가 휘날렸다. 그는 바위 위에 서 있었다. 마치 페퇴피 산도르가 계단 위에 서 있는 것처럼. 그는 시모니 장군이 어린 소년 시절에 빨간 탑에 올라갔을 때처럼 연설을 했다. 그러나 그는 이야기 중간에 머물러 있었다.

그리고 갑자기 그는 어깨에 널빤지를 한 다발 얹고 있었다. 그는 그것을 아버지와 함께 국도에서 날랐다. 그가 말했다. "저, 아버지, 제가 여기서 뭘 하는지 애들이 보기라도 하면 어쩌죠?" "뭘 말이야, 아들?" "제가 거리에서 널빤지를 나른다는 것 말이에요." "그래, 그럼 그 아이들이 뭐라고 할까?" "우리 반 친구들은 아주 고상한 아이들이에요. 한 번도 널빤지를 만져보지도 않았어요. 손이 더럽혀질까 걱정되니까요. 걔들은 그걸 어깨 위에 짊어지지도 않을 거예요."

그리고 나서 그는 새가 우짖는 소리를 들었다. 그는 이제 어떤 매우 아름다운 정원에 있었다. 그 정원은 그의 소유였다. 나무 위에서 금지빠귀가 노래를 하고 있었다. "고고골." 그는 웃었다. 그의 정원이었기 때문이다. 그 안에는 큰 호두나무가 서 있었다. 그의 아내는 벨라였으며 노란 머리를 한 어린 소녀는 그의 딸이었다. 그는 매우, 매우 행복했다. 그는 '황금 황소'로 가서 하인에게 명령했다. 포도주를 아주 많이 가져오라고. 그러자 모든 사람들이 그를 우러러봤다.

그다음, 그는 극장에 있었다. 배우들이 빙 둘러 하얀 실크해트를 쓰고 소리를 질렀다. "높이, 높이!" 그때 그는 시를 암송하려고 했다. 시모니 장군은 어린 소년 시절이…. 그러나 그의 혀는 아무 소리도 내지 못할 만큼 무거웠다. 그래서 그는 매우 불행했다.

갑자기 소름끼치는 두려움이 그를 엄습했다. 그는 어두운 방에 있었고 문은 잠겨 있었으며 밖에서는 마녀들이 울부짖었다. 그는 떨면서 몸을 움츠렸다. 그때 보이지 않는 유령이 들어와 그의 의자를 위로 높였다. 그는 큰 웃음소리를 들었다. 그들은 그를 허공으로 날려버리려 했다. 그는 어지러웠고, 말할 수 없이 깊은 심연으로 떨어져버렸다. 그는 의식을 잃고 땅바닥에 떨어져버렸다.

미시는 울면서 그리고 지쳐서 일어나 다시 자기 의자에 앉았다. 그는 왜 아무도 자기를 사랑하지 않을까 하고 생각해봤다. 모든 소년들은 즐겁고 명랑하고 만족에 차 있었다. 왜 그는 즐겁고 명랑하게 지내는 이들과 함께할 수 없는 것일까? 누가 만약 그에게 미소를 보내고 손을 내밀어준다면 자기 인생을 줘버리고 싶었다. 왜 소년들은 그렇게도 매정할까? 또 선생님들도, 모두 다 왜 그럴까?

기숙사방에서는 아무도 그를 좋아하지 않는다. 그 노신사와도 그는 별로 잘 지내지 못했다. 그는 그에게 한 번도 친절하게 말을 한 적이 없다. 비올라는 그를 미워하고, 셔니도 그를 미워한다. 퇴뢰케크 씨네도 그를 좋아하지 않는다. 그들, 그러니까 퇴뢰케크 부인과 일론카 아가씨는 단지 그에 대해서 재미를 느낄 뿐이다. 그리고 벨라도 그를 사랑하지 않았다. 그렇지 않다면 어떻게 그런 건달과 도망을 갈 수가 있단 말인가.

오르치도 그를 사랑하지 않는다. 오르치는 그에게 비밀을 전혀 입밖에 발설하지 않았다. 누구와 무슨 이야기를 했었는지에 대해서 한마디도 하지 않았다. 그리고 기메시도 그를 사랑하지 않았다. 그는 일요일에 오르치네 집에 오지도 않았으니까. 계레시 선생님도 역시 그를 사랑하지 않았다. 최근에 그는 대단히 화를 내며 그를 바라본 적이 있었다. 그리고 다른 선생님들도 다 그렇다. 교장 선생님은 그래도 아마 그에게 가장 정이 많이 남아 있을지 몰랐다. 비록 그렇게 소리를 지르긴 했지만, 그것은 남자다웠다. 그러나 교장 선생님도 역시 그를 사랑하지는 않았다. 자기 때문에 짜증스러운 일을 계속 겪기 때문이었다. 아무도 그를 사랑하지 않았다. 어느 누가 그를, 그가 뭐 예쁘다고 사랑을 할까? 사환 아저씨 이슈트반도 역시 그를 사랑하지 않았다. 누가 아나? 늙은 사환이 그를 쓰다듬어서 자기의 죽을병을 그에게 넘겨주려 했는지? 오래된 폐결핵 환자들은 그들의 죽음을 소년들에게 붙이곤 하니까.

아무도 그를 사랑하지 않았다. 아무도. 단지 어머니와 아버지만이 그를 사랑했다. 생각이 여기에 미치자 그는 다시 흐느끼기 시작했다. 다시 진정하기까지 오랜 시간이 흘렀다.

아, 지금 탑에, 빨간 지붕 위까지, 거기에 올라가서 아래로 떨어져버리면 얼마나 좋을까. 혹은 항상 어린아이로 그냥 머물러 있으면서 엄마의 치마만 붙잡고 살았으면, 방에서 맨발로 차가운 점토 위로 뛰어다니며 아무것도 모르는 채 살면 열마나 좋을까.

그는 양미간을 찌푸렸다. 스스로 쓸데없는 생각을 하는 자신이 부끄러웠기 때문이다. 갑자기 그는 결정했다. 자신을 더 이상 이 학교 기숙사생으로 생각하지 않기로 말이다. 여기서는 모두가 그에게 모욕을 주고 상처를 입혔다. 그들의 불공평한 짓에 대해 그는 자신을 방어하거나 입장을 설명하려고 하지 않았다. 모든 어른들은 스스로 알아야만 한다. 어린 소년이…. 그들 모두는 그에 대해 나쁘게 생각한 것에 대해 부끄러운 줄 알아야 한다. 경찰은 그를 마치 도둑이나 살인자처럼 취조하고 조사했다. 그리고 비올라는 교장 선생님에게 중상을 했다. 그리고 교장 선생님은 그들 모두를 믿었다. 이미 세상을 오래 살아서 인생길에서 배울 것은 이미 다 배운 나이였음에도, 따라서 사람들의 표정만 보면 누가 거짓말을 하는지 다 알 것임에도 불구하고 말이다. 이건 아니다. 어느 누구도 그를 감싸주지 않았다. 이 사건이 마무리되면, 그는 기차에 몸을 싣고 집으로 가야겠다. 데브레첸 학교에서 생긴 걱정거리는 이제 질렸다.

그는 일어나서 창문으로 다가갔다. 학교 마당은 텅 비어 있었다. 그는 우물을 응시했다. 이제 모든 것이 그에게는 싫게 느껴졌다. 저 우물 뒤에 오르치는 뵈쇠르메니와 그의 사건에 대해 밀담을 하기 위해서 숨은 적이 있었다. 그러고는 지금까지 미시에게 한 마디도 설명해주지 않았다. 그는 이제 우물까지도 싫었다. 그래서 우물을 더 이상 쳐다보지 않았다. 다시는 데브레첸에 오지 않겠다고 결심했다. 이 도시에 대해서는 도대체 아무것도 듣고 싶지 않았다. 다른 곳에도 학교는 있었다. 그리고 만약 아버지가 공부하지 말라고 하면, 공부하지 않겠다. 그래도 시인은 될 수 있을 것이다. 초코너이도 데브레첸 학교에서 퇴학 처분을 받았었다. 그가 퇴학을 당하자 사람들은 종을 울리게 했다. 이상한 전율이 그의 등줄기를 스쳐 지나갔다. 아마 미시의 뒤에도 학교종이 울리게 될 것이다. 그래서 그가 퇴학당하는 것을 학교 전체가 알게 될 것이다.

다시 눈에 눈물이 가득 고였다. 죄 없이 고통을 받고 있다고 생각하면 되지 싶었다. 그것으로 충분하지 않을까? 이 순간 다른 사람들의 의견은 그다지 중요하지 않았다. 어른들이 그에 대해서 뭐라고 하는 것은 별로 중요하지 않았다. 중요한 것은 그가 지금 아주 큰 사건의 한가운데에 서 있다는 것이었다. 이 얼마나 특별하고 놀라운 일인가. 그는 갇혔고 감시당하고 있다. 그리고 만일 그가 도망이라도 친다면, 사람들은 무기를 들고 추적할 것이다. 어른들은 미시가 관계된 일에 대해 골똘히 생각한다. 하지만 그 일에 대해서는 미시가 어른들보다 더 많이 알고 있거나, 적어도 더 잘 짐작하고 있다. 점점 안개가 걷히듯 허탈감, 절망감, 어두움이 그에게서 물러갔다. 그러자 그의 입에는 미소가 흘렀다. 마치 갑자기 어린 시절의 옷장을 부수고 어른의 세계로 들어서는 것처럼 스스로 생각되었기 때문이다.

그는 긴 바지, 회중시계, 그리고 어른들이 중시하는 것들을 얼마나 열망하고 있었던가. 지금 바로 그 긴 바지와 회중시계, 콧수염을 기른 남자들이 그에 대해서 최고로 진지하게 걱정해주고 있었다.

이제 사건이 그의 마음에 정리되기 시작했다. 그는 자기에게 불끈 쥔 주먹으로 어른을 눕힐 수 있는 힘이 있는 것처럼 느껴졌다. 마치 그가 동화 속에서 어린 쇠파리를 잡은 것 같은 기분이었다. 산돼지와 머리가 일곱 개 달린 괴물의 마력을 지닌 어린 짐승을 잡은 것 같은 그런 기분.

갑자기 종이 울렸다. 그는 긴 장화를 신고 있는 어린 사환 언드라시가 어떻게 종의 줄을 잡아당기는지 봤다. 종소리는 학교의 담장을 싸고 울려퍼졌다. 몇 분 지나지 않아 소년들이 마당으로 쏟아져나왔다. 미시는 언뜻 놀라 창문에서 뒤로 물러섰다. 누가 징벌방 창문에 있는 그를 쳐다볼까봐 겁이 났기 때문이다. 징벌방이 이제는 없어졌다고는 하지만, 감옥은 감옥이었다. 그의 얼굴이 타올랐고, 온몸에 열이 났다. 피는 거칠게 혈관을 고동쳤다. 그는 모든 것이 아무것도 아니라고, 아무런 의미도 없다고 스스로를 설득하려고 했다. 그러나 아무리 노력해도 그렇게 되지 않았다.

옳은 사람은 그다. 그는 남다른 면이 있는 사람이다. 그를 지금 괴롭히는 모든 사람은 틀림없이 그에게 사과하고 용서를 빌어야 할 것이다. 교장 선생님까지도! 그럼에도 그의 뺨은 부끄러움으로 발갛게 타올랐다. 그는 모든 사람에게 설명할 수가 없었다. 그가 옳다고, 그리고 그를 여기에 가둔 사람들이 옳지 못하다고 말이다. 아, 하느님, 아마 경찰들이 그의 손을 묶어 길거리를 끌고 다닐지도 모른다.

그의 눈앞에 한 장면이 어른거렸다. 여름에 다섯 사람이 마을 전체를 돌아 끌려가던 모습이었다. 주인을 위해 벼 베는 일을 하지 않았기 때문이었다. 경관 넷이 총검을 꽂고 모자에 닭털을 붙인 채, 그들 뒤에서 이리저리 왔다 갔다 했다. 그 당시 미시를 포함한 어린아이들은 놀이 구경하듯 그것을 구경했다. 그때는 정오쯤이었다. 학교에서 돌아오는 중이었고 놀란 눈을 크게 뜨고 그 사람들을 바라봤었다. 그는 그때 설사 그들이 벼 베기를 하지 않았다고 해도 왜 잡혀가는지 이해할 수 없었다. 그는 그때부터 경찰만 보면 이런 생각이 들곤 했다. 경찰이 잠복하고 그를 기다린다. 경찰은 그를 기다리고 계속 뒤쫓아 다닌다. 그 역시 주인을 위해서 벼 베기 일을 하지 않기 때문이다….

그는 철이 들면서부터 모든 사람을 위해서가 아니라 자기가 좋아하는 사람만을 위해서 일을 하려고 마음먹었고 그렇게 해왔다. 그는 이미 한 번 반란을 일으킨 적이 있었다. 그가 반란이 무엇인지를 알기도 전에 말이다. 그는 노예라는 말을 들어보기도 전부터, 노예로 있고 싶지 않았다. 한번은 따뜻한 여름밤에 기마경찰 둘이 그의 집 앞에 멈춰 서서 큰 소리로 외쳤다. "닐러시 씨, 집에 계십니까?" 어머니는 마당에서 보리를 체로 치고 있었는데, 이 말을 듣는 순간 체를 떨어뜨렸다. 손에서 갑작스럽게 힘이 빠져버렸기 때문이다. 보리가 다 쏟아져버렸다. 하지만 다행히도 땅이 아닌 멍석 위로 쏟았다. 미시는 어머니가 얼마나 창백해지는지를 봤다. 꼭 백랍 같았다. 하지만 어머니는 정신을 가다듬고 흔들림 없는 목소리로 물었다. "그한테 무슨 일이라도 있나요?" 경관은 한참 아무 설명도 하지 않았다. 두 경관은 큰 말 위에 앉아 있었다. 그들은 거인 같았고 갈색 콧수염을 기르고 있었다. 그들이 누군가를 체포한다면, 분명 따귀를 거칠게 올려붙일 것이다. 그들은 크고 그을린 주먹으로 말의 고삐를 쥐고 있었다. 결국 처음 질문을 했던 경관이 미소를 지으며 말했다. 이미 동네 사람들이 울타리로 모여들어 어떻게 닐러시 씨가 잡혀가는지 구경하려고 했다.

"저희는 최근에 타르칼에 있는 술집에서 함께 술을 마시며 아주 재미있게 지냈어요. 그래서 한번 놀자고 이렇게 방문한 겁니다." 어머니와 미시는 숨을 내쉬었다. 그리고 이제 동네사람들이 모두 바라보고 있다는 사실이 자랑스러웠다. 그의 아버지는 타르칼의 술집에서 경찰서장들과 재미있게 지냈던 것이다…. "그가 돌아오면 전해주세요, 닐러시 부인. 경찰서장 파체카시가 안부를 전하더라고요." 그리고 그들은 큰 걸음으로 그곳을 순식간에 떠났다. 미시의 마음속에는 아직도 그 사건에 대한 즐거움이 가득 차 있었다. 그러나 한편으로는 두려운 마음도 없지 않았다. 키가 큰 그 사람들이 닭털을 꽂고 혹시 친구로서가 아니라 적으로 나타날지도 모른다는 두려움 때문이었다.

미시는 이런저런 생각에 잠겼다. 그는 다시 종이 울려서 마당에 나와 있던 소년들이 교실로 사라질 때까지 기다렸다. 그러고 나서 밖을 내다보려고 했다.

그는 다시 생각에 잠겼다. 다음 종이 울릴 때까지 고통스러운 시간이 흘렀다. 그는 혼자, 혼자서 이 무서운 방에 있었다. 대부분의 시간을 그는 발뒤꿈치를 들고 이리저리 방 안을 왔다 갔다 하면서 보냈다. 바깥으로 아무 소리가 새어나가지 않도록 말이다. 어느 누구도 그를 알아채서는 안 됐고, 적어도 어느 정도의 시간 동안만이라도 아무도 그를 생각하지 않기를 바랐다.

그러는 사이에 그는 불안감과 흥분된 감정이 그림 속에서 어떤 형태를 갖추는 것을 봤다. 대단한 불공평이 그를 향해 다가오고 있었다. 그의 미래가, 장래가 이 불공평 때문에 어두울 것 같았다. 잠시 동안 그는 자기 자신을 유명한 사람이라고 생각했다. 키가 크고, 힘이 세며, 빈의 되블링 지역에 있는 그림 속의 세체니(19세기 헝가리의 자유주의 귀족, 정치인—옮긴이)처럼 긴 수염을 기른 남자. 그러면 여기 이 남자들은 모두 하잘것없이 아주 작은 사람이 되고 그에게 용서를 빌게 될 것이다. 그를 가장 사랑하는 학생이라고 부르며, 그에게서 보호를 받으려고 할 것이다. 그러면 그는, 그는 그들을 도울 것이며, 그들이 그에게 무슨 짓을 했는지 전혀 언급하지 않을 것이다.

그는 다시 답답할 만큼 무관심해졌다. 그러다 갑자기 톨디 미클로시(14세기 헝가리의 기사 — 옮긴이)의 힘이 자기 안에서 느껴졌다. 머릿속에서 생각이 피어올랐다. 눈을 감고, 문고리를 잡고 힘차게 흔든다. 문고리는 손안에 머물러 있도록 꽉 잡고 발로 문을 찬다. 이어서 교장 선생님의 방으로 대기실을 통해 들어가 거기서 책상을 친다. 짧고 조그마한 조각으로 책상이 쪼개지고, 강한 참나무 판자는 작은 파편이 되어 손가락 사이로 뚝뚝 떨어진다. 선생님들은 놀라서 그에게 겸손하게 사과를 하고, 그는 그들을 용서한다. 그러고 나서 그는 지치 미하이(19세기에 활동한 헝가리 화가 — 옮긴이)의 그림에서 바위 위에 서 있는 아담처럼 나체로 그들 앞에 선다. 머리는 휘날리고 팔은 뒤로 뻗고서. 그는 바위의 제일 끝에 서 있다. 그의 발 앞에는 낭떠러지와 어둠이 펼쳐져 있다. 그리고 그는 하느님의 옥좌 앞에 서 있다. 순수하고 오점 하나 없는 숭고한 몸으로. 그의 주위에는 밀밭이 있고 거기에는 양귀비꽃이 잔뜩 피어 있다. 그러고 나서 그는 다시 어머니가 있는 집에 돌아온다. 그는 이제 다시 가난하고 조그만 소년이다. 그가 어머니에게 달려들어 얼굴을 비비자, 어머니가 그에게 작은 소리로 속삭인다. "착하지, 내 아들. 항상 그래야지, 내 아들. 죽을 때까지 착해야지, 내 아가."

또 쉬는 시간이 지나갔다. 그러나 아무도 문을 열지 않았다. 거인에 대한 동화가 그에게 생각났다. 그 거인은 오랫동안 산을 옮겼다. 거인의 발과 몸통과 목이 모두 닳을 때까지. 결국 그의 해골만이 마지막 흙덩이와 함께 뒹굴게 되었다. 그때 예수 그리스도가 왔다. 예수는 그 부지런한 해골을 주워들고 말했다. "아들아, 너를 용서하마." 그러고 예수는 해골에 키스했다. 그러자 그 거인이 하얀 용사로 변했다. 용사는 백마를 타고 하늘나라로 달려갔다. 미시도 이곳에서 연민으로 마음을 달래며 고통을 겪어야 했다. 그러나 결국 끝에 가면 그는 아주 유명한 사람이 될 것이다. 모든 사람이 다 부러워하고 존경하는 사람이 될 것이다. 만약 그가 다시 혹시라도 데브레첸에 오게 된다면, 전 시민이 다 정거장으로 달려 나와서 그를 영접하게 될 정도로 말이다. 시장과 주교는 그를 영접하고 오륜마차에 모셔올 것이다. 그는 지금 벌써 대축제 때문에 부끄러웠다.

하지만 그는 그의 반 학생들을 잘 알지 못했다. 학급 소년들은 모두 그에게 낯설었다. 그들이 앉아 있는 것도 낯설었고 배우는 것도 또한 낯설었다. 그들은 대체 무엇을 배울까? 학생들은 매 시간 숙제 한 단원을 받는데, 빠진 문장은 그냥 빼버리면서 배울 필요성을 느끼지 않는다. 이것은 어리석은 일이 아닐까? 그는 모든 것을 알려고 했다. 모든 것을 한꺼번에 다 동시에. 그는 생각했다. 누구든지 무엇을 알려고 하는 사람은 그것을 알게 된다고. 영혼이 열려 있는 사람이라면, 그 안에 지식이 샘처럼 솟아난다. 그리고 못 배운 사람들은 훗날 그의 말을 듣게 되고 그의 작품을 읽을 것이다. 글로 쓴 것은 진실이기 때문이다.

시모니 대장이
어린아이일 적에,

빨간색 탑 위로
올라갔을 적에.

탑은 아주 높고
지붕도 높았네,
처마 하나 가득
참새가 있었네.

시모니 대장은
영웅마냥 섰네,
발아래 온 세계
펼쳐져 보였네.

예쁜 새끼참새
가슴에 감추고,
기쁜 맘 비할 데
어디 또 있을꼬.

떨어뜨리세요!
난 상관없어요.
샘 많은 너희들
날 보게 될 거야.

곤두박질 대신

하늘로 날지요.

수없는 날개로

날 테니까요.

그는 소리는 내지 않았으나 자랑스러운 마음이었다. 웃음이 나오고 노래가 저절로 나왔다. 그는 자기 몸이 진짜로 둥둥 뜨는 것 같았다. 만약 창문이 열려 있었다면 밖으로 날아갔을 것이다. 아름다운 피라미드 형태의 아카시아 위에 다른 새들이 있는 곳으로 날아가 노래를 불렀을 것이다. 사람의 소리로 노래하는 것이 아니라, 환희에 젖어 지저귀는 새의 목소리로. 이 나무들을 심은 사람은 복을 받을 것이다. 언제든 이 나무를 베어버리는 사람은 저주를 받으리. 시모니 제방길의 나무를 베었던 사람처럼 말이다. 그러고 나서 그는 계속 앞으로 날아가려고 했다. 멀리, 더 멀리. 허파가 공기를 가득 빨아들이도록. 이제 그는 파랗게 빛나는 하늘을 따라 높이 활주하고 있는 자신을 보았다.

그는 큰 소리로 새소리를 내고 있었다. "투루루루!"

갑자기 문이 열리고 사환이 들어섰다. 그는 미시가 팔을 들어 새처럼 움직이는 것을 보았고 "투루루루" 하는 소리도 들었다.

미시는 정말 부끄러웠다. 고개를 숙이고 얼굴을 두 손으로 감싸 감췄다. 얼굴이 타오르듯 새빨개졌다. 그는 이렇게 소리칠 뿐이었다. "아이고, 하느님!"

사환 아저씨 이슈트반은 아무 말 없이 미시를 의아하다는 듯이 쳐다봤다. 미시가 약간 이상하게 되지 않았나 하는 의아한 눈길이었다. 그러고는 따라오라고 손짓을 했다.

미시는 말없이 그를 따라갔다. 하지만 가슴은 오히려 뛰었다. 뚝딱

거리는 가슴이 터질 듯했다. 그는 잠시 웃으며 생각했다. '이제 나는 위대한 시인이 됐어. 그 시를 적어놓아야 할 텐데. 안 그러면 금방 다시 잊어버리게 되니까.'

그는 교장 선생님의 방으로 가는 것이 아니라 반대 방향에 있는 크고 비어 있는 강당 쪽으로 갔다. 강당을 지나 작은 교무실, 선생님 대여섯이 있는 방으로 안내되었다. 선생님들은 딱 붙은 의자에 나란히 앉아 있었다. 그것만 봐도 그 방에는 많은 사람이 동시에 있을 수 없다는 걸 금방 알 수 있었다.

그분들은 모두 미시가 얼굴만 아는 선생님들이었다. 그를 가르친 선생님은 하나도 없었다. 미시는 그들을 걱정스럽게 쳐다봤다. 이게 교사위원회로구나, 하고 되뇌면서.

미시는 얼굴이 창백해지고 떨리는 마음으로 그들 앞에 서 있었다. 반백의 머리에 손가락으로 깍지를 끼고 있던 한 선생님이 그에게 말했다. "닐러시 미하이, 2학년 학생. 몇 가지 질문을 학생에게 해야겠어요. 진실하고 양심적으로 대답해주세요. 지금 사느냐 죽느냐 하는 문제가 거기 달려 있으니까요. 첫 번째 질문입니다. 어떻게 학생은 포설러키 씨를 위해 1포린트짜리 복권을 사서 응모하도록 위임받았나요? 언제 돈을 지불했으며, 어디서 누구에게, 어떤 숫자를 써넣었나요? 그리고 복권으로 무슨 일이 일어난 겁니까?"

미시는 똑바로 앞을 쳐다봤다. 긴장 때문에 입이 열리지 않아 겨우 대답했다.

"저, 선생님. 저는 복권을 이 작은 돈지갑에 보관하고 있었어요. 그런데 그것이 없어져버렸어요."

"그래요?" 선생님은 엄중한 소리로 말했다. "잃어버렸다? 그건 두 번째 질문에 해당되는 대답이군요. 그러나 그보다 앞선 이야기는 다 대답을 한 것으로 간주하고, 두 번째 질문으로 넘어가도록 하겠습니다. 어떻게 퇴뢰케크 야노시 씨를 알게 되었나요? 그는 학생에게 복권에 대해 뭐라고 약속했으며, 언제 그는 학생에게 약속한 금액을 지불했나요?"

"제게요?" 어린 소년이 물었다.

"학생에게, 그래요, 학생에게요! 기억이 나도록 도와줄게요. 여기 퇴뢰케크 야노시 씨의 편지가 있습니다. 여기에 다 적혀 있어요. 그가 학생에게 복권으로 10포린트를 약속했고 그것을 지불했다고 말입니다. 학생이 그에게 가방을 학교까지 옮겨줄 때 말이에요."

미시는 시체처럼 창백해졌다. 모두가 그의 눈앞에서 돌고 있었다. 그는 가망 없이 사람들을 쳐다봤다. 그들은 하나같이 엄격한 선생님의 얼굴을 하고 비호의적으로 그를 바라보고 있었다.

"10포린트는 어디 있나요?"

"그는 그 돈을 제 호주머니에 저도 모르게 넣어놨어요. 저는 그걸 다음 날 아침에야 발견했고요." 그가 머뭇거리며 말했다.

"그 돈이 지금 어디 있어요?"

"그건 이미 퇴뢰케크 아저씨에게 도로 보내드렸어요. 퇴뢰케크 야노시 씨는 그의 아들이니까요." 미시는 거짓말을 했다.

"그래요? 학생이 처한 상황에 도움이 되는 행위군요. 하지만 그렇다고 해서 잘못이 완전히 다 없어지는 것은 아니에요. 학생에게 맡겨진 재산을 제멋대로 팔아버렸다는 잘못 말입니다. 물질적인 이득이 신호를 보냈기 때문에, 학생은 남의 것을 넘겨준 것이었지요?"

이 가정 앞에 미시는, 그것이 사실이 아니라고 즉시 반박할 수가 없었다. 그의 거짓말, 그 돈을 이미 도로 보내버렸다고 한 말은 아주 다른 것이었다. 그의 양심에는 위로가 되었다. 사실 그렇게 하려고 했기 때문이었다. 그러나 그 거짓말은 그를 몹시 화나게 했다. 그를 의심스럽게 만들었기 때문이다. 그가 이제 태양이 빛나고 돌이 단단하다고 말한다 해도, 더 이상 믿을 수 없게 되었다.

"그럼 세 번째 질문으로 들어갈게요. 5학년 교실에 올라간 것은 무엇 때문이죠? 얼마나 자주 그곳에 있었나요? 거기서 무엇을 보고 들었습니까? 선생님들을 비방하는 노래를 크게 부른 것은 어떻고요? 거기서 어떤 몫을 했나요?"

미시는 눈을 크게 떴다. 5학년 교실에서? 그는 그곳에 간 적이 없었다. 깜깜한 속에서 그는 소년들이 수요일과 토요일 오후면 종종 그곳으로 간다는 것을 상기해냈다. 5학년 교실은 다른 교실과 떨어져 낡은 구역에 특별하게 위치해 있었다. 그들은 곁방을 하나 따로 가지고 있었다. 그 곁방은 마치 낭만적인 성이라도 되는 양 소년들의 판타지를 자극했다. 그들은 거기서 실제로 뭔가를 벌이곤 했다. 소년들이 그곳에서 독주를 마셨다는 얘기를 전에 들은 적이 있었다. 그러나 그들은 한 번도 미시를 끼워주지 않았다.

위원장 역할을 하는 교사가 계속 말을 이었다. "어떤 사람이 이런 의견을 내놓았어요. 소년이 현금을 가지려고 복권을 팔았다고. 불확실한 이익을 넘겨주고, 보다 확실한 이익을 챙긴 것이라고. 그 비도덕적이고 못된 만남의 비용을 충당할 수 있도록 말입니다."

"저는 한 번도 그곳에 간 적이 없어요. 아무것도 모릅니다. 거기에 뭐가 있는지."

그가 분명한 어조로 말하자 선생님이 제안을 했다. "그럼 네 번째 질문으로 넘어갑시다. 학생이 돈을 다시 보냈다고 우리는 알고 있는 데요. 누구에게, 얼마나, 그리고 어떻게 보냈죠?"

소년의 눈에서 눈물이 흘러내렸다. 그는 목이 아파오는 것을 참고 있었다. 그는 대머리에, 반백이며, 비호의적인 사람들을 희망 없이 쳐다봤다. 그들은 그를 이해하려고 하지 않았다. 어쩌면 사람이 다른 사람을 이해한다는 것은 불가능한 일인지도 몰랐다.

"전 어느 누구에게, 어떤 짓도 하지 않았어요. 제발, 어느 누구에게 어떤 짓도…."

"저 학생은 대단히 쓸모없는 녀석이로군요." 위원장의 오른쪽 옆에 앉은 뚱뚱한 교사가 말했다. "구두약까지도 먹었대요."

미시의 목에서 울음이 순간 멈췄다. 그는 놀랐다. 구두약! 그것을 그가 먹었다고? 뵈쇠르메니가 아니고? 그의 구두약! 그는 당황해서 그 선생님을 쳐다봤다. 그는 건강해 보이고, 살찐 얼굴을 했으며, 회색빛 눈과 밤나무 갈색으로 꼬인 콧수염을 하고 있었다.

"소년들이 핑계를 대고 밖으로 나가는 것은 옳지 못해요. 학교 밖을 이리저리 돌아다니게 해서는 안 됩니다." 다른 교사가 말했다. "그것을 허락해서는 안 돼요. 최근에 학생은 밤에 가로등이 켜졌을 때 거리에서 뭘 했어요? 입을 멍하니 벌리고 여자들을 쳐다봤나요?"

미시는 이제 그 선생님을 쳐다봤다. 키가 작고 배불뚝이인 그는 몸을 뒤로 기대고 앉아서 책상다리를 하고 있었고 손은 의자 등받이에 대고 있었다. 그는 마치 소화물 한 덩어리처럼 앉아 있었다. 부푼 듯 살찐 작은 남자는 둥그렇게 부풀어오른 입술, 갈색의 살결과 빈약한 콧수염을 가졌는데, 꼭 두꺼비같이 기분 나쁘게 생겼다. 미시는 그가 무슨 생각을 하는지, 어디서 그를 봤는지 알 수가 없었다. 울 수도, 웃

을 수도 없었다. 미시는 단지 징그럽다는 생각으로 그 선생님을 바라
봤으나 기억이 나지 않았다. 그는 그 교사에게서 다른 곳으로 눈을 돌
릴 수가 없었다. 마치 추방당해 그곳에 서 있는 것처럼 그 앞에서 공
포를 느끼며 서 있었다.

　선생님들은 토론을 하기 시작했다. 그는 그들이 무슨 말을 하는지
이해할 능력도 없었다. 단지 그 자리에 서서 외롭고 버려진 듯한 기
분을 느끼고 있었다. 그들이 그에게 뭔가 괴로움을 주었기 때문이 아
니라, 그가 그 사람들을 이해하지 못하기 때문이었다. 그는 그들을 거
의 이해하지 못했다. 그들이 그를 이해하지 못하는 것과 마찬가지였
다. 한순간 모든 것을 말해버리는 것이 더 좋을까 하는 생각이 미시에
게 들었다. 그러나 그럴 수는 없었다. 그렇게 되면 스스로를 칭찬하게
될 테니까. 그가 다른 소년들보다 더 좋은 학생이라고, 또 모든 사람
들보다 더 좋은 사람이라고 말해야 할 테니까. 그는 남에게 나쁜 짓을
하나도 하지 않았다고, 그리고 어느 누구도 나쁘게 생각하지 않았으
며, 어느 누구에게도 나쁜 것을 기원한 적이 없었다고 말하는 것이기
때문이었다. 어떻게 그것을 얘기할 수 있겠는가. 어쩌면 그의 지금 생
각이 전혀 사실이 아닐지도 몰랐다. 혹시 선생님들이 옳고, 그가 사실
나쁜 놈, 형편없는 놈일지도 모르지 않는가. 그는 자기의 진실된 모습
을 발견하기 위해서 과거를 되새겨봤다. 그는 주머니칼에 대해서 얘
기하기로 결심했다. 그가 훔쳐서 쓰레기통 뒤에 버린 그 칼에 대해서.

　"이런 고집불통 같으니라고." 이때 위원장이 말했다. "이 아이는 질
문에 아무런 대답을 하지 않는군요. 음흉하고 심성이 나빠요. 그의 가
슴을 열어서 책을 펴서 보듯이 우리가 그 안을 들여다보게 하는 대신
에, 그는 죄를, 자기가 시작한 죄를 만들고 있어요. 말을 하지 않는 것

을 보니 점점 더 나쁜 방향으로 말이에요. 자, 어서 말해보세요."

'당신들 모두 내 앞에서 고개를 숙여야 할 거야. 내가 유명한 사람이 되면' 하고 미시는 생각했다. 그리고 큰 소리로 말했다. "선생님, 저는 아무 짓도 안 했어요."

이렇게 말하는 자기 목소리를 듣자 그는 부끄러웠다. 아직도 어린 아이인 그가 어떤 아름답고 커다란 일을 했다고 말하는 대신, 그런 말이나 해야 하다니.

"학생은 언제부터 도로지의 가정교사를 했죠?"

미시는 생각해봤다. 하지만 생각이 나지 않았다.

"저는 그 댁에서 단 한 번 돈을 받았어요."

"그렇군요. 학생은 역시 돈을 받은 것으로 기억을 하네요. 아주 재미있어요. 얼마나 받습니까?"

"2포린트요."

"한 달에요?"

"네."

"같은 반 학생을 가르치나요?"

"네."

"무슨 과목을?"

"수학과 라틴어요."

"다른 과목은 안 가르쳐요?"

"안 가르칩니다."

"지리와 헝가리어도요?"

"네."

"그 학생이 다른 과목에서는 낙제를 하든지 말든지 상관없다는 건가요?"

미시는 입을 다물었다.

"그래요. 그건 이 일에 해당되지 않지요." 다른 선생 하나가 말했다.

"천만에요. 그것도 해당사항이에요." 위원장이 계속 말했다. "왜냐하면 도덕적인 태도를 나타내주기 때문이죠. 이 학생은 이기적이고 자기주장이 강한 데다 물질적인 것에 관심이 많아요. 가르치는 학생의 누나, 벨라라고 하던가요? 그 누나를 어떻게 알게 되었고 그녀와 어떤 관계를 유지하고 있었나요?"

미시는 양미간을 모았다. "좋은 관계에 있었어요." 그가 낮게 말했다.

"어떻게요?"

"벨라는 정말 좋은 아가씨입니다."

"좋은 아가씨라." 교사가 소리를 냈다. "도덕적으로 깊은 단계까지 타락해 내려갔고, 사기꾼하고 도망친 여자가 학생에게는 정말 좋은 아가씨군요. 그래요. 말하세요, 말해. 혀에서 나오는 말들을 입에서 못 나오게 막지 마세요."

미시는 눈을 감고 입을 다물었다. 이 심문은 그가 보기에 아무 목적이나 목표도 없이 왔다 갔다 하는 것 같았다. 심문을 하는 남자들은 쓸데없이 덩치만 어른이었고, 머리만 좋았다. 그들은 아직 아무런 경험도 없는 모습이 아닌가. 만약 어떤 사람에게 적대적이고 무자비한 의도를 가지고 비밀을 강제로 캐내려고 한다면, 어떻게 그 사람의 마음을 알게 되겠는가. 아, 하느님, 만약 누군가 거기 있어서 가슴을 털어놓았으면! 그와 함께라면 솔직하고 신뢰감 넘치게 다 얘기할 수 있을 텐데. 그는 고개를 창문 쪽으로 돌려 절망적으로 흐린, 거미줄이 끼어 흐릿한 창유리를 바라봤다. 그들도 그의 인생이나 매한가지로 구제할 길이 없어 보였다.

"저, 동료 선생님, 허락해주시겠어요? 제가 몇 가지 질문을 하겠습니다."

"하시지요."

"내게 말해주세요, 학생. 말해주세요, 학생." 검은 수염을 한 사람이 시작했다. "어떻게 그리 대담할 수가 있어요? 결코 작은 일이 아니에요. 복권을 돈 받고 파는 일은! 학생은 10포린트에 복권을 흥정해서 팔았어요. 그래서는 안 된다고 스스로에게 타일렀어야 했어요. 그때 무슨 생각으로 그런 짓을 했나요? 숫자가 맞지 않을 거라고 생각해서 그랬나요?"

"저는 그걸 팔지 않았어요."

"좋아요. 학생은 지금 팔지 않았다고 말하고 있어요. 그렇다면 왜 노신사에게 거짓말을 했나요? 복권을 브륀에 넣지 않고 부다페스트에 넣었다고? 그리고 왜 브륀의 복권 당첨 숫자를 노신사에게 읽어주지 않았죠?"

"그건 신문에 나와 있지 않았어요, 선생님."

"거짓말하지 마세요!"

"그건 신문에 나와 있지 않았어요."

"반박하지 말아요. 복권을 팔지 않는 편이 더 좋았을 텐데. 하지만 학생은 그걸 팔았어요, 팔았어. 깡패 같으니라고! 내 면전에서 거짓말을 하다니, 쓸모없는 녀석. 또다시 흐리멍덩하게 나오면 따귀를 맞게 될 거야. 정신이 바짝 나도록. 어떻게 그리 뻔한 거짓말을 할 수 있지? 어린아이가 돼가지고! 학생 아버지는 뭘하시죠?"

미시는 대답하지 않았다.

"안 들려요? 아버지는 뭘 하냐고요?"

"목수입니다."

"그래, 그래서 그랬군. 어린아이를 이렇게 거짓말하도록 교육시키다니. 거짓말로 단련을 시켰군요. 이런 개구쟁이 녀석의 부모가 뻔하지 않겠습니까?"

이 말에 소년은 몸이 뻣뻣해지는 것 같았다. 그는 이를 악물고 선생님을 증오에 가득 찬 눈으로 바라봤다. 눈빛으로 그를 찌르기라도 할 듯이. 그러자 그 교사는, 몇 분 전까지만 해도 다정한 눈빛으로 미시를 유인하려고 했으며 아첨하듯 입에 발린 말을 하고 자기에게 반대되는 증언은 하지도 못 하게 유도했던 그 교사는, 미시의 눈길에 화가 잔뜩 나서 자리에서 벌떡 일어났다. "이런 돼먹지 못한 녀석! 까마귀같이 시커먼 도둑놈 심보 같으니라고. 네 귀를 물어뜯어야겠다, 이녀석."

그래도 미시는 쇠말뚝처럼 그 자리에 서 있었다. 턱이 덜덜 떨렸고, 콧구멍은 숨을 헐떡이는 말처럼 부풀어올랐으며, 창백한 조그만 얼굴은 더욱더 창백해졌다. 그는 마치 다음 순간에 선생님에게 달려들려고 하는 것처럼 보였다.

"완전히 못된 성격을 지녔구면." 위원장이 성급하게 말했다. "저 녀석을 처음 보자마자 바로 알아봤지. 그런 식으로 복잡한 범죄적인 행동의 축적이, 지금 여기서 보듯 완벽하게 설명되는군요. 도대체 열한두 살 먹은 아이의 행동이라니! 숙련된 범죄자도 이 아이를 보면 존경스러워할 거야."

"안됐네요. 이런 최우수 학생을 보고 불량소년이라니."

"최우수 학생, 최우수 학생." 위원장이 말했다. "이성은 신의 선물일 수 있어요. 하지만 악마의 선물이기도 해요. 중요한 것은 가슴속에 뭐가 존재하는가 하는 겁니다. 머리에서 오는 것이 아니에요. 아주 영리한 사람이라고 해서 인간에게 꼭 복된 행위를 하는 것은 아닙니다. 만약 그가 타락한 가슴을 소유하고 있다면 말입니다. 반대로 아무리 우매한 사람일지라도, 마음속에 고상하고 선한 영혼을 가지고 있으면 그는 사회에 필요한 공동체의 일원이 되는 거죠. 그리고 데브레첸 학교의 전통은 세계적으로 유명하고 능력 있는 범죄자를 교육하는 것이 아니에요. 우리의 과제는 진실하고, 맡은 바 책임을 다하고, 규칙을 잘 지키는, 그리고 우리 조국에 필요한 시민을 양성하는 겁니다."

"저는 더 이상 데브레첸 학교의 학생이 되고 싶지 않아요." 미시가 소리쳤다.

모두들 매우 당황해서 어쩔 줄 몰랐다.

"뭐라고요? 더 이상 학교를 안 다니겠다고요? 첫째, 자네는 이곳 학교의 친구가 될 자격이 없다는 걸 알아두세요. 그리고 둘째, 자네는 교수대 밑에서도 한때나마 데브레첸 학교의 학생이었다는 사실을 자랑스럽게 생각하게 될 거야. 알겠어? 건방진 녀석 같으니라고."

"데브레첸 학교"라는 말을 하는 교사의 목소리에는 진지함과 경건함, 감동이 한데 섞여 있었다. 높이 솟은 불길이 데브레첸이라는 그의 말 속에 타고 있었다. 그는 그 장엄한 데브레첸의 명예를 위해 일어섰다. 그러자 그와 함께 다른 교사들도 무의식적으로 따라 일어났다. 신의 면전에서 말 한 마디 한 마디를 증언이라도 하려는 듯이.

그 광경은 소년에게 영원히 선명한 그림으로 살아 있었다. 그 후 소년의 인생에서 그처럼 가련할 만큼 강한 지역이기주의를 접해본 적은 없었다. 모든 크고 진실한 감정이 다 그렇듯, 이 역시 사람을 함께 끌어당기는 힘을 가졌다. 그러자 갑자기 그는 자신의 편협함이 부끄러워졌다. 자신의 불행에 부끄러움을 느꼈다. 그는 부끄러웠다. 오랫동안은 아니었지만 하여튼 이곳의 다른 사람처럼 자기가 데브레첸 사람임을 자랑스럽게 느꼈던 것이 부끄러웠다. 데브레첸 사람이라는 매력.

교사들은 갑자기 이제까지 견지하고 있던 표면적인 고요함을 잃어버렸다. 그들은 이리저리 왔다 갔다 했고, 떼를 지어 격하게 흥분해서는 소년들의 실추된 도덕성과 조국의 미래에 대해 토론을 벌였다.

"이제 가도 좋아요." 위원장이 미시에게 말했다. "밖에서 기다리세요. 우리가 학생을 부르겠어요."

그때 미시는 교장 선생님에게 몸을 돌렸다. 그는 이제껏 아무 말 없이 옆에 앉아 있었다. "교장 선생님, 제발. 저분들은 그래도 저를 얌전한 학생이라고 생각하는 거죠? 그렇지 않나요?"

교장 선생님은 양미간을 모았다. 그러고는 말했다. "음…. 우리가 확실히 하려고 하는 것이 바로 그거예요. 지금 바로 이분들이 그걸 검토하실 겁니다."

미시는 고개를 숙이고 방을 나왔다. 그러나 그의 가슴 한 조각은 남몰래 노인의 옆에 머물러 있었다.

그가 문을 뒤로 닫자 안에서 벌이는 격렬한 이야기들이 그의 귀를 울렸다. 그때였다. 강당의 다른 쪽 문을 통해 누군가 그에게 다가왔다. 그가 자기가 아는 사람임을 깨닫는 순간 미시는 갑작스럽게 솟구치는 기쁨을 맛보았다. 그러나 놀란 그의 가슴은 처음에는 어리벙벙하여 전혀 기쁘다는 것을 깨닫지도 못했다. 그의 외삼촌이었다. 외삼촌 이삭 게자! 그는 긴 갈색 털외투를 입고 있었다. 진짜로 근사한 모피였다. 그는 갸름한 머리에 빳빳하고 검은 모자를 쓰고 있었다. 크고 검은 눈동자는 관찰하듯 주위를 살피고 있었다. 그가 어린 조카를 알아보고는 서둘러 팔을 벌려 미시를 끌어안았다.

"내 꼬마 미시." 그는 미시를 꼭 끌어안으며 말했다.

소년은 눈물이 넘쳐흘렀다. 긴 시간 동안 낯선 사람들 앞에 세워졌지만 어느 누구도 "내 꼬마 미시"라고 사랑스럽게 말해주지 않았다. 미시는 외삼촌의 팔에 얼굴을 묻었다. 머리를 차디찬 모피코트에 파묻고 미시는 엉엉 울었다.

그는 오래오래 울었다. 어떤 사람의 가슴에 얼굴을 묻고 울어도 된다는 것은 말할 수 없는 은총이었다. 그것도 외삼촌의 가슴에 말이다. 그의 우상이고, 가족의 숭배 대상이며, 사랑하는 마음씨 좋은 외삼촌 게자. 그에게서 미시는 오랫동안 소식을 듣지 못했고 편지도 받지 못했다. 이 어려운 처지에 놓인 속에서도, 전혀 생각도 하지 못했던 외삼촌이었다. 외삼촌이 지금 여기에 와서 그를 해방시켜주리라고는 상상도 하지 못했다.

"사람들이 제게 아주 나쁘게 대해요." 그가 겨우 토해냈다. "제게 잘 대해주지 않아요, 게자 외삼촌."

외삼촌은 그의 머리를 쓰다듬어주었다. 그리고 이마에 키스해주고는 밤나무 갈색의 커다란 두 눈으로 미시를 쳐다봤다. 미시는 외삼촌의 사랑으로 가득한 크고 진지한 두 눈에 물기가 어리는 것을 보았다.

"내 꼬마 미시, 사랑하는…."

"난 이제 더 이상 데브레첸 학교에 다니지 않을 거예요." 소년이 소리쳤다. "이제 싫어요. 여기서는 모두 내게 나쁘게 대해요."

그는 울고 또 울었다. 그토록 오래 가슴속을 가득 채우고 있던 엄청난 긴장과 분노였다. 그것은 아무리 울어도 풀어질 수 없을 정도로 그에게는 무겁고 치명적이었다.

외삼촌은 그를 더 가까이 끌어안았다. 추위에 얼고, 그의 코트에 떨면서 매달려 있는 소년. 그 시체처럼 창백한 소년을 두 팔로 꼭 감싸안았다. 소년은 단추를 채우지 않은 외삼촌의 코트 자락 밑에서, 터져나오는 오열을 억제하려고 그 조그만 주먹을 피가 나도록 깨물었다.

12

"여기 있어라, 애야." 외삼촌은 더할 수 없이 사랑스러운 듯이 부드럽게 말했다. "내가 들어가 보도록 할게. 넌 여기서 기다려. 단지 기다리기만 하면 돼."

미시는 첫 자리에 있는 긴 벤치의 가운데에 쪼그리고 앉았다. 온몸이 얼음으로 변하듯 추웠다. 그는 이마에 손을 댔다. 한기가 그를 엄습했다. 갑자기 이가 덜덜 떨리기까지 했다. 이를 떨면서 그는 외웠다. "시모니 대장이 어린아이일 적에, 빨간색 탑 위로 올라갔을 적에. 탑은 아주 높고 지붕도 높았네, 처마 하나 가득 참새가 있었네. 시모니 대장은 영웅마냥 섰네, 발아래 온 세계 펼쳐져 보였네. 예쁜 새끼 참새 가슴에 감추고, 기쁜 맘 비할 데…."

그는 깜짝 놀라 외우기를 그만두었다. 자기가 징벌방에서 시를 지었을 때는 이것보다 훨씬 더 좋지 않았나 싶었다.

그는 너무 놀랐다. 뭔가 잊어버렸다고 생각됐기 때문이다. 뭔가가 어디로 기억 속에서 도망가버린 거야….

　그는 다시 박자를 맞춰봤다. "탐탐 탐탐 탐탐…. 탐탐 탐탐 탐탐."
그러고 나서 다시 낭독을 시작했다.

　　참새 새낄 잡아
　　가슴에 두르고
　　이리 기쁜 마음
　　이 세상 또 누구

　그는 이마를 벤치에 대고, 있는 힘을 다해 기억을 더듬어봤다. 생각
이 더 잘 날까 해서 눈을 감았다. 그는 아팠다. 이가 부들부들 떨렸다.

　　예쁜 새끼참새
　　가슴에 감추고
　　기쁜 맘 비할 자
　　여기 또 누굴꼬.

　그는 큰 소리로 웃었다. 이 시는 어딘지 맞지 않았다. 절름발이였다.
그러나 그는, 쫓기고 고통을 받아 마음이 괴로운 사내아이는 이제 행
복했다. 학교의 마당 밖에서 이리저리 뛰어노는 어느 누구보다도 더
행복했다. "시는 아니지요. 그렇지만 사실이에요." 지난해 퇴뢰케크
씨의 집에서 일론카 아가씨가 어떤 일화를 하나 이야기했다. 옛날 옛
날에 어느 남자가 살았는데 그는 어느 날 하인과 함께 장난을 치려 했
다. "우리 함께 시를 한 수씩 읊어볼까?" 그는 이렇게 물었다. "아니라

고? 그렇다면 내가 한 수 읊어보지."

아느냐? 멍청한 미시카야,
네 누이가 내 애인임을.

그러고 나서 그는 덧붙였다. "멍청아, 이게 시란다. 사실과는 다른
그저 상상이지." 이 말에 하인도 답으로 이렇게 말했다.

아십니까? 주인 나리,
마나님이 내 사랑임을요.

그러고 나서 그는 덧붙였다. "보세요, 주인님. 이것은 시가 아니지
요? 그러나 내용은 사실이랍니다."

미시는 지난해에 이 이야기만 생각하면 늘 웃지 않을 수가 없었다.
물론 다 이해하지는 못했지만 그것을 생각하면 나오는 웃음을 참을
수가 없었다. 그리고 그때의 그 운이 이제 자기 자신의 운으로 맞춰졌
음을 확연히 느꼈다. "이것은 시가 아니지요? 그러나 내용은 사실이
랍니다." 이것을 생각하면서 그는 자랑스러웠다. 학교에 있는 어느 누
구보다도 더 행복한 느낌이었다.

긴 벤치에 이마를 올리고 그는 혼자서 조용히 웃었다. 참지 못하겠
기에 소리를 내지 않고 웃었는데 어찌나 웃었던지 눈에 눈물이 가득
고일 정도였다. 그런데 순간 그는 갑자기 배가 고파지는 것이 느껴졌
다. 그것도 엄청나게 배가 고팠다. 배가 몸에서 떨어져나갈 듯이 그렇
게 배가 고픈데, 머리에 육군대장 시모니가 머리에 떠올랐다. 이제 학

교에서 쫓겨나면 어떻게 해야 하지? 그러나 아름다운 것은 어찌 잊어버릴 수 있단 말인가.

수없는 날개가
그에게….

이렇게 되어야 하나? 그는 그 시를 더 이상 머리에 떠올릴 수가 없었다. 그것이 마치 자기가 지은 시가 아니라는 듯이. 남의 시를 읽거나 꿈에서 시를 본 다음, 금방 다 잊어버린 꼴이었다.

떨어뜨리세요!
난 상관없어요
수없는 날개가….

이거 비슷했을 거야, 아마.
그는 조끼 주머니에서 연필을 꺼냈다. 하지만 종이가 없었다. 그가 주머니에서 발견한 것은 작은 종이쪽지 하나뿐이었다. 그 작은 종이를 보는 순간 그의 가슴은 방망이질하기 시작했다. 그것은 자기 아버지가 우편으로 돈을 보낸 증서였다.
그는 고개를 다시 늘어뜨렸다. 벤치 위에 머리를 내려뜨렸다. 그는 이제 완전히 부서졌다. 드디어 만신창이가 되었다. 엄청난 피로가 엄습해왔다. 아버지의 운명과 자신의 불행이 머리에 떠올랐다. 그의 마음은 견디지 못할 만큼 짓눌렸다. 동시에 그는 생각나는 것이 있었다. 키니즈네 집에서 시작되었던 일이었다. 그는 자기 안으로 몸을 오그렸다. 더 할 수 없이 조그맣게 몸을 오그려 붙였다. 마음이 갑자기 먼지 속으로, 또 모래 속으로 걸어가는 듯한 기분이었다. 지난여름 그때처럼 말이다. 그때 그는 아버지의 도시락을 들고 키니즈네 집으로 갔었는데 모래가 무릎에 닿을 정도로 깊이 빠지게 되었다. 너무 뜨거워서 발을 들어올릴 수가 없었다. 지금 이 강당에는 엄청나게 차가운 기운이 가득 차 있는데도, 마치 모래 속에 빠졌던 그 여름날과 꼭 같은 느낌이었다. 온몸에서 땀이 솟아나왔다.

그는 어떤 사람의 목소리를 들었다. 누군가를 저주하는 소리였다. 이 순간 그가 얼마나 놀랐는지 온몸에 소름이 끼쳤다. 그는 입구의 문을 열었다. 크고 시커멓게 생긴 농부 한 명이 문 앞에 서 있었다. 그는 욕을 마구 퍼부으며 주먹을 흔들었다. 그리고 검은 복장을 한 여자 두세 명이 목이 터져라 욕을 하는데, 그 한가운데에 아버지가 서 있었다. 아주 주눅이 들어 맥없는 태도였다. "제기랄, 하느님 맙소사. 제기랄, 하느님 맙소사." 욕을 하면서 무슨 놈의 하느님은 들먹이는지. 그들은 침을 튀기면서 입에 게거품을 물고 욕을 해댔다. 탄식과 함께였다. "당신은 162포린트에 하겠다고 일을 떠맡았죠? 그런데 이미 210포린트를 지불했어요. 그리고 앞으로 얼마나 더 나갈지도 모르잖아요. 옆쪽 벽도 아직 못 했고 문도 아직 달지 않았으니까요. 하느님 맙소사."

아버지는 도시락을 들고 오는 아들을 보고는 웃으면서 다가왔다. 그것이 아무 일도 아니라는 듯이. 그리고 그들에게는 전혀 개의치 않는 태도를 보였다. "얘야, 미코야." 아버지는 장난을 거는 태도로 아이를 불렀다. 아버지는 아이들에게 애칭을 지어줬는데 이날도 아들을 애칭으로 불렀다. "뭘 가지고 왔지? 감잣국이냐?" "아니에요. 닭고기

국이에요." 아버지의 물음에 그는 이렇게 대답했다. "와아!" 아버지가
입을 딱 벌리고 말씀하시는데, 그게 그에게는 매우 이상하게 들렸다.
"닭고기 국이라. 그럼 잠깐만 기다려봐. 내 금방 가마." 그러고서 아버
지는 뒷마당으로 갔다. 미시가 나타나서 욕을 중단했던 그들은 아버
지가 나타나자 다시 입을 열고 저주를 시작했다. "한 푼도 더 안 줘요.
한 푼도 더 못 준다고요. 당신은 우리를 속였어요. 우리에게 사기를
친 거예요. 나쁜 사람 같으니."

　그러자 아버지도 화가 나는 모양이었다. "아가리 닥치지 못해요?
만일 계속하면 도끼로 쪼개놓을 테니까. 그렇다면 나도 모든 것을 다
그만두고 끝내겠소. 그러면 훗날 다 무너져버리겠지. 이게 당신 머리
위에서 무너지든 말든, 나로서는 상관없는 일이니까…."

　"하지만 당신은 이 일을 162포린트에 맡지 않았어요?" "그래, 당신
들은 그놈의 162포린트로…. 그 돈 162포린트는 도대체 어디에 있단
말입니까? 그 돈을 가지고 술을 마셨다면 당신이 많이 마셨지, 내가
마셨소? 당신이 마신 술값은 모두 다 내가 내지 않았어요? 술을 마시
면서 술값 10분의 1이라도 당신이 냈다면 말을 않겠소. 그 돈 162포
린트는 다 당신네 집에 들어갔어요. 나무 기둥에, 서까래에, 지붕 덮
개에, 그리고 품삯에 말이오. 당신네들이 162포린트 가지고 그렇게
했으니 딱 맞지 않소? 그런데 무슨 소리 하는 거요?" "일을 그 값에 하
겠다고 맡았으니 끝까지 해내야 할 것 아니에요? 돈이 턱없이 부족하
다면 왜 그 일을 맡았나요?" 부인네들이 목소리를 높여 말했다. "내
가 무엇을 맡았어요? 내가 맡은 것이 어디 있어요? 당신들은 담을 예
상보다 20센티미터 더 높이 쌓으려 하고, 창문은 10센티미터 더 크게
짜야 한다고 했죠. 문도 이중문으로 하고, 서까래도 두껍게 한다고 하

니, 당신들 말대로라면 무슨 대궐이라도 지으려는 겁니까? 그렇게 집은 짓는 사이에 당신네들은 그렇지 않아도 꾸부러진 목이 더 꾸부러져서 지은 집 지붕 한 번 쳐다볼 수 없을걸요? 빌어먹을 이빨 빠진 할망구들 같으니라고. 잔소리 말고 아가리 닥치고 당장 여기서 꺼져요. 죽기나 할 일이지. 당신들은 이미 많이 살았소. 썩은 자두같이 팍 삭은 주제에 대궐은 무슨 놈의 대궐! 송장 담을 관이나 짜는 게 제격이지."

떼를 지어 듣고 있던 사람들이 웃음을 참지 못했다. 아버지는 미시의 손을 잡았다. "가자. 여기서 어서 떠나자." 아버지가 말했다. 그들은 길로 나가 음식점으로 들어갔다. 음식점에 발을 들여놓았을 때 이미 아버지는 마음이 가라앉은 모양이었다. 싸우는 소리가 여기까지는 들리지 않기 때문이었다.

하지만 미시는 온몸이 벌벌 떨렸다. 다리도 떨렸다. 가슴은 두근두근 방망이질을 해댔다. 그는 속으로 농부들의 말이 옳다고 생각되었다. 아버지가 비록 번개처럼 빨리 일을 해주기는 했지만 그럼에도 아버지가 그들을 속인 듯한 느낌이었다. 세 사람이 하루 종일 해도 못다할 일을 아버지는 단 한 시간 만에 다 해치워버렸다. 아버지가 나무를 자르고 들고 던지고 정리를 하는 것을 보면 참 놀랍다. 몸놀림이 마치 불꽃이 춤추는 것 같다. 아버지의 몸에는 분명히 불꽃이 춤을 추고 있을 것이라고 그는 생각했다.

하지만 느리고 굼뜬 사람들이 천천히 몸을 움직여 일을 하는 것을 보면! 그들은 일을 즉석에서 해치우는 적이 없다. 품삯을 받고 일하는 사람들을 보면, 그들의 입에서는 한시도 담배가 떠나지 않고 신발도 하나 제대로 신지 않고 질질 끌고 다닌다. 그런 사람들도 인간이라고 해야 할지. 그 사람들이 그릇에 흙을 담아 둘이서 들고 질질 끌고 가는 꼴을 보면, 그 시간이면 우리 아버지는 온 마을을 열 바퀴도 넘게 돌았을 것이다. 그리고 또 아버지는 눈 깜짝할 사이에 상량을 만들어 지붕 위에 올려놓는다. 아침에는 아무것도 없었는데 저녁때가 돼 보면 크나큰 상량과 서까래가 줄줄이 놓여 있었다. 더구나 이음새 나무까지 만들어 못도 박아놓은 상태였다. 그러는 아버지가 함께 일을 하는 사람들은 정말이지 개돼지 같은 사람들이다. 그 게으름뱅이들은 뭘 해주고 돈을 받는 것인지.

키 작은 장인 닐러시가 하는 일의 양이나 질은 보려 하지 않고, 멍청한 머리를 굴려 계산을 하고 꼼꼼히 따지는 것을 보면 한심한 생각이 든다. 얼마 얼마의 포린트, 그리고 얼마 얼마의 크로이처가 되는지 셈을 해보고 그들이 약속한 돈을 다 받았음을 알게 된다. 한 푼도 더 받지 않았음을 말이다. 에이, 구두쇠들, 천하에 인색한 인간들. 이 인간들을 위해 우리 아버지는 일을 하셨다. 그것도 가장 양심적인 사람이 자기의 일을 스스로 하듯이 그렇게. 그럼에도 이 인간들은 자기들을 위해 뼈 빠지게 일하는 아버지를 보고 비웃기나 하고 있으니. 나무값 재료값은 다 치렀고, 물론 그들에게 품삯도 다 지급되었다. 그들은 아버지가 아무것도 훔치지 않았다는 것을 봤다. 아무것도 이윤으로 떨어져 남는 것이 없다는 것도 봤다. 그럼에도 정한 액수를 초과하면, 물론 돈이 너무 적어 정한 액수를 초과하면, 아버지가 집이나 마을로 가서 옷을 팔고 집을 팔고, 있는 돈을 다 긁어다가 집짓는 값을 메워주기를 바라는 것이었다.

아이는 화가 목에까지 치밀어 올라왔다. 잠재울 수 없는 증오가 아이의 가슴속에서 북북 끓었다. 그러나 그 당시에 아이는 아버지를 불성실한 사람으로 간주했다. '그래. 저렇게 하는 게 당연해. 저런 창피

를 당하느니, 있는 돈을 다 줘버리는 게 100배 나아.'

아버지는 입맛이 좋은지 도시락에서 몇 숟가락을 떴다. 그러고서 "자, 먹으렴"이라고 말했다. 아버지는 밥을 미시에게 먹으라고 밀어줬다. 미시는 점잔을 빼면서 가만히 있었다. 아버지가 닭고기를 저녁이나 다음 날을 위해 남겨두길 바라는 마음에서였다. 그러나 아버지는 미시를 다그치며 괴롭혔다. "얘야, 어서 먹으렴. 네가 먹지 않으면 집시 아이들에게 줘버릴 거야." 이 말에 그는 그걸 먹기 위해 급히 손을 내밀었다. 그렇지 않으면 아버지가 정말로 집시에게 줘버릴 것임을 알고 있었기 때문이다.

지금 그는 당시 아버지가 처했던 상황과 아주 비슷한 처지에 놓여 있다. 모든 사람들, 연로한 사람들, 김나지움의 선생님들이 함께 모여 그를 책망하고 벌을 줘 학교에서 쫓아내려고 하는 것이다. 그는 이마를 한 번 닦은 다음 말했다. "아, 맙소사! 맙소사!" 그의 목소리에는 한없이 피곤한 속마음이 묻어 있었다. 몰지각하고 비이성적인 사람들과의 싸움에서 완전히 지쳐버린 그의 모습을 여실히 보여주는 소리였다.

이토록 인간이 인간을 이해하지 못하게 하는 것은 도대체 무엇이란 말인가.

왜 올바른 인간은 무지몽매하고 미련한 사람들 사이에서 사는 것이 불가능하단 말인가. 그의 아버지는 맹렬하게 타오르는 불덩어리와 흡사했다. 일 앞에서는 항상 불이 났고 제어할 수 없는 속도로 인간에게 필요한 일들을 수행했다. 그러나 모든 일의 끝에는 싸움이, 불만이, 분노가 있었다. 비겁하게도 그는 사람들을 항상 피해버렸고, 그 자신은 구석으로 숨어서 자기가 생각하는 왕국에서 살았다. 아주 어린아이였을 때부터 그는 모든 사람에게 뭔가를 줬으며, 모두를 위해 뭔가 일을 했고, 다른 사람을 항상 좋게 생각하려고 했다. 그런데 이제 방금 그가 내디딘 첫걸음이 그러한 분노를 불러 일으켰던 것이다.

아니다. 그렇게 해결되어선 안 된다. 그는 무슨 일이 일어났는지를 설명하지도 않을 것이며, 이해시킬 수도 없을 것이다. 그는 인간의 마음을 밝게 해줄 능력이 없었다. 여기서 취했던 행동은 일생 동안 그에게 달라붙어 있을 것이고, 사람들이 기억하고 있는 한 계속 그것에 관해 이야기를 지껄일 것이다.

그는 자기의 육각형 연필을 살펴봤다. 그것은 이미 다 닳아 있었다. 양쪽 끝에 그는 나무를 파도 모양으로 예쁘게 깎았다. 그것은 그의 표식이었다. 그것으로 다른 사람들은 연필이 그의 것임을 알아볼 수 있었다. 사실 그는 알아보는 표식으로서 그렇게 깎은 것이 아니었다. 만약 그 연필을 잃어버리거나 도둑맞았을지라도, 그는 그걸 다시 찾으려고 하지는 않았을 것이다. 그렇다. 그것이 그의 연필이라고 전혀 말하지 않았을 것이다. 그는 자신의 잃어버린 모자를 소년 정원사가 쓰고 있는 것을 본 적이 있었지만 아무 말도 하지 않았었다. 그 표시는 단지 그 연필이 그의 소유인 동안 다른 연필과는 다르다는 것, 이 세상에서 그 이외에는 아무에게도 두 면을 들쭉날쭉하게 깎은 연필이 없다는 것을 나타낼 뿐이었다. 그는 연필로 박자에 맞춰 의자 위를 두드리기 시작했다. 그때 육군대장 시모니가 영웅처럼 똑바로 자랑스럽게 서서 넓은 세상을 이리저리 전부 살펴보고 있는 것이 아닌가.

아, 그것은 옳지 않다. 훨씬 더 아름다웠어야 했다. 어떻게 그것을 잊을 수 있단 말인가. 그는 이를 악물며 생각했다. 그가 복권을 잃어버린 것이 나쁜 일만은 아니다. 호랑이나 물어갈 그 많은 돈, 가방에 가득했던 종이돈. 하지만, 하지만 자작시를 잃는다면!

알 수 없는 환희가 그를 엄습했다. 그는 시를 한 편 가지고 있었다. 그런데 그것이 어디론가 가버렸다. 만약 그 시를 가지고 있었다면 틀림없이 유명하게 되었을 텐데. 혹시 학교에서 선생님들이 학생들에게 그 시를 읽히게 될지도 모른다. 그 시를 외우지 못하는 학생에게 양을 줄지도 모르고. 선생님들은 학생들에게 이렇게 설명할지도 모른다. "'수없는 날개'라는 표현은 새의 날개가 진짜로 수가 없다는 것으로 해석해서는 안 돼. 이런 뜻으로….'

목소리들이 그의 귀를 울렸다. 그의 심장은 빨리 뛰고 가슴은 조여들기 시작했다. 하지만 도대체 왜? 그런데 왜 슬플까? 아, 하느님. 모든 것은 다 잘될 거다. 게자 외삼촌이 여기에 와 있지 않은가. 해결책이 있다. 외삼촌은 해결사다. 앞으로 무슨 일이 일어날지 그는 걱정할 필요가 없다. 누군가 그에게 책임을 덮어씌웠다. 지금 게자 외삼촌의 얼굴은 구세주와 아주 비슷하게 보였다. 외삼촌은 예수님과 똑같이 갈색으로 부드럽게 파도치는 수염을 가졌고 또 인간의 가슴속을 꿰뚫어 보는 듯한 두 눈과 인간을 압도하는 힘을 가지고 있었다. 게자 외삼촌은 지금 모든 것을 자기 어깨 위에 걸머졌다. 그에 의해 나쁜 일들은 이제 모두 백일하에 드러날 것이다. 명명백백하게. 미시가 나쁜 짓을 한 것이 아니라 착한 일을 했음이 세상에 밝혀질 것이다. 누군가 자기 책임을 떠맡을 사람이 있다는 것은 좋은 일이다. 인간의 정신이 의기양양하게 일어나는 것은 좋은 것이다. 누군가 전에는 더럽다고 내던져진 사람이, 이제는 잘못이 없고 당당하게 거기에 서는 것이다.

교사들이 이제 방에서 나오고 있었다. 그들의 웅성거리는 소리가 들렸다. 그는 오싹해져서 일어났다. 그러나 그의 얼굴은 밝게 빛나고 있었다.

"그래, 이런 불쌍한 꼬마 녀석 같으니라고." 교장 선생님이 예의 그 군인같이 울리는 목소리로 말했다. "나는 방금 이야기했어요. 왜 이런 거창한 이야기를 미련스럽게 처리하고 있었는지 말이에요. 사람들은 이제 이 아이를 존경하는 마음으로 대할 필요가 있어요. 이 학생에게 는 모든 이야기가 다 얼굴에 그대로 쓰여 있는데…."

눈물이 미시의 뺨을 흘러내렸다.

"부지런하고 열심히 노력하는 학생, 어린아이. 돈을 벌다니! 가난 한 아버지가 학생을 자랑스럽게 여길 만하군요. 그래, 걱정 말아요, 학생. 앞으로 학생에게는 좋은 일만 있을 테니까요."

미시는 놀라고 당황해 그 자리에 서 있었다. 그는 얼굴이 붉으락푸 르락했다. 선생님들은 음흉하고, 나쁘고, 낯선 사람으로 남아 있었다. 미시에게 좋은 해결책은 그들의 구미에 맞지 않을 것 같았다. 똥배가 툭 튀어나오고 감자 같은 얼굴을 한 뚱뚱보가 그를 위에서 아래로 훑 어보더니 그의 어깨를 툭툭 두드려줬다. 미시의 놀라움은 너무나 커 서 그에게서 시선을 뗄 수가 없었다. 그는 그 선생님을 더 오래 미워 하기 위해 그를 계속 응시했다. 왜 미시는 그 선생님의 시선에서 속 깊은 메스꺼움을 느꼈을까? 미시는 그 교사가 얼마나 무능한 역사가 인지는 아직 알지 못했다. 나중에야 그 교사가 엄청나게 우둔한 사람 인지를 알았다. 그 교사는 힘을 다하여 베틀렌 가보르 왕에 대해 저술 한 사람이었다. 물론 그의 노력은 자만심의 표현이었지만. 미시는 위 원장을 맡았던 선생님의 경우, 지금은 좋게 생각하고 있다. 그는 정상 적인 사람이었다. 모욕을 줄 때에는 과묵했고 칭찬할 때에는 수다스러웠다.

"자, 얘야. 그렇지만 네게 학교의 문장에 쓰여 있는 조언을 해줄 수
있단다. 'Ora et labora.' 무슨 뜻인지 아니? '기도하고 일하라.' 이 말
대로 하면, 너를 사랑하는 하느님께서 도와주실 거야. 그럼, 이제 넌
데브레첸 김나지움에 남아 있을 거지?" 그는 웃음을 머금은 눈길로
학생이 대답을 하도록 응시했다. 우리는 우리의 사람됨을 잘 알고 있
다. 그래서 그는 두 손으로 그의 안경을 코 위로 반듯하게 고쳐 썼다.

미시는 몸을 수직으로 똑바로 세우고 대답했다. "아니요."

전 위원들은 혼비백산했다. 그들은 당황하며 소년을 바라봤다. 위
원장도 그의 조그만 뱁새눈을 크게 치켜떴다. "아니라고?" 그는 이마
를 찌푸렸다. "그런데 왜 아니라고 하는 거지?" 그는 화가 나서 날카
롭게 소리쳤다.

미시는 입을 다물었다. 그는 거의 이렇게 소리 지를 뻔했다. "내가
더 다니고 싶지 않기 때문이에요!" 그러나 그때 그의 눈은 외삼촌의
눈길과 마주쳤다. 외삼촌, 진지하고 놀라워하는, 그러나 이해심이 가
득하고 경고하는 듯하면서도 간청하는 눈길로 미시를 바라보고 있
는 외삼촌. 미시는 사랑이 가득한 갈색 눈동자를 피하지 않았다. 외삼
촌의 갈색 눈동자는 안개와 구름과 지나간 세월을 통틀어 뚫고, 더 먼
곳에서, 어떤 다른 세상에서 그를 바라보고 있는 것 같았다. 미시는
지치고 힘이 빠졌다. 그는 자기 고집이 무너지고 그것이 화해와 인내
심으로 바뀌는 것을 느꼈다. 그는 깊은 심연의 끝에서 허우적대고 있
었다. 그리고 소리 없이 수없이 속삭였다. 아니요…. 아니요…. 아니
요…. 나는 안 다닐 거예요…. 안 다닐 거예요…. 안 다닐 거예요….

"지금 이 학생을 괴롭혀서는 안 돼요." 교장 선생님이 말했다. "이

아이가 만약 안 다니려 한다면, 정말로 안 다닐 겁니다. 퍼터크 김나지움을 다녀도 되는 겁니다. 데브레첸 김나지움만 있는 게 아니니까요. 젠장!"

미시는 맥없이 쓰러졌다. 그가 느낄 수 있는 것은 단지 외삼촌이 그를 손으로 붙잡고 있다는 것이었다. 그의 얼음장 같은 조그만 손을 더 차디찬 손으로 감싸 쥐고 그를 앞으로 이끌었다. 끝없이 지껄여대고 견딜 수 없을 만큼 영리한 사람들로부터 떨어져서, 앞으로, 앞으로.

아무 저항 없이 그는 유령의 손에 이끌리듯 계단을 오르고 복도를 따라 걸었다.

"네 침대가 어느 거니?" 기숙사에 도착하자 외삼촌이 물었다. 미시는 자기 자리로 가서 침대를 사랑스러운 듯 쓰다듬었다. "여기 이거요." 그는 침대를 만지작거렸다. 마치 한밤중에 죽은 사람이 일어나자기 관을 어루만지는 것처럼. "그리고 이게 제 사물함 상자예요." 그는 상자 뚜껑 위로 묘비 위에 놓는 것처럼 두 손을 올려놓았다. "여기이것은 제 서랍이고요." 그런데 그의 데브레첸 김나지움 시절의 닳아빠진 공동묘지, 녹색 책상의 서랍은 갑자기 아주 비밀이 가득 찬 마력을 지니고 있는 것처럼 보였다.

그는 그 속에서 뭔가를 찾으려고 서랍을 열었지만, 뭘 찾아야 할지알 수 없었다. 그의 손은 망설였다. 손가락이 묘지의 봉분에서 가장예쁜 꽃을 찾아 더듬거렸다. 그리고 갑자기 그는 양피지로 제본된 책을 꺼냈다. 그 책은 빈 채로 그냥 있었다. 잠깐 동안 그는 망설였다. 그책에 시를 써놓을까…. 아니, 그는 쓰려고 하지 않았다. 왜냐하면 사람들이 그것을 읽고, 알게 되고, 얘기들을 해댈 것이기 때문이다. 아니다. 어떤 일이 있어도 비밀을 누설하지 않겠다. 어떤 일이 있어도!

그러나 그는 혼자서 그 책만은 무슨 일이 있어도 가지고 있을 것이다. 다른 모든 것은 다 잃는다 해도 오직 이것 하나만은 그에게 가치 있는 것이었다. 하얗고 깨끗한 것, 그것은 그에게 앞으로의 인생을 상징하는 것이었다. 그 책은 절대 가득 채워지지는 않을 것이다. 거기에 써넣을 만한 가치가 있는 위대한 것을 인생에서 그렇게 많이 경험할 수는 없을 것이기 때문에.

그는 다른 것은 아무것도 집어 들지 않았다. 다만 그 책을 집어 들었을 뿐이다. 그리고 외삼촌과 함께 기숙사방을 떠났다. 그들은 뒷계단을 통해 아래로 내려갔다. 그 낡은 계단은 어지러울 만큼 높은 아치형 천장 아래에 있었다. 그들은 큰 교회가 있는 쪽으로 가서 학교를 빠져나와 넓은 세상으로 나갔다.

음악실의 거대한 날개 문을 통해 율동적인 노랫소리가 울려퍼졌다. 그러자 미시는 가슴이 많이 아팠다. 이제 더 이상 그 안에 들어가지 못할 것이다. 더 이상 그는 데브레첸 학교의 학생이 되지 않을 것이다. 그가 계단을 내려가면, 이제 계단 위로 더 이상 돌아오지 못하게 된다. 그는 고통으로 목이 조여드는 것 같았다. 계단 하나하나에 그의 눈물이 떨어졌다. 그렇게 더 아래로, 더 아래로 내려갔다. 그는 더 이상 데브레첸 사람이 아니었다.

1층에서 사범학교 학생들이 바이올린을 연주하고 있었다. 그는 마지막으로 귀에 익은 째지는 듯한 소리를 들었다. 그 소리는 가을을 그토록 특별하게 만들었었다. 엉망진창인 음계, 서투른 바이올린 소리, 초보자들의 손에서 나는 뻑뻑 소리. 그러나 그는 이제 데브레첸 사람이 아니다.

갑자기 그의 눈길이 큰 쓰레기통에 가 닿았다. 참나무로 만들어진 크고 낡은 통. 그 뒤에 뵈쉬르메니의 칼이 영원히 쉬고 있을 것이다. 그는 눈을 두리번거렸다. 교회에서처럼 무릎을 꿇고 자기의 죄를 참회하는 마음으로 땅바닥에 이마를 댈 수도 있었을 것이다. 칼을 다시 꺼내어 한때 그가 데브레첸 사람이었다는 것을 생각하는 의미로 간직할 수도 있었을 것이다.

아래 층계에는 그가 가을에 멜론을 먹어치우던 장소가 있었다. 아무에게도 주지 않고 먹었던 그만의 장소였다. 1층에는 우수생을 위한 도서관이 있었다. 그곳에서 그는 너지를 위해 책들을 가져왔었다. 아, 하느님. 너지, 키 작은 곱사등이인 그는 아주 좋은 사람이었다. 미시는 모든 것에 대해 생각하자 가슴이 얼마나 아팠는지 몰랐다. 게다가 이 순간 또 종소리가 울려퍼지는 것이 아닌가. 그는 종소리와 함께 달렸다. 초코너이의 종, 그 종소리는 지금 그를 학교 밖으로 내보내고 있었다.

12시를 알리는 종소리였다. 그는 뛰어서 학교 밖 거리의 보도블록으로 나왔다. 숨을 깊이 들이마셨다. 허파가 크게 부푼 채로 공기를 들이마셨다. 예전에 억눌리고 불쌍한 어린 데브레첸 김나지움 학생이 있었다. 그러나 지금 그는 자유롭고 행복한 인간이었다.

그는 외삼촌의 차가운 손에 의지해 도시를 비행기처럼 빨리 통과했다. 힘과 안전을 쥐고 있는 그 손을 붙잡고.

그들이 폰그라츠 상점에 도착했을 때, 그는 갑자기 걱정스럽게 뒤를 돌아봤다. 대성당이 그의 빨간 모자를 높이 들고 그를 잡으려 하는 것 같았다. 그렇다. 곧 성당의 모자가 그를 덮어버릴 것이다. 그리고 어린아이가 나비를 잡을 때처럼 큰 소리를 지를 것 같았다. 이 장소, 그에게 그토록 많은 일이 일어났던 이 장소. 문으로 통하는 그 길을 통해 노신사에게 갔고, 이 광장의 최신 상품 가게 앞에서 벨라를 보았다. 또 그가 야노시와 다투었던 곳이기도 했다. 이곳, 그토록 숨 막히게 황량했는데, 바로 이곳에서, 그의 위로 가라앉는 교회 그림자 밑에서 그는 갑자기 힘이 쑥 빠졌다. 곧 힘없이 땅바닥에 쓰러졌다.

그가 다시 차가운 아스팔트에 섰을 때, 그는 아직 정신을 다 잃지는 않았었다. 순간 갑자기 떠오르는 생각이 있었다. 맨발의 수도사들이 걸어다닐 때면, 이 아스팔트가 얼마나 뜨거웠을까. 그들의 발자국을 우리는 아직도 너지바러드 거리에서, 정거장 근처에서 볼 수 있다. 벨라는 도망갔다. 아, 불쌍한 벨라. 차가운 아스팔트 위로 그가 쓰러지면 혹시 어떤 흔적이 남지는 않을까? 데브레첸 거리에 그의 흔적이? 그는 미소를 지었다.

우선 그는 침대에 몸을 뉘였다. 그러자 나쁜 기억들이 그를 괴롭혔다. 입술에 불이 났고 숨이 뜨거웠다. 그는 끝없이 이어지는 억눌림 속에서 온갖 고통을 겪었다. 기관사인 그의 아저씨가 조종하는 증기기관의 증기처럼 그의 피가 움직였다. 언젠가 그는 기계의 증기기관이 폭발해 아버지의 재산이 경매당했다는 얘기를 들은 적이 있다. 그런데 그 기계는 저절로 폭발한 것이 아니라, 어떤 사람이 고의적으로 과열시켜 폭발한 것이었다. 결국 티서강가의 작은 마을도, 큰 호두나무들과 자두나무들도 모두 경매를 당했다. 거기서 나오는 열매로 가을에 일주일 내내 잼을 만들곤 했는데. 그들은 빈털터리가 되었고 고향이 없어졌다. 그들은 이제 순경의 닭깃털 앞에서 두려움을 느꼈고, '교환'이라는 말과 독주의 냄새 앞에서 무서워했다. 그리고 미시는 이제 그때의 증기기관처럼 폭발해야만 한다는 것이 두려웠다. 아버지의 인생은 그렇게 해서 병이 들었다. 그곳 저지대에서의 폭발이 그의 고유한 인생을 완전히 파괴했다. 그리고 아버지의 선조들이 노예처럼 살면서 당한 고통은 또 어떤가. 주인들은 그들에게 세상이 폭발할 정도까지 부담을 주었다.

그가 조금씩 좋아지자, 외삼촌은 빨간 오렌지 두 개를 가져왔다. 그는 손에 그것을 받아 들었다. 너무나 예뻐 보였다. 그는 그런 것을 살까 하는 생각은 꿈도 꾸지 않았었다. 혹한 속에서도 그 오렌지들은 쇼윈도에 진열되어 있었다. 하지만 너무나 비쌌다. 한 개에 3크로이처. 그렇게나 돈을 내고 먹을 생각은 없었다. 외삼촌은 꽃다발도 가지고 왔다. 그러자 미시는 생각나는 것이 있었다. 전에 한 번 그렇게 아팠던 적이 있었다. 그의 부모님이 차를 타고 도망을 쳤을 때였다. 티서강 유역에서 다른 지방으로, 검은 흙에서 모래땅으로 부모님이 피해 가셨을 때, 당시에 그와 형제들은 기관사인 아저씨 댁에서 아파 누워 있었다. 홍역을 앓았던 것이다. 아저씨는 아버지에게 편지를 썼다. "여보게, 자네 아이들이 아프네. 와서 데려가게. 나는 아이들을 책임질 수 없어." 그렇게 그는 양심 없이 편지를 썼고 결국 아버지가 오셨다. 그때도 강풍이 몰아닥치는 겨울이었다. 아버지는 갑자기 그곳에 왔고, 그에게 호두껍질을 엮어 바스락바스락 소리가 나는 사슬과 북을 만들어줬다. 하지만 아버지는 아이들을 데리고 가지 않았다. 분명히 그때 주머니에 돈 한 푼도 없었을 것이다. 그렇다고 지금은 돈을 가지고 있는가?

미시는 얼굴을 벽 쪽으로 향하고 자주 울었다.

며칠 후, 게자 외삼촌이 나간 사이에 오르치와 기메시가 그를 방문했다.

미시는 매우 기뻤고 약간은 흥분했다. 그는 그들과 악수를 하며 매우 자랑스러운 마음이었다. 호텔에서 이렇게 좋은 침대에 누워 있고, 또 방이 한증탕처럼 따뜻하며, 탁자 위에는 약병과 은수저가 담긴 물 컵이 놓여 있었다. 이런 것들이 그를 기분 좋게 했다. 그리고 그는 아 팠다.

"안녕, 미시."

"안녕, 오르치."

"안녕."

"안녕, 기메시."

"좀 어때?"

"응, 아주 좋아."

"퇴뢰케크 야노시의 편지를 읽었어. 그가 경찰에게 썼더라. 너 그거 알았어?"

"아니."

"거기에 자기가 복권을 소매치기했다고 썼어."

"대체 언제?"

"네가 그걸 야노시에게 보여줬을 때였대. 그의 부모님 댁에서."

미시는 곰곰히 생각해봤다. 그때 야노시가 그에게 복권을 돌려주지 않았을 가능성이 있었다.

"그리고 또 자기가 10포린트를 네 호주머니에 몰래 넣어놨다고 썼 더라. 네가 돈가방을 땅바닥에 놓았을 때 말이야."

"그래. 나도 그렇게 생각했어."

"복권으로 120포린트가 당첨돼서 담뱃가게에서 돈을 지불받았다 는 거야. 그중에 10포린트는 널 주고, 40포린트는 벨라에게 옷을 사 줬고, 10포린트는 다른 일에 썼대. 그러면 모두 60포린트지. 또 20포린트는 여행비용으로 썼고, 그럼 80포린트. 그리고 벨라가 백작 친척에게 가려고 해서 10포린트를 줬고, 그럼 90포린트. 거기에 2포린트는 차비, 3포린트는 꽃다발에 썼으니, 그럼 다 해서 95포린트지. 그 나머지를 야노시는 15크로이처가 남을 때까지 흥청망청 써버렸대. 그리고 그 돈도 우표 석 장을 사는 데 썼다는 거야. 그러니까 야노시는 편지 세 통을 썼어. 편지에 자기 행위를 시인했는데, 하나는 자기 아버지에게, 하나는 네 외삼촌에게, 그리고 또 하나는 경찰에 보냈어. 그 후에 다뉴브강에 투신하려고 했지만 뛰어들지 못했대. 아마도 강물이 너무 차가웠나봐."

오르치와 기메시가 크게 웃었다. 그런데 미시는 계속해서 다음과 같은 말을 반복할 뿐이었다. "120포린트, 120포린트. 그게 다야?"

그는 깊이 실망했다. 120포린트가 총 액수였다…. 그렇다면 여행가방 안에 들어 있던 것은 무엇이었을까?

"하지만 모든 것이 나쁜 것만은 아니야." 오르치가 말했다. "포설러키 씨는 60포린트를 이미 받았고, 네 삼촌은 50포린트를 받았어. 네가 이미 10포린트를 받았으니까 그것은 뺀 거지. 하지만 네 삼촌은 그 돈을 결국 받지 않았대. 퇴뢰케크 씨네는 가난한 데다, 그 집 사람들이 네 삼촌에게 항상 고맙게 해준 것에 대해 마음의 빚을 지고 있었다고 말이야. 네 삼촌이 말했대. 퇴뢰케크 씨는 모든 것을 보상해서라도 자기 아들의 명예를 구하기 위해 노력했다고."

미시는 이야기를 들으면서 입안에 쓴맛이 돌았다. 소년들은 또 여러 이야기들을 했다. 미시가 이제 더 이상 데브레첸 학생이 되지 않으려고 한다는 사실을 전교생이 알고 모두 대단히 존경심을 가지고 있다는 것이었다.

그때 게자 외삼촌이 돌아왔다. 그는 소년들에게 미시가 다시 열이 오를지 모르니 이제 그만 미시를 혼자 있게 해달라고 부탁했다.

다음 날 비올라와 셔니가 나타났다. 비올라는 심하게 울면서 미시에게 용서를 빌었다. 그녀는 그에게 키스하며 말했다. "벨라가 젊은 시인에게 인사를 보내왔어요." 미시는 그 말을 듣자 얼굴이 달아올랐다. 그녀는 벨라가 행운을 얻었다고 말했다. 그것도 아주 엄청난 행운을. 그녀는 백작의 집에 있는데, 이미 1,000포린트를 집으로 보내왔다는 것이다. 그녀는 정거장에서 곧장 그곳으로 갔는데, 그 아주머니에게 매우 잘 보였다. 아주머니는 벨라를 매우 귀여워해서 그녀에게 에게바르 농장을 상속해주려고 한다. 벨라가 아주머니의 죽은 딸과 아주 비슷하게 생겼기 때문이다. 그 농장은 9,000요크 정도로 넓은 땅이었다. 비올라는 지금 벨라의 행복이 모두 확실한 것이며, 만약 셔니가 이곳에서 낙제를 하게 되면 부다페스트에서 공부를 계속할 예정이고, 그곳에서는 대학 교수를 가정교사로 둘 것이라고 얘기했다.

미시는 모든 것을 다 들었다. 하지만 마치 꿈속에서 듣는 소리 같았다. 다시 열이 많이 났다.

일주일이 지나자 상태가 조금 좋아졌다. 처음으로 그가 일어나서 자리에 서봤을 때, 정말 웃지 않을 수 없었다. 걷는 것을 잊어버렸던 것이다. 발걸음이 후들후들했다. 마치 가을을 맞은 파리의 다리 같았다.

"언제 우리 함께 다시 학교로 돌아갈까?" 어느 날 저녁 뜻밖에도 게자 외삼촌이 말했다. "학교로 말이야." 외삼촌이 부드럽게 덧붙였다.

미시는 눈을 내리뜨면서 들릴 듯 말 듯한 목소리로 말했다. "절대로 가지 않을 거예요."

한참 둘은 아무 말도 하지 않았다. 난롯불이 여전히 환하게 타고 있었고, 밖에서 멀리 기차가 연기를 뿜으며 달리는 소리가 아스라이 들려왔다.

"그러면 너는 뭐가 되고 싶어?" 외삼촌이 물었다.

그러나 외삼촌은 답을 듣지 못했다. 미시는 마음속에 품고 있는 생각을 말하는 것이 쉽지 않았다. 그래서 대답은 하지 못하고 그냥 고개만 숙일 뿐이었다.

"애, 자라서 뭐가 되고 싶으냐고?" 외삼촌이 다시 물었다.

드디어 미시가 대답했다. "인간성을 교육하는 선생님이 되고 싶어요."

다시 두 사람 사이에는 오랫동안 침묵이 흘렀다.

"선생님이 되고 싶구나. 그런데 아니? 배우지 않고 선생님이 된 사람은 아무도 없어. 알겠니?" 외삼촌이 말했다.

미시는 부끄러웠다. 그는 물론 배우려고 했다. 하지만 그저 단순히 배우려고만 하지는 않았다. 알고자 했다. 모든 것을 아는 것, 인간이 알고 있는 모든 것을 아는 것. 단지 지금은 '그 비밀'을 절대 발설하지 않는다. 누설하지 않는다. '그것'은 아무도 알지 못한다. 그는 '그것'을 가슴속 깊이 숨겨 놓았다. 그는 '그것'을 어느 누구와도 나눠가질 수 없다. 어느 누구와도. 혹 어머니라면 모를까. '그 비밀' '그것'은 바로 그가 시인이라는 것이다.

"어떻게 생각해, 미시?" 영리한 외삼촌이 다정하게 물었다. "훌쩍 길을 떠나서 그저 앞으로 나아갈래? 살면서 어느 순간 길에서 누군가를 만나게 되면, 그 사람을 때로 가르쳐보고도 싶니?"

미시는 눈을 감고 속으로 웃었다. "네!"

외삼촌도 옆에서 그를 쳐다보고는 슬며시 웃었다. 한참 있다가 그는 입에서 향기 나는 담배를 꺼낸 다음, 그를 향해 말했다. 늘 그렇듯 힘을 줘서 하는 말이었다. "생각해보니까 내가 재직하는 학교로 네가 오는 게 가장 좋을 것 같아. 거기서 배우는 거야. 모든 동사의 활용과 격변화를 완전히 알 때까지 말이야. 다른 사람들이 아는 걸 모두 다 거기서 공부하는 거야. 네가 강의를 할 수 있을 때까지."

그들은 아무 말도 하지 않고 그대로 가만히 앉아 있었다. 미시는 소리는 내지 않았지만 울고 있었다. 한없이 행복했다. 외삼촌이 애정 어린 목소리로 친절하고 조용하게 말했다. 용기를 북돋아주는 목소리, 그리고 가슴에 호소하는 목소리였다. "아니면 사람들에게 다른 것도 가르칠래?"

미시는 외삼촌을 훔쳐봤다. 똑바로 보지 못하고 마치 못 본 듯이 봤다. 그런 그의 눈에는 이미 눈물이 가득 차 있었다. 작은 몸이 마치 작은 벌레마냥 더 작게 오므라들었다. 그는 더듬거리며 말했다. "한 가지만 가르칠 거예요. 착하게 사는 것, 참되게 사는 것, 죽을 때까지 그렇게 사는 것을 가르칠래요."

그는 고개를 떨어뜨렸다. 방이 희미하게 빛났다. 무지개 빛깔이었다. 갑자기 마음속에 동경이 강하게 일었다. '떠나고 싶다. 여기서 떠나고 싶다. 학교로 가고 싶다.' 그리고 그는 그 학교에서 강의를 했다…. 외삼촌 제자, 정말 소중한 제자가 있는 학교에서. 그리고 하늘로… 하늘로…. 그것은 이미 그에게는 하늘 그 자체였기 때문이다.

내 이름은 미시

1판 1쇄 펴냄 2019년 6월 10일

지은이 모리츠 지그몬드
옮긴이 정방규
편집 안민재
디자인 JUN(표지), 한향림(본문)
제작 세걸음
인쇄·제책 상지사

펴낸곳 프시케의 숲
펴낸이 성기승
출판등록 2017년 4월 5일 제406-2017-000043호
주소 (우)10874, 경기도 파주시 책향기로 441
전화 070-7574-3736
팩스 0303-3444-3736
이메일 pfbooks@pfbooks.co.kr
페이스북 fb.me/PsycheForest
트위터 @PsycheForest

ISBN 979-11-89336-12-7 03890

이 도서의 국립중앙도서관 출판시도서목록CIP은
서지정보유통지원시스템 홈페이지 http://seoji.nl.go.kr와
국가자료공동목록시스템 http://www.nl.go.kr/kolisnet에서 이용하실 수 있습니다.
CIP제어번호: 2019020371

   이 책은 헝가리 외교통상부 퍼블리싱 헝가리 프로그램의
지원을 받아 출판되었습니다.